AF318748

PARIS, Librairie centrale des Sciences, rue de Seine, 13; — Librairie générale de BESTEL & Cie, rue de la Bourse, 7.
Strasbourg; DERIVAUX, Libraire-Éditeur, rue des Hallebardes, 24

COLLECTION POPULAIRE

DES AUTEURS ANCIENS

TRADUITS ET ANNOTÉS D'APRÈS LES TRAVAUX LES PLUS ESTIMÉS

PAR UNE SOCIÉTÉ DE PROFESSEURS ET D'HOMMES DE LETTRES

SOUS LA DIRECTION

DE M. ALOŸSIUS KERN

25 centimes la livraison.

Depuis plusieurs années la librairie essaye avec succès de vulgariser par le bon marché la connaissance et l'étude des productions littéraires, et tout ce qui s'intéresse en France au développement de la civilisation n'a pu qu'applaudir à cette idée vraiment populaire et féconde.

Malheureusement cette tendance s'est restreinte en général à la littérature contemporaine ; les ouvrages des grands écrivains du passé, ceux dont on aime à faire le fond de toute bibliothèque, en un mot, les livres indispensables, ont été à peu près laissés à l'écart.

L'antiquité, surtout, a été entièrement négligée ; par suite du préjugé qui réserve aux érudits tout ce qui n'est point ou frivole ou romanesque, et en même temps sous le prétexte, plus ou moins fondé, des difficultés qu'offre l'impression des textes anciens, les chefs-d'œuvre de la Grèce et de Rome sont demeurés hors de prix[*].

Ainsi la partie du public adonnée aux études littéraires et animée du désir de s'instruire se trouve injustement privée des avantages qui, pour elle plus que pour toute autre, devraient ressortir des perfectionnements de la typographie, et l'on peut dire que, dans ce mouvement de progrès, elle a été victime d'un véritable oubli.

Nous essayons de réparer cet oubli en publiant aujourd'hui la **Collection des Auteurs anciens.**

On a beaucoup traduit, beaucoup commenté, depuis le seizième siècle jusqu'à nos jours, ces maîtres de langage et de pensée qu'on nomme les Classiques anciens. Mais à aucune époque la bibliographie a brillé d'un plus vif éclat que dans la nôtre. Grâce à la rénovation des sciences historiques, elle est, par d'immenses et minutieuses enquêtes, arrivée à résoudre la plupart des problèmes philologiques. Les textes ont été rétablis ; les sens éclairés ; tous les documents capables de jeter la lumière sur ces précieux débris du passé, recueillis et ordonnés avec une laborieuse sagacité. Quel que soit, en France, le mérite des *Letronne*, des *Burnouf*, des *Boissonade*, des *Haase*, des *Le Clerc*, c'est l'Allemagne, on ne saurait le nier, qui a le plus contribué à ce mouvement scientifique. C'est à ce pays des hardies et patientes recherches, à cette patrie de *Wolf*, de *Hermann*, de *Meincke*, de *Freund*, etc., que la science doit cette profonde transformation, qui sera chez la postérité le grand titre de gloire du dix-neuvième siècle.

[*] Sans parler des Auteurs grecs, nous laissons à en juger par les Collections, plus ou moins complètes, d'Auteurs latins parues dans ces derniers temps.
Collection Lemaire (texte et notes), 153 volumes grand in-8, de 6 à 15 fr. le volume.
Collection Panckoucke (texte, traduction et notes), 178 volumes in-8, 7 fr. le volume.
Collection Nisard (texte, traduction et notes), 27 volumes in-8 jésus, 12 et 15 fr. le volume.

Mettant à profit les découvertes de la philologie allemande, portant au sein de cette critique quelquefois diffuse la précision lumineuse de la critique française, dépouillant ces innombrables matériaux de leurs détails d'érudition pour n'en prendre que la substance, le savant qui a bien voulu se charger de la direction de cette publication, les professeurs d'un mérite éprouvé, les littérateurs distingués qui lui ont assuré le concours de leurs lumières et de leurs travaux, pourront offrir au public sérieux une œuvre originale, d'une utilité incontestable, et digne du succès que nous lui croyons réservé.

Des textes d'une pureté irréprochable, de tous les écrivains de l'antiquité, tant sacrée que profane, — des traductions minutieusement fidèles, — des commentaires historiques et philologiques, d'après le plan que nous venons d'indiquer, — le tout à un prix moins élevé que le texte seul des éditions les plus vulgaires : telles sont les conditions que nous permettront d'atteindre les nouveaux moyens de l'art typographique et la perfection connue des presses auxquelles nous nous sommes adressés.

A ces divers titres notre collection s'adresse :

Aux gens du monde et, en général, à tous les amis des lettres : elle les initiera à la connaissance de la civilisation antique ;

Aux jeunes gens studieux : elle leur facilitera l'accès des épreuves universitaires ;

Aux hommes spéciaux : elle leur donnera la solution de toutes les difficultés de texte et de sens que présentent les auteurs anciens, ainsi que le résumé des travaux parsemés jusqu'ici dans des ouvrages longs et dispendieux.

Nous ne nous dissimulons pas les difficultés d'une aussi vaste entreprise ; mais nous comptons que nous trouverons en France assez d'hommes d'élite pour nous soutenir et nous encourager.

La **Collection populaire des Auteurs anciens**, texte, traduction et notes, imprimée en caractères neufs, sur un papier solide et élégant, sera publiée par livraisons in-8° colombier de seize pages à deux colonnes et à encadrement, au prix de 25 centimes la livraison.

Nous commençons par la *Collection des Auteurs Latins*. Celle des Auteurs Grecs ne tardera pas à suivre, et sera publiée concurremment avec la première.

Chaque auteur sera accompagné d'une notice renfermant :
1° La biographie de l'écrivain ;
2° Une appréciation de son caractère et de ses œuvres ;
3° Les divers manuscrits que nous en possédons ;
4° Les meilleures éditions qui en existent ;
5° Enfin, les dernières découvertes que la science a pu faire ou sur une partie ou sur l'ensemble de ses ouvrages.

Les *Œuvres complètes d'Horace*, qui forment le premier volume de la Collection des Auteurs Latins, se composent de huit livraisons, précédées d'une Table-Index. Pour le texte, les sens et les annotations, on a suivi l'*édition d'Orelli*. C'est la première fois qu'un travail de ce genre est publié en France.

PARIS. — TYP. SIMON RAÇON ET COMP., RUE D'ERFURTH, 1.

le reste, sauf l'esprit, et, comme toujours, sois mon puissant gardien. » Aussi, éloigné de la ville pour venir dans les montagnes et dans ma citadelle, que puis-je traiter de mieux dans la muse familière de la satire? Rien ne me tourmente, ni la funeste ambition, ni l'Auster de plomb, ni le malfaisant Automne, source de gain pour la cruelle Libitine. Dieu vénérable du matin, ou Janus, si tu préfères ce nom, toi qu'invoquent les hommes en commençant les pénibles travaux de la vie, — ainsi l'ont voulu les dieux, — sois à la tête de mes vers. Suis-je à Rome, tu m'emmènes pour servir de caution : « Allons, ne te laisse pas prévenir à rendre un service, hâte-toi. » Que l'Aquilon rase la terre ou que l'hiver traîne un jour neigeux dans un cercle plus étroit, il faut aller. Puis, quand j'ai distinctement prononcé la formule qui pourra me nuire, il me faut lutter contre la foule et faire tort aux gens qui vont lentement. « Qu'as-tu donc, insensé, et que fais-tu? s'écrie un malhonnête en me chargeant de malédictions; il faut que tu pousses tout devant toi, quand tu cours rentrer chez Mécènes que tu as toujours en tête. » Il est vrai, ce m'est un plaisir délicieux, je l'avoue. Mais, à peine est-on arrivé aux sombres Esquilies, voilà cent affaires étrangères qui me sautent à la tête et aux flancs. Roscius te priait de l'assister demain au Putéal. Les scribes te priaient, Quintus, de ne pas oublier de revenir aujourd'hui pour une commune affaire, importante et nouvelle. Aie soin que Mécènes imprime son cachet à ces tablettes. Dit-on : « Je tâcherai. — Si tu veux, tu le peux, » ajoute-t-il en vous pressant. Sept années, et presque huit, ont pu s'écouler depuis que Mécènes a commencé à me placer au nombre des siens, dans ce seul but, de me prendre en voyage dans son char et de me confier des riens de ce genre : « Quelle heure est-il ? Le Thrace Gallina vaut-il Syrus? La fraîcheur du matin commence à piquer ceux qui ne sont pas bien garantis; » et des choses qu'on dépose parfaitement dans l'oreille d'un indiscret. Depuis cette époque, de jour en jour, d'heure en heure, notre homme est plus soumis à l'envie. Avait-il été voir les jeux avec Mécènes, avait-il avec lui joué au champ de Mars : « C'est l'enfant gâté de la Fortune, » s'écriait tout le monde. Un bruit qui glace d'effroi se répand-il des Rostres aux carrefours; quiconque me rencontre me questionne : « O mon cher ! tu dois le savoir, puisque tu approches les dieux; as-tu entendu quelque chose au sujet des Daces? — Rien du tout. — Toujours railleur! — Que tous les dieux me poursuivent si j'ai rien entendu. — Eh bien, les terres qu'il a promises aux soldats, César les donnera-t-il en Sicile ou en Italie? » Je jure que je ne sais rien, et l'on m'admire comme un homme unique, d'une remarquable et profonde discrétion. Cependant la journée, hélas! se perd, non sans que je fasse ces vœux : O campagne, quand te verrai-je? et quand pourrai-je, tantôt avec les livres des anciens, tantôt dans le sommeil et les heures inactives, savourer le doux oubli d'une vie agitée? Oh! quand me verrai-je servir la fève, parente de Pythagore, et avec elle de bons légumes suffisamment graissés par un gros lard? O nuits ! ô soupers des dieux ! où moi et les miens mangeons devant mon propre Lare, où je nourris mes turbulents esclaves des mets que nous avons goûtés. Suivant sa fantaisie, chaque convive, affranchi de sottes lois, vides de calices inégaux, soit que, hardi buveur, il prenne de fortes coupes, soit qu'il trouve plus de plaisir à s'abreuver avec de petites. Aussi une conversation s'engage, non point sur les villas ni les maisons d'autrui, ni si Lépos danse mal ou non; mais, ce qui nous touche de plus près et qu'il est honteux d'ignorer, nous agitons si c'est par la richesse ou par la vertu que les hommes sont heureux; qu'est-ce qui doit porter aux amitiés, l'utile ou l'honnête, et quelle est la nature du bon et quel est le souverain bien. Cependant le voisin Cervius conte, à propos du sujet, de petites fables de vieille femme. L'un vante-t-il les richesses d'Arellius, sans savoir les soucis qu'elles lui donnent, il commence ainsi : « Un jour le rat des champs reçut, dit-on, le rat de ville dans son pauvre trou, vieil hôte, un vieil ami : il était rude et soigneux de son bien, mais au point pourtant de savoir, à la réception d'un hôte, détendre son âme serrée. Bref, il ne refusa ni les pois chiches mis en réserve, ni la longue avoine; et, les portant de sa bouche, il offrit du raisin sec et des morceaux à demi rongés de lard, désirant, par la variété du souper, vaincre les dégoûts d'un convive qui touchait à peine à chaque mets d'une dent dédaigneuse; tandis que le maître de la maison, couché sur de la paille de l'année, mangeait du blé et de l'ivraie, laissant le meilleur du repas. Enfin le citadin : « Quel plaisir as-tu, dit-il, ami, à vivre péniblement au dos d'un bois escarpé? Veux-tu aux sauvages forêts préférer le monde

---

Pingue pecus domino facias et cetera præter
15 Ingenium, utque soles, custos mihi maximus adsis.
Ergo ubi me in montes et in arcem ex urbe removi,
Quid prius illustrem satiris musaque pedestri?
Nec mala me ambitio perdit nec plumbeus Auster
Autumnusque gravis, Libitinæ quæstus acerbæ.
20 Matutine pater, seu Jane libentius audis,
Unde homines operum primos vitæque labores
Instituunt — sic dis placitum, — tu carminis esto
Principium. Romæ sponsorem me rapis : « Eia,
Ne prior officio quisquam respondeat, urge. »
25 Sive Aquilo radit terras, seu bruma nivalem
Interiore diem gyro trahit, ire necesse est.
Postmodo, quod mi obsit, clare certumque locuto
Luctandum in turba et facienda injuria tardis.
Quid vis, insane, et quas res agis? improbus urget
30 Iratis precibus; tu pulses omne, quod obstat,
Ad Mæcenatem memori si mente recurras?
Hoc juvat et melli est; non mentiar. At simul atras
Ventum est Esquilias, aliena negotia centum
Per caput et circa saliunt latus. Ante secundam
35 Roscius orabat sibi adesses ad Puteal cras.
De re communi scribæ magna atque nova te
Orabant hodie meminisses, Quinte, reverti.
Imprimat his, cura, Mæcenas signa tabellis.
Dixeris, Experiar : Si vis, potes, addit et instat,
40 Septimus octavo propior jam fugerit annus,
Ex quo Mæcenas me cœpit habere suorum
In numero; duntaxat ad hoc, quem tollere rheda
Vellet iter faciens et cui concredere nugas
Hoc genus : Hora quota est? Thrax est Gallina Syro par?
45 Matutina parum cautos jam frigora mordent;
Et quæ rimosa bene deponuntur in aure.
Per totum hoc tempus subjectior in diem et horam
Invidiæ noster. Ludos spectaverat una,
Luserat in Campo : Fortunæ filius, omnes.
50 Frigidus a Rostris manat per compita rumor :
Quicunque obvius est, me consulit : O bone, nam te
Scire, deos quoniam propius contingis, oportet;

Numquid de Dacis audisti? Nil equidem. Ut tu
Semper eris derisor! At omnes di exagitent me,
55 Si quidquam. Quid? mililibus promissa Triquetra
Prædia Cæsar, an est Itala tellure daturus?
Jurantem me scire nihil mirantur ut unum.
Scilicet egregii mortalem altique silenti.
Perditur hæc inter misero lux non sine votis :
60 O rus, quando ego te adspiciam? quandoque licebit
Nunc veterum libris, nunc somno et inertibus horis
Ducere sollicitæ jucunda oblivia vitæ?
O quando faba Pythagoræ cognata simulque
Uncta satis pingui ponentur oluscula lardo?
65 O noctes cœnæque deum! quibus ipse meique
Ante Larem proprium vescor vernasque procaces
Pasco libatis dapibus. Prout cuique libido est,
Siccat inæquales calices conviva solutus
Legibus insanis, seu quis capit acria fortis
70 Pocula, seu modicis uvescit lætius. Ergo
Sermo oritur, non de villis domibusve alienis,
Nec male necne Lepos saltet; sed, quod magis ad nos
Pertinet et nescire malum est, agitamus : utrumne
Divitiis homines, an sint virtute beati;
75 Quidve ad amicitias, usus rectumne, trahat nos;
Et quæ sit natura boni summumque quid ejus.
Cervius hæc inter vicinus garrit aniles
Ex re fabellas. Si quis nam laudat Arelli
Sollicitas ignarus opes, sic incipit : Olim
80 Rusticus urbanum murem mus paupere fertur
Accepisse cavo, veterem vetus hospes amicum,
Asper et attentus quæsitis, ut tamen arctum
Solveret hospitiis animum. Quid multa? neque ille
Sepositi ciceris nec longæ invidit avenæ,
85 Aridum et ore ferens acinum semesque lardi
Frusta dedit, cupiens varia fastidia cœna
Vincere tangentis male singula dente superbo,
Cum pater ipse domus palea porrectus in horna
Esset ador loliumque, dapis meliora relinquens.
90 Tandem urbanus ad hunc : Quid te juvat, inquit, amice,
Prærupti nemoris patientem vivere dorso?

COLLECTION POPULAIRE

DES

AUTEURS ANCIENS

TRADUITS ET ANNOTÉS

D'APRÈS LES TRAVAUX LES PLUS ESTIMÉS

PAR

UNE SOCIÉTÉ DE PROFESSEURS ET D'HOMMES DE LETTRES

SOUS LA DIRECTION DE

M. ALOŸSIUS KERN

HORACE

ŒUVRES COMPLÈTES — LATIN-FRANÇAIS

PARIS

LIBRAIRIE CENTRALE DES SCIENCES · LIBRAIRIE GÉNÉRALE DE BESTEL ET Cⁱᵉ
13, RUE DE SEINE, 13 · 7, RUE DE LA BOURSE, 7

STRASBOURG

DERIVAUX, LIBRAIRE-ÉDITEUR, RUE DES HALLEBARDES, 24

TABLE - INDEX.

—

Nota. — Le premier chiffre entre parenthèses indique l'*année de la composition*, le second l'*âge du poète*. Le signe (?) exprime le doute.

—

ODES

Nota. — La majuscule entre parenthèses indique le *mètre* de l'Ode.
(*Voyez* Notice, III.)

SATIRES

EPITRES

HORACE

ŒUVRES COMPLÈTES

TRADUITES ET ANNOTÉES

D'APRÈS L'ÉDITION D'ORELLI

NOTICE

I

VIE D'HORACE, ATTRIBUÉE A SUÉTONE.

Horatius Flaccus naquit à Venouse, d'un affranchi, percepteur de l'impôt : c'est lui-même qui nous l'apprend. D'autres le disent fils d'un charcutier, parce que dans une querelle quelqu'un lui cria : « Que de fois j'ai vu ton père se moucher du coude! »

Dans la guerre de Philippes, il suivit Marcus Brutus, en qualité de tribun des soldats. Après la défaite du parti, il obtint sa grâce, et acheta une charge de greffier des questeurs. Il gagna la faveur de Mécènes, puis celle d'Auguste, et tint un rang distingué dans leur amitié. L'épigramme suivante de Mécènes montre assez combien il en était aimé : « Si tu ne m'es pas plus cher que mes entrailles, Horace, je consens à ce que l'on voie ton ami plus efflanqué qu'un mulet. » Une meilleure preuve en est encore la dernière recommandation de Mécènes à Auguste : « Souviens-toi d'Horace comme de moi-même. »

Auguste lui offrit auprès de lui l'emploi de secrétaire, ainsi que l'atteste cette lettre : « Autrefois je suffisais à ma correspondance avec mes amis, maintenant je suis accablé d'affaires et infirme : je désire t'enlever notre Horace. Qu'il quitte donc pour ma cour cette table de parasite où il vit et vienne nous aider à écrire nos lettres. » — Le refus d'Horace n'irrita point l'empereur, et même ne refroidit pas son amitié. On a encore de lui des lettres dont je citerai quelques passages en preuve de ce que j'avance. « Use librement des droits que tu as sur moi, comme si tu étais mon commensal, et tu le serais, je le désirais, si ta santé l'eût permis. » — Et ailleurs : « Notre cher Septimius pourra te dire, comme bien d'autres, quel souvenir je conserve de toi, l'occasion s'étant offerte de m'exprimer devant lui sur ton compte. Si tu as fièrement dédaigné mon amitié, faut-il que moi aussi je fasse le superbe? »

Auguste, entre autres plaisanteries, l'appelait souvent : « *Putissimum penem,* » ou encore « mon gentil petit bout d'homme. » Il l'enrichit par toutes sortes de libéralités. Il montrait au reste tant de goût pour ses écrits, et les croyait si dignes de durer éternellement, qu'il le chargea de composer l'Ode séculaire et de célébrer la victoire remportée sur les Vindéliciens par ses beaux-fils Tibère et Drusus. Par la même raison encore, aux trois premiers livres de ses Odes, publiés depuis longtemps, il le contraignit d'ajouter un quatrième livre. Après la lecture des Épîtres il se plaignit en ces termes de n'y être pas nommé : « Sache que je suis fâché contre toi, parce que dans tes écrits de ce genre tu ne t'adresses pas à moi surtout. Crains-tu de te faire tort auprès de la postérité en laissant paraître que tu es mon ami? » Il obtint alors du poëte l'épître qui commence ainsi : « *Quum tot sustineas...* »

Horace était de petite taille et obèse. Lui-même il se dépeint ainsi dans ses satires, et c'est ainsi qu'Auguste le représente dans cette lettre : « Dyonisius m'a apporté ton petit livre; j'aurais droit de me plaindre de son exiguïté, mais je m'en console en pensant que tu craignais que tes livres ne fussent plus grands que toi. Ah! si la taille te manque, la rotondité ne te manque pas; aussi peux-tu hardiment écrire dans un boisseau, puisque la rondeur de ton petit livre ressemble à celle de ta petite bedaine. »

« Ad res venereas intemperantior traditur. Nam speculato cubiculo scorta dicitur habuisse disposita, ut, quocunque respexisset, ibi ei imago coitus referretur [1]. »

Il vivait le plus souvent dans sa retraite de Tibur, voisine du territoire des Sabins. On montre encore sa maison près du petit bois de Tibur. J'ai eu entre les mains des Élégies sous son nom, et une Épître en prose où il semble se recommander à Mécènes. Je tiens ces pièces pour apocryphes, car le style des Élégies est commun, et celui de l'Épître est obscur, défauts qui n'étaient pas du tout ceux d'Horace.

Il était né le 6 des ides de décembre, sous le consulat de Lucius Cotta et de Lucius Torquatus. Il mourut le 5 des calendes de décembre [2], sous le consulat de Caius Marcius Censorinus et de Caius Asinius Gallus ; il avait cinquante-sept ans. Il nomma Auguste son héritier, devant témoins, car la violence de la maladie l'empêcha de faire un testament dans les formes. On l'inhuma à l'extrémité des Esquilies, près du tombeau de Mécènes.

Un rhéteur anonyme nous donne sur Horace les détails suivants :

« Il était petit, obèse et chassieux. Mécènes le tenait en si grande estime, que souvent on les vit portés tous deux dans la même litière. Virgile aussi fut de ses plus chers amis. Il était fort lié avec Ovide, qu'il poussa à la poésie, malgré les instigations de son père, homme cupide et qui eût préféré voir son fils au barreau. Les œuvres d'Horace furent revues par Tharsus et Tibulle. »

Les écrivains de l'antiquité qui ont également parlé d'Horace sont :

Ovide (*Tristes*, IV, x, v. 49).
Sal. Bassus (*ad Pisonem*).
Perse (*Sat.* I, v. 116).
Pétrone (*Satyricon*, c. cxviii).
Quintilien (*Inst. Orat.* I, c. viii ; et x, c. i).
Juvénal (*Sat.* vii, v. 53).
L'ouvrage intitulé : *Des Causes de la Corruption de l'Eloquence*, attribué à Tacite (c. xx).
Ausone (*Eid.*, v. 56, *et passim*).
Sidoine Appollinaire (*Epp.* viii, 2, *et passim*).

Ses deux principaux commentateurs sont Acron et Porphyrion.

On trouvera dans les notes l'époque probable où a été faite et publiée chacune des compositions de notre auteur.

II

APPRÉCIATION DU CARACTÈRE ET DES OUVRAGES D'HORACE.

« Le poëte est chose ailée, légère de soi, » a dit Platon. Certes, à ce compte, nul n'est plus poëte qu'Horace. Son esprit l'emporte à tous les rêves, et son cœur à toutes les passions. Prompt à s'irriter, facile à calmer, tout dans ses œuvres et dans sa vie témoigne d'une lé-

gèreté et d'une mobilité extraordinaires. Vous le voyez, dans son enfance, écouter gravement les avis paternels ; à Athènes, s'enquérir du vrai dans les jardins d'Académus, puis suivre en écervelé Brutus à Philippes.

Notre poëte avait vingt-deux ans à peine quand il se prit ainsi de belle passion pour la liberté. A un esprit si changeant, tout est motif d'inconstance : une âme si poétique s'entraîne aisément à l'enthousiasme.

Il étudiait avec les fils des sénateurs autrefois amis de Pompée et de Caton. Tout à coup arrive à Athènes la nouvelle du meurtre de César : ce fut un long cri de joie. On lisait, on commentait avec enthousiasme cette page du Traité des devoirs que Cicéron venait d'envoyer à son fils, compagnon du jeune Horace, cette page où l'orateur des Catilinaires proclamait comme un devoir l'assassinat du tyran. Les statues de Brutus et de Cassius se dressent aussitôt à côté de celles d'Harmodius et d'Aristogiton. Brutus vient : Horace de le suivre..... La république vaincue, il retourne à Rome, fait des vers ; par l'amitié de Virgile et de Varius, obtient celle de Mécènes, celle d'Auguste, s'enrichit de leurs faveurs et les loue.

Il avait écrit son *Ode à la Fortune* l'année même où le sénat décerna le titre d'Auguste à Octave, et où l'empereur, prêt à abdiquer, ne garda le pouvoir que sur les instances du sénat. Qui peut dire s'il ne se fit pas alors une révolution nouvelle dans l'âme du poëte, et s'il ne crut pas devoir, comme les habiles de tous les temps, tenir sa place entre le trône et la république, sans se donner précipitamment à l'un, et sans quitter l'autre brusquement? Il choisit, pour le présenter au prince, Mécènes et Pollion : n'était-ce pas dire que son appui serait tout amical et littéraire, et que comme Pollion il ne s'engageait en rien pour l'avenir, appliquant ainsi à la politique son « *nullius jurare in verba magistri?* »

Dès lors, aimable égoïste, il pratiqua toutes les maximes du juste milieu, et trouva de beaux vers pour tous les faits accomplis! On l'a blâmé, on l'a défendu : on a eu tort. Que de personnages plus graves ont changé de parti plus aisément, et ont montré au vainqueur plus de tendresse encore! Etaient-ils comme Horace l'ami de leur maître, et comme lui curieux seulement de bien vivre, amoureux des longs sommeils et du nonchaloir? Lui, fils d'un affranchi, pouvait-il avoir un souci plus vif de la république que le fils même de Cicéron, devenu, malgré le sang de son père, consul sous Auguste? Ah! l'ex-tribun militaire pouvait sans trop rougir suivre l'exemple de Valerius Messala, l'assassin de César, le vainqueur d'Octave et bientôt son complaisant!

Mais où donc le soldat de Philippes, devenu un homme *gras*, aurait-il trouvé ces *maigres* personnages dont s'effrayait César? Rome n'était plus la ville d'autrefois, et, lorsqu'était mort le dernier Romain, il avait désespéré de la vertu. Les plus républicains étaient morts à Pharsale, à Thapsus, à Munda, à Philippes; les autres avaient péri dans les proscriptions ou dans la guerre de Sextus. Ceux qui avaient eu l'adresse de survivre, ralliés à Antoine, avaient partagé son sort, ou, renonçant à des espérances si souvent détruites, avaient abaissé leur orgueil, et accepté, sinon applaudi le vainqueur.

Quand l'épée d'un parti se brise, du tronçon il fait un poignard, et quelques-uns, parmi ceux que la victoire a jetés aux genoux d'un maître, n'y restent que pour marquer la place où ils devront frapper. Or le glaive et la hache avaient si bien détruit les républicains, que même il ne s'en trouva plus d'assez forts pour frapper le nouveau César.

---

[1] Ces lignes, qui sont une interpolation, sont attribuées par Sénèque (*Quæst. nat.*, I, 16) à un certain Hostius.
[2] Né en 66 avant J. C.; mort l'an 9 avant J. C.

Du patriciat, il ne restait que des gens peu à craindre, des Pollion, butin assuré du vainqueur. Le sénat, ignoré du peuple, se composait des créatures de tous les régimes, jetées là par tous les ambitieux qui tour à tour avaient tenu le pouvoir. Les sénateurs n'avaient plus rien des sénateurs d'autrefois, ni l'indépendance, ni la sagesse, ni le courage; ils n'en gardaient que le titre et le costume. Afin de sauver la dignité du corps, n'avait-il pas fallu défendre qu'on les appelât en justice pour vol? Et tous ces personnages étaient pauvres, ruinés, mendiants : Auguste leur prête de l'argent, il leur en donne, il va jusqu'à en perdre exprès au jeu.

Les chevaliers, gens de banque et de commerce, redoutaient les chances ruineuses de la guerre. Ils s'enrichissaient dans la paix et se trouvaient intéressés à soutenir tout pouvoir qui eût des probabilités de durée ou de force. Quant à la multitude, occupée, dans ses comptoirs, de chiffres, de denrées, elle s'accommodait de tout et prétendait seulement être nourrie et surtout amusée; plus de ces luttes ardentes, de ces discours de tribun dont chaque parole était un poignard : la paix, le silence et de l'argent. Octave le comprit, et le neveu de César devint Auguste.

Mécènes lui fait une cour et lui gagne des consciences. Ce Mécènes descendait d'une illustre famille, des Cilnius d'Étrurie; tout en se moquant lui-même de sa noblesse, il écoutait volontiers Horace, qui chantait son origine royale. Homme d'intrigue, il feint de se mêler peu aux choses du pouvoir, il reste à Rome, il fait de petits vers, il écoute des poëtes intimes, il donne de fins soupers : à sa table on se façonne aux plaisirs, l'on oublie, et les conversions s'opèrent.

De vrai, Horace ne se montre pas un modèle de vertu. Paresseux, un peu ivrogne, assez voluptueux pour qu'on citât plus tard les ingénieux raffinements de sa débauche, il parle un peu trop le langage que Perse donne à la volupté : *« Indulge genio, carpamus dulcia, nostrum est quod vivis!...* » Oui bien, mais s'il ne prêche d'exemple, il écrit du moins de sages préceptes, et fait dans ses ouvrages un cours charmant de philosophie pratique,... philosophie d'égoïste qui rit du mal, se moque des sottises plus que des vices, et tient en plus vive aversion un ennuyeux qu'un coupable. Ses amis sont d'aimables littérateurs ou de spirituels ambitieux, des personnages de toute humeur, de tout parti : Virgile, Ovide, Tibulle, Varius, puis Sestius, ancien questeur de M. Brutus et qui garde comme un culte pour ce grand homme; Iccius, passionné pour l'argent, mais aussi pour les lettres; Fuscus, un intrigant de savoir et d'esprit; Plancus, l'apostat mercenaire de tous les partis! Horace s'inquiète peu de leurs vertus, pourvu qu'ils soient aimables : « Chacun a ses défauts, dit-il; le meilleur de nous est celui qui en a le moins. Il ne faut demander qu'une chose dans l'amitié, que la somme des bonnes qualités l'emporte sur celle des mauvaises. »

Sans religion, comme tous ses contemporains, sans passions politiques, dénué des fortes convictions qui font les grandes âmes, il se complaît dans l'amitié des grands et se console de n'avoir point peut-être le génie de Lucilius, en songeant qu'il a comme lui des patrons illustres. (*Sat.*, liv. II, I.)

Il se laisse aller au premier courant de la Rome impériale. Ne lui suffit-il pas de voir ses chants admirés, que son vin soit vieux, que ses maîtresses lui gardent des sourires! Il aime bien ceux qu'il aime : il est bon et spirituel comme tous les gourmands! On se plairait à vivre avec lui, tant ses défauts mêmes sont jolis, et ses vices aimables!... Homme heureux et qui toujours eut les Grâces pour échansonnes !

> De joyeux chants ma coupe était remplie,
> Je la vidais, mais vous versiez toujours.
> Béranger.

Ainsi coule mollement sa vie jusque vers sa quarantième année. Alors, nouveau changement! L'auteur des Odes se retire des fêtes : sa lyre n'a plus de voluptueuses chansons ! « *Delicta juventutis meæ,* » les appelle-t-il quelque part : « Ces miennes petites jeunesses, » disait notre Marot dans un cas semblable. Plus de maîtresses : adieu, Lalagé, Barine, Lydie, Pyrrha. Phyllis quelquefois à peine revient près de la source aimée babiller des jours perdus au poëte qui grisonne. Les leçons paternelles lui sont revenues en mémoire, et il ne songe plus qu'à vivre sagement. Le père Sanadon, un jésuite, s'est étonné de cette conversion : il en a voulu trouver des raisons mondaines. Eh! toutes les conversions en ont-elles?... Un arbre tombe près du poëte sans l'écraser, un loup passe devant lui sans l'attaquer... que sais-je? autant d'avertissements du ciel! Je veux croire plutôt qu'Horace pensa comme madame de Sévigné : « La jeunesse est si aimable, dit-elle, qu'il faudrait l'adorer, si l'âme et l'esprit étaient aussi parfaits que le corps; mais, quand on n'est plus jeune, c'est alors qu'il faut se perfectionner et tâcher de regagner par les bonnes qualités ce qu'on perd du côté des agréables. Il y a longtemps que j'ai fait ces réflexions, et, par cette raison, je veux tous les jours travailler à mon esprit, à mon âme, à mon cœur, à mes sentiments. »

Et Voltaire : « On doit avoir fait les provisions un peu avant l'hiver, et, quand il est venu, il faut se chauffer doucement au coin du feu qu'on a préparé. »

Horace en agit ainsi, et non-seulement se chauffe doucement lui-même au coin du feu préparé, mais il y fait asseoir les autres, et nous transmet, dans ses Épîtres immortelles, le résumé de ses causeries amicales, si gracieuses à la fois et si raisonnables!

Pourtant, qu'on n'aille pas en faire un Socrate! L'imagination, caressée par les beaux vers, en idéalise volontiers l'auteur. Voyons Horace tel qu'il fut, avec ses qualités et ses défauts : n'allons pas, dans une adoration niaise de l'antiquité, lui ouvrir trop vite les *templa serena* de Lucrèce. C'est un travers assez commun, même de nos jours. Dans Fénelon (lettre à l'Académie), il passera à force d'esprit; mais chez d'autres, il tournera en manie. Vous souvient-il du bonhomme d'Argos, qui se délectait à de belles comédies imaginaires? Horace en fait quelque part le conte (Épît. II, 2). Ainsi l'abbé de Chaupy (Campenon, trad. d'H.) : ce savant homme parlait d'Horace comme d'une personne qu'on voit à chaque instant du jour, que l'on vient de quitter, que l'on va rejoindre, avec qui l'on passe sa vie.

Un jour on lui fit remarquer une jeune fille sur le point de se marier, et, comme l'on tirait de son caractère vif et enjoué les conjectures les moins favorables, l'abbé, qui l'examinait attentivement, reprit avec un sang-froid merveilleux : « En effet, elle a quelque chose de Lalagé. »

Au commencement de 1793, un ecclésiastique se trouva dans l'alternative de renoncer à sa place ou de prêter le serment. Le premier parti le livrait à la misère, le second lui laissait quelques scrupules. L'idée lui vint de consulter l'abbé de Chaupy et de lui décrire dans un mémoire l'embarras de sa situation. L'abbé répliqua le même jour par une lettre de quatre pages, remplie de citations d'Horace, et Horace prescrivait en termes formels de ne point prêter le serment de la constitution civile du clergé : « *Non ego perfidum dixi sacramentum...* »

Non, certes, le poëte n'eut pas de grands desseins. Il n'est moraliste que par circonstance, et, s'il parle de philosophie, c'est pour se moquer tour à tour de chacun des systèmes qu'il avait embrassés la veille, tantôt partisan de Zénon et tantôt d'Epicure. Il s'est peu soucié des affaires politiques de son temps; s'il en parle, c'est comme d'un sujet de festin, comme d'un prétexte pour boire; s'il les chante, c'est pour obéir à Mécènes et pour faire sa cour à l'empereur, qui l'aimait fort, je le veux croire, mais un peu peut-être comme Richelieu aimait Boisrobert.

Horace est à la fois poëte lyrique, poëte satirique, voire même quelque peu didactique. « Si l'abeille de Venouse sait avec un doux murmure recueillir le miel parmi les fleurs, elle sait frapper aussi d'un cruel aiguillon. » (Politien.)

Le poëte, dans ses Odes, lui-même l'avoue en plusieurs endroits, s'est attaché à suivre les Grecs. « Il est impossible, dit le docteur Ficker, de ne point s'en apercevoir à sa langue exactement calquée sur la langue grecque..., à cette dureté du caractère romain que dissimule mal une délicatesse affectée... » Sur deux cents fragments des œuvres lyriques grecques qui nous sont parvenues, les érudits en comptent plus de cent imités par Horace. Ainsi, l'ode « *O navis referens...* » se trouve dans un fragment d'Alcée; « *Nunc est bibendum...* » s'y trouve aussi. « C'est maintenant qu'il faut s'enivrer; c'est maintenant qu'il faut se forcer de boire, car Myrsilus est mort. » Comme Alcée, Horace parle de ses armes abandonnées dans une fuite un peu prompte. L'ode « *Vides ut alta...* » nous la retrouvons dans six vers du poëte lesbien : « Jupiter verse la pluie, une tempête violente descend du ciel : le courant des eaux est pris par la glace. » Si peu qu'il nous soit parvenu des œuvres du chantre grec, nous le voyons partout imité par le latin. Que serait-ce donc si nous possédions ses œuvres complètes, ses chansons à boire, ses chants érotiques !

Nous avons une seule ode bien authentique d'Anacréon : « Cavale de Thrace, pourquoi donc me jeter ce regard de travers et me fuir impitoyablement? » Voyez l'ode d'Horace à Chloé. Ainsi pour Sappho, qu'il cite parmi ses modèles à côté d'Alcée.

Mais il ne fut pas seulement imitateur, et d'ailleurs, il faut le dire, nul poëte au monde ne s'est approprié si heureusement les richesses des autres, et n'a, pour me servir d'un mot de Gœthe, repensé si élégamment ce que l'on avait écrit déjà. Certaines odes sont la propriété incontestable d'Horace. Faites dans des circonstances particulières, elles célèbrent des victoires, des actes tout romains. Telles sont ces odes morales et patriotiques, celles dont le ton est plus constamment élevé, celles où se déploient magnifiquement les plus belles pensées, les sentiments les plus purs. Elles sont surtout dramatiques, et Diderot, à qui un poëte de son temps présenta une tragédie de Régulus, put l'effacer vers par vers, et lui en improviser une autre avec l'ode « *Cœlo tonantem*, » développée, divisée en cinq actes et mise en vers alexandrins. Toutefois, on trouve dans ses chants des strophes d'une froideur extrême : ainsi la plupart de celles qui sont adressées à Auguste ou à la famille d'Auguste. C'est que, dans ces sortes de pièces surtout, l'empereur attendait des éloges, et bien parler sans rien sentir est chose peu facile, puis *le talent le plus beau meurt quand il s'avilit.* (B. Constant.)

Horace n'a ni l'élan de Pindare ni le feu d'Alcée ou de Sappho. Son désordre a de l'apprêt, son lyrisme est trop attentif. Polies et étincelantes comme l'acier, mais froides comme lui, ses odes viennent rarement du cœur et sont péniblement construites. Quelques-unes semblent déjà composées dans le goût de J.-B. Rousseau, qui disait : « Le fonds de la poésie, ce sont les idées de tout le monde traduites dans le langage de quelques-uns, » et qui, prenant pour sujet de ses chants une banalité, l'amplifiait, l'ornait, parlait de tout, de la Sibylle, des Parques, d'Orphée, etc., et, malgré tant de fracas, tant de pompe, ne parvenait qu'à fatiguer son auditeur ébloui. Le fonds de la poésie, ce sont les sentiments de tout le monde, plus vivement sentis par quelques-uns et traduits par eux dans le langage de leur cœur. En voyant dans nos lyriques, et parfois dans Horace, ces métaphores pressées qui encadrent de loin à loin un trait véritablement beau, on regrette le souffle de la Grèce, qui soupirait si doux à travers les rosiers de Lesbos, toujours égal et toujours pur.

A part certaines odes philosophiques d'une beauté parfois sublime, ses chants travaillés plaisent moins que ses vers légers, ses billets, ses chansonnettes. Celles-ci sont plus lestes, plus dégagées, leurs sourires ont plus de douceur, et les baisers y sonnent plus suaves, embaumés au vin des coupes. Elles sont gracieuses toujours, sinon constamment délicates, et leur troupe babillarde est aimée en tous pays, comme la maîtresse qu'elles célèbrent, « *dulce ridentem, dulce loquentem.* »

Presque toutes les odes d'Horace brillent surtout par les ornements. D'autres littérateurs suivront, qui vont ajouter plus de pourpre encore et plus de clinquant, et les jeunes vers d'Alcée, fardés par Horace, recrépits par un autre, d'enluminure en enluminure tomberont à Stace et finiront à Ausone. L'expression d'Horace est juste encore, mais déjà quelque peu prétentieuse : les poëtes après lui grandiront ses défauts et n'emploieront que des expressions violentes et de vastes mots. Je suis fortement tenté de croire, malgré les emphatiques éloges de Sidoine Appollinaire, « *Alcæo potior ipso*, » que le premier lyrique de Rome, en Grèce eût été parmi les chantres voisins de la décadence, et se fût trouvé à Sappho, à Anacréon, comme Euripide est à Sophocle.

La poésie lyrique aime le désordre, mais ce désordre n'est qu'apparent. Celles parmi les odes d'Horace que l'on est convenu d'appeler pindariques n'en sont pas moins régulières dans leur marche et logiquement déduites. Il ne faudrait pas cependant s'exagérer leur bon ordre, et tomber dans le travers du docte Thomas Freigius, qui y voit partout un syllogisme en forme, et se plaint qu'on n'ait pas avant lui remarqué cette beauté. Voici son analyse littéraire de l'Ode à Virgile :

« 1° *Qui non horret tempestates, monstra marina et scopulos infames, is audax est;*

« 2° *Qui navigavit primus nihil horum horruit;*

« 3° *Fuit igitur audacissimus.* »

« Sachons, dit à ce propos M. Rigault, éviter tous les excès : on faisait autrefois du poëte lyrique une espèce particulière d'aliéné; n'en faisons pas un géomètre. »

Passons aux Satires et aux Epîtres. Ici, plus de céruse ni de vermillon; tout est naturel et beau. Les satires sont pleines d'une bonhomie railleuse et d'une urbanité exquise. Horace s'irrite malaisément; l'indignation ne fait pas ses vers, et il semble n'avoir cherché que le côté ridicule des choses. Il ne faut point chercher dans ses satires un plan sagement combiné, ni une dialectique serrée; les idées toutefois s'y enchaînent rigoureusement, et leur marche ressemble à une promenade où l'on fait avec plaisir de petits détours. Ce genre de poésie, tout romain, déjà cultivé .avec gloire par Ennius, par Lucilius et d'autres, reçut de notre poëte une perfection nouvelle. Mais, si sa forme est toujours élégante, il s'en faut que ses critiques soient toujours bien justes. Peu soucieux du goût d'Auguste pour les vieilles comédies, il s'obstine à traiter Plaute de barbare; Lucilius lui paraît un limoneux torrent; Lucrèce et Catulle lui semblent inconnus tout à fait; de Cicéron pas un mot. Les poëtes qui précèdent Virgile et lui n'ont rien pour lui d'assez grec et se ressentent trop de l'âpreté romaine.

Les Satires d'Horace sont des modèles, malgré ces jugements aventurés. Bien éloignées de la fougue déclamatoire de Juvénal, de la concision recherchée de Perse, de la bilieuse causticité de notre Boileau, elles frappent sans blesser.

Les Epîtres sont plus belles.encore : elles sont mieux exposées, mieux dites que les satires. Ce sont des avis littéraires, des éloges de la vie tranquille, des causeries fines et variées, où l'auteur s'arrête à toutes les digressions, parle, conte, rit, mêle le bon sens aux gais propos et laisse enfin son lecteur étonné par tant de verve, de raison et de naturel. Les Epîtres d'Horace sont au nombre des plus belles productions de l'esprit humain, si pures et si ravissantes, qu'un auteur (M. Estienne) propose de donner le nom de Sabiniennes à ce poétique pendant des Tusculanes, et que Voltaire, à propos d'elles, écrit à Darget : « Je vous assomme toujours de citations d'Horace... C'est le meilleur prédicateur que je connaisse. Il est prédicateur de cour, de bon goût et surtout du repos de l'âme. Il sait « *quid te tibi reddat amicus.* »

Quant à l'Art poétique, détaché, je ne sais pourquoi, du recueil des Epîtres, il a les mêmes qualités, et n'emprunte la plupart de ses défauts qu'à la prétention, à l'absurdité du titre sous lequel la plupart des éditeurs l'ont donné. Son vrai nom est l'Epître aux Pisons, recueil charmant de toutes les règles de l'art dramatique et incidemment des autres genres. Il convient cependant de lui appliquer ce que j'ai dit plus haut, touchant les faux jugements où tombe l'auteur.

Horace doit être mis au nombre des plus charmants poëtes de l'antiquité. Peu goûté d'abord par les Romains, sa réputation grandit avec les âges. Quintilien, à regret, devra louer son heureuse audace dans le choix des figures et des mots, et son talent à peindre les caractères. Pétrone fera de lui un éloge « *Horatii curiosa felicitas* » tellement vrai, qu'il reste gravé dans les mémoires comme un aphorisme. Et dans les temps modernes, que de traductions en prose et en vers, que d'imitations de ses chefs-d'œuvre, surtout en France, car Horace est le plus français peut-être des poëtes antiques. Il est comme un des ancêtres de notre littérature, connu même des gens du monde, qui, a-t-on dit, redeviennent latins par lui et pour lui. Dacier, Boileau, Rollin, Voltaire, Laharpe, Schœll, lui consacrent leurs éloges aussi bien que Montaigne, que Fénelon, que d'Aguesseau, et Condorcet, fuyant l'échafaud révolutionnaire, emportait avec lui son petit volume d'Horace.

III

MÈTRES LYRIQUES D'HORACE.

Au point de vue du nombre de vers qui y entraient, les Grecs avaient quatre espèces de strophes; Horace n'en a employé que deux : la strophe de deux vers ou l'épode, et la strophe de quatre vers.

Comme combinaison des différents mètres, la forme de la strophe variait chez les Grecs à l'infini. Voici celles dont Horace a fait usage dans ses Odes.

A. — La strophe asclépiade, composée d'un vers glyconique et d'un petit asclépiade.

B. — La strophe asclépiade, composée de trois petits asclépiades et d'un vers glyconique.

C. — La strophe asclépiade, composée de deux petits asclépiades, d'un vers phérécratien et d'un vers glyconique.

D. — La strophe sapphique, composée de trois petits sapphiques et d'un vers adonique.

E. — La strophe sapphique, composée d'un vers aristophanique et d'un trimètre choriambique catalectique.

F. — La strophe alcaïque, composée de deux vers alcaïques hendécasyllabes, d'un alcaïque ennéasyllabe et d'un alcaïque décasyllabe.

G. — La strophe archiloquienne, composée d'un hexamètre dactylique catalectique et d'un petit archiloquien.

H. — La strophe archiloquienne, composée d'un hexamètre dactylique catalectique et d'un vers iambégialéque.

I. — La strophe archiloquienne, composée d'un vers iambique sénaire ou trimètre et d'un vers iambélégiaque.

J. — La strophe archiloquienne, composée d'un grand archiloquien et d'un trimètre iambique catalectique.

K. — La strophe alcmanienne, composée d'un hexamètre dactylique catalectique et d'un tétramètre dactylique catalectique.

L. — La strophe iambique, composée d'un iambique sénaire et d'un iambique quaternaire.

M. — La strophe pythiambique, composée d'un hexamètre dactylique catalectique ou vers pythien et d'un iambique quaternaire.

N. — La strophe pythiambique, composée d'un hexamètre dactylique catalectique et d'un iambique sénaire.

O. — La strophe trochaïque, composée d'un dimètre trochaïque catalectique et d'un trimètre iambique catalectique.

De plus, Horace a employé seuls les vers suivants :

P. — Le grand asclépiade.

Q. — Le petit asclépiade.

R. — L'iambique sénaire ou trimètre.

Les notes indiqueront à quel mètre appartient chaque ode.

IV

MUSIQUE DES ODES.

On croit que les odes latines se chantaient sur des mélodies grecques. Quelques-unes de ces mélodies nous sont, dit-on, parvenues plus ou moins défigurées dans nos chants d'église. A coup sûr, l'air de l'*Ode à Phyllis*, retrouvé dans un manuscrit de la bibliothèque de la Faculté de Médecine de Montpellier, est, à deux variantes près, le même que celui du fameux hymne à saint Jean : « *Ut queant laxis,* » noté selon la version du manuscrit de Saint-Evrould. Il resterait à savoir si la musique de l'ode a précédé celle de l'hymne. M. Libri penche pour l'affirmative. M. Th. Nisard laisse la question indécise : il se borne à interpréter la musique du manuscrit, qu'il déclare écrite en genre chromatique. Nous laissons à de plus savants le soin de décider de l'âge et de l'originalité de cet air, que nous donnons d'après M. Th. Nisard.

V

MANUSCRITS.

Outre les vingt-deux manuscrits qui ont servi à Bentley, Orelli a collationné pour son édition les manuscrits suivants :

1. — Manuscrit de Berne. N° 363, d'origine écossaise. Du huitième ou neuvième siècle. Les Odes y sont rangées d'après leur mètre lyrique. Incomplet.

2. — Manuscrit de Berne. N° 21. Très-complet.

3. — Manuscrit de Saint-Gall. Il y manque l'Épode XVII et l'Ode séculaire.

4. — Manuscrit de Zurich. N° 154. Renfermant les Odes, les Épodes, l'Art poétique.

5. — Manuscrit de Berne. N° 542. Complet.

6. — Manuscrit d'Einsiedeln. Donne quelques leçons pour les Épîtres.

7. — Manuscrit de Berne. N° 508. Commencement du douzième siècle, d'origine française. Il diffère beaucoup des manuscrits précédents.

8. — Manuscrit de Saint-Pétersbourg. Du dixième siècle.

9. — Manuscrit de la bibliothèque de la Faculté de Médecine de Montpellier. N° 425. Du dixième siècle. Il contient la musique de l'Ode II du IVe livre, adressée à Phyllis.

10. — Manuscrit de la bibliothèque de la Faculté de Médecine de Montpellier. N° 426. Oblong. Onzième siècle. Incomplet.

VI

ÉDITIONS.

Peu de livres se sont imprimés aussi souvent. Le chevalier Croft, dans un de ses écrits, se plaint de n'avoir pu consulter que cent quarante-six éditions des œuvres d'Horace. On en compte aujourd'hui plus de huit cents.

Elles furent rares d'abord. Dans le quinzième siècle, les éditeurs se contentèrent d'imprimer son texte d'après le premier manuscrit venu. Les éditions *princeps*, toutes faites de cette manière, ont donc peu de valeur. La première bonne édition est celle qu'Alde l'ancien publia au commencement du seizième siècle. Les Estienne et d'autres suivirent. Nous citerons :

Edit. princ. cum comm. Dion. Lambini (Leyde, 1561; — Francf., 1612).

Louis Desprez (ad usum Delphini. Paris, 1691).

Will. Baxter (Lond., 1701).

Robert Bentley (Cambridge, 1711. Amsterd., 1728, souvent réimprimée).

Jean Bond (Paris, 1765, revue au commencement de ce siècle, par Achaintre).

Jani (Leipz., 1778-1782.1809. Commencée sur le plan du Virgile de Heyne; elle ne contient que les Odes).

Wetzel (Liegnitz, 1799. Id. Bentl.).

C. Mitscherlich (Leipz., 1800-1837).

Doering (Leipz., 1803-1815).

J.-H. Jack (Weimar, 1821).

J.-C. Jahn (Leipz., 1824.1827-1846).

Braunhard (Leipz., 1831).

Lemaire (Paris).

L'édition dont on s'est servi dans cette Collection est celle d'Orelli, revue par G. Baiter (Zurich, 1850-1852), édition qui passe à juste titre pour un des chefs-d'œuvre de la philologie moderne.

A ceux des lecteurs qui désireraient se former une idée plus complète d'Horace et de l'époque où il a vécu, nous recommandons les ouvrages dont les titres suivent :

Lessing (*Ehrenrettungen*), *Mélanges*, vol II.

Van Ommeren. *Horace considéré comme homme et comme citoyen romain.*

Herder. *Lettres à un jeune ami.* (Adrastée.)

Schœll. *Histoire de la Littérature romaine.*

Walckenaer. *Histoire de la Vie et des Ouvrages d'Horace.*

Ch. Dezobry. *Rome au siècle d'Auguste.* — Dezobry.

Hip. Rigault. *Horace lyrique.* — Dezobry.

A. Pierron. *Histoire de la littérature romaine.* — Hachette.

J.-A. Estienne. *Étude morale et littéraire sur les Épîtres d'Horace.* — Hachette.

V. Duruy. *État du monde romain vers le temps de la formation de l'Empire.* — Hachette.

ODES

LIVRE PREMIER

I. — A MÉCÈNES.

Mécènes, issu de race royale, ô toi, mon appui, toi, mon soutien et ma gloire, on voit des hommes qui aiment à faire voler autour d'un char la poussière d'Olympie : ont-ils, de leur roue brûlante, évité la borne, ont-ils reçu la palme de la victoire, les voilà portés au niveau des dieux, maîtres de la terre. L'un est content, lorsque la foule inconstante des Quirites l'élève aux grandes charges de l'État ; un autre, quand il a serré dans ses propres greniers tout le blé qui sort des aires de la Libye. Celui-là trouve son bonheur à sarcler le champ de ses pères : qu'on lui fasse les offres d'un Attale, il ne le quittera point, pour aller, trafiquant, fendre avec crainte les eaux de Myrtos sur un vaisseau de Cypre. Le marchand, qui voit avec effroi l'Africus en lutte contre les flots icariens, vante la tranquillité et les campagnes de sa ville ; bientôt il répare ses vaisseaux endommagés, ne pouvant se faire à la pauvreté. Tel ne dédaigne pas une coupe de vieux Massique, et dérobe volontiers une partie du jour aux affaires, étendu, ou sous le feuillage d'un arbousier, ou près du cours paisible d'une source sacrée. Bien des hommes aiment les camps, le son de la trompette mêlé à celui du clairon, et la guerre, maudite des mères. Bravant la fraîcheur de l'air, le chasseur passera la nuit et oubliera sa jeune femme, soit qu'une biche ait frappé l'odorat sûr des chiens, soit qu'un sanglier marse ait rompu les mailles serrées du filet. Pour moi, ce qui me mêle aux dieux du ciel, c'est l'amour du lierre qui orne le front des poëtes ; c'est le goût d'un frais ombrage, des danses légères des Nymphes avec les Satyres, qui me sépare de la foule ; car Euterpe, pour moi, veut bien faire résonner sa flûte, et Polymnie ne se refuse pas à tendre les cordes de la lyre de Lesbos. Que si tu me ranges au nombre des chantres lyriques, mon front glorieux ira toucher aux astres.

II — A AUGUSTE.

Oui, Jupiter a fait tomber sur la terre assez de neige et de grêle de funeste augure ; assez longtemps sa main de feu, foudroyant le faîte de nos temples, a épouvanté Rome et les nations, et leur a fait craindre le retour de cet âge malheureux où Pyrrha vit avec douleur d'étranges prodiges, Protée faisant monter son troupeau entier sur le sommet des montagnes, les poissons arrêtés sur les branches d'un orme, séjour habituel des ramiers, et les daims parcourant à la nage les flots envahissants de la mer. Nous avons vu le Tibre refouler ses eaux jaunâtres et quitter brusquement le rivage de la mer étrusque, pour venir renverser le tombeau de Numa et le temple de Vesta : c'était le temps où, cédant aux plaintes et aux in-

CARMINUM

LIBER PRIMUS

I. — AD C. C. MÆCENATEM.

Mæcenas, atavis edite regibus,
O et præsidium et dulce decus meum,
Sunt quos curriculo pulverem Olympicum
Collegisse juvat metaque fervidis
5 Evitata rotis palmaque nobilis
Terrarum dominos evehit ad deos ;
Hunc, si mobilium turba Quiritium
Certat tergeminis tollere honoribus ;
Illum, si proprio condidit horreo,
10 Quidquid de Libycis verritur areis.
Gaudentem patrios findere sarculo
Agros Attalicis conditionibus
Nunquam dimoveas, ut trabe Cypria
Myrtoum pavidus nauta secet mare.
15 Luctantem Icariis fluctibus Africum
Mercator metuens otium et oppidi
Laudat rura sui ; mox reficit rates
Quassas, indocilis pauperiem pati.
Est qui nec veteris pocula Massici
20 Nec partem solido demere de die
Spernit, nunc viridi membra sub arbuto
Stratus, nunc ad aquæ lene caput sacræ.
Multos castra juvant et lituo tubæ
Permixtus sonitus bellaque matribus
25 Detestata. Manet sub Jove frigido
Venator teneræ conjugis immemor,
Seu visa est catulis cerva fidelibus,
Seu rupit teretes Marsus aper plagas.
Me doctarum hederæ præmia frontium
30 Dis miscent superis, me gelidum nemus
Nympharumque leves cum Satyris chori
Secernunt populo, si neque tibias
Euterpe cohibet nec Polyhymnia
Lesboum refugit tendere barbiton.
35 Quod si me lyricis vatibus inseres,
Sublimi feriam sidera vertice.

II. — AD C. AUGUSTUM.

Jam satis terris nivis atque diræ
Grandinis misit Pater et rubente
Dextera sacras jaculatus arces
    Terruit Urbem,
5 Terruit gentes, grave ne rediret
Sæculum Pyrrhæ nova monstra questæ,
Omne cum Proteus pecus egit altos
    Visere montes,
Piscium et summa genus hæsit ulmo,
10 Nota quæ sedes fuerat columbis,
Et superjecto pavidæ natarunt
    Æquore damæ.
Vidimus flavum Tiberim retortis
Litore Etrusco violenter undis
15 Ire dejectum monumenta regis
    Templaque Vestæ ;

stances d'Ilia, il se faisait son vengeur, et, sans l'aveu de Jupiter, répandait sur sa rive gauche ses vagues soulevées, fleuve trop docile à son épouse ! Les discordes qui ont aiguisé entre concitoyens un fer dont il eût mieux valu frapper les Parthes redoutables, l'histoire de nos batailles : voilà ce qu'un jour entendra notre jeunesse, devenue peu nombreuse par le crime de ses pères. Quel dieu appellera le peuple au secours de l'Etat qui s'écroule? Par quelles prières les vierges sacrées fléchiront-elles Vesta, insensible à leurs chants? À qui Jupiter confiera-t-il le rôle d'expier notre forfait? Viens donc, je t'en supplie, revêtant d'un nuage tes épaules éblouissantes de blancheur, Apollon qui révèles l'avenir ; ou, si tu le préfères, toi, déesse du mont Eryx, déesse au doux sourire, autour de qui voltigent les Jeux et l'Amour; ou, si tu songes à tes enfants abandonnés, toi, chef de notre race, que les jeux de la guerre ont dû satisfaire enfin, toi qui aimes les cris belliqueux, les casques brillants et le visage du Maure, quand, renversé de son cheval, il s'élance sur son ennemi sanglant; ou toi, fils ailé de la bienfaisante Maïa, si tu veux bien quitter ta forme céleste pour prendre sur la terre celle d'un jeune héros et te laisses appeler vengeur de César. Remets bien tard ton retour dans le ciel; prolonge, pour son bonheur, ton séjour au sein du peuple de Quirinus, et qu'un souffle ne vienne pas t'enlever trop tôt, indigné à la vue de nos crimes ! Préfère ici de superbes triomphes; qu'il te soit doux ici d'être nommé père et chef de l'Etat ; et ne souffre pas que les chevaux du Mède viennent impunément ravager l'Empire quand c'est toi qui gouvernes, César.

III. — AU VAISSEAU QUI CONDUISAIT VIRGILE A ATHÈNES.

Puissent te guider la déesse qui règne à Cypre, et les frères d'Hélène, astres lumineux, et le dieu des vents, les enchaînant tous, excepté l'Iapyx, ô vaisseau, qui as reçu Virgile; dépositaire fidèle, remets-le, je t'en prie, sans atteinte, aux rivages de l'Attique, et maintiens intacte la moitié de ma vie. Il avait autour de la poitrine un bouclier de chêne et de triple airain, l'homme qui, le premier, exposa un radeau fragile à la fureur des vagues, et n'eut peur ni de l'impétueux Africus en lutte avec les Aquilons, ni des funestes Hyades, ni de la violence du Notus, seul maître de l'Adriatique dont, à son gré, il soulève ou rasseoit les flots. Quel pas de la Mort put faire trembler celui qui, l'œil sec, vit les monstres au sein des eaux, la mer gonflée par la tempête, et les rochers célèbres des monts Acrocérauniens ? C'est en vain que, déchirant la terre, les dieux l'ont divisée par la barrière de l'Océan, si néanmoins de sacriléges vaisseaux franchissent les flots où l'on ne doit point toucher. Dans son audace à tout braver, la race humaine affronte le ciel et se jette dans tous les crimes. Dans son audace, le fils de Japet, par un funeste larcin, apporta le feu aux nations. Quand le feu eut été soustrait à la demeure du ciel, la maigreur et, à sa suite, l'essaim jusqu'alors inconnu des fièvres vinrent habiter la terre, et, lointaine d'abord, grâce à la marche lente du destin, la mort pressa le pas. On vit Dédale, sur des ailes que la nature a refusées à l'homme, tenter le chemin des airs, et le passage de l'Achéron forcé par un des travaux d'Hercule. Rien ne paraît difficile aux mortels : le ciel non plus n'est pas à l'abri de notre folie, et nos crimes ne permettent pas à Jupiter de déposer sa colère ni sa foudre.

IV. — A SESTIUS.

L'hiver fuit avec ses rigueurs au retour aimé du printemps et de Zéphire; les machines tirent à la mer les carènes à sec; les troupeaux cessent de se plaire à l'étable, le laboureur au feu du foyer; les prairies cessent de blanchir sous l'éclat du givre. C'est maintenant que Vénus dirige les danses de Cythère, sous les rayons de la lune, et que, unies aux Nymphes, les Grâces aimables frappent en cadence la terre de leurs pieds, tandis que Vulcain embrase de ses feux les ateliers ou

	Iliæ dum se nimium querenti
	Jactat ultorem, vagus et sinistra
	Labitur ripa Jove non probante u-
20	xorius amnis.
	Audiet cives acuisse ferrum,
	Quo graves Persæ melius perirent,
	Audiet pugnas vitio parentum
	Rara juventus.
25	Quem vocet divum populus ruentis
	Imperi rebus? prece qua fatigent
	Virgines sanctæ minus audientem
	Carmina Vestam?
	Cui dabit partes scelus expiandi
30	Juppiter? Tandem venias precamur
	Nube candentes humeros amictus
	Augur Apollo;
	Sive tu mavis, Erycina ridens,
	Quam Jocus circum volat et Cupido;
35	Sive neglectum genus et nepotes
	Respicis auctor,
	Heu nimis longo satiate ludo,
	Quem juvat clamor galeæque leves,
	Acer et Mauri peditis cruentum
40	Vultus in hostem;
	Sive mutata juvenem figura
	Ales in terris imitaris almæ
	Filius Maiæ, patiens vocari
	Cæsaris ultor :
45	Serus in cœlum redeas diuque
	Lætus intersis populo Quirini.
	Neve te nostris vitiis iniquum
	Ocior aura
	Tollat; hic magnos potius triumphos,
50	Hic ames dici pater atque princeps,
	Neu sinas Medos equitare inultos,
	Te duce, Cæsar.

III. — AD NAVEM QUA VEHEBATUR VIRGILIUS PROFICISCENS.

	Sic te diva potens Cypri,
	Sic fratres Helenæ, lucida sidera,
	Ventorumque regat pater
	Obstrictis aliis præter Iapyga,
5	Navis, quæ tibi creditum

	Debes Virgilium, finibus Atticis
	Reddas incolumem, precor,
	Et serves animæ dimidium meæ.
	Illi robur et æs triplex
10	Circa pectus erat, qui fragilem truci
	Commisit pelago ratem
	Primus nec timuit præcipitem Africum
	Decertantem Aquilonibus
	Nec tristes Hyadas nec rabiem Noti,
15	Quo non arbiter Adriæ
	Major, tollere seu ponere vult freta.
	Quem Mortis timuit gradum,
	Qui siccis oculis monstra natantia,
	Qui vidit mare turgidum et
20	Infames scopulos Acroceraunia ?
	Nequicquam deus abscidit
	Prudens Oceano dissociabili
	Terras, si tamen impiæ
	Non tangenda rates transiliunt vada.
25	Audax omnia perpeti
	Gens humana ruit per vetitum nefas.
	Audax Iapeti genus
	Ignem fraude mala gentibus intulit.
	Post ignem ætheria domo
30	Subductum macies et nova febrium
	Terris incubuit cohors,
	Semotique prius tarda necessitas
	Leti corripuit gradum.
	Expertus vacuum Dædalus aera
35	Pennis non homini datis ;
	Perrupit Acheronta Herculeus labor.
	Nil mortalibus ardui est.
	Cœlum ipsum petimus stultitia neque
	Per nostrum patimur scelus
40	Iracunda Jovem ponere fulmina.

IV. — AD L. SESTIUM.

	Solvitur acris hiems grata vice veris et Favoni,
	Trahuntque siccas machinæ carinas,
	Ac neque jam stabulis gaudet pecus aut arator igni;
	Nec prata canis albicant pruinis.
5	Jam Cytherea choros ducit Venus imminente Luna,
	Junctæque Nymphis Gratiæ decentes
	Alterno terram quatiunt pede, dum graves Cyclopum

se fatiguent les Cyclopes. Voici le moment de se parfumer la tête, de se couronner de feuilles de myrte ou de fleurs nouvellement écloses du sein de la terre ; voici le moment d'immoler à Faune, sous l'ombrage des bois sacrés, un agneau, s'il l'exige, ou, s'il le préfère, un chevreau. La pâle Mort frappe indifféremment du pied contre la cabane du pauvre ou contre le palais du riche. O bienheureux Sestius, la vie est trop courte pour nous permettre de longs espoirs. Bientôt vont t'envelopper la nuit sans fin, et les ombres légères des Mânes, et la demeure étroite de Pluton ; là, plus de dés pour te donner la royauté d'un festin ; là plus de jeune Lycidas à aimer, Lycidas qui enflamme aujourd'hui tous nos jeunes gens et bientôt fera brûler les jeunes filles.

V. — A PYRRHA.

Quel aimable jeune homme, parfumé d'essences, te presse, Pyrrha, sur un lit de roses, au fond d'une grotte charmante ? Pour qui noues-tu ta blonde chevelure ? Pour qui cette toilette sans apprêt ? Ah ! que ta foi trahie, que les dieux rendus contraires vont lui coûter de larmes ! Que de fois va le surprendre la vue nouvelle d'une mer soulevée par les vents orageux ! Il jouit maintenant en sécurité de tes divins attraits ; il compte te trouver toujours libre, toujours à aimer, ignorant qu'il est des caprices du vent ! Malheureux ceux qui, sans te connaître, se laissent éblouir par ta beauté ! Pour moi, un tableau votif l'atteste sur le mur d'un temple, j'ai suspendu mes vêtements mouillés en hommage au dieu qui règne sur la mer.

VI. — A AGRIPPA.

C'est à Varius de raconter ton courage et tes victoires, lui qui sait dire les chants de Méonie ; c'est à lui de raconter les actes de vaillance que, sous ta conduite, ont, sur terre et sur mer, accompli nos soldats. Moi, je ne saurais le faire, Agrippa ; je ne saurais chanter ni la colère fatale de l'inflexible fils de Pélée, ni les voyages du rusé Ulysse errant sur la mer, ni les fureurs de la famille de Pélops : de si grands sujets dé-

passent ma faiblesse ; aussi bien ma réserve et la Muse qui tient la lyre de la paix me défendent les louanges du grand César et les tiennes, dont, faute de talent, je ternirais l'éclat. Qui pourrait dignement célébrer Mars sous son armure de fer ? ou Mérion tout noirci de la poussière de Troie ? ou, grâce à Pallas, le fils de Tydée égal aux dieux ? Les festins, les combats où des jeunes filles, d'un ongle sans danger, luttent contre des jeunes gens, voilà ce que je chante, libre aujourd'hui, enflammé demain, mais, comme toujours, d'un feu léger.

VII. — A L. MUNATIUS PLANCUS.

Les uns vanteront la célèbre Rhodes, Mytilène, Éphèse, Corinthe aux murs baignés par deux mers, Thèbes illustrée par Bacchus, Delphes par Apollon, ou Tempé de Thessalie. D'autres n'ont qu'un ouvrage, célébrer en de longs poëmes cycliques la ville de la chaste Pallas, et ceindre leur front de feuilles d'olivier prises à tous les endroits de l'Attique. Plus d'un, pour honorer Junon, ira chanter Argos et ses chevaux, Mycènes et ses richesses. Quant à moi, ni la rude Lacédémone, ni les belles campagnes de Larisse, ne m'ont aussi vivement touché que la grotte où résonne Albunée, que les cascades de l'Anio, le bois sacré de Tibur et les vergers qu'arrose l'onde mobile des ruisseaux. Plus d'une fois le Notus blanchit le ciel et en balaye les sombres nuages, sans qu'on lui voie enfanter éternellement la pluie ; toi, de même, Plancus : sache te faire une raison, et qu'un bon vin pur mette un terme à ton chagrin et aux peines de la vie, aujourd'hui dans un camp aux enseignes brillantes, demain sous les ombrages de ton cher Tibur. Teucer, exilé, allait quitter Salamine et les Etats de son père : on dit pourtant que, échauffé par le vin, il ceignit une couronne de peuplier et parla ainsi à ses amis affligés : « En quelque lieu que nous porte un destin moins cruel que mon père, allons, ô compagnons, ô vous qui partagez ma fortune ! Rien n'est perdu, car Teucer vous conduit, c'est Teucer qui tient les auspices. Le véridique Apollon a promis que sur une terre nouvelle s'é-

---

     Vulcanus ardens urit officinas.
     Nunc decet aut viridi nitidum caput impedire myrto
10   Aut flore, terræ quem ferunt solutæ.
     Nunc et in umbrosis Fauno decet immolare lucis,
     Seu poscat agna sive malit hædo.
     Pallida Mors æquo pulsat pede pauperum tabernas
     Regumque turres. O beate Sesti,
15   Vitæ summa brevis spem nos vetat inchoare longam.
     Jam te premet nox fabulæque Manes
     Et domus exilis Plutonia : quo simul mearis,
     Nec regna vini sortiere talis
     Nec tenerum Lycidan mirabere, quo calet juventus
20   Nunc omnis et mox virgines tepebunt.

V. — AD PYRRHAM.

     Quis multa gracilis te puer in rosa
     Perfusus liquidis urget odoribus,
       Grato, Pyrrha, sub antro?
         Cui flavam religas comam,
5   Simplex munditiis? Heu quoties fidem
     Mutatosque deos flebit et aspera
       Nigris æquora ventis
         Emirabitur insolens,
     Qui nunc te fruitur credulus aurea,
10   Qui semper vacuam, semper amabilem
       Sperat nescius auræ
         Fallacis. Miseri, quibus
     Intentata nites! Me tabula sacer
     Votiva paries indicat uvida
15   Suspendisse potenti
         Vestimenta maris deo.

VI. — AD M. V. AGRIPPAM.

     Scriberis Vario fortis et hostium
     Victor Mæonii carminis alite,
     Quam rem cunque ferox navibus aut equis
       Miles te duce gesserit :
5   Nos, Agrippa, neque hæc dicere, nec gravem
     Pelidæ stomachum cedere nescii,
     Nec cursus duplicis per mare Ulixei,
       Nec sævam Pelopis domum

       Conamur tenues grandia, dum pudor
10   Imbellisque lyræ Musa potens vetat
     Laudes egregii Cæsaris et tuas
       Culpa deterere ingeni.
     Quis Martem tunica tectum adamantina
     Digne scripserit? aut pulvere Troico
15   Nigrum Merionen, aut ope Palladis
       Tydiden superis parem?
     Nos convivia, nos prœlia virginum
     Sectis in juvenes unguibus acrium
     Cantamus vacui, sive quid urimur,
20   Non præter solitum leves.

VII. — AD L. MUNATIUM PLANCUM.

     Laudabunt alii claram Rhodon aut Mytilenen
       Aut Epheson bimarisve Corinthi
     Mœnia vel Baccho Thebas vel Apolline Delphos
       Insignes aut Thessala Tempe.
5   Sunt, quibus unum opus est, intactæ Palladis urbem
       Carmine perpetuo celebrare et
     Undique decerptam fronti præponere olivam.
       Plurimus in Junonis honorem
     Aptum dicet equis Argos ditesque Mycenas.
10   Me nec tam patiens Lacedæmon
     Nec tam Larissæ percussit campus opimæ,
       Quam domus Albuneæ resonantis
     Et præceps Anio ac Tiburni lucus et uda
       Mobilibus pomaria rivis.
15   Albus ut obscuro deterget nubila cœlo
       Sæpe Notus neque parturit imbres
     Perpetuo, sic tu sapiens finire memento
       Tristitiam vitæque labores
     Molli, Plance, mero, seu te fulgentia signis
20   Castra tenent seu densa tenebit
     Tiburis umbra tui. Teucer Salamina patremque
       Cum fugeret, tamen uda Lyæo
     Tempora populea fertur vinxisse corona,
       Sic tristes affatus amicos :
25   Quo nos cunque feret melior fortuna parente,
       Ibimus, o socii comitesque.
     Nil desperandum Teucro duce et auspice Teucro ;

lèverait une autre Salamine. Hommes de cœur, vous qui avez subi avec moi de plus rudes épreuves, qu'aujourd'hui le vin chasse les soucis; demain nous parcourrons de nouveau les vastes plaines de la mer. »

VIII. — A LYDIE.

Dis-moi, Lydie, je t'en prie par tous les dieux, pourquoi, par ton amour, faire courir Sybaris à sa perte? Pourquoi n'aime-t-il plus à braver au champ de Mars les feux du jour, lui qui supportait si bien la poussière et le soleil? Pourquoi, comme il sied à son âge, ne vient-il pas, mêlé à ses compagnons, monter à cheval, ni, d'un frein à dents de loup, gouverner un coursier gaulois? Pourquoi craint-il de toucher aux eaux jaunâtres du Tibre? Pourquoi se garde-t-il de l'huile de la lutte avec plus de précaution que du sang d'une vipère, et ne lui voit-on pas les bras meurtris par les armes des jeux, lui, dont plus d'une fois on admirait l'adresse à lancer au delà du but un disque ou un javelot? Pourquoi se tient-il caché auprès de toi, comme se cacha, dit-on, le fils de la divine Thétis, à l'approche de la ruine lamentable de Troie, alors qu'un habillement viril eût pu l'entraîner au sein du carnage qu'allaient faire les bataillons lyciens?

IX. — A THALIARQUE.

Vois comme la cime du Soracte blanchit sous une neige épaisse, comme les arbres fatigués s'affaissent sous le poids des frimas, et comme, saisies par la gelée, les eaux se sont arrêtées. Chasse le froid, et, pour cela, Thaliarque, ne crains ni d'entasser du bois dans ton foyer, ni de verser à flots d'une amphore sabine un vin de quatre ans. Remets aux dieux le soin du reste : ils feront tomber les vents en lutte sur les flots bouillonnants de la mer, et cyprès et ornes antiques cesseront alors d'être agités. Ce qui sera demain, ne cherche pas à le savoir : chacun des jours que t'accordera le hasard, prends-le comme autant de gagné; et ne dédaigne pas, jeune homme, les douceurs de l'amour; ne dédaigne

pas les danses, quand tu es encore dans ta verdeur, lorsque est encore loin la vieillesse chagrine. Maintenant le champ de Mars, et les places publiques, et les légers chuchotements du soir, à l'heure convenue; maintenant le rire charmant d'une maîtresse qui, du coin écarté, trahit sa cachette, et le gage ravi à ses bras ou à un doigt qui ne sait pas résister.

X. — A MERCURE.

Mercure, éloquent petit-fils d'Atlas, dont la voix sut polir les mœurs encore sauvages des premiers hommes et leur enseigna les nobles jeux de la palestre, c'est toi que je vais chanter, messager du puissant Jupiter et des dieux, père de la lyre recourbée; toi, dont les plaisants larcins cachent si bien tout ce que tu veux. C'est toi qui, enfant, détournas par la ruse les génisses d'Apollon; le dieu, pour te les faire rendre, te menaçait d'une voix terrible; tu lui voles son carquois, et Apollon de rire. C'est toi encore qui conduisis Priam, lorsque, avec ses richesses, il quitta Ilion, et le fis échapper aux superbes Atrides, aux feux des Thessaliens et au camp ennemi de Troie. C'est toi qui déposes les âmes pieuses au séjour des bienheureux; toi, dont la verge d'or presse la foule des ombres; cher aux dieux du ciel, cher aux dieux des enfers.

XI. — A LEUCONOÉ.

Ne cherche point, par une science sacrilége, à connaître, Leuconoé, quel terme les dieux ont fixé à mes jours, quel terme ils ont fixé aux tiens, et cesse d'interroger les nombres de Babylone. Qu'il vaut bien mieux laisser faire le destin! Que Jupiter t'assigne un grand nombre d'hivers, ou qu'il borne ta vie à celui qui fatigue aujourd'hui la mer tyrrhénienne et la brise contre sa barrière de rochers, suis le chemin de la raison, fais filtrer le vin, et, quand la vie est si courte, éloigne les longs espoirs. Je parle, et le temps jaloux a fui. Savoure donc le présent et compte peu sur le lendemain.

```
     Certus enim promisit Apollo,
     Ambiguam tellure nova Salamina futuram.
30      O fortes pejoraque passi
     Mecum sæpe viri, nunc vino pellite curas;
        Cras ingens iterabimus æquor.
```

VIII. — AD LYDIAM.

```
        Lydia, dic, per omnes
     Te deos oro, Sybarin cur properes amando
        Perdere; cur apricum
     Oderit campum, patiens pulveris atque solis?
5       Cur neque militaris
     Inter æquales equitat, Gallica nec lupatis
        Temperat ora frenis?
     Cur timet flavum Tiberim tangere? Cur olivum
        Sanguine viperino
10   Cautius vitat neque jam livida gestat armis
        Brachia, sæpe disco,
     Sæpe trans finem jaculo nobilis expedito?
        Quid latet, ut marinæ
     Filium dicunt Thetidis sub lacrimosa Trojæ
15      Funera, ne virilis
     Cultus in cædem et Lycias proriperet catervas?
```

IX. — AD THALIARCHUM.

```
        Vides, ut alta stet nive candidum
     Soracte, nec jam sustineant onus
        Silvæ laborantes geluque
        Flumina constiterint acuto.
5    Dissolve frigus ligna super foco
     Large reponens atque benignius
        Deprome quadrimum Sabina,
        O Thaliarche, merum diota.
     Permitte divis cetera, qui simul
10   Stravere ventos æquore fervido
        Deprœliantes, nec cupressi
        Nec veteres agitantur orni.
     Quid sit futurum cras, fuge quærere, et
     Quem Fors dierum cunque dabit, lucro
15      Appone, nec dulces amores
        Sperne puer neque tu choreas,
```

```
     Donec virenti canities abest
     Morosa. Nunc et campus et areæ
        Lenesque sub noctem susurri
        Composita repetantur hora,
20   Nunc et latentis proditor intimo
     Gratus puellæ risus ab angulo
        Pignusque dereptum lacertis
        Aut digito male pertinaci.
```

X. — AD MERCURIUM.

```
     Mercuri, facunde nepos Atlantis,
     Qui feros cultus hominum recentum
     Voce formasti catus et decoræ
        More palæstræ,
5    Te canam, magni Jovis et deorum
     Nuntium curvæque lyræ parentem,
     Callidum, quidquid placuit, jocoso
        Condere furto.
     Te, boves olim nisi reddidisses
10   Per dolum amotas, puerum minaci
     Voce dum terret, viduus pharetra
        Risit Apollo.
     Quin et Atridas duce te superbos
     Ilio dives Priamus relicto
15   Thessalosque ignes et iniqua Trojæ
        Castra fefellit.
     Tu pias lætis animas reponis
     Sedibus virgaque levem coerces
     Aurea turbam, superis deorum
20      Gratus et imis.
```

XI. — AD LEUCONOEN.

```
     Tu ne quæsieris, scire nefas, quem mihi, quem tibi
     Finem di dederint, Leuconoe, nec Babylonios
     Tentaris numeros. Ut melius, quidquid erit, pati!
     Seu plures hiemes seu tribuit Juppiter ultimam,
5    Quæ nunc oppositis debilitat pumicibus mare
     Tyrrhenum, sapias, vina liques, et spatio brevi
     Spem longam reseces. Dum loquimur, fugerit invida
     Ætas; carpe diem quam minimum credula postero.
```

XII. — SUR AUGUSTE.

Quel homme, quel héros, vas-tu, Clio, célébrer sur la lyre ou sur la flûte aux sons aigus? Quel dieu vas-tu chanter? Quel nom répétera l'écho enjoué parmi les ombrages de l'Hélicon, sur les sommets du Pinde, ou sur les glaces de l'Hémus? C'est de l'Hémus que les arbres descendirent pour suivre d'eux-mêmes la voix d'Orphée, quand, fidèle aux leçons de sa mère, il arrêtait le cours des fleuves et les vents rapides; quand les sons harmonieux de sa lyre attiraient les chênes attentifs. Avant tout, je veux, d'après l'usage, chanter les loüanges de Jupiter, souverain des dieux et des hommes, qui gouverne la terre et les flots, et règle la marche du ciel par le cours varié des saisons : de lui, rien ne sort qui soit plus grand que lui-même; aucune puissance qui égale la sienne, aucune qui la supplée; la première place, après lui, c'est Pallas qui l'occupe. Je ne te passerai point sous silence, Bacchus, intrépide dans les combats, ni toi, Vierge ennemie des bêtes sauvages, ni toi, Phébus, dieu terrible, à la flèche inévitable. Je veux dire aussi Alcide, et les fils de Léda, invincibles tous deux, l'un à la course, l'autre au ceste : leur étoile propice a-t-elle brillé aux yeux des matelots, soudain l'écume des eaux coule le long des rochers, les vents s'apaisent, les nuages disparaissent et le flot menaçant retombe, parce qu'il l'ont voulu, au sein de la mer. Après eux, qui dois-je rappeler? Dirai-je d'abord Romulus, ou le règne paisible de Numa, ou les majestueux faisceaux des Tarquins, ou la mort glorieuse de Caton? C'est Régulus, ce sont les Saurus, c'est Paul-Émile, prodigue de sa noble vie, quand triomphe le Carthaginois, que, dans des chants magnifiques, doit célébrer ma Muse reconnaissante; c'est Fabricius. Si lui, si Curius à la chevelure inculte, si Camille ont été d'illustres capitaines, c'est grâce à la dure pauvreté, c'est qu'ils n'avaient pour fonds que l'héritage paternel et une maison modeste comme lui. On voit, pareille à un arbre, sous l'effet insensible du temps, croître chaque jour la

renommée de Marcellus, et briller entre tous l'astre de Jules, comme la lune parmi les feux d'un moindre éclat. Père et conservateur de la race humaine, fils de Saturne, c'est à toi que les destins ont confié le soin de la grandeur de César; règne, et que César vienne après toi. S'il a, dans un triomphe légitime, fait marcher, vaincus, devant lui, ou les Parthes qui menaçaient le Latium, ou les Sères et les Indiens qui habitent les régions de l'aurore, qu'au-dessous de toi il gouverne l'univers avec justice; toi, de ton char redoutable, tu peux ébranler l'Olympe; toi, tu peux lancer sur les bois profanes une foudre vengeresse.

XIII. — A LYDIE.

Quand tu vantes, Lydie, le cou de rose de Téléphe, les bras d'albâtre de Téléphe, ah! mon cœur bouillonne et se gonfle d'une bile amère. Oui, mon esprit s'égare; mon visage change de couleur, et des larmes furtives, coulant sur ma joue, attestent les feux secrets dont je suis lentement consumé. Je brûle, si une dispute, que le vin a fait sortir des bornes, vient de souiller tes blanches épaules; je brûle, si ton jeune amant, dans un de ses transports, a, de sa dent, imprimé sur tes lèvres une marque durable. Non, si tu veux m'écouter, ne compte pas sur sa constance, lorsqu'il blesse si cruellement les douces lèvres que Vénus arrose de son plus pur nectar. Heureux, mille fois heureux, ceux qu'unit un lien indissoluble, et qu'un amour sans trouble, sans querelles, ne séparera qu'à leur dernier jour!

XIV. — A L'ÉTAT.

O vaisseau! de nouvelles vagues vont te reporter dans la haute mer! Oh! que vas-tu devenir? Fais tous tes efforts pour rentrer au port! Vois comme gémissent tes flancs dégarnis, ton mât mutilé par l'impétueux Africus, et tes antennes; vois, c'est à peine si la carène sans cordes peut ré-

XII. — DE AUGUSTO.

Quem virum aut heroa lyra vel acri
Tibia sumis celebrare, Clio?
Quem deum? cujus recinet jocosa
    Nomen imago
5 Aut in umbrosis Heliconis oris
Aut super Pindo gelidove in Hœmo?
Unde vocalem temere insecutæ
    Orphea silvæ,
Arte materna rapidos morantem
10 Fluminum lapsus celeresque ventos,
Blandum et auritas fidibus canoris
    Ducere quercus.
Quid prius dicam solitis parentis
Laudibus, qui res hominum ac deorum,
15 Qui mare ac terras variisque mundum
    Temperat horis?
Unde nil majus generatur ipso,
Nec viget quidquam simile aut secundum :
Proximos illi tamen occupavit
20   Pallas honores.
Prœliis audax neque te silebo
Liber et sævis inimica Virgo
Belluis nec te metuende certa
    Phœbe sagitta.
25 Dicam et Alciden puerosque Ledæ,
Hunc equis, illum superare pugnis
Nobilem; quorum simul alba nautis
    Stella refulsit,
Defluit saxis agitatus humor,
30 Concidunt venti fugiuntque nubes,
Et minax — quod sic voluere — ponto
    Unda recumbit.
Romulum post hos prius, an quietum
Pompili regnum memorem, an superbos
35 Tarquini fasces, dubito, an Catonis
    Nobile letum.
Regulum et Scauros animæque magnæ
Prodigum Paulum superante Pœno
Gratus insigni referam Camena
40   Fabriciumque.
Hunc et incomptis Curium capillis
Utilem bello tulit et Camillum
Sæva paupertas et avitus apto
    Cum lare fundus.

45 Crescit occulto velut arbor ævo
Fama Marcelli; micat inter omnes
Julium sidus velut inter ignes
    Luna minores.
Gentis humanæ pater atque custos
50 Orte Saturno, tibi cura magni
Cæsaris fatis data : tu secundo
    Cæsare regnes.
Ille, seu Parthos Latio imminentes
Egerit justo domitos triumpho,
55 Sive subjectos Orientis oræ
    Seras et Indos,
Te minor latum regat æquus orbem;
Tu gravi curru quaties Olympum,
Tu parum castis inimica mittes
60   Fulmina lucis.

XIII. — AD LYDIAM.

Cum tu, Lydia, Telephi
Cervicem roseam, cerea Telephi
  Laudas brachia, væ meum
Fervens difficili bile tumet jecur.
5   Tum nec mens mihi nec color
Certa sede manent, humor et in genas
  Furtim labitur, arguens
Quam lentis penitus macerer ignibus.
    Uror, seu tibi candidos
10 Turparunt humeros immodicæ mero
  Rixæ, sive puer furens
Impressit memorem dente labris notam.
    Non, si me satis audias,
Speres perpetuum, dulcia barbare
15 Lædentem oscula, quæ Venus
Quinta parte sui nectaris imbuit.
    Felices ter et amplius,
Quos irrupta tenet copula nec malis
  Divulsus querimoniis
20 Suprema citius solvet amor die.

XIV. — AD REM PUBLICAM.

O navis, referent in mare te novi
Fluctus! O quid agis? Fortiter occupa
  Portum! Nonne vides, ut
    Nudum remigio latus
5 Et malus celeri saucius Africo

sister, aux flots soulevés : il faut céder. Pas une voile qui soit entière ; pas un dieu que, dans une nouvelle détresse, tu puisses encore invoquer. Bois du Pont, enfant d'une célèbre forêt, tu as beau être fier de ton origine et de ton nom, ils ne te servent à rien, et le matelot tremblant n'a aucune confiance en ta poupe couverte de peintures. Ah! prends garde de ne pas servir de jouet aux vents. Objet naguère de mon dégoût et de mes ennuis, aujourd'hui de mes vœux et de ma profonde inquiétude, puisses-tu éviter la mer qui coule entre les brillantes Cyclades!

XV. — PRÉDICTION DE NÉRÉE SUR LA RUINE DE TROIE.

Sur ses vaisseaux, enfants de l'Ida, le berger phrygien, hôte sans foi, emportait Hélène à travers les flots : tout à coup Nérée frappe les vents rapides d'un repos qui leur pèse et fait entendre ce sinistre oracle : « C'est sous de funestes auspices que tu emmènes chez toi celle que, avec une nombreuse armée, viendra redemander la Grèce, liguée pour rompre ton mariage et pour renverser le vieil empire de Priam. Ah! que les chevaux, que les hommes vont suer sous la peine! Quelle ruine tu suscites au peuple de Dardanus! Voici que Pallas prépare son casque, son égide, ses chars et toutes les fureurs de la guerre. C'est en vain que, fier de l'appui de Vénus, tu peigneras ta chevelure et que, aux sons d'une lyre paisible, tu feras entendre des chants qui charmeront les femmes. C'est en vain que, dans ton lit nuptial, tu sauras échapper aux pesants javelots, aux flèches de Cnosse, au tumulte des combats et à l'ardente poursuite d'Ajax : un jour, hélas! tu finiras pourtant par mêler à la poussière tes cheveux adultères. Derrière toi, ne vois-tu pas le fils de Laërte, fléau de ta race? ne vois-tu pas Nestor, roi de Pylos? Déjà te pressent, intrépides, et Teucer de Salamine, et Sthénélus, aussi habile dans les combats qu'infatigable cocher, lorsqu'il dirige ses chevaux. Mérion aussi se fera connaître à toi. Voici que brûle de te rencontrer le farouche fils de Ty-

dée, plus vaillant encore que son père. Mais toi, devant lui, comme un cerf qui oublie le pâturage en voyant un loup de l'autre côté du vallon, tu fuiras lâchement, soulevant, pour respirer, ta tête haletante : tu avais mieux promis à ta maîtresse. La colère de la flotte d'Achille reculera le jour fatal à Ilion et aux femmes phrygiennes : mais, après le nombre fixé d'hivers, le feu des Achéens embrasera les maisons de Troie. »

XVI. — PALINODIE.

O d'une mère si belle fille plus belle encore, assigne à mes iambes satiriques quel sort tu voudras : qu'ils soient livrés aux flammes, qu'ils soient jetés dans l'Adriatique, à ton gré! Non, ni la déesse du Dindymus, ni Apollon Pythien, ni Bacchus, si dans leurs sanctuaires ils agitent l'âme de leurs prêtres, ni les Corybantes, quand ils frappent à coups redoublés leurs sonores boucliers d'airain, ne peuvent se comparer à la funeste colère. Rien ne l'arrête : ni l'épée du Norique, ni la mer fertile en naufrages, ni le feu dévorant, ni Jupiter lui-même se jetant sur la terre avec un terrible fracas. On dit que Prométhée, forcé, pour avoir le limon du premier homme, de réunir des parcelles prises à tous les êtres, plaça aussi dans notre cœur la fureur aveugle du lion. C'est la colère qui frappa Thyeste d'une fin cruelle ; et si plus d'une grande ville a péri de fond en comble, si ses remparts ont été foulés par la charrue ennemie d'un superbe vainqueur, c'est la colère qui surtout en a été la cause. Calme ton esprit : moi aussi, aux jours charmants de ma jeunesse, j'ai senti l'atteinte de ce feu : c'est lui qui poussa ma fureur dans des iambes impétueux. Aujourd'hui je veux faire succéder la paix à la guerre : mes vers injurieux, je les rétracte ; mais tu cesseras de me haïr et tu me rendras ton cœur.

XVII. — A TYNDARIS.

Souvent Faune aux pieds légers échange le séjour du Lycée pour les ombrages de Lucrétile, où il ne cesse de dé-

---

                    Antennæque gemant ac sine funibus
                        Vix durare carinæ
                            Possint imperiosius
                    Æquor? Non tibi sunt integra lintea,
    10   Non di, quos iterum pressa voces malo.
                        Quamvis Pontica pinus,
                            Silvæ filia nobilis,
                    Jactes et genus et nomen inutile;
                    Nil pictis timidus navita puppibus
    15   Fidit. Tu, nisi ventis
                            Debes ludibrium, cave.
                    Nuper sollicitum quæ mihi tædium,
                    Nunc desiderium curaque non levis,
                        Interfusa nitentes
    20   Vites æquora Cycladas.

XV. — NEREI VATICINIUM DE EXCIDIO TROJÆ.

                    Pastor cum traheret per freta navibus
                    Idæis Helenen perfidus hospitam,
                    Ingrato celeres obruit otio
                        Ventos, ut caneret fera
    5   Nereus fata : Mala ducis avi domum,
                    Quam multo repetet Græcia milite,
                    Conjurata tuas rumpere nuptias
                        Et regnum Priami vetus.
                    Heu heu quantus equis, quantus adest viris
    10   Sudor! quanta moves funera Dardanæ
                    Genti! Jam galeam Pallas et ægida
                        Currusque et rabiem parat.
                    Nequicquam Veneris præsidio ferox
                    Pectes cæsariem grataque feminis
    15   Imbelli cithara carmina divides ;
                        Nequicquam thalamo graves
                    Hastus et calami spicula Cnosii
                    Vitabis strepitumque et celerem sequi
                    Ajacem ; tamen heu serus adulteros
    20   Crines pulvere collines.
                    Non Laertiaden, exitium tuæ
                    Genti, non Pylium Nestora respicis?
                    Urgent impavidi te Salaminius
                        Teucer et Sthenelus sciens
    25   Pugnæ, sive opus est imperitare equis,
                    Non auriga piger ; Merionen quoque
                    Nosces. Ecce furit te reperire atrox

                        Tydides melior patre,
                    Quem tu, cervus uti vallis in altera
    30   Visum parte lupum graminis immemor,
                    Sublimi fugies mollis anhelitu,
                        Non hoc pollicitus tuæ.
                    Iracunda diem proferet Ilio
                    Matronisque Phrygum classis Achillei;
    35   Post certas hiemes uret Achaicus
                        Ignis Iliacas domos.

XVI. — PALINODIA.

                    O matre pulchra filia pulchrior,
                    Quem criminosis cunque voles modum
                        Pones iambis, sive flamma
                            Sive mari libet Adriano.
    5   Non Dindymene, non adytis quatit
                    Mentem sacerdotum incola Pythius,
                        Non Liber æque, non acuta
                            Sic geminant Corybantes æra,
                    Tristes ut iræ, quas neque Noricus
    10   Deterret ensis nec mare naufragum
                        Nec sævus ignis nec tremendo
                            Juppiter ipse ruens tumultu.
                    Fertur Prometheus, addere principi
                    Limo coactus particulam undique
    15   Desectam, et insani leonis
                            Vim stomacho apposuisse nostro.
                    Iræ Thyesten exitio gravi
                    Stravere et altis urbibus ultimæ
                        Stetere causæ, cur perirent
    20   Funditus imprimeretque muris
                    Hostile aratrum exercitus insolens.
                    Compesce mentem : me quoque pectoris
                        Tentavit in dulci juventa
                            Fervor et in celeres iambos
    25   Misit furentem ; nunc ego mitibus
                    Mutare quæro tristia, dum mihi
                        Fias recantatis amica
                            Opprobriis animumque reddas.

XVII. — AD TYNDARIDEM.

                    Velox amœnum sæpe Lucretilem
                    Mutat Lycæo Faunus et igneam

fendre mes chèvres des feux de l'été et des vents pluvieux. Sous l'asile d'un bois sûr, les épouses vagabondes de l'odorant époux cherchent sans péril les arbousiers cachés et le thym ; elles ne craignent ni les vertes couleuvres, ni les loups de l'Hédilia chers au dieu Mars, quand une fois, Tyndaris, la flûte harmonieuse de Faune a retenti dans les vallons mollement inclinés d'Ustica et au milieu de leurs rochers polis. Les dieux me protégent ; les dieux se plaisent à mon culte et à ma Muse. Ici, une large corne d'abondance te versera à plein bord une riche provision des trésors de la campagne. Ici, dans le secret d'un vallon, tu fuiras les ardeurs de la Canicule, et, sur la lyre de Téos, tu diras les tourments de Pénélope et de la brillante Circé, toutes deux éprises du même homme. Ici tu savoureras à l'ombre un vin inoffensif de Lesbos, sans que Bacchus, fils de Sémélé, vienne engager de lutte avec Mars ; à l'abri des soupçons et de l'insolence de Cyrus, tu ne craindras point qu'il porte sur ta faiblesse ses mains intempérantes, et déchire la couronne attachée à tes cheveux et ta robe innocente.

XVIII. — A Q. VARUS.

Non, Varus, ne plante aucun arbre, avant la vigne sacrée, dans le fertile terroir de Tibur, près des murailles qu'a bâties Catilus. A l'homme qui n'a point bu, le ciel rend tout pénible ; ce n'est qu'en buvant qu'on dissipe les dévorants soucis. Qui, après boire, se plaint des fatigues de la guerre, des maux de la pauvreté? Qui n'aime mieux alors entonner tes louanges, vénérable Bacchus, et les tiennes, aimable Vénus? Mais qu'on n'aille pas, en usant des dons du vin, dépasser toute mesure : voyez la querelle des Lapithes et des Centaures, que le vin termina par les armes ; voyez la colère de Bacchus contre les Sithoniens, quand l'ivresse ne leur fait plus voir entre le bien et le mal que l'étroite limite des passions. Non, dieu rayonnant de beauté, ce n'est pas moi qu'on verra, malgré ta volonté, agiter les thyrses ; ce n'est pas moi qui irai emporter au grand jour tes mystères entourés de feuilles de toute sorte. Contiens la fureur des tambours et la trompe de

Bérécynte : à leur suite marchent l'aveugle Amour de soi, et la Vanité qui lève beaucoup trop sa tête vide, et l'imprudente Indiscrétion plus transparente que le verre.

XIX. — SUR GLYCÈRE.

La mère impérieuse des Amours, et le fils de la Thébaine Sémélé, et la Volupté lascive le veulent : je rends à l'amour mon cœur qui lui avait dit adieu. Je brûle pour la beauté de Glycère, pour cet éclat plus pur que celui du marbre de Paros ; elle me fait brûler, la charmante effrontée, avec son visage si dangereux à voir. Pour s'attacher à moi tout entière, Vénus a déserté Cypre. Elle ne souffre pas que je chante les Scythes, ni le Parthe menaçant sur son cheval qui fuit, rien qui ne la regarde. Allons, esclaves, qu'on place ici un vert gazon, qu'on y apporte de la verveine, de l'encens et une coupe d'un vin de deux ans ; peut-être le sang d'une victime apaisera-t-il la déesse.

XX. — A C. C. MÉCÈNES.

Tu vas boire, Mécènes, dans de petites coupes, un modeste vin du Sabinum, que moi-même j'ai cacheté dans une amphore grecque : c'était le jour où, cher chevalier, les applaudissements, qui t'accueillaient au théâtre, faisaient retentir les rivages du Tibre, où l'écho enjoué du Vatican répétait tes louanges. Le Cécube, le jus des raisins qu'ont foulés les pressoirs de Calès, c'est chez toi que tu les boiras : mon vin, à moi, n'est corrigé ni par les vignes de Falerne, ni par les coteaux de Formies.

XXI. — A DIANE ET A APOLLON.

Chantez Diane, jeunes vierges ; chantez, jeunes gens, Apollon à la longue chevelure, et Latone si tendrement aimée du très-haut Jupiter. Vous, célébrez la déesse qui se plaît au bord des fleuves, qui aime le feuillage des bois dont est couronné l'Algide à la cime glacée, ou l'Erymanthe aux noires forêts, ou le Cragus verdoyant. Vous, jeunes gens, célébrez

---

```
      Defendit æstatem capellis
        Usque meis pluviosque ventos.
 5    Impune tutum per nemus arbutos
      Quærunt latentes et thyma deviæ
        Olentis uxores mariti,
          Nec virides metuunt colubras,
      Nec Martiales Hædiliæ lupos,
10    Utcunque dulci, Tyndari, fistula
        Valles et Usticæ cubantis
          Levia personuere saxa.
      Di me tuentur; dis pietas mea
      Et Musa cordi est. Hic tibi copia
15      Manabit ad plenum benigno
          Ruris honorum opulenta cornu.
      Hic in reducta valle Caniculæ
      Vitabis æstus et fide Teia
        Dices laborantes in uno
20        Penelopen vitreamque Circen;
      Hic innocentis pocula Lesbii
      Duces sub umbra, nec Semeleius
        Cum Marte confundet Thyoneus
          Prœlia, nec metues protervum
25    Suspecta Cyrum, ne male dispari
      Incontinentes injiciat manus
        Et scindat hærentem coronam
          Crinibus immeritamque vestem.
```

XVIII. — AD Q. VARUM.

```
      Nullam, Vare, sacra vite prius severis arborem
      Circa mite solum Tiburis et mœnia Catili.
      Siccis omnia nam dura deus proposuit, neque
      Mordaces aliter diffugiunt sollicitudines.
 5    Quis post vina gravem militiam aut pauperiem crepat?
      Quis non te potius, Bacche pater, teque, decens Venus?
      At, ne quis modici transiliat munera Liberi,
      Centaurea monet cum Lapithis rixa super mero
      Debellata, monet Sithoniis non levis Evius,
10    Cum fas atque nefas exiguo fine libidinum
      Discernunt avidi. Non ego te, candide Bassareu,
      Invitum quatiam, nec variis obsita frondibus
      Sub divum rapiam. Sæva tene cum Berecyntio
      Cornu tympana, quæ subsequitur cæcus Amor sui,
```

```
15    Et tollens vacuum plus nimio Gloria verticem,
      Arcanique Fides prodiga, perlucidior vitro.
```

XIX. — DE GLYCERA.

```
        Mater sæva Cupidinum
        Thebanæque jubet me Semeles puer
          Et lasciva Licentia
          Finitis animum reddere amoribus.
 5      Urit me Glyceræ nitor
        Splendentis Pario marmore purius;
          Urit grata protervitas
          Et vultus nimium lubricus adspici.
        In me tota ruens Venus
10      Cyprum deseruit, nec patitur Scythas
          Et versis animosum equis
          Parthum dicere nec quæ nihil attinent.
        Hic vivum mihi cespitem, hic
        Verbenas, pueri, ponite thuraque
15        Bimi cum patera meri :
        Mactata veniet lenior hostia.
```

XX. — AD. C. C. MÆCENATEM.

```
        Vile potabis modicis Sabinum
        Cantharis, Græca quod ego ipse testa
        Conditum levi, datus in theatro
          Cum tibi plausus,
 5      Care Mæcenas eques, ut paterni
        Fluminis ripæ simul et jocosa
        Redderet laudes tibi Vaticani
          Montis imago.
        Cæcubum et prelo domitam Caleno
10      Tu bibes uvam : mea nec Falernæ
        Temperant vites neque Formiani
          Pocula colles.
```

XXI. — IN DIANAM ET APOLLINEM.

```
        Dianam teneræ dicite virgines,
        Intonsum, pueri, dicite Cynthium
          Latonamque supremo
          Dilectam penitus Jovi.
 5      Vos lætam fluviis et nemorum coma,
        Quæcunque aut gelido prominet Algido,
```

par autant de louanges la vallée de Tempé, Délos qui vit naître Apollon aux épaules ornées du carquois et de la lyre que lui donna son frère. C'est lui qui, touché par vos prières, écartera du peuple romain et de César, notre chef, les horreurs de la guerre, les maux de la famine et de la peste, pour les tourner contre les Perses et les Bretons.

XXII. — A ARISTIUS FUSCUS.

L'homme, dont la vie est pure et que n'a souillé aucun crime, peut se passer, Fuscus, et des javelots du Maure, et de son arc, et de son carquois chargé de flèches empoisonnées, pour traverser les Syrtes brûlantes, ou le Caucase inhospitalier, ou les contrées qu'arrose l'Hydaspe aux fabuleuses merveilles. Vois : dans mon bois du Sabinum, j'allais chantant ma Lalagé, et, libre de soucis, j'égarais mes pas au delà de l'enceinte, quand un loup fuit devant moi ; et pourtant j'étais sans armes. C'était un vrai monstre, tel que n'en nourrissent point les vastes forêts de chênes de la belliqueuse Daunie, tel que n'en voit point la terre de Juba, aride nourricière des lions. Qu'on me transporte au sein des mortes campagnes où jamais arbre ne se ranima sous la brise de l'été, dans cette zone que pressent les brouillards et une malfaisante atmosphère ; qu'on me transporte dans les régions inhabitables trop voisines du char du soleil, partout je veux aimer Lalagé, au doux parler, au doux sourire.

XXIII. — A CHLOÉ.

Tu me fuis, Chloé, défiante comme le faon qui cherche dans les retraites des monts sa mère craintive, et s'émeut de vaines frayeurs au bruit du vent et de la forêt. Le mobile feuillage a-t-il frissonné aux premiers souffles du printemps ; de verts lézards ont-ils remué les broussailles : voilà son cœur qui bat, voilà ses genoux qui tremblent. Et pourtant, je ne suis pas un tigre furieux, un lion de Gétulie ; je n'ai point dessein de te mettre en pièces. Ah ! cesse enfin de suivre ta mère : tu es mûre pour les amours.

XXIV. — A VIRGILE.

Quelle réserve, quelle borne saurait-on mettre aux regrets qu'arrache une tête si chère ? Inspire-moi des chants de deuil, Melpomène, toi, à qui Jupiter donna avec la lyre une voix mélodieuse. Voilà donc Quinctilius plongé dans l'éternel sommeil ! Quand la Modestie, l'incorruptible bonne Foi, sœur de la Justice, et la Vérité sans art, trouveront-elles un homme qui lui ressemble ? Sa mort fait verser des larmes à tous les gens de bien ; à nul, elle n'en fait verser autant qu'à toi, Virgile. Ta piété, hélas ! ne t'a servi à rien, et c'est en vain que tu demandes aux dieux Quinctilius, que tes prières leur avaient confié pour un meilleur sort. Ta lyre, écoutée même des arbres, aurait-elle des accents plus doux que ceux du Thrace Orphée ; non, le sang ne viendrait pas ranimer une ombre vaine : Mercure qui, insensible aux prières, ne rompt pas les destins, l'a, de sa verge redoutable, réunie pour toujours au noir troupeau des morts. Loi cruelle ! Mais la résignation rend plus léger le mal que rien ne peut guérir.

XXV. — A LYDIE.

De jeunes débauchés viennent plus rarement, à coups redoublés, ébranler tes fenêtres closes et t'arracher au sommeil ; ta porte reste volontiers attachée au seuil, elle qui naguère roulait si facile sur ses gonds ; et voilà que de moins en moins tu entends ces mots : « Quand de longues nuits me font mourir d'amour, dors-tu, Lydie ? » A ton tour, devenue vieille, tu pleureras du dédain des amants, quand, méprisée, tu te tiendras dans une ruelle solitaire, en butte au souffle du vent de Thrace dont la furie redouble à la lune nouvelle.

      Nigris aut Erymanthi
        Silvis aut viridis Cragi ;
      Vos Tempe totidem tollite laudibus
10   Natalemque, mares, Delon Apollinis,
        Insignemque pharetra
        Fraternaque humerum lyra.
      Hic bellum lacrimosum, hic miseram famem
      Pestemque a populo et principe Cæsare in
15   Persas atque Britannos
        Vestra motus aget prece.

XXII. — AD A. FUSCUM.

    Integer vitæ scelerisque purus
    Non eget Mauris jaculis neque arcu
    Nec venenatis gravida sagittis,
        Fusce, pharetra,
5   Sive per Syrtes iter æstuosas
    Sive facturus per inhospitalem
    Caucasum vel quæ loca fabulosus
        Lambit Hydaspes.
    Namque me silva lupus in Sabina,
10 Dum meam canto Lalagen et ultra
    Terminum curis vagor expeditis,
        Fugit inermem,
    Quale portentum neque militaris
    Daunias latis alit æsculetis,
15 Nec Jubæ tellus generat leonum
        Arida nutrix.
    Pone me pigris ubi nulla campis
    Arbor æstiva recreatur aura,
    Quod latus mundi nebulæ malusque
20   Juppiter urget ;
    Pone sub curru nimium propinqui
    Solis in terra domibus negata :
    Dulce ridentem Lalagen amabo,
        Dulce loquentem.

XXIII. — AD CHLOEN.

    Vitas hinnuleo me similis, Chloe,
    Quærenti pavidam montibus aviis
      Matrem non sine vano
      Aurarum et silvæ metu.
5   Nam seu mobilibus veris inhorruit
    Adventus foliis seu virides rubum
      Dimovere lacertæ,
      Et corde et genibus tremit.

---

10   Atqui non ego te tigris ut aspera
    Gætulusve leo frangere persequor :
      Tandem desine matrem
      Tempestiva sequi viro.

XXIV. — AD VIRGILIUM.

    Quis desiderio sit pudor aut modus
    Tam cari capitis ? Præcipe lugubres
    Cantus, Melpomene, cui liquidam pater
      Vocem cum cithara dedit.
5   Ergo Quinctilium perpetuus sopor
    Urget ! cui Pudor et Justitiæ soror,
    Incorrupta Fides, nudaque Veritas
      Quando ullum inveniet parem ?
    Multis ille bonis flebilis occidit,
10 Nulli flebilior quam tibi, Virgili.
    Tu frustra pius heu non ita creditum
      Poscis Quinctilium deos.
    Quod si Threicio blandius Orpheo
    Auditam moderere arboribus fidem,
15 Non vanæ redeat sanguis imagini,
      Quam virga semel horrida,
    Non lenis precibus fata recludere,
    Nigro compulerit Mercurius gregi.
    Durum : sed levius fit patientia,
20   Quidquid corrigere est nefas.

XXV. — AD LYDIAM.

    Parcius junctas quatiunt fenestras
    Ictibus crebris juvenes protervi,
    Nec tibi somnos adimunt amatque,
      Janua limen,
5   Quæ prius multum facilis movebat
    Cardines ; audis minus et minus jam :
    « Me tuo longas pereunte noctes,
      Lydia, dormis ? »
    Invicem mœchos anus arrogantes
10 Flebis in solo levis angiportu,
    Thracio bacchante magis sub inter-
      lunia vento,
    Cum tibi flagrans amor et libido,
    Quæ solet matres furiare equorum,
15 Sæviet circa jecur ulcerosum,
      Non sine questu,

Alors une brûlante ardeur, un désir pareil à la fureur qui emporte les cavales, dévoreront de leurs feux ton cœur ulcéré; ce ne sera pas sans gémir que tu verras la jeunesse joyeuse préférer le lierre verdoyant et le myrte noir, et dédier les couronnes fanées à l'Hèbre aimé de l'hiver.

XXVI. — A ÆLIUS LAMIA.

Cher aux Muses, j'abandonne à la violence des vents la tristesse et les alarmes : qu'ils les emportent dans la mer de Crète ! Je m'inquiète peu de savoir quel roi fait trembler les régions glacées de l'Ourse, quelles sont les terreurs de Tiridate. O toi ! qui te plais aux sources pures, tresse des fleurs brillantes, tresse une couronne pour mon cher Lamia, Muse aimée de Pimpla ! Sans toi, mes hommages ne sont bons à rien. C'est lui que sur des cordes nouvelles, c'est lui qu'avec le plectre de Lesbos, vous devez immortaliser, toi et tes sœurs.

XXVII. — A SES AMIS.

Les coupes faites pour la joie servent aux Thraces d'armes de combat : loin de nous cette coutume; éloignez de Bacchus ces querelles sanglantes dont il rougit. Au milieu du vin et des flambeaux, le cimeterre des Mèdes : quel horrible contraste! Amis, calmez ces cris impies; que vos coudes restent tranquilles sur les coussins. Vous voulez que je prenne ma part de cet âpre Falerne? Que le frère de Mégilla d'Oponte nous dise l'heureuse blessure, le trait qui le font mourir. Il hésite? Je ne bois qu'à ce prix. Quelle que soit la beauté qui te captive, ce n'est pas de feux indignes que tu brûles; tu ne cèdes jamais qu'à des amantes de condition libre. Allons, confie son nom à de discrètes oreilles. Ah! malheureux, pour quelle Charybde tu souffrais, jeune homme digne d'une plus belle flamme! Quelle magicienne, quel enchanteur armé de philtres thessaliens, quel dieu pourra te délivrer? C'est à peine si Pégase est capable de te dégager des liens où t'enlace la Chimère au triple visage.

XXVIII. — ARCHYTAS.

Toi qui mesuras la mer, la terre et les sables sans nombre, Archytas, un chétif tombeau formé d'un peu de terre t'enferme près du rivage du Matinus. Que te sert d'avoir tenté les espaces de l'air, d'avoir fait parcourir à ton esprit la voûte des cieux, puisque tu devais mourir! Il est mort également le père de Pélops, convive des dieux, et Tithon, quoique enlevé dans les airs par l'Aurore, et Minos, admis aux secrets de Jupiter; il est aux enfers, le fils de Panthus, deux fois précipité dans l'Orcus, bien que le bouclier détaché du temple eût attesté qu'il avait vécu au temps de Troie, et qu'il n'avait donné à l'horrible mort que ses os et sa chair; lui qui, à ton avis, a dignement écrit sur la nature et la vérité. Mais tous, la même nuit nous attend; il faut fouler une fois la route de la mort. Il en est que les Furies donnent en spectacle au dieu farouche de la guerre; le matelot trouve sa fin dans la mer avide; jeunes et vieux, frappés par la mort, se pressent confondus; l'impitoyable Proserpine n'épargne aucune tête. Moi aussi, le compagnon impétueux d'Orion à son coucher, m'a précipité dans la mer d'Illyrie. Mais toi, matelot, sois généreux; ne refuse pas à des os, à une tête sans sépulture, une poignée d'un sable mouvant. Puisse, en retour, si l'Eurus menace de soulever les flots de l'Hespérie, la tempête frapper les forêts de Venouse, et toi échapper au danger; que sur toi répandent une ample récompense, ceux qui peuvent le faire, Jupiter favorable, et Neptune gardien de la sainte Tarente. Comptes-tu pour rien de commettre un sacrilége dont tes enfants innocents porteront la peine? Et peut-être qu'à toi-même un juste châtiment et de cruelles représailles te sont réservés. Non, si tu m'abandonnes, mes imprécations ne seront point stériles; nulle expiation ne rachètera ton crime. Si pressé que tu sois, c'est l'affaire d'un instant : jette trois fois de la terre sur mon corps et tu peux reprendre ta course.

Læta quod pubes hedera virente
Gaudeat pulla magis atque myrto,
   Aridas frondes hiemis sodali
20   Dedicet Hebro.

XXVI. — AD ÆLIUM LAMIAM.

Musis amicus tristitiam et metus
Tradam protervis in mare Creticum
   Portare ventis, quis sub Arcto
     Rex gelidæ metuatur oræ,
5 Quid Tiridaten terreat, unice
Securus. O, quæ fontibus integris
   Gaudes, apricos necte flores,
     Necte meo Lamiæ coronam,
Pimplea dulcis! Nil sine te mei
10 Prosunt honores : hunc fidibus novis,
   Hunc Lesbio sacrare plectro
     Teque tuasque decet sorores.

XXVII. — AD SODALES.

Natis in usum lætitiæ scyphis
Pugnare Thracum est : tollite barbarum
   Morem, verecundumque Bacchum
     Sanguineis prohibete rixis!
5 Vino et lucernis Medus acinaces
Immane quantum discrepat : impium
   Lenite clamorem, sodales,
     Et cubito remanete presso!
Vultis severi me quoque sumere
10 Partem Falerni? Dicat Opuntiæ
   Frater Megillæ, quo beatus
     Vulnere, qua pereat sagitta.
Cessat voluntas? Non alia bibam
Mercede. Quæ te cunque domat Venus,
15   Non erubescendis adurit
     Ignibus ingenuoque semper
Amore peccas. Quidquid habes, age,
Depone tutis auribus. Ah miser,
   Quanta laborabas Charybdi,
20   Digne puer meliore flamma!
Quæ saga, quis te solvere Thessalis

Magus venenis, quis poterit deus?
   Vix illigatum te triformi
     Pegasus expediet Chimæra.

XXVIII. — ARCHYTAS.

Te maris et terræ numeroque carentis arenæ
   Mensorem cohibent, Archyta,
Pulveris exigui prope litus parva Matinum
   Munera, nec quidquam tibi prodest
5 Aerias tentasse domos animoque rotundum
   Percurrisse polum morituro.
Occidit et Pelopis genitor, conviva deorum,
   Tithonusque remotus in auras,
Et Jovis arcanis Minos admissus, habentque
10   Tartara Panthoiden iterum Orco
Demissum, quamvis, clypeo Trojana refixo
   Tempora testatus, nihil ultra
Nervos atque cutem morti concesserat atræ,
   Judice te non sordibus auctor
15 Naturæ verique. Sed omnes una manet nox
   Et calcanda semel via leti.
Dant alios Furiæ torvo spectacula Marti ;
   Exitio est avidum mare nautis;
Mixta senum ac juvenum densentur funera, nullum
20   Sæva caput Proserpina fugit.
Me quoque devexi rapidus comes Orionis
   Illyricis Notus obruit undis.
At tu, nauta, vagæ ne parce malignus arenæ
   Ossibus et capiti inhumato
25 Particulam dare : sic, quodcumque minabitur Eurus
   Fluctibus Hesperiis, Venusinæ
Plectantur silvæ te sospite, multaque merces,
   Unde potest, tibi defluat æquo
Ab Jove Neptunoque sacri custode Tarenti.
30   Negligis immeritis nocituram
Postmodo te natis fraudem committere? Fors et
   Debita jura vicesque superbæ
Te maneant ipsum : precibus non linquar inultis,
   Teque piacula nulla resolvent.
35 Quanquam festinas, non est mora longa ; licebit
   Injecto ter pulvere curras.

XXIX. — A ICCIUS.

Iccius, voici qu'enviant aux Arabes leurs précieux trésors, tu prépares une guerre terrible aux rois indomptés de Saba, et forges des chaînes pour le Mède redoutable. Quelle vierge barbare, pleurant son fiancé, va devenir ton esclave? Quel enfant, sorti d'une cour royale, sera chargé, les cheveux parfumés, de te tendre la coupe, d'une main instruite à lancer les flèches des Sères sur l'arc paternel? Qui dira que les ruisseaux ne peuvent pas, s'écartant de leur cours naturel, refluer vers les montagnes d'où ils descendent, et retourner au Tibre, quand toi, qui as rassemblé à grands frais les écrits fameux de Panétius, tu veux, avec toute la maison de Socrate, les donner pour des cuirasses d'Ibérie; tu nous faisais de plus belles promesses.

XXX. — A VÉNUS.

Vénus, reine de Cnide et de Paphos, quitte le séjour aimé de Cypre, et vole vers la riante demeure de Glycère, qui t'appelle en répandant des flots d'encens. Qu'avec toi viennent le brûlant Amour, les Grâces à la ceinture flottante, les Nymphes, la Jeunesse, qui sans toi a peu de charmes, et Mercure.

XXXI. — A APOLLON.

En ce jour de dédicace, quelle prière le poëte adresse-t-il à Apollon? Que demande-t-il en versant de la patère le vin nouveau? Ce ne sont ni les moissons abondantes de la grasse Sardaigne, ni les beaux troupeaux de la brûlante Calabre, ni l'or, ni l'ivoire de l'Inde, ni les champs que le paisible Liris ronge de ses eaux silencieuses. Qu'ils taillent les vignes de Calès, ceux à qui la fortune a donné des vignes; qu'il boive dans des vases d'or des vins payés par les parfums de Syrie, ce riche marchand que les dieux mêmes protégent, puisque, trois et quatre fois l'année, il traverse impunément la mer Atlantique. Mes festins, à moi, ce sont les olives, la chicorée et les mauves salutaires. Fils de Latone, accorde-moi de jouir de mes biens; conserve-moi la santé du corps et la force de l'âme; fais que ma vieillesse ne soit pas sans gloire et puisse encore toucher la lyre.

XXXII. — A SA LYRE.

On nous demande. Si jamais, dans mes loisirs, je me suis égayé avec toi sous l'ombrage, viens, ma lyre, viens dire un chant latin qui plaise cette année et que l'on répète dans la postérité. Tu résonnas pour la première fois sous les doigts du citoyen de Lesbos; vaillant à la guerre, il savait pourtant, au milieu des armes, aussi bien que sur l'humide rivage où venait d'aborder son vaisseau ballotté, chanter Bacchus, et les Muses, et Vénus, et son fils qui ne la quitte jamais, et Lycus aux yeux noirs et à la noire chevelure. Gloire de Phébus, lyre qui charmes les festins du puissant Jupiter, douce consolation des douleurs, sois toujours prête à m'entendre, moi qui t'invoque pieusement.

XXXIII. — A TIBULLE.

Albius, cesse de t'affliger, trop sensible au souvenir de la cruelle Glycère; cesse de soupirer de plaintives élégies, parce qu'un rival plus jeune t'a éclipsé aux yeux de l'infidèle. Lycoris, dont le front étroit a tant de grâces, brûle d'amour pour Cyrus; Cyrus penche vers Pholoé qui le repousse : mais les chèvres s'uniront aux loups d'Apulie avant que Pholoé trahisse sa foi pour un si indigne amant. Ainsi l'ordonne Vénus, qui se fait un jeu cruel de joindre sous un joug d'airain des corps et des cœurs de nature différente. Moi-même, quoique Vénus m'appelât à un meilleur amour, j'ai préféré garder les chaines de Myrtale, cette affranchie plus farouche que l'Adriatique dont les flots creusent les golfes de la Calabre.

XXIX. — AD ICCIUM.

Icci, beatis nunc Arabum invides
Gazis, et acrem militiam paras
    Non ante devictis Sabææ
      Regibus, horribilique Medo
5 Nectis catenas? Quæ tibi virginum
Sponso necato barbara serviet?
    Puer quis ex aula capillis
      Ad cyathum statuetur unctis,
  Doctus sagittas tendere Sericas
10 Arcu paterno? Quis neget arduis
    Pronos relabi posse rivos
      Montibus et Tiberim reverti,
  Cum tu coemptos undique nobilis
Libros Panæti Socraticam et domum
15   Mutare loricis Iberis,
      Pollicitus meliora, tendis?

XXX. — AD VENEREM.

O Venus, regina Cnidi Paphique,
Sperne dilectam Cypron, et vocantis
    Thure te multo Glyceræ decoram
      Transfer in ædem.
5 Fervidus tecum puer et solutis
Gratiæ zonis properentque Nymphæ
Et parum comis sine te Juventas
    Mercuriusque.

XXXI. — AD APOLLINEM.

Quid dedicatum poscit Apollinem
Vates? quid orat de patera novum
    Fundens liquorem? Non opimæ
      Sardiniæ segetes feraces,
5 Non æstuosæ grata Calabriæ
Armenta, non aurum aut ebur Indicum,
    Non rura, quæ Liris quieta
      Mordet aqua taciturnus amnis.
  Premant Calena falce quibus dedit
10 Fortuna vitem, dives et aureis
    Mercator exsiccet culullis
      Vina Syra reparata merce,
  Dis carus ipsis, quippe ter et quater

15 Anno revisens æquor Atlanticum
    Impune. Me pascunt olivæ,
      Me cichorea levesque malvæ.
  Frui paratis et valido mihi,
Latoe, dones et, precor, integra
20   Cum mente, nec turpem senectam
      Degere nec cithara carentem.

XXXII. — AD LYRAM.

Poscimur. Si quid vacui sub umbra
Lusimus tecum, quod et hunc in annum
Vivat et plures, age, dic Latinum,
    Barbite, carmen,
5 Lesbio primum modulate civi,
Qui ferox bello tamen inter arma,
Sive jactatam religarat udo
    Litore navim,
Liberum et Musas Veneremque et illi
10 Semper hærentem puerum canebat
Et Lycum nigris oculis nigroque
    Crine decorum.
O decus Phœbi et dapibus supremi
Grata testudo Jovis, o laborum
15 Dulce lenimen, mihi cunque salve
    Rite vocanti.

XXXIII. — AD ALBIUM TIBULLUM.

Albi, ne doleas plus nimio memor
Immitis Glyceræ, neu miserabiles
Decantes elegos, cur tibi junior
    Læsa præniteat fide
5 Insignem tenui fronte Lycorida
Cyri torret amor, Cyrus in asperam
Declinat Pholoen; sed prius Apulis
    Jungentur capreæ lupis,
Quam turpi Pholoe peccet adultero.
10 Sic visum Veneri, cui placet impares
Formas atque animos sub juga ahenea
    Sævo mittere cum joco.
Ipsum me, melior cum peteret Venus,
Grata detinuit compede Myrtale
15 Libertina, fretis acrior Adriæ
    Curvantis Calabros sinus.

XXXIV. — A LUI-MÊME.

Adorateur avare et peu assidu des dieux, j'errais dans la science d'une sagesse insensée. Me voilà maintenant forcé de ramener mon vaisseau en arrière et de sillonner de nouveau la route que j'avais quittée; c'est que Jupiter, dont la foudre étincelante fend d'ordinaire les nuages, a lancé à travers un ciel serein ses coursiers tonnants et son char ailé : à ce bruit, la terre immobile, et les fleuves errants, et le Styx, et le séjour affreux de l'odieux Ténare, et l'Atlas, aux bornes du monde, tout s'est ébranlé. Le ciel, dans sa puissance, bouleverse les rangs, abaisse le puissant, et met en lumière ceux qui sont dans l'obscurité : ici, la Fortune vient, au sifflement aigu de ses ailes, d'enlever un diadème; c'est là qu'elle ira le placer.

XXXV. — A LA FORTUNE.

O déesse, qui règnes à Antium, ta ville chérie, toi qui peux du plus humble degré élever un mortel au plus haut, et changer en funérailles la pompe des triomphes, c'est à toi que, d'une prière inquiète, s'adresse le pauvre colon des champs; c'est toi, souveraine de la mer, qu'invoque celui qui sur un vaisseau de Bithynie va braver les eaux de Carpathos. C'est toi que redoutent le Dace farouche, le Scythe nomade, les villes, et les peuples, et l'intrépide Latium, et les mères des rois barbares, et les tyrans vêtus de pourpre; ils tremblent que d'un pied dédaigneux tu ne renverses la colonne qui soutient leur puissance, qu'un peuple en foule, criant aux armes, n'appelle aux armes les citoyens qui hésitent, et que leur empire ne vole en éclats. Devant toi marche toujours l'impitoyable Nécessité, qui porte dans sa main de fer des clous énormes, des coins, des crampons inébranlables et du plomb fondu. C'est toi qu'honorent l'Espérance et la rare bonne Foi, couverte d'une robe blanche; elles ne refusent pas de te suivre, toutes les fois que, changeant de vêtement, tu sors d'une maison puissante qu'a frappée ta dis-

grâce. La foule perfide et la courtisane parjure s'en vont lâchement; ils s'enfuient, quand les amphores sont vidées jusqu'à la lie, les faux amis qui refusent de porter avec un ami le joug du malheur. Veille sur César, prêt à marcher contre les Bretons aux extrémités du monde; veille sur le nouvel essaim de guerriers qui fait trembler les contrées de l'Aurore et la mer Erythrée. Hélas ! nos cicatrices, et nos crimes, et le sang de nos frères, nous couvrent de honte. Siècle de fer, devant quoi avons-nous reculé? A quel forfait n'avons-nous porté la main? De quel sacrilége la crainte des dieux a-t-elle détourné la jeunesse romaine? Quels autels avons-nous épargnés? Puisses-tu, pour le tourner contre les Massagètes et les Arabes, retremper sur une enclume nouvelle ton glaive émoussé !

XXXVI. — EN L'HONNEUR DE PLOTIUS NUMIDA.

Allons, que l'encens, et les sons de la lyre, et le sang promis d'un jeune taureau implorent la faveur des dieux protecteurs de Numida : il est revenu en bonne santé de la lointaine Hespérie, et le voilà qui prodigue ses baisers à ses amis, mais par-dessus tout à son cher Lamia : il n'oublie pas que leur enfance s'est passée sous le même maître, et qu'ensemble ils ont changé de toge. Que la blanche pierre de Crète marque un si beau jour; que les amphores se succèdent, et que, à l'exemple des Saliens, on ne se lasse pas de danser. Que Damalis, l'intrépide buveuse, n'aille pas l'emporter sur Bassus à vider, comme les Thraces, une coupe d'un seul trait; que les roses ne manquent pas au festin, ni l'ache toujours verte, ni le lis sitôt fané. Tous vont sur Damalis fixer des regards lascifs : mais rien n'arrachera Damalis à l'amant qui vient d'arriver, et ses bras l'enlaceront d'une étreinte plus étroite que celle du lierre.

XXXVII. — A SES AMIS.

C'est maintenant qu'il faut boire ; c'est maintenant que d'un pied libre il faut frapper la terre ; c'est maintenant, mes

---

XXXIV. — AD SE IPSUM.

Parcus deorum cultor et infrequens,
Insanientis dum sapientiæ
   Consultus erro, nunc retrorsum
    Vela dare atque iterare cursus
5 Cogor relictos : namque Diespiter,
Igni corusco nubila dividens
   Plerumque, per purum tonantes
    Egit equos volucremque currum,
Quo bruta tellus et vaga flumina,
10 Quo Styx et invisi horrida Tænari
   Sedes Atlanteusque finis
    Concutitur. Valet ima summis
Mutare et insignem attenuat deus
Obscura promens; hinc apicem rapax
15   Fortuna cum stridore acuto
    Sustulit, hic posuisse gaudet.

XXXV. — AD FORTUNAM.

O diva, gratum quæ regis Antium,
Præsens vel imo tollere de gradu
   Mortale corpus vel superbos
    Vertere funeribus triumphos,
5 Te pauper ambit sollicita prece
Ruris colonus, te dominam æquoris,
   Quicunque Bithyna lacessit
    Carpathium pelagus carina.
Te Dacus asper, te profugi Scythæ
10 Urbesque gentesque et Latium ferox
   Regumque matres barbarorum et
    Purpurei metuunt tyranni,
Injurioso ne pede proruas
Stantem columnam, neu populus frequens
15   Ad arma cessantes, ad arma
    Concitet imperiumque frangat.
Te semper anteit sæva Necessitas,
Clavos trabales et cuneos manu
   Gestans ahena, nec severus
20   Uncus abest liquidumque plumbum.
Te Spes et albo rara Fides colit
Veluta panno nec comitem abnegat,
   Utcunque mutata potentes
    Veste domos inimica linquis.

25 At vulgus infidum et meretrix retro
Perjura cedit, diffugiunt cadis
   Cum fæce siccatis amici
    Ferre jugum pariter dolosi.
Serves iturum Cæsarem in ultimos
30 Orbis Britannos et juvenum recens
   Examen Eois timendum
    Partibus Oceanoque rubro.
Eheu cicatricum et sceleris pudet
Fratrumque. Quid nos dura refugimus
35   Ætas? quid intactum nefasti
    Liquimus? unde manum juventus
Metu deorum continuit? quibus
Pepercit aris? O utinam nova
40   Incude diffingas retusum in
    Massagetas Arabasque ferrum!

XXXVI. — IN HONOREM PLOTII NUMIDÆ.

   Et thure et fidibus juvat
Placare et vituli sanguine debito
   Custodes Numidæ deos,
Qui nunc Hesperia sospes ab ultima
5   Caris multa sodalibus,
Nulli plura tamen dividit oscula
   Quam dulci Lamiæ, memor
Actæ non alio rege puertiæ
   Mutatæque simul togæ.
10 Cressa ne careat pulchra dies nota,
   Neu promptæ modus amphoræ,
Neu morem in Salium sit requies pedum,
   Neu multi Damalis meri
Bassum Threicia vincat amystide,
15   Neu desint epulis rosæ,
Neu vivax apium, neu breve lilium.
   Omnes in Damalin putres
Deponent oculos, nec Damalis novo
   Divelletur adultero
20 Lascivis hederis ambitiosior.

XXXVII. — AD SODALES.

Nunc est bibendum, nunc pede libero
Pulsanda tellus, nunc Saliaribus

PARIS. — IMP. SIMON RAÇON ET Cⁱᵉ, RUE D'ERFURTH, 1.

2

amis, l'heure de charger le coussin des dieux de mets dignes des Saliens. On ne pouvait, avant ce jour, tirer le Cécube du cellier où l'avaient serré nos pères : alors une reine préparait follement la chute du Capitole et la ruine de l'Etat ; suivie d'un impur troupeau d'hommes souillés d'une honteuse maladie, elle s'abandonnait à tous les transports d'une espérance sans frein, ivre des faveurs de la fortune. Mais ce délire se dissipa à l'aspect d'un seul de ses vaisseaux échappé des flammes : son esprit, égaré par les fumées du vin de Maréa, passa à une terreur véritable, quand, de son navire fuyant sur des ailes les bords de l'Italie, elle vit César la poursuivre à force de rames, comme l'épervier poursuit la douce colombe, comme le chasseur rapide presse un lièvre dans les campagnes couvertes de neige de l'Hémonie : César voulait charger de chaines ce monstre fatal. Mais elle, cherchant une plus belle mort, ne trembla pas en femme à la vue d'une épée ; elle n'alla pas, à force de voiles, chercher un autre royaume sur des rivages inconnus. Elle ose, le front serein, revoir son palais frappé de désolation ; elle ne craint pas de manier d'affreux serpents, pour en faire couler le noir venin dans ses veines. Plus intrépide encore, quand elle s'est résolue à mourir, elle ne veut pas que les cruelles galères de Liburnie aient la gloire de l'emmener, reine tombée, mais non abattue, à la pompe superbe d'un triomphe.

XXXVIII. — A SON ESCLAVE.

Je n'aime point, esclave, le faste des Perses ; loin de moi les couronnes qu'enlace l'écorce de tilleul ; dispense-toi de chercher où l'on trouve encore une rose tardive. Qu'à un simple myrte ton zèle empressé n'ajoute rien : le myrte ne te messied point quand tu me sers, ni à moi quand je bois sous l'ombrage épais d'une vigne.

LIVRE DEUXIÈME

I. — A ASINIUS POLLION.

Le consulat de Métellus, et les troubles civils qu'il enfanta, la guerre avec ses causes, ses fautes et ses diverses phases, et les jeux de la Fortune, et les funestes amitiés des chefs, et nos armes couvertes d'un sang qu'on n'a pas encore expié, c'est là, œuvre pleine de dangers et de hasards, le sujet que tu traites, c'est ainsi que tu marches sur des cendres trompeuses qui recouvrent le feu. Que la Muse de la sévère tragédie quitte un instant le théâtre : bientôt, quand tu auras exposé l'histoire des affaires de l'Etat, tu viendras, avec le cothurne attique, reprendre ta noble tâche, Pollion, illustre appui de l'accusé en deuil, oracle du sénat, toi que ton triomphe sur les Dalmates a couronné d'une gloire impérissable. Voici que tu fais retentir à mes oreilles le bruit menaçant de la trompette ; déjà résonnent les clairons ; déjà l'éclat des armes épouvante les chevaux qui vont fuir et fait pâlir le visage des cavaliers. Je crois entendre la voix des chefs glorieux, noircis d'une noble poussière, et voir, dans l'univers, tout soumis, excepté l'âme inflexible de Caton. Junon et les autres dieux protecteurs de Carthage, qui avaient dû quitter la terre d'Afrique sans l'avoir vengée, ont offert à leur tour les fils des vainqueurs en sacrifice aux mânes de Jugurtha. Quelle plaine le sang latin n'a-t-il pas engraissée? Où nos tombeaux n'attestent-ils pas nos combats sacriléges? Jusque chez les Mèdes a retenti le bruit de la chute de l'Hespérie.

    Ornare pulvinar deorum
      Tempus erat dapibus, sodales.
5 Antehac nefas depromere Cæcubum
Cellis avitis, dum Capitolio
    Regina dementes ruinas
      Funus et imperio parabat
Contaminato cum grege turpium
10 Morbo virorum, quidlibet impotens
    Sperare fortunaque dulci
      Ebria. Sed minuit furorem
Vix una sospes navis ab ignibus,
Mentemque lymphatam Mareotico
15 Redegit in veros timores
    Cæsar, ab Italia volantem
Remis adurgens, accipiter velut
Molles columbas aut leporem citus
    Venator in campis nivalis
20 Hæmoniæ, daret ut catenis
    Fatale monstrum : quæ generosius
Perire quærens nec muliebriter

      Expavit ensem nec latentes
      Classe cita reparavit oras.
25 Ausa et jacentem visere regiam
Vultu sereno, fortis et asperas
    Tractare serpentes, ut atrum
      Corpore combiberet venenum,
Deliberata morte ferocior,
30 Sævis Liburnis scilicet invidens
    Privata deduci superbo
      Non humilis mulier triumpho.

XXXVIII. — AD PUERUM MINISTRUM.

Persicos odi, puer, apparatus,
Displicent nexæ philyra coronæ ;
    Mitte sectari, rosa quo locorum
      Sera moretur.
5 Simplici myrto nihil allabores
Sedulus curo : neque te ministrum
    Dedecet myrtus neque me sub arcta
      Vite bibentem.

LIBER SECUNDUS

I. — AD C. ASINIUM POLLIONEM.

Motum ex Metello consule civicum
Bellique causas et vitia et modos
    Ludumque Fortunæ gravesque
      Principum amicitias et arma
5 Nondum expiatis uncta cruoribus.
Periculosæ plenum opus aleæ,
    Tractas et incedis per ignes
      Suppositos cineri doloso.
Paulum severæ Musa tragœdiæ
10 Desit theatris : mox ubi publicas
    Res ordinaris, grande munus
      Cecropio repetes cothurno,
Insigne mœstis præsidium reis
Et consulenti, Pollio, curiæ,
15 Cui laurus æternos honores

      Dalmatico peperit triumpho.
Jam nunc minaci murmure cornuum
Perstringis aures, jam litui strepunt,
    Jam fulgor armorum fugaces
20 Terret equos equitumque vultus.
Audire magnos jam videor duces
Non indecoro pulvere sordidos,
    Et cuncta terrarum subacta
      Præter atrocem animum Catonis.
25 Juno et deorum quisquis amicior
Afris inulta cesserat impotens
    Tellure victorum nepotes
      Rettulit inferias Jugurthæ.
Quis non Latino sanguine pinguior
30 Campus sepulcris impia prælia
    Testatur auditumque Medis
      Hesperiæ sonitum ruinæ?

Quel abîme des eaux, quel fleuve ignorent notre lutte désastreuse? Quelle mer n'ont pas rougie les cadavres des fils de Daunus? Quel rivage n'a pas de notre sang? Mais arrête, Muse audacieuse, et ne quitte pas les jeux, pour aller, toi aussi, faire entendre les thrènes du poëte de Céos; suis-moi sous une grotte consacrée à Dioné et cherche des accents sous un archet plus léger.

II. — A SALLUSTE.

L'argent n'est qu'un terne métal s'il est enfoui dans la terre avare, Crispus Sallustius, contempteur des richesses; un sage emploi seul lui donne de l'éclat. Il vivra dans un long avenir, Proculéius, si connu par sa tendresse paternelle pour ses frères; et la Renommée, qui lui survivra, le portera sur des ailes infatigables. Dompter la cupidité, c'est avoir un plus vaste empire que si l'on réunissait la Libye à la lointaine Gadès, de manière à tenir sous sa seule loi les deux États de Carthage. La cruelle hydropisie ne fait que s'accroître chez le malade complaisant pour lui-même; et la soif qui le tourmente ne s'éteint que si le principe du mal a quitté ses veines, si l'eau qui l'affaiblit est sortie de son corps blanchissant. Phraate a été rendu au trône de Cyrus; mais la Vertu, qui diffère du sentiment populaire, l'exclut du nombre des heureux et apprend à la foule à ne plus se servir de mots trompeurs. Le seul à qui elle décerne la royauté, une couronne à l'abri de toute atteinte et un laurier durable, c'est celui qui, pour d'immenses monceaux d'or, n'a qu'un regard indifférent.

III. — A DELLIUS.

Souviens-toi, Dellius, de conserver une âme ferme dans l'adversité, et inaccessible, dans le bonheur, à l'ivresse de la joie; car tu dois mourir, aussi bien si ta vie tout entière n'a été que tristesse, ou si, les jours de fête, étendu sur un gazon solitaire, tu as savouré un bon Falerne, tiré du fond du cel-lier, Vois-tu ce pin superbe et ce peuplier blanc qui marient amoureusement leurs rameaux et en font une ombre hospitalière? Vois-tu ce ruisseau dont l'onde fugitive court avec peine dans ses nombreux détours? Là, fais porter des vins, des parfums, et des roses brillantes, fleurs trop tôt fanées, tant que le permettent les occasions, ton âge et les noirs fuseaux des trois Sœurs. Tu les quitteras, ces parcs réunis à si grands frais, et ce palais, et cette maison de campagne que baignent les eaux jaunâtres du Tibre, tu les quitteras, et ces richesses entassées en monceaux tomberont entre les mains d'un héritier. Que, sorti de l'antique Inachus, tu sois riche, ou que, né d'une humble famille, tu vives dans la pauvreté: qu'importe? tu es une victime destinée à l'impitoyable Orcus. Tous nous sommes poussés vers un même terme; nos sorts à tous sont agités dans la même urne, pour en sortir tôt ou tard et nous faire descendre dans la barque qui mène à l'éternel exil.

IV. — A XANTHIAS DE PHOCIDE.

Ne rougis pas d'aimer ta servante, Xanthias de Phocide; avant toi, le superbe Achille s'est laissé toucher par le teint de neige d'une esclave, de Briséis; Ajax aussi, le fils de Télamon, a été touché par la beauté d'une prisonnière, Tecmessa, dont il était le maître; et l'on a vu le fils d'Atrée brûler, au milieu de son triomphe, pour une vierge captive, alors que les bataillons barbares venaient de tomber sous les coups du Thessalien vainqueur et que la mort d'Hector avait aux Grecs épuisés rendu plus facile la destruction de Pergame. Sais-tu si la blonde Phyllis n'a pas de riches parents dont tu t'honorerais d'être le gendre? Sans doute elle pleure une naissance royale et la rigueur de ses Pénates. Non, crois-le, celle que tu aimes ne sort point d'une populace criminelle; si fidèle! si ennemie de l'intérêt! elle n'a pu naître d'une mère dont elle doive rougir. Bras, visage, jambe arrondie: d'un cœur désintéressé je loue tout en elle; ne va pas me

---

```
    Qui gurges aut quæ flumina lugubris
    Ignara belli? quod mare Dauniæ
35    Non decoloravere cædes?
      Quæ caret ora cruore nostro?
    Sed ne relictis, Musa procax, jocis
    Cææ retractes munera neniæ;
      Mecum Dionæo sub antro
40      Quære modos leviore plectro.
```

II. — AD C. SALLUSTIUM CRISPUM.

```
    Nullus argento color est avaris
    Abdito terris, inimice lamnæ
    Crispe Sallusti, nisi temperato
      Splendeat usu.
5   Vivet extento Proculeius ævo,
    Notus in fratres animi paterni;
    Illum aget penna metuente solvi
      Fama superstes.
    Latius regnes avidum domando
10  Spiritum, quam si Libyam remotis
    Gadibus jungas et uterque Pœnus
      Serviat uni.
    Crescit indulgens sibi dirus hydrops,
    Nec sitim pellit, nisi causa morbi
15  Fugerit venis et aquosus albo
      Corpore languor.
    Redditum Cyri solio Phraaten
    Dissidens plebi numero beatorum
    Eximit Virtus populumque falsis
20    Dedocet uti
    Vocibus, regnum et diadema tutum
    Deferens uni propriamque laurum,
    Quisquis ingentes oculo irretorto
      Spectat acervos.
```

III. — AD DELLIUM.

```
    Æquam memento rebus in arduis
    Servare mentem, non secus in bonis
      Ab insolenti temperatam
        Lætitia, moriture Delli,
5   Seu mœstus omni tempore vixeris,
    Seu te in remoto gramine per dies
      Festos reclinatum bearis
        Interiore nota Falerni.
    Quo pinus ingens albaque populus
10  Umbram hospitalem consociare amant
      Ramis? quid obliquo laborat
        Lympha fugax trepidare rivo?
    Huc vina et unguenta et nimium breves
    Flores amœnæ ferre jube rosæ,
15    Dum res et ætas et sororum
        Fila trium patiuntur atra.
    Cedes coemptis saltibus et domo
    Villaque flavus quam Tiberis lavit,
      Cedes et exstructis in altum
20      Divitiis potietur hæres.
    Divesne prisco natus ab Inacho,
    Nil interest, an pauper et infima
      De gente sub divo moraris,
        Victima nil miserantis Orci.
25  Omnes eodem cogimur, omnium
    Versatur urna serius ocius
      Sors exitura et nos in æternum
        Exsilium impositura cymbæ.
```

IV. — AD XANTHIAM PHOCEUM.

```
    Ne sit ancillæ tibi amor pudori,
    Xanthia Phoceu! Prius insolentem
    Serva Briseis niveo colore
      Movit Achillem;
5   Movit Ajacem Telamone natum
    Forma captivæ dominum Tecmessæ;
    Arsit Atrides medio in triumpho
      Virgine rapta,
    Barbaræ postquam cecidere turmæ
10  Thessalo victore et ademptus Hector
    Tradidit fessis leviora tolli
      Pergama Graiis.
    Nescias, an te generum beati
    Phyllidis flavæ decorent parentes:
15  Regium certe genus et Penates
      Mœret iniquos.
    Crede non illam tibi de scelesta
    Plebe dilectam, neque sic fidelem,
    Sic lucro aversam potuisse nasci
20      Matre pudenda.
    Brachia et vultum teretesque suras
    Integer laudo; fuge suspicari,
```

soupçonner, quand le temps rapide a déjà clos mon huitième lustre.

V. — LALAGÉ.

Non, elle ne saurait ployer encore sa tête sous le joug ; elle ne saurait accomplir les mêmes travaux que son compagnon, ni supporter le poids du taureau qui s'élance transporté par l'amour. La pensée de ta génisse est aux champs verdoyants : tantôt elle va dans le courant se soulager du poids de la chaleur ; tantôt elle brûle de jouer avec les jeunes vaches sous les saules humides. Fais taire le désir, quand la grappe est verte encore ; va, bientôt l'Automne aux mille couleurs teindra pour toi de l'éclat de la pourpre les raisins encore bleus. Bientôt on la verra te suivre, car il fuit cet âge intraitable, et, en fuyant, il ajoutera aux siennes les années perdues pour toi ; bientôt, d'un front plus hardi, Lalagé cherchera un mari. Qu'on l'aimera ! plus que l'inconstante Pholoé ; plus que Chloris, dont les blanches épaules brillent, comme brille dans la nuit la lune sans tache réfléchie au sein des flots ; plus que Gygès de Cnide, qu'on pourrait mêler à une troupe de jeunes filles ; si peu sensible est la différence, qu'elle échapperait à toute la pénétration des hôtes, trompés par ses cheveux flottants et par le caractère incertain de son visage.

VI. — A SEPTIMIUS.

Septimius, qui me suivrais à Gadès, et chez le Cantabre rebelle à notre joug, et jusqu'aux Syrtes barbares où ne cesse de bouillonner la mer de Mauritanie, puisse Tibur, fondé par un colon d'Argos, être l'asile de ma vieillesse ; que Tibur soit le terme de mes fatigues sur mer, dans les marches, dans les combats ! Mais si les Parques ennemies m'en refusent le séjour, alors j'irai sur les rives du Galésus, cher aux brebis qu'on recouvre de peaux, j'irai dans les campagnes où régna le Laconien Phalante. C'est, entre tous, le coin du monde qui me sourit le plus : là, un miel qui ne le cède point à celui de l'Hymette, des olives qui le disputent à celles de la verte Vénafre ; là, Jupiter donne un long printemps et de doux hivers, et l'Aulon, aimé du Bacchus qui le féconde, n'a rien à envier aux raisins de Falerne. Oui, ce lieu, ces charmantes collines t'appellent avec moi ; c'est là qu'un jour tu pourras répandre le tribut de tes larmes sur les cendres encore chaudes du poëte que tu aimes.

VII. — A POMPÉIUS VARUS.

Ah ! plus d'une fois entraîné avec moi à la mort, dans la guerre où commandait Brutus, qui t'a rendu, avec la vie de citoyen, les dieux de nos pères et le ciel de l'Italie, Pompée, le premier entre mes amis? Avec toi, j'ai maintes fois en buvant abrégé la longueur du jour, une couronne sur la tête et les cheveux parfumés du malobathron de Syrie. C'est avec toi que j'ai connu les champs de Philippes et la prompte fuite où j'abandonnai mon bouclier : j'en rougis ; mais le courage était brisé et les visages menaçants touchaient honteusement le sol. Alors, me dérobant aux ennemis, le rapide Mercure m'enleva tout effrayé au sein d'un épais nuage ; toi, la vague te saisit de nouveau et les flots bouillonnants de la mer te reportèrent au milieu de la lutte. Aujourd'hui, fidèle à ton vœu, offre un festin à Jupiter ; à l'ombre de mes lauriers, viens reposer ton corps fatigué d'une longue campagne, et ne ménage pas les cruches de vin que j'ai achetées pour toi. Que le Massique, te versant l'oubli, remplisse des coupes brillantes ; que de larges vases répandent leurs parfums sur ta tête ! Quelle main rapide va tresser en couronnes l'ache flexible ou le myrte ? Qui va par Vénus être désigné roi du festin ? Non, je ne serai point, dans mes transports, plus sage que les Edones ; j'aime le délire de l'ivresse quand j'ai retrouvé un ami.

VIII. — A BARINE.

Si jamais, Barine, une punition de tes parjures avait nui

        Cujus octavum trepidavit ætas
          Claudere lustrum.

V. — LALAGE.

    Nondum subacta ferre jugum valet
    Cervice, nondum munia comparis
       Æquare nec tauri ruentis
         In venerem tolerare pondus.
5 Circa virentes est animus tuæ
    Campos juvencæ, nunc fluviis gravem
      Solantis æstum, nunc in udo
        Ludere cum vitulis salicto
    Prægestientis. Tolle cupidinem
10 Immitis uvæ : jam tibi lividos
      Distinguet Autumnus racemos
        Purpureo varius colore.
    Jam te sequetur : currit enim ferox
    Ætas et illi, quos tibi dempserit,
15   Apponet annos ; jam proterva
        Fronte petet Lalage maritum :
    Dilecta, quantum non Pholoe fugax,
    Non Chloris albo sic humero nitens.
      Ut pura nocturno renidet
20   Luna mari, Cnidiusve Gyges,
    Quem si puellarum insereres choro,
    Mire sagaces falleret hospites
      Discrimen obscurum solutis
        Crinibus ambiguoque vultu.

VI. — AD SEPTIMIUM.

    Septimi, Gades aditure mecum et
    Cantabrum indoctum juga ferre nostra et
    Barbaras Syrtes, ubi Maura semper
       Æstuat unda,
5 Tibur Argeo positum colono
    Sit meæ sedes utinam senectæ,
    Sit modus lasso maris et viarum
       Militiæque !
    Unde si Parcæ prohibent iniquæ,
10 Dulce pellitis oribus Galæsi
    Flumen et regnata petam Laconi
      Rura Phalanto.
    Ille terrarum mihi præter omnes
    Angulus ridet, ubi non Hymetto

15   Mella decedunt viridique certat
       Bacca Venafro ;
    Ver ubi longum tepidasque præbet
    Juppiter brumas, et amicus Aulon
    Fertili Baccho minimum Falernis
20   Invidet uvis.
    Ille te mecum locus et beatæ
    Postulant arces ; ibi tu calentem
    Debita sparges lacrima favillam
       Vatis amici.

VII. — AD POMPEIUM VARUM.

    O sæpe mecum tempus in ultimum
    Deducte Bruto militiæ duce,
      Quis te redonavit Quiritem
        Dis patriis Italoque cœlo,
5 Pompei meorum prime sodalium ?
    Cum quo morantem sæpe diem mero
      Fregi coronatus nitentes
        Malobathro Syrio capillos.
    Tecum Philippos et celerem fugam
10 Sensi relicta non bene parmula,
      Cum fracta virtus et minaces
       Turpe solum tetigere mento.
    Sed me per hostes Mercurius celer
    Denso paventem sustulit aere ;
15   Te rursus in bellum resorbens
       Unda fretis tulit æstuosis.
    Ergo obligatam redde Jovi dapem
    Longaque fessum militia latus
20   Depone sub lauru mea nec
       Parce cadis tibi destinatis.
    Oblivioso levia Massico
    Ciboria exple ; funde capacibus
      Unguenta de conchis. Quis udo
       Deproperare apio coronas
25 Curatve myrto ? quem Venus arbitrum
    Dicet bibendi ? Non ego sanius
      Bacchabor Edonis : recepto
       Dulce mihi furere est amico.

VIII. — AD BARINEN.

    Ulla si juris tibi pejerati
    Pœna, Barine, nocuisset unquam,

à ta beauté, si une seule de tes dents s'était noircie, un seul de tes ongles taché, je te croirais ; mais viens-tu par un serment d'engager ta tête perfide, tu n'en brilles que plus belle, et, si tu parais en public, tous les jeunes gens te suivent de leurs regards amoureux. Il t'est bon de mentir aux cendres enfermées de ta mère, aux astres silencieux de la nuit, au ciel tout entier, et aux dieux exempts de la froide mort. Vénus en rit, oui, Vénus elle-même, les Nymphes ingénues en rient, et avec elles le cruel Cupidon, qui ne cesse sur une pierre sanglante d'aiguiser ses traits de flamme. Enfin, c'est pour toi que grandit toute la jeunesse ; elle grandit, nouvelle génération d'esclaves ; et les anciens amants ne quittent point la maison d'une criminelle maîtresse, en dépit de toutes leurs menaces. Tu es l'effroi des mères inquiètes pour leurs fils ; tu es l'effroi des vieillards avares, et les jeunes filles nouvellement mariées craignent, hélas ! que ton odeur ne vienne à arrêter leurs maris.

IX. — A C. VALGIUS.

Les nuages, cher Valgius, ne versent pas toujours la pluie sur les champs désolés ; la fureur inégale des tempêtes ne soulève pas sans relâche les flots de la Caspienne ; et l'on ne voit pas en toute saison l'Arménie couverte d'une glace stérile, ou les chênes du Garganus tourmentés par les Aquilons, ou les ornes veufs de leur feuillage. Toi, tu ne cesses d'exhaler de plaintifs accents sur la perte de Mystès : que Vesper se lève, qu'il fuie le rapide Soleil, tes amours ne te quittent point. Mais Nestor qui vécut trois âges d'homme ne pleura point toute sa vie l'aimable Antiloque, et le jeune Troïle ne fit verser ni à ses parents ni à ses sœurs phrygiennes des larmes sans fin. Mets un terme, il en est temps, à ces tendres plaintes ; chantons plutôt les nouvelles victoires de César Auguste, chantons le Niphatès glacé, et le fleuve des Mèdes qui vient d'augmenter nos conquêtes et roule des flots moins superbes, et dans le cercle qui leur a été tracé les Gélons parcourant sur leurs chevaux des plaines plus étroites.

X. — A LICINIUS.

Suis donc un chemin plus droit, Licinius ; ne t'obstine pas à tenir toujours la pleine mer, et, quand ta prudence craint la tempête, ne rase pas de trop près un rivage dangereux. L'homme qui aime la divine médiocrité, à l'abri du besoin, ne vit pas sous un toit sale et délabré ; sobre, il n'a point de palais digne d'envie. C'est le pin élevé que d'ordinaire agite le vent ; ce sont les hautes demeures qui s'écroulent d'une chute plus lourde ; c'est le sommet des montagnes que va frapper la foudre. L'âme bien munie espère, dans l'adversité, et, dans le bonheur, redoute un changement du sort. Si Jupiter amène les affreux hivers, c'est lui aussi qui les chasse. Malheureux aujourd'hui, doit-on l'être toujours ? Parfois aux sons de la lyre Apollon réveille sa muse endormie, et son arc n'est pas toujours tendu. Au milieu des revers, montre-toi courageux et ferme ; sagement encore tu cargueras tes voiles enflées par un vent trop favorable.

XI. — A QUINTIUS.

Quels peuvent être les desseins du belliqueux Cantabre ou du Scythe que sépare de nous la barrière de l'Adriatique : laisse là ces questions, Hirpinus Quintius, et ne t'agite pas pour les besoins d'une vie qui exige peu. Jeunesse imberbe, beauté, passent vite, et la vieillesse desséchée vient chasser les jeux de l'amour et le sommeil facile. Les fleurs du printemps n'ont pas toujours le même éclat, et la Lune, aux feux rougissants, change de figure : à quoi bon tourmenter son esprit impuissant de projets sans fin ? Pourquoi, négligemment couchés sous un platane élevé, ou ici sous ce pin, nos cheveux blancs embaumés de roses et parfumés du nard de l'Assyrie, ne buvons-nous pas, quand nous le pouvons

---

        Dente si nigro fieres vel uno
            Turpior ungui,
  5   Crederem. Sed tu, simul obligasti
        Perfidum votis caput, enitescis
        Pulchrior multo juvenumque prodis
            Publica cura.
        Expedit matris cineres opertos
 10   Fallere et toto taciturna noctis
        Signa cum cœlo gelidaque divos
            Morte carentes.
        Ridet hoc, inquam, Venus ipsa, rident
        Simplices Nymphæ, ferus et Cupido
 15   Semper ardentes acuens sagittas
            Cote cruenta.
        Adde, quod pubes tibi crescit omnis,
        Servitus crescit nova, nec priores
        Impiæ tectum dominæ relinquunt
 20   Sæpe minati.
        Te suis matres metuunt juvencis,
        Te senes parci miseræque nuper
        Virgines nuptæ, tua ne retardet
            Aura maritos.

IX. — AD C. VALGIUM.

        Non semper imbres nubibus hispidos
        Manant in agros aut mare Caspium
            Vexant inæquales procellæ
              Usque, nec Armeniis in oris,
  5   Amice Valgi, stat glacies iners
        Menses per omnes aut Aquilonibus
            Querceta Gargani laborant
              Et foliis viduantur orni :
        Tu semper urges flebilibus modis
 10   Mysten ademptum, nec tibi Vespero
            Surgente decedunt amores
              Nec rapidum fugiente Solem.
        At non ter ævo functus amabilem
        Ploravit omnes Antilochum senex
 15   Annos, nec impubem parentes
              Troilon aut Phrygiæ sorores
        Flevere semper. Desine mollium
        Tandem querelarum, et potius nova
            Cantemus Augusti tropæa
 20   Cæsaris et rigidum Niphaten,
        Medumque flumen gentibus additum
        Victis minores volvere vertices,

        Intraque præscriptum Gelonos
            Exiguis equitare campis.

X. — AD LICINIUM.

        Rectius vives, Licini, neque altum
        Semper urgendo neque, dum procellas
        Cautus horrescis, nimium premendo
            Litus iniquum.
  5   Auream quisquis mediocritatem
        Diligit, tutus caret obsoleti
        Sordibus tecti, caret invidenda
            Sobrius aula.
        Sæpius ventis agitatur ingens
 10   Pinus et celsæ graviore casu
        Decidunt turres feriuntque summos
            Fulgura montes.
        Sperat infestis, metuit secundis
        Alteram sortem bene præparatum
 15   Pectus. Informes hiemes reducit
            Juppiter, idem
        Submovet. Non, si male nunc, et olim
        Sic erit : quondam cithara tacentem
        Suscitat musam neque semper arcum
 20   Tendit Apollo.
        Rebus angustis animosus atque
        Fortis appare ; sapienter idem
        Contrahes vento nimium secundo
            Turgida vela.

XI. — AD QUINTIUM.

        Quid bellicosus Cantaber et Scythes,
        Hirpine Quinti, cogitet Adria
            Divisus objecto, remittas
              Quærere nec trepides in usum
  5   Poscentis ævi pauca. Fugit retro
        Levis juventas et decor, arida
            Pellente lascivos amores
              Canitie facilemque somnum.
        Non semper idem floribus est honor
 10   Vernis neque uno Luna rubens nitet,
            Vultu : quid æternis minorem
              Consiliis animum fatigas ?
        Cur non sub alta vel platano vel hac
        Pinu jacentes sic temere et rosa
 15   Canos odorati capillos,
              Dum licet, Assyriaque nardo

encore? Bacchus dissipe les soucis dévorants. Quel esclave va le premier pour rafraîchir le brûlant Falerne, puiser l'eau qui coule dans ce ruisseau? Lequel saura, de sa demeure écartée, faire sortir Lydé, la courtisane solitaire? Allons, dis-lui qu'elle se hâte, qu'elle vienne avec sa lyre d'ivoire, les cheveux élégamment ramassés en nœud, à la façon d'une Lacédémonienne.

XII. — A MÉCÈNES.

Ne me demandez pas que j'adapte aux tendres modes de ma lyre la longue guerre de la farouche Numance, ni le féroce Annibal, ni la mer de Sicile rouge du sang carthaginois, ni la fureur des Lapithes, ou l'ivresse d'Hylée, ou la main d'Hercule domptant les fils de la Terre qui firent trembler la brillante demeure de l'antique Saturne : une histoire en prose, Mécènes, dira mieux les batailles de César, et les rois menaçants menés le cou enchaîné à travers nos rues. Pour moi, obéissant aux ordres de la Muse, je chante la douce voix de Licymnie ta souveraine, je chante ses yeux au pur éclat et son cœur fidèle dont l'amour répond si bien à ton amour. Qu'elle est belle, lorsqu'elle vient se mêler aux danses, quand elle lutte de plaisanterie, ou donne en jouant ses bras aux jeunes filles brillantes, au jour solennel de la fête de Diane ! Voudrais-tu, pour les biens du riche Achéménès, pour les trésors de la grasse Phrygie, pour les opulentes maisons des Arabes, échanger les cheveux de Licymnie, dans ces moments où elle tourne sa tête pour l'offrir à tes brûlants baisers ou la refuse avec une feinte rigueur : heureuse plus que celui qui les demande de se voir ravir ces baisers que parfois elle dérobe la première.

XIII. — CONTRE UN ARBRE DONT LA CHUTE MANQUA L'ÉCRASER DANS SA CAMPAGNE DU SABINUM.

Il le fit un jour néfaste, celui qui te planta, arbre, et ce fut d'une main sacrilége qu'il te fit croître pour le malheur de la

postérité et le déshonneur du village ! Il avait sans doute étranglé son père ; sans doute il avait, assassin nocturne, inondé son foyer du sang d'un hôte ; il avait mêlé les poisons de la Colchide, et commis tous les crimes qu'on peut imaginer, celui qui te plaça dans mon champ, bois funeste, pour tomber sur la tête d'un maître innocent. L'homme ne saurait jamais prendre assez garde à toute heure aux dangers qu'il doit éviter : le pilote phénicien redoute le Bosphore, mais il ne craint point le destin mystérieux qui l'attend ailleurs ; le soldat redoute les flèches du Parthe et sa fuite rapide, le Parthe les fers de l'Italie et sa prison de chêne : mais d'un coup inattendu la mort a emporté et emportera les peuples. Que je fus près de voir le royaume de la sombre Proserpine, le tribunal d'Éaque, la demeure réservée aux justes, Sappho se plaignant des jeunes filles de Lesbos, et toi, Alcée, un plectre d'or à la main, chantant d'une voix plus sonore les rudes fatigues de la mer, les rudes maux de l'exil, les rudes maux de la guerre ! Tous deux, les ombres les écoutent et admirent ces chants dignes d'un silence sacré ; mais c'est surtout au récit des combats et de la chute des tyrans que la foule se presse et tend une oreille avide. Faut-il s'en étonner, puisque, subjugué par ces vers, le monstre aux cent têtes baisse ses livides oreilles, et que se reposent les serpents enlacés aux cheveux des Euménides ? Que dis-je ? A ces doux accents Prométhée et le père de Pélops oublient leurs tourments, et Orion ne songe plus à poursuivre les lions ni les lynx timides.

XIV. — A POSTUMUS.

Hélas ! Postumus, Postumus, rapides s'écoulent les années, et la piété ne peut retarder ni les rides, ni la vieillesse qui nous menace, ni la mort inévitable : non, ami, quand même chaque jour tu immolerais trois cents taureaux à l'inflexible Pluton qui enferme le triple Géryon et Tityus dans les replis de l'onde désolée ; car tous, qui que nous soyons vivant des dons de la terre, nous devons la traverser, riches ou pau-

---

Potamus uncti? Dissipat Evius
 Curas edaces. Quis puer ocius
  Restinguet ardentis Falerni
20   Pocula prætercunte lympha?
Quis devium scortum eliciet domo
Lyden? Eburna, dic age, cum lyra
  Maturet in comptum Lacænæ
   More comas religata nodum.

XII. — AD C. C. MÆCENATEM.

Nolis longa feræ bella Numantiæ
Nec dirum Annibalem nec Siculum mare
 Pœno purpureum sanguine mollibus
  Aptari citharæ modis,
5 Nec sævos Lapithas et nimium mero
Hylæum domitosque Herculea manu
 Telluris juvenes, unde periculum
  Fulgens contremuit domus
10 Saturni veteris; tuque pedestribus
Dices historiis prœlia Cæsaris,
 Mæcenas, melius ductaque per vias
  Regum colla minacium.
 Me dulces dominæ Musa Licymniæ
15 Cantus, me voluit dicere lucidum
 Fulgentes oculos et bene mutuis
  Fidum pectus amoribus;
Quam nec ferre pedem dedecuit choris
Nec certare joco nec dare brachia
 Ludentem nitidis virginibus sacro
20 Dianæ celebris die.
Num tu, quæ tenuit dives Achæmenes,
Aut pinguis Phrygiæ Mygdonias opes
 Permutare velis crine Licymniæ,
  Plenas aut Arabum domos?
25 Dum flagrantia detorquet ad oscula
Cervicem aut facili sævitia negat,
 Quæ poscente magis gaudeat eripi,
  Interdum rapere occupet.

XIII. — IN ARBOREM CUJUS CASU IN AGRO SABINO PÆNE OPPRESSUS EST.

Ille et nefasto te posuit die,
Quicunque primum, et sacrilega manu
 Produxit, arbos, in nepotum
  Perniciem opprobriumque pagi;

5 Illum et parentis crediderim sui
Fregisse cervicem et penetralia
 Sparsisse nocturno cruore
  Hospitis ; ille venena Colcha
Et quidquid usquam concipitur nefas
10 Tractavit, agro qui statuit meo
 Te triste lignum, te caducum
  In domini caput immerentis.
Quid quisque vitet, nunquam homini satis
Cautum est in horas : navita Bosphorum
15 Pœnus perhorrescit neque ultra
  Cæca timet aliunde fata,
Miles sagittas et celerem fugam
Parthi, catenas Parthus et Italum
 Robur ; sed improvisa leti
20 Vis rapuit rapietque gentes.
Quam pæne furvæ regna Proserpinæ
Et judicantem vidimus Æacum
 Sedesque discretas piorum et
  Æoliis fidibus querentem
25 Sappho puellis de popularibus,
Et te sonantem plenius aureo,
 Alcæe, plectro dura navis,
  Dura fugæ mala, dura belli !
Utrumque sacro digna silentio
30 Mirantur umbræ dicere ; sed magis
 Pugnas et exactos tyrannos
  Densum humeris bibit aure vulgus.
Quid mirum, ubi illis carminibus stupens
Demittit atras bellua centiceps
35 Aures et intorti capillis
  Eumenidum recreantur angues?
Quin et Prometheus et Pelopis parens
Dulci laborum decipitur sono;
 Nec curat Orion leones
40 Aut timidos agitare lyncas.

XIV. — AD POSTUMUM.

Eheu fugaces, Postume, Postume,
Labuntur anni nec pietas moram
 Rugis et instanti senectæ
  Afferet indomitæque morti,
5 Non, si trecenis, quotquot eunt dies,
Amice, places illacrimabilem
 Plutona tauris, qui ter amplum

vres colons. En vain nous tiendrons-nous éloignés des car-
nages de Mars et des flots de l'Adriatique qui se brise en
mugissant contre le rivage ; en vain aux jours d'Automne fui-
rons-nous le souffle nuisible de l'Auster : il nous faut visiter
le noir Cocyte qui promène ses eaux d'un cours paresseux, et
la race maudite de Danaüs, et Sisyphe, le fils d'Eole, condamné à un labeur sans fin. Il nous faut tout quitter, terre,
maison, femme chérie, et de ces arbres que l'on cultive nul,
si ce n'est l'odieux cyprès, ne suivra son maître d'un moment.
Un héritier plus digne d'en jouir épuisera le Cécube qu'ont
préservé cent clefs et fera rougir les dalles d'un vin orgueilleux qu'envierait la table des pontifes.

XV. — CONTRE LE LUXE DE SON TEMPS.

Bientôt de superbes constructions ne laisseront plus d'arpents à la charrue, partout on verra s'étendre des viviers plus
vastes que le lac Lucrin, et l'orme sera chassé par le platane
célibataire : alors la violette, le myrte et tous ces trésors de
l'odorat répandront leurs parfums dans les champs où l'olivier
enrichissait les maîtres d'autrefois ; alors l'épais ombrage du
laurier repoussera les traits brûlants du jour. Ce ne sont point
là les leçons de Romulus ni de Caton à la longue chevelure ; ce
n'est point là l'exemple de nos aïeux. Leur fortune privée était
petite, mais grand était le bien public. Nul portique de particulier, mesuré à la perche de dix pieds, ne recevait l'ombre
du nord. Les lois ne permettaient pas de dédaigner le chaume
vulgaire : elles voulaient que la pierre fraîchement taillée ser-
vît aux frais de l'Etat à embellir les villes et les temples des
dieux.

XVI. — A GROSPHUS.

C'est une vie tranquille que demande aux dieux l'homme
surpris au large dans la mer Egée, quand un sombre nuage
a voilé la lune et que les astres, guides certains, ne brillent

plus aux yeux des matelots. Une vie tranquille ! c'est le vœu
de la Thrace dans les fureurs de la guerre ; c'est le vœu des
Mèdes au brillant carquois ; et rien ne l'achète, Grosphus, ni
les pierreries, ni la pourpre, ni l'or. Non, trésors royaux, licteur précédant les consuls, n'écartent point les tumultueuses
passions qui voltigent autour des toits
lambrissés. Il vit heureux à peu de frais, l'homme pour qui
brille sur une table frugale la salière de ses aïeux : ni la
crainte ni la basse convoitise ne lui ravissent les doux sommeils. Pourquoi, dans une courte vie, nous lancer, téméraires,
dans une foule de projets? Pourquoi passer dans des terres
qu'échauffe un autre soleil? En fuyant la patrie, se fuit-on
soi-même ? Enfant du vice, le Souci monte sur les vaisseaux
garnis d'airain ; à la suite des escadrons de cavaliers, il vole
plus rapide que les cerfs, plus rapide que l'Eurus chassant
les nuages. Qu'heureux du présent l'esprit ne s'inquiète
point de l'avenir et tempère les amertumes de la vie par un
sourire insouciant : il n'est point de parfait bonheur. La
mort hâtive a emporté le célèbre Achille ; Tithon s'est consumé dans une longue vieillesse ; et peut-être, ce qu'elles
t'auront refusé, les heures me le présenteront. Autour
de toi cent troupeaux de brebis ; autour de toi mugissent
les vaches de la Sicile ; pour toi, pousse son hennissement
la cavale que l'on attelle au quadrige, et la pourpre d'A-
frique a rougi deux fois la laine qui t'habille ; à moi, un petit
champ, le souffle délicat de la Muse grecque, le dédain du
vulgaire envieux, voilà les dons que m'a faits la Parque infaillible.

XVII. — A MÉCÈNES.

Pourquoi me déchirer l'âme par tes plaintes ? Non, les
dieux ne veulent pas, ni moi non plus, que tu meures le
premier, Mécènes, toi ma gloire et mon soutien. Ah! si un
coup prématuré enlève la moitié de ma vie, l'autre peut-elle

```
             Gerionen Tityonque tristi
          Compescit unda, scilicet omnibus,
10    Quicunque terræ munere vescimur,
             Enaviganda, sive reges
                 Sive inopes erimus coloni.
          Frustra cruento Marte carebimus
          Fractisque rauci fluctibus Adriæ,
15        Frustra per autumnos nocentem
                 Corporibus metuemus Austrum :
          Visendus ater flumine languido
          Cocytus errans et Danai genus
                 Infame damnatusque longi
20            Sisyphus Æolides laboris.
          Linquenda tellus et domus et placens
          Uxor, neque harum, quas colis, arborum
                 Te præter invisas cupressos
                     Ulla brevem dominum sequetur.
25        Absumet heres Cæcuba dignior
          Servata centum clavibus et mero
                 Tinget pavimentum superbo,
                     Pontificum potiore cœnis.
```

XV. — IN SUI SÆCULI LUXURIAM.

```
          Jam pauca aratro jugera regiæ
          Moles relinquent, undique latius
                 Extenta visentur Lucrino
                     Stagna lacu, platanusque cælebs
5         Evincet ulmos ; tum violaria et
          Myrtus et omnis copia narium
                 Spargent olivetis odorem
                     Fertilibus domino priori ;
          Tum spissa ramis laurea fervidos
10        Excludet ictus. Non ita Romuli
                 Præscriptum et intonsi Catonis
                     Auspiciis veterumque norma.
          Privatus illis census erat brevis,
          Commune magnum : nulla decempedis
15            Metata privatis opacam
                     Porticus excipiebat Arcton,
          Nec fortuitum spernere cespitem
          Leges sinebant, oppida publico
                 Sumptu jubentes et deorum
20            Templa novo decorare saxo.
```

XVI. — AD POMPEIUM GROSPHUM.

```
          Otium divos rogat in patenti
```

```
          Prensus Ægæo, simul atra nubes
          Condidit lunam neque certa fulgent
                 Sidera nautis ;
5         Otium bello furiosa Thrace,
          Otium Medi pharetra decori,
          Grosphe, non gemmis neque purpura ve-
                 nale neque auro.
          Non enim gazæ neque consularis
10        Submovet lictor miseros tumultus
          Mentis et curas laqueata circum
                 Tecta volantes.
          Vivitur parvo bene, cui paternum
          Splendet in mensa tenui salinum.
15        Nec leves somnos timor aut cupido
                 Sordidus aufert.
          Quid brevi fortes jaculamur ævo
          Multa ? Quid terras alio calentes
          Sole mutamus ? Patriæ quis exsul
20            Se quoque fugit ?
          Scandit æratas vitiosa naves
          Cura nec turmas equitum relinquit,
          Otior cervis et agente nimbos
                 Ocior Euro.
25    Lætus in præsens animus quod ultra est
          Oderit curare et amara lento
          Temperet risu ; nihil est ab omni
                 Parte beatum.
          Abstulit clarum cita mors Achillem,
30    Longa Tithonum minuit senectus,
          Et mihi forsan, tibi quod negarit,
                 Porriget hora.
          Te greges centum Siculæque circum
          Mugiunt vaccæ, tibi tollit hinnitum
35    Apta quadrigis equa, te bis Afro
                 Murice tinctæ
          Vestiunt lanæ : mihi parva rura et
          Spiritum Graiæ tenuem Camenæ
          Parca non mendax dedit et malignum
40            Spernere vulgus.
```

XVII. — AD C. C. MÆCENATEM.

```
          Cur me querelis exanimas tuis?
          Nec dis amicum est nec mihi te prius
                 Obire, Mæcenas, mearum
                     Grande decus columenque rerum.
5         Ah te meæ si partem animæ rapit
```

tarder? Privé de mes plus chères affections, pourquoi vivre, reste brisé de moi-même? Le même jour nous emportera tous deux. Non, je ne fais pas un faux serment : j'irai, j'irai, le jour où tu partiras avant moi, compagnon assuré de ton suprême voyage. Quand la Chimère exhalerait son souffle de feu, quand se relèverait Gyas aux cent mains, jamais ils ne me sépareront de toi : ainsi l'ont voulu la puissante Justice et les Parques. Que je sois né sous le regard de la Balance ou du redoutable Scorpion, le plus influent des astres sur l'heure de la naissance, ou sous le regard du Capricorne, tyran de la mer d'Hespérie, un merveilleux accord unit nos deux étoiles. Toi, l'influence protectrice des rayons de Jupiter t'arracha au funeste Saturne et ralentit les ailes du rapide Destin ; alors un peuple immense fit trois fois retentir le théâtre de joyeuses acclamations. Moi, un arbre tombant sur ma tête allait me tuer : mais la main de Faune qui veille sur les favoris de Mercure détourna le coup. Fidèle à ton vœu, songe à offrir aux dieux des victimes et un temple ; moi, j'immolerai modestement un agneau.

XVIII. — A UN AVARE.

Non, chez moi ne brillent ni lambris d'ivoire, ni lambris d'or ; des marbres de l'Hymette n'y chargent pas des colonnes taillées dans la lointaine Afrique ; d'Attale héritier inconnu, je n'ai point pris possession de son palais, et de nobles clientes ne filent point pour moi la pourpre de Laconie : mais j'ai une lyre et un talent qui jaillit d'une source féconde ; pauvre, je suis recherché du riche ; je ne fatigue pas les dieux à leur demander plus ; je n'implore pas d'un ami puissant de plus larges faveurs : ma terre du Sabinum suffit à mon bonheur. Le jour chasse le jour, et les lunes se succèdent pour s'éteindre. Et toi, sous la main même de la mort, tu fais scier des marbres ; oublieux du tombeau, tu bâtis des

maisons ; tu as hâte de reculer le rivage où mugit la mer de Baïes : la rive de terre ferme ne peut te satisfaire. Que dis-je ? Sans cesse tu arraches les bornes des champs voisins et ton avidité franchit les limites de tes clients. Chassés, la femme et le mari emportent dans leur sein les dieux paternels et leurs enfants en haillons. Cependant nul palais plus certain n'attend ce maître opulent que le palais dont le dévorant Orcus a tracé l'enceinte. A quoi bon tant d'efforts ? La terre s'ouvre aussi bien pour le pauvre que pour les enfants des riches ; insensible à l'or, le gardien de l'Orcus ne ramena point le rusé Prométhée. L'Orcus retient à jamais Tantale et la race de Tantale ; que le pauvre, après avoir fait son temps de fatigues, l'appelle à son secours ou ne l'appelle pas, il l'entend.

XIX — HYMNE A BACCHUS.

Au milieu de roches écartées, j'ai vu Bacchus enseigner ses chants : croyez-le, races futures ; et les Nymphes écoutaient, et les Satyres aux pieds de chèvre dressaient leurs oreilles pointues. Evoé ! mon âme en frémit encore de terreur et, dans ma poitrine pleine de Bacchus, s'agite troublée de sa joie. Evoé ! épargne, épargne-moi, Bacchus, dieu puissant, au thyrse redoutable. Je puis chanter les Thyades aux indomptables fureurs, les sources de vin, les larges ruisseaux de lait ; je puis retracer le miel coulant du creux des arbres ; je puis chanter ton épouse bienheureuse et sa couronne ajoutée aux astres, et la maison de Penthée s'écroulant d'une chute violente, et la fin du Thrace Lycurgue. C'est toi qui domptes les fleuves, qui domptes une mer barbare ; c'est toi qui, échauffé par le vin, dans les retraites des monts, rattaches sans danger par un nœud de vipères les cheveux des Bistonides. Lorsque, franchissant les hauteurs du ciel, l'armée sacrilége des Géants escaladait le royaume de Jupiter, c'est toi

---

    Muturior vis, quid moror altera,
      Nec carus æque nec superstes
        Integer? Ille dies utramque
    Ducet ruinam. Non ego perfidum
10 Dixi sacramentum : ibimus, ibimus,
      Utcunque præcedes, supremum
        Carpere iter comites parati.
    Me nec Chimæræ spiritus igneæ
    Nec, si resurgat, centimanus Gyas
15   Divellet unquam : sic potenti
        Justitiæ placitumque Parcis.
    Seu Libra seu me Scorpius adspicit
    Formidolosus, pars violentior
      Natalis horæ, seu tyrannus
20   Hesperiæ Capricornus undæ,
    Utrumque nostrum incredibili modo
    Consentit astrum. Te Jovis impio
      Tutela Saturno refulgens
        Eripuit volucrisque Fati
25 Tardavit alas, cum populus frequens
    Lætum theatris ter crepuit sonum :
      Me truncus illapsus cerebro
        Sustulerat, nisi Faunus ictum
    Dextra levasset, Mercurialium
30 Custos virorum. Reddere victimas
      Ædemque votivam memento :
        Nos humilem feriemus agnam.

XVIII. — AD AVARUM.

      Non ebur neque aureum
    Mea renidet in domo lacunar,
      Non trabes Hymettiæ
    Premunt columnas ultima recisas
5   Africa, neque Attali
    Ignotus heres regiam occupavi,
      Nec Laconicas mihi
    Trahunt honestæ purpuras clientæ :
      At fides et ingeni
10 Benigna vena est, pauperemque dives
      Me petit ; nihil supra.
    Deos lacesso nec potentem amicum
      Largiora flagito,
    Satis beatus unicis Sabinis.
15   Truditur dies die,
    Novæque pergunt interire lunæ.
      Tu secanda marmora
    Locas sub ipsum funus et sepulcri

      Immemor struis domos
20 Marisque Baïs obstrepentis urges
      Submovere litora,
    Parum locuples continente ripa,
      Quid, quod usque proximos
    Revellis agri terminos et ultra
25   Limites clientium
    Salis avarus? Pellitur paternos
      In sinu ferens deos
    Et uxor et vir sordidosque natos.
      Nulla certior tamen
30 Rapacis Orci fine destinata
      Aula divitem manet
    Herum. Quid ultra tendis? Æqua tellus
      Pauperi recluditur
    Regumque pueris, nec satelles Orci
35   Callidum Promethea
    Revexit auro captus. Hic superbum
      Tantalum atque Tantali
    Genus coercet, hic levare functum
      Pauperem laboribus
40 Vocatus atque non vocatus audit.

XIX. — HYMNUS IN BACCHUM.

    Bacchum in remotis carmina rupibus
    Vidi docentem — credite posteri —
      Nymphasque discentes et aures
        Capripedum Satyrorum acutas.
5   Evoe, recenti mens trepidat metu
    Plenoque Bacchi pectore turbidum
      Lætatur. Evoe, parce Liber,
        Parce, gravi metuende thyrso !
    Fas pervicaces est mihi Thyadas
10 Vinique fontem, lactis et uberes
      Cantare rivos atque truncis
        Lapsa cavis iterare mella ;
    Fas et beatæ conjugis additum
    Stellis honorem tectaque Penthei
15   Disjecta non leni ruina,
        Thracis et exitium Lycurgi.
    Tu flectis amnes, tu mare barbarum,
    Tu separatis uvidus in jugis
      Nodo coerces viperino
20   Bistonidum sine fraude crines :
    Tu, cum parentis regna per arduum
    Cohors Gigantum scanderet impia,
      Rhœtum retorsisti leonis

qui précipitas Rhétus de tes griffes et de ta dent terrible de lion. Tu ne semblais fait que pour les danses, les rires et les jeux, et l'on te jugeait moins habile aux combats : mais tu étais dans la guerre aussi remarquable que dans la paix. Cerbère, quand il te vit paré de tes cornes d'or, ne te fit point de mal et remua doucement la queue, et à ton retour il te caressa les pieds et les jambes de sa gueule à la triple langue.

XX. — A MÉCÈNES.

Ce n'est point d'une aile commune ni faible que je m'élancerai dans les plaines limpides de l'air, poëte à double forme; je ne m'arrêterai pas davantage sur terre, et, plus puissant que l'envie, j'abandonnerai le séjour des hommes. Non, je ne mourrai point, moi, enfant d'une famille pauvre, moi, cher Mécènes, que tu fais venir chez toi ; non, le Styx ne m'enchaînera point de ses ondes. Voici que s'étend sur mes jambes une peau rugueuse; le haut de mon corps se transforme en un oiseau brillant de blancheur; sur mes doigts, sur mes épaules, naissent des plumes légères. Je vais, oiseau mélodieux, plus rapide qu'Icare, le fils de Dédale, visiter les rives où gémit le Bosphore, les Syrtes de Gétulie et les champs hyperboréens. On me connaîtra dans la Colchide, chez le Dace qui dissimule sa terreur des cohortes marses, chez le lointain Gélon ; et mes chants seront appris par l'Ibère devenu civilisé, par les peuples qui boivent l'eau du Rhône. Loin de funérailles inutiles les thrènes, et les gémissements qui enlaidissent le visage, et les plaintes; calmez les cris, épargnez-moi les honneurs superflus du tombeau.

LIVRE TROISIÈME

I. — A UN CHŒUR DE JEUNES FILLES ET DE JEUNES GENS.

Je hais le vulgaire profane et le repousse; attention à vos langues : prêtre des Muses, je chante aux jeunes filles et aux jeunes gens des vers qu'on n'a pas encore entendus. Les rois redoutables règnent sur leurs troupeaux de sujets; sur les rois eux-mêmes règne Jupiter, illustre par son triomphe sur les Géants et dont le sourcil ébranle l'univers. Un homme plus loin qu'un autre homme alignera des plants d'arbres ; celui-ci de race plus noble descendra au champ de Mars en candidat; celui-là, supérieur en vertu et en renommée, disputera les honneurs ; un autre aura de clients une suite plus nombreuse : d'après une règle égale, la Nécessité tire au sort les grands et les petits; une urne immense remue tous les noms. A l'homme qui voit une épée nue pendre sur sa tête sacrilége, les mets de la Sicile refuseront leur délicieuse saveur : le chant des oiseaux, les sons de la lyre, ne lui ramèneront point le sommeil. Le doux sommeil ne dédaigne ni l'humble maison de l'homme des champs, ni la rive ombragée, ni le vallon où soufflent les Zéphyrs. Rien ne trouble celui dont les désirs se bornent à ses besoins, ni les tempêtes de la mer, ni la violence terrible du coucher de l'Arcture ou du lever du Chevreau, ni les vignes battues par la grêle, ni le fonds trompeur dont l'arbre accuse tantôt les eaux du ciel, tantôt la Canicule qui brûle les campagnes, tantôt les rigueurs de l'hiver. Les poissons sentent les flots resserrés par les môles qu'on jette dans la pleine mer : on voit, entouré d'esclaves, un entrepreneur empressé faire tomber des moellons sous les yeux du maître dégoûté de la terre ferme. Mais la

Unguibus horribilique mala.
25   Quanquam choreis aptior et jocis
Ludoque dictus non sat idoneus
Pugnæ ferebaris : sed idem
Pacis eras mediusque belli.
Te vidit insons Cerberus aureo
30   Cornu decorum, leniter atterens
Caudam, et recedentis trilingui
Ore pedes tetigitque crura.

XX. — AD C. C. MÆCENATEM.

Non usitata nec tenui ferar
Penna biformis per liquidum æthera
Vates, neque in terris morabor
Longius, invidiaque major
5   Urbes relinquam. Non ego, pauperum
Sanguis parentum, non ego, quem vocas,
Dilecte Mæcenas, obibo
Nec Stygia cohibebor unda.
Jamjam residunt cruribus asperæ
10   Pelles, et album mutor in alitem
Superne, nascunturque leves
Per digitos humerosque plumæ.
Jam Dædaleo ocior Icaro
Visam gementis litora Bosphori
15   Syrtesque Gætulas canorus
Ales Hyperboreosque campos.
Me Colchus et qui dissimulat metum
Marsæ cohortis Dacus et ultimi
Noscent Geloni, me peritus
20   Discet Iber Rhodanique potor.
Absint inani funere neniæ
Luctusque turpes et querimoniæ;
Compesce clamorem ac sepulcri
Mitte supervacuos honores.

LIBER TERTIUS

I. — AD CHORUM VIRGINUM ET PUERORUM.

Odi profanum vulgus et arceo ;
Favete linguis : carmina non prius
Audita Musarum sacerdos
Virginibus puerisque canto.
5   Regum timendorum in proprios greges,
Reges in ipsos imperium est Jovis
Clari Giganteo triumpho,
Cuncta supercilio moventis.
Est, ut viro vir latius ordinet
10   Arbusta sulcis, hic generosior
Descendat in Campum petitor,
Moribus hic meliorque fama
Contendat, illi turba clientium
Sit major : æqua lege Necessitas
15   Sortitur insignes et imos;
Omne capax movet urna nomen.
Destrictus ensis cui super impia
Cervice pendet, non Siculæ dapes
Dulcem elaborabunt saporem,
20   Non avium citharæque cantus
Somnum reducent. Somnus agrestium
Lenis virorum non humiles domos
Fastidit umbrosamque ripam,
Non Zephyris agitata Tempe.
25   Desiderantem quod satis est neque
Tumultuosum sollicitat mare,
Nec sævus Arcturi cadentis
Impetus aut orientis Hædi,
Non verberatæ grandine vineæ
30   Fundusque mendax, arbore nunc aquas
Culpante, nunc torrentia agros
Sidera, nunc hiemes iniquas.
Contracta pisces æquora sentiunt
Jactis in altum molibus; huc frequens
35   Cæmenta demittit redemptor
Cum famulis dominusque terræ

Crainte et les Remords montent au même endroit que le maître ; le noir Souci ne quitte point la trirème garnie d'airain,
il est assis derrière le cavalier. Que si rien ne calme les souffrances de l'âme, ni la pierre de Phrygie, ni les vêtements
d'une pourpre plus·brillante que les astres, ni la vigne de
Falerne, ni le costus d'Achéménès, pourquoi construirais-je,
d'après les règles nouvelles, un superbe atrium aux portes
dignes d'envie ? Pourquoi échangerais-je ma vallée du Sabinum contre les embarras plus grands de la richesse ?

II. — A LA JEUNESSE ROMAINE.

Que le jeune homme vigoureux apprenne, dans les rudes
exercices de la guerre, à supporter avec joie les gênes de la
pauvreté ; qu'il presse, cavalier à la lance redoutable, les
Parthes intrépides ; que sa vie se passe en plein air et au sein
des dangers. Qu'à sa vue, du haut des remparts ennemis, la
femme du tyran en guerre gémisse ; que la jeune fille soupire,
hélas ! tremblant que son royal fiancé, d'une main novice
aux combats, ne provoque cet intraitable lion emporté par une
fureur sanguinaire au milieu du carnage. Il est doux et beau
de mourir pour sa patrie. La Mort court à la suite du fuyard ;
elle n'épargne ni les jarrets, ni le dos timide d'une jeunesse
sans cœur. La Vertu ignore la honte d'un échec et rien ne
souille l'éclat de ses dignités ; elle ne prend ni ne dépose les
faisceaux au gré du souffle populaire. La Vertu, ouvrant le
ciel aux hommes dignes de l'immortalité, tente un passage
par des routes escarpées, et de son aile qui fuit dédaigne les
réunions des hommes et la terre humide. Le silence discret
a aussi sa récompense assurée : non, jamais l'homme qui aura
révélé les mystères sacrés de Cérès ne vivra sous le toit que
j'habite, ne montera avec moi sur un fragile vaisseau. Plus
d'une fois, Jupiter offensé frappa d'un même coup l'homme
impur et l'innocent : en vain le coupable prend les devants ;
rarement la Peine au pied boiteux renonce à l'atteindre.

III. — A AUGUSTE.

Rien n'ébranle l'âme ferme de l'homme juste et inflexible
dans ses desseins, ni la fureur de citoyens qui demandent le
mal, ni le regard d'un tyran qui menace, ni l'Auster, roi
fougueux de l'orageuse Adriatique, ni la puissante main de
Jupiter qui lance la foudre : que le monde se brise et s'é-
croule, les débris le frapperont sans l'effrayer. C'est par cette
vertu que Pollux et que le vagabond Hercule, au prix de
mille efforts, ont atteint les hauteurs enflammées du ciel ; assis entre eux, Auguste de sa bouche vermeille boit le nectar.
C'est par cette vertu que tu as mérité, vénérable Bacchus,
d'être traîné par tes tigres, dont le cou indocile se soumit au
joug ; c'est par elle que, sur le char de Mars, Quirinus a fui l'A-
chéron, lorsque dans le conseil des dieux Junon eut prononcé
ces paroles amies : « Ilion, Ilion ! c'est un juge adultère et
marqué du destin, c'est une femme étrangère qui l'ont réduite en cendre : du jour où Laomédon eût frustré des dieux
du salaire convenu, moi et la chaste Minerve nous l'avons
condamnée avec son peuple et son chef sans foi. Il ne brille
plus l'hôte infâme de l'adultère Lacédémonienne ; la maison
parjure de Priam n'a plus pour briser les belliqueux Achéens
le bras puissant d'Hector, et, prolongée par nos dissensions, la
guerre s'est apaisée. Désormais j'immole à Mars mon impitoyable ressentiment et ma haine pour ce fils que lui a
donné une prêtresse troyenne ; qu'il entre dans le séjour étincelant du ciel, j'y consens ; qu'il aspire le jus du nectar et
soit compté dans les rangs paisibles des dieux. Pourvu qu'entre Ilion et Rome se déchaîne une large mer, la race expatriée
peut en tous lieux du monde régner au sein du bonheur ; pourvu
que la tombe de Priam et de Pâris soit foulée du bétail et que
les bêtes sauvages y cachent leurs petits impunément, que
le Capitole reste debout rayonnant d'éclat, que par sa
vaillance Rome triomphe des Mèdes et puisse leur dicter ses

Fastidiosus. Sed Timor et Minæ
Scandunt eodem, quo dominus, neque
    Decedit ærata triremi et
40   Post equitem sedet atra Cura.
Quod si dolentem nec Phrygius lapis
Nec purpurarum sidere clarior
    Delenit usus nec Falerna
      Vitis Achæmeniumque costum,
45 Cur invidendis postibus et novo
Sublime ritu moliar atrium ?
    Cur valle permutem Sabina
      Divitias operosiores ?

II. — AD PUBEM ROMANAM.

Angustam amice pauperiem pati
Robustus acri militia puer
    Condiscat et Parthos feroces
      Vexet eques metuendus hasta
5 Vitamque sub divo et trepidis agat
In rebus. Illum ex mœnibus hosticis
    Matrona bellantis tyranni
      Prospiciens et adulta virgo
Suspiret, eheu, ne rudis agminum·
10 Sponsus lacessat regius asperum
    Tactu leonem, quem cruenta
      Per medias rapit ira cædes.
Dulce et decorum est pro patria mori :
Mors et fugacem persequitur virum,
15   Nec parcit imbellis juventæ
      Poplitibus timidoque tergo.
Virtus repulsæ nescia sordidæ
Intaminatis fulget honoribus,
    Nec sumit aut ponit secures
20   Arbitrio popularis auræ.
Virtus recludens immeritis mori
Cœlum negata tentat iter via,
    Cœtusque vulgares et udam
      Spernit humum fugiente penna.
25 Est et fideli tuta silentio
Merces : vetabo, qui Cereris sacrum
    Vulgarit arcanæ, sub isdem
      Sit trabibus fragilemve mecum
Solvat phaselum ; sæpe Diespiter
30 Neglectus incesto addidit integrum :
    Raro antecedentem scelestum
      Deseruit pede Pœna claudo.

III. — AD CÆS. AUGUSTUM.

Justum et tenacem propositi virum
Non civium ardor prava jubentium,
    Non vultus instantis tyranni
      Mente quatit solida neque Auster,
5 Dux inquieti turbidus Adriæ,
Nec fulminantis magna manus Jovis ;
    Si fractus illabatur orbis,
      Impavidum ferient ruinæ.
Hac arte Pollux et vagus Hercules
10 Enisus arces attigit igneas,
    Quos inter Augustus recumbens
      Purpureo bibit ore nectar.
Hac te merentem, Bacche pater, tuæ
Vexere tigres indocili jugum
15   Collo trahentes ; hac Quirinus
      Martis equis Acheronta fugit,
Gratum elocuta consiliantibus
Junone divis : Ilion, Ilion
    Fatalis incestusque judex
20   Et mulier peregrina vertit
In pulverem, ex quo destituit deos
Mercede pacta Laomedon, mihi
    Castæque damnatum Minervæ
      Cum populo et duce fraudulento.
25 Jam nec Lacænæ splendet adulteræ
Famosus hospes nec Priami domus
    Perjura pugnaces Achivos
      Hectoreis opibus refringit,
Nostrisque ductum seditionibus
30 Bellum resedit. Protinus et graves
    Iras et invisum nepotem,
      Troica quem peperit sacerdos,
Marti redonabo ; illum ego lucidas
Inire sedes, ducere nectaris
35   Succos et adscribi quietis
      Ordinibus patiar deorum.
Dum longus inter sæviat Ilion
Romamque pontus, qualibet exsules
    In parte regnanto beati ;
40   Dum Priami Paridisque busto
Insultet armentum et catulos feræ
Celent inultæ, stet Capitolium
    Fulgens triumphatisque possit
      Roma ferox dare jura Medis.

lois! Redoutée au loin, qu'elle porte son nom aux extrémités du monde, dans ces plages où la mer intérieure sépare l'Europe de l'Afrique, où le Nil débordé inonde les campagnes. Que dans sa force d'âme elle dédaigne de chercher l'or qui, enfoui au sein de la terre, est dans une meilleure place; qu'elle n'aille point l'entasser d'une main qui ravit tout objet sacré pour les usages de l'homme. Quelle que soit la barrière qui termine le monde, ses armes y atteindront: elle brûle de visiter la zone où les feux du soleil exercent leur fureur, et la zone où sévissent les brouillards et les eaux de la pluie. Mais ces destins, je ne les prédis aux belliqueux Quirites qu'à cette condition: que trop pieux, trop confiants en leur puissance, ils ne veuillent point rétablir les murs de Troie, leur patrie. Troie retrouverait dans une funeste chute sa fortune, relevée sous de sinistres présages; je serais encore à la tête de victorieux bataillons, moi, la femme de Jupiter et sa sœur. Quand trois fois se relèverait un mur d'airain, sous les ordres de Phébus, trois fois il s'écroulerait sous les coups de mes Argiens, trois fois la femme captive pleurerait son mari et ses enfants. » Mais de tels chants ne s'adapteront pas à une lyre enjouée: Muse, où vas-tu? Cesse de répéter, téméraire, les entretiens des dieux et d'amoindrir par de faibles accords un sujet élevé.

IV. — A CALLIOPE.

Descends du ciel, divine Calliope, viens, fais entendre sur la flûte un chant soutenu; ou, si tu l'aimes mieux, fais retentir ta voix sonore, ou les cordes et la lyre de Phébus. L'entendez-vous, ou suis-je le jouet d'un aimable délire? Oui, il me semble que je l'entends, que j'erre à travers les bois sacrés que parcourent des ruisseaux et des souffles délicieux. Dans mon enfance, sur l'apulien Vultur, en dehors des limites de la nourricière Apulie, fatigué des jeux, je m'étais endormi, quand des colombes, objets de fabuleux récits, vinrent me couvrir de feuilles nouvelles: ce qui devait à tous paraître merveil-leux, à tous ceux qui habitent la cime de la haute Achérontia, ou les forêts de Bantia, ou le gras territoire du vallon de Forentum, c'était que je dormisse à l'abri des noires vipères et des ours, que je fusse caché sous des feuilles de laurier et de myrte sacrés, enfant courageux, non sans le secours des dieux! C'est vous, Muses, c'est vous qui me protégez, quand je m'élève sur les monts du Sabinum, ou quand m'a plu la fraîche Préneste, ou la colline de Tibur, ou l'air limpide de Baïes. Cher à vos sources et à vos chœurs, j'ai échappé à la déroute de l'armée à Philippes, à la chute d'un arbre maudit, aux ondes siciliennes de Palinure. Du moment où vous serez avec moi, volontiers j'affronterai sur un vaisseau le Bosphore en furie; voyageur, je braverai les sables brûlants du rivage assyrien; je visiterai les Bretons cruels pour les étrangers, et le Concanien qui aime le sang des chevaux; je visiterai les Gélons armés de carquois et le fleuve des Scythes: — partout en sûreté. Lorsque le grand César a réuni aux villes les cohortes fatiguées de la guerre et qu'il aspire au terme de ses labeurs, c'est vous qui le délassez sous la grotte du Piérus. C'est vous qui lui donnez de clémentes pensées, qui êtes heureuses de les avoir données, bienfaisantes déesses. Nous savons comment écrasa sous les traits de sa foudre les Titans sacrilèges et leur formidable armée, celui qui règle la terre immobile et la mer orageuse, qui seul régit d'une égale autorité et les villes, et le sombre royaume, et les dieux, et la foule des mortels. Ils avaient frappé Jupiter d'une grande terreur, cette téméraire jeunesse hérissée de bras et ces frères s'efforçant de placer le Pélion sur l'Olympe ombragé. Mais Typhée et le vigoureux Mimas, mais Porphyrion à la position menaçante, mais Rhétus, mais Encelade lançant, audacieux, des arbres déracinés, que pourraient-ils, se jetant contre l'égide retentissante de Pallas? Ici, se tint avide de carnage, Vulcain; là, Junon, la femme de Jupiter, et, jamais prêt à déposer l'arc de ses épaules, le dieu qui baigne ses cheveux flottants dans l'eau pure de Castalie, qui règne

---

```
45   Horrenda late nomen in ultimas
     Extendat oras, qua medius liquor
        Secernit Europen ab Afro,
           Qua tumidus rigat arva Nilus,
50   Aurum irrepertum et sic melius situm,
     Cum terra celat, spernere fortior
        Quam cogere humanos in usus
           Omne sacrum rapiente dextra.
     Quicunque mundo terminus obstitit,
     Hunc tanget armis, visere gestiens,
55      Qua parte debacchentur ignes,
           Qua nebulæ pluviique rores.
     Sed bellicosis fata Quiritibus
     Hac lege dico, ne nimium pii
        Rebusque fidentes avitæ
60         Tecta velint reparare Trojæ.
     Trojæ renascens alite lugubri
     Fortuna tristi clade iterabitur,
        Ducente victrices catervas
           Conjuge me Jovis et sorore.
65   Ter si resurgat murus aheneus
     Auctore Phœbo, ter pereat meis
        Excisus Argivis, ter uxor
           Capta virum puerosque ploret.
     Non hoc jocosæ conveniet lyræ:
70   Quo, Musa, tendis? Desine pervicax
        Referre sermones deorum et
           Magna modis tenuare parvis.

             IV. — AD CALLIOPEN.

     Descende cœlo et dic age tibia
     Regina longum Calliope melos,
        Seu voce nunc mavis acuta,
           Seu fidibus citharaque Phœbi.
5    Auditis, an me ludit amabilis
     Insania? Audire et videor pios
        Errare per lucos, amœnæ
           Quos et aquæ subeunt et auræ.
     Me fabulosæ Vulture in Apulo
10   Altricis extra limen Apuliæ
        Ludo fatigatumque somno
           Fronde nova puerum palumbes
     Texere, mirum quod foret omnibus,
     Quicunque celsæ nidum Acherontiæ
15      Saltusque Bantinos et arvum

           Pingue tenent humilis Forenti,
     Ut tuto ab atris corpore viperis
     Dormirem et ursis, ut premerer sacra
        Lauroque collataque myrto,
20      Non sine dis animosus infans.
     Vester, Camenæ, vester in arduos
     Tollor Sabinos, seu mihi frigidum
        Præneste seu Tibur supinum
           Seu liquidæ placuere Baiæ.
25   Vestris amicum fontibus et choris
     Non me Philippis versa acies retro,
        Devota non exstinxit arbos,
           Nec Sicula Palinurus unda.
     Utcunque mecum vos eritis, libens
30   Insanientem navita Bosphorum
        Tentabo et urentes arenas
           Litoris Assyrii viator;
     Visam Britannos hospitibus feros
     Et lætum equino sanguine Concanum,
35      Visam pharetratos Gelonos
           Et Scythicum inviolatus amnem.
     Vos Cæsarem altum, militia simul
     Fessas cohortes addidit oppidis,
        Finire quærentem labores
40         Pierio recreatis antro.
     Vos lene consilium et datis et dato
     Gaudetis, almæ. Scimus, ut impios
        Titanas immanemque turmam
           Fulmine sustulerit caduco,
45   Qui terram inertem, qui mare temperat
     Ventosum, et urbes regnaque tristia
        Divosque mortalesque turbas
           Imperio regit unus æquo.
     Magnum illa terrorem intulerat Jovi
50   Fidens juventus horrida brachiis,
        Fratresque tendentes opaco
           Pelion imposuisse Olympo.
     Sed quid Typhœus et validus Mimas,
     Aut quid minaci Porphyrion statu,
55      Quid Rhœtus evulsisque truncis
           Enceladus jaculator audax
     Contra sonantem Palladis ægida
     Possent ruentes? Hinc avidus stetit
        Vulcanus, hinc matrona Juno et
60         Nunquam humeris positurus arcum,
```

sur les buissons de la Lycie et sur sa forêt natale, Apollon de Patara et de Délos. La force aveugle s'écroule sous sa propre masse ; la force réglée par la sagesse s'accroit, élevée par les dieux eux-mêmes : aussi bien ils détestent la force qui roule la pensée de tous les crimes. J'en atteste, comme preuve de mon jugement, Gyas aux cent mains, et Orion, fameux pour avoir tenté de séduire la chaste Diane, qui le punit de sa flèche virginale. Jetée sur ses monstrueux enfants, la Terre s'afflige ; elle pleure ses fils lancés par la foudre dans le livide Orcus : mais le feu rapide n'a point dévoré l'Etna placé sur Encelade ; l'oiseau, gardien attaché au crime, n'a pas quitté le foie de l'impudique Tityus ; trois cents chaînes emprisonnent le ravisseur Pirithoüs.

V. — EN L'HONNEUR D'AUGUSTE.

Le bruit de son tonnerre nous atteste que Jupiter règne dans le ciel ; on considérera Auguste comme un dieu visible sur la terre pour avoir rangé sous nos lois les Bretons et les Perses redoutables. Quoi ! le soldat de Crassus a pu vivre mari infâme d'une épouse barbare, et, — ô curie ! ô corruption des mœurs ! — sous les armes d'ennemis devenus leurs beaux-pères, sous un roi Mède, ont vieilli le Marse et l'Apulien oubliant les anciles, et le nom romain, et la toge, et l'éternelle Vesta, quand le Capitole, quand la ville de Rome sont encore debout ! Voilà ce dont voulait nous garder l'âme prévoyante de Régulus, lorsqu'il s'opposait à des propositions déshonorantes, quand de ce précédent il faisait un péril pour l'avenir : on devait laisser périr sans pitié la jeunesse captive. « J'ai vu, dit-il, nos enseignes clouées aux temples carthaginois et les armes arrachées à nos soldats sans qu'ils se fissent tuer ; j'ai vu des citoyens, des hommes libres, les bras liés derrière le dos ; j'ai vu Carthage laisser ses portes ouvertes ; j'ai vu cultiver les champs qu'avaient dévastés nos armes. L'or, en le rachetant, nous ramènera sans doute un sol-

dat plus énergique ! A l'infamie vous joignez un danger : la laine qu'on a trempée dans la pourpre ne reprend plus les couleurs perdues ; le vrai courage, une fois disparu, ne cherche plus à rentrer dans les cœurs dégénérés. Si jamais on voit combattre la biche dégagée des mailles serrées du filet, il sera courageux, celui qui se confia à des ennemis sans foi ; il écrasera les Carthaginois dans la guerre suivante, le lâche qui sentit les courroies enchaîner ses bras et qui eut peur de la mort. Cet homme, ne sachant à quoi l'on demande la vie, fit la paix au sein de la guerre. O honte ! ô puissante Carthage, enorgueillie de l'opprobre et de la ruine de l'Italie ! » On raconte que, se regardant comme privé des droits de citoyen, il repoussa les baisers de sa chaste épouse et ses petits enfants, et, farouche, fixa vers la terre son mâle regard, jusqu'au moment où son conseil, jamais donné en d'autres temps, raffermit les sénateurs chancelants et qu'entouré d'amis affligés il se hâta vers son glorieux exil. Il savait ce que lui préparait le bourreau barbare ; et du même air pourtant il écarta ses proches qui le retenaient et le peuple s'opposant à son retour, que s'il quittait les longues affaires de ses clients, après avoir jugé leur procès, pour se rendre aux campagnes de Vénafre ou dans la lacédémonienne Tarente.

VI. — AUX ROMAINS.

Tu expieras, sans l'avoir mérité, les fautes de tes pères, Romain, jusqu'à ce que tu aies relevé les lieux sacrés, et les temples croulants des dieux, et leurs statues souillées d'une noire fumée. C'est, parce que tu te montres soumis aux dieux, que tu commandes : tout acte commence sous leurs auspices ; à eux rapporte tout succès. Les dieux négligés ont accablé de maux l'Hespérie en deuil. Voilà deux fois que Monésès et l'armée de Pacorus ont refoulé nos attaques entreprises sans auspices : ils sont fiers d'avoir ajouté nos dépouilles à leurs

---

      Qui rore puro Castaliæ lavit
      Crines solutos, qui Lyciæ tenet
         Dumeta natalemque silvam,
           Delius et Patareus Apollo.
65 Vis consili expers mole ruit sua :
      Vim temperatam di quoque provehunt
         In majus ; idem odere vires
           Omne nefas animo moventes.
      Testis mearum centimanus Gyas
70 Sententiarium, notus et integræ
         Tentator Orion Dianæ,
           Virginea domitus sagitta.
      Injecta monstris Terra dolet suis
      Mœretque partus fulmine luridum
75   Missos ad Orcum ; nec peredit
           Impositam celer ignis Ætnam,
      Incontinentis nec Tityi jecur
      Reliquit ales, nequitiæ additus
         Custos ; amatorem trecentæ
80   Pirithoum cohibent catenæ.

V. — IN LAUDEM CÆS. AUGUSTI.

      Cœlo tonantem credidimus Jovem
      Regnare : præsens divus habebitur
         Augustus adjectis Britannis
           Imperio gravibusque Persis.
5   Milesne Crassi conjuge barbara
      Turpis maritus vixit et hostium —
         Proh curia inversique mores ! —
           Consenuit socerorum in armis
      Sub rege Medo Marsus et Apulus,
10 Anciliorum et nominis et togæ
         Oblitus æternæque Vestæ,
           Incolumi Jove et urbe Roma ?
      Hoc caverat mens provida Reguli
      Dissentientis conditionibus
15   Fœdis et exemplo trahentis
           Perniciem veniens in ævum,
      Si non periret immiserabilis
      Captiva pubes. Signa ego Punicis
         Affixa delubris et arma
20   Militibus sine cæde, dixit,
      Derepta vidi ; vidi ego civium
      Retorta tergo brachia libero
         Portasque non clausas et arva
           Marte coli populata nostro.

---

25 Auro repensus scilicet acrior
      Miles redibit. Flagitio additis
         Damnum : neque amissos colores
           Lana refert medicata fuco,
      Nec vera virtus, cum semel excidit,
30 Curat reponi deterioribus.
         Si pugnat extricata densis
           Cerva plagis, erit ille fortis,
      Qui perfidis se credidit hostibus,
      Et Marte Pœnos proteret altero,
35   Qui lora restrictis lacertis
           Sensit iners timuitque mortem.
      Hic, unde vitam sumeret inscius,
      Pacem duello miscuit. O pudor !
         O magna Carthago, probrosis
40   Altior Italiæ ruinis !
      Fertur pudicæ conjugis osculum
      Parvosque natos ut capitis minor
         Ab se removisse et virilem
           Torvus humi posuisse vultum :
45 Donec labantes consilio patres
      Firmaret auctor nunquam alias dato,
         Interque mœrentes amicos
           Egregius properaret exsul.
      Atqui sciebat quæ sibi barbarus
50 Tortor pararet ; non aliter tamen
         Dimovit obstantes propinquos
           Et populum reditus morantem,
      Quam si clientum longa negotia
      Dijudicata lite relinqueret,
55   Tendens Venafranos in agros
           Aut Lacedæmonium Tarentum.

VI. — AD ROMANOS.

      Delicta majorum immeritus lues,
      Romane, donec templa refeceris
         Ædesque labentes deorum et
           Fœda nigro simulacra fumo.
5   Dis te minorem quod geris, imperas :
      Hinc omne principium, huc refer exitum.
         Di multa neglecti dederunt
           Hesperiæ mala luctuosæ.
      Jam bis Monæses et Pacori manus
10 Non auspicatos contudit impetus
         Nostros et adjecisse prædam
           Torquibus exiguis renidet.

minces colliers. En proie aux discordes, Rome a failli être détruite par le Dace et par l'Éthiopien, celui-ci redouté pour sa flotte, celui-là habile à lancer les flèches. Un siècle fécond en crimes a commencé par souiller le mariage, et les races, et les familles : dérivé de cette source, le malheur s'est répandu dans la patrie et dans le peuple. La vierge nubile se plaît à apprendre la danse ionienne et se forme par des arts lascifs ; aujourd'hui ce sont d'incestueuses amours qu'elle rêve du fond du cœur ; bientôt, elle ira, pendant le repas de son mari, chercher des amants plus jeunes : elle ne choisit pas à qui elle donnera à la hâte des plaisirs défendus, loin des lumières ; mais, priée devant tous, on la voit, non sans la complicité de l'époux, se lever, si l'appelle un colporteur, ou bien le patron d'un vaisseau espagnol, riche acheteur d'infâmes voluptés. Ce ne fut pas une jeunesse née de tels parents qui rougit la mer du sang carthaginois, qui écrasa Pyrrhus, et le grand Antiochus, et le féroce Annibal ; mais ce furent les mâles enfants de soldats des champs, accoutumés à remuer la terre avec le hoyau sabin, à rapporter, soumis aux ordres d'une mère austère, le bois qu'ils avaient coupé, dès que le soleil augmentait les ombres des montagnes, ôtait le joug aux bœufs fatigués, et, de son char fuyant, amenait le doux moment du repos. Que n'altère pas le temps destructeur ? Le siècle de nos parents, plus mauvais que celui de nos aïeux, nous a enfantés plus pervers encore, pour donner à notre tour une génération plus corrompue.

VII. — A ASTÉRIE.

Pourquoi pleurer, Astérie ? Au retour du printemps, les gais Zéphyrs te rendront Gygès, ton fidèle amant, enrichi des trésors de Bithynie. Poussé par le Notus au rivage d'Oricum, depuis le lever de la Chèvre orageuse, il passe les froides nuits dans l'insomnie, non sans verser beaucoup de larmes. Et

pourtant un émissaire de son hôtesse amoureuse lui dit que Chloé soupire, qu'elle se consume tristement pour l'objet de tes feux, et par mille ruses il tente de le séduire. Il rappelle comment les fausses accusations d'une épouse sans foi poussèrent le crédule Prétus à hâter la mort du trop chaste Bellérophon. Il raconte Pélée livré presque au Tartare, pour avoir fui l'amour de la Magnésienne Hippolyte, et lui débite de perfides histoires, exhortations à l'infidélité. Vains efforts ! Plus sourd à ces paroles que les rochers de la mer Icarienne, sa foi est restée sans atteinte. Mais toi, prends garde que le voisin Enipée ne te semble trop aimable, quoique nul autre, par son adresse à gouverner un cheval, n'attire autant les regards au champ de Mars, quoique personne ne soit aussi rapide à traverser à la nage le lit du Tibre. Dès la nuit, ferme ta porte ; au chant plaintif de la flûte, ne regarde pas dans la rue : et s'il ne cesse de t'appeler cruelle, demeure inexorable.

VIII — A MÉCÈNES.

Que fais-je, moi célibataire, aux Calendes de Mars ? Que signifient ces fleurs et cette cassolette pleine d'encens, et ce charbon, posé sur un autel de vert gazon ? Tu te le demandes, toi qui sais converser dans l'une et l'autre langue. C'est que j'avais fait vœu à Bacchus d'un doux festin et d'un bouc blanc, le jour où je faillis être tué par la chute d'un arbre. Ce jour de fête, ramené par le cours d'une année, séparera de la poix qui l'enchaîne le liège d'une amphore, qui apprit à boire la fumée sous le consulat de Tullus. Viens, Mécènes, vider cent coupes à ton ami conservé, et prolonge jusqu'au jour la vigilante clarté des flambeaux : loin de nous tout cri, toute colère. Bannis au sujet de Rome les soucis des affaires : l'armée du Dace Cotison n'est plus ; les Mèdes hostiles se déchirent par des armes funestes à eux-mêmes ; le Cantabre,

Pæne occupatam seditionibus
Delevit Urbem Dacus et Æthiops,
15   Hic classe formidatus, ille
        Missilibus melior sagittis.
Fecunda culpæ sæcula nuptias
Primum inquinavere et genus et domos ;
      Hoc fonte derivata clades
20   In patriam populumque fluxit.
Motus doceri gaudet Ionicos
Matura virgo et fingitur artibus :
      Jam nunc et incestos amores
        De tenero meditatur ungui ;
25 Mox juniores quærit adulteros
Inter mariti vina, neque eligit
      Cui donet impermissa raptim
        Gaudia luminibus remotis ;
Sed jussa coram non sine conscio
30 Surgit marito, seu vocat institor
      Seu navis Hispanæ magister,
        Dedecorum pretiosus emptor.
Non his juventus orta parentibus
Infecit æquor sanguine Punico,
35   Pyrrhumque et ingentem cecidit
        Antiochum Annibalemque dirum ;
Sed rusticorum mascula militum
Proles, Sabellis docta ligonibus
      Versare glebas et severæ
40   Matris ad arbitrium recisos
Portare fustes, sol ubi montium
Mutaret umbras et juga demeret
      Bobus fatigatis, amicum
        Tempus agens abeunte curru.
45 Damnosa quid non imminuit dies ?
Ætas parentum pejor avis tulit
      Nos nequiores, mox daturos
        Progeniem vitiosiorem.

VII. — AD ASTERIEN.

Quid fles, Asterie, quem tibi candidi
Primo restituent vere Favonii
      Thyna merce beatum,
        Constantis juvenem fide,
5   Gygen ? Ille Notis actus ad Oricum
Post insana Capræ sidera frigidas
      Noctes non sine multis
        Insomnis lacrimis agit.

Atqui sollicitæ nuntius hospitæ,
10 Suspirare Chloen et miseram tuis
      Dicens ignibus uri,
        Tentat mille vafer modis.
Ut Prœtum mulier perfida credulum
Falsis impulerit criminibus, nimis
15   Casto Bellerophonti
        Maturare necem, refert.
Narrat pæne datum Pelea Tartaro,
Magnessam Hippolyten dum fugit abstinens ;
      Et peccare docentes
20   Fallax historias movet.
Frustra : nam scopulis surdior Icari
Voces audit adhuc integer. At tibi
      Ne vicinus Enipeus
        Plus justo placeat, cave ;
25 Quamvis non alius flectere equum sciens
Æque conspicitur gramine Martio,
      Nec quisquam citus æque
        Tusco denatat alveo.
Prima nocte domum claude neque in vias
30 Sub cantu querulæ despice tibiæ,
      Et te sæpe vocanti
        Duram difficilis mane.

VIII. — AD C. CILNIUM MÆCENATEM.

Martiis cælebs quid agam Calendis,
Quid velint flores et acerra thuris
Plena, miraris, positusque carbo in
      Cespite vivo,
5   Docte sermones utriusque linguæ ?
Voveram dulces epulas et album
Libero caprum prope funeratus
      Arboris ictu.
Hic dies anno redeunte festus
10 Corticem adstrictum pice dimovebit
Amphoræ fumum bibere institutæ
      Consule Tullo.
Sume, Mæcenas, cyathos amici
Sospitis centum et vigiles lucernas
15 Perfer in lucem : procul omnis esto
      Clamor et ira.
Mitte civiles super urbe curas :
Occidit Daci Cotisonis agmen,
Medus infestus sibi luctuosis
20   Dissidet armis,

notre vieil ennemi du pays espagnol, est soumis, dompté par une chaîne tardive; et les Scythes, l'arc détendu, se préparent à quitter nos frontières. Sois sans inquiétude et ne veille pas trop, simple particulier, à ce que les intérêts du peuple ne viennent à souffrir : accepte avec joie les dons de l'heure présente, et laisse les choses sérieuses.

IX. — A LYDIE.

— Tant que je sus te plaire, tant que nul rival préféré n'entoura de ses bras tes blanches épaules, j'ai vécu plus heureux que le roi des Perses.

— Tant que tu ne brûlas pour nulle autre, tant que Lydie ne fut point délaissée pour Chloé, Lydie, renommée entre toutes, a vécu plus glorieuse que la Romaine Ilia.

— Maintenant, c'est la Thrace Chloé qui me gouverne, Chloé instruite aux aimables chants et savante sur la lyre : pour elle je ne craindrais pas de mourir, si les destins à ce prix voulaient épargner sa vie.

— Moi, je brûle de feux qu'il partage pour Calaïs, fils d'Ornytus de Thurium : pour lui deux fois je souffrirais la mort, si les destins à ce prix voulaient épargner cet enfant.

— Quoi! si l'ancienne Vénus revenait; si, désunis aujourd'hui, elle nous enchaînait à un joug d'airain; si la blonde Chloé était chassée; si ma porte s'ouvrait à Lydie que j'avais repoussée ?...

— Bien que lui soit plus beau qu'un astre, et toi plus léger que le liége, plus emporté que l'orageuse Adriatique, avec toi j'aimerais à vivre, avec toi je mourrais volontiers.

X. — A LYCÉ. *

Quand, unie à un mari cruel, tu boirais, Lycé, l'eau du lointain Tanaïs, tu pleurerais pourtant de me voir couché devant ton seuil inexorable, en proie aux Aquilons de ces climats. Ecoute comme sous la fureur du vent mugit ta porte, comme mugit le parc planté dans ta belle demeure ; vois comme, du haut d'un ciel serein, Jupiter durcit les neiges entassées sur le sol. Dépose une fierté qui déplait à Vénus, de peur que la roue ne coure en arrière et la corde à sa suite. Ce n'est point pour être une Pénélope, insensible aux vœux des prétendants, qu'un père Tyrrhénien t'a donné le jour. O toi que rien ne touche, ni les présents, ni les prières, ni la sombre pâleur de tes amants, ni l'infidélité d'un mari frappé d'amour pour une courtisane de Piérie, de grâce, aie pitié de tes suppliants; ne sois pas plus dure que le chêne, plus farouche que les serpents de l'Afrique. Non, mon corps ne restera pas toujours sur le seuil à braver les eaux du ciel.

XI. — A MERCURE.

Mercure, — car c'est formé par tes leçons qu'Amphion fit mouvoir les pierres en chantant, — et toi, lyre, dont les sept cordes résonnent harmonicusement, muette autrefois et dédaignée, aujourd'hui le charme des festins des riches et des temples, dis des accords qui captivent les oreilles de la farouche Lydé, Lydé, semblable à une cavale de trois ans qui, dans les vastes plaines, joue en bondissant et craint d'être touchée, ignorante de l'hymen et verte encore pour un impétueux époux. Tu as le pouvoir d'entraîner à ta suite les tigres et les forêts, et d'arrêter le cours rapide des rivières : ta douceur fléchit Cerbère, le gardien du vaste palais, bien que mille serpents arment sa tête de Furie, bien qu'il exhale un souffle fétide et que la bave découle de sa gueule à la triple langue. Que dis-je? Ixion et Tityus sourirent involontairement; un instant l'urne demeura à sec entre les mains des filles de Danaüs, charmées par tes doux accents. Que Lydé connaisse le crime et les châtiments fameux de ces jeunes filles, et le tonneau toujours vide dont le fond laisse échapper l'eau, et les destins tardifs qui frappent le coupable, même au bord de l'Orcus. Sacriléges, — quel crime plus horrible en effet pouvaient-elles commettre ? — sacriléges, — elles osèrent percer leurs maris d'un fer acéré. Une seule entre toutes, digne du

---

Servit Hispanæ vetus hostis oræ
Cantaber sera domitus catena,
Jam Scythæ laxo meditantur arcu
    Cedere campis.
25 Negligens, ne qua populus laboret,
Parce privatus nimium cavere :
Dona præsentis cape lætus horæ et
    Linque severa.

IX. — AD LYDIAM.

Donec gratus eram tibi
Nec quisquam potior brachia candidæ
    Cervici juvenis dabat,
Persarum vigui rege beatior.
5   Donec non alia magis
Arsisti neque erat Lydia post Chloen,
    Multi Lydia nominis
Romana vigui clarior Ilia.
    Me nunc Thressa Chloe regit,
10 Dulces docta modos et citharæ sciens,
    Pro qua non metuam mori,
Si parcent animæ fata superstiti.
    Me torret face mutua
Thurini Calais filius Ornyti,
15   Pro quo bis patiar mori,
Si parcent puero fata superstiti.
    Quid, si prisca redit Venus
Diductosque jugo cogit aheneo,
    Si flava excutitur Chloe
20 Rejectæque patet janua Lydiæ?
    Quanquam sidere pulchrior
Ille est, tu levior cortice et improbo
    Iracundior Adria,
Tecum vivere amem, tecum obeam libens.

X. — AD LYCEN.

Extremum Tanain si biberes, Lyce,
Sævo nupta viro, me tamen asperas
Porrectum ante fores objicere incolis
    Plorares Aquilonibus.
5   Audis quo strepitu janua, quo nemus
Inter pulchra satum tecta remugiat
Ventis, et positas ut glaciet nives
    Puro numine Juppiter?

Ingratam Veneri pone superbiam,
10 Ne currente retro funis eat rota.
Non te Penelopen difficilem procis
    Tyrrhenus genuit parens.
O quamvis neque te munera nec preces
Nec tinctus viola pallor amantium
15 Nec vir Pieria pellice saucius
    Curvat, supplicibus tuis
Parcas, nec rigida mollior æsculo
Nec Mauris animum mitior anguibus.
Non hoc semper erit liminis aut aquæ
20   Cœlestis patiens latus.

XI. — AD MERCURIUM.

Mercuri, — nam te docilis magistro
Movit Amphion lapides canendo, —
Tuque testudo resonare septem
    Callida nervis,
5   Nec loquax olim neque grata, nunc et
Divitum mensis et amica templis,
Dic modos, Lyde quibus obstinatas
    Applicet aures,
Quæ velut latis equa trima campis
10 Ludit exsultim metuitque tangi,
Nuptiarum expers et adhuc protervo
    Cruda marito.
Tu potes tigres comitesque silvas
Ducere et rivos celeres morari;
15 Cessit immanis tibi blandienti
    Janitor aulæ,
Cerberus, quamvis furiale centum
Muniant angues caput ejus atque
Spiritus teter saniesque manet
20   Ore trilingui.
Quin et Ixion Tityosque vultu
Risit invito, stetit urna paulum
Sicca, dum grato Danai puellas
    Carmine mulces.
25 Audiat Lyde scelus atque notas
Virginum pœnas et inane lymphæ
Dolium fundo pereuntis imo,
    Seraque fata,
Quæ manent culpas etiam sub Orco.
30 Impiæ, — nam quid potuere majus? —
Impiæ sponsos potuere duro

flambeau nuptial et glorieusement menteuse à un père parjure, fille illustre dans tous les siècles : « Lève-toi, dit-elle à son jeune mari, lève-toi, de peur qu'un long sommeil ne te soit donné par une main que tu ne crains pas; dérobe-toi à un beau-père, à des sœurs criminelles, pareilles à des lionnes qui ont rencontré des veaux et les déchirent, hélas! chacun en particulier. Moi, plus humaine, je ne te frapperai point, je ne te retiendrai point en ces murs. Que mon père me charge de chaînes cruelles, pour avoir, clémente, épargné mon malheureux époux; que ses vaisseaux me relèguent dans les campagnes des Numides, à l'extrémité du monde! Va où te porteront tes pieds et les vents, quand te favorisent la nuit et Vénus; va sous d'heureux présages, et grave sur un tombeau une plainte qui consacre mon souvenir. »

XII. — A NÉOBULÉ.

Malheureuses les jeunes filles de ne pouvoir se donner aux jeux de l'amour, de ne pouvoir effacer leurs maux par la douceur du vin, à moins de trembler, craignant les reproches sanglants d'un oncle! L'enfant ailé de Cythérée a ravi ta corbeille; la toile, les travaux de la pénible Minerve sont oubliés, Néobulé, pour la beauté d'Hébrus de Lipara. Je le vois baigner dans les eaux du Tibre ses épaules frottées d'huile; il est meilleur cavalier que Bellérophon lui-même; ni au ceste, ni à la course, on ne saurait le vaincre; habile également à atteindre les cerfs dont le troupeau fuit poursuivi dans la plaine, et prompt à prendre le sanglier qui se cache au fond d'un taillis.

XIII. — A LA SOURCE DE BANDUSIA.

O source de Bandusia! plus claire que le cristal, digne de recevoir un doux vin et des fleurs, demain tu auras un chevreau : son front, où des cornes commencent à poindre, s'apprête à l'amour et aux combats; mais en vain : l'enfant de l'impétueux troupeau teindra d'un sang rouge le frais courant de tes ondes. A toi ne porte nulle atteinte l'heure impitoyable de la dévorante Canicule; tu procures une aimable fraîcheur aux taureaux fatigués du soc et au troupeau vagabond. Toi aussi, tu compteras parmi les sources célèbres, quand mes chants diront l'yeuse, placée sur la grotte d'où jaillissent tes eaux avec un doux murmure.

XIV. — AU PEUPLE ROMAIN.

On disait naguère, ô peuple! qu'à la façon d'Hercule, César cherchait un laurier qu'achète la mort : aujourd'hui, de retour de l'Espagne, il revient en vainqueur dans ses pénates. Que sa femme, dont un seul mari fait le bonheur, sorte pour offrir aux dieux un légitime sacrifice, et avec elle la sœur de l'illustre chef, et, parées de la bandelette de suppliantes, les mères des jeunes filles, les mères des jeunes gens qui viennent d'échapper au danger. Vous, jeunes gens, jeunes filles qui connaissez l'hymen, ne dites point de parole de mauvais augure. C'est pour moi un vrai jour de fête; au loin les noirs soucis; ni trouble, ni mort dans les combats ne me font peur, César gouvernant le monde. Va, cherche des parfums, esclave, et des couronnes, et une cruche qui a vu la guerre des Marses, s'il en est échappé aux bandes de Spartacus. Dis aussi à l'harmonieuse Nééra qu'elle se hâte de relever par un nœud sa chevelure embaumée comme la myrrhe; si son odieux portier s'y empêche, reviens. Mes cheveux qui grisonnent adoucissent mon humeur avide de luttes et de querelles violentes : certes, je n'eusse point supporté un pareil refus, quand j'étais bouillant de jeunesse, sous le consulat de Plancus.

XV. — CONTRE CHLORIS.

Femme du pauvre Ibycus, mets enfin un terme à ta débauche et à ton infâme métier : si proche de la mort qui te menace, cesse de folâtrer au milieu des jeunes filles et de répandre

---

    Perdere ferro !
Una de multis face nuptiali
Digna perjurum fuit in parentem
35 Splendide mendax et in omne virgo
    Nobilis ævum,
Surge quæ dixit juveni marito,
Surge, ne longus tibi somnus, unde
Non times, detur; socerum et scelestas
40   Falle sorores,
Quæ velut nactæ vitulos leænæ
Singulos eheu lacerant : ego illis
Mollior nec te feriam neque intra
    Claustra tenebo.
45 Me pater sævis oneret catenis,
Quod viro clemens misero peperci :
Me vel extremos Numidarum in agros
    Classe releget.
I, pedes quo te rapiunt et auræ,
50 Dum favet nox et Venus, i secundo
Omine et nostri memorem sepulcro
    Scalpe querelam.

XII. — AD NEOBULEN.

Miserarum est neque amori dare ludum neque dulci
Mala vino lavere, aut exanimari metuentes
    Patruæ verbera linguæ.
Tibi qualum Cythereæ puer ales, tibi telas
5 Operosæque Minervæ studium aufert, Neobule,
    Liparæi nitor Hebri,
Simul unctos Tiberinis humeros lavit in undis,
Eques ipso melior Bellerophonte, neque pugno
    Neque segni pede victus;
10 Catus idem per apertum fugientes agitato
Grege cervos jaculari et celer alto latitantem
    Fruticeto excipere aprum.

XIII. — AD FONTEM BANDUSIÆ.

O fons Bandusiæ, splendidior vitro,
Dulci digne mero non sine floribus,
    Cras donaberis hædo,
    Cui frons turgida cornibus
5 Primis et venerem et prœlia destinat :
Frustra : nam gelidos inficiet tibi
    Rubro sanguine rivos
    Lascivi soboles gregis.

Te flagrantis atrox hora Caniculæ
10 Nescit tangere, tu frigus amabile
    Fessis vomere tauris
    Præbes et pecori vago.
Fies nobilium tu quoque fontium.
Me dicente cavis impositam ilicem
15   Saxis, unde loquaces
    Lymphæ desiliunt tuæ.

XIV. — AD POPULUM ROMANUM.

Herculis ritu modo dictus, o plebs,
Morte venalem petiisse laurum
Cæsar Hispana repetit penates
    Victor ab ora.
5 Unico gaudens mulier marito
Prodeat justis operata sacris,
Et soror clari ducis et decoræ
    Supplice vitta
Virginum matres juvenumque nuper
10 Sospitum. Vos, o pueri et puellæ
Jam virum expertæ, male ominatis
    Parcite verbis.
Hic dies vere mihi festus atras
Eximet curas; ego nec tumultum
15 Nec mori per vim metuam tenente
    Cæsare terras.
I, pete unguentum, puer, et coronas
Et cadum Marsi memorem duelli,
Spartacum si qua potuit vagantem
20   Fallere testa.
Dic et argutæ properet Neæræ
Myrrheum nodo cohibere crinem ;
Si per invisum mora janitorem
    Fiet, abito.
25 Lenit albescens animos capillus
Litium et rixæ cupidos protervæ :
Non ego hoc ferrem calidus juventa
    Consule Planco.

XV. — IN CHLORIN.

Uxor pauperis Ibyci,
Tandem nequitiæ fige modum tuæ
    Famosisque laboribus :
Maturo propior desine funeri
5   Inter ludere virgines

un nuage sur ces brillantes étoiles. Non, ce qui sied à Pholoé ne te sied plus à toi, Chloris : c'est à ta fille de forcer la maison des jeunes gens, comme une Thyade excitée par les sons du tambour ; sous la violence de son amour pour Nothus, elle joue, pareille à une chèvre impétueuse. A toi, les laines tondues près de la fameuse Lucérie, mais non les cithares, ni la rose aux couleurs de pourpre, ni, vieille femme, les cruches vidées jusqu'à la lie.

XVI. — A MÉCÈNES.

Enfermée dans une tour d'airain, sous des portes solides, sous la garde rigide de chiens vigilants, Danaé semblait hors de l'atteinte des nocturnes amants : mais Jupiter et Vénus se rirent d'Acrisius, gardien tremblant de la vierge recluse : le chemin devait être sûr et facile au dieu changé en or. L'or se glisse aisément au milieu des satellites ; plus puissant que les coups de la foudre, il met en pièces les rochers ; on vit périr la famille de l'augure d'Argos, plongée dans la destruction pour son avidité ; le roi de Macédoine brisa les portes des villes et renversa les rois ses rivaux, grâce aux présents ; les présents enchaînent les chefs cruels des vaisseaux. La fortune s'accroît, suivie des soucis et d'une soif plus insatiable d'acquérir. C'est avec raison que j'ai craint d'élever ma tête et d'attirer au loin les regards, Mécènes, l'honneur des chevaliers. Plus on se sera refusé, plus on recevra des dieux ; je gagne nu le camp de ceux qui ne désirent rien, et, transfuge, je me hâte de quitter le parti des riches : je suis plus fier de posséder mon bien que l'on méprise, que si je passais pour entasser au fond de mes greniers toutes les moissons récoltées par le laborieux Apulien, pauvre au milieu de mes grandes richesses. Un ruisseau d'une eau limpide, un bois de quelques arpents, un champ dont la moisson ne trompe jamais mon espoir : tels sont les trésors dont la possession me donne un bonheur ignoré du plus opulent propriétaire de la fertile Afrique. Les abeilles de la Calabre, pour moi, ne font pas leur miel ; pour moi, Bacchus ne s'adoucit pas dans une amphore lestrygonienne ; de gras troupeaux ne croissent pas pour moi dans les pâturages de la Gaule : il est vrai ; mais je ne connais pas les tourments de la pauvreté, et, si je demandais plus de biens, tu ne me les refuserais pas. En bornant mes désirs, j'augmenterai plus mon humble revenu que si j'ajoutais aux champs mygdoniens le royaume d'Alyatte. A ceux qui demandent beaucoup, il manque beaucoup : heureux l'homme à qui, d'une main économe, le ciel accorda le nécessaire.

XVII. — A ÆLIUS LAMIA

Ælius, noble rejeton de l'antique Lamus, — car ce fut lui, dit-on, qui donna son nom aux premiers Lamia et à la race entière de ses descendants dont les fastes consacrent la mémoire ; c'est de lui que tu tires ton origine, de lui qui passe pour avoir le premier, souverain d'un vaste Etat, possédé les remparts de Formies et le Liris qui coule à travers le rivage cher à Marica : — demain une tempête déchaînée par l'Eurus jonchera la forêt de feuilles sans nombre et couvrira la plage d'une algue inutile, si elle ne ment pas la vieille corneille qui présage la pluie. Quand il en est temps encore, dispose dans ton foyer du bois sec : demain, à ton Génie tu feras hommage d'un vin pur et d'un porc de deux mois, au milieu de tes serviteurs dégagés de leurs travaux.

XVIII. — A FAUNE.

Faune, amant des Nymphes qui fuient devant toi, parcours avec bonté mon domaine et mes champs exposés au soleil, et pars, favorable à mes jeunes nourrissons : car au bout de l'année tombe pour toi un tendre chevreau ; le vin coule à flots dans la cratère compagne de Vénus ; et ton antique autel fume d'un nuage d'encens. Tous les troupeaux se jouent dans la campagne couverte d'herbe, quand reviennent pour toi les Nones de décembre ; le village en fête se donne du loisir dans

---

Et stellis nebulam spargere candidis.
  Non, si quid Pholoen satis,
Et te, Chlori, decet : filia rectius
  Expugnat juvenum domos,
10 Pulso Thyias uti concita tympano.
  Illam cogit amor Nothi
Lascivæ similem ludere capreæ :
  Te lanæ prope nobilem
15 Tonsæ Luceriam, non citharæ decent
  Nec flos purpureus rosæ
Nec poti vetulam fæce tenus cadi.

XVI. — AD C. CILNIUM MÆCENATEM.

Inclusam Danaen turris ahenea
Robustæque fores et vigilum canum
Tristes excubiæ munierant satis
  Nocturnis ab adulteris,
5 Si non Acrisium virginis abditæ
Custodem pavidum Juppiter et Venus
Risissent : fore enim tutum iter et patens
  Converso in pretium deo.
  Aurum per medios ire satellites
10 Et perrumpere amat saxa potentius
Ictu fulmineo : concidit auguris
  Argivi domus ob lucrum
Demersa exitio ; diffidit urbium
Portas vir Macedo et subruit æmulos
15 Reges muneribus ; munera navium
  Sævos illaqueant duces.
Crescentem sequitur cura pecuniam
Majorumque fames. Jure perhorrui
Late conspicuum tollere verticem,
20 Mæcenas, equitum decus.
Quanto quisque sibi plura negaverit,
Ab dis plura feret : nil cupientium
Nudus castra peto et transfuga divitum
  Partes linquere gestio,
25 Contemptæ dominus splendidior rei,
Quam si quidquid arat impiger Apulus
Occultare meis dicerer horreis,
  Magnas inter opes inops.
Puræ rivus aquæ silvaque jugerum
30 Paucorum et segetis certa fides meæ
Fulgentem imperio fertilis Africæ
  Fallit sorte beatior.

Quanquam nec Calabræ mella ferunt apes
Nec Læstrygonia Bacchus in amphora
35 Languescit mihi nec pinguia Gallicis
  Crescunt vellera pascuis,
Importuna tamen pauperies abest,
Nec, si plura velim, tu dare deneges.
Contracto melius parva cupidine
40 Vectigalia porrigam,
Quam si Mygdoniis regnum Alyattei
Campis continuem. Multa petentibus
Desunt multa : bene est, cui deus obtulit
  Parca, quod satis est, manu.

XVII. — AD ÆLIUM LAMIAM.

Æli vetusto nobilis ab Lamo, —
Quando et priores hinc Lamias ferunt
  Denominatos et nepotum
  Per memores genus omne fastos ;
5 Auctore ab illo ducis originem,
Qui Formiarum mœnia dicitur
  Princeps et innantem Maricæ
  Litoribus tenuisse Lirim
Late tyrannus : — cras foliis nemus
10 Multis et alga litus inutili
  Demissa tempestas ab Euro
  Sternet, aquæ nisi fallit augur
Annosa cornix. Dum potis, aridum
Compone lignum : cras Genium mero
15   Curabis et porco bimestri
  Cum famulis operum solutis.

XVIII. — AD FAUNUM.

Faune, Nympharum fugientum amator,
Per meos fines et aprica rura
Lenis incedas abeasque parvis
  Æquus alumnis,
5 Si tener pleno cadit hœdus anno,
Larga nec desunt Veneris sodali
Vina crateræ, vetus ara multo
  Fumat odore.
Ludit herboso pecus omne campo,
10 Cum tibi Nonæ redeunt Decembres ;
Festus in pratis vacat otioso
  Cum bove pagus ;

les prairies avec le bœuf qui se repose ; le loup se promène au milieu des agneaux sans crainte ; les arbres des champs pour toi répandent leurs feuilles ; le laboureur avec joie frappe trois fois du pied la terre souvent maudite.

XIX. — A TÉLÈPHE.

Combien de siècles séparent Inachus de Codrus, qui intrépide mourut pour sa patrie, tu le racontes, et aussi la race d'Eaque et les batailles livrées sous les murs sacrés d'Ilion ; mais à quel prix nous allons acheter une amphore de Chios, qui fera tiédir l'eau et nous prêtera sa maison, à quelle heure me mettrai-je à l'abri de ce froid pélignien : tu n'en dis mot. Vite, esclave, verse pour la lune nouvelle ; verse pour le milieu de la nuit ; verse en l'honneur de l'augure Muréna : aux coupes se mêlent trois ou neuf cyathes remplies jusqu'au bord. Le poëte inspiré qui aime les Muses au nombre impair demandera trois fois trois cyathes ; mais il n'en prendra pas trois de plus : ennemie des querelles, la Grâce, unie à ses sœurs nues, le défend. Je veux perdre la raison : pourquoi la flûte de Bérécynte cesse-t-elle de retentir ? pourquoi le chalumeau pend-il à côté de la lyre muette ? Je n'aime pas les mains économes : sème les roses, que le bruit de nos folies arrive jusqu'au jaloux Lycus, jusqu'à la voisine si mal unie à ce vieil époux. Ton épaisse et brillante chevelure, ton éclat pareil à celui de Vesper dans un ciel serein, Télèphe, attirent vers toi Rhodé en âge d'aimer ; moi je brûle, consumé d'amour pour ma Glycère.

XX. — A PYRRHUS.

Ne vois-tu pas, Pyrrhus, au prix de quel danger tu dérobes ses petits à une lionne de Gétulie ? Bientôt, ravisseur sans courage, tu reculeras devant une lutte terrible, lorsque, se faisant jour à travers les rangs de tes compagnons, elle viendra te redemander le beau Néarque. Combat hasardeux ! Le butin te restera-t-il ? Est-ce elle qui triomphera ? Pen-

dant que tu saisis tes flèches rapides, pendant qu'elle aiguise ses dents redoutables, lui, dit-on, juge du combat, de son pied nu foule la palme et livre aux caresses du vent ses cheveux parfumés qui flottent sur ses épaules. Tel fut Nirée, tel fut Ganymède enlevé aux humides sommets de l'Ida.

XXI. — A UNE AMPHORE.

O toi qui naquis avec moi sous le consulat de Manlius, que tu portes les plaintes ou les rires, ou les querelles et les folies amours, ou, bienfaisante amphore, les paisibles sommeils, quel que soit l'effet que doive produire le Massique enfermé dans ton sein, viens : tu es digne de paraître en un jour de fête, et Corvinus demande qu'on fasse tirer un vin plus doux. Non, tout imbu qu'il est des leçons socratiques, convive morose, il ne te dédaignera point : ne dit-on pas que plus d'une fois le vieux Caton réchauffa sa vertu aux feux du vin ? Tu es l'aimable torture qui fait parler l'esprit le plus rétif ; dans les joies de Bacchus, tu découvres les soucis des sages et leurs secrets desseins. Tu ramènes l'espérance dans les cœurs inquiets ; tu donnes au pauvre des forces et les cornes emblème du courage, et, lorsqu'il t'a vidée, il ne redoute ni le diadème irrité des rois ni les armes des soldats. Bacchus et Vénus, si joyeuse elle se trouve avec nous, et les Grâces qui ne rompent jamais le lien qui les unit, et l'éclat des flambeaux te conduiront jusqu'au moment où Phébus, de retour, chasse les astres.

XXII. — A DIANE.

Gardienne des monts et des bois, Vierge qui, trois fois invoquée, exauces les jeunes femmes dans le travail de l'enfantement et les soustrais à la mort ; déesse aux trois formes, à toi ce pin qui domine ma maison de campagne, et qu'au retour de chaque année j'arroserai avec joie du sang d'un jeune porc essayant ses coups obliques.

	Inter audaces lupus errat agnos ;
	Spargit agrestes tibi silva frondes ;
15	Gaudet invisam pepulisse fossor
	Ter pede terram.

XIX. — AD TELEPHUM.

	Quantum distet ab Inacho
	Codrus pro patria non timidus mori,
	Narras et genus Æaci
	Et pugnata sacro bella sub Ilio :
5	Quo Chium pretio cadum
	Mercemur, quis aquam temperet ignibus
	Quo præbente domum et quota
	Pelignis caream frigoribus, taces.
10	Da Lunæ propere novæ,
	Da noctis mediæ, da, puer, auguris
	Murenæ : tribus aut novem
	Miscentur cyathis pocula commodis.
	Qui Musas amat impares,
15	Ternos ter cyathos attonitus petet
	Vates ; tres prohibet supra
	Rixarum metuens tangere Gratia
	Nudis juncta sororibus.
	Insanire juvat : cur Berecyntiæ
20	Cessant flamina tibiæ ?
	Cur pendet tacita fistula cum lyra ?
	Parcentes ego dexteras
	Odi : sparge rosas ; audiat invidus
	Dementem strepitum Lycus
25	Et vicina seni non habilis Lyco.
	Spissa te nitidum coma,
	Puro te similem, Telephe. Vespero,
	Tempestiva petit Rhode,
	Me lentus Glyceræ torret amor meæ.

XX. — AD PYRRHUM.

	Non vides, quanto moveas periclo,
	Pyrrhe, Gætulæ catulos leænæ ?
	Dura post paulo fugies inaudax
	Prœlia raptor,
5	Cum per obstantes juvenum catervas
	Ibit insignem repetens Nearchum,
	Grande certamen, tibi præda cedat,
	Major an illa.

	Interim, dum tu celeres sagittas
10	Promis, hæc dentes acuit timendos,
	Arbiter pugnæ posuisse nudo
	Sub pede palmam
	Fertur et leni recreare vento
	Sparsum odoratis humerum capillis,
15	Qualis aut Nireus fuit aut aquosa
	Raptus ab Ida.

XXI. — AD AMPHORAM.

	O nata mecum consule Manlio,
	Seu tu querelas sive geris jocos
	Seu rixam et insanos amores
	Seu facilem, pia testa, somnum,
5	Quocunque lectum nomine Massicum
	Servas, moveri digna bono die.
	Descende, Corvino jubente
	Promere languidiora vina.
	Non ille, quanquam Socraticis madet
10	Sermonibus, te negliget horridus :
	Narratur et prisci Catonis
	Sæpe mero caluisse virtus.
	Tu lene tormentum ingenio admoves
	Plerumque duro ; tu sapientium
15	Curas et arcanum jocoso
	Consilium retegis Lyæo ;
	Tu spem reducis mentibus anxiis,
	Viresque et addis cornua pauperi
	Post te neque iratos trementi
20	Regum apices neque militum arma.
	Te Liber et, si læta aderit, Venus
	Segnesque nodum solvere Gratiæ
	Vivæque producent lucernæ.
	Dum rediens fugat astra Phœbus.

XXII. — AD DIANAM.

	Montium custos nemorumque, Virgo,
	Quæ laborantes utero puellas
	Ter vocata audis adimisque leto,
	Diva triformis,
5	Imminens villæ tua pinus esto,
	Quam per exactos ego lætus annos
	Verris obliquum meditantis ictum
	Sanguine donem.

XXIII. — A PHIDYLÉ.

Lève vers le ciel tes mains suppliantes, quand la Lune renaît, rustique Phidylé; concilie-toi les dieux Lares en leur offrant de l'encens, des épis de l'année et une truie gloutonne; et ta vigne féconde échappera au souffle empesté de l'Africus, ta moisson à la nielle stérile, tes jeunes agneaux à l'influence funeste de la saison des fruits. La victime, dévouée aux dieux, qui paît sur l'Algide parmi les chênes et les yeuses, ou qui grandit dans les pâturages albains, teindra de son sang la hache des prêtres. Toi, tu n'as pas besoin de chercher à gagner ces humbles dieux par de nombreux sacrifices de brebis : couronne-les de romarin et de myrte fragile. Qu'une main pure touche l'autel : un riche sacrifice ne la rendra pas plus agréable; pour fléchir les Pénates irrités, il suffit qu'elle répande l'orge sacré et le sel pétillant.

XXIV. — CONTRE LES HOMMES AVIDES.

Quand tes richesses dépasseraient les trésors encore intacts de l'Arabe et de l'Indien opulent, quand tes constructions envahiraient la mer Tyrrhénienne et la mer d'Apulie, une fois que la cruelle Nécessité aura enfoncé ses clous de fer au faîte de ta demeure, tu ne saurais dégager ton âme de la crainte, ta tête des filets de la mort. Plus heureux sont les Scythes nomades dont des chariots traînent, suivant l'usage, les maisons vagabondes; plus heureux les Gètes austères, pour qui des champs non mesurés produisent une moisson sans maître : les soins de la terre ne les occupent pas plus d'une année, et celui qui a fait son temps de labeur se repose, remplacé par un autre qui travaille aux mêmes conditions. Là, une seconde femme traite avec bonté les enfants du premier lit qui ont perdu leur mère; là, fière de sa dot, l'épouse ne gouverne pas le mari et ne met pas sa confiance en un brillant amant. La dot la plus belle, c'est la vertu des parents; c'est la chasteté qui, fidèle à l'alliance jurée, redoute un autre homme : l'adultère est un crime dont la mort est le prix. Oh! celui qui voudra écarter loin de nous les massacres sacriléges et les fureurs civiles, s'il désire que le titre de Père des villes soit gravé sur ses statues, qu'il ose refréner la licence indomptée, homme grand dans l'avenir; car, hélas! dans notre envie, nous haïssons la vertu vivante et nous la regrettons quand elle a été enlevée à nos regards. Mais à quoi bon les plaintes amères, si le châtiment n'extirpe pas le crime? A quoi servent les lois, inutiles sans les mœurs, si les régions défendues par les dévorantes chaleurs, si les contrées voisines de Borée et leurs neiges durcies sur le sol ne peuvent effrayer le marchand; si l'adresse du matelot triomphe de la colère des flots; si, tournée en déshonneur, la pauvreté oblige à tout faire, à tout souffrir, et abandonne le chemin de la pénible vertu? Portons au Capitole où nous appellent les cris et la faveur de la foule, ou bien jetons dans la mer la plus voisine et les pierres précieuses et l'or inutile, aliment de tous les maux; allons, si nous nous repentons vraiment de nos crimes. Il nous faut déraciner les germes de la détestable cupidité, et façonner par une plus rude éducation les âmes efféminées. L'enfant de noble famille, dans son ignorance, ne sait pas se tenir à cheval; la chasse lui fait peur; mais il excelle à jouer au cerceau des Grecs ou aux dés proscrits par des lois importunes; tandis que la mauvaise foi de son père trompe un associé, trompe un hôte et se hâte d'entasser l'argent pour l'indigne héritier. Oui, chaque jour voit croître ces immenses richesses; mais je ne sais quoi manque toujours à cette fortune incomplète.

XXV. — HYMNE A BACCHUS.

Où m'entraînes-tu, Bacchus, où m'entraînes-tu plein de toi? Dans quels bois, dans quels antres m'emporte, impétueuse, mon âme renouvelée? Quelle grotte va entendre mes

---

XXIII. — AD PHIDYLEN.

    Cœlo supinas si tuleris manus
    Nascente Luna, rustica Phidyle,
      Si thure placaris et horna
        Fruge Lares avidaque porca,
5   Nec pestilentem sentiet Africum
    Fecunda vitis nec sterilem seges
      Rubiginem aut dulces alumni
        Pomifero grave tempus anno.
    Nam quæ nivali pascitur Algido
10 Devota quercus inter et ilices
      Aut crescit Albanis in herbis
        Victima pontificum secures
    Cervice tinget : te nihil attinet
    Tentare multa cæde bidentium
15   Parvos coronantem marino
       Rore deos fragilique myrto.
    Immunis aram si tetigit manus,
    Non sumptuosa blandior hostia
      Mollivit aversos Penates
20   Farre pio et saliente mica.

XXIV. — IN AVAROS.

    Intactis opulentior
  Thesauris Arabum et divitis Indiæ,
     Cæmentis licet occupes
  Tyrrhenum omne tuis et mare Apulicum,
5   Si figit adamantinos
  Summis verticibus dira Necessitas
     Clavos, non animum metu,
  Non mortis laqueis expedies caput.
     Campestres melius Scythæ,
10 Quorum plaustra vagas rite trahunt domos,
     Vivunt et rigidi Getæ,
  Immetata quibus jugera liberas
     Fruges et Cererem ferunt
  Nec cultura placet longior annua
15   Defunctumque laboribus
  Æquali recreat sorte vicarius.
     Illic matre carentibus
  Privignis mulier temperat innocens,
     Nec dotata regit virum
20 Conjux nec nitido fidit adultero.
     Dos est magna parentium
  Virtus et metuens alterius viri
     Certo fœdere castitas;

25   Et peccare nefas aut pretium est mori.
     O quisquis volet impias
  Cædes et rabiem tollere civicam,
     Si quæret Pater urbium
  Subscribi statuis, indomitam audeat
30   Refrenare licentiam,
  Clarus postgenitis : quatenus — heu nefas! —
     Virtutem incolumem odimus,
  Sublatam ex oculis quærimus invidi.
     Quid tristes querimoniæ,
35 Si non supplicio culpa reciditur,
     Quid leges sine moribus
  Vanæ proficiunt, si neque fervidis
     Pars inclusa caloribus
  Mundi nec Boreæ finitimum latus
40   Durataque solo nives
  Mercatorem abigunt, horrida callidi
     Vincunt æquora navitæ,
  Magnum pauperies opprobrium jubet
     Quidvis et facere et pati
45 Virtutisque viam deserit arduæ?
     Vel nos in Capitolium,
  Quo clamor vocat et turba faventium,
     Vel nos in mare proximum
  Gemmas et lapides, aurum et inutile,
50   Summi materiem mali,
  Mittamus, scelerum si bene pœnitet.
     Eradenda cupidinis
  Pravi sunt elementa et teneræ nimis
     Mentes asperioribus
55 Formandæ studiis. Nescit equo rudis
     Hærere ingenuus puer
  Venarique timet, ludere doctior,
     Seu Græco jubeas trocho,
  Seu malis vetita legibus alea,
60   Cum perjura patris fides
  Consortem socium fallat et hospitem
     Indignoque pecuniam
  Heredi properet. Scilicet improbæ
     Crescunt divitiæ; tamen
  Curtæ nescio quid semper abest rei.

XXV. — HYMNUS IN BACCHUM.

    Quo me, Bacche, rapis tui
  Plenum? quæ nemora aut quos agor in specus
     Velox mente nova? quibus

chants qui veulent placer la gloire éternelle du grand César au milieu des astres et dans le conseil du puissant Jupiter? Je dirai des vers sublimes, inconnus, que n'a dits encore nulle autre bouche. Ainsi qu'au sommet des monts, la Bacchante qui veille regarde avec étonnement l'Hèbre, et la Thrace blanche de neige, et le Rhodope que parcourt un pied barbare; ainsi j'aime, emporté au hasard, à contempler le bord du fleuve et le bois solitaire. O souverain des Naïades et des Bacchantes dont la main vigoureuse renverse les frênes élevés, mes accords n'auront rien de faible, rien de bas, rien qui soit d'un mortel. C'est un doux péril, ô Bacchus! de suivre le dieu dont les tempes sont ceintes de pampre vert.

XXVI. — A VÉNUS.

J'ai vécu naguère aimé des jeunes filles, et j'ai combattu non sans gloire; maintenant mes armes et ma lyre dont les campagnes sont finies, je vais les suspendre à cette muraille qui couvre la gauche de la marine Vénus. Ici, placez ici les torches qui m'éclairaient, et les leviers, et les arcs, effroi des portes fermées. O toi qui règnes sur l'île heureuse de Cypre et sur Memphis exempte des neiges sithoniennes, ô divine souveraine, d'un fouet élevé frappe une fois au moins l'altière Chloé.

XXVII. — A GALATÉE.

Que les impies aient pour guides le présage de l'orfraie qui hurle, et une lice pleine, et une louve fauve qui descend du pays de Lanuvium, et un renard qui vient de mettre bas. Qu'un serpent coupe le chemin qu'ils ont commencé et traverse la route, comme une flèche, pour épouvanter leurs mulets. Moi, si je crains pour quelqu'un, vigilant augure, avant que l'oiseau qui annonce les orages ait regagné ses marais dormants, j'appellerai par mes prières, dès le lever du soleil, un cor-beau prophétique. Sois heureuse, Galatée, aux lieux que tu choisiras, et vis avec mon souvenir; que ni le funeste pivert ni la corneille errante ne t'empêchent d'avancer. Mais regarde: de quelle tempête est agité le déclin d'Orion! Je sais les dangers de la noire Adriatique et la trompeuse sérénité de l'Iapyx. Que les femmes et les enfants de nos ennemis éprouvent les fureurs aveugles de l'Auster qui s'élève, et le frémissement de la sombre mer, et le tremblement du rivage sous les coups des flots. Telle la blanche Europe se confia à l'astucieux taureau; mais, au milieu de l'abîme peuplé de monstres, au milieu des dangers, elle pâlit, l'audacieuse. Elle qui dans les prairies aimait les fleurs, qui tressait la couronne promise aux Nymphes, dans la lueur obscure de la nuit, ne vit plus rien que les étoiles et les ondes. Dès qu'elle eut atteint Crète, fameuse par cent villes : « O mon père, s'écria-t-elle; ô nom trahi par ta fille; ô devoirs oubliés par mon délire! D'où suis-je partie? Où suis-je arrivée? Une seule mort est peu pour une vierge coupable. Veillé-je, quand je pleure sur mon infâme action, ou suis-je le jouet d'une vaine vision qui, échappée de la porte d'ivoire, entraîne un songe à sa suite? Valait-il donc mieux traverser des flots immenses que de cueillir les fleurs nouvelles? Si quelqu'un maintenant livrait à ma fureur ce taureau maudit, je le déchirerais avec le fer, je briserais les cornes du monstre naguère si aimé. Sans honte j'ai fui les Pénates paternels; sans honte j'hésite à franchir l'Orcus. O dieux, si l'un de vous entend mes paroles, puissé-je errer nue au milieu des lions! Avant que la maigreur hideuse s'empare de mes belles joues; avant que la sève s'écoule de leur tendre proie, dans tout mon éclat, je veux être la pâture des tigres. Indigne Europe, ton père absent te poursuit : que tardes-tu à mourir? Tu peux te suspendre à cet orme, et à l'aide de la ceinture qui heureusement ne t'a point quittée, te briser le cou. Ou, si tu préfères ces rochers et leurs pointes meurtrières, al-

---

```
     Antris egregii Cæsaris audiar
 5     Æternum meditans decus
     Stellis inserere et consilio Jovis?
       Dicam insigne recens adhuc
     Indictum ore alio. Non secus in jugis
       Exsomnis stupet Evias
10   Hebrum prospiciens et nive candidam
       Thracen ac pede barbaro
     Lustratam Rhodopen, ut mihi devio
       Ripas et vacuum nemus
     Mirari libet. O Naiadum potens
15     Baccharumque valentium
     Proceras manibus vertere fraxinos,
       Nil parvum aut humili modo,
     Nil mortale loquar. Dulce periculum est,
       O Lenæe, sequi deum
20   Cingentem viridi tempora pampino.
```

XXVI. — AD VENEREM.

```
     Vixi puellis nuper idoneus
     Et militavi non sine gloria;
     Nunc arma defunctumque bello
       Barbiton hic paries habebit,
 5   Lævum marinæ qui Veneris latus
     Custodit. Hic hic ponite lucida
     Funalia et vectes et arcus
       Oppositis foribus minaces.
     O quæ beatam diva tenes Cyprum et
10   Memphin carentem Sithonia nive,
     Regina, sublimi flagello
       Tange Chloen semel arrogantem.
```

XXVII. — AD GALATEAM.

```
     Impios parræ recinentis omen
     Ducat et prægnans canis aut ab agro
     Rava decurrens lupa Lanuvino,
       Fœtaque vulpes.
 5   Rumpat et serpens iter institutum,
     Si per obliquum similis sagittæ
     Terruit mannos : ego cui timebo
       Providus auspex,
     Antequam stantes repetat paludes
10   Imbrium divina avis imminentum,
     Oscinem corvum prece suscitabo
       Solis ab ortu.
     Sis licet felix, ubicunque mavis,
15   Et memor nostri, Galatea, vivas,
     Teque nec lævus vetet ire picus
       Nec vaga cornix.
     Sed vides, quanto trepidet tumultu
     Pronus Orion. Ego quid sit ater
20   Adriæ novi sinus et quid albus
       Peccet Iapyx.
     Hostium uxores puerique cæcos
     Sentiant motus orientis Austri et
     Æquoris nigri fremitum et trementes
       Verbere ripas.
25   Sic et Europe niveum doloso
     Credidit tauro latus et scatentem
     Belluis pontum mediasque fraudes
       Palluit audax.
     Nuper in pratis studiosa florum et
30   Debitæ Nymphis opifex coronæ
     Nocte sublustri nihil astra præter
       Vidit et undas.
     Quæ simul centum tetigit potentem
     Oppidis Creten : Pater, o relictum
35   Filiæ nomen pietasque, dixit,
       Victa furore!
     Unde quo veni? Levis una mors est
     Virginum culpæ. Vigilansne ploro
     Turpe commissum, an vitiis carentem
40     Ludit imago
     Vana, quæ porta fugiens eburna,
     Somnium ducit? Meliusne fluctus
     Ire per longos fuit, an recentes
       Carpere flores?
45   Si quis infamem mihi nunc juvencum
     Dedat iratæ, lacerare ferro et
     Frangere enitar modo multum amati
       Cornua monstri.
     Impudens liqui patrios Penates,
50   Impudens Orcum moror. O deorum
     Si quis hæc audis, utinam inter errem
       Nuda leones!
     Antequam turpis macies decentes
     Occupet malas teneræque succus
55   Defluat prædæ, speciosa quæro
       Pascere tigres.
     Vilis Europe, pater urget absens :
     Quid mori cessas? Potes hac ab orno
     Pendulum zona bene te secuta
60     Lædere collum.
```

lons, lance-toi dans le tourbillon de la tempête; à moins que tu n'aimes mieux, toi, le sang des rois, filer la tâche imposée et, concubine, être livrée à une maîtresse barbare. » Vénus était là qui, écoutant ses plaintes, riait d'un rire perfide, et près d'elle, son fils, l'arc détendu. Puis quand la déesse s'en fut assez jouée : « Modère, lui-dit-elle, cette fureur et ces transports ardents, quand le taureau détesté viendra t'offrir ses cornes à briser. Tu ignores que tu es l'épouse de l'invincible Jupiter; laisse les sanglots et apprends à supporter dignement ta haute fortune : une partie du monde prendra ton nom. »

XXVIII. — A LYDÉ.

Le jour consacré à Neptune, que puis-je faire de mieux? Va, Lydé, tire bravement le Cécube enfermé et force la sagesse dans les remparts qui la défendent. Le soleil est à son déclin : vois; et pourtant, comme si le jour avait suspendu son vol, tu tardes à enlever du grenier une amphore du consulat de Bibulus, bien lente à venir. Nous chanterons tour à tour : moi, Neptune et les Néréides à la verte chevelure; toi, sur ta lyre recourbée, tu répondras par les louanges de Latone et des flèches de la rapide Diane; la fin de ton chant à celle qui règne sur Cnide et sur les brillantes Cyclades, à celle qui visite Paphos sur un char attelé de cygnes : nous dirons aussi la Nuit dans une nénie méritée.

XXIX. — A MÉCÈNES.

Descendant des rois Tyrrhéniens, Mécènes, il y a longtemps que dans une cruche intacte un doux vin t'attend chez moi, avec des fleurs de rosier et de l'essence de myrobalanos pour parfumer tes cheveux. Point de retard : pourquoi contempler toujours l'humide Tibur, et les collines cultivées d'Ésula, et les monts de Télégone le parricide. Quitte un instant les ennuis de l'opulence et ton palais voisin des hauts nuages : cesse d'admirer la fumée, le luxe et le bruit de la magnifique Rome. Le changement, d'ordinaire agréable aux riches, et, sous l'humble foyer du pauvre, une table propre, sans tentures, sans pourpre, déridènt un front inquiet. Voici que le père étincelant d'Andromède fait voir ses feux d'abord cachés; voici que font sentir leur rage Procyon et l'étoile du Lion furieux, au moment où le soleil ramène les jours de sécheresse. C'est le temps où le berger, avec son troupeau languissant, cherche pour se reposer l'ombre, et le ruisseau, et les buissons du sauvage Sylvain : nul souffle vagabond sur la rive muette. Toi, tu prends soin de la prospérité de l'Etat, et, dans ta sollicitude, tu crains pour la ville les projets des Sères, des Bactriens qu'a gouvernés Cyrus, et du Tanaïs en proie à la discorde. Le ciel, dans sa sagesse, enveloppe les desseins de l'avenir d'une nuit épaisse et se rit du mortel qui s'agite pour percer ces mystères. Songe à régler sagement le présent : le reste s'en va, pareil à un fleuve qui, tantôt, au sein de son lit, coule paisiblement vers la mer Etrusque, tantôt roule ensemble rochers polis, souches arrachées, troupeaux, maisons, non sans que retentissent les montagnes et la forêt voisine, lorsqu'un débordement fougueux soulève les tranquilles rivières. Il vivra maître de soi et content, celui qui chaque jour peut dire : « J'ai vécu. » Que demain Jupiter obscurcisse le ciel de noirs nuages ou l'éclaire d'un soleil radieux, il ne saurait pourtant détruire l'effet du passé, il ne saurait le transformer ni l'anéantir : l'heure fugitive l'a emporté pour toujours. La Fortune, qui se plaît à une cruelle tâche et s'obstine à jouer des jeux bizarres, promène ses instables faveurs : aujourd'hui bienveillante pour moi, demain pour un autre. Reste-t-elle, je la loue; vient-elle à déployer ses ailes rapides, je lui rends ses dons; je m'enveloppe dans ma vertu et j'épouse la pauvreté sans dot, mais honnête. Ce n'est pas moi, si le mât craque sous les fureurs de l'Africus, qui descendrai à de misérables

<pre>
        Sive te rupes et acuta leto
        Saxa delectant, age te procellæ
        Crede veloci, nisi herile mavis
            Carpere pensum,
65   Regius sanguis, dominæque tradi
        Barbaræ pellex. Aderat querenti
        Perfidum ridens Venus et remisso
            Filius arcu.
        Mox, ubi lusit satis : Abstineto,
70   Dixit, irarum calidæque rixæ,
        Cum tibi invisus laceranda reddet
            Cornua taurus.
        Uxor invicti Jovis esse nescis :
        Mitte singultus, bene ferre magnam
75   Disce fortunam, tua sectus orbis
            Nomina ducet.
</pre>

XXVIII. — AD LYDEN.

<pre>
        Festo quid potius die
        Neptuni faciam? Prome reconditum
            Lyde strenua Cœcubum
        Munitæque adhibe vim sapientiæ.
5   Inclinare meridiem
        Sentis ac, veluti stet volucris dies,
            Parcis deripere horreo
        Cessantem Bibuli consulis amphoram.
            Nos cantabimus invicem
10   Neptunum et virides Nereidum comas;
            Tu curva recines lyra
        Latonam et celeris spicula Cynthiæ,
            Summo carmine, quæ Cnidon
        Fulgentesque tenet Cycladas et Paphon
5   Junctis visit oloribus;
        Dicetur merita Nox quoque nenia.
</pre>

XXIX. — AD C. CILNIUM MÆCENATEM.

<pre>
        Tyrrhena regum progenies, tibi
        Non ante verso lene merum cado
            Cum flore, Mæcenas, rosarum et
            Pressa tuis balanus capillis
5   Jamdudum apud me est. Eripe te moræ;
        Ne semper udum Tibur et Æsulæ
            Declive contempleris arvum et
            Telegoni juga parricidæ.
        Fastidiosam desere copiam et
10   Molem propinquam nubibus arduis;
</pre>

<pre>
            Omitte mirari beatæ
            Fumum et opes strepitumque Romæ.
        Plerumque gratæ divitibus vices
        Mundæque parvo sub lare pauperum
15   Cœnæ sine aulæis et ostro
            Sollicitam explicuere frontem.
        Jam clarus occultum Andromedæ pater
        Ostendit ignem, jam Procyon furit
            Et stella vesani Leonis,
20   Sole dies referente siccos :
        Jam pastor umbras cum grege languido
        Rivumque fessus quærit et horridi
            Dumeta Silvani, caretque
                Ripa vagis taciturna ventis.
25   Tu, civitatem quis deceat status,
        Curas et Urbi sollicitus times,
            Quid Seres et regnata Cyro
                Bactra parent Tanaisque discors.
        Prudens futuri temporis exitum
30   Caliginosa nocte premit deus
            Ridetque, si mortalis ultra
                Fas trepidat. Quod adest memento
        Componere æquus; cetera fluminis
        Ritu feruntur, nunc medio æquore
35   Cum pace delabentis Etruscum
                In mare, nunc lapides adesos
        Stirpesque raptas et pecus et domus
        Volventis una non sine montium
            Clamore vicinæque silvæ,
40   Cum fera diluvies quietos
        Irritat amnes. Ille potens sui
        Lætusque deget, cui licet in diem
            Dixisse vixi : cras vel atra
                Nube polum Pater occupato,
45   Vel sole puro; non tamen irritum
        Quodcunque retro est, efficiet neque
            Diffinget infectumque reddet,
                Quod fugiens semel hora vexit.
        Fortuna sævo læta negotio et
50   Ludum insolentem ludere pertinax
            Transmutat incertos honores,
                Nunc mihi, nunc alii benigna.
        Laudo manentem; si celeres quatit
        Pennas, resigno quæ dedit et mea
55   Virtute me involvo probamque
                Pauperiem sine dote quæro.
        Non est meum, si mugiat Africis
</pre>

prières, ni dont les vœux achèteront la faveur des dieux pour que les marchandises de Cypre et de Tyr ne s'ajoutent pas aux richesses de la mer insatiable : alors, en sûreté, confiant dans ma barque à deux rames, je traverserai les tempêtes de la mer Egée, guidé par le vent, par Pollux et son frère.

XXX. — A MELPOMÈNE.

J'ai terminé un monument plus durable que l'airain, plus haut que la masse royale des pyramides : rien ne saurait le détruire, ni la pluie rongeuse, ni la violence de l'Aquilon, ni la suite innombrable des ans, ni le cours rapide des siècles. Je ne mourrai pas tout entier et une bonne partie de moi-même échappera à la Mort. Je grandirai dans l'avenir, toujours jeune de gloire, tant que le pontife montera au Capitole avec la vierge silencieuse. On dira que, né aux lieux où retentit l'Aufide impétueux, où Daunus, pauvre d'eau, régna sur des peuples agrestes, on dira que d'humble devenu puissant, j'ai le premier transporté le chant éolien dans le rhythme d'Italie. Prends un orgueil légitime et daigne, Melpomène, ceindre ma chevelure du laurier de Delphes.

LIVRE QUATRIÈME

I. — A VÉNUS.

Après l'avoir longtemps suspendue, viens-tu, Vénus, rallumer la guerre? Grâce, grâce! je t'en prie. Je ne suis plus ce que j'étais sous l'empire de l'honnête Cinara. Renonce, mère impérieuse des aimables Amours, renonce, quand je suis près d'avoir dix lustres, à gouverner un cœur insensible à tes douces lois : va, va où t'appellent les prières caressantes des jeunes gens. Il vaut mieux que tu te transportes, sur les ailes de tes cygnes brillants, dans la demeure de Paulus Maximus où t'attend un festin, si tu veux enflammer un cœur fait pour l'amour. C'est un noble et beau jeune homme ; il sait parler en faveur des accusés inquiets ; formé à tous les arts, il portera au loin tes enseignes et ton empire ; et lorsque, plus puissant que les dons d'un prodigue rival, il aura ri de lui, il te fera sculpter en marbre, et sur les bords du lac Albain, il te placera sous un plafond en bois de citronnier. Là tu respireras l'encens à flots ; là te charmeront les chants mêlés aux sons de la lyre et de la flûte de Bérécynte, ainsi que du chalumeau; là, deux fois le jour, des jeunes gens unis à des jeunes filles chanteront tes louanges, et, à la manière des Saliens, frapperont en triple cadence la terre de leurs pieds blancs. A moi, plus de femme, plus de jeune homme, plus de crédule espoir d'un amour mutuel, ni luttes de vin, ni fleurs nouvelles pour ceindre mes tempes. Mais pourquoi, hélas! Ligurinus, pourquoi coule une larme furtive le long de mes joues! Pourquoi s'arrête ma langue harmonieuse prise tout à coup d'un silence peu digne? La nuit, dans mes rêves, je te saisis, je t'arrête ; je te suis dans ta course rapide sur le gazon du champ de Mars ; je te suis, cruel, à travers le courant des eaux.

II. — A JULE ANTOINE.

Quiconque, Jule, s'applique à rivaliser avec Pindare, s'appuie, pareil à Dédale, sur des ailes de cire, pour donner son nom à la mer transparente. Comme un torrent tombant des montagnes et qui, grossi par les pluies, déborde de ses rives

---

```
            Malus procellis, ad miseras preces
                Decurrere et votis pacisci,
                    Ne Cypriæ Tyriæque merces
60          Addant avaro divitias mari :
            Turc me biremis præsidio scaphæ
                Tutum per Ægæos tumultus
                    Aura feret geminusque Pollux.
```

XXX. — AD MELPOMENEN.

```
      Exegi monumentum ære perennius
      Regalique situ pyramidum altius,
      Quod non imber edax, non Aquilo impotens
 5    Possit diruere aut innumerabilis
      Annorum series et fuga temporum.
      Non omnis moriar multaque pars mei
      Vitabit Libitinam : usque ego postera
      Crescam laude recens, dum Capitolium
      Scandet cum tacita virgine pontifex.
10    Dicar, qua violens obstrepit Aufidus
      Et qua pauper aquæ Daunus agrestium
      Regnavit populorum, ex humili potens
      Princeps Æolium carmen ad Italos
      Deduxisse modos. Sume superbiam
15    Quæsitam meritis et mihi Delphica
      Lauro cinge volens, Melpomene, comam.
```

LIBER QUARTUS

I. — AD VENEREM.

```
            Intermissa, Venus, diu
      Rursus bella moves? Parce, precor, precor.
                Non sum qualis eram bonæ
      Sub regno Cinaræ. Desine, dulcium
 5            Mater sæva Cupidinum,
      Circa lustra decem flectere mollibus
                Jam durum imperiis : abi,
      Quo blandæ juvenum te revocant preces.
                Tempestivius in domum
10    Pauli, purpureis ales oloribus,
                Comissabere Maximi,
      Si torrere jecur quæris idoneum :
                Namque et nobilis et decens
      Et pro sollicitis non tacitus reis
15            Et centum puer artium
      Late signa feret militiæ tuæ,
                Et, quandoque potentior
      Largi muneribus riserit æmuli,
                Albanos prope te lacus
20    Ponet marmoream sub trabe citrea.
                Illic plurima naribus
      Duces thura, lyræque et Berecyntiæ
                Delectabere tibiæ
25    Mixtis carminibus non sine fistula ;
                Illic bis pueri die
      Numen cum teneris virginibus tuum
                Laudantes pede candido
      In morem Salium ter quatient humum.
                Me nec femina nec puer
30    Jam nec spes animi credula mutui,
                Nec certare juvat mero,
      Nec vincire novis tempora floribus.
                Sed cur heu, Ligurine, cur
      Manat rara meas lacrima per genas?
35            Cur facunda parum decoro
      Inter verba cadit lingua silentio?
                Nocturnis ego somniis
      Jam captum teneo, jam volucrem sequor
                Te per gramina Martii
40    Campi, te per aquas, dure, volubiles.
```

II. — AD JULUM ANTONIUM.

```
      Pindarum quisquis studet æmulari,
      Jule, ceratis ope Dædalea
      Nititur pennis vitreo daturus
                Nomina ponto.
 5    Monte decurrens velut amnis, imbres
```

accoutumées, telle bouillonne et se précipite, audacieuse et profonde, la poésie de Pindare; il mérite le laurier d'Apollon. soit que dans ses hardis dithyrambes il roule à flots les expressions neuves et se laisse emporter à une harmonie affranchie de toute loi; soit qu'il chante les dieux et les héros, fils des dieux, qui par une juste mort écrasèrent les Centaures, écrasèrent la Chimère au feu terrible; soit qu'il dise l'athlète ou le coursier que chez eux ramène pareils aux dieux la palme d'Elée, et qu'il leur fasse un présent plus précieux que cent statues; soit que, pleurant le jeune homme ravi à sa fiancée en larmes, il porte aux astres sa force, son courage et son caractère admirables et les arrache au noir Orcus. Un souffle puissant soulève le cygne de Dircé, chaque fois, Antoine, qu'il s'élance vers les hautes régions des nues. Moi, semblable à l'abeille du Matinus qui butine avec effort le thym odorant dans les bois et sur les rives de l'humide Tibur, humble poëte, je fais des vers laborieux. Poëte d'un plectre plus puissant, tu chanteras César, lorsque, couronné d'un laurier mérité, il traînera par la voie Sacrée les farouches Sicambres, lui qui est le plus grand, le plus beau présent que les destins et les dieux, dans leur bonté, aient fait à la terre: jamais ils ne lui en feront de pareil, non, quand même les siècles retourneraient au vieil âge d'or. Tu chanteras les jours d'allégresse et les jeux publics de la ville, au retour du vaillant Auguste, rendu à nos vœux; tu chanteras le Forum veuf de procès. Alors, si ma voix mérite d'être écoutée, à tes accords je m'efforcerai d'unir les miens, et: «O beau jour, jour Léni!» m'écrierai-je, heureux de revoir César. Et tandis qu'il s'avance dans ta gloire, ô Triomphe! nous dirons plus d'une fois: «Io Triomphe!» et avec nous le dira la cité entière, et nous verserons l'encens aux dieux bienfaisants. Toi, ce sont dix taureaux et autant de vaches qui t'acquitteront envers eux; moi, c'est un jeune veau qui a quitté sa mère et grandit dans de riches herbages pour accomplir mon vœu: son front présente l'image des feux recourbés de la Lune à son troisième lever; à l'endroit où il y a une tache, il est blanc comme la neige, le reste de son corps est fauve.

III. — A MELPOMÈNE.

Celui qu'une fois, Melpomène, tu as regardé à sa naissance d'un œil ami, celui-là, les combats isthmiques ne le rendront pas célèbre dans le pugilat; un coursier infatigable ne le ramènera pas vainqueur sur un char achéen; la guerre ne le montrera pas au Capitole général orné des lauriers de Délos, pour avoir abattu les superbes menaces dès rois: mais les eaux qui arrosent le fertile Tibur et l'épaisse chevelure des bois le rendront célèbre par ses chants éoliens. Les fils de Rome, la reine des villes, me jugent digne d'être placé parmi les chœurs aimables des poëtes, et déjà je suis moins mordu par les dents envieuses. O Piéride, toi qui règles le doux murmure de la lyre d'or, ô toi qui donnerais, s'il te plaisait, la voix du cygne même aux poissons muets, c'est à toi, à ta bonté seule que je dois d'être désigné par la main des passants comme le maître de la lyre romaine: c'est grâce à toi que je suis inspiré et que je plais, si toutefois je plais.

IV. — ÉLOGE DE DRUSUS.

Tel que le gardien de la foudre, l'aigle à qui le roi des dieux accorda de régner sur les oiseaux errants pour prix de sa fidélité dans l'enlèvement du blond Ganymède, un jour emporté par sa jeunesse et la vigueur de sa race, sortit du nid, ignorant les fatigues, et des vents du printemps, sous un ciel sans nuage, apprit en tremblant à faire l'essai de ses premières ailes; bientôt d'un élan impétueux fondit sur les bercails en ennemi, puis s'élança sur les serpents rebelles, pressé du désir de la proie et de l'amour du combat; ou tel

```
       Quem super notas aluere ripas,
       Fervet immensusque ruit profundo
           Pindarus ore,
       Laurea donandus Apollinari,
10     Seu per audaces nova dithyrambos
       Verba devolvit numerisque fertur
           Lege solutis;
       Seu deos regesve canit, deorum
       Sanguinem, per quos cecidere justa
15     Morte Centauri, cecidit tremendæ
           Flamma Chimæræ;
       Sive quos Elea domum reducit
       Palma cœlestes pugilemve equumve
       Dicit et centum potiore signis
20         Munere donat,
       Flebili sponsæ juvenemve raptum
       Plorat et vires animumque moresque
       Aureos educit in astra nigroque
           Invidet Orco.
25     Multa Dircæum levat aura cycnum,
       Tendit, Antoni, quoties in altos
       Nubium tractus. Ego apis Matinæ
           More modoque
       Grata carpentis thyma per laborem
30     Plurimum circa nemus uvidique
       Tiburis ripas operosa parvus
           Carmina fingo.
       Concines majore poeta plectro
       Cæsarem, quandoque trahet feroces
35     Per sacrum clivum merita decorus
           Fronde Sicambros,
       Quo nihil majus meliusve terris
       Fata donavere bonique divi
       Nec dabunt, quamvis redeant in aurum
40         Tempora priscum.
       Concines lætosque dies et Urbis
       Publicum ludum super impetrato
       Fortis Augusti reditu forumque
           Litibus orbum.
45     Tum meæ, si quid loquar audiendum,
       Vocis accedet bona pars, et, O Sol
       Pulcher! o laudande! canam, recepto
           Cæsare felix.
       Teque, dum procedit, io Triumphe,
50     Non semel dicemus, io Triumphe,
       Civitas omnis dabimusque divis
           Thura benignis.
       Te decem tauri totidemque vaccæ,
```

```
       Me tener solvet vitulus, relicta
55     Matre qui largis juvenescit herbis
           In mea vota,
       Fronte curvatos imitatus ignes
       Tertium Lunæ referentis ortum,
60     Qua notam duxit, niveus videri,
           Cetera fulvus.
```

III. — AD MELPOMENEN.

```
       Quem tu, Melpomene, semel
       Nascentem placido lumine videris,
           Illum non labor Isthmius
       Clarabit pugilem, non equus impiger
5          Curru ducet Achaico
       Victorem, neque res bellica Deliis
           Ornatum foliis ducem,
       Quod regum tumidas contuderit minas
           Ostendet Capitolio:
10     Sed quæ Tibur aquæ fertile præfluunt
       Et spissæ nemorum comæ
       Fingent Æolio carmine nobilem.
           Romæ principis urbium
       Dignatur soboles inter amabiles
15         Vatum ponere me choros,
       Et jam dente minus mordeor invido.
           O, testudinis aureæ
       Dulcem quæ strepitum, Pieri, temperas,
           O mutis quoque piscibus
20     Donatura cyeni, si libeat, sonum,
           Totum muneris hoc tui est,
       Quod monstror digito prætereuntium
           Romanæ fidicen lyræ:
       Quod spiro et placeo, si placeo, tuum est.
```

IV. — DRUSI LAUDES.

```
       Qualem ministrum fulminis alitem,
       Cui rex deorum regnum in aves vagas
           Permisit expertus fidelem
           Juppiter in Ganymede flavo,
5      Olim juventas et patrius vigor
       Nido laborum propulit inscium
           Vernique jam nimbis remotis
           Insolitos docuere nisus
       Venti paventem, mox in ovilia
10     Demisit hostem vividus impetus,
           Nunc in reluctantes dracones
           Egit amor dapis atque pugnæ;
```

qu'à une biche au milieu de gras pâturages apparaît, à peine détaché de la mamelle de sa fauve mère, un lion dont la jeune dent va la faire périr ; tel, portant la guerre au pied des Alpes rhétiques, apparut Drusus aux Vindéliciens. D'où vient à ce peuple l'antique coutume de s'armer le bras droit d'une hache d'Amazone, je ne veux point m'en enquérir : on ne peut pas tout savoir. Longtemps au loin victorieuses, leurs hordes, entièrement vaincues par l'habileté du jeune homme, éprouvèrent ce que pouvaient un esprit et un caractère admirablement formés dans un sanctuaire aimé des dieux, ce que pouvait sur les jeunes Nérons l'âme paternelle d'Auguste. Les braves naissent d'hommes braves et vaillants ; dans les taureaux, dans les chevaux, se trouve le courage de leurs pères, et les aigles audacieux ne produisent point la paisible colombe. L'éducation développe les qualités natives et les cœurs se fortifient par une sage culture ; où manquent les mœurs, les plus heureux naturels sont souillés par les vices. O Rome ! que ne dois-tu pas aux Nérons? J'en prends à témoin le fleuve Métaure, et Asdrubal vaincu, et ce beau jour qui, dissipant les ténèbres du Latium, vit le premier sourire la victoire bienfaisante, depuis que le féroce Africain parcourait sur ses chevaux les villes italiennes, semblable à la flamme à travers les pins, semblable à l'Eurus sur les ondes siciliennes. Dès lors, par des succès continuels, la jeunesse romaine grandit dans ses espérances ; les temples ravagés par la guerre impitoyable, sacrilége des Carthaginois, virent les dieux relevés, et enfin le perfide Annibal s'écria : « Cerfs, proie des loups ravisseurs, nous attaquons en aveugles des hommes que le plus beau triomphe est d'éviter et de fuir. La nation qui après l'incendie d'Ilion transporta, courageuse, jusqu'aux villes d'Ausonie ses dieux qu'avait ballottés la mer Toscane, et ses enfants, et ses vieillards, pareille à l'yeuse dépouillée par la hache acérée sur l'Algide fertile en noir feuillage, à travers les pertes, à travers les mas-

sacres, du fer même tire des forces et de la vigueur. Non, l'hydre, le corps mis en morceaux, ne s'éleva pas plus puissante contre Hercule indigné d'être vaincu; ni Colchos, ni Thèbes échionienne, n'enfantèrent de plus grand monstre. Qu'on la plonge au fond de la mer, elle en sortira plus belle; qu'on lutte, elle abattra glorieusement son vainqueur encore intact et gagnera des batailles dont parleront les femmes. Je n'enverrai plus à Carthage de messages orgueilleux : tout a péri, et mes espérances, et la fortune de mon nom, tout a péri par la mort d'Asdrubal. Il n'est rien que ne puisse achever le bras des Claudius : de sa volonté bienfaisante Jupiter les soutient et leur habile sagesse les dégage des périls de la guerre. »

<h3 style="text-align:center">V. — A AUGUSTE.</h3>

Né par la faveur des dieux, gardien puissant de la nation de Romulus, voilà trop longtemps que tu es absent ; tu avais promis un prompt retour à la sainte assemblée du sénat : reviens! Chef bienfaisant, rends la lumière à ta patrie; pareil au printemps, dès que ton visage a brillé aux yeux du peuple, le jour s'écoule plus charmant, le soleil reluit plus splendide. Telle une mère, quand son fils arrêté plus d'un an au delà des flots de la mer de Carpathos est retenu par le souffle jaloux du Notus loin de la maison chérie, l'appelle par des vœux, des augures et des prières, et ne détourne point ses regards du rivage sinueux : telle, frappée de regrets affectueux, la patrie redemande César. Grâce à lui, le bœuf parcourt en sûreté ses pâturages ; Cérès et la nourricière Abondance fécondent les campagnes ; les matelots franchissent la mer pacifiée ; la bonne foi est à l'abri du reproche ; nulle infamie ne souille les chastes familles ; la coutume et la loi ont triomphé de crimes impurs ; les mères sont louées pour avoir donné des enfants qui ressemblent à leur père ; le châtiment suit de près la faute. Qui redouterait le Parthe, qui

<pre>
     Qualemve lætis caprea pascuis
     Intenta fulvæ matris ab ubere
15   Jam lacte depulsum leonem
            Dente novo peritura vidit :
     Videre Rhætis bella sub Alpibus
     Drusum gerentem Vindelici ; — quibus
20   Mos unde deductus per omne
            Tempus Amazonia securi
     Dextras obarmet, quærere distuli,
     Nec scire fas est omnia ; — sed diu
          Lateque vitrices catervæ
25   Consiliis juvenis revictæ
     Sensere, quid mens rite, quid indoles
     Nutrita faustis sub penetralibus
          Posset, quid Augusti paternus
            In pueros animus Nerones.
30   Fortes creantur fortibus et bonis ;
     Est in juvencis, est in equis patrum
          Virtus, neque imbellem feroces
            Progenerant aquilæ columbam ;
     Doctrina sed vim promovet insitam,
35   Rectique cultus pectora roborant ;
          Utcunque defecere mores,
            Indecorant bene nata culpæ.
     Quid debeas, o Roma, Neronibus,
     Testis Metaurum flumen et Asdrubal
40   Devictus et pulcher fugatis
            Ille dies Latio tenebris,
     Qui primus alma risit adorea,
     Dirus per urbes Afer ut Italas
          Ceu flamma per tædas vel Eurus
45   Per Siculas equitavit undas.
     Post hoc secundis usque laboribus
     Romana pubes crevit, et impio
          Vastata Pœnorum tumultu
            Fana deos habuere rectos,
50   Dixitque tandem perfidus Annibal :
     Cervi, luporum præda rapacium,
          Sectamur ultro, quos opimus
            Fallere et effugere est triumphus.
     Gens, quæ cremato fortis ab Ilio
55   Jactata Tuscis æquoribus sacra
          Natosque maturosque patres
            Pertulit Ausonias ad urbes,
     Duris ut ilex tonsa bipennibus
     Nigræ feraci frondis in Algido,
</pre>

<pre>
          Per damna, per cædes, ab ipso
60   Ducit opes animumque ferro.
     Non hydra secto corpore firmior
     Vinci dolentem crevit in Herculem,
          Monstrumve submisere Colchi
            Majus Echioniæve Thebæ.
65   Merses profundo : pulchior exiet ;
     Luctere : multa proruet integrum
          Cum laude victorem geretque
            Prœlia conjugibus loquenda.
     Carthagini jam non ego nuntios
70   Mittam superbos : occidit, occidit
          Spes omnis et fortuna nostri
            Nominis Asdrubale interempto.
     Nil Claudiæ non perficient manus,
     Quas et benigno numine Juppiter
75   Defendit et curæ sagaces
            Expediunt per acuta belli.
</pre>

<h3 style="text-align:center">V. — AD CÆS. AUGUSTUM.</h3>

<pre>
     Divis orte bonis, optime Romulæ
     Custos gentis, abes jam nimium diu ;
     Maturum reditum pollicitus patrum
          Sancto consilio redi.
5   Lucem redde tuæ, dux bone, patriæ :
     Instar veris enim vultus ubi tuus
     Affulsit populo, gratior it dies
          Et soles melius nitent.
     Ut mater juvenem, quem Notus invido
10   Flatu Carpathii trans maris æquora
     Cunctantem spatio longius annuo
          Dulci distinet a domo,
     Votis ominibusque et precibus vocat,
     Curvo nec faciem litore dimovet :
15   Sic desideriis icta fidelibus
          Quærit patria Cæsarem.
     Tutus bos etenim rura perambulat,
     Nutrit rura Ceres almaque Faustitas,
     Pacatum volitant per mare navitæ,
20   Culpari metuit Fides,
     Nullis polluitur casta domus stupris,
     Mos et lex maculosum edomuit nefas,
     Laudantur simili prole puerperæ.
          Culpam pœna premit comes.
25   Quis Parthum paveat, quis gelidum Scythen,
</pre>

redouterait le Scythe glacé, ou les fils de l'affreuse Germanie, quand César est vivant? Qui s'inquiéterait de la guerre de l'Ibérie indomptée? Chacun passe la journée sur ses collines et marie la vigne aux arbres veufs; de là il revient joyeux chez lui; et, au second service, il t'invoque comme un dieu; il t'adresse de nombreuses prières, en ton honneur il répand de la patère un vin pur et mêle ta divinité à ses dieux Lares, comme la Grèce qui se souvient de Castor et du grand Hercule. Puisses-tu, chef bienfaisant, longtemps fournir des jours de fêtes à l'Hespérie! Voilà ce que nous disons à jeun le matin, ce que nous disons échauffés par le vin, lorsque le Soleil s'est plongé dans l'Océan.

VI. — A APOLLON.

Dieu qui frappas, vengeur de l'insolence, la race de Niobé et qui te fis sentir au ravisseur Tityus et à Achille de Phthie, presque vainqueur de la superbe Troie; à ce guerrier plus grand que tous les autres, mais au-dessous de toi, bien que, fils de la divine Thétis, il ébranlât les tours des Dardaniens sous les coups pressés de sa lance terrible. Ce héros, comme le pin frappé par un fer tranchant ou le cyprès renversé par l'Eurus, tomba, couvrant au loin le sol, et posa sa tête sur la poussière troyenne. Ce n'est pas lui qui, enfermé dans le cheval faussement destiné à apaiser Minerve, eût surpris les Troyens dans leur fête insensée ni le palais de Priam au milieu de la joie et des danses; ouvertement redoutable pour les vaincus, ô crime! ô douleur! il aurait brûlé dans les flammes Achéennes les enfants qui ne savent point parler, ceux même cachés encore au sein de leur mère: mais, fléchi par tes discours et ceux de l'aimable Vénus, le père des dieux accorda à la fortune d'Énée des murailles construites sous de meilleurs auspices. Maître de la lyre, toi qui enseignes l'harmonieuse Thalie, Phébus, qui baignes ta chevelure dans le courant du Xanthe, soutiens la gloire de la Muse daunienne;

Apollon toujours jeune. Phébus m'a donné l'inspiration, Phébus m'a donné l'art des vers et le nom de poëte. Nobles jeunes filles, et vous jeunes gens nés de pères illustres, protégés de la déesse de Délos qui arrête de ses flèches les lynx et les cerfs fugitifs, observez le mètre lesbien et la mesure que frappe mon pouce, pour chanter pieusement l'enfant de Latone, pour chanter la Lune au flambeau croissant, déesse propice aux moissons et rapide à dérouler les mois passagers. Mariée, tu pourras dire: « J'ai, aux jours de fête que ramenait un siècle, j'ai répété un chant aimé des dieux, docile aux accords du poëte Horace. »

VII. — A TORQUATUS.

Les neiges ont disparu; voici que le gazon renaît dans les champs et que les arbres reprennent leur chevelure; la terre change de saison et les eaux qui décroissent roulent près de leurs bords. La Grâce nue avec les Nymphes et ses deux sœurs ose diriger les danses. N'espère rien d'éternel: l'année t'en avertit et l'heure qui emporte le jour nourricier. Le froid s'adoucit au souffle des Zéphyrs; le printemps s'efface devant l'été qui mourra dès que l'Automne chargé de fruits aura versé ses présents; et puis reviennent les frimas engourdis. Les lunes rapides réparent du moins les pertes du ciel; nous, une fois descendus où sont allés le vénérable Énée, et le riche Tullus, et Ancus, nous ne sommes que poussière et qu'ombre. Qui sait si à la somme de nos jours les dieux du ciel vont ajouter le temps de demain? Tout échappera aux mains avides d'un héritier, tout ce que tu auras accordé aux charmes du plaisir. Quand une fois tu seras mort et que Minos aura prononcé sur toi un jugement solennel, ni naissance, ni éloquence, ni piété, rien, Torquatus, ne te rendra à la vie. Non, Diane n'a pu des ténèbres de l'enfer délivrer le chaste Hippolyte; Thésée n'a pu rompre les liens du Léthé pour son cher Pirithoüs.

```
      Quis Germania quos horrida parturit
      Fœtus, incolumi Cæsare? quis feræ
            Bellum curet Iberiæ?
      Condit quisque diem collibus in suis,
30    Et vitem viduas ducit ad arbores;
      Hinc ad vina redit lætus et alteris
            Te mensis adhibet deum;
      Te multa prece, te prosequitur mero
      Defuso pateris et Laribus tuum
35    Miscet numen, uti Græcia Castoris
            Et magni memor Herculis.
      Longas o utinam, dux bone, ferias
      Præstes Hesperiæ! dicimus integro
      Sicci mane die, dicimus uvidi,
40          Cum Sol Oceano subest.
```

VI. — AD APOLLINEM.

```
      Dive, quem proles Niobea magnæ
      Vindicem linguæ Tityosque raptor
      Sensit et Trojæ prope victor altæ
            Phthius Achilles,
5     Ceteris major, tibi miles impar,
      Filius quamvis Thetidis marinæ
      Dardanas turres quateret tremenda
            Cuspide pugnax.
      Ille, mordaci velut icta ferro
10    Pinus aut impulsa cupressus Euro,
      Procidit late posuitque collum in
            Pulvere Teucro.
      Ille non inclusus equo Minervæ
      Sacra mentito male feriatos
15    Troas et lætam Priami choreis
            Falleret aulam;
      Sed palam captis gravis, heu nefas heu,
      Nescios fari pueros Achivis
      Ureret flammis, etiam latentem
20          Matris in alvo,
      Ni tuis victus Venerisque gratæ
      Vocibus divum pater annuisset
      Rebus Æneæ potiore ductos
            Alite muros.
25    Doctor argutæ fidicen Thaliæ,
      Phœbe, qui Xantho lavis amne crines,
      Dauniæ defende decus Camenæ;
            Levis Agyieu.
      Spiritum Phœbus mihi, Phœbus artem
```

```
30    Carminis nomenque dedit poetæ.
      Virginum primæ puerique claris
            Patribus orti;
      Deliæ tutela deæ fugaces
35    Lyncas et cervos cohibentis arcu,
      Lesbium servate pedem meique
            Pollicis ictum,
      Rite Latonæ puerum canentes,
      Rite crescentem face Noctilucam,
      Prosperam frugum celeremque pronos
40          Volvere menses.
      Nupta jam dices: Ego dis amicum,
      Sæculo festas referente luces,
      Reddidi carmen, docilis modorum
            Vatis Horati.
```

VII. — AD TORQUATUM.

```
      Diffugere nives, redeunt jam gramina campis
            Arboribusque comæ;
      Mutat terra vices et decrescentia ripas
            Flumina prætereunt;
5     Gratia cum Nymphis geminisque sororibus audet
            Ducere nuda choros.
      Immortalia ne speres, monet annus et almum
            Quæ rapit hora diem;
      Frigora mitescunt Zephyris, ver proterit æstas
10          Interitura, simul
      Pomifer Autumnus fruges effuderit, et mox
            Bruma recurrit iners.
      Damna tamen celeres reparant cœlestia Lunæ:
            Nos, ubi decidimus,
15    Quo pater Æneas, quo dives Tullus et Ancus,
            Pulvis et umbra sumus.
      Quis scit, an adjiciant hodiernæ crastina summæ
            Tempora di superi?
      Cuncta manus avidas fugient heredis, amico
20          Quæ dederis animo.
      Cum semel occideris et de te splendida Minos
            Fecerit arbitria,
      Non, Torquate, genus, non te facundia, non te
            Restituet pietas;
25    Infernis neque enim tenebris Diana pudicum
            Liberat Hippolytum,
      Nec Lethæa valet Theseus abrumpere caro
            Vincula Pirithoo.
```

VIII. — A CENSORINUS.

Je donnerais volontiers à mes amis, Censorinus, des coupes et des bronzes aînés, je leur donnerais des trépieds, prix du courage chez les Grecs, et tu ne recevrais pas les plus mauvais présents, si j'étais riche en œuvres sorties de l'art de Parrhasius ou de l'art de Scopas, habiles tous deux, l'un par la pierre, l'autre par les liquides couleurs, à figurer un homme, à figurer un dieu. Mais je n'ai point ce pouvoir, et ni ta fortune ni tes goûts ne demandent de pareilles chertés. Tu aimes les vers; des vers! je puis t'en donner et je puis dire la valeur du présent. Non, ni les marbres où l'Etat a fait graver des titres et par qui respirent et revivent après leur mort les grands capitaines, ni la prompte fuite d'Annibal et ses menaces abattues, ni l'incendie de la criminelle Carthage, ne font connaître d'une manière aussi éclatante la gloire de celui qui revint de l'Afrique domptée avec le gain d'un surnom, que ne la disent les Muses de Calabre. Non, si les livres taisent ce que tu as fait de beau, tu n'emporteras pas la récompense de tes vertus. Que serait le fils d'Ilia et de Mars, si un envieux silence enveloppait les exploits de Remulus? Arrachant Eaque aux flots du Styx, le génie, la faveur, et la voix toute-puissante des poëtes l'ont divinisé dans les îles bienheureuses. La Muse empêche de mourir l'homme digne de gloire; c'est la Muse qui le voue au ciel. Par elle, l'infatigable Hercule siége au festin désiré de Jupiter; et les fils de Tyndare, astres brillants, arrachent au fond des mers les vaisseaux ébranlés; et, les tempes couronnés d'un pampre vert, Bacchus mène nos vœux à bonne fin.

IX. — A LOLLIUS.

Ne va pas croire qu'ils périront ces vers que, né sur les bords du retentissant Aufide, je chante par un art inconnu jusqu'ici et qui doivent s'unir aux accents de la lyre. Non, si le Méonien Homère occupe le premier rang, elles ne sont point cachées les Muses de Pindare, ou du poëte de Céos, ou du menaçant Alcée, ou du majestueux Stésichore; et les jeux de la lyre d'Anacréon, le temps ne les a pas détruits; il respire encore, l'amour, ils vivent, les feux confiés aux cordes de la jeune Eolienne. Hélène de Laconie n'est pas la seule qui ait brûlé pour la brillante chevelure d'un amant, qui se soit éprise pour l'or répandu sur ses vêtements, et pour sa parure royale, et pour son cortége. Teucer n'a pas le premier lancé une flèche sur un arc cydonien; ce n'est pas une fois seulement qu'Ilion a été détruite; le grand Idoménée, Sthénélus n'ont point seuls livré des batailles dignes d'être chantées par les Muses; l'intrépide Hector, le fougueux Déiphobe, n'ont pas, pour leurs enfants et leurs chastes épouses, reçu les premiers des blessures. Bien des braves ont vécu avant Agamemnon; mais tous, sans avoir été pleurés, sont plongés inconnus dans une nuit sans fin : car ils n'ont point de poëte sacré. Il y a peu de distance entre la lâcheté ensevelie dans l'oubli et le courage ignoré. Non, je ne te tairai pas, je ne te laisserai pas sans louanges dans mes vers; je ne permettrai pas, Lollius, que tant de travaux deviennent impunément la proie du livide oubli. Tu as un esprit sage et versé dans les affaires, ne fléchissant ni dans la bonne ni dans la mauvaise fortune, vengeur de la fraude avide et ennemi de l'argent qui entraîne tout à soi; tu n'as pas été consul d'une année seulement, tu l'as été toutes les fois que, juge intègre et fidèle, tu préféras l'honneur à l'intérêt; que, le front levé, tu rejetas les dons des coupables; et que, à travers les rangs des ennemis, ta vertu déploya ses armes victorieuses. Ce n'est pas celui qui possède beaucoup qu'on peut avec justice appeler heureux; plus justement est maître du nom d'heureux celui qui sait se servir en sage des présents des dieux, qui sait endurer la rude pauvreté, qui craint une infamie bien plus que la mort, mais qui ne craint pas de mourir pour ses amis, de mourir pour sa patrie.

VIII. — AD CENSORINUM.

```
    Donarem pateras grataque commodus,
    Censorine, meis æra sodalibus,
    Donarem tripodas, præmia fortium
    Graiorum, neque tu pessima munerum
5   Ferres, divite me scilicet artium,
    Quas aut Parrhasius protulit aut Scopas,
    Hic saxo, liquidis ille coloribus
    Solers nunc hominem ponere, nunc deum.
    Sed non hæc mihi vis, non tibi talium
10  Res est aut animus deliciarum egens.
    Gaudes carminibus; carmina possumus
    Donare et pretium dicere muneri.
    Non incisa notis marmora publicis,
    Per quæ spiritus et vita redit bonis
15  Post mortem ducibus, non celeres fugæ
    Rejectæque retrorsum Annibalis minæ,
    Non incendia Carthaginis impiæ
    Ejus, qui domita nomen ab Africa
    Lucratus rediit, clarius indicant
20  Laudes quam Calabræ Pierides : neque,
    Si chartæ sileant quod bene feceris,
    Mercedem tuleris. Quid foret Iliæ
    Mavortisque puer, si taciturnitas
    Obstaret meritis invida Romuli?
25  Ereptum Stygiis fluctibus Æacum
    Virtus et favor et lingua potentium •
    Vatum divitibus consecrat insulis.
    Dignum laude virum Musa vetat mori:
    Cœlo Musa beat. Sic Jovis interest
30  Optatis epulis impiger Hercules,
    Clarum Tyndaridæ sidus ab infimis
    Quassas eripiunt æquoribus rates,
    Ornatus viridi tempora pampino
    Liber vota bonos ducit ad exitus.
```

IX. — AD LOLLIUM.

```
    Ne forte credas interitura, quæ
    Longe sonantem natus ad Aufidum
    Non ante vulgatas per artes
        Verba loquor sociauda chordis :
5   Non, si priores Mæonius tenet
    Sedes Homerus, Pindaricæ latent
        Cœæque et Alcæi minaces
        Stesichorique graves Camenæ;
    Nec, si quid olim lusit Anacreon,
10  Delevit ætas; spirat adhuc amor
        Vivuntque commissi calores
            Æoliæ fidibus puellæ.
    Non sola comptos arsit adulteri
    Crines et aurum vestibus illitum
15      Mirata regalesque cultus
            Et comites Helene Lacæna,
    Primusve Teucer tela Cydonio
    Direxit arcu; non semel Ilios
        Vexata; non pugnavit ingens
20          Idomeneus Stheuclusve solus
    Dicenda Musis prœlia; non ferox
    Hector vel acer Deiphobus graves
        Excepit ictus pro pudicis
            Conjugibus puerisque primus.
25  Vixere fortes ante Agamemnona
    Multi; sed omnes illacrimabiles
        Urgentur ignotique longa
            Nocte, carent quia vate sacro.
    Paulum sepultæ distat inertiæ
30  Celata virtus. Non ego te meis
        Chartis inornatum silebo,
            Totve tuos patiar labores
    Impune, Lolli, carpere lividas
    Obliviones. Est animus tibi
35      Rerumque prudens et secundis
            Temporibus dubiisque rectus,
    Vindex avaræ fraudis et abstinens
    Ducentis ad se cuncta pecuniæ,
        Consulque non unius anni,
40          Sed quoties bonus atque fidus
    Judex honestum prætulit utili,
    Rejecit alto dona nocentium
        Vultu, per obstantes catervas
            Explicuit sua victor arma.
45  Non possidentem multa vocaveris
    Recte beatum : rectius occupat
        Nomen beati, qui deorum
            Muneribus sapienter uti
    Duramque callet pauperiem pati
50  Pejusque leto flagitium timet,
        Non ille pro caris amicis
            Aut patria timidus perire.
```

X. — A LIGURINUS.

O cruel encore et riche des dons de Vénus, lorsqu'un duvet inattendu viendra détruire ta fierté; quand seront tombés sous le ciseau ces cheveux qui maintenant flottent sur tes épaules; quand ce teint, qui efface maintenant l'éclat vermeil de la rose, se sera transformé pour donner à Ligurinus un visage hérissé, tu diras, hélas! chaque fois que dans un miroir tu te verras si changé : « Le cœur que j'ai aujourd'hui, que ne l'avais-je enfant? Ou pourquoi à de tels sentiments n'est pas rendue la fraîcheur de mes joues? »

XI. — A PHYLLIS.

J'ai une cruche pleine d'un vin d'Albe qui a dépassé sa neuvième année; j'ai dans mon jardin, Phyllis, de l'ache pour tresser des couronnes; j'ai du lierre en abondance, parure brillante sur tes cheveux ramassés en nœud. L'argenterie reluit dans ma demeure; mon autel, ceint de pure verveine, attend que je l'arrose du sang d'un agneau; tous les bras sont en mouvement; de çà, de là vont et viennent pêle-mêle jeunes filles et garçons; la flamme s'agite roulant en tourbillons une noire fumée. Sache cependant à quelle fête je t'invite : tu vas célébrer les Ides qui partagent Avril, le mois de la marine Vénus; jour pour moi justement solennel et plus sacré presque que le jour même de ma naissance, car c'est de lui que mon cher Mécènes compte les années qui s'accumulent. Télèphe, que tu recherches, n'est point un jeune homme de ta condition : une jeune fille riche et voluptueuse s'en est rendue maîtresse et le tient enchaîné dans ses doux liens. Phaéton, dévoré par les flammes, doit épouvanter les espérances ambitieuses, et l'ailé Pégase nous offre un terrible exemple, quand il s'est indigné d'avoir pour cavalier un mortel, Bellérophon. Ne va donc jamais prétendre au-dessus de toi, et, regardant comme un crime tout espoir immodéré, évite l'amant qui ne serait point ton égal. Allons maintenant, mes dernières amours, — car dés-

ormais je ne brûlerai pour aucune autre femme, — apprends des airs que ta voix aimée puisse me redire : ton chant adoucira les noirs soucis.

XII. — A VIRGILE.

Voici que, compagnons du printemps, les vents de Thrace qui calment la mer font avancer les voiles; les prés ne sont plus durcis par le froid et les courants ne mugissent plus, gonflés par les neiges de l'hiver. Déjà bâtit son nid, en pleurant Itys d'une voix plaintive, l'oiseau malheureux, éternel déshonneur de la maison de Cécrops, pour s'être si cruellement vengé des passions d'un roi barbare. Sur le tendre gazon, les gardiens des grasses brebis font retentir le chalumeau, et de leurs accords charment le dieu qui aime les troupeaux et les noires collines de l'Arcadie. La saison a amené la soif, Virgile; mais si tu désires, client de nos jeunes nobles, savourer le vin des pressoirs de Calès, tu le mériteras en me donnant du nard. Un petit vase de nard tirera une cruche des greniers de Sulpicius, où elle est couchée maintenant, riche à donner des espérances nouvelles et puissante à noyer l'amertume des soucis. Si de tels plaisirs peuvent te faire accourir, viens, viens vite avec ta marchandise : je n'ai pas l'intention, sans rançon, de t'enivrer de mon vin, comme le riche dans une opulente maison. Allons, point de retard et trêve à l'amour du gain; songeant au noir bûcher, mêle, tandis qu'il en est temps, mêle à la sagesse la folie d'un moment : il est doux de perdre la raison à propos.

XIII. — A LYCÉ.

Les dieux, Lycé, ont entendu mes vœux; les dieux les ont entendus, Lycé : tu te fais vieille; et pourtant tu veux paraître jolie, et tu joues, et tu bois, impudente, et d'un chant qui tremble tu fatigues, enivrée, l'insensible Cupidon. Lui se tient vigilant sur les belles joues de la verte Chia, savante à jouer de la lyre. Le cruel! il dédaigne, dans son vol, de

X. — AD LIGURINUM.

O crudelis adhuc et Veneris muneribus potens,
Insperata tuæ cum veniet pluma superbiæ,
Et, quæ nunc humeris involitant, deciderint comæ,
Nunc et qui color est puniceæ flore prior rosæ,
5 Mutatus Ligurinum in faciem verterit hispidam,
Dices, heu, quoties te speculo videris alterum :
Quæ mens est hodie, cur eadem non puero fuit,
Vel cur his animis incolumes non redeunt genæ?

XI. — AD PHYLLIDEM.

Est mihi nonum superantis annum
Plenus Albani cadus; est in horto,
Phylli, nectendis apium coronis;
       Est hederæ vis
5 Multa, qua crines religata fulges;
Ridet argento domus; ara castis
Vincta verbenis avet immolato
       Spargier agno;
Cuncta festinat manus, huc et illuc
10 Cursitant mixtæ pueris puellæ;
Sordidum flammæ trepidant rotantes
       Vertice fumum.
Ut tamen noris quibus advoceris
Gaudiis, Idus tibi sunt agendæ,
15 Qui dies mensem Veneris marinæ
       Findit Aprilem,
Jure solemnis mihi sanctiorque
Pæne natali proprio, quod ex hac
Luce Mæcenas meus affluentes
20   Ordinat annos.
Telephum, quem tu petis, occupavit
Non tuæ sortis juvenem, puella
Dives et lasciva tenetque grata
       Compede vinctum.
25 Terret ambustus Phaeton avaras
Spes, et exemplum grave præbet ales
Pegasus terrenum equitem gravatus
       Bellerophontem,
Semper ut te digna sequare et ultra
30 Quam licet sperare nefas putando
Disparem vites. Age jam, meorum
       Finis amorum —
Non enim posthac alia calebo

35   Femina — condisce modos, amanda
Voce quos reddas; minuentur atræ
       Carmine curæ.

XII. — AD VIRGILIUM.

Jam veris comites, quæ mare temperant,
Impellunt animæ lintea Thraciæ;
Jam nec prata rigent nec fluvii strepunt
       Hiberna nive turgidi.
5 Nidum ponit, Ityn flebiliter gemens,
Infelix avis et Cecropiæ domus
Æternum opprobrium, quod male barbaras
       Regum est ulta libidines.
Dicunt in tenero gramine pinguium
10 Custodes ovium carmina fistula
Delectantque deum, cui pecus et nigri
       Colles Arcadiæ placent.
Adduxere sitim tempora, Virgili;
Sed pressum Calibus ducere Liberum
15 Si gestis, juvenum nobilium cliens,
       Nardo vina merchere.
Nardi parvus onyx eliciet cadum,
Qui nunc Sulpiciis accubat horreis,
Spes donare novas largus amaraque
20   Curarum eluere efficax.
Ad quæ si properas gaudia, cum tua
Velox mercê veni : non ego te meis
Immunem meditor tingere poculis,
       Plena dives ut in domo.
25 Verum pone moras et studium lucri,
Nigrorumque memor, dum licet, ignium
Misce stultitiam consiliis brevem :
       Dulce est desipere in loco.

XIII. — AD LYCEN.

Audivere, Lyce, di mea vota, di
Audivere, Lyce : fis anus, et tamen
       Vis formosa videri
       Ludisque et bibis impudens
5 Et cantu tremulo pota Cupidinem
Lentum sollicitas. Ille virentis et
       Doctæ psallere Chiæ
       Pulchris excubat in genis.
Importunus enim transvolat aridas

s'arrêter sur les chênes desséchés et te fuit, parce que t'en-laidissent tes dents jaunissantes, et tes rides, et la neige qui couvre ta tête. Ni la pourpre de Cos, ni les brillantes pier-reries ne te ramènent aujourd'hui les années consignées dans les fastes connus et ensevelies à jamais par le temps fu-gitif. Qu'est devenue ta beauté, hélas! qu'est devenu ton teint? et cette grâce de tes mouvements? Qu'as-tu, qu'as-tu encore de celle qui respirait l'amour, qui m'avait ravi à moi-même, heureuse après Cinara, et connue, et charmante dans toutes ses attitudes? Il est vrai qu'à Cinara les destins accor-dèrent de courtes années; mais ils ont conservé Lycé et l'ont conduite à l'âge d'une vieille corneille, afin que la brûlante jeunesse pût, non sans bien rire, voir ce flambeau réduit en cendres.

XIV. — A AUGUSTE.

Quel amour du sénat, quel amour des Quirites, en t'ac-cordant les dignités les plus élevées, pourra, Auguste, éter-niser tes vertus dans les inscriptions et dans les fastes con-sacrant ta mémoire, ô toi, en tous lieux où le soleil éclaire des régions habitables, le premier et le plus grand; toi, dont les Vindéliciens, libres du joug latin, ont appris naguère à connaître la puissance dans les combats. C'est avec tes sol-dats, en effet, que l'impétueux Drusus, leur rendant au double le mal qu'ils nous avaient fait, abattit les Génaunes, race sans repos, et les Breunes rapides, et les citadelles éle-vées sur les Alpes redoutables. Bientôt l'aîné des Nérons engagea une guerre terrible et par d'heureux auspices re-poussa les féroces Rhétiens: il fallait voir, dans ces luttes de Mars, de quelle destruction il frappait des cœurs qui s'étaient dévoués à une mort libre! Pareil à l'Auster qui tourmente les ondes furieuses, quand le chœur des Pléiades déchire les nuages, il pressait, infatigable, les escadrons des ennemis et lançait son cheval frémissant au milieu des feux du combat. De même que roule l'Aufide au front de taureau,

dont le cours baigne les Etats de l'Apulien Daunus, quand i se déchaîne et prépare aux champs cultivés une effroyable inondation; de même Claudius, par une formidable attaque, renversa les hordes couvertes de fer des barbares, et, mois-sonnant les premiers et les derniers, joncha le sol, vainqueur sans avoir éprouvé de désastre: c'était toi qui donnais les troupes, qui donnais les plans et la faveur de tes dieux. Trois lustres après l'époque où Alexandrie suppliante t'ouvrit ses ports et son palais vide, la Fortune favorable t'a de nouveau accordé une heureuse issue à la guerre, et, couronnant les entreprises que tu dirigeais, t'a comblé d'honneurs et d'une gloire désirée. Tu es admiré du Cantabre autrefois indomp-table, et du Mède, et de l'Indien, et du Scythe nomade, ô visible providence de l'Italie et de Rome, la maîtresse du monde! A toi obéissent et le Nil qui cache l'origine de sa source, et l'Ister, et le Tigre impétueux, et l'Océan aux mille monstres qui mugit contre le rivage des lointains Bre-tons: à toi, la terre de la Gaule qui ne redoute point la mort, et le sol de la rude Ibérie; et les Sicambres qui aiment le sang t'honorent, après avoir déposé leurs armes.

XV. — LOUANGES D'AUGUSTE.

Je voulais dire les combats et les villes soumises; mais Phébus, du son de sa lyre, m'a défendu de confier mes faibles voiles à la mer Tyrrhénienne. Ton siècle, César, a ramené dans les campagnes d'abondantes moissons; a rendu à notre Jupiter les enseignes arrachées aux portes superbes des Parthes; a fini les guerres et fermé le temple de Janus; a imposé un frein à la licence qui avait franchi le chemin de l'ordre et de la justice; a chassé les crimes et rappelé les antiques vertus, ces vertus qui accrurent le nom latin et la puissance italienne, et étendirent la renommée et la majesté de l'empire depuis les lieux où le Soleil se lève jusqu'aux régions où il se couche. Tant que César sera gardien de

---

10 Quercus et refugit te, quia luridi
  Dentes, te quia rugæ
   Turpant et capitis nives.
 Nec Coæ referunt jam tibi purpuræ
15 Nec clari lapides tempora, quæ semel
  Notis condita fastis
   Inclusit volucris dies.
 Quo fugit venus, heu, quovo color? decens
 Quo motus? quid habes illius, illius,
20 Quæ spirabat amores,
   Quæ me surpuerat mihi,
 Felix post Cinaram, notaque et artium
 Gratarum facies? Sed Cinaræ breves
  Annos fata dederunt,
25   Servatura diu parem
 Cornicis vetulæ temporibus Lycen,
 Possent ut juvenes visere fervidi
  Multo non sine risu
   Dilapsam in cineres facem.

XIV. — AD CÆS. AUGUSTUM.

 Quæ cura patrum quæve Quiritium
 Plenis honorum muneribus tuas,
  Auguste, virtutes in ævum
   Per titulos memoresque fastos
5 Æternet, o, qua sol habitabiles
 Illustrat oras, maxime principum?
  Quem legis expertes Latinæ
   Vindelici didicere nuper,
 Quid Marte posses. Milite nam tuo
10 Drusus Genaunos, implacidum genus,
  Breunosque veloces et arces
   Alpibus impositas tremendis
 Dejecit acer plus vice simplici;
 Major Neronum mox grave prœlium
15 Commisit immanesque Rhætos
   Auspiciis pepulit secundis,
 Spectandus in certamine Martio,
 Devota morti pectora liberæ
  Quantis fatigaret ruinis;
20   Indomitus prope qualis undas
 Exercet Auster, Pleiadum choro
 Scindente nubes, impiger hostium
  Vexare turmas et frementem
   Mittere equum medios per ignes.
25 Sic tauriformis volvitur Aufidus,

 Qui regna Dauni præfluit Apuli,
  Cum sævit horrendamque cultis
   Diluviem meditatur agris,
 Ut barbarorum Claudius agmina
30 Ferrata vasto diruit impetu
  Primosque et extremos metendo
   Stravit humum sine clade victor,
 Te copias, te consilium et tuos
 Præbente divos. Nam tibi, quo die
35 Portus Alexandrea supplex
   Et vacuam patefecit aulam,
 Fortuna lustro prospera tertio
 Belli secundos reddidit exitus,
  Laudemque et optatum peractis
40   Imperiis decus arrogavit.
 Te Cantaber non ante domabilis
 Medusque et Indus, te profugus Scythes
  Miratur, o tutela præsens
   Italiæ dominæque Romæ.
45 Te, fontium qui celat origines,
 Nilusque et Ister, te rapidus Tigris,
  Te belluosus qui remotis
   Obstrepit Oceanus Britannis,
 Te non paventis funera Galliæ
50 Duræque tellus audit Iberiæ,
  Te cæde gaudentes Sicambri
   Compositis venerantur armis.

XV. — CÆS. AUGUSTI LAUDES.

 Phœbus volentem prœlia me loqui
 Victas et urbes increpuit lyra,
  Ne parva Tyrrhenum per æquor
   Vela darem. Tua, Cæsar, ætas
5 Fruges et agris rettulit uberes
 Et signa nostro restituit Jovi
  Derepta Parthorum superbis
   Postibus et vacuum duellis
 Janum Quirini clausit et ordinem
10 Rectum evaganti frena licentiæ
  Injecit emovitque culpas
   Et veteres revocavit artes,
 Per quas Latinum nomen et Italæ
 Crevere vires famaque et imperi
15 Porrecta majestas ad ortus
   Solis ab Hesperio cubili.
 Custode rerum Cæsare non furor

l'Etat, la tranquillité ne sera point chassée par la fureur civile, ou par la violence, ou par la colère qui forge les épées et jette la discorde entre les villes malheureuses. Nul peuple ne brisera les édits de Jules, ni celui qui boit les eaux du profond Danube, ni les Gètes, ni les Sères ou les Perses sans loi, ni ceux qui sont nés sur les rives du Tanaïs. Et moi, aux jours ordinaires comme aux jours de fête, parmi les dons de l'enjoué Bacchus, entouré de nos enfants et de leurs mères, après avoir d'abord invoqué les dieux selon le rit, je célébrerai dans un chant uni aux sons de la flûte, je célébrerai, à la manière des ancêtres, les chefs qui ont exercé la vertu, et Troie, et Anchise, et la race de la bienfaisante Vénus.

ODE SÉCULAIRE

PROODE. — JEUNES GENS ET JEUNES FILLES. Phébus et Diane qui règnes sur les forêts, ô vous, brillante parure du ciel, toujours adorables et toujours adorés, accordez ce que vous demandent nos prières en cette époque sacrée, où les vers de la Sibylle ordonnent que des vierges choisies et de chastes jeunes gens disent un chant en l'honneur des dieux qui veillent sur les sept collines.

JEUNES GENS. Soleil nourricier, qui de ton char étincelant montres et caches le jour, qui nais toujours le même et toujours nouveau, puisses-tu ne rien voir de plus grand que Rome !

JEUNES FILLES. Toi qui ouvres, favorable, le sein maternel à l'enfant mûr pour la vie, protége les mères, Ilithye, ou Lucine, si tu préfères ce nom, ou Génitalis.

JEUNES GENS. Déesse, conserve les enfants, fais prospérer les décrets des sénateurs sur le mariage des femmes et cette loi nuptiale féconde en nouveaux citoyens ;

JEUNES FILLES. Afin que le cercle fixé de cent dix années ramène ces chants et ces jeux célébrés pendant trois jours de fête, pendant trois nuits de plaisir.

JEUNES GENS. Et vous, Parques, aux oracles véridiques, dont les immuables décrets ne sont jamais démentis par l'événement, à nos destins accomplis ajoutez des prospérités nouvelles.

JEUNES FILLES. Que la Terre fertile en fruits et en troupeaux donne à Cérès une couronne d'épis ; que, salutaires, les pluies et les saisons de Jupiter nourrissent les moissons.

MÉSODE. — JEUNES GENS. Bienveillant et propice, dépose tes traits et écoute les jeunes gens qui te supplient, Apollon.

— JEUNES FILLES. Reine des astres, Lune aux deux cornes, écoute les jeunes filles.

JEUNES GENS. Si Rome est votre ouvrage, si des bataillons troyens ont occupé le rivage étrusque, et, sur votre ordre, ont changé de dieux Lares et de ville par un voyage heureux ;

JEUNES FILLES. Lorsque, à travers Troie en flammes, le pieux Énée, survivant à sa patrie, leur eut ouvert en sûreté un chemin libre, pour leur donner plus qu'ils n'abandonnaient ;

JEUNES GENS. Dieux, accordez de bonnes mœurs à la jeu-

```
    Civilis aut vis exiget otium,
        Non ira, quæ procudit enses
            Et miseras inimicat urbes.
    Non, qui profundum Danubium bibunt.
    Edicta rumpent Julia, non Getæ,
        Non Seres infidive Persæ,
            Non Tanain prope flumen orti.
25  Nosque et profestis lucibus et sacris

        Inter jocosi munera Liberi
            Cum prole matronisque nostris,
                Rite deos prius apprecati,
            Virtute functos more patrum duces
30      Lydis remixto carmine tibiis
                Trojamque et Anchisen et almæ
                    Progeniem Veneris canemus.
```

CARMEN SÆCULARE

```
    Phœbe silvarumque potens Diana,
    Lucidum cœli decus, o colendi
    Semper et culti, date, quæ precamur
            Tempore sacro,
5   Quo Sibyllini monuere versus
    Virgines lectas puerosque castos
    Dis, quibus septem placuere colles,
            Dicere carmen.
    Alme Sol, curru nitido diem qui
10  Promis et celas aliusque et idem
    Nasceris, possis nihil urbe Roma
            Visere majus.
    Rite maturos aperire partus
    Lenis, Ilithyia, tuere matres,
15  Sive tu Lucina probas vocari
            Seu Genitalis.
    Diva, producas sobolem patrumque
    Prosperes decreta super jugandis
    Feminis prolisque novæ feraci
20          Lege marita,
    Certus undenos decies per annos
    Orbis ut cantus referatque ludos
    Ter die claro totiesque grata
```

```
            Nocte frequentes.
25  Vosque veraces cecinisse, Parcæ,
    Quod semel dictum est stabilisque rerum
    Terminus servat, bona jam peractis
            Jungite fata.
    Fertilis frugum pecorisque Tellus
30  Spicea donet Cererem corona ;
    Nutriant fœtus et aquæ salubres
            Et Jovis auræ.
    Condito mitis placidusque telo
    Supplices audi pueros, Apollo ;
35  Siderum regina bicornis, audi,
            Luna, puellas :
    Roma si vestrum est opus, Iliæque
    Litus Etruscum tenuere turmæ,
    Jussa pars mutare Lares et urbem
40          Sospite cursu,
    Cui per ardentem sine fraude Trojam
    Castus Æneas patriæ superstes
    Liberum munivit iter, daturus
            Plura relictis :
45  Di, probos mores docili juventæ,
    Di, senectuti placidæ quietem,
```

nesse docile, accordez le repos à la tranquille vieillesse, et au peuple de Romulus la richesse, et une race nombreuse, et tous les honneurs!

JEUNES FILLES. Exaucez les prières que vous fait, en vous honorant par de blanches hécatombes, l'illustre rejeton d'Anchise et de Vénus, vainqueur de l'ennemi qui résiste, clément pour l'ennemi qui se soumet!

JEUNES GENS. Voici que le Mède redoute nos armes puissantes sur mer et sur terre et les haches albaines; voici que les Scythes, orgueilleux naguère, et les Indiens viennent demander nos ordres.

JEUNES FILLES. Voici que la bonne Foi, et la Paix, et l'Honneur, et l'antique Pudeur, et la Vertu longtemps méprisée, osent revenir parmi nous, et qu'apparaît avec sa corne pleine la riche Abondance.

ÉPODE. — JEUNES GENS ET JEUNES FILLES. Le dieu prophète, Phébus à l'arc brillant, cher aux neuf Muses, et qui de son art sauveur soulage nos membres épuisés, s'il regarde d'un œil favorable son temple du Palatin, qu'il prolonge la vie de Rome et du Latium dans l'heureux siècle qui vient et dans une éternité plus heureuse encore. Que Diane, souveraine de l'Aventin et de l'Algide, accueille les prières des Quindécimvirs et prête une oreille amie aux vœux des jeunes gens. Jupiter et tous les dieux entendent nos paroles : nous en remportons chez nous la douce et ferme confiance, nous, le chœur instruit à chanter les louanges de Phébus et de Diane.

ÉPODES

I. — A MÉCÈNES

Tu iras, sur les galères de Liburnie, affronter les hauts remparts des vaisseaux, cher Mécènes, prêt à partager tous les dangers qui menacent César. Et moi? moi qui aime la vie si tu conserves la tienne, à qui elle serait à charge si tu la perdais! Resterai-je dans ce repos que tu m'ordonnes, qui ne m'est doux que si je le goûte avec toi, ou supporterai-je les fatigues de cette guerre avec la fermeté qui convient à un mâle courage? Je les supporterai : aux sommets des Alpes, à travers le Caucase inhabité, jusqu'aux rivages de l'extrême Occident, je te suivrai d'un cœur intrépide. Tu me demanderas en quoi pourraient t'aider mes travaux : je suis si peu guerrier, si peu robuste! A tes côtés je serai moins inquiet; l'inquiétude s'accroît par l'éloignement : ainsi l'oiseau qui couve ses petits encore sans plumes, loin d'eux craint davantage pour eux l'attaque des serpents, et cependant, quand il serait là, sa présence ne leur serait pas d'un plus grand secours. Volontiers je ferai cette guerre et toute autre, dans l'espoir de te plaire : non pour qu'attelées de taureaux plus nombreux mes charrues fendent le sol ; non pour que mes troupeaux, avant la brûlante Canicule, échangent contre la Lucanie les pâturages de la Calabre; non pour que ma brillante maison de campagne touche à la colline de Tusculum et à ses

<pre>
      Romulæ genti date remque prolemque
            Et decus omne !
      Quæque vos bobus veneratur albis
50   Clarus Anchisæ Venerisque sanguis,
      Impetret, bellante prior, jacentem
            Lenis in hostem !
      Jam mari terraque manus potentes
      Medus Albanasque timet secures,
55   Jam Scythæ responsa petunt, superbi
            Nuper, et Indi.
      Jam Fides et Pax et Honos Pudorque
      Priscus et neglecta redire Virtus
      Audet, apparetque beata pleno
60   Copia cornu.
      Augur et fulgente decorus arcu
</pre>

<pre>
      Phœbus acceptusque novem Camenis,
      Qui salutari levat arte fessos
            Corporis artus,
65   Si Palatinas videt æquus arces,
      Remque Romanam Latiumque felix
      Alterum in lustrum meliusque semper
            Proroget ævum.
      Quæque Aventinum tenet Algidumque,
70   Quindecim Diana preces virorum
      Curet et votis puerorum amicas
            Applicet aures.
      Hæc Jovem sentire deosque cunctos
      Spem bonam certamque domum reporto,
75   Doctus et Phœbi chorus et Dianæ
            Dicere laudes.
</pre>

EPODON LIBER

I. — AD C. CILNIUM MÆCENATEM.

<pre>
      Ibis Liburnis inter alta navium,   &
            Amice, propugnacula,
      Paratus omne Cæsaris periculum
            Subire, Mæcenas, tuo.
5   Quid nos, quibus te vita si superstite
            Jucunda, si contra, gravis?
      Utrumne jussi persequemur otium,
            Non dulce, ni tecum simul,
      An hunc laborem mente laturi, decet
10   Qua ferre non molles viros?
      Feremus et te vel per Alpium juga
            Inhospitalem et Caucasum
      Vel Occidentis usque ad ultimum sinum
            Forti sequemur pectore.
15   Roges, tuum labore quid juvem meo,
            Imbellis ac firmus parum?
      Comes minore sum futurus in metu,
            Qui major absentes habet ;
      Ut assidens implumibus pullis avis
20   Serpentium allapsus timet
      Magis relictis, non, ut adsit, auxili
            Latura plus præsentibus.
      Libenter hoc et omne militabitur
            Bellum in tuæ spem gratiæ, ·
25   Non ut juvencis illigata pluribus
            Aratra nitantur mea,
      Pecusve Calabris ante sidus fervidum
            Lucana mutet pascuis,
      Neque ut superni villa candens Tusculi
30   Circæa tangat mœnia.
</pre>

murailles fondées par le fils de Circé. Assez et plus m'a enrichi ta bienveillance : je ne veux pas amasser des trésors pour les enfouir comme l'avare Chrémès, ou pour les dissiper comme un jeune prodigue à la toge flottante.

II. — ALFIUS.

« Heureux l'homme qui, loin des affaires, ainsi que les mortels des premiers âges, travaille avec ses propres bœufs le champ paternel et vit affranchi de toute usure; qui, soldat, ne s'éveille pas au son du clairon menaçant; qui ne redoute pas la colère des flots; qui évite le Forum et le seuil superbe des citoyens puissants. Mais il marie aux grands peupliers les adultes rejetons de la vigne; ou bien, dans un vallon retiré, il regarde les troupeaux errants qui mugissent, et, coupant avec la serpe les branches inutiles, il greffe des rameaux plus féconds; ou bien il renferme dans des amphores pures le miel exprimé des gâteaux; ou bien il tond ses faibles brebis : quand l'Automne a levé dans les campagnes sa tête parée de doux fruits, quel plaisir de cueillir les poires qu'il a greffées, de cueillir la grappe qui le dispute à la pourpre pour te l'offrir, Priape, et à toi, vénérable Silvain, gardien des limites! Il aime à se coucher tantôt sous une yeuse antique, tantôt sur un épais gazon : cependant les eaux coulent entre leurs rives élevées, dans les arbres gazouillent les oiseaux, et l'onde des sources murmure auprès de lui en s'échappant, ce qui appelle les doux sommeils. Mais, quand la saison d'hiver, envoyée par Jupiter tonnant, amène les pluies et les neiges, il rabat avec une meute nombreuse les sangliers furieux vers les filets qui leur barrent le passage; ou sur une perche polie il tend des rêts à larges mailles, piéges dressés aux grives gourmandes; ou il prend au lacet le lièvre timide et la grue étrangère à nos climats, butin agréable au chasseur. Qui, dans de telles occupations, n'oublierait les tourments et les soucis de l'amour?

Que si une chaste femme de son côté prend soin de la maison et des enfants chéris, telle qu'une Sabine ou l'épouse brûlée par le soleil de l'agile Apulien; si elle remplit de bois sec le foyer sacré, pour le retour de son mari fatigué; si, renfermant dans des claies tressées les gras troupeaux, elle tarit leurs mamelles gonflées de lait, et, tirant d'une tonne aimée le vin de l'année, elle prépare des mets qui n'ont rien coûté : non, je n'aimerais pas davantage les huîtres du Lucrin, ni le turbot, ni le sarget, si la tempête qui tonne sur les mers de l'Orient en pousse vers nos parages; non, l'oiseau d'Afrique, la gelinotte d'Ionie ne flatteraient pas plus mon estomac que l'olive cueillie sur les rameaux les plus gras, que l'oseille amante des prairies, que la mauve salutaire au corps incommodé, qu'un agneau immolé aux fêtes du dieu Terme ou un chevreau arraché au loup. Au milieu de ce repas, qu'il est doux de voir ses brebis rassasiées revenir en se pressant au logis, de voir les bœufs fatigués traîner d'un cou languissant le soc retourné, et les esclaves domestiques, essaim d'une riche maison, assis autour des Lares brillants! » Ayant ainsi parlé, l'usurier Alfius, tout près de se faire paysan, fait rentrer aux Ides tout son argent, mais pour les Calendes cherche à le replacer.

III. — A MÉCÈNES.

Si jamais d'une main sacrilége quelqu'un a étranglé son vieux père, qu'il mange d'un ail plus funeste que la ciguë. O rudes entrailles des moissonneurs! Quel est le venin qui brûle mes intestins? Est-ce qu'à mon insu l'on a fait cuire ces herbes dans le sang d'une vipère; ou Canidie a-t-elle apprêté ce mets empoisonné? Quand Médée s'éprit du chef qui brillait au-dessus de tous les Argonautes, c'est de ce poison sans doute qu'elle enduisit Jason afin qu'il pût lier les taureaux au joug qu'ils ne connaissaient pas; sans doute elle en imprégna les dons qui la vengèrent de sa rivale, avant de

---

Satis superque me benignitas tua
  Ditavit : haud paravero,
Quod aut avarus ut Chremes terra premam,
  Discinctus aut perdam nepos.

II. — ALFIUS.

Beatus ille, qui procul negotiis,
  Ut prisca gens mortalium,
Paterna rura bobus exercet suis,
  Solutus omni fœnore,
5 Neque excitatur classico miles truci,
  Neque horret iratum mare,
Forumque vitat et superba civium
  Potentiorum limina.
Ergo aut adulta vitium propagine
10 Altas maritat populos,
Aut in reducta valle mugientium
  Prospectat errantes greges,
Inutilesque falce ramos amputans
  Feliciores inserit,
15 Aut pressa puris mella condit amphoris,
  Aut tondet infirmas oves;
Vel cum decorum mitibus pomis caput
  Autumnus agris extulit,
Ut gaudet insitiva decerpens pyra,
20 Certantem et uvam purpuræ,
Qua muneretur te, Priape, et te, pater
  Silvane, tutor finium!
Libet jacere modo sub antiqua ilice,
  Modo in tenaci gramine.
25 Labuntur altis interim ripis aquæ,
  Queruntur in silvis aves,
Fontesque lymphis obstrepunt manantibus,
  Somnos quod invitet leves.
At cum tonantis annus hibernus Jovis
30 Imbres nivesque comparat,
Aut trudit acres hinc et hinc multa cane
  Apros in obstantes plagas,
Aut amite levi rara tendit retia,
  Turdis edacibus dolos,
35 Pavidumque leporem et advenam laqueo gruem
  Jucunda captat præmia.
Quis non malarum, quas amor curas habet,
  Hæc inter obliviscitur?
Quod si pudica mulier in partem juvet
40 Domum atque dulces liberos,

Sabina qualis aut perustá solibus
  Pernicis uxor Apuli,
Sacrum vetustis exstruat lignis focum
  Lassi sub adventum viri,
45 Claudensque textis cratibus lætum pecus
  Distenta siccet ubera,
Et horna dulci vina promens dolio
  Dapes inemptas apparet :
Non me Lucrina juverint conchylia
50 Magisve rhombus aut scari,
Si quos Eois intonata fluctibus
  Hiems ad hoc vertat mare;
Non Afra avis descendat in ventrem meum,
  Non attagen Ionicus
55 Jucundior, quam lecta de pinguissimis
  Oliva ramis arborum
Aut herba lapathi prata amantis et gravi
  Malvæ salubres corpori,
Vel agna festis cæsa Terminalibus
60 Vel hœdus ereptus lupo.
Has inter epulas ut juvat pastas oves
  Videre properantes domum,
Videre fessos vomerem inversum boves
  Collo trahentes languido,
65 Positosque vernas, ditis examen domus,
  Circum renidentes Lares !
Hæc ubi locutus fœnerator Alfius,
  Jam jam futurus rusticus,
Omnem redegit Idibus pecuniam,
70 Quærit Calendis ponere.

III. — AD C. CILNIUM MÆCENATEM.

Parentis olim si quis impia manu
  Senile guttur fregerit,
Edit cicutis allium nocentius.
  O dura messorum ilia!
5 Quid hoc veneni sævit in præcordiis?
  Num viperinus his cruor
Incoctus herbis me fefellit? an malas
  Canidia tractavit dapes?
Ut Argonautas præter omnes candidum
10 Medea mirata est ducem,
Ignota tauris illigaturum juga
  Perunxit hoc Jasonem,
Hoc delibutis ulta donis pellicem
  Serpente fugit alite.

s'enfuir portée par des serpents ailés. Jamais astre ne fit peser une pareille chaleur sur l'Apulie altérée; le présent attaché aux épaules de l'infatigable Hercule n'y brûla pas plus dévorant. Si jamais il te prend envie d'un semblable régal, enjoué Mécènes, puisse ta maîtresse opposer sa main à ton baiser, puisse-t-elle se coucher à l'extrémité du lit!

IV. — CONTRE VÉDIUS RUFUS.

Autant la nature a mis de haine entre les loups et les agneaux, autant j'en ai pour toi, esclave dont les flancs portent la trace des fouets d'Ibérie et les jambes la marque des entraves. Tu as beau promener ton opulence superbe : la fortune ne change pas ta naissance. Vois-tu, tandis que tu balayes la voie Sacrée avec ta toge large de trois aunes, vois-tu comme les passants détournent la vue, pleins d'une libre indignation? Ce misérable déchiré par les verges des triumvirs jusqu'à en fatiguer le héraut, c'est lui qui laboure à Falerne mille arpents de terre, c'est lui dont les mulets foulent la voie Appienne : le voilà, chevalier puissant, assis aux premières places, au mépris des lois d'Othon. Allez donc avec vos lourds navires, avec vos proues d'airain, allez combattre les corsaires et les esclaves fugitifs : et lui! lui, il sera le tribun des soldats!

V. — CONTRE CANIDIE.

« Mais, par tous les dieux du ciel qui gouvernent le monde et le genre humain, pourquoi ce tumulte? Pourquoi tous ces regards farouches dirigés sur moi seul? Au nom de tes enfants, si Lucine invoquée t'a assisté dans de vrais accouchements; au nom de ma pourpre, inutile ornement; au nom de Jupiter qui ne saurait t'approuver, pourquoi me regarder comme une marâtre, comme une bête sauvage atteinte par le fer? » Ayant ainsi gémi d'une voix tremblante, l'enfant s'arrêta : elles avaient dépouillé de ses insignes son corps im-

pubère, dont l'aspect eût attendri le cœur sans pitié des Thraces. Alors Canidie, la chevelure en désordre et enlacée de petites vipères, fait placer sur des flammes magiques des branches de figuier sauvage arrachées aux tombeaux, des cyprès funèbres, les plumes d'une chouette nocturne et ses œufs teints du sang d'une hideuse grenouille, des herbes qu'envoient Iolcos et l'Ibérie féconde en poisons, et des os enlevés à la gueule d'une chienne affamée. De son côté, Laguna, la robe liée, parcourt toute la maison et y répand de l'eau puisée au lac Averne : ses cheveux sont hérissés comme les piquants d'un oursin ou les soies d'un rapide sanglier. Véia, insensible à tout sentiment de son crime, creusait le sol avec un hoyau, haletante, épuisée, et préparait une fosse, où l'enfant enterré pût expirer en présence de mets deux et trois fois renouvelés dans la durée d'un long jour, tandis que son visage seul dépasserait la terre, comme on voit la tête des nageurs élevée au-dessus de l'eau qui les soutient. Sa moelle flétrie et son foie desséché doivent devenir un philtre d'amour, dès que ses yeux se seront consumés à se fixer sur des aliments qu'il ne peut atteindre. Naples, la ville oiseuse, et tous les endroits du voisinage racontent que là se trouvait aussi Folia d'Ariminum, amoureuse de voluptés d'un autre sexe, et qui de sa voix magique fait descendre du ciel la lune et les astres enchantés. Alors la cruelle Canidie rongeant de sa dent livide son pouce dont l'ongle n'a pas été coupé, que dit-elle ou ne dit-elle pas? « O vous, témoins fidèles de mes secrets, Nuit, et toi, Diane, déesse du silence, à l'heure où se font les mystérieux enchantements, soyez, soyez propices, et tournez votre colère contre les maisons de mes ennemis! Tandis que dans l'horreur des forêts se cachent les bêtes sauvages assoupies par un doux sommeil, que les chiennes de Subura aboient après ce vieillard, ridicule amoureux, parfumé d'un nard tel que mes mains n'en sauraient préparer de plus parfait! Mais qu'est-il arrivé? Pourquoi les ter-

---

15   Nec tantus unquam siderum insedit vapor
        Siticulosæ Apuliæ,
    Nec munus humeris efficacis Herculis
        Inarsit æstuosius.
20   At si quid unquam tale concupiveris,
        Jocose Mæcenas, precor,
    Manum puella savio opponat tuo,
        Extrema et in sponda cubet.

IV. — IN VEDIUM RUFUM.

    Lupis et agnis quanta sortito obtigit,
        Tecum mihi discordia est,
    Ibericis peruste funibus latus
        Et crura dura compede.
5   Licet superbus ambules pecunia,
        Fortuna non mutat genus.
    Videsne, Sacram metiente te viam
        Cum bis trium ulnarum toga,
    Ut ora vertat huc et huc euntium
10   Liberrima indignatio?
    Sectus flagellis hic triumviralibus
        Præconis ad fastidium
    Arat Falerni mille fundi jugera
        Et Appiam mannis terit,
15   Sedilibusque magnus in primis eques
        Othone contempto sedet!
    Quid attinet tot ora navium gravi
        Rostrata duci pondere
    Contra latrones atque servilem manum
20   Hoc, hoc tribuno militum?

V. — IN CANIDIAM.

    At, o deorum quidquid in cœlo regit
        Terras et humanum genus,
    Quid iste fert tumultus? aut quid omnium
        Vultus in unum me truces?
5   Per liberos te, si vocata partubus
        Lucina veris adfuit,
    Per hoc inane purpuræ decus precor,
        Per improbaturum hæc Jovem,
    Quid ut noverca me intueris aut uti
10   Petita ferro bellua?
    Ut hæc trementi questus ore constitit
        Insignibus raptis puer,
    Impube corpus, quale posset impia
        Mollire Thracum pectora,

15   Canidia, brevibus implicata viperis
        Crines et incomptum caput,
    Jubet sepulcris caprificos erutas,
        Jubet cupressus funebres
    Et uncta turpis ova ranæ sanguine
20   Plumamque nocturnæ strigis
    Herbasque, quas Iolcos atque Iberia
        Mittit venenorum ferax,
    Et ossa ab ore rapta jejunæ canis
        Flammis aduri Colchicis.
25   At expedita Sagana per totam domum
        Spargens Avernales aquas
    Horret capillis ut marinus asperis
        Echinus aut currens aper.
    Abacta nulla Veia conscientia
30   Ligonibus duris humum
    Exhauriebat ingemens laboribus,
        Quo posset infossus puer
    Longo die bis terque mutatæ dapis
        Inemori spectaculo,
35   Cum promineret ore, quantum exstant aqua
        Suspensa mento corpora;
    Exsucta uti medulla et aridum jecur
        Amoris esset poculum,
    Interminato cum semel fixæ cibo
40   Intabuissent pupulæ.
    Non defuisse masculæ libidinis
        Ariminensem Foliam
    Et otiosa credidit Neapolis
        Et omne vicinum oppidum,
45   Quæ sidera excantata voce Thessala
        Lunamque cœlo deripit.
    Hic irresectum sæva dente livido
        Canidia rodens pollicem
    Quid dixit aut quid tacuit? O rebus meis
50   Non infideles arbitræ,
    Nox et Diana, quæ silentium regis,
        Arcana cum fiunt sacra,
    Nunc, nunc adeste, nunc in hostiles domos
        Iram atque numen vertite!
55   Formidolosis dum latent silvis feræ
        Dulci sopore languidæ,
    Senem, quod omnes rideant, adulterum
        Latrent Suburanæ canes
    Nardo perunctum, quale non perfectius
60   Meæ laborarint manus. —

ribles poisons de la barbare Médée ont-ils perdu leur force, ces poisons qui, au moment de sa fuite, la vengèrent de sa superbe rivale, la fille du grand Créon, quand des habits, présent imprégné de venin, consumèrent la nouvelle épouse? Pourtant je ne me suis point trompée en cueillant l'herbe et la racine cachées dans des lieux escarpés. Il dort dans un lit que j'ai enveloppé de l'oubli de toute autre maitresse. Quoi! il sort, délivré par le chant d'une magicienne plus habile. Varus, tu verseras bien des larmes: je saurai, pour te ramener à moi, trouver des philtres inconnus, et ce ne sera pas un chant marse qui me rendra ton cœur. Je vais préparer, je vais répandre dans ton âme dédaigneuse un charme plus puissant: et l'on verra plutôt le ciel s'abaisser au-dessous des mers, la terre s'étendre sur les flots, que toi ne point brûler pour moi d'un amour pareil aux feux noirs du bitume. » A ces mots, l'enfant, n'essayant plus d'attendrir les sacriléges par de douces paroles et ne sachant par quoi rompre le silence, poussa ces imprécations dignes de Thyeste. « Les lois du juste et de l'injuste, d'après les sentiments humains, ne peuvent fléchir vos enchantements; c'est de malédictions que je vous frapperai: il n'est point de victime qui puisse en détourner le terrible effet. Dévoué à la mort, quand j'aurai expiré, spectre vengeur dans la nuit je m'offrirai à vous; ombre, de mes ongles recourbés, j'attaquerai votre visage: car c'est la puissance que les dieux donnent aux mânes. Dans les rues, la foule acharnée sur vous, vieilles maudites, vous jettera des pierres; les loups et les oiseaux de l'Esquilin déchireront vos membres sans sépulture, et mes parents, hélas! après ma mort, se réjouiront à ce spectacle. »

VI. — CONTRE CASSIUS SÉVÉRUS.

Pourquoi aboyer contre des étrangers inoffensifs, chien sans courage devant les loups? Tourne contre moi, si tu l'oses, tes vaines menaces, et mords qui sait mordre à son tour. Tel que le molosse ou le fauve chien de Laconie, compagnons aimés des bergers, dressant l'oreille je poursuivrai par les neiges et par la montagne la bête sauvage qui fuira devant moi : mais toi, quand tu as rempli la forêt de ta voix redoutable, tu viens flairer l'appât qu'on te jette. Prends garde, prends garde : je hais les méchants et je sais frapper de la corne, aussi bien que le gendre dédaigné du perfide Lycambe, ou l'impitoyable ennemi de Bupalus. Eh quoi! si l'on me déchire d'une dent envenimée, faut-il pleurer sans vengeance comme un faible enfant?

VII. — AUX ROMAINS.

Impies, où courez-vous? Pourquoi tirer et ressaisir le glaive au fourreau? Le sang romain n'a-t-il pas assez coulé sur la plaine et sur l'onde? Encore était-ce pour renverser les murailles superbes d'une Carthage rivale? Etait-ce pour que le Breton indompté descendît enchaîné la voie Sacrée? Non, c'était pour qu'au gré des vœux du Parthe, Rome pérît de ses propres mains. Mais les lions et les loups sauvages ne traitent pas ainsi leurs semblables! Est-ce aveugle fureur? est-ce entraînement invincible? est-ce crime? Répondez! Ils se taisent : une pâleur livide a couvert leurs visages; l'étonnement a glacé leurs esprits. Il n'est que trop vrai : un destin cruel, la vengeance du meurtre d'un frère aveugle les Romains, depuis que cette terre s'est abreuvée du sang innocent de Rémus qui est retombé sur l'avenir.

VIII. — CONTRE UNE VIEILLE DÉBAUCHÉE.

Et tu me demandes, toi qui pues un long siècle, ce qui amollit ma vigueur! Mais tes dents sont noires, mais la vieillesse a labouré ton front de rides, mais ton anus difforme bâille entre deux fesses desséchées comme celui d'une vache qui digère mal. Le bel excitant que ta gorge, que tes mamelles

---

```
     Quid accidit? Cur dira barbaræ minus
       Venena Medeæ valent?
     Quibus superbam fugit ulta pellicem,
       Magni Creontis filiam,
65   Cum palla, tabo munus imbutum, novam
       Incendio nuptam abstulit.
     Atqui nec herba nec latens in asperis
       Radix fefellit me locis.
     Indormit unctis omnium cubilibus
70     Oblivione pellicum. —
     Ah ah! solutus ambulat veneficæ
       Scientioris carmine.
     Non usitatis, Vare, potionibus,
       O multa fleturum caput,
75   Ad me recurres, nec vocata mens tua
       Marsis redibit vocibus :
     Majus parabo, majus infundam tibi
       Fastidienti poculum,
     Priusque cœlum sidet inferius mari,
80     Tellure porrecta super,
     Quam non amore sic meo flagres uti
       Bitumen atris ignibus. —
     Sub hæc puer jam non ut ante mollibus
       Lenire verbis impias,
85   Sed dubius unde rumperet silentium
       Misit Thyesteas preces :
     Venena magnum fas nefasque non valent
       Convertere humanam vicem;
     Diris agam vos; dira detestatio
90     Nulla expiatur victima.
     Quin, ubi perire jussus exspiravero,
       Nocturnus occurram furor
     Petamque vultus umbra curvis unguibus,
       Quæ vis deorum est Manium,
95   Et inquietis assidens præcordiis
       Pavore somnos auferam.
     Vos turba vicatim hinc et hinc saxis petens
       Contundet obscenas anus;
     Post insepulta membra different lupi
100    Et Esquilinæ alites;
     Neque hoc parentes heu mihi superstites
       Effugerit spectaculum.
```

VI. — IN CASSIUM SEVERUM.

```
     Quid immerentes hospites vexas canis
       Ignavus adversum lupos?
     Quin huc inanes, si potes, vertis minas,
       Et me remorsurum petis?
5    Nam qualis aut Molossus aut fulvus Lacon,
       Amica vis pastoribus,
     Agam per altas aure sublata nives,
       Quæcunque præcedet fera :
     Tu, cum timenda voce complesti nemus,
10     Projectum odoraris cibum.
     Cave, cave : namque in malos asperrimus
       Parata tollo cornua,
     Qualis Lycambæ spretus infido gener
       Aut acer hostis Bupalo.
15   An, si quis atro dente me petiverit,
       Inultus ut flebo puer?
```

VII. — AD ROMANOS.

```
     Quo, quo scelesti ruitis? aut cur dexteris
       Aptantur enses conditi?
     Parumne campis atque Neptuno super
       Fusum est Latini sanguinis,
5    Non, ut superbas invidæ Carthaginis
       Romanus arces ureret,
     Intactus aut Britannus ut descenderet
       Sacra catenatus via,
     Sed ut secundum vota Parthorum sua
10     Urbs hæc periret dextera?
     Neque hic lupis mos nec fuit leonibus
       Unquam nisi in dispar feris.
     Furorne cæcus, an rapit vis acrior?
       An culpa? Responsum date! —
15   Tacent et albus ora pallor inficit
       Mentesque perculsæ stupent.
     Sic est : acerba fata Romanos agunt
       Scelusque fraternæ necis,
     Ut immerentis fluxit in terram Remi
20     Sacer nepotibus cruor.
```

VIII. — IN ANUM LIBIDINOSAM.

```
     Rogare longo putidam te sæculo,
       Vires quid enervet meas?
     Cum sit tibi dens ater et rugis vetus
       Frontem senectus exaret,
5    Hietque turpis inter aridas nates
       Podex velut crudæ bovis.
     Sed incitat me pectus et mammæ putres,
```

pendantes, pareilles à celles d'une jument, et que ton ventre flasque, et que tes cuisses grêles posées sur des mollets bouffis. Sois opulente, que de triomphales images mènent tes funérailles, et que nulle matrone ne se promène chargée de perles plus rondes. Que dis-je? les livres des Stoïciens aiment à reposer sur tes coussins de soie. Mais mes nerfs illettrés en sont-ils moins engourdis, ou mon membre moins languissant? Pour le faire sortir de mon flanc dédaigneux, il te faut travailler de la bouche.

IX. — A MÉCÈNES.

Joyeux de la victoire de César, quand pourrai-je, — ainsi le veut Jupiter, — quand pourrai-je, heureux Mécènes, boire avec toi, sous tes riches lambris, le Cécube réservé pour les jours de fête, tandis que la lyre et la flûte uniront leurs accords, la lyre dorienne et la flûte barbare? Ainsi nous buvions naguère, quand le fils de Neptune, loin de sa flotte brûlée, s'enfuit sur les flots : lui qui osait menacer Rome des fers qu'il avait enlevés aux esclaves, ses perfides amis! Des Romains, — siècles à venir, vous refuserez de le croire, — des soldats, esclaves d'une femme, portent pour elle les pieux et les armes; ils ont le cœur d'obéir à des eunuques ridés, et, parmi les enseignes militaires, le soleil, ô infamie! le soleil a vu flotter les gazes de l'Orient. A cette vue, les Gaulois frémissants passent dans nos rangs avec deux mille cavaliers et saluent le nom de César; les vaisseaux ennemis tournent à gauche et se cachent dans le port. Io Triomphe, pourquoi faire attendre et le char doré et les génisses indomptées? Io Triomphe, jamais tu ne ramenas aussi grand général, ni le vainqueur de Jugurtha, ni Scipion l'Africain, à qui le courage éleva un tombeau sur les ruines de Carthage. Vaincu sur terre et sur mer, l'ennemi a changé sa pourpre pour des habits de deuil. Il fuit, poussé par les vents contraires vers Crète aux cent villes, vers les Syrtes tourmentées par le

Notus, où il erre incertain sur les flots. Esclave, apporte des coupes plus profondes, les vins de Chios ou de Lesbos; ou mesure-nous le Cécube qui raffermit le cœur affadi : noyons dans la douce liqueur de Bacchus les soucis et la crainte que nous avions pour César.

X. — CONTRE LE POÈTE MÉVIUS.

Il part, il a quitté le port sous de mauvais présages, le vaisseau qui porte l'infect Mévius : Auster, n'oublie pas de fouetter les flancs de son navire sous la vague écumante. Que le noir Eurus bouleverse les flots, qu'il emporte les câbles et les rames brisées; que l'Aquilon se lève aussi furieux que lorsqu'au sommet des montagnes il brise les chênes tremblants. Qu'au milieu de la nuit sombre aucun astre ami ne brille là où se couche le funeste Orion. Que la mer soit pour lui aussi terrible que pour les Grecs victorieux, quand Pallas tourna sa colère des murs détruits d'Ilion sur le vaisseau impie d'Ajax. Je vois la sueur qui coule sur les membres de tes matelots; je vois ta pâleur livide; j'entends tes plaintes de femme, tes prières que repousse Jupiter, quand la mer d'Ionie, mugissante au souffle de l'humide Notus, aura brisé ton navire. Si ta grasse dépouille, étendue sur le rivage, vient à régaler les plongeons, je jure d'immoler aux Tempêtes un bouc impétueux et une jeune brebis.

XI. — A PETTIUS.

Pettius, je ne trouve plus de charmes, comme jadis, à écrire des vers : l'amour m'a frappé, l'amour qui se plaît à me choisir entre tous, à m'enflammer pour de jeunes garçons ou pour de jeunes filles. Déjà trois fois Décembre a emporté la dépouille de nos bois depuis que j'ai cessé de brûler pour Inachie. Hélas, il m'en souvient à ma honte, j'étais devenu la fable de la Ville Il me souvient de ces repas où ma langueur,

---

Equina quales ubera,
Venterque mollis et femur tumentibus
Exile suris additum !

10

Esto beata, funus atque imagines
Ducant triumphales tuum,
Nec sit marita, quæ rotundioribus
Onusta baccis ambulet.

15

Quid quod libelli Stoici inter sericos
Jacere pulvillos amant?
Illiterati num minus nervi rigeat,
Minusve languet fascinum?

20

Quod ut superbo provoces ab inguine,
Ore allaborandum est tibi.

IX. — AD C. CILNIUM MÆCENATEM.

Quando repostum Cæcubum ad festas dapes
Victore lætus Cæsare
Tecum sub alta — sic Jovi gratum — domo,
Beate Mæcenas, bibam

5

Sonante mixtum tibiis carmen lyra,
Hac Dorium, illis barbarum?
Ut nuper, actus cum freto Neptunius
Dux fugit ustis navibus,

10

Minatus Urbi vincla, quæ detraxerat
Servis amicus perfidis.
Romanus, eheu, — posteri negabitis, —
Emancipatus feminæ

15

Fert vallum et arma miles et spadonibus
Servire rugosis potest,
Interque signa turpe militaria
Sol adspicit conopium.

Ad hoc frementes verterunt bis mille equos
Galli, canentes Cæsarem,
Hostiliumque navium portu latent
Puppes sinistrorsum citæ.

20

Io Triumphe, tu moraris aureos
Currus et intactas boves?
Io Triumphe, nec Jugurthino parem
Bello reportasti ducem,

25

Neque Africanum, cui super Carthaginem
Virtus sepulcrum condidit.
Terra marique victus hostis punico
Lugubre mutavit sagum.

30

Aut ille centum nobilem Cretam urbibus
Ventis iturus non suis.

Exercitatas aut petit Syrtes Noto,
Aut fertur incerto mari.
Capaciores affer huc, puer, scyphos
Et Chia vina aut Lesbia.

55

Vel, quod fluentem nauseam coercoat,
Metire nobis Cæcubum :
Curam metumque Cæsaris rerum juvat
Dulci Lyæo solvere.

X. — IN MÆVIUM POETAM.

Mala soluta navis exit alite,
Ferens olentem Mævium :
Ut horridis utrumque verberes latus,
Auster, memento fluctibus!

5

Niger rudentes Eurus inverso mari
Fractosque remos differat;
Insurgat Aquilo, quantus altis montibus
Frangit trementes ilices;

Nec sidus atra nocte amicum appareat,
Qua tristis Orion cadit;

10

Quietiore nec feratur æquore,
Quam Graia victorum manus,
Cum Pallas usto vertit iram ab Ilio
In impiam Ajacis ratem!

15

O quantus instat navitis sudor tuis
Tibique pallor luteus
Et illa non virilis ejulatio,
Preces et aversum ad Jovem,

Ionius udo cum remugiens sinus
Noto carinam ruperit!

20

Opima quod si præda curvo litore
Porrecta mergos juveris,
Libidinosus immolabitur caper
Et agna Tempestatibus.

XI. — AD PETTIUM.

Petti, nihil me sicut antea juvat
Scribere versiculos amore percussum gravi,
Amore, qui me præter omnes expetit
Mollibus in pueris aut in puellis urere.

5

Hic tertius December, ex quo destiti
Inachia furere, silvis honorem decutit.
Heu me, per Urbem — nam pudet tanti mali --
Fabula quanta fui! Conviviorum et pœnitet,

mon silence et des soupirs poussés du fond de la poitrine trahissaient mon amour. « Faut-il que le cœur sincère du pauvre soit méprisé pour de l'or ! » c'est ainsi que je me plaignais et pleurais près de toi quand le dieu de la franchise imprudente faisait sortir mes secrets de ma tête échauffée par le vin. « Oh ! si une libre indignation pouvait bouillonner au fond de mes entrailles ; si elle pouvait jeter aux vents toutes ces illusions impuissantes, remèdes inutiles à ma blessure : j'étoufferais ma fausse honte et cesserais de lutter avec d'indignes rivaux. » Ainsi ferme devant toi, je prenais mon parti : tu me renvoyais, et d'un pas chancelant je me dirigeais vers cette porte, hélas ! si cruelle, et dont le seuil inexorable a tant de fois brisé mes membres et mes flancs. Maintenant j'aime Lyciscus, dont la molle élégance se vante de surpasser toute beauté de femme. Ni les libres conseils de mes amis, ni leurs vives railleries, ne sauraient m'en détacher : rien, si ce n'est un autre amour pour une blanche jeune fille ou pour un bel adolescent qui noue en arrière sa longue chevelure.

XII. — CONTRE UNE VIEILLE DÉBAUCHÉE.

Que veux-tu, ô femme tout à fait digne des noirs éléphants ? Pourquoi m'envoyer des présents, des tablettes, à moi qui n'ai ni la vigueur de la jeunesse, ni le nez bouché ? Je flaire avec une infaillible sagacité le polype ou l'odeur empestée du bouc qui se niche sous tes aisselles velues, comme le chien ardent flaire la bauge du sanglier. Quelle sueur, quels parfums exécrables s'échappent à flots de ton corps décharné, quand, trahie par un membre détendu, tu cherches à apaiser ta fureur indomptable ; quand, dégouttant la craie humide, et ton teint composé avec la fiente de crocodile, et que tout en rut, tu fais craquer ton lit et tes couvertures ! Et quand elle poursuit mes dédains par des reproches amers : « Tu es moins languissant avec Inachie qu'avec moi ; avec Inachie, tu as de la vigueur trois fois par nuit, et avec moi c'est presque trop d'une pour ta mollesse. Que la fièvre étrangle Lesbie ! je cherchais un taureau, elle m'indique un être sans ressort. Et Amyntas de Cos était sous ma main ;

Amyntas, dont le membre infatigable est plus solidement planté que le jeune arbre sur la colline. Pour qui avais-je, avec tant d'empressement, préparé ces étoffes de laine deux fois teintes dans la pourpre de Tyr ? Pour toi, pour toi, afin que nul convive, parmi ceux de ton âge, ne fût plus cher que toi à sa maîtresse ! Malheureuse que je suis, tu me fuis comme la brebis fuit le loup cruel, et la chèvre le lion ! »

XIII. — A SES AMIS.

La tempête assombrit et resserre l'horizon ; le ciel descend en torrents de neige et de pluie ; du fond de la Thrace, l'Aquilon vient balayer les flots et les forêts. Amis, saisissons l'occasion au passage ; tandis que nos jarrets sont encore verts et qu'il nous sied de le faire, que les fronts s'éclaircissent et qu'on chasse la vieillesse. Allons, tire du cellier un vin qui date, comme moi, du consulat de Torquatus : que t'importe le reste ? peut-être un dieu favorable nous ramènera de plus beaux jours. Maintenant il faut se parfumer de nard achéménien, et, aux sons de la lyre de Cyllène, dissiper les cruelles inquiétudes, ainsi que le fameux Centaure le disait autrefois à son élève à la haute taille : « Guerrier invaincu, enfant né mortel de la divine Thétis, la terre d'Assaracus t'appelle, la terre que traversent les eaux fraîches de l'humble Scamandre et le rapide Simoïs : de leur trame immuable, les Parques t'en ont coupé le retour, et ta mère azurée ne te ramènera point chez toi. Là, charme les soucis par le vin et les chants, doux consolateurs de la sombre mélancolie. »

XIV. — A MÉCÈNES.

Tu me demandes pourquoi une molle langueur a versé l'oubli jusqu'au plus profond de ma poitrine, comme si mes lèvres altérées avaient bu le sommeil aux ondes du Léthé : cher Mécènes, tu m'assassines de cette éternelle question. C'est un dieu, un dieu, te dis-je, qui m'empêche de mettre la dernière main à ces iambes promis depuis si longtemps. Ainsi, dit-on, Anacréon de Téos brûla pour Bathylle de Samos, et sur sa lyre harmonieuse soupira plus d'une fois ses

---

In quis amantem languor et silentium
    Arguit et latere petitus imo spiritus.
Contrane lucrum nil valere candidum
    Pauperis ingenium ? querebar apploraus tibi,
Simul calentis inverecundus deus
    Fervidiore mero arcana promorat loco.
15 Quod si meis inæstuet præcordiis
    Libera bilis, ut hæc ingrata ventis dividat
Fomenta vulnus nil malum levantia,
    Desinet imparibus certare submotus pudor.
Ubi hæc severus te palam laudaveram,
20   Jussus abire domum ferebar incerto pede
Ad non amicos heu mihi postes et heu
    Limina dura, quibus lumbos et infregi latus.
Nunc gloriantis quamlibet mulierculam
    Vincere mollitie amor Lycisci me tenet,
25 Unde expedire non amicorum queant
    Libera consilia nec contumeliæ graves,
Sed alius ardor aut puellæ candidæ
    Aut teretis pueri longam renodantis comam.

XII. — IN ANUM LIBIDINOSAM.

Quid tibi vis, mulier nigris dignissima barris ?
    Munera quid mihi quidve tabellas
Mittis nec firmo juveni neque naris obesæ ?
    Namque sagacius unus odoror,
5 Polypus an gravis hirsutis cubet hircus in alis,
    Quam canis acer, ubi lateat sus.
Qui sudor vietis et quam malus undique membris
    Crescit odor, cum pene soluto
Indomitam properat rabiem sedare ; neque illi
10   Jam manet humida creta colorque
Stercore fucatus crocodili, jamque subando
    Tenta cubilia tectaque rumpit !
Vel mea cum sævis agitat fastidia verbis :
    Inachia langues minus, ac me ;
15 Inachiam ter nocte potes, mihi semper ad unum
    Mollis opus. Pereat male, quæ te
Lesbia quærenti taurum monstravit inertem,
    Cum mihi Cous adesset Amyntas,
Cujus in indomito constantior inguine nervus

20   Quam nova collibus arbor inhæret.
Muricibus Tyriis iteratæ vellera lanæ
    Cui properabantur ? Tibi nempe,
Ne foret æquales inter conviva, magis quem
    Diligeret mulier sua quam te.
25 O ego non felix, quam tu fugis, ut pavet acres
    Agna lupos capræque leones !

XIII. — AD AMICOS.

Horrida tempestas cœlum contraxit et imbres
    Nivesque deducunt Jovem ; nunc mare, nunc silvæ
Threicio Aquilone sonant : rapiamus, amici
    Occasionem de die : dumque virent genua
5 Et decet, obducta solvatur fronte senectus.
    Tu vina Torquato move consule pressa meo.
Cetera mitté loqui : deus hæc fortasse benigna
    Reducet in sedem vice. Nunc et Achæmenio
Perfundi nardo juvat et fide Cyllenea
10   Levare diris pectora sollicitudinibus ;
Nobilis ut grandi cecinit Centaurus alumno :
    Invicte, mortalis dea nate puer Thetide,
Te manet Assaraci tellus, quam frigida parvi
    Findunt Scamandri flumina lubricus et Simois,
15 Unde tibi reditum certo subtemine Parcæ
    Rupere, nec mater domum cærula te revehet.
Illic omne malum vino cantuque levato,
    Deformis ægrimoniæ dulcibus alloquiis.

XIV. — AD C. CILNIUM MÆCENATEM.

Mollis inertia cur tantam diffuderit imis
    Oblivionem sensibus,
Pocula Lethæos ut si ducentia somnos
    Arente fauce traxerim,
5 Candide Mæcenas, occidis sæpe rogando :
    Deus, deus nam me vetat
Inceptos, olim promissum carmen, iambos
    Ad umbilicum adducere.
Non aliter Samio dicunt arsisse Bathyllo
10   Anacreonta Teium,
Qui persæpe cava testudine flevit amorem

amours en vers qui coulaient sans travail. Tu brûles aussi, malheureux ; mais du moins la flamme qui réduisit Ilion en cendres n'était pas plus belle : sois content de ton sort; moi, je me consume pour l'affranchie Phryné, à qui il faut plus d'un amant.

XV. — A NÉÈRE.

Il était nuit, et la lune brillait dans un ciel serein avec son cortége d'étoiles : et toi, prête à blesser par un parjure la majesté des dieux, tu répétais après moi ces serments, et de tes bras mollement enlacés tu me pressais plus étroitement que le lierre n'embrasse le chêne. « Tant que les troupeaux craindront le loup et les matelots Orion qui soulève les tempêtes, tant que la brise agitera la chevelure vierge d'Apollon, aussi longtemps durera notre amour. » Néère, que mon courage va te coûter de regrets! Oui, s'il est en Flaccus quelque chose d'un homme, il ne souffrira pas que tu prodigues tes nuits à un rival préféré; son courroux cherchera une amante plus fidèle ; et, si une fois le ressentiment se fixe dans son âme, sa fermeté ne pliera plus devant ton odieuse beauté. Et toi, qui que tu sois, rival heureux, qui marches tout fier de ma disgrâce, quand tu posséderais de vastes domaines et de nombreux troupeaux, quand pour toi coulerait le Pactole, quand tu aurais pénétré les mystères de Pythagore ressuscité, quand tu serais plus beau que Nirée, toi aussi tu pleureras la perte de ses volages amours : alors ce sera mon tour de rire.

XVI. — AU PEUPLE ROMAIN.

Voici la seconde génération qui se consume dans les guerres civiles, et Rome succombe sous ses propres forces : elle que n'ont pu perdre les Marses ses voisins, ni le bras menaçant de l'Étrusque Porsenna, ni le courage rival de Capoue, ni le terrible Spartacus, ni l'Allobroge infidèle aux jours de révolution; elle que n'ont pu dompter la sauvage Germanie avec ses guerriers aux yeux bleus, ni Annibal maudit par nos aïeux, nous la perdrons, génération sacrilége d'un sang condamné, et son sol de nouveau sera occupé par les bêtes sauvages. Le barbare, hélas! foulera vainqueur les cendres de nos pères et frappera la Ville du sabot retentissant de son cheval, et les os de Quirinus, à l'abri maintenant des vents et du soleil, spectacle horrible! il les dispersera sans respect. Si, par hasard, tous ensemble ou les plus sages d'entre vous, vous cherchez le moyen de vous soustraire aux maux qui nous tourmentent, que nul projet ne soit préférable à celui-ci : comme les citoyens de Phocée, qui, après avoir fait des imprécations, quittèrent leurs champs et les Lares paternels, et abandonnèrent leurs temples aux sangliers et aux loups ravisseurs, c'est d'aller où vous porteront vos pas, où vous appellera, à travers les ondes, le Notus ou l'impétueux Africus. Est-ce adopté? Ou bien quelqu'un a-t-il mieux à proposer? — Les auspices sont favorables : que tardons-nous à monter au vaisseau? Mais d'abord faisons ce serment : « Le jour où, rendus plus légers, les rochers flotteront hors de l'abîme des eaux, qu'il ne nous soit pas défendu de revenir; que nous ne craignions pas de livrer au vent les voiles tournées vers la patrie, quand le Pô lavera les sommets du Matinus, ou que le haut Apennin s'avancera dans la mer, et que, par d'étranges prodiges, un amour étonnant formera de monstrueuses unions, en sorte que les tigres aimeront à se soumettre aux cerfs, que la colombe s'accouplera avec le milan, que, pleins de confiance, les troupeaux ne redouteront pas les lions à l'œil fauve, et que le bouc, la peau lisse, se plaira dans les plaines salées. » Ces malédictions et celles qui pourront à jamais interdire le retour aimé, allons, après les avoir prononcées, allons, la cité entière, ou du moins la partie plus sage que l'indocile troupeau : lui, sans force et sans espoir, qu'il ne cesse de presser des lits de funeste auspice! Vous, qui avez du cœur, éloignez les plaintes féminines et franchissez en volant les rivages de la mer Étrusque. A nous l'Océan qui embrasse le monde : les champs, gagnons les champs fortunés et les riches îles où, sans avoir été labourée, la terre rend chaque année les produits de Cérès, où, sans avoir été taillée, la vigne ne cesse de fleurir, où bourgeonne le rameau d'un olivier qui ne trompe jamais, où la figue mûre pare son propre arbre, où le miel coule du creux de l'yeuse, où, du haut des montagnes, l'eau s'élance légère

---

    Non elaboratum ad pedem.
Ureris ipse miser : quod si non pulchrior ignis
    Ascendit obsessam Ilion,
15 Gaude sorte tua; me libertina nequeuno
    Contenta Phryne macerat.

XV. — AD NEÆRAM.

Nox erat et cœlo fulgebat luna sereno
    Inter minora sidera,
Cum tu magnorum numen læsura deorum
    In verba jurabas mea,
5 Arctius atque hedera procera adstringitur ilex,
    Lentis adhærens brachiis :
Dum pecori lupus et nautis infestus Orion
    Turbaret hibernum mare,
Intonsosque agitaret Apollinis aura capillos,
10   Fore hunc amorem mutuum.
O dolitura mea multum virtute Neæra!
    Nam si quid in Flacco viri est,
Non feret assiduas potiori te dare noctes,
    Et quæret iratus parem,
15 Nec semel offensæ cedet constantia formæ,
    Si certus intrarit dolor.
At tu, quicunque es felicior, atque meo nunc
    Superbus incedis malo,
Sis pecore et multa dives tellure licebit
20   Tibique Pactolus fluat,
Nec te Pythagoræ fallant arcana renati,
    Formaque vincas Nirea,
Eheu translatos alio mœrebis amores :
    Ast ego vicissim risero.

XVI. — AD POPULUM ROMANUM.

Altera jam teritur bellis civilibus ætas,
    Suis et ipsa Roma viribus ruit :
Quam neque finitimi valuerunt perdere Marsi
    Minacis aut Etrusca Porsenæ manus,
5 Æmula nec virtus Capuæ nec Spartacus acer
    Novisque rebus infidelis Allobrox,
Nec fera cærulea domuit Germania pube

    Parentibusque abominatus Annibal,
Impia perdemus devoti sanguinis ætas,
10   Ferisque rursus occupabitur solum.
Barbarus heu cineres insistet victor et Urbem
    Eques sonante verberabit ungula,
Quæque carent ventis et solibus ossa Quirini,
    Nefas videre! dissipabit insolens.
15 Forte quid expediat communiter aut melior pars
    Malis carere quæritis laboribus :
Nulla sit hac potior sententia, Phocæorum
    Velut profugit exsecrata civitas
Agros atque Lares patrios habitandaque fana
20   Apris reliquit et rapacibus lupis,
Ire pedes quocunque ferent, quocunque per undas
    Notus vocabit aut protervus Africus.
Sic placet? an melius quis habet suadere? — Secunda
    Ratem occupare quid moramur alite?
25 Sed juremus in hæc : Simul imis saxa renarint
    Vadis levata, ne redire sit nefas;
Neu conversa domum pigeat dare lintea, quando
    Padus Matina laverit cacumina,
In mare seu celsus procurrerit Apenninus,
30   Novaque monstra junxerit libidine
Mirus amor, juvet ut tigres subsidere cervis,
    Adulteretur et columba miluo,
Credula nec ravos timeant armenta leones,
    Ametque salsa levis hircus æquora.
35 Hæc, et quæ poterunt reditus abscindere dulces,
    Eamus omnis exsecrata civitas
Aut pars indocili melior grege; mollis et exspes
    Inominata perprimat cubilia!
Vos, quibus est virtus, muliebrem tollite luctum
40   Etrusca præter et volate litora.
Nos manet Oceanus circumvagus : arva, beata
    Petamus arva divites et insulas,
Reddit ubi Cererem tellus inarata quotannis
    Et imputata floret usque vinea,
45 Germinat et nunquam fallentis termes olivæ,
    Suamque pulla ficus ornat arborem,
Mella cava manant ex ilice, montibus altis
    Levis crepante lympha desilit pede.

d'une course bruyante. Là, sans qu'on le commande, les chèvres viennent s'offrir à la main qui doit les traire; le troupeau chéri rapporte ses mamelles gonflées; le soir, l'ours ne grogne pas autour de la bergerie; les vipères ne renflent pas un sol qu'elles élèvent. Nous pourrons, heureux, contempler plus de merveilles encore : comme jamais l'humide Eurus ne dépouille les champs par des pluies torrentielles, comme jamais ne brûle la grasse semence dans une terre desséchée, le roi du ciel modérant l'une et l'autre saison. Là, le rameur d'Argo ne poussa point son vaisseau; là, l'impudique Médée ne porta pas son pied; là, les matelots de Sidon ne lancèrent pas les becs des antennes, non plus que les infatigables compagnons d'Ulysse. Nulle contagion ne ravage les troupeaux, d'aucun astre la brûlante fureur ne dévore les brebis. Jupiter a réservé ces rivages à la race des justes, depuis le jour où, par l'airain, il altéra l'âge d'or; le siècle d'airain, il l'endurcit en siècle de fer, dont moi, de mon chant prophétique, j'offre aux justes une fuite favorable.

XVII. — A CANIDIE.

— Oui, je rends les armes à la puissance de ton art, et, suppliant, je t'en prie, par le royaume de Proserpine, par la redoutable divinité de Diane, par ces livres dont les chants peuvent détacher les astres de la voûte des cieux, Canidie, cesse tes accents magiques, et fais, fais tourner en sens contraire le rapide fuseau. Télèphe sut toucher le petit fils de Nérée : et pourtant il avait, ennemi superbe, rangé contre lui les bataillons des Mysiens; il avait lancé contre lui ses flèches aiguës. Les femmes Troyennes purent parfumer le corps de l'homicide Hector destiné aux oiseaux de proie et aux chiens, après que, sorti des remparts, le roi se fût, hélas! jeté aux pieds de l'implacable Achille. Les infatigables rameurs d'Ulysse dépouillèrent leurs peaux rudes et soyeuses du consentement de Circé : à l'instant leur revinrent la raison, et la voix, et la dignité accoutumée du visage humain. Je suis assez et trop puni, amante si chère aux matelots et aux colporteurs. Ma jeunesse a disparu, et mon teint vermeil, en

me quittant, ne m'a laissé que des os couverts d'une peau livide; tes essences ont blanchi mes cheveux; nul repos ne suspend mes tourments; la nuit presse le jour et le jour la nuit, et je ne puis soulager ma poitrine haletante. Oui, je suis vaincu, et je crois, hélas! ce que j'avais nié, je crois que les chants sabins déchirent le cœur et que la nénie marse fait éclater la tête. Que veux-tu de plus? O mer! ô terre! je brûle plus qu'Hercule, trempé du sang noir de Nessus, plus que la flamme sicilienne qui bouillonne verdâtre dans l'Etna embrasé; toi, jusqu'à ce que ma cendre desséchée aille s'envoler au souffle injurieux des vents, tu chauffes, vraie boutique des poisons de Colchos. Quelle fin ou quelle peine m'attend? Parle; je subirai fidèlement le supplice ordonné, prêt à toute expiation, que tu demandes cent taureaux ou que tu veuilles être chantée par ma lyre menteuse : tu seras chaste, tu seras vertueuse; tu iras, étoile d'or, te promener parmi les astres. Irrités pour l'outrage fait à Hélène, Castor et le frère du grand Castor, vaincus par la prière rendirent au poète la vue qu'ils lui avaient ravie. Et toi aussi, car tu le peux, fais cesser mon délire, ô toi que ne souillent point les haillons de ton père, qui ne sais pas, vieille femme, aller aux tombeaux des pauvres pour disperser des cendres de neuf jours. Tu as le cœur hospitalier; tu as les mains pures, c'est bien de ton sein qu'est sorti Pactuméius; c'est bien ton sang qui rougit les linges que lave la sage-femme chaque fois que, ayant accouché, pleine de force, tu sautes hors de ton lit.

— A quoi bon ces prières? Mes oreilles sont fermées. Moins sourds pour les matelots sont les rochers, que Neptune en furie bat de ses vagues soulevées. Quoi! impunément tu aurais, en les divulguant, ri des mystères de Cotys, des cérémonies de l'Amour libre, et, pontife des sortiléges de l'Esquilin, impunément tu aurais rempli la Ville de mon nom? Que m'eût-il donc servi d'enrichir des vieilles femmes Péligniennes et de préparer un poison plus subtil? Mais une mort t'attend plus lente que tes souhaits : tu traîneras, malheureux, une triste existence; tu la traîneras sans cesse en proie à de nouveaux tourments. Le repos est le vœu du père parjure de

---

        Illic injussæ veniunt ad mulctra capellæ,
50   Refertque tenta grex amicus ubera;
        Nec vespertinus circumgemit ursus ovile,
            Neque intumescit alta viperis humus.
        Pluraque felices mirabimur : ut neque largis
            Aquosus Eurus arva radat imbribus,
55   Pinguia nec siccis urantur semina glebis,
            Utrumque rege temperante cœlitum.
        Non huc Argoo contendit remige pinus,
            Neque impudica Colchis intulit pedem;
        Non huc Sidonii torserunt cornua nautæ
60   Laboriosa nec cohors Ulixei.
        Nulla nocent pecori contagia, nullius astri
            Gregem æstuosa torret impotentia.
        Juppiter illa piæ secrevit litora genti,
            Ut inquinavit ære tempus aureum;
65   Ære, dehinc ferro duravit sæcula, quorum
            Piis secunda vate me datur fuga.

XVII. — AD CANIDIAM.

        Jamjam efficaci do manus scientiæ,
        Supplex et oro regna per Proserpinæ,
        Per et Dianæ non movenda numina,
        Per atque libros carminum valentium
5   Refixa cœlo devocare sidera,
        Canidia, parce vocibus tandem sacris
        Citumque retro solve, solve turbinem.
        Movit nepotem Telephus Nereium,
        In quem superbus ordinarat agmina
10   Mysorum et in quem tela acuta torserat.
        Unxere matres Iliæ addictum feris
        Alitibus atque canibus homicidam Hectorem,
        Postquam relictis mœnibus rex procidit
        Heu pervicacis ad pedes Achillei.
15   Setosa duris exuere pellibus
        Laboriosi remiges Ulixei
        Volente Circa membra; tunc mens et sonus
        Relapsus atque notus in vultus honor.
        Dedi satis superque pœnarum tibi,
20   Amata nautis multum et institoribus.
        Fugit juventas et verecundus color
        Reliquit ossa pelle amicta lurida;

        Tuis capillus albus est odoribus,
        Nullum ab labore me reclinat otium;
25   Urget diem nox et dies noctem, neque est
        Levare tenta spiritu præcordia.
        Ergo negatum vincor ut credam miser,
        Sabella pectus increpare carmina
        Caputque Marsa dissilire nenia.
30   Quid amplius vis? O mare, o terra, ardeo,
        Quantum neque atro delibutus Hercules
        Nessi cruore, nec Sicana fervida
        Virens in Ætna flamma; tu, donec cinis
        Injuriosis aridus ventis ferar,
35   Cales venenis officina Colchicis.
        Quæ finis aut quod me manet stipendium?
        Effare; jussas cum fide pœnas luam,
        Paratus expiare, seu poposceris
        Centum juvencos, sive mendaci lyra
40   Voles sonari : tu pudica, tu proba
        Perambulabis astra sidus aureum.
        Infamis Helenæ Castor offensus vicem
        Fraterque magni Castoris, victi prece,
        Adempta vati reddidere lumina.
45   Et tu, potes nam, solve me dementia,
        O nec paternis obsoleta sordibus,
        Neque in sepulcris pauperum prudens anus
        Novemdiales dissipare pulveres.
        Tibi hospitale pectus et puræ manus,
50   Tuusque venter Pactumeius, et tuo
        Cruore rubros obstetrix pannos lavit,
        Utcunque fortis exsilis puerpera.
            Quid obseratis auribus fundis preces?
        Non saxa nudis surdiora navitis
55   Neptunus alto tundit hibernus salo.
        Inultus ut tu riseris Cotyttia
        Vulgata, sacrum liberi Cupidinis,
        Et Esquilini pontifex venefici
        Impune ut Urbem nomine impleris meo?
60   Quid proderat ditasse Pelignas anus,
        Velociusve miscuisse toxicum?
        Sed tardiora fata te votis manent :
        Ingrata misero vita ducenda est in hoc,
        Novis ut usque suppetas laboribus.

Pélops, de Tantale toujours privé des mets abondants qui l'entourent; c'est le vœu de Prométhée livré à l'aigle; le vœu de Sisyphe est d'asseoir son rocher sur la cime de la montagne : mais les arrêts de Jupiter s'y opposent. Tu voudras tantôt t'élancer du haut d'un toit élevé, tantôt t'ouvrir la poitrine avec une épée norique; c'est en vain qu'à ton cou tu noueras un lacet, en proie à un trouble plein de tristesse et de dégoûts. Alors je me ferai porter à cheval sur tes odieuses épaules, et la terre cédera au pouvoir de mon audace. Moi qui puis animer des figures de cire, comme tu le sais, indiscret; qui puis par mes paroles arracher la lune au ciel ; qui puis réveiller les morts déjà brûlés et composer des philtres enivrants, serais-je réduite à pleurer l'impuissance de mon art sans résultat sur toi?

◦⊙◦

SATIRES

—

LIVRE PREMIER

I. — A MÉCÈNES.

Comment se fait-il, Mécènes, que nul ne vive content de l'état que lui a donné son choix ou que lui a jeté le sort, qu'on vante le bonheur de ceux qui suivent une profession différente? « O bienheureux les marchands! » dit le soldat chargé de campagnes, les membres brisés par de longues fatigues. Le marchand, à son tour, quand l'Auster ballotte son vaisseau : « Le métier des armes vaut bien mieux. Qu'est-ce, en effet? On se bat : un clin d'œil vous apporte une mort prompte ou une brillante victoire. » C'est le laboureur que vante le savant jurisconsulte, alors qu'au chant du coq un consultant frappe à sa porte. Celui qui, ayant désigné des cautions, a été amené de la campagne à la ville, va criant qu'il n'y a d'heureux que les gens qui vivent à la ville. Les autres exemples de ce genre, — tant ils sont nombreux, — sont capables d'épuiser la loquacité de Fabius. Pour ne point t'ennuyer, écoute où je veux en venir. Si un dieu disait : « Me voici; je vais faire ce que vous désirez : toi, soldat tout à l'heure, tu seras marchand ; toi, jurisconsulte, laboureur : changez de rôles et allez-vous-en, vous ici, vous là. Eh bien, qu'attendez-vous? » Ils refuseraient. Pourtant on leur offre le bonheur. A quoi tient-il que Jupiter justement irrité n'enfle ses deux joues, ne leur dise qu'il ne sera plus désormais assez complaisant pour prêter l'oreille à leurs vœux? Et puis... Pour ne pas te défiler mon sujet en riant, à la manière d'un baladin, — quoique rien n'empêche de dire la vérité en riant, comme on voit les maitres cajoler les enfants et leur donner des bonbons, afin de leur faire apprendre l'alphabet, — pour ne pas, dis-je, l'exposer ainsi, bannissons la plaisanterie et prenons le ton sérieux. Celui qui, de sa lourde charrue, retourne paisiblement la terre, l'aubergiste fripon, le

---

<table>
<tr><td>65</td><td>Optat quietem Pelopis infidi pater,
Egens benignæ Tantalus semper dapis,
Optat Prometheus obligatus aliti,
Optat supremo collocare Sisyphus
In monte saxum : sed vetant leges Jovis.</td><td></td><td>Vectabor humeris tunc ego inimicis eques,
Meæque terra cedet insolentiæ.</td></tr>
<tr><td>70</td><td>Voles modo altis desilire turribus,
Modo ense pectus Norico recludere,
Frustraque vincla gutturi nectes tuo,
Fastidiosa tristis ægrimonia.</td><td>75

80</td><td>An quæ movere cereas imagines,
Ut ipse nosti curiosus, et polo
Deripere lunam vocibus possim meis,
Possim crematos excitare mortuos,
Desiderique temperare pocula,
Plorem artis in te nil agentis exitus?</td></tr>
</table>

SATIRARUM

—

LIBER PRIMUS

I. — AD C. CILNIUM MÆCENATEM.

<table>
<tr><td></td><td>Qui fit, Mæcenas, ut nemo, quam sibi sortem
Seu ratio dederit seu fors objecerit, illa
Contentus vivat, laudet diversa sequentes?
O fortunati mercatores! gravis annis</td><td>15</td><td>Delassare valent Fabium. Ne te morer, audi,
Quo rem deducam. Si quis deus, En ego, dicat,
Jam faciam quod vultis : eris tu, qui modo miles,
Mercator; tu, consultus modo, rusticus : hinc vos,
Vos hinc mutatis discedite partibus. Eia!</td></tr>
<tr><td>5</td><td>Miles ait multo jam fractus membra labore.
Contra mercator navem jactantibus Austris :
Militia est potior. Quid enim? Concurritur : horæ
Momento cita mors venit aut victoria læta.</td><td>20</td><td>Quid statis? Nolint. Atqui licet esse beatis.
Quid causæ est, merito quin illis Juppiter ambas
Iratus buccas inflet neque se fore posthac
Tam facilem dicat, votis ut præbeat aurem?
Præterea... Ne sic, ut qui jocularia, ridens</td></tr>
<tr><td>10</td><td>Agricolam laudat juris legumque peritus,
Sub galli cantum consultor ubi ostia pulsat.
Ille datis vadibus qui rure extractus in urbem est,
Solos felices viventes clamat in urbe.
Cetera de genere hoc — adeo sunt multa — loquacem</td><td>25</td><td>Percurram; — quanquam ridentem dicere verum
Quid vetat? ut pueris olim dant crustula blandi
Doctores, elementa velint ut discere prima; —
Sed tamen amoto quæramus seria ludo.
Ille gravem duro terram qui vertit aratro,</td></tr>
</table>

soldat, et les marchands qui courent audacieusement toutes les mers, s'ils supportent la fatigue, c'est avec l'intention, disent-ils, de se retirer, une fois vieux, dans un repos assuré, après avoir amassé de quoi vivre : ainsi, — car ils ont un modèle, — la petite fourmi, grande travailleuse, emporte dans sa bouche tout ce qu'elle peut et le joint au monceau qu'elle élève, non sans prévoyance ni sans souci de l'avenir. Mais, dès que le Verseau assombrit l'année qui recommence, elle ne rampe nulle part et jouit sagement des biens qu'elle a gagnés : et toi, rien ne saurait t'éloigner du lucre, ni les ardeurs de l'été, ni l'hiver, ni le feu, ni la mer, ni le fer, rien ne peut t'être un obstacle, pourvu que personne ne soit plus riche que toi. Quel charme de creuser en cachette un souterrain et d'y déposer avec crainte une grande masse d'or et d'argent? — Si, en l'entamant, on l'amoindrissait, il se réduirait à un misérable as. — Mais, si tu n'y touches pas, que trouves-tu donc de beau dans un monceau bien construit? Aurait-on battu dans ton aire cent mille mesures de froment, ton estomac pour cela n'en contiendra pas plus que le mien; comme si au milieu d'esclaves tu portais le filet de pain sur une épaule lourdement chargée : tu n'en recevrais rien de plus que celui qui n'aurait rien porté. Et même, dis-moi, qu'importe à l'homme qui enferme sa vie dans les bornes de la nature de labourer cent ou mille arpents? — Mais il y a plaisir à prendre à un gros tas. — Du moment que tu nous en laisses puiser autant à un petit, pourquoi trouverais-tu tes greniers préférables à nos paniers? C'est comme si tu n'avais besoin que d'une urne ou d'un cyathe d'eau et si tu disais : « Je préférerais prendre même quantité à un grand fleuve plutôt qu'à cette petite source. » Qu'arrive-t-il à ceux qui aiment ainsi une trop grande abondance? L'Aufide impétueux les arrache et les emporte en même temps que la rive. Celui qui mesure ses désirs à ses besoins, celui-là ne puise point une eau troublée par la boue et ne perd pas la vie dans les flots. Mais une bonne partie du monde, abusée par une trompeuse cupidité : « On n'a jamais assez, dit-elle, puisqu'on ne vaut que ce que l'on possède. » Que faire d'un tel homme? Le laisser à sa misère, puisqu'il lui plait d'y être; pareil à cet Athénien dont on raconte l'histoire, avare et riche, qui se moquait des propos du peuple en disant : « Le peuple me siffle; mais je m'applaudis moi-même chez moi, lorsque je contemple mon argent dans mon coffre-fort. » Tantale dévoré de soif poursuit l'eau qui fuit de ses lèvres... Que ris-tu? Change le nom, c'est de toi que parle la fable : sur des sacs entassés de tous côtés, tu t'endors bouche béante, et tu es forcé de les respecter comme des objets sacrés ou d'en jouir comme de tableaux. Ignores-tu à quoi une pièce de monnaie est bonne? quel emploi on en peut faire? C'est pour acheter du pain, des légumes, un sextarius de vin, ajoutes-y toutes les choses dont la privation fait souffrir la nature humaine. Veiller à demi mort de peur, nuit et jour redouter les funestes voleurs, le feu, que les esclaves ne te pillent et ne prennent la fuite : est-ce là ce que tu aimes? Pour moi, je souhaite d'être toujours très-pauvre de ces biens-là. Et, si la douleur a frappé ton corps saisi des frissons de la fièvre, si quelque autre mal t'a cloué sur ton lit, as-tu quelqu'un pour rester près de toi, pour préparer les remèdes, appeler le médecin, de manière à te remettre sur pied et à te rendre à tes enfants et aux proches bien-aimés? Non, ta femme ne désire pas ta guérison, ton fils non plus : tout le monde te déteste, voisins, connaissances, garçons et jeunes filles. Tu ne conçois pas, quand tu mets l'argent au-dessus de tout, que personne ne t'accorde une affection que tu ne saurais mériter. Mais, si tu veux, sans frais aucuns, retenir les parents que te donne la nature et conserver les amis, ce sera perdre malheureusement ta peine, comme si l'on apprenait à un âne à courir, docile au frein, dans le champ de Mars. En somme, cesse d'amasser, et, puisque tu possèdes davantage, crains moins la pauvreté et commence à te reposer, après avoir acquis ce que tu désirais, pour ne pas faire comme un certain Ummidius. Le récit n'est pas long : riche à mesurer l'argent au boisseau, si avare que jamais il ne s'habillait mieux que ses esclaves, jusqu'au dernier instant, se voir pris par la famine fut sa crainte. Or d'un coup de hache une affranchie le coupa en deux, la plus brave des Tyndarides. — Que me conseilles-tu donc? De vivre en Ménius, ou encore comme Nomentanus? — Tu t'obstines à accoupler front à front ce qui ne peut s'accorder : quand je te défends d'être avide, ce n'est point pour que tu te fasses vaurien ni débauché. Il y a une distance entre Tanaïs et le beau-père de Visellius. Il est dans les choses une mesure, il est en un mot des limites fixes, en deçà et au delà desquelles

---

    Perfidus hic caupo, miles, nautæque per omne
30 Audaces mare qui currunt, hac mente laborem
    Sese ferre, senes ut in otia tuta recedant,
    Aiunt, cum sibi sint congesta cibaria : sicut
    Parvula — nam exemplo est — magni formica laboris
    Ore trahit quodcunque potest atque addit acervo,
35 Quem struit, haud ignara ac non incauta futuri.
    Quæ, simul inversum contristat Aquarius annum,
    Non usquam prorepit et illis utitur ante
    Quæsitis sapiens, cum te neque fervidus æstus
    Demoveat lucro, neque hiems, ignis, mare, ferrum,
40 Nil obstet tibi, dum ne sit te ditior alter.
    Quid juvat immensum te argenti pondus et auri
    Furtim defossa timidum deponere terra?
    Quod si comminuas, vilem redigatur ad assem.
    At, ni id fit, quid habet pulchri constructus acervus?
45 Millia frumenti tua triverit area centum,
    Non tuus hoc capiet venter plus ac meus; ut si
    Reticulum panis venales inter onusto
    Forte vehas humero, nihilo plus accipias quam
    Qui nil portarit. Vel dic, quid referat intra
50 Naturæ fines viventi, jugera centum an
    Mille aret? At suave est ex magno tollere acervo.
    Dum ex parvo nobis tantumdem haurire relinquas,
    Cur tua plus laudes cumeris granaria nostris?
    Ut tibi si sit opus liquidi non amplius urna
55 Vel cyatho et dicas : Magno de flumine mallem
    Quam ex hoc fonticulo tantumdem sumere. Eo fit,
    Plenior ut si quos delectet copia justo,
    Cum ripa simul avulsos ferat Aufidus acer.
    At qui tantuli eget, quanto est opus, is neque limo
60 Turbatam haurit aquam neque vitam amittit in undis.
    At bona pars hominum decepta cupidine falso,
    Nil satis est, inquit, quia tanti, quantum habeas, sis.
    Quid facias illi? Jubeas miserum esse, libenter
    Quatenus id facit; ut quidam memoratur Athenis
65 Sordidus ac dives populi contemnere voces
    Sic solitus : Populus me sibilat; at mihi plaudo
    Ipse domi, simul ac nummos contemplor in arca.

    Tantalus a labris sitiens fugientia captat
    Flumina... Quid rides? mutato nomine de te
70 Fabula narratur : congestis undique saccis
    Indormis inhians et tanquam parcere sacris
    Cogeris aut pictis tanquam gaudere tabellis.
    Nescis quo valeat nummus? quem præbeat usum?
    Panis ematur, olus, vini sextarius, adde,
75 Quis humana sibi doleat natura negatis.
    An vigilare metu exanimem, noctesque diesque
    Formidare malos fures, incendia, servos,
    Ne te compilent fugientes, hoc juvat? Horum
    Semper ego optarim pauperrimus esse bonorum.
80 At si condoluit tentatum frigore corpus,
    Aut alius casus lecto te affixit, habes qui
    Assideat, fomenta paret, medicum roget, ut te
    Suscitet ac gnatis reddat carisque propinquis?
    Non uxor salvum te vult, non filius; omnes
85 Vicini oderunt, noti, pueri atque puellæ.
    Miraris, cum tu argento post omnia ponas,
    Si nemo præstet quem non mercaris amorem?
    At si cognatos nullo natura labore
    Quos tibi dat retinere velis servareque amicos,
90 Infelix operam perdas, ut si quis asellum
    In Campo doceat parentem currere frenis.
    Denique sit finis quærendi, cumque habeas plus,
    Pauperiem metuas minus et finire laborem
    Incipias parto, quod avebas, ne facias quod
95 Ummidius quidam. Non longa est fabula : dives,
    Ut metiretur nummos, ita sordidus, ut se
    Non unquam servo melius vestiret, ad usque
    Supremum tempus, ne se penuria victus
    Opprimeret, metuebat. At hunc liberta securi
100 Divisit medium, fortissima Tyndaridarum.
    Quid mi igitur suades? Ut vivam Mænius? aut sic
    Ut Nomentanus? Pergis pugnantia secum
    Frontibus adversis componere : non ego, avarum
    Cum veto te fieri, vappam jubeo ac nebulonem.
105 Est inter Tanain quiddam socerumque Viselli.
    Est modus in rebus, sunt certi denique fines,

ne peut exister le bien. Je reviens à mon point de départ, c'est qu'il n'est point d'avare qui soit content de lui et qui plutôt ne vante le bonheur de ceux qui suivent une profession différente, qui ne sèche de voir la chèvre du voisin porter une mamelle plus gonflée, et qui, au lieu de se comparer à la foule nombreuse de ceux qui sont plus pauvres, ne travaille à surpasser l'un et puis l'autre. Celui qui se presse ainsi trouve toujours un plus riche devant soi; de même, quand l'attelage entraîne les chars lancés de la barrière, le cocher serre de près les chevaux qui dépassent les siens, sans plus songer à celui qu'il a devancé et qui marche au dernier rang. D'où il résulte que rarement nous puissions trouver un homme qui dise avoir vécu heureux et qui, satisfait des jours qu'il a accompli, se retire comme un convive rassasié. — En voilà assez. De peur que tu ne m'accuses d'avoir pillé les coffres du chassieux Crispinus, je ne dirai pas un mot de plus.

II.

Les sociétés de joueuses de flûte, les charlatans, les prêtres mendiants, les comédiennes, les bouffons, toute cette race est triste et troublée de la mort du chanteur Tigellius : c'est qu'il était libéral. Tel, au contraire, dans la crainte d'être appelé prodigue, refuserait à un ami dans le besoin de quoi repousser le froid ou les tourments de la faim. A un autre demandez pourquoi, par une insatiable avidité, il détruit dans la débauche la superbe fortune de son père, en achetant toute sorte de provisions à l'aide d'argent emprunté : « Il ne veut point passer pour avare, pour mesquin, » répond-il. Les uns l'approuvent, les autres le blâment. Fufidius redoute la réputation de vaurien et de débauché, homme riche en terres, riche en argent placé à intérêt : il tire cinq pour cent du capital, et plus le débiteur est ruiné, plus lourdement il l'accable; il est en quête des créances de jeunes débutants qui, soumis à des pères rigides, viennent de prendre la robe virile. Qui, après m'avoir entendu, ne s'écrie : « Trèsgrand Jupiter ! » — Au moins pour sa personne dépense-t-il en raison de ses revenus. — On ne saurait croire comme il est dur pour lui-même, au point que ce père, qu'une pièce de Térence nous représente dans un état si malheureux après avoir causé la fuite de son fils, ne s'est pas imposé plus de tourments que lui. Si maintenant on demande : « Où veux-tu en venir ? » c'est à ceci : pour éviter un défaut, les sots se jettent dans le défaut contraire. Maltinus se promène, la tunique traînante; un autre fait l'élégant, en la retroussant indécemment jusqu'à l'aine; Rufillus sent les pastilles, Gargonius le bouc. Point de milieu. Il est des gens qui ne toucheraient de femmes que celles dont les talons se cachent sous la garniture cousue au bas de leur robe : tel autre au contraire ne voudra que la courtisane qui se tient à la porte d'un infect lupanar. Un jour qu'un homme de bonne famille sortait d'un lupanar : « C'est bien, courage ! » dit le divin jugement de Caton. En effet, dès que le mauvais désir a gonflé les veines, c'est là que les jeunes gens doivent descendre, au lieu de coucher avec les femmes des autres. « Je ne voudrais pas recevoir un pareil éloge, » dit Cupiennius, amateur d'appas en robe blanche. Il est bon d'apprendre, vous qui souhaitez malheur aux adultères, comme ils souffrent toutes sortes de maux, que de peines empoisonnent un plaisir, rarement obtenu, et plus d'une fois au milieu de rudes dangers. L'un a sauté du haut de la maison; l'autre a été fouetté jusqu'à la mort; celui-ci, dans sa fuite, est tombé au milieu d'une bande acharnée de voleurs; celui-là, pour sa personne, a donné de l'argent; un autre a été prostitué aux valets; bien plus, il est arrivé que le fer retranchât à un autre les testicules et le membre lascif. « C'est justice, » disait tout le monde; Galba prétendait que non. Mais que la marchandise est plus sûre dans la seconde classe, je veux dire celle des affranchies, pour qui Salluste ne fait pas moins de folies que l'homme pratiquant l'adultère. Ah ! s'il voulait exercer son affection et sa libéralité, ainsi que sa fortune, que la raison l'y engageraient, ainsi que sans excès il peut être généreux, il se contenterait de leur donner ce qu'elles méritent et ne se ferait ni dommage ni déshonneur. Mais c'est là seulement qu'il se complaît, c'est pour cela qu'il s'aime et qu'il se vante : « Je ne touche point de matrone. » Tel autrefois Marséus, cet amant d'Origo, qui donnait à la comédienne et le champ et la maison de ses pères. « Jamais, disait-il, je n'ai affaire avec l'épouse d'autrui. » Non, mais bien avec les comédiennes, avec les courtisanes qui font à la réputation un tort plus grand qu'à la fortune. Est-ce donc assez pour toi d'éviter une classe de maîtresses, et non tout ce qui est tou

Quos ultra citraque nequit consistere rectum.
Illuc, unde abii. redeo, nemo ut avarus
Se probet ac potius laudet diversa sequentes,
110 Quodque aliena capella gerat distentius uber,
Tabescat, neque se majori pauperiorum
Turbæ comparet, hunc atque hunc superare laboret.
Sic festinanti semper locupletior obstat,
Ut, cum carceribus missos rapit ungula currus,
115 Instat equis auriga suos vincentibus, illum
Præteritum temnens extremos inter euntem.
Inde fit, ut raro, qui se vixisse beatum
Dicat et exacto contentus tempore vita
Cedat uti conviva satur, reperire queamus. —
120 Jam satis est. Ne me Crispini scrinia lippi
Compilasse putes, verbum non amplius addam.

II.

Ambubajarum collegia, pharmacopolæ,
Mendici, mimæ, balatrones, hoc genus omne
Mœstum ac sollicitum est cantoris morte Tigelli :
Quippe benignus erat. Contra hic, ne prodigus esse
5 Dicatur metuens, inopi dare nolit amico,
Frigus quo duramque famem propellere possit.
Hunc si perconteris, avi cur atque parentis
Præclaram ingrata stringat malus ingluvie rem,
Omnia conductis coemens obsonia nummis :
10 Sordidus atque animi quod parvi nolit haberi.
Respondet. Laudatur ab his, culpatur ab illis.
Fufidius vappæ famam timet ac nebulonis,
Dives agris, dives positis in fœnore nummis :
Quinas hic capiti mercedes exsecat atque,
15 Quanto perditior quisque est, tanto acrius urget ;
Nomina sectatur modo sumpta veste virili
Sub patribus duris tironum. Maxime, quis non,
Juppiter ! exclamat, simul atque audivit ? At in se
Pro quæstu sumptum facit hic. Vix credere possis,
20 Quam sibi non sit amicus, ita ut pater ille, Terenti
Fabula quem miserum gnato vixisse fugato
Induit, non se pejus cruciaverit atque hic.

Si quis nunc quærat, quo res hæc pertinet ? illuc :
Dum vitant stulti vitia, in contraria currunt.
25 Maltinus tunicis demissis ambulat; est qui
Inguen ad obscœnum subductis usque facetus ;
Pastillos Rufillus olet, Gargonius hircum.
Nil medium est. Sunt qui nolint tetigisse nisi illas.
Quarum subsuta talos tegat instita veste :
30 Contra alius nullam nisi olenti in fornice stantem.
Quidam notus homo cum exiret fornice : Macte
Virtute esto, inquit sententia dia Catonis.
Nam simul ac venas inflavit tetra libido,
Huc juvenes æquum est descendere, non alienas
35 Permolere uxores. Nolim laudarier, inquit,
Sic me, mirator cunni Cupiennius albi.
Audire est operæ pretium, procedere recte
Qui mœchos non vultis, ut omni parte laborent;
Utque illis multo corrupta dolore voluptas,
40 Atque hæc rara, ea lat dura inter sæpe pericla.
Hic se præcipitem tecto dedit; ille flagellis
Ad mortem cæsus; fugiens hic decidit acrem
Prædonum in turbam ; dedit hic pro corpore nummos;
Hunc perminxerunt calones; quin etiam illud
45 Accidit, ut quidam testes caudamque salacem
Demeteret ferro. Jure, omnes ; Galba negabat.
Tutior at quanto merx est in classe secunda,
Libertinarum dico, Sallustius in quas
Non minus insanit, quam qui mœchatur. At hic si,
50 Qua res, qua ratio suaderet, quaque modeste
Munifico esse licet, vellet bonus atque benignus
Esse, daret quantum satis esset nec sibi damno
Dedecorique foret. Verum hoc se amplectitur uno,
Hoc amat et laudat : Matronam nullam ego tango.
55 Ut quondam Marsæus, amator Originis ille,
Qui patrium mimæ donat fundumque laremque,
Nil fuerit mi, inquit, cum uxoribus unquam alienis.
Verum est cum mimis, est cum meretrecibus, unde
Fama malum gravius quam res trahit. An tibi abunde
60 Personam satis est, non illud, quidquid ubique
Officit, evitare? Bonam deperdere famam,

jours nuisible? Perdre une bonne réputation, épuiser l'héritage paternel, c'est un mal en tout pays. Qu'importe que tu le fasses pour une matrone ou une esclave en toge? Villius, vrai gendre de Sylla par ses amours avec Fausta, séduit, le malheureux! par la seule gloriole, fut châtié autant et plus qu'il le méritait, roué de coups de poing, frappé à coups d'épée, repoussé de la porte, tandis que Longarénus se trouvait à l'intérieur. Si, dans un discours du membre qui voyait de tels maux, la conscience lui eût dit : « A quoi penses-tu donc? Est-ce que je te demande des appas issus d'un illustre consul et vêtus de la stole, quand mon ardeur s'est mise à bouillonner? » Qu'eût-il répondu?... « La jeune femme est née d'un père illustre. » Mais qu'ils sont préférables, qu'ils sont opposés à ces folies, les conseils de la nature riche de son propre bien, pourvu que tu veuilles le régler sagement et ne point confondre ce qui est à fuir, ce qui est à rechercher. Crois-tu qu'il est indifférent que ton malheur vienne de ta faute ou de celle des circonstances? Aussi, pour n'avoir point de regrets, cesse de poursuivre les matrones, où il y a à puiser plus de funestes tourments que de charmes à recueillir de l'affaire. Et sous de blanches, sous de vertes pierreries, — bien que ce soit là ton goût, Córinthus, — la matrone n'a pas une cuisse plus potelée ni une jambe mieux faite; bien souvent il y a mieux chez la courtisane. Ajoutez à cela que sa marchandise est sans fard; ce qu'elle a à vendre, elle le montre franchement, sans vanter ni faire ressortir ce qu'elle peut avoir de beau, sans chercher le moyen de cacher ses défauts. Les riches ont cette habitude : quand ils achètent des chevaux, ils les examinent après les avoir fait couvrir des voiles, dans la crainte que si de belles formes, chose fréquente, sont assises sur des jambes faibles, l'acquéreur ébahi ne se laisse séduire à la vue d'une jolie croupe, d'une tête courte, d'une haute encolure. Ils font bien : ne considère pas les beautés d'une femme avec des yeux de Lyncée, et ne sois pas plus aveugle qu'Hypséa, en regardant ses défauts. « O la jambe! ô les bras! » Oui, mais point de fesses, un grand nez, la taille courte, le pied long. D'une matrone tu ne peux rien voir hors la figure, car le reste, à moins d'être Catia, elle le couvre d'une robe traînante. Si tu aspires aux objets défendus, entourés d'un retranchement, — et c'est là ce qui te met hors de toi, — tu rencontreras une foule d'obstacles, eunuques, litière, coiffeurs, parasites, stole descendant aux talons et en-

tourée d'une palla, mille choses qui ne permettent pas à la réalité de se montrer clairement à toi. Chez l'autre, nul embarras : sous les étoffes de Cos, il t'est facile de voir, presque comme si elle était nue, si sa jambe n'est pas mal faite, si son pied n'est pas difforme; de l'œil tu pourrais mesurer sa taille. Aimes-tu mieux qu'on te tende un piége et qu'on t'arrache le prix avant de te montrer la marchandise? « Le chasseur poursuit le lièvre au milieu d'une neige épaisse : une fois que le lièvre est tombé, il n'y veut point toucher; » il chante le refrain et ajoute : «Mon amour est de même, car il franchit ce qui est à la portée de tous, pour courir après les objets qui le fuient. » Penses-tu que ces petits vers puissent chasser de ton cœur les tourments, les passions et les pénibles soucis? N'est-il pas plus utile de chercher quelles limites la nature fixe à nos désirs, quelles privations elle peut supporter, quelles privations la font souffrir, et distinguer le superflu du nécessaire? Est-ce que, si la soif te brûle le gosier, tu cherches des coupes d'or? Est-ce que, dans la faim, tu dédaignes tout, sauf le paon et le turbot? Lorsque ton membre est gonflé, est-ce que, si tu as sous la main une servante ou un jeune esclave pour supporter incontinent le choc, tu préférerais te laisser briser par l'ardeur érotique? Moi non : car j'aime les amours peu coûteuses et faciles. La femme qui dit : « Tout à l'heure, » « Plus cher, » « Quand mon mari sera dehors, » c'est bon pour les prêtres de Cybèle; celle-là, dit Philodème, est à lui qui ne se fait ni trop payer, ni attendre quand on lui a dit de venir. Qu'elle soit fraîche et droite; élégante, mais non au point de vouloir paraître plus grande ni plus blanche que ne l'a faite la nature. Celle-là, quand sous mon flanc droit elle a placé son flanc gauche, c'est pour moi une Ilia, une Egérie : je lui donne tous les noms du monde; et je ne crains pas, tandis que je suis à l'œuvre, de voir un mari rentrer de la campagne, la porte se briser, le chien aboyer, la maison ébranlée retentir d'un grand bruit, la femme toute pâle sauter à bas du lit, la complice crier qu'elle est perdue, l'une avoir peur pour ses cuisses, l'autre pour sa dot, moi pour moi-même. Il faut fuir, la tunique défaite et les pieds nus, pour ne pas perdre mon argent, ou mes fesses, ou en tout cas ma réputation. Il est triste d'être surpris : Fabius même me donnerait raison.

III.

Tous les chanteurs ont ce défaut : invités à chanter entre

```
    Rem patris oblimare, malum est ubicunque. Quid inter-
    Est in matrona, ancilla peccesne togata ?
    Villius in Fausta Syllæ gener, hoc miser uno
65  Nomine deceptus, pœnas dedit usque superque
    Quam satis est, pugnis cæsus ferroque petitus,
    Exclusus fore, cum Longarenus foret intus.
    Huic si mutonis verbis mala tanta videntis
    Diceret hæc animus : Quid vis tibi? Numquid ego a te
70  Magno prognatum deposco consule cunnum
    Velatumque stola, mea cum conferbuit ira?
    Quid responderet?... Magno patre nata puella est.
    At quanto meliora monet pugnantiaque istis
    Dives opis natura suæ, tu si modo recte
75  Dispensare velis ac non fugienda petendis
    Immiscere. Tuo vitio rerumne labores,
    Nil referre putas? Quare, ne pœniteat te,
    Desine matronas sectarier, unde laboris
    Plus haurire mali est quam ex re decerpere fructus.
80  Nec magis huic inter niveos viridesque lapillos —
    Sit licet hoc, Cerinthe, tuum — tenerum est femur aut crus
    Rectius, atque etiam melius persæpe togatæ est.
    Adde huc, quod mercem sine fucis gestat, aperte
    Quod venale habet ostendit, nec, si quid honesti est,
85  Jactat habetque palam, quærit quo turpia celet.
    Regibus hic mos est : ubi equos mercantur, opertos
    Inspiciunt, ne, si facies, ut sæpe, decora
    Molli fulta pede est, emptorem inducat hiantem,
    Quod pulchræ clunes, breve quod caput, ardua cervix.
90  Hoc illi recte : ne corporis optima Lyncei
    Contemplere oculis, Hypsæa cæcior illa,
    Quæ mala sunt, species. O crus! o brachia! Verum
    Depygis, nasuta, brevi latere ac pede longo est.
    Matronæ, præter faciem nil cernere possis,
95  Cetera, ni Catia est, demissa veste tegentis.
    Si interdicta petes, vallo circumdata — nam te
    Hoc facit insanum — multæ tibi tum officient res,
    Custodes, lectica, ciniflones, parisitæ,
    Ad talos stola demissa et circumdata palla,

100 Plurima, quæ invideant pure apparere tibi rem.
    Altera, nil obstat : Cois tibi pæne videre est
    Ut nudam, ne crure malo, ne sit pede turpi;
    Metiri possis oculo latus. An tibi mavis
    Insidias fieri pretiumque avellier, ante
105 Quam mercem ostendi? « Leporem venator ut alta
    In nive sectetur, positum sic tangere nolit, »
    Cantat et apponit : « Meus est amor huic similis; nam
    Transvolat in medio posita et fugientia captat. » —
    Iliscine versiculis speras tibi posse dolores
110 Atque æstus curasque graves e pectore pelli?
    Nonne, cupidinibus statuat natura modum quem,
    Quid latura sibi quid sit dolitura negatum,
    Quærere plus prodest et inane abscindere soldo?
    Num, tibi cum fauces urit sitis, aurea quæris
115 Pocula? num esuriens fastidis omnia præter
    Pavonem rhombumque? Tument tibi cum inguina, num, si
    Ancilla aut verna est præsto puer, impetus in quem
    Continuo fiat, malis tentigine rumpi?
    Non ego : namque parabilem amo venerem facilemque.
120 Illam, « Post paulo, » « Sed pluris, » « Si exierit vir, »
    Gallis, hanc Philodemus ait sibi, quæ neque magno
    Stet pretio neque cunctetur, cum est jussa venire.
    Candida rectaque sit; munda hactenus, ut neque longa
    Nec magis alba velit, quam dat natura, videri.
125 Hæc ubi supposuit dextro corpus mihi lævum,
    Ilia et Egeria est : do nomen quodlibet illi,
    Nec vereor, ne, dum futuo, vir rure recurrat,
    Janua frangatur, latret canis, undique magno
    Pulsa domus strepitu resonet, vepallida lecto
130 Desiliat mulier, miseram se conscia clamet,
    Cruribus hæc metuat, doti deprensa, egomet mi.
    Discincta tunica fugiendum est ac pede nudo,
    Ne nummi pereant aut pyga aut denique fama.
    Deprendi miserum est; Fabio vel judice vincam.
```

III.

Omnibus hoc vitium est cantoribus, inter amicos

amis, de ne s'y décider jamais; si on ne leur demande rien, de ne jamais cesser. C'était celui de ce Sarde Tigellius : César, qui pouvait le forcer, s'il le priait par l'amitié de son père et la sienne, n'y gagnait rien; était-ce le caprice de Tigellius, depuis les œufs jusqu'au fruit, il était capable de chanter *Io Bacchus!* tantôt sur la note la plus grave, tantôt sur la plus aiguë que fassent retentir les quatre cordes. Rien d'égal dans ce personnage : parfois il courait comme on fait devant l'ennemi, parfois il s'avançait comme un homme qui porterait les objets sacrés de Junon; il avait aujourd'hui deux cents esclaves, et demain dix; tantôt n'ayant à la bouche que rois, tétrarques, grandeurs de toute espèce, tantôt : « Que j'aie une table à trois pieds, une coquille de sel blanc et une toge qui, bien que grossière, puisse me défendre du froid! » Eussiez-vous donné un million à cet homme ménager, content de peu : au bout de cinq jours, plus rien dans sa cassette. La nuit il veillait jusqu'au matin, tout le jour il ronflait; il n'y eut jamais rien d'aussi inconséquent. — Maintenant me dira-t-on : « Et toi? N'as-tu point de défauts? » Au contraire, j'en ai, mais d'autres et peut-être de moindres. Ménius mettant en pièces Novius absent : « Hé! lui dit quelqu'un, est-ce que tu ne te connais pas? ou penses-tu nous en donner à garder comme si tu n'étais pas connu? — Je me pardonne à moi-même, » dit Ménius. C'est là un sot, un coupable amour-propre et digne d'être flétri. Tandis que chassieux tu ne vois les mauvaises qualités qu'avec des yeux pleins d'onguent, pourquoi distingues-tu les défauts de tes amis d'un regard aussi perçant que celui d'un aigle ou du serpent d'Epidaure? Mais, à ton tour, il t'arrive que, de leur côté, eux aussi recherchent tes défauts. Tel est un peu trop emporté, il ne va pas au nez fin des gens d'aujourd'hui; il prête à rire, parce que sa coiffure est assez grossière, que sa toge est mal arrangée, qu'un ample soulier tient mal à son pied : mais c'est un homme de bien au point qu'on n'en saurait trouver de meilleur, mais c'est ton ami, mais un grand esprit se cache sous cet extérieur négligé. Aussi fouille-toi toi-même, pour voir si jadis la nature ou encore la funeste habitude n'y a pas mis des germes de vice; car dans les champs mal cultivés pousse la fougère qu'on doit brûler. Prenons exemple de l'amant aveugle à qui échappent les imperfections de sa maîtresse, ou même qui y trouve des charmes, comme Balbinus au polype d'Hagna. Je voudrais qu'en amitié nous fissions pareille erreur et qu'à cette erreur-là la vertu eût donné un beau nom. Comme un père à l'égard de son enfant, ainsi nous, ne devons-nous point éprouver d'aversion pour les défauts que peut avoir un ami : l'enfant est louche, un père dit qu'il a l'œil de travers; il le nomme un petit poulet, quand le fils n'est qu'un nabot, comme fut jadis l'avorton Sisyphe; celui-ci n'a que les jambes en dehors, lorsqu'elles sont cagneuses; cet autre, dit le père en balbutiant, a les os en saillie, quand il est mal porté sur des talons tortus. Un ami vit chichement : qu'on l'appelle sobre. Un autre est bavard et un peu trop fanfaron : il cherche à paraître charmant pour ses amis. Mais c'est un rustre, il est d'une liberté qui passe les bornes : qu'on le regarde comme un homme franc et ferme. Il est trop bouillant : qu'il soit compté parmi les gens vifs. A mon avis, c'est cette conduite qui forme les amitiés et les conserve une fois formées. Mais, loin de là, nous dénaturons les vertus mêmes et nous cherchons à ternir un vase parfaitement pro-. pre. Un honnête homme est-il lié avec nous, un homme d'une grande modestie : nous lui donnons les noms de lent et d'épais. Cet autre évite tous les pièges et ne présente le flanc découvert à aucun ennemi, lorsqu'il se trouve dans un monde où sont en honneur l'ardente haine et les calomnies : au lieu de dire qu'il est plein de raison, qu'il ne manque pas de prudence, nous l'appelons faux et rusé. Un tel est un peu simple et comme souvent j'ai pu de bon cœur me présenter à toi, Mécènes, si bien qu'au milieu d'une lecture ou de réflexions, il vient mal à propos vous interrompre par une conversation quelconque : « Il manque entièrement d'usage, » disons-nous. Hélas! avec quelle légèreté nous portons contre nous-mêmes une loi bien sévère! Car personne ne naît sans défauts; celui-là est le meilleur sur qui pèsent les moindres. Un ami obligeant, comme il le doit, comparant mes défauts et mes qualités, supposé que les qualités l'emportent, doit incliner de leur côté, s'il veut être aimé : à cette condition il sera pesé dans la même balance. Qui désire qu'un ami ne soit pas choqué de ses bosses, doit excuser les verrues de son ami; il est naturel, quand on demande le pardon d'une faute, qu'on l'accorde à son tour. Ensuite, puisqu'il n'est pas possible d'extirper entièrement le défaut de la colère aussi bien que

---

Ut nunquam inducant animum cantare rogati,
Injussi nunquam desistant. Sardus habebat
Ille Tigellius hoc : Cæsar, qui cogere posset,
5 Si peteret per amicitiam patris atque suam, non
Quidquam proficeret; si collibuisset, ab ovo
Usque ad mala citaret, Io Bacche ! modo summa
Voce, modo hac, resonat quæ chordis quattuor ima.
10 Nil æquale homini fuit illi; sæpe velut qui
Currebat fugiens hostem, persæpe velut qui
Junonis sacra ferret; habebat sæpe ducentos,
Sæpe decem servos; modo reges atque tetrarchas,
Omnia magna, loquens, modo : Sit mihi mensa tripes et
15 Concha salis puri et toga, quæ defendere frigus
Quamvis crassa queat. Decies centena dedisses
Huic parco paucis contento, quinque diebus
Nil erat in loculis. Noctes vigilabat ad ipsum
Mane, diem totum stertebat; nil fuit unquam
20 Sic impar sibi. — Nunc aliquis dicat mihi : Quid tu?
Nullane habes vitia? Imo alia et fortasse minora.
Mænius absentem Novium cum carperet, Heus tu,
Quidam ait, ignoras te? an ut ignotum dare nobis
Verba putas? Egomet mi ignosco, Mænius inquit.
25 Stultus et improbus hic amor est dignusque notari.
Cum tua pervideas oculis mala lippus inunctis,
Cur in amicorum vitiis tam cernis acutum,
Quam aut aquila aut serpens Epidaurius? At tibi contra
Evenit, inquirant vitia ut tua rursus et illi.
30 Iracundior est paulo, minus aptus acutis
Naribus horum hominum; rideri possit eo, quod
Rusticius tonso toga defluit et male laxus
In pede calceus hæret : at est bonus, ut melior vir
Non alius quisquam, at tibi amicus, at ingenium ingens
35 Inculto latet hoc sub corpore. Denique te ipsum
Concute, num qua tibi vitiorum inseverit olim
Natura aut etiam consuetudo mala; namque
Neglectis urenda filix innascitur agris.
Illuc prævertamur, amatorem quod amicæ
Turpia decipiunt cæcum vitia, aut etiam ipsa hæc
40 Delectant, veluti Balbinum polypus Hagnæ.
Vellem in amicitia sic erraremus et isti
Errori nomen virtus posuisset honestum.
At pater ut gnati, sic nos debemus, amici
Si quod sit vitium, non fastidire : strabonem
45 Appellat *pætum* pater, et *pullum*, male parvus
Si cui filius est, ut abortivus fuit olim
Sisyphus; hunc *varum*, distortis cruribus; illam
Balbutit *scaurum*, pravis fultum male talis.
Parcius hic vivit : *frugi* dicatur. Ineptus
50 Et jactantior hic paulo est : *concinnus* amicis
Postulat ut videatur. At est truculentior atque
Plus æquo liber : *simplex fortisque* habeatur.
Caldior est : *acres* inter numeretur. Opinor,
Hæc res et jungit, junctos et servat amicos.
55 At nos virtutes ipsas invertimus atque
Sincerum cupimus vas incrustare. Probus quis
Nobiscum vivit, multum demissus homo : illi
Tardo cognomen, *pingui* damus. Hic fugit omnes
Insidias nullique malo latus obdit apertum,
60 Cum genus hoc inter vitæ versetur, ubi acris
Invidia atque vigent ubi crimina : pro bene sano
Ac non incauto *fictum astutumque* vocamus.
Simplicior quis et est, qualem me sæpe libenter
Obtulerim tibi, Mæcenas, ut forte legentem
65 Aut tacitum impellat quovis sermone molestus :
Communi sensu plane caret, inquimus. Eheu,
Quam temere in nosmet legem sancimus iniquam!
Nam vitiis nemo sine nascitur; optimus ille est,
Qui minimis urgetur. Amicus dulcis, ut æquum est,
70 Cum mea compenset vitiis bona; pluribus hisce,
Si modo plura mihi bona sunt, inclinet, amari
Si volet : hac lege in trutina ponetur eadem.
Qui, ne tuberibus propriis offendat amicum,
Postulat, ignoscet verrucis illius; æquum est,
75 Peccatis veniam poscentem reddere rursus.
Denique, quatenus excidi penitus vitium iræ,
Cetera item nequeunt stultis hærentia, cur non

tous les autres vices attachés aux sots, pourquoi la raison ne se sert-elle pas de ses poids et de ses mesures et ne punit-elle pas les délits de châtiments proportionnés à chaque cas? L'esclave qui, ayant reçu l'ordre d'enlever un plat, a léché des poissons à demi mangés et une sauce presque froide, si on le faisait mettre en croix, on serait appelé par les hommes de sens plus insensé que Labéon. Combien cette faute-ci n'est-elle pas plus extravagante, plus considérable : un ami a un léger tort, que tu dois lui pardonner, sous peine de passer pour bourru, pour acariâtre : tu le hais, tu le fuis, comme à la vue de Ruson fuit un débiteur obligé, au retour, hélas! des fâcheuses Calendes, de tirer de n'importe où les intérêts ou le capital, sinon, le cou tendu, de subir comme un captif la lecture d'amères histoires. Il a souillé le lit après avoir bu, ou bien fait tomber de la table une assiette qui a passé par la main d'Evandre : pour un pareil écart, ou parce qu'ayant appétit il a pris un poulet placé d'abord dans mon côté du plat, un ami doit-il m'être moins agréable? Que ferai-je, s'il a fait un vol, ou s'il a trahi le secret commis à sa foi, ou nié un dépôt? Ceux qui pensent qu'en général toutes les fautes sont égales se trouvent bien embarrassés, une fois arrivés à la réalité; ils sont en opposition avec le sens commun, avec la morale, avec l'intérêt même, qui est presque la source de la justice et de l'équité. Quand sur la terre encore récente rampèrent les hommes, muet et hideux troupeau, pour du gland, pour une tanière ils se battaient à coups d'ongles et de poings, ensuite avec des bâtons, et puis avec d'autres armes qu'avait fabriquées le besoin, jusqu'au jour où ils trouvèrent les mots et les noms pour marquer les sons et les sentiments: après, ils se mirent à renoncer à la guerre, à fortifier les villes et à établir des lois pour qu'il n'y eût ni voleur, ni brigand, ni adultère. Car, avant Hélène, les appas d'une femme ont été la cause détestable d'une guerre : mais ils périrent d'une mort obscure, ceux qui, à la manière des bêtes sauvages, emportaient le premier amour venu, et que tuait un plus fort, comme le taureau dans un troupeau. C'est la crainte de l'injuste qui a fait trouver des lois, il faut le reconnaître, si l'on veut parcourir les siècles et les fastes du monde. La nature ne peut pas du juste discerner l'injuste, comme elle distingue les choses agréables de leur contraire, ce qui est à rechercher de ce qui est à fuir; la raison non

plus ne saurait démontrer ceci, qu'il puisse y avoir faute, aussi grande et identique à cueillir de jeunes choux dans le jardin d'autrui ou à voler pendant la nuit les objets sacrés des dieux. Qu'il y ait une règle qui inflige des peines en rapport avec les actes, pour que tu ne frappes point de l'horrible fouet le coupable digne de la lanière. En effet, que tu battes de la férule celui qui a mérité des coups plus forts, je ne le crains pas, puisque tu dis que vol et brigandage sont choses égales, et que tu menaces d'abattre de la même faux les grands vices et les petits, si le monde vient à te confier la royauté. S'il est vrai que l'homme sage est riche, qu'il est bon cordonnier, et seul beau, et roi, pourquoi souhaiter ce que tu possèdes déjà? « Tu ne sais pas, répond-il, ce que dit notre père Chrysippe : Jamais le sage n'a fait ses souliers ni ses sandales; pourtant le sage est cordonnier. — Comment? — Comme Hermogènes, même quand il se tait, n'en est pas moins un chanteur et un musicien excellent; comme l'habile Alfénus, après avoir jeté les instruments de son métier et fermé sa boutique, était encore cordonnier : ainsi le sage est seul excellent ouvrier en tout genre; ainsi il est roi. » Les enfants effrontés t'arrachent la barbe; si tu ne les contiens de ton bâton, tu es pressé par la foule qui t'environne, et tu te romps tristement les poumons, et tu aboies, le plus grand parmi les grands rois. Je ne veux pas être long : tandis que tu iras te baigner pour un quart d'as et que tu n'auras à ta suite d'autre cortége que le radoteur Crispinus; à moi, des amis indulgents me pardonneront si j'ai, insensé, commis une faute, et à mon tour je supporterai de bon cœur leurs torts, et, simple particulier, je vivrai plus heureux que toi, qui es roi.

IV.

Les poëtes Eupolis, Cratinus, Aristophane et les autres écrivains de l'ancienne comédie, s'il y avait un homme digne d'être dépeint pour être fripon et voleur, pour être adultère, ou assassin, ou mal famé sous d'autres rapports, le flétrissaient avec beaucoup de liberté. De là descend entièrement Lucilius, qui a imité ces auteurs en ne changeant que les pieds et la mesure, poëte aimable, au nez fin, mais dur dans sa versification. C'est qu'il eut ce défaut : en une heure, comme un exploit, il dictait quelquefois deux cents

Ponderibus modulisque suis ratio utitur, ac res
Ut quæque est, ita suppliciis delicta coercet.
80 Si quis eum servum, patinam qui tollere jussus
Semesos pisces tepidumque ligurierit jus,
In cruce suffigat, Labeone insanior inter
Sanos dicatur. Quanto hoc furiosius atque
Majus peccatum est : Paulum deliquit amicus,
85 Quod nisi concedas, habeare insuavis, acerbus :
Odisti et fugis, ut Rusonem debitor æris,
Qui nisi, cum tristes misero venere Calendæ,
Mercedem aut nummos unde extricat, amaras
Porrecto jugulo historias captivus ut audit.
90 Comminxit lectum potus mensave catillum
Evandri manibus tritum dejecit : ob hanc rem
Aut positum ante mea quia pullum in parte catini
Sustulit esuriens, minus hoc jucundus amicus
Sit mihi? Quid faciam, si furtum fecerit, aut si
95 Prodiderit commissa fide sponsumve negarit?
Quis paria esse fere placuit peccata, laborant,
Cum ventum ad verum est; sensus moresque repugnant
Atque ipsa utilitas, justi prope mater et æqui.
Cum proerepserunt primis animalia terris,
100 Mutum et turpe pecus, glandem atque cubilia propter
Unguibus et pugnis, dein fustibus, atque ita porro
Pugnabant armis, quæ post fabricaverat usus,
Donec verba, quibus voces sensusque notarent,
Nominaque invenere; dehinc absistere bello,
105 Oppida cœperunt munire et ponere leges,
Ne quis fur esset, neu latro, neu quis adulter.
Nam fuit ante Helenam cunnus teterrima belli
Causa, sed ignotis perierunt mortibus illi,
Quos venerem incertam rapientes more ferarum
110 Viribus editior cædebat, ut in grege taurus
Jura inventa metu injusti fateare necesse est,
Tempora si fastosque velis evolvere mundi.
Nec natura potest justo secernere iniquum,
Dividit ut bona diversis, fugienda petendis;
115 Nec vincet ratio hoc, tantumdem ut peccet idemque,

Qui teneros caules alieni fregerit horti,
Et qui nocturnus sacra divum legerit. Adsit
Regula, peccatis quæ pœnas irroget æquas,
Ne scutica dignum horribili sectere flagello.
120 Nam, ut ferula cædas meritum majora subire
Verbera, non vereor, cum dicas esse pares res
Furta latrociniis et magnis parva mineris
Falce recisurum simili te, si tibi regnum
Permittant homines. Si dives, qui sapiens est,
125 Et sutor bonus et solus formosus et rex,
Cur optas quod habes? Non nosti, quid pater, inquit,
Chrysippus dicat : Sapiens crepidas sibi nunquam
Nec soleas fecit, sutor tamen est sapiens. Qui?
Ut, quamvis tacet Hermogenes, cantor tamen atque
130 Optimus est modulator; ut Alfenus vafer, omni
Abjecto instrumento artis clausaque taberna,
Sutor erat, sapiens operis sic optimus omnis
Est opifex solus, sic rex. Vellunt tibi barbam
Lascivi pueri; quos tu nisi fuste coerces,
135 Urgeris turba circum te stante miserque
Rumperis et latras, magnorum maxime regum.
Ne longum faciam : dum tu quadrante lavatum
Rex ibis neque te quisquam stipator ineptum
Præter Crispinum sectabitur, et mihi dulces
140 Ignoscent, si quid peccaro stultus, amici,
Inque vicem illorum patiar delicta libenter,
Privatusque magis vivam te rege beatus.

IV.

Eupolis atque Cratinus Aristophanesque poetæ
Atque alii, quorum comœdia prisca virorum est,
Si quis erat dignus describi, quod malus ac fur,
Quod mœchus foret aut sicarius aut alioqui
5 Famosus, multa cum libertate notabant.
Hinc omnis pendet Lucilius, hosce secutus
Mutatis tantum pedibus numerisque, facetus,
Emunctæ naris, durus componere versus.
Nam fuit hoc vitiosus : in hora sæpe ducentos,

vers, debout sur un pied. Comme c'est un courant bourbeux, on y trouve des choses qu'on voudrait retrancher; il est bavard et paresseux à supporter la peine d'écrire, de bien écrire : car pour beaucoup je n'en fais nul cas. Voilà Crispinus qui me défie en pariant cent contre un : « Prends, s'il te plait, des tablettes; j'en vais prendre aussi; qu'on nous donne un lieu, une heure, des gardiens; voyons qui de nous deux peut écrire, le plus. » Je remercie les dieux de ce qu'ils m'ont fait d'un esprit faible et borné, qui parle peu et rarement. Pour toi, imite, puisque tu le préfères, l'air qui, enfermé dans les soufflets de bouc, travaille sans cesse, jusqu'à ce que le feu amollisse le fer. Heureux Fannius, à qui l'on a spontanément décerné un coffre et son portrait; quand personne ne lit mes écrits, dont moi-même je crains de faire lecture en public, pour cette raison qu'il y en a qui goûtent fort peu ce genre, plus d'un étant digne d'être censuré. Tire le premier venu du milieu de la foule : la cupidité ou les soucis de l'ambition le tourmentent. L'un est follement amoureux des femmes mariées, l'autre des jeunes garçons; celui-là est fasciné par l'éclat de l'argent; Albius s'extasie devant les vases d'airain; cet autre échange des marchandises depuis les lieux où le soleil se lève jusqu'aux contrées qu'il échauffe le soir; bien plus, il se lance tête baissée à travers les dangers, comme la poussière que soulève un tourbillon, dans la crainte de perdre quelque chose de sa fortune ou de ne pas grossir son avoir. Tous ces gens redoutent les vers, détestent les poëtes. « Il a du foin aux cornes; sauvez-vous bien loin : pourvu qu'il parvienne à provoquer le rire, il n'épargnera pas un seul ami, et, du moment qu'il a barbouillé n'importe quoi sur le papier, il brûlera de le faire savoir à tous ceux qui reviennent du four et de la fontaine, aux enfants et aux vieilles femmes. » Voyons, quelques mots à mon tour. D'abord, je me raye du nombre de ceux à qui je puis accorder d'être poëte : car tu ne diras pas qu'il suffit pour cela de tourner un vers; et, si quelqu'un écrit, comme moi, dans le ton de la conversation, tu n'iras pas le considérer comme un poëte. Celui qui a un génie, qui a une âme divine, et une bouche capable de faire entendre de sublimes accents, à celui-là tu peux accorder l'hommage d'un pareil nom. Aussi en est-il qui se sont demandé si la comédie était ou non un poëme, parce qu'il n'y a de souffle ardent, d'élévation, ni dans son langage ni dans ses idées; n'était qu'elle diffère de la prose par une mesure déterminée, c'est de la prose toute pure. — Mais un père transporté de fureur se déchaîne de ce que son fils débauché, épris d'un fol amour pour une courtisane, refuse une femme avec une grande dot, et, dans l'ivresse, grand déshonneur! se promène avant la nuit avec des torches. — Est-ce que Pomponius entendrait des reproches moindres que ceux-là si son père vivait encore? Ainsi il ne suffit pas de composer un vers d'expressions toutes simples, en sorte que, si on vient à le briser, tout le monde se mette en colère de la même façon que le père de la comédie. Aux choses que j'écris aujourd'hui, que jadis écrivit Lucilius, qu'on enlève les temps et les mesures fixes, et qu'on fasse passer après le mot dont la place est avant, en mettant le commencement à la fin, il n'en serait point comme si l'on rompait ces vers : « Après que l'affreuse Discorde eut brisé les poteaux garnis de fer et les portes de la guerre, » on n'y trouverait pas les membres d'un poëte même mis en pièces. Arrêtons-nous là : une autre fois je rechercherai si la satire est réellement ou non un poëme; aujourd'hui je n'examinerai qu'une chose, si c'est avec raison que ce genre d'écrire t'est suspect. L'implacable Sulcius se promène ainsi que Caprius, fort enroués et avec leurs listes, tous deux grand effroi des voleurs; mais, si l'on vit en honnête homme et les mains pures, on peut les mépriser tous deux. Serais-tu pareil aux voleurs Célius et Birrius, je ne le suis pas, moi, à Caprius ni à Sulcius : pourquoi me craindre? Puissent mes livres ne se trouver dans aucune boutique, à aucun pilier, pour être salis par la main du vulgaire et d'Hermogènes Tigellius : pour moi, je n'en fais lecture à personne qu'à des amis, et encore quand on m'y force, pas partout ni devant les premiers venus. Il en est beaucoup qui débitent leurs écrits en pleine place publique, qui le font dans les bains : la voix résonne agréablement dans un endroit fermé. Ce sont des hommes vains qui y trouvent plaisir, sans se demander si ce n'est pas manquer de bon sens, si ce n'est pas mal choisir son moment. « Tu es heureux de blesser, me dira-t-on, et par méchanceté tu le fais à cœur joie. » Où as-tu pris ce trait pour le lancer contre moi? L'auteur est-il quelqu'un enfin de ceux avec qui je suis lié? L'homme qui mord un ami absent, qui ne le défend pas quand un autre l'attaque, qui court après les rires du

---

```
10  Ut magnum, versus dictabat stans pede in uno.
    Cum flueret lutulentus, erat quod tollere velles;
    Garrulus atque piger scribendi ferre laborem,
    Scribendi recte : nam ut multum, nil moror. Ecce,
    Crispinus minimo me provocat : Accipe, si vis,
15  Accipiam tabulas; detur nobis locus, hora,
    Custodes : videamus uter plus scribere possit.
    Di bene fecerunt, inopis me quodque pusilli
    Finxerunt animi, raro et perpauca loquentis.
    At tu conclusas hircinis follibus auras,
20  Usque laborantes, dum ferrum molliat ignis,
    Ut mavis, imitare. Beatus Fannius ultro
    Delatis capsis et imagine; cum mea nemo
    Scripta legat vulgo recitare timentis ob hanc rem,
    Quod sunt quos genus hoc minime juvat, utpote plures
25  Culpari dignos. Quemvis media erue turba :
    Aut ob avaritiam aut misera ambitione laborat.
    Hic nuptarum insanit amoribus, hic puerorum;
    Hunc capit argenti splendor; stupet Albius ære ;
    Hic mutat merces surgente a sole ad eum, quo
30  Vespertina tepet regio; quin per mala præceps
    Fertur, uti pulvis collectus turbine, ne quid
    Summa deperdat metuens aut ampliet ut rem.
    Omnes hi metuunt versus, odere poetas.
    Fœnum habet in cornu; longe fuge : dummodo risum
35  Excutiat sibi, non hic cuiquam parcet amico
    Et quodcunque semel chartis illeverit, omnes
    Gestiet a furno redeuntes scire lacuque
    Et pueros et anus. Agedum, pauca accipe contra.
    Primum ego me illorum, dederim quibus esse poetis,
40  Excerpam numero : neque enim concludere versum
    Dixeris esse satis; neque, si qui scribat uti nos
    Sermoni propiora, putes hunc esse poetam.
    Ingenium cui sit, cui mens divinior, atque os
    Magna sonaturum, des nominis hujus honorem.
45  Idcirco quidam, comœdia necne poema
    Esset, quæsivere, quod acer spiritus ac vis

    Nec verbis nec rebus inest, nisi quod pede certo
    Differt sermoni, sermo merus. At pater ardens
    Sævit, quod meretrice nepos insanus amica
50  Filius uxorem grandi cum dote recuset,
    Ebrius et — magnum quod dedecus — ambulet ante
    Noctem cum facibus. Numquid Pomponius istis
    Audiret leviora, pater si viveret? Ergo
    Non satis est puris versum perscribere verbis,
55  Quem si dissolvas, quivis stomachetur eodem
    Quo personatus pacto pater. His, ego quæ nunc,
    Olim quæ scripsit Lucilius, eripias si
    Tempora certa modosque et, quod prius ordine verbum est,
    Posterius facias, præponens ultima primis,
60  Non, ut si solvas « Postquam Discordia tetra
    Belli ferratos postes portasque refregit, »
    Invenias etiam disjecti membra poetæ.
    Hactenus hæc. : alias justum sit necne poema,
    Nunc illud tantum quæram, meritone tibi sit
65  Suspectum genus hoc scribendi. Sulcius acer
    Ambulat et Caprius, rauci male cumque libellis,
    Magnus uterque timor latronibus ; at bene si quis
    Et vivat puris manibus, contemnat utrumque.
    Ut sis tu similis Cœli Birrique latronum,
70  Non ego sum Capri neque Sulci : cur metuas me?
    Nulla taberna meos habeat neque pila libellos,
    Quis manus insudet vulgi Hermogenisque Tigelli :
    Nec recito cuiquam nisi amicis, idque coactus,
    Non ubivis coramve quibuslibet. In medio qui
75  Scripta foro recitent, sunt multi quique lavantes :
    Suave locus voci resonat conclusus. Inanes
    Hoc juvat, haud illud quærentes, num sine sensu,
    Tempore num faciant alieno. Lædere gaudes,
    Inquis, et hoc studio pravus facis. Unde petitum
80  Hoc in me jacis? Est auctor quis denique eorum,
    Vixi cum quibus? Absentem qui rodit amicum,
    Qui non defendit alio culpante, solutos
    Qui captat risus hominum famamque dicacis,
```

monde et la réputation de railleur, qui est capable d'imaginer ce qu'il n'a point vu, qui ne sait pas taire un secret confié : celui-là est dangereux; c'est de lui, Romain, que tu dois te garder. Souvent sur trois lits on voit des gens souper par groupes de quatre, parmi lesquels il en est un qui aime à arroser de toute façon les autres, sauf celui qui fournit l'eau; et ce dernier aussi, une fois qu'on a bu et que le sincère Bacchus dévoile les secrets renfermés dans le cœur. Tu trouves cet homme charmant, plein de politesse et de franchise, toi qui te dis l'ennemi des méchants. Moi, si j'ai ri de ce que le radoteur « Rufillus sent les pastilles, Gargonius le bouc, » me trouves-tu envieux et mordant? Si l'on a en ta présence rappelé les vols de Pétillius Capitolinus, tu le défendras sans doute, comme c'est ton habitude : « Capitolinus, depuis son enfance, a toujours eu en moi un camarade et un ami, et, sur ma prière, il m'a rendu bien des services, et je suis heureux de le voir vivre en sûreté dans la ville; mais pourtant je me demande comment il a fait pour se soustraire à ce jugement. » Voilà de la vraie noirceur, voilà du fiel tout pur. C'est là un défaut qu'on ne trouvera pas dans mes écrits ni dans mon cœur d'abord, comme, s'il est possible, je puis en autre chose répondre sincèrement de moi, j'en réponds. Si j'ai prononcé une parole trop libre, si par hasard j'ai été trop plaisant, tu m'en donneras le droit ainsi que le pardon : mon excellent père m'y a habitué, en me signalant par des exemples tous les vices, pour m'apprendre à les fuir. Quand il m'engageait à vivre avec économie, sobrement, satisfait de ce qu'il m'aurait amassé lui-même : « Ne vois-tu pas dans quel triste état est le fils d'Albius et comme Barrus est pauvre? Grande leçon pour ôter l'envie de dissiper l'héritage paternel. » Quand il m'arrachait à l'amour honteux d'une courtisane : « Ne va pas ressembler à Scétanus. » Pour m'empêcher de poursuivre les femmes adultères, quand je pouvais user de plaisirs permis : « La réputation de Trébonius surpris n'est pas jolie, disait-il. Un sage t'apprendra par théorie ce qu'il y a de mieux à fuir et à rechercher : pour moi, il me suffit, si je parviens à maintenir en toi les mœurs que nous ont transmises les anciens, et, tandis que tu as besoin d'un guide, à te conserver la vie sauve et la réputation intacte; une fois que l'âge aura fortifié ton corps et ton esprit, tu nageras sans liége. » C'est ainsi que ses préceptes formaient mon enfance; et me priait-

il de faire quelque chose : « Tu as un modèle qui t'engage à le faire; » il me représentait l'un des juges choisis; ou me le défendait-il : « Aurais-tu quelque doute qu'une pareille action ne soit ou non honteuse et nuisible, quand tel et tel sont la proie de la mauvaise renommée? » Les funérailles d'un voisin consternent les malades intempérants et les forcent à se ménager par crainte de la mort; de même les turpitudes d'autrui détournent bien des fois les jeunes cœurs des vices. Par suite de cette éducation, exempt de ceux qui entraînent la perte d'un homme, je n'en ai que de légers et de pardonnables; peut-être même qu'un âge avancé, un ami sincère, ma propre réflexion, parviendront à en emporter une bonne partie; en effet, quand je me trouve sur mon lit ou que je me promène sous un portique, je ne me manque pas à moi-même. « Ceci est mieux! En faisant telle chose, je serai plus honnête! De cette sorte mes amis me trouveront aimable! La conduite d'un tel n'est pas belle; est-ce qu'à mon insu je vais jamais en faire autant?... » Telles sont les pensées que je roule en moi, bouche close; dès que j'ai un instant de loisir, je les jette en me jouant sur le papier. C'est là un de ces vices légers, et, si tu ne veux pas me le passer, une troupe considérable de poëtes viendra pour me prêter main-forte; car nous sommes de beaucoup plus nombreux, et, comme les Juifs, nous te forcerons à passer dans notre bande.

V.

Sorti de la grande Rome, Aricia m'a offert une modeste hospitalité; j'avais pour compagnon le rhéteur Héliodore, de beaucoup le plus savant des Grecs; de là nous avons gagné le Forum d'Appius, plein de matelots et d'aubergistes fripons. Ainsi notre paresse coupa en deux ce chemin que font en une fois les gens plus haut retroussés que nous; la voie Appienne est moins pénible quand on va lentement. Ici, à cause de l'eau, qui était détestable, je déclare la guerre à mon ventre, et j'attends avec impatience que mes compagnons aient soupé. Déjà la nuit se disposait à envelopper la terre de son ombre et à répandre les astres dans le ciel; alors nos esclaves de jeter des injures aux bateliers, les bateliers aux esclaves : « Aborde ici! — Tu nous y fourres trois cents personnes : hé! en voilà assez. » Pendant qu'on fait payer et qu'on attelle la mule, une heure entière se passe. Les

Fingere qui non visa potest, commissa tacere
85 Qui nequit : hic niger est, hunc tu, Romane, caveto.
Sæpe tribus lectis videas cœnare quaternos,
E quibus unus amet quavis adspergere cunctos
Præter eum, qui præbet aquam; post hunc quoque potus,
Condita cum verax aperit præcordia Liber.
90 Hic tibi comis et urbanus liberque videtur,
Infesto nigris. Ego, si risi, quod ineptus
« Pastillos Rufillus olet, Gargonius hircum, »
Lividus et mordax videor tibi? Mentio si qua
De Capitolini furtis injecta Petilli
95 Te coram fuerit, defendas, ut tuus est mos :
Me Capitolinus convictore usus amicoque
A puero est causaque mea permulta rogatus
Fecit, et incolumis lætor quod vivit in urbe;
Sed tamen admiror, quo pacto judicium illud
100 Fugerit. Hic nigræ succus loliginis, hæc est
Ærugo mera. Quod vitium procul abfore chartis,
Atque animo prius, ut si quid promittere de me
Possum aliud vere, promitto. Liberius si
Dixero quid, si forte jocosius, hoc mihi juris
105 Cum venia dabis : insuevit pater optimus hoc me,
Ut fugerem, exemplis vitiorum quæque notando.
Cum me hortaretur, parce, frugaliter atque
Viverem uti contentus eo quod mi ipse parasset :
Nonne vides, Albi ut male vivat filius utque
110 Barrus inops? Magnum documentum, ne patriam rem
Perdere quis velit. A turpi meretricis amore
Cum deterreret : Scetani dissimilis sis.
Ne sequerer mœchas, concessa cum venere uti
Possem : Deprensi non bella est fama Treboni,
115 Aiebat. Sapiens, vitatu quidque petitu
Sit melius, causas reddet tibi : mi satis est, si
Traditum ab antiquis morem servare tuamque,
Dum custodis eges, vitam famamque tueri
Incolumem possum; simul ac duraverit ætas
120 Membra animumque tuum, nabis sine cortice. Sic me
Formabat puerum dictis, et sive jubebat,

Ut facerem quid : Habes auctorem, quo facias hoc,
Unum ex judicibus selectis objiciebat;
Sive vetabat : An hoc inhonestum et inutile factu
125 Necne sit, addubites, flagret rumore malo cum
Hic atque ille? Avidos vicinum funus ut ægros
Exanimat mortisque metu sibi parcere cogit,
Sic teneros animos aliena opprobria sæpe
Absterrent vitiis. Ex hoc ego sanus ab illis,
130 Perniciem quæcunque ferunt, mediocribus et quis
Ignoscas vitiis teneor; fortassis et istinc
Largiter abstulerit longa ætas, liber amicus,
Consilium proprium; neque enim, cum lectulus aut me
Porticus excepit, desum mihi. Rectius hoc est!
135 Hoc faciens vivam melius! Sic dulcis amicis
Occurram! Hoc quidam non belle; numquid ego illi
Imprudens olim faciam simile?... Hæc ego mecum
Compressis agito labris; ubi quid datur oti,
Illudo chartis. Hoc est mediocribus illis
140 Ex vitiis unum; cui si concedere nolis,
Multa poetarum veniet manus, auxilio quæ
Sit mihi; nam multo plures sumus ac veluti te
Judæi cogemus in hanc concedere turbam.

V.

Egressum magna me excepit Aricia Roma
Hospitio modico; rhetor comes Heliodorus,
Græcorum longe doctissimus; inde forum Appi,
Differtum nautis, cauponibus atque malignis.
5 Hoc iter ignavi divisimus, altius ac nos
Præcinctis unum; minus est gravis Appia tardis.
Hic ego propter aquam, quod erat deterrima, ventri
Indico bellum, cœnantes haud animo æquo
Exspectans comites. Jam nox inducere terris
10 Umbras et cœlo diffundere signa parabat;
Tum pueri nautis, pueris convicia nautæ
Ingerere. Huc appelle!... Trecentos inseris : oho
Jam satis est! Dum æs exigitur, dum mula ligatur,

cousins importuns et les grenouilles des marais chassent le sommeil, en même temps qu'après s'être arrosés de mauvais vin le batelier et un voyageur chantent à l'envi leurs maîtresses absentes. A la fin, épuisé, le voyageur commence à dormir, et le batelier paresseux laisse paître la mule, attache la corde à une pierre et ronfle couché sur le dos. Il faisait déjà jour quand nous nous apercevons que le bateau n'avance pas, jusqu'au moment où l'un des passagers, à la cervelle chaude, saute à terre, et, avec une branche de saule, travaille la tête et les reins de la mule et du batelier : ce n'est guère qu'à la quatrième heure que nous débarquons. Nous lavons notre visage et nos mains dans ton eau, Féronia. Puis, après avoir déjeuné, nous gravissons trois milles et nous atteignons Anxur, assis sur des rochers qui blanchissent au loin. Là devait venir Mécènes, ainsi que l'excellent Coccéius, tous deux envoyés en ambassade pour de graves affaires, gens habitués à remettre des amis brouillés. Là, chassieux, je me frotte les yeux de collyre noir. Pendant ce temps, Mécènes arrive, avec Coccéius et en même temps Fontéius Capito, homme parfait de grâce, ami d'Antoine plus que personne. Nous quittons de bon cœur Fundi et son préteur Aufidius Luscus, en riant des insignes de ce sot greffier, la prétexte, le laticlave et le réchaud à braise. Puis, nous nous arrêtons, fatigués, dans la ville des Mamurra, où Muréna nous offre sa maison et Capito sa cuisine. Le jour suivant se lève le plus charmant de tous; car à Sinuessa nous rencontrons Plotius, Varius et Virgile, hommes tels que la terre n'en a point produit de plus loyaux et auxquels personne n'est plus attaché que moi. Oh! quels embrassements! quelle joie dans ce moment! Non, il n'est vraiment rien à comparer à un véritable ami. La petite ferme, qui est près du pont Campanien, nous donna un logis, et les fournisseurs, comme ils le doivent, du bois et du sel. Quittant ce lieu, nos mulets déposent en temps convenable leurs bâts à Capoue. Mécènes va jouer; moi et Virgile nous allons dormir, car le jeu de paume est ennemi des chassieux et des gens qui digèrent mal. De là nous sommes reçus dans la riche maison de campagne de Coccéius, qui domine les auberges de Caudium. Maintenant, viens, Muse, me rappeler en peu de mots la lutte du bouffon Sarmentus et de Messius Cicirrhus;

dis-moi de quels pères sont nés les deux héros de cette querelle. Messius est de la race illustre des Osques; quant à Sarmentus, sa maîtresse vit encore : ce sont les fils de tels ancêtres qui en vinrent aux mains. Sarmentus le premier : « Je soutiens que tu ressembles à un cheval sauvage. » Nous rions; et à son tour Messius : « J'accepte, » et il branle la tête. « Oh! si ton front n'eût pas perdu sa corne, dit l'autre, que serait-ce, puisque, mutilé, tu menaces encore? » Or une hideuse cicatrice défigurait du côté gauche le front velu de Messius. Après mille plaisanteries sur ce mal campanien, sur son visage, il le priait de représenter en dansant le berger Cyclope : il n'aurait besoin ni du masque ni des cothurnes tragiques. Cicirrhus ne restait pas muet : il lui demandait si, d'après le vœu, il avait déjà fait offrande de sa chaîne aux dieux Lares : parce qu'il était greffier, le droit de sa maîtresse n'était en rien diminué. Il le priait ensuite de lui dire pourquoi il avait fui, lui qui devait avoir assez d'une livre de farine pour un corps si maigre et si petit. Nous prolongeâmes fort gaiement ce souper. Nous nous dirigeâmes de là vers Bénévent, où un hôte empressé faillit s'incendier en faisant tourner au feu de maigres grives; car le feu s'étant répandu à travers la cuisine déjà vieille, la flamme vagabonde courait effleurer le haut du toit. Alors on eût vu les convives affamés, les esclaves effrayés, saisir le souper et s'efforcer à l'envi d'éteindre l'incendie. Au sortir de cette ville, l'Apulie commence à me présenter ses montagnes connues, que dessèche l'Atabulus, et que nous n'aurions jamais franchies si une maison de campagne voisine de Trivicum ne nous avait reçus, non sans une fumée à faire pleurer, grâce à un feu de branches vertes et garnies de leurs feuilles. Là j'attends sottement jusqu'au sein de la nuit une fille menteuse : le sommeil pourtant me saisit au milieu de mes désirs amoureux; d'où un rêve plein d'images impures et qui salit mon vêtement de nuit et mon ventre en l'air. Nous sommes ensuite emportés par des chars à quatre roues à une distance de vingt-quatre milles, pour faire halte dans un bourg qu'on ne peut nommer en vers, mais qu'il est facile de désigner : on y vend la chose la plus commune, l'eau; en revanche, le pain est fort beau, si bien que le voyageur prudent en emporte toujours sur ses épaules; car il est pierreux à Canusium, en-

---

Tota abit hora. Mali culices ranæque palustres
15 Avertunt somnos, absentem ut cantat amicam
Multa prolutus vappa nauta atque viator
Certatim. Tandem fessus dormire viator
Incipit, ac missæ pastum retinacula mulæ
20 Nauta piger saxo religat stertitque supinus.
Jamque dies aderat, nil cum procedere lintrem
Sentimus, donec cerebrosus prosilit unus
Ac mulæ nautæque caput lumbosque saligno
Fuste dolat : quarta vix demum exponimur hora.
25 Ora manusque tua lavimus, Feronia, lympha.
Millia tum pransi tria repimus atque subimus
Impositum saxis late candentibus Anxur.
Huc venturus erat Mæcenas, optimus atque
Cocceius, missi magnis de rebus uterque
30 Legati, aversos soliti componere amicos.
Hic oculis ego nigra meis collyria lippus
Illinere. Interea Mæcenas advenit atque
Cocceius Capitoque simul Fonteius, ad unguem
Factus homo, Antoni, non ut magis alter, amicus.
35 Fundos Aufidio Lusco prætore libenter
Linquimus, insani ridentes præmia scribæ,
Prætextam et latum clavum prunæque batillum.
In Mamurrarum lassi deinde urbe manemus,
Murena præbente domum, Capitone culinam.
40 Postera lux oritur multo gratissima; namque
Plotius et Varius Sinuessæ Virgiliusque
Occurrunt, animæ, quales neque candidiores
Terra tulit neque quis me sit devinctior alter.
O qui complexus et gaudia quanta fuerunt!
45 Nil ego contulerim jucundo sanus amico.
Proxima Campano ponti quæ villula, tectum
Præbuit, et parochi quæ debent ligna salemque.
Hinc muli Capuæ clitellas tempore ponunt.
Lusum it Mæcenas, dormitum ego Virgiliusque;
50 Namque pila lippis inimicum et ludere crudis.
Hinc nos Coccei recipit plenissima villa,
Quæ super est Caudi cauponas. Nunc mihi paucis
Sarmenti scurræ pugnam Messique Cicirrhi,

Musa, velim memores, et quo patre natus uterque
Contulerit lites. Messi clarum genus Osci;
55 Sarmenti domina exstat : ab his majoribus orti
Ad pugnam venere. Prior Sarmentus : Equi te
Esse feri similem, dico. Ridemus, et ipse
Messius : Accipio, caput et movet. O, tua cornu
Ni foret exsecto frons, inquit, quid faceres, cum
60 Sic mutilus minitaris? At illi fœda cicatrix
Setosam lævi frontem turpaverat oris.
Campanum in morbum, in faciem permulta jocatus,
Pastorem saltaret uti Cyclopa rogabat :
Nil illi larva aut tragicis opus esse cothurnis.
65 Multa Cicirrhus ad hæc : Donasset jamne catenam
Ex voto Laribus, quærebat; scriba quod esset,
Nihilo deterius dominæ jus esse. Rogabat
Denique, cur unquam fugisset, cui satis una
Farris libra foret, gracili sic tamque pusillo?
70 Prorsus jucunde cœnam produximus illam.
Tendimus hinc recta Beneventum, ubi sedulus hospes
Pæne macros arsit dum turdos versat in igni;
Nam vaga per veterem dilapso flamma culinam
Vulcano summum properabat lambere tectum.
75 Convivas avidos cœnam servosque timentes
Tum rapere atque omnes restinguere velle videres.
Incipit ex illo montes Apulia notos
Ostentare mihi, quos torret Atabulus et quos
Nunquam erepsemus, nisi nos vicina Trivici
80 Villa recepisset, lacrimoso non sine fumo,
Udos cum foliis ramos urente camino.
Hic ego mendacem stultissimus usque puellam
Ad mediam noctem exspecto : somnus tamen aufert
Intentum veneri; tum immundo somnia visu
85 Nocturnam vestem maculant ventremque supinum.
Quattuor hinc rapimur viginti et millia rhedis,
Mansuri oppidulo, quod versu dicere non est,
Signis perfacile est : venit vilissima rerum
Hic aqua; sed panis longe pulcherrimus, ultra
90 Callidus ut soleat humeris portare viator ;
Nam Canusi lapidosus, aquæ non ditior urna

droit qui n'a pas une urne d'eau de plus et qu'a fondé jadis le vaillant Diomède. Là Varius s'est séparé avec tristesse de ses amis en larmes. Nous arrivons à Rubi, fatigué d'avoir fait une longue route, entièrement défoncée par les pluies. Le lendemain, le temps est plus beau, le chemin plus mauvais jusqu'aux murs du poissonneux Barium; puis Egnatia, bâtie en dépit des Nymphes, donna lieu à nos rires et à nos plaisanteries, en voulant faire croire que dans son temple l'encens brûle sans qu'on l'allume. Que le Juif Apella le croie, moi non : car j'ai appris que les dieux coulent une vie indifférente, et que, si la nature fait quelque miracle, ce ne sont pas eux qui, dans leur colère, nous l'envoient du haut de la demeure du ciel. Brindes est le terme de ce long écrit, de ce long voyage.

VI. — A MÉCÈNES.

Ce n'est point, Mécènes, parce que, de tous les Lydiens qui sont venus habiter le pays étrusque, personne n'est plus noble que toi; ce n'est point parce que tu as eu des aïeux maternels et paternels qui jadis étaient à la tête de grandes légions, que tu fronces le nez, ainsi que font la plupart, à propos des gens sans noblesse, comme moi, qui suis né d'un père affranchi. Quand tu dis qu'il importe peu de quel père on soit né, pourvu qu'on soit de condition libre, tu es convaincu avec raison qu'avant le gouvernement de Tullius et la royauté d'un homme sans naissance, bien des gens, issus d'obscurs ancêtres, se sont plus d'une fois distingués par leur mérite et ont été comblés de hautes dignités; tandis qu'un Lévinus, le rejeton de ce Valérius qui dépouilla de la royauté et fit bannir Tarquin le Superbe, n'aurait jamais été évalué plus d'un as si l'eût noté le peuple pris pour juge, le peuple qui t'est connu, qui dans sa folie accorde souvent les charges de l'État à des indignes, et dans sa sottise est l'esclave de la renommée, qui s'ébahit devant les inscriptions et les images. Que faut-il que nous fassions, nous, qui sommes si fort éloignés de la multitude? Car, je suppose, le peuple aimerait mieux nommer à une charge Lévinus que Décius homme nouveau, et le censeur Appius m'exclurait si je n'étais pas né d'un père de condition libre : certes avec raison, parce que je ne serais pas resté tranquille dans ma propre peau. Mais la Gloire traîne enchaînés à son char brillant aussi bien les gens sans noblesse que les nobles. Que t'a servi, Tillius, de reprendre le laticlave déposé et de devenir tribun? L'envie s'en est accrue : elle serait moindre pour le simple particulier. Car, dès qu'on a eu la folie de s'enlacer le milieu de la jambe des noires courroies et de laisser tomber le laticlave sur sa poitrine, on entend aussitôt : « Quel homme est-ce là? de quel père est-il né? » Si quelqu'un était attaqué de la maladie qu'a Barrus, de vouloir être regardé comme beau, partout où il passerait, il inspirerait aux jeunes filles une vive curiosité de savoir en détail comment est sa figure, sa jambe, comment est son pied, ses dents, ses cheveux : de même celui qui promet d'avoir soin des citoyens, de la ville, de l'empire et de l'Italie, des temples des dieux, force tout le monde de s'occuper et de chercher à savoir de quel père il est né, si une mère d'obscure naissance l'a laissé sans noblesse. « Toi, fils de Syrus, de Dama ou de Dionysius, tu oses précipiter les citoyens de la roche Tarpéienne ou les livrer à Cadmus? — Mais Novius, mon collègue, est assis un degré derrière moi; car il est, lui, ce qu'était mon père. — Pour cela, tu te crois un Paul et un Messala? Mais Novius, si deux cents chariots, si trois grands convois viennent à se rencontrer au Forum, fera retentir une voix qui dominera les cornets, les trompettes; au moins est-ce là un talent qui nous plaît. » Maintenant je reviens à moi, né d'un père affranchi, que tous déchirent comme né d'un père affranchi, aujourd'hui, parce que je vis dans ton commerce, Mécènes; et jadis de ce que, tribun, je commandais à une légion romaine. L'un est différent de l'autre; car peut-être avec raison le premier venu pourrait-il m'envier la dignité, mais non de même ton amitié aussi, quand surtout tu prends garde de ne t'attacher que des gens dignes, des gens éloignés du vice de l'intrigue. Je ne saurais dire que j'aie ce bonheur, d'avoir par hasard obtenu ton amitié; car ce n'est point le hasard qui t'a présenté à moi : l'excellent Virgile autrefois, après lui Varius, t'ont dit ce que je pouvais être. Dès que j'arrivai devant toi, après avoir prononcé quelques mots entrecoupés, car une retenue muette m'empêchait de parler davantage, je ne me vante pas d'être né d'un père illustre, de parcourir mes champs sur un cheval de Saturium; mais ce que j'étais, je l'expose. Tu me fais, suivant ton habitude, une courte réponse : je m'en

---

Q.i locus a forti Diomede est conditus olim.
Ficntibus hic Varius discedit mœstus amicis.
Inde Rubos fessi pervenimus, utpote longum
95 Carpentes iter et factum corruptius imbri,
Postera tempestas melior, via pejor ad usque
Bari mœnia piscosi; dein Gnatia Lymphis
Iratis exstructa dedit risusque jocosque,
Dum flamma sine thura liquescere limine sacro
100 Persuadere cupit. Credat Judæus Apella,
Non ego : namque deos didici securum agere ævum,
Nec, si quid miri faciat natura, deos id
Tristes ex alto cœli demittere tecto.
Brundusium longæ finis chartæque viæque est.

VI. — AD C. CILNIUM MÆCENATEM.

Non, quia, Mæcenas, Lydorum quidquid Etruscos
Incoluit fines, nemo generosior est te,
Nec quod avus tibi maternus fuit atque paternus,
Olim qui magnis legionibus imperitarent,
5 Ut plerique solent, naso suspendis adunco
Ignotos, ut me libertino patre natum.
Cum referre negas, quali sit quisque parente
Natus, dum ingenuus, persuades hoc tibi vere,
Ante potestatem Tulli atque ignobile regnum
10 Multos sæpe viros nullis majoribus ortos
Et vixisse probos, amplis et honoribus auctos;
Contra Lævinum, Valeri genus, unde superbus
Tarquinius regno pulsus fugit, unius assis
Non unquam pretio pluris licuisse, notante
15 Judice, quo nosti, populo, qui stultus honores
Sæpe dat indignis et famæ servit ineptus,
Qui stupet in titulis et imaginibus. Quid oportet
Nos facere a vulgo longe longeque remotos?
Namque esto, populus Lævino mallet honorem
20 Quam Decio mandare novo, censorque moveret
Appius, ingenuo si non essem patre natus,
Vel merito, quoniam in propria non pelle quiessem.
Sed fulgente trahit constrictos Gloria curru

Non minus ignotos generosis. Quo tibi, Tilli,
25 Sumere depositum clavum fierique tribuno?
Invidia accrevit, privato quæ minor esset.
Nam ut quisque insanus nigris medium impediit crus
Pellibus et latum demisit pectore clavum,
Audit continuo : Quis homo hic est? quo patre natus?
30 Ut si qui ægrotet quo morbo Barrus, haberi
Ut cupiat formosus, eat quacunque, puellis
Injiciat curam quærendi singula, quali
Sit facie, sura, quali pede, dente, capillo :
Sic qui promittit cives, urbem sibi curæ,
35 Imperium fore et Italiam, delubra deorum,
Quo patre sit natus, num ignota matre inhonestus,
Omnes mortales curare et quærere cogit.
Tune Syri, Damæ aut Dionysi filius, audes
Dejicere e saxo cives aut tradere Cadmo?
40 At Novius collega gradu post me sedet uno;
Namque est ille, pater quod erat meus. Hoc tibi Paulus
Et Messala videris? At hic, si plaustra ducenta
Concurrantque Foro tria funera magna, sonabit
Cornua quod vincatque tubas; saltem tenet hoc nos.
45 Nunc ad me redeo libertino patre natum,
Quem rodunt omnes libertino patre natum,
Nunc, quia sum tibi, Mæcenas, convictor; at olim,
Quod mihi pareret legio Romana tribuno.
Dissimile hoc illi est; quia non ut forsit honorem
50 Jure mihi invideat quivis, ita te quoque amicum,
Præsertim cautum dignos assumere, prava
Ambitione procul. Felicem dicere non hoc
Me possim, casu quod te sortitus amicum;
Nulla etenim mihi te fors obtulit : optimus olim
55 Virgilius, post hunc Varius dixere, quid essem.
Ut veni coram, singultim pauca locutus,
Infans namque pudor prohibebat plura profari,
Non ego me claro natum patre, non ego circum
Me Satureiano vectari rura caballo,
60 Sed, quod eram, narro. Respondes, ut tuus est mos,
Pauca : abeo; et revocas nono post mense jubesque

vais; puis tu me rappelles au bout de neuf mois et m'ordonnes d'être au nombre de tes amis. C'est une belle chose, à mon avis, que je t'aie plu, à toi qui distingues un honnête homme d'un vilain, et cela non par la noblesse de mon père, mais par la pureté de ma vie et celle de mon cœur. Or, si c'est par des défauts légers et rares que pèche ma nature, bonne d'ailleurs, comme quelques taches à reprendre sur un beau corps; si personne n'est en droit de me reprocher ni cupidité, ni lésinerie, ni funestes mauvais lieux; si, — pour faire mon éloge, — je suis pur et irréprochable et cher à mes amis : la cause en est à mon père, qui, pauvre possesseur d'un maigre petit champ, ne voulut pas m'envoyer à l'école de Flavius, où de nobles enfants, issus de nobles centurions, boîte et tablettes suspendues au bras gauche, se rendaient apportant en retour leur argent aux huit Ides : mais il osa m'amener encore enfant à Rome, pour me faire faire ces études que tout chevalier, que tout sénateur, fait donner à ceux qui sont nés de lui. A voir mon costume et les esclaves qui me suivaient, comme c'est l'habitude dans une grande ville, on eût cru qu'un antique patrimoine fournissait à de telles dépenses. Lui-même, mon gardien incorruptible, m'accompagnait chez tous mes maitres. Bref, il maintint ma pudeur, qui est le premier ornement de la vertu, à l'abri non-seulement de toute action indigne, mais encore de tout soupçon; et il ne craignit pas qu'on lui fît un crime, s'il m'arrivait un jour, crieur public, ou, comme il l'a été lui-même, collecteur d'impôts, d'aspirer à un faible salaire; et, pour moi, je ne m'en serais pas plaint : mais il n'en mérite aujourd'hui de moi que plus d'honneur et de reconnaissance. Non, je ne puis regretter et avec raison d'avoir eu un tel père; et je ne ferai point, comme une foule de gens qui disent qu'il n'y a pas de leur faute s'ils n'ont pas des parents de condition libre et illustres; je ne m'en défendrai jamais. Bien différents sont et mon langage et ma pensée : en effet, si la nature nous ordonnait de recommencer, après un nombre fixe d'années, le cours achevé de la vie, et de choisir suivant notre vanité d'autres parents, chacun ceux qu'il se désirerait, satisfait des miens, je ne voudrais pas en prendre honorés des faisceaux et de la chaise curule, folie au jugement du vulgaire, bon sens certainement au tien, de me refuser, n'en ayant pas l'habitude, à porter un pénible fardeau. Car à l'instant il me faudrait acquérir une plus grande fortune, saluer plus de gens, prendre un ou deux suivants pour ne jamais sortir seul, soit à la campagne, soit à l'étranger; il me faudrait nourrir plus de valets et de chevaux, me procurer des chars à quatre roues. Aujourd'hui je puis aller, même s'il me plaît jusqu'à Tarente, sur un mulet de bas prix, à qui le poids d'une valise écorche les reins et le cavalier les flancs : personne n'ira m'accuser de lésinerie, comme toi, Tillius, quand, sur la route de Tibur, on te voit, préteur, suivi de cinq esclaves portant un lasanum et un baril de vin. En cela, illustre sénateur, et en mille autres choses, je vis beaucoup mieux que toi. Partout où il me plaît, je marche seul; je m'informe du prix des légumes et de la farine; je parcours le Cirque trompeur et souvent au soir le Forum; je m'arrête aux devins; de là je retourne chez moi auprès d'un plat de porreaux, de pois chiches et de laganum; trois esclaves servent le souper, et une pierre blanche supporte deux coupes avec un cyathe; auprès se trouve un échinus commun, un guttus avec une patère, vaisselle campanienne. Ensuite je vais dormir, sans être tourmenté par l'idée qu'il faudra me lever de bon matin, qu'il faudra me rendre auprès de Marsyas, qui dit ne pouvoir supporter la figure du plus jeune des Novius. Jusqu'à la quatrième heure je reste couché; après cela je vais flâner; ou bien, après avoir lu ou écrit, ce qui me donne le plaisir de réfléchir, je me frotte d'huile, non de celle dont se sert le malpropre Natta, aux dépens des lampes. Mais, dès que je suis fatigué et que le soleil plus violent m'a averti d'aller me baigner, je quitte le champ de Mars et le jeu de paume. Après avoir déjeuné sans excès, ce qu'il faut pour m'empêcher de rester tout le jour le ventre vide, je me tiens paisiblement chez moi. Telle est la vie de ceux qui sont affranchis des soucis et des dangers de l'ambition; voilà ce qui me console et me promet une existence plus douce que si mon grand-père eût été questeur, et mon père, et mon oncle aussi.

VII.

La manière dont l'hybride Persius s'est vengé du fiel et du venin de Rupilius Roi proscrit est, je pense, connue de tous les chassieux et de tous les barbiers. Ce Persius, riche commerçant, avait de grands intérêts à Clazomène, et aussi

Esse in amicorum numero. Magnum hoc ego duco,
Quod placui tibi, qui turpi secernis honestum,
Non patre præclaro, sed vita et pectore puro.
65 Atqui si vitiis mediocribus ac mea paucis
Mendosa est natura, alioqui recta, velut si
Egregio inspersos reprehendas corpore nævos,
Si neque avaritiam neque sordes aut mala lustra
Objiciet vere quisquam mihi, purus et insons —
70 Ut me collaudem — si et vivo carus amicis :
Causa fuit pater his, qui macro pauper agello
Noluit in Flavi ludum me mittere, magni
Quo pueri magnis e centurionibus orti,
Lævo suspensi loculos tabulamque lacerto,
75 Ibant octonis referentes Idibus æra :
Sed puerum est ausus Romam portare docendum
Artes, quas doceat quivis eques atque senator
Semet prognatos. Vestem servosque sequentes,
In magno ut populo, si qui vidisset, avita
80 Ex re præberi mihi crederet illos.
Ipse mihi custos incorruptissimus omnes
Circum doctores aderat. Quid multa? Pudicum,
Qui primus virtutis honos, servavit ab omni
Non solum facto, verum opprobrio quoque turpi,
85 Nec timuit, sibi ne vitio quis verteret, olim
Si præco parvas aut, ut fuit ipse, coactor
Mercedes sequerer; neque ego essem questus : at hoc nunc
Laus illi debetur et a me gratia major.
Nil me pœnitet sanum patris hujus, eoque
90 Non, ut magna dolo factum negat esse suo pars,
Quod non ingenuos habeat clarosque parentes,
Sic me defendam. Longe mea discrepat istis
Et vox et ratio : nam si natura juberet
A certis annis ævum remeare peractum,
95 Atque alios legere ad fastum quoscunque parentes
Optaret sibi quisque, meis contentus honestos
Fascibus et sellis nollem mihi sumere, demens
Judicio vulgi, sanus fortasse tuo. quod
Nollem onus haud unquam solitus portare molestum.

100 Nam mihi continuo major quærenda foret res,
Atque salutandi plures, ducendus et unus
Et comes alter, uti ne solus rusve peregreve
Exirem; plures calones atque caballi
Pascendi, ducenda petorrita. Nunc mihi curto
105 Ire licet mulo vel si libet usque Tarentum,
Mantica cui lumbos onere ulceret atque eques armos :
Objiciet nemo sordes mihi, quas tibi, Tilli,
Cum Tiburte via prætorem quinque sequuntur
Te pueri lasanum portantes œnophorumque.
110 Hoc ego commodius quam tu, præclare senator,
Millibus atque aliis vivo. Quacunque libido est,
Incedo solus; percontor, quanti olus ac far;
Fallacem Circum vespertinumque pererro
Sæpe Forum; assisto divinis; inde domum me
115 Ad porri et ciceris refero laganique catinum;
Cœna ministratur pueris tribus, et lapis albus
Pocula cum cyatho duo sustinet; adstat echinus
Vilis, cum patera guttus, Campana supellex.
Deinde eo dormitum, non sollicitus, mihi quod cras
120 Surgendum sit mane, obeundus Marsya, qui se
Vultum ferre negat Noviorum posse minoris.
Ad quartam jaceo; post hanc vagor; aut ego lecto
Aut scripto, quod me tacitum juvet, ungor olivo,
Non quo fraudatis immundus Natta lucernis.
125 Ast ubi me fessum sol acrior ire lavatum
Admonuit, fugio Campum lusumque trigonem.
Pransus non avide, quantum interpellet inani
Ventre diem durare, domesticus otior. Hæc est
Vita solutorum misera ambitione gravique;
130 His me consolor victurum suavius, ac si
Quæstor avus, pater atque meus patruusque fuisset

VII.

Proscripti Regis Rupili pus atque venenum
Hybrida quo pacto sit Persius ultus, opinor
Omnibus et lippis notum et tonsoribus esse.
Persius hic permagna negotia dives habebat

de fâcheux démêlés avec Roi : homme intraitable, et, par la haine qu'il inspirait, capable de l'emporter sur Roi, insolent et bouffi, au langage si acéré, qu'il dépassait avec des chevaux blancs les Sisenna, les Barrus. Je reviens à Roi. Après que tout accord entre les deux est devenu impossible, — car les gens querelleurs suivent tous la même règle que les braves entre qui s'est élevée une lutte acharnée ; entre Hector, fils de Priam, et le bouillant Achille, il y eut une fureur implacable, au point que la mort seule pût l'éteindre, sans autre motif sinon qu'il y eut en tous deux un courage supérieur ; si la discorde vient à secouer deux lâches, ou qu'une lutte s'élève entre gens inégaux, comme celle de Diomède et du Lycien Glaucus, le moins énergique se retirera, après avoir de lui-même offert des présents, — Brutus gouvernant comme préteur l'opulente Asie, la paire Rupilius et Persius en vient aux mains, si bien que Bacchius avec Bithius n'en forme pas de mieux accouplée. Ils s'avancent en justice pleins de feu, grand spectacle tous deux. Persius expose la cause ; toute l'assemblée de rire ; il fait l'éloge de Brutus, fait l'éloge de sa suite : il appelle Brutus soleil de l'Asie, il appelle étoiles bienfaisantes ses compagnons, excepté Roi ; lui, c'est le grand Chien, astre détesté des laboureurs. Il roulait, comme en hiver un torrent, aux lieux où rarement on porte la hache. A ce flot d'intarissables railleries, le Prénestin riposte par les injures qui se lancent d'un arbre, en vigneron intrépide et indomptable, devant qui le voyageur se serait bien des fois retiré en l'apostrophant à haute voix du nom de coucou. Mais, après qu'il a été inondé de vinaigre italien, le Grec Persius s'écrie : « Par les grands dieux, Brutus, je t'en prie, toi qui es habitué à faire périr les rois, pourquoi ne coupes-tu point la gorge à ce Roi ? C'est, crois-moi, dans tes fonctions. »

VIII.

Autrefois j'étais un tronc de figuier, un bois inutile, quand l'artisan, indécis s'il en ferait un banc ou un Priape, aima mieux qu'il fût dieu. Donc me voilà dieu, grand épouvantail des voleurs et des oiseaux ; les voleurs, c'est ma main droite qui les arrête, ainsi que le pieu rouge qui s'étend indécemment de mon aine ; quant aux oiseaux nuisibles, le roseau

planté sur ma tête leur fait peur et les empêche de se poser dans les nouveaux jardins. C'est ici que jadis se portaient les cadavres des esclaves jetés hors de leur loge étroite et placés par un compagnon dans une bière de vil prix. C'était le lieu de sépulture commun aux pauvres gens, au bouffon Pantolabus et au débauché Nomentanus : un cippe y indiquait mille pieds de front, trois cents sur la campagne, avec l'inscription que le tombeau ne pouvait passer aux héritiers. Maintenant on peut habiter l'Esquilin assaini et se promener au soleil sur le Rempart où naguère attristait la vue d'un champ hideux blanchi par les ossements ; maintenant que les voleurs, les bêtes sauvages, habituées à inquiéter ce lieu, me causent bien moins de souci et de tourment que ces femmes dont les chants et les poisons bouleversent les âmes ; celles-là, aucun moyen de les détruire ni de les empêcher, sitôt que la lune errante a montré son beau visage, de recueillir des os et des herbes malfaisantes. J'ai vu arriver Canidie, sa palla noire retroussée, les pieds nus, les cheveux épars, hurlant avec Sagana l'aînée : la pâleur leur avait donné un aspect effrayant. Elles se mirent à creuser la terre avec leurs ongles et à déchirer de leurs dents une brebis noire ; le sang fut répandu dans la fosse, pour en évoquer les mânes, qui devaient leur donner des réponses. Il y avait une figure de laine et une autre de cire : celle de laine était plus grande, comme devant châtier la seconde ; celle de cire avait une attitude de suppliant, comme si elle allait périr à la manière d'un esclave. L'une des femmes invoque Hécate, l'autre la cruelle Tisiphone ; on voyait errer des serpents et les chiens infernaux, et la lune toute rouge se cacher, pour n'être pas témoin de ce spectacle, derrière les tombeaux élevés. Si je mens en rien, que les corbeaux salissent ma tête de leurs blancs excréments, que viennent pisser et chier sur moi Julius, et Pédiatia sans force, et le voleur Voranus. Pourquoi tout raconter en détail ? de quelle façon les ombres, conversant avec Sagana, rendaient un son lugubre et aigu, comment les magiciennes enterrèrent secrètement une barbe de loup avec les dents d'une couleuvre tachetée, comme en se consumant l'image de cire augmenta les flammes, comme enfin, me vengeant d'être leur témoin, je fus saisi d'horreur aux paroles et aux actions des deux Furies ? En effet,

<pre>
 5 Clazomenis, etiam lites cum Rege molestas,
    Durus homo atque odio qui posset vincere Regem,
    Confidens tumidusque, adeo sermonis amari,
    Sisennas, Barros ut equis præcurreret albis.
    Ad Regem redeo. Postquam nihil inter utrumque
10 Convenit : — hoc etenim sunt omnes jure molesti,
    Quo fortes, quibus adversum bellum incidit ; inter
    Hectora Priamiden animosum atque inter Achillem
    Ira fuit capitalis, ut ultima divideret mors,
    Non aliam ob causam, nisi quod virtus in utroque
15 Summa fuit ; duo si discordia vexet inertes,
    Aut si disparibus bellum incidat, ut Diomedi
    Cum Lycio Glauco, discedat pigrior, ultro
    Muneribus missis : — Bruto prætore tenente
    Ditem Asiam, Rupili et Persi par pugnat, uti non
20 Compositum melius cum Bitho Bacchius. In jus
    Acres procurrunt, magnum spectaculum uterque.
    Persius exponit causam ; ridetur ab omni
    Conventu ; laudat Brutum laudatque cohortem :
    Solem Asiæ Brutum appellat, stellasque salubres
25 Appellat comites, excepto Rege ; canem illum,
    Invisum agricolis sidus, venisse. Ruebat,
    Flumen ut hibernum, fertur quo rara securis.
    Tum Prænestinus salso multoque fluenti
    Expressa arbusto regerit convicia, durus
30 Vindemiator et invictus, cui sæpe viator
    Cessisset, magna compellans voce cuculum.
    At Græcus, postquam est Italo perfusus aceto,
    Persius exclamat : Per magnos, Brute, deos te
    Oro, qui reges consueris tollere, cur non
35 Hunc Regem jugulas ? Operum hoc, mihi crede, tuorum est.
</pre>

VIII.

<pre>
    Olim truncus eram ficulnus, inutile lignum,
    Cum faber, incertus scamnum faceretne Priapum,
    Maluit esse deum. Deus inde ego, furum aviumque
    Maxima formido ; nam fures dextra coercet
 5 Obscœnoque ruber porrectus ab inguine palus ;
    Ast importunas volucres in vertice arundo
    Terret fixa vetatque novis considere in hortis.
    Huc prius angustis ejecta cadavera cellis
    Conservus vili portanda locabat in arca.
10 Hoc miseræ plebi stabat commune sepulcrum,
    Pantolabo scurræ Nomentanoque nepoti :
    Mille pedes in fronte, trecentos cippus in agrum
    Hic dabat : Heredes monumentum ne sequeretur.
    Nunc licet Esquiliis habitare salubribus atque
15 Aggere in aprico spatiari, quo modo tristes
    Albis informem spectabant ossibus agrum ;
    Cum mihi non tantum furesque feræque suetæ
    Hunc vexare locum curæ sunt atque labori,
    Quantum carminibus quæ versant atque venenis
20 Humanos animos ; has nullo perdere possum
    Nec prohibere modo, simul ac vaga luna decorum
    Protulit os, quin ossa legant herbasque nocentes.
    Vidi egomet nigra succinctam vadere palla
    Canidiam, pedibus nudis passoque capillo,
25 Cum Sagana majore ululantem : pallor utrasque
    Fecerat horrendas adspectu. Scalpere terram
    Unguibus et pullam divellere mordicus agnam
    Cœperunt ; cruor in fossam confusus, ut inde
    Manes elicerent, animas responsa daturas.
30 Lanea et effigies erat, altera cerea : major
    Lanea, quæ pœnis compesceret inferiorem ;
    Cerea suppliciter stabat, servilibus ut quæ
    Jam peritura modis. Hecaten vocat altera, sævam
    Altera Tisiphonen ; serpentes atque videres
35 Infernas errare canes lunamque rubentem,
    Ne foret his testis, post magna latere sepulcra.
    Mentior at si quid, merdis caput inquiner albis
    Corvorum, atque in me veniat mictum atque cacatum
    Julius et fragilis Pediatia furque Voranus.
40 Singula quid memorem ? quo pacto alterna loquentes
    Umbræ cum Sagana resonarent triste et acutum,
    Utque lupi barbam variæ cum dente colubræ
    Abdiderint furtim terris, et imagine cerea
    Largior arserit ignis, et ut non testis inultus
45 Horruerim voces Furiarum et facta duarum :
</pre>

avec le bruit d'une vessie qui éclate, ma fesse de figuier se fendant, je pétai : aussitôt les femmes de courir à la ville. Canidie laisse tomber ses dents, Sagana sa haute perruque, ses herbes, ses bracelets enchantés : c'était le plus risible et plus amusant des spectacles.

IX.

J'allais un jour par la voie Sacrée, songeant, selon ma coutume, à je ne sais quels riens, et tout entier à mes rêves : accourt un quidam qui ne m'est connu que de nom, et me saisissant la main : « Comment vas-tu, mon très-cher ami? — Fort bien, pour le moment, dis-je, et je suis tout à ton service. » Comme il me suivait : « Désires-tu encore quelque chose? » dis-je en le prévenant. Mais lui : « Tu nous connais, répond-il; nous sommes savant. » Alors moi : « Je t'en estimerai davantage, » lui dis-je. Cherchant tous les moyens de m'en séparer, tantôt je marche plus vite, tantôt je m'arrête, je dis à l'esclave je ne sais quoi à l'oreille, tandis que la sueur me coulait jusqu'aux talons. « O Bolanus! que n'ai-je ta chaude cervelle! » disais-je tout bas; tandis que notre homme bavardait sur n'importe quoi, faisait l'éloge des rues, de la ville. Comme je ne répondais mot : « Tu désires vivement t'en aller, dit-il; il y a longtemps que je m'en aperçois; mais c'est peine perdue : je dispose de toi; je t'accompagnerai où tu te diriges maintenant. — Inutile que tu fasses un détour; je vais voir une personne que tu ne connais pas; elle demeure loin au delà du Tibre, près des jardins de César. — Je n'ai rien à faire et ne crains pas la fatigue; je continuerai à te suivre. » Je baisse le bout des oreilles, comme un âne de mauvaise humeur, quand on lui a mis sur le dos un fardeau trop lourd. Il commence : « Si je me connais bien, tu n'auras ni pour ton ami Viscus ni pour Varius plus d'estime que pour moi; qui pourrait en effet écrire des vers en plus grand nombre ou plus vite que moi? qui saurait danser avec plus de grâce? Je chante à faire envie à Hermogènes lui-même. » C'était le moment de l'interrompre : « As-tu une mère, des parents intéressés à ta santé? — Je n'ai personne. Je les ai tous ensevelis. » Qu'ils sont heureux! A mon tour maintenant. Achève-moi; voici le moment où va s'accomplir le funeste destin que, dans mon enfance, m'a prédit une vieille Sabine, après avoir agité son urne prophétique : Ni cruel poison, ni

épée ennemie, ni pleurésie, ni toux, ni goutte impotente, ne l'emporteront; c'est un bavard qui le fera périr un jour; s'il est sage, qu'il évite les parleurs aussitôt qu'il sera devenu grand. — On était arrivé au temple de Vesta, le quart du jour déjà passé, et par hasard il avait alors à répondre à une assignation, faute de quoi il perdait son affaire. « Je t'en prie, dit-il, assiste-moi un peu ici. — Que je meure, si je suis en état de te servir, ou si j'entends les lois civiles; d'ailleurs, je cours où tu sais. — Je me demande ce que je dois faire, dit-il; vais-je te laisser ou laisser ma cause? — Moi, je te prie. — Non, je n'en ferai rien, » répond-il; et il se met à marcher devant. Moi, comme il est difficile de lutter avec un vainqueur, je le suis. « Comment Mécènes en use-t-il avec toi? reprend-il : il admet peu de monde, et il a bien raison; personne ne s'est plus habilement servi de sa fortune. Tu aurais un aide capable de remplir les seconds rôles, si tu voulais me présenter à lui; que je périsse, si tu ne les supplantais tous. — Nous ne vivons pas de la manière que tu crois; il n'est point de maison plus honnête que la sienne, ni plus étrangère à ces intrigues; qu'un tel ait plus de richesses ou plus de connaissances, cela ne me fait tort en rien; chacun y a sa place. — C'est superbe, ce que tu me dis là; à peine croyable! — Pourtant il en est ainsi. — Tu enflammes le désir que j'ai d'être son plus intime. — Tu n'as qu'à vouloir : en raison de ton mérite, tu triompheras de lui; il est homme à être vaincu, aussi au début est-il d'un accès difficile. — Je ne me ménagerai point : des présents corrompront les esclaves; repoussé aujourd'hui, je ne me rebuterai pas; je chercherai les occasions, je l'aborderai sur les places publiques, je me joindrai à son cortége. Dans la vie on n'arrive à rien sans peine. » Tandis qu'il me débite tout cela, voici que se présente Aristius Fuscus, un ami, et qui le connaissait bien. Nous nous arrêtons. « D'où viens-tu? » et « Où vas-tu? » sont les questions auxquelles il répond à son tour. Je me mets à tirer sa toge et à serrer de la main ses bras insensibles, faisant signe de la tête, clignant des yeux, pour qu'il me délivre. Lui, mauvais plaisant, feint en riant de ne rien voir : et la bile d'enflammer mon cœur. « J'en suis sûr; tu me disais que tu voulais me parler de je ne sais quoi en secret. — Je m'en souviens parfaitement; mais je te le dirai dans un meilleur moment; c'est aujourd'hui le trentième

---

Nam, displosa sonat quantum vesica, pepedi
Diffissa nate, ficus : at illæ currere in urbem.
Canidiæ dentes, altum Saganæ caliendrum
Excidere atque herbas atque incantata lacertis
50 Vincula cum magno risuque jocoque videres.

IX.

Ibam forte via Sacra, sicut meus est mos,
Nescio quid meditans nugarum, totus in illis :
Accurrit quidam notus mihi nomine tantum,
Arreptaque manu : Quid agis, dulcissime rerum?
5 Suaviter, ut nunc est, inquam, et cupio omnia quæ vis.
Cum assectaretur : Num quid vis? At ille,
Noris nos, inquit; docti sumus. Hic ego, Pluris
Hoc, inquam, mihi eris. Misere discedere quærens,
Ire modo ocius, interdum consistere, in aurem
10 Dicere nescio quid puero, cum sudor ad imos
Manaret talos. O te, Bolane, cerebri
Felicem! aiebam tacitus; cum quidlibet ille
Garriret, vicos, urbem laudaret. Ut illi
Nil respondebam : Misere cupis, inquit, abire;
15 Jamdudum video; sed nil agis; usque tenebo;
Prosequar hinc, quo nunc iter est tibi. Nil opus est te
Circumagi; quemdam volo visere non tibi notum;
Trans Tiberim longe cubat is, prope Cæsaris hortos.
Nil habeo quod agam et non sum piger; usque sequar te.
20 Demitto auriculas, ut iniquæ mentis asellus,
Cum gravius dorso subiit onus. Incipit ille :
Si bene me novi, non Viscum pluris amicum,
Non Varium facies; nam quis me scribere plures
Aut citius possit versus? quis membra movere
25 Mollius? Invideat quod et Hermogenes, ego canto.
Interpellandi locus hic erat : Est tibi mater,
Cognati, quis te salvo est opus? Haud mihi quisquam.
Omnes composui. — Felices! Nunc ego resto.
Confice; namque instat fatum mihi triste, Sabella
30 Quod puero cecinit divina mota anus urna :
Hunc neque dira venena nec hosticus auferet ensis

Nec laterum dolor aut tussis nec tarda podagra;
Garrulus hunc quando consumet cunque; loquaces,
Si sapiat, vitet, simul atque adoleverit ætas.
35 Ventum erat ad Vestæ, quarta jam parte diei
Præterita, et casu tunc respondere vadato
Debebat, quod ni fecisset, perdere litem.
Si me amas, inquit, paulum hic ades. Inteream, si
Aut valeo stare aut novi civilia jura;
40 Et propero quo scis. Dubius sum, quid faciam, inquit,
Tene relinquam an rem. Me, sodes. Non faciam, ille,
Et præcedere cœpit. Ego, ut contendere durum est
Cum victore, sequor. Mæcenas quomodo tecum?
Hinc repetit; paucorum hominum et mentis bene sanæ
45 Nemo dexterius fortuna est usus. Haberes
Magnum adjutorem, posset qui ferre secundas,
Hunc hominem velles si tradere; dispeream, ni
Submosses omnes. Non isto vivitur illic,
Quo tu rere, modo; domus hac nec purior ulla est
50 Nec magis his aliena malis; nil mi officit unquam,
Ditior hic aut est quia doctior; est locus uni-
cuique suus. Magnum narras, vix credibile! Atqui
Sic habet. Accendis, quare cupiam magis illi
Proximus esse. Velis tantummodo: quæ tua virtus,
55 Expugnabis; et est qui vinci possit, eoque
Difficiles aditus primos habet. Haud mihi deero :
Muneribus servos corrumpam; non, hodie si
Exclusus fuero, desistam; tempora quæram,
Occurram in triviis, deducam. Nil sine magno
60 Vita labore dedit mortalibus. Hæc dum agit, ecce
Fuscus Aristius occurrit, mihi carus et illum
Qui pulchre nosset. Consistimus. Unde venis? et
Quo tendis? rogat et respondet. Vellere cœpi
Et pressare manu lentissima brachia, nutans,
65 Distorquens oculos, ut me eriperet. Male salsus
Ridens dissimulare : meum jecur urere bilis.
Certe nescio quid secreto velle loqui te
Aiebas mecum. Memini bene, sed meliore
Tempore dicam; hodie tricesima sabbata : vin' tu

sabbat : voudrais-tu péter au nez des Juifs écourtés? — Je n'ai point de préjugés, lui dis-je.— Mais moi, je suis d'un esprit un peu plus faible, un homme de la foule. Excuse-moi ; je te parlerai de cela une autre fois. » Faut-il que ce jour se soit levé si funeste pour moi! Le méchant s'échappe et me laisse sous le couteau. Par hasard vient à mon homme son adversaire, et : « Où vas-tu, misérable? » s'é-crie-t-il à haute voix ; et : « Peut-on te prendre pour té-moin? » Moi, je lui présente le bout de l'oreille. Il l'entraîne en justice ; cris de part et d'autre, la foule s'amasse. C'est ainsi qu'Apollon m'a sauvé.

X.

Lucilius, je vais te convaincre de tes défauts, en prenant à témoin Caton, ton défenseur, qui travaille à corriger tes vers mal faits; il s'y prend avec d'autant plus de douceur, que c'est un honnête homme, fort supérieur en adresse à celui que dans son enfance les courroies et les cordes mouillées ont si bien encouragé à devenir l'homme capable de secourir les anciens poëtes contre nos dégoûts, à ce plus docte des chevaliers grammairiens. Je reviens à mon sujet. Oui, j'ai dit que les vers de Lucilius marchent d'un pied mal cadencé. Qui est assez maladroit partisan de Lucilius pour ne point le reconnaître? Mais la même pièce le loue pour avoir à pleines mains frotté la Ville de son sel. Toutefois, en lui accordant ce point, je ne lui concéderai pas le reste; car de la sorte j'admirerais comme de beaux poëmes les mimes de Labérius. Ainsi ce n'est pas assez de faire rire l'auditeur à gorge déployée; — et encore y a-t-il là un certain mérite; — il faut de la concision, pour que la phrase soit rapide et ne s'embarrasse pas de mots qui accablent l'oreille fatiguée; il faut encore un langage tantôt grave, tantôt plaisant, prenant le rôle parfois de l'orateur et du poëte, parfois de l'homme de bon ton qui ménage ses forces et les réduit à dessein. La plaisanterie, avec plus de vigueur et mieux que la violence, tranche souvent de grandes affaires. C'est par ces qualités que se soutenaient les hommes qui ont écrit la comédie ancienne, c'est par là qu'ils sont à imiter, ces poëtes que n'ont jamais lus le bel Hermogènes ni ce singe qui ne sait rien chanter hors Calvus et Catulle. — Mais un chef-d'œuvre de sa part, c'est d'avoir aux mots latins mêlé des mots grecs. — O arriérés que vous êtes! qui pouvez trouver difficile et étonnant ce qui est arrivé au Rhodien Pitholéon! — Mais une manière de s'exprimer où s'accordent harmonieusement les deux langues a bien plus de charmes, comme un vin de Falerne mélangé de Chios. — Quand tu fais des vers ; mais je te le demande, en serait-il de même si tu avais à soutenir la cause difficile de Pétillius accusé? Quoi! oubliant ton pays et ton père, tandis que Pédius Publicola et que Corvinus suent à plaider en latin, tu préférerais mêler à ton idiome maternel des mots tirés du dehors, comme le Canusien aux deux langues? A moi aussi, né de ce côté-ci de la mer, il arriva de faire de petits vers grecs ; mais je fus arrêté par ces paroles de Quirinus, qui m'apparut après minuit, à l'heure où les rêves sont véridiques : « Porter du bois à la forêt, c'est être moins fou que de vouloir augmenter la foule innombrable des poëtes grecs. » Tandis que l'emphatique Alpain égorge Memnon, tandis qu'il dessine à gros traits la tête fangeuse du Rhin, j'écris en me jouant ces poésies, qu'on n'entendra pas dans le temple lutter devant le tribunal de Tarpa, et qui ne retourneront point se faire voir plus d'une fois au théâtre. Tu excelles, Fundanius, parmi nos contemporains, à converser avec grâce dans des pièces où une rusée courtisane et Dave trompent le vieux Chrémès; Pollion chante les actions des rois en vers à triple mesure ; le fougueux Varius mène, comme personne, la haute épopée ; à Virgile les Muses qui aiment les champs ont accordé la douceur et la grâce. Restait ce genre, où Varron l'Atacien et quelques autres se sont essayés vainement : je pouvais le traiter mieux qu'eux, tout en étant au-dessous de l'inventeur ; certes, je n'irais pas entreprendre de lui enlever la couronne si glorieusement fixée sur sa tête. — Mais j'ai dit que c'était un courant bourbeux, où souvent on trouvait plus à retrancher qu'à laisser.— Voyons, je t'en prie, ta critique n'a-t-elle rien à reprendre dans le grand Homère? L'aimable Lucilius ne trouve-t-il rien à changer dans les tragédies d'Accius? Ne se moque-t-il pas des vers où Ennius est au-dessous de sa majesté? Pourtant, en parlant de lui-même, il ne se met pas au-dessus de ceux qu'il a critiqués. Qui nous empêche, nous aussi, quand nous lisons les écrits de Lucilius, de chercher à voir si c'est le caractère de son talent, ou la nature ingrate de ses sujets, qui lui a refusé des vers mieux faits,

70 Curtis Judæis oppedere? Nulla mihi, inquam,
Relligio est. At mi; sum paulo infirmior, unus
Multorum. Ignosces ; alias loquar. Hunccine solem
Tam nigrum surrexe mihi! Fugit improbus ac me
Sub cultro linquit. Casu venit obvius illi
75 Adversarius et : Quo tu turpissime? magna
Inclamat voce; et : Licet antestari? Ego vero
Oppono auriculam. Rapit in jus; clamor utrinque,
Undique concursus. Sic me servavit Apollo.

X.

Lucili, quam sis mendosus, teste Catone,
Defensore tuo, pervincam, qui male factos
Emendare parat versus; hoc lenius ille,
Est quo vir melior, longe subtilior illo,
5 *Qui multum puer et loris et funibus udis*
Exhortatus, ut esset opem qui ferre poetis
Antiquis posset contra fastidia nostra,
Grammaticorum equitum doctissimus. Ut redeam illuc :
Nempe incomposito dixi pede currere versus
Lucili. Quis tam Lucili fautor inepte est,
Ut non hoc fateatur? At idem, quod sale multo
Urbem defricuit, charta laudatur eadem.
5 Nec tamen hoc tribuens dederim quoque cetera; nam sic
Et Laberi mimos ut pulchra poemata mirer.
Ergo non satis est risu diducere rictum
Auditoris; — et est quædam tamen hic quoque virtus; —
Est brevitate opus, ut currat sententia neu se
10 Impediat verbis lassas onerantibus aures;
Et sermone opus est modo tristi, sæpe jocoso,
Defendente vicem modo rhetoris atque poetæ,
Interdum urbani, parcentis viribus atque
Extenuantis eas consulto. Ridiculum acri
15 Fortius et melius magnas plerumque secat res.
Illi, scripta quibus comœdia prisca viris est,
Hoc stabant, hoc sunt imitandi; quos neque pulcher
Hermogenes unquam legit neque simius iste,
Nil præter Calvum et doctus cantare Catullum.

20 At magnum fecit, quod verbis Græca Latinis
Miscuit. O seri studiorum! quine putetis
Difficile et mirum, Rhodio quod Pitholeonti
Contigit? At sermo lingua concinnus utraque
Suavior, ut Chio nota si commixta Falerni est.
25 Cum versus facias, te ipsum percontor, an et cum
Dura tibi peragenda rei sit causa Petilli?
Scilicet oblitus patriæque patrisque, Latine
Cum Pedius causas exsudet Publicola atque
Corvinus, patriis intermiscere petita
30 Verba foris malis, Canusini more bilinguis?
Atque ego cum Græcos facerem natus mare citra
Versiculos, vetuit me tali voce Quirinus,
Post mediam noctem visus, cum somnia vera :
In silvam non ligna feras insanius ac si
35 Magnas Græcorum malis implere catervas.
Turgidus Alpinus jugulat dum Memnona, dumque
Defingit Rheni luteum caput, hæc ego ludo,
Quæ neque in æde sonent certantia judice Tarpa,
Nec redeant iterum atque iterum spectanda theatris.
40 Arguta meretrice potes Davoque Chremeta
Eludente senem comis garrire libellos
Unus vivorum, Fundani; Pollio regum
Facta canit pede ter percusso; forte epos acer
Ut nemo Varius ducit; molle atque facetum
45 Virgilio annuerunt gaudentes rure Camenæ.
Hoc erat, experto frustra Varrone Atacino
Atque quibusdam aliis, melius quod scribere possem,
Inventore minor; neque ego illi detrahere ausim
Hærentem capiti cum multa laude coronam. —
50 At dixi fluere hunc lutulentum, sæpe ferentem
Plura quidem tollenda relinquendis. — Age, quæso,
Tu nihil in magno doctus reprehendis Homero?
Nil comis tragici mutat Lucilius Acci?
Non ridet versus Enni gravitate minores,
55 Cum de se loquitur non ut majore reprensis?
Quid vetat et nosmet Lucili scripta legentes
Quærere, num illius, num rerum dura negarit

d'une marche plus facile que ceux d'un homme qui, satisfait d'avoir enfermé quelque chose en six pieds, se plaît à écrire deux cents lignes avant le repas et autant après avoir soupé; pareil au génie, plus bouillonnant qu'un torrent impétueux, de l'Etrusque Cassius, qui, dit-on, eut pour bûcher ses coffrets et ses propres livres? Je veux bien que Lucilius ait été plein d'urbanité et de bon ton; je veux bien encore qu'il ait été plus limé qu'on ne pouvait l'attendre de l'auteur d'un genre non dégrossi et inconnu aux Grecs, plus que la foule des poëtes anciens; mais, si le destin l'eût fait vivre de nos jours, il polirait bien des choses dans ses écrits, il retrancherait tout ce qui sortirait des limites de la perfection, et, en faisant des vers, plus d'une fois il se gratterait la tête et se rongerait les ongles jusqu'au vif. Tourne souvent le style, afin d'écrire des ouvrages dignes d'être relus, et ne va pas travailler dans le but d'être admiré de la foule, mais contente-toi de quelques lecteurs. Aurais-tu la folie de préférer voir dicter tes chants dans de misérables écoles? Moi non; car *il suffit que le chevalier m'applaudisse,* comme, bravant les autres spectateurs, l'a dit hautement Arbuscula sifflée. Me laisserais-je troubler par la punaise Pantilius? ou irais-je me tourmenter de ce que Démétrius m'égratigne en mon absence, de ce que le sot Fannius me déchire à la table d'Hermogènes Tigellius? Que Plotius et Varius, Mécènes et Virgile, Valgius et Octavius fassent cas de mes vers; puissent-ils recevoir les éloges de l'excellent Fuscus et de l'un et l'autre Viscus! Sans vouloir capter les suffrages, je puis te nommer, Pollion, et toi, Messala, ainsi que ton frère, et vous aussi, Bibulus et Servius, et aussi toi, sincère Furnius, bien d'autres encore, doctes amis, que je passe sciemment; c'est à vous que je voudrais voir sourire ces écrits, quels qu'ils soient, malheureux, s'ils vous plaisent moins que je n'espérais. Démétrius, et toi, Tigellius, je vous prie d'aller larmoyer au milieu des siéges de vos écolières. Va, esclave, et écris vite cette pièce à la suite de mon recueil.

LIVRE DEUXIÈME

I. — HORACE, TRÉBATIUS.

— Il en est qui trouvent que, dans la satire, je suis trop vif et que je tends la corde au delà des règles; d'autres pensent que mes ouvrages manquent de nerf et que l'on peut défiler par jour mille vers comme les miens. Trébatius, que dois-je faire? Prononce.

— Te tenir tranquille.

— Que je ne fasse plus du tout de vers?

— Oui.

— Que je meure, si ce ne serait le bon parti! mais je ne puis dormir.

— Qu'après s'être frottés d'huile, ils passent trois fois le Tibre à la nage, ceux qui ont besoin d'un sommeil profond, et qu'à l'entrée de la nuit ils s'arrosent l'estomac d'un vin pur. Ou plutôt, si l'amour d'écrire t'entraîne si fort, tente de chanter les actions de l'invincible César : tes peines te vaudront une foule d'avantages.

— Je le voudrais bien, excellent père; mais les forces me manquent : car il n'est pas donné au premier venu de peindre les bataillons hérissés de javelots, ni les Gaulois expirant sous un trait brisé, ni les blessures du Parthe tombant de son cheval.

— Cependant tu pourrais raconter et sa justice et sa fermeté, comme le sage Lucilius a fait pour Scipion.

— Je ne me manquerai pas, quand l'occasion l'amènera d'elle-même. Si ce n'est au moment opportun, les paroles de Flaccus ne trouveront pas l'oreille de César attentive; car les caresses maladroites le font regimber et le rendent inabordable.

— Combien cela vaudrait mieux que de blesser d'un vers méchant *le bouffon Pantolabus et le débauché Nomentanus,*

Versiculos natura magis factos et euntes
Mollius, ac si quis pedibus quid claudere senis,
60 Hoc tantum contentus amet scripsisse ducentos
Ante cibum versus, totidem cœnatus; Etrusci
Quale fuit Cassi rapido ferventius amni
Ingenium, capsis quem fama est esse librisque
Ambustum propriis. Fuerit Lucilius, inquam,
65 Comis et urbanus, fuerit limatior idem
Quam rudis et Græcis intacti carminis auctor,
Quamque poetarum seniorum turba: sed ille,
Si foret hoc nostrum fato delatus in ævum,
Detereret sibi multa, recideret omne quod ultra
70 Perfectum traheretur, et in versu faciendo
Sæpe caput scaberet, vivos et roderet ungues.
Sæpe stylum vertas, iterum quæ digna legi sint,
Scripturus, neque te ut miretur turba, labores.
Contentus paucis lectoribus. An tua demens
75 Vilibus in ludis dictari carmina malis?

Non ego; nam *satis est equitem mihi plaudere, ut audax,*
Contemptis aliis, explosa Arbuscula dixit.
Men' moveat cimex Pantilius, aut cruciet quod
Vellicet absentem Demetrius, aut quod ineptus
80 Fannius Hermogenis lædat conviva Tigelli?
Plotius et Varius, Mæcenas Virgiliusque,
Valgius et probet hæc Octavius, optimus atque
Fuscus et hæc utinam Viscorum laudet uterque!
Ambitione relegata te dicere possim,
85 Pollio, te, Messala, tuo cum fratre simulque
Vos, Bibule et Servi, simul his te, candide Furni,
Complures alios, doctos ego quos et amicos
Prudens prætereo; quibus hæc, sint qualiacunque,
Arridere velim, doliturus, si placeant spe
90 Deterius nostra. Demetri, teque, Tigelli,
Discipularum inter jubeo plorare cathedras.
I, puer, atque meo citus hæc subscribe libello.

LIBER SECUNDUS

I. — HORATIUS, TREBATIUS.

Sunt, quibus in satira videor nimis acer et ultra
Legem tendere opus; sine nervis altera, quidquid
Composui, pars esse putat similesque meorum
Mille die versus deduci posse. Trebati,
5 Quid faciam, præscribe. — Quiescas. — Ne faciam, inquis,
Omnino versus? — Aio. — Peream male, si non
Optimum erat : verum nequeo dormire. — Ter uncti
Transnanto Tiberim, somno quibus est opus alto,
Irriguumque mero sub noctem corpus habento.
10 Aut, si tantus amor scribendi te rapit, aude

Cæsaris invicti res dicere, multa laborum
Præmia laturus. — Cupidum, pater optime, vires
Deficiunt : neque enim quivis horrentia pilis
Agmina nec fracta pereuntes cuspide Gallos
15 Aut labentis equo describat vulnera Parthi.
— Attamen et justum poteras et scribere fortem,
Scipiadam ut sapiens Lucilius. — Haud mihi deero,
Cum res ipsa feret. Nisi dextro tempore, Flacci
Verba per attentam non ibunt Cæsaris aurem,
20 Qui male si palpere, recalcitrat undique tutus.
— Quanto rectius hoc quam tristi lædere versu
Pantolabum scurram Nomentanumque nepotem,

alors que chacun craint pour soi, même sans avoir été attaqué, et s'anime de haine !

— Que faire? Milonius danse, une fois que les feux du vin ont frappé et échauffé son cerveau, et qu'a augmenté pour lui le nombre des lampes. Castor se plaît aux chevaux ; le dieu sorti du même œuf, au pugilat; autant de têtes, autant de milliers de goûts : moi, j'aime à enfermer des mots dans les mesures d'un vers, à la manière de Lucilius, qui valait mieux que l'un et l'autre de nous. Lucilius, autrefois, confiait, comme à des amis sûrs, ses secrets à ses livres, ne s'adressant jamais ailleurs, ni dans la bonne, ni dans la mauvaise fortune : d'où vient que la vie entière du vieux poëte se voit dans ses écrits, comme si elle était représentée sur un tableau votif. Je suis ses traces; Lucanien ou Apulien, je l'ignore : car le colon de Venouse laboure aux deux frontières, chargé après la défaite des Sabins, suivant la vieille tradition, d'empêcher que, par un passage ouvert, l'ennemi ne fît incursion contre les Romains, soit que le peuple Apulien, soit que l'impétueuse Lucanie vînt à susciter quelque guerre. Mais mon style n'attaquera point de lui-même âme qui vive et me défendra comme une épée recouverte du fourreau ; et pourquoi essayerais-je de l'en tirer, tant que je serai à l'abri de l'attaque des brigands? O père et maître du monde, Jupiter, veuille que la rouille détruise mon arme posée et que personne ne me provoque, moi qui désire la paix ! Mais celui qui m'aura excité, — malheur à qui me touche ! crié-je, — en pleurera, et son nom fameux sera chanté par toute la ville. Cervius irrité menace des lois et de l'urne ; Canidie menace ses ennemis du poison d'Albutius ; Turius, d'un grand mal, si l'on plaide une cause devant son tribunal. Chacun effraye ceux qui lui sont suspects par les moyens qui font sa force, et c'est l'ordre de la puissante nature, conclus-le de ces exemples avec moi : le loup attaque de la dent, le taureau de la corne : d'où l'ont-ils appris, si ce n'est de l'instinct? Confie au débauché Scéva sa mère qui vit trop longtemps ; sa pieuse main ne commettra point de meurtre : c'est étonnant ; de même le loup n'attaque personne du pied, ni le bœuf de la dent ; mais la vieille femme sera emportée par un miel mélangé de funeste ciguë. Pour ne pas être long, soit que m'attende une paisible vieillesse, soit que de ses noires ailes la Mort vole autour de moi, riche, pauvre, à

Rome, ou, si c'est la volonté du sort, dans l'exil, quelle que soit la teinte de ma vie, j'écrirai.

— O jeune homme ! je crains bien que tu ne fasses pas longue vie, et qu'un ami puissant ne te frappe d'un accueil glacé.

— Quoi ! lorsque Lucilius osa le premier composer des vers dans ce genre de poésie et enlever la peau dont chacun s'embellissait devant le monde et masquait la laideur du dedans, est-ce que Lélius, ou celui qui tira de la destruction de Carthage un surnom mérité, furent choqués de son talent et sensibles aux blessures faites à Métellus et aux vers infamants dont fut accablé Lupus? Et pourtant il attaqua les premiers du peuple et le peuple en masse, n'épargnant que la seule vertu et les amis de la vertu. Eh bien, dès que le courage de Scipion et la douce sagesse de Lélius s'étaient retirés de la foule et de la scène du monde, ils avaient l'habitude, la ceinture déliée, de badiner et de s'ébattre avec lui, jusqu'à ce que le légume eût bouilli. Quoi que je sois, bien qu'inférieur à Lucilius en cens et en talent, cependant l'envie sera forcée de reconnaître que j'ai vécu avec d'illustres personnages, et, cherchant à briser de la dent un objet fragile, heurtera contre un corps solide,..... à moins que tu n'aies, docte Trébatius, un avis différent.

— En vérité, je ne puis rien infirmer de tout cela. Mais pourtant je t'en avertis, prends garde que l'ignorance des saintes lois ne t'attire quelque affaire : si l'on a composé contre quelqu'un des vers méchants, il y a droit et poursuite.

— Soit, de méchants; mais, si on en a composé de bons, qui vous aient mérité les éloges de César? si l'on a aboyé contre un homme digne d'insultes, étant pur soi-même?

— Le rire fera fléchir les tablettes, et on te laissera partir.

II.

Que c'est une vertu et une grande vertu, amis, que de vivre de peu, — et ce langage n'est pas de moi, c'est la doctrine du paysan Ofella, sage sans système et à l'épaisse Minerve, — apprenez-le non devant des plats et des tables brillantes, alors que la vue est éblouie par un fol éclat et que l'âme, portée à l'erreur, repousse le vrai, mais venez ici à jeun le rechercher avec moi. Pourquoi cela? Je le dirai, si je le puis. Un juge corrompu apprécie mal la vérité. Après

---

Cum sibi quisque timet, quanquam est intactus, et odit !
— Quid faciam? Saltat Milonius, ut semel icto
25 Accessit fervor capiti numerusque lucernis.
Castor gaudet equis, ovo prognatus eodem
Pugnis ; quot capitum vivunt, totidem studiorum
Millia : me pedibus delectat claudere verba
Lucili ritu nostrum melioris utroque.
30 Ille velut fidis arcana sodalibus olim
Credebat libris, neque, si male cesserat, unquam
Decurrens alio, neque si bene: quo fit, ut omnis
Votiva pateat veluti descripta tabella
Vita senis. Sequor hunc, Lucanus an Apulus anceps :
35 Nam Venusinus arat finem sub utrumque colonus,
Missus ad hoc pulsis, vetus est ut fama, Sabellis,
Quo ne per vacuum Romano incurreret hostis,
Sive quod Apula gens seu quod Lucania bellum
Incuteret violenta. Sed hic stylus haud petet ultro
40 Quemquam animantem et me veluti custodiet ensis
Vagina tectus; quem cur destringere coner
Tutus ab infestis latronibus? O pater et rex
Juppiter, ut pereat positum rubigine telum,
Nec quisquam noceat cupido mihi pacis! At ille,
45 Qui me commorit, — melius non tangere ! clamo, —
Flebit et insignis tota cantabitur urbe.
Cervius iratus leges minitatur et urnam,
Canidia Albuti, quibus est inimica, venenum,
Grande malum Turius, si quid se judice certes.
50 Ut, quo quisque valet, suspectos terreat, utque
Imperet hoc natura potens, sic collige mecum :
Dente lupus, cornu taurus petit : unde nisi intus
Monstratum? Scævæ vivacem crede nepoti
Matrem ; nil faciet sceleris pia dextera : mirum,
55 Ut neque calce lupus quemquam neque dente petit bos;
Sed mala tollet anum vitiato melle cicuta.
Ne longum faciam, seu me tranquilla senectus
Exspectat, seu Mors atris circumvolat alis,
Dives, inops, Romæ, seu fors ita jusserit, exsul,

60 Quisquis erit vitæ, scribam, color. — O puer, ut sis
Vitalis, metuo et majorum ne quis amicus
Frigore te feriat. — Quid, cum est Lucilius ausus
Primus in hunc operis componere carmina morem,
Detrahere et pellem, nitidus qua quisque per ora
65 Cederet, introrsum turpis, num Lælius aut qui
Duxit ab oppressa meritum Carthagine nomen,
Ingenio offensi aut læso doluere Metello
Famosisque Lupo cooperto versibus? Atqui
Primores populi arripuit populumque tributim,
70 Scilicet uni æquus virtuti atque ejus amicis.
Quin ubi se a vulgo et scena in secreta remorant
Virtus Scipiadæ et mitis sapientia Læli,
Nugari cum illo et discincti ludere, donec
Decoqueretur olus, soliti. Quidquid sum ego, quamvis
75 Infra Lucili censum ingeniumque, tamen me
Cum magnis vixisse invita fatebitur usque
Invidia et fragili quærens illidere dentem
Offendet solido... nisi quid tu, docte Trebati,
Dissentis. — Equidem nihil hinc diffindere possum.
80 Sed tamen ut monitus caveas, ne forte negoti
Incutiat tibi quid sanctarum inscitia legum ·
Si mala condiderit in quem quis carmina, jus est
Judiciumque. — Esto, si quis mala; sed bona si quis
Judice condiderit laudatus Cæsare? si quis
85 Opprobriis dignum latraverit, integer ipse?
— Solventur risu tabulæ, tu missus abibis.

II.

Quæ virtus et quanta, boni, sit vivere parvo, —
Nec meus hic sermo est, sed quæ præcepit Ofella
Rusticus, abnormis sapiens crassaque Minerva, —
Discite non inter lances mensasque nitentes.
5 Cum stupet insanis acies fulgoribus et cum
Acclinis falsis animus meliora recusat,
Verum hic impransi mecum disquirite. Cur hoc?
Dicam, si potero. Male verum examinat omnis

avoir poursuivi un lièvre, après t'être harassé sur un cheval indompté, ou bien, les exercices romains épuisent-ils un homme habitué à vivre à la grecque, si t'entraîne la balle rapide dont le goût trompe doucement pour toi une fatigue sérieuse, ou le disque, frappe du disque l'air qui lui cède; quand la fatigue aura violemment repoussé tes dégoûts, altéré, affamé, dédaigne une nourriture grossière ; ne bois rien, si ce n'est du miel de l'Hymette délayé dans du Falerne. Le cellérier est absent, et, dans la sombre mer, l'orage protége les poissons : du pain et du sel sauront bien apaiser ton estomac qui crie. D'où ou comment crois-tu que cela s'est produit ? Ce n'est pas dans un fumet précieux qu'est le plaisir, mais c'est en toi-même. Cherche de bons plats en suant ; enflé et blêmi par les vices, tu ne trouveras de charmes ni dans l'huître, ni dans le scarus, ni dans l'étrangère lagois. C'est avec peine pourtant que j'empêcherai, si l'on a servi un paon, que tu refuses d'en flatter ton palais pour lui préférer une poule, gâté que tu es par les préventions, parce que c'est un rare oiseau qui se vend au poids de l'or et étale aux regards les brillantes couleurs de sa queue ; comme si tout cela faisait rien à l'affaire. Manges-tu ce plumage que tu vantes? Une fois cuit, a-t-il encore cet éclat? Cependant, quoiqu'il n'y ait pas de différence, tu aimes mieux cette chair que l'autre. L'inégalité d'extérieur t'a séduit, c'est clair. Je veux bien : par quel privilége sens-tu si ce loup tibérin à la gueule béante a été pris dans la pleine mer, ou s'il a été ballotté entre les deux ponts ou vers l'embouchure du fleuve étrusque? Tu vantes, insensé, un mulet de trois livres qu'il te faut découper par petites portions. L'apparence t'entraîne, je le vois bien : pourquoi donc n'aimes-tu pas les gros loups? C'est parce que la nature leur a donné une grande dimension, aux autres un poids léger. Un estomac rarement à jeun dédaigne des mets ordinaires. « Je voudrais bien contempler un grand mulet étendu dans un grand plat, » dit un ventre digne des dévorantes Harpies. Mais vous, Austers propices, venez cuire leurs provisions. Que dis-je? le sanglier, le turbot frais puent, parce qu'une détestable abondance tourmente leur estomac malade, quand, rassasié, il préfère des radis et d'aigres aunées. Pourtant la simplicité n'est pas encore entièrement chassée des repas des riches ; car les œufs vulgaires et les noires olives y ont place aujourd'hui. Il n'y a

pas bien longtemps, la table du crieur Gallonius était décriée pour un esturgeon. Quoi donc, est-ce qu'alors la mer nourrissait moins de turbots? Le turbot était tranquille, et tranquille le nid de la cigogne, jusqu'au jour où vous instruisit l'exemple d'un aspirant préteur. Donc, si quelqu'un venait maintenant à publier que les plongeons rôtis sont délicieux, on verrait, docile au mal, obéir la jeunesse romaine. Entre frugalité et lésinerie il y aura de la distance, au jugement d'Ofella ; car c'est en vain qu'on aura évité un défaut, si l'on s'est tourné vers un autre mal. Avidiénus, auquel est attaché le surnom de Chien dû à la réalité, mange des olives de cinq ans et des cornouilles sauvages, se garde de verser d'autre vin que du vin tourné, et, célébrât-il en toge blanchie un répotium, ou le jour de sa naissance, ou d'autres fêtes, d'un vase de deux livres il laisse tomber goutte à goutte sur ses choux une huile d'une odeur insupportable, ne ménageant pas le vinaigre vieux. Quelle sera donc la manière de vivre du sage, et, de ces deux hommes, lequel imitera-t-il? D'un côté presse le loup, de l'autre le chien, dit-on. Il sera propre, assez pour ne jamais choquer, par une repoussante saleté, et il ne sera tourmenté pour son entretien ni dans un sens ni dans l'autre. Il ne sera point, à l'exemple du vieil Albutius, violent envers ses esclaves, en leur distribuant leur tâche, et n'ira pas, comme le bonhomme Névius, donner de l'eau grasse aux convives ; c'est là aussi un grand défaut. Ecoute maintenant tous les avantages qu'apporte avec elle la frugalité. Avant tout celui de te bien porter : car la diversité nuit à l'homme, et, pour le croire, rappelle-toi ces repas d'un seul plat qui toujours sont restés tranquilles dans ton ventre ; mais, dès qu'aux rôtis tu auras joint les viandes bouillies, les coquillages aux grives, les saveurs se tourneront en bile et la visqueuse pituite portera le trouble dans l'estomac. Vois-tu comme chacun se lève pâle d'un souper où l'on a l'embarras du choix? Bien plus, le corps, accablé des excès de la veille, alourdit l'âme en même temps, et fixe à terre cette parcelle du souffle divin. L'autre, dès qu'il a livré au sommeil ses membres restaurés plus vite qu'une parole, se lève dispos pour reprendre ses devoirs ordinaires. Cependant il pourra, à l'occasion, se donner mieux, ou si l'année a ramené avec elle un jour de fête, ou s'il veut réparer son corps affaibli, et une fois que s'augmenteront les années et que la faiblesse de l'âge

    Corruptus judex. Leporem sectatus equove
10 Lassus ab indomito vel, si Romana fatigat
    Militia assuetum græcari, seu pila velox
    Molliter austerum studio fallente laborem,
    Seu te discus agit, pete cedentem aera disco;
    Cum labor extuderit fastidia, siccus, inanis
15 Sperne cibum vilem; nisi Hymettia mella Falerno
    Ne biberis diluta. Foris est promus, et atrum
    Defendens pisces hiemat mare : cum sale panis
    Latrantem stomachum bene leniet. Unde putas aut
    Qui partum? Non in caro nidore voluptas
20 Summa, sed in te ipso est. Tu pulmentaria quære
    Sudando; pinguem vitiis albumque neque ostrea
    Nec scarus aut poterit peregrina juvare lagois.
    Vix tamen eripiam, posito pavone velis quin
    Hoc potius quam gallina tergere palatum,
25 Corruptus vanis rerum, quia veneat auro
    Rara avis et picta pandat spectacula cauda;
    Tanquam ad rem attineat quidquam. Num vesceris ista,
    Quam laudas, pluma? Cocto num adest honor idem?
    Carne tamen, quamvis distat nil, hac magis illa.
30 Imparibus formis deceptum te patet. Esto :
    Unde datum sentis, lupus hic Tiberinus an alto
    Captus hiet, pontesne inter jactatus an amnis
    Ostia sub Tusci? Laudas, insane, trilibrem
    Mullum, in singula quem minuas pulmenta necesse est.
35 Ducit te species, video : quo pertinet ergo
    Proceros odisse lupos? Quia scilicet illis
    Majorem natura modum dedit, his breve pondus.
    Jejunus raro stomachus vulgaria temnit.
    Porrectum magno magnum spectare catino
40 Vellem, ait Harpyiis gula digna rapacibus At vos,
    Præsentes Austri, coquite horum obsonia. Quanquam
    Putet aper rhombusque recens, mala copia quando
    Ægrum sollicitat stomachum, cum rapula plenus
    Atque acidas mavult inulas. Necdum omnis abacta
45 Pauperies epulis regum; nam vilibus ovis
    Nigrisque est oleis hodie locus. Haud ita pridem

    Galloni præconis erat acipensere mensa
    Infamis. Quid? tunc rhombos minus æquora alebant?
    Tutus erat rhombus tutoque ciconia nido,
50 Donec vos auctor docuit prætorius. Ergo
    Si quis nunc mergos suaves edixerit assos,
    Parebit pravi docilis Romana juventus.
    Sordidus a tenui victu distabit, Ofella
    Judice; nam frustra vitium vitaveris illud,
55 Si te alio pravus detorseris. Avidienus,
    Cui Canis ex vero ductum cognomen adhæret,
    Quinquennes oleas est et silvestria corna,
    Ac nisi mutatum parcit defundere vinum et,
    Cujus odorem olei nequeas perferre, licebit
60 Ille repotia, natales aliosve dierum
    Festos albatus celebret, cornu ipse bilibri
    Caulibus instillat, veteris non parcus aceti.
    Quali igitur victu sapiens utetur, et horum
    Utrum imitabitur? Hac urget lupus, hac canis, aiunt.
65 Mundus erit, qua non offendat sordibus, atque
    In neutram partem cultus miser Hic neque servis,
    Albuti senis exemplo, dum munia didit,
    Sævus erit ; nec sic ut simplex Nævius unctam
    Convivis præbebit aquam ; vitium hoc quoque magnum.
70 Accipe nunc, victus tenuis quæ quantaque secum
    Afferat. Imprimis valeas bene : nam, variæ res
    Ut noceant homini, credas memor illius escæ,
    Quæ simplex olim tibi sederit; at simul assis
    Miscueris elixa, simul conchylia turdis,
75 Dulcia se in bilem vertent stomachoque tumultum
    Lenta feret pituita. Vides, ut pallidus omnis
    Cœna desurgat dubia? Quin corpus onustum
    Hesternis vitiis animum quoque prægravat una,
    Atque affigit humo divinæ particulam auræ.
80 Alter, ubi dicto citius curata sopori
    Membra dedit, vegetus præscripta ad munia surgit.
    Hic tamen ad melius poterit transcurrere quondam,
    Sive diem festum rediens advexerit annus,
    Seu recreare volet tenuatum corpus, ubique

exigera un régime plus doux ; toi, qu'ajouteras-tu donc à cette mollesse que, dans la jeunesse et la vigueur, tu goûtes d'avance, quand sera survenue la mauvaise santé ou la vieillesse impotente? Nos pères vantaient le sanglier faisandé, non qu'ils manquassent de nez, mais parce qu'ils trouvaient, sans doute, plus convenable qu'il fût mangé avancé par un hôte arrivant tard, que frais par un maître glouton. Plût aux dieux que la terre m'eût fait naître parmi ces héros des premiers temps! Accordes-tu quelque chose à la renommée, qui peut saisir l'oreille humaine plus agréablement qu'un chant : eh bien, ces grands turbots, ces grands plats, eu même temps que la ruine, apportent un grand déshonneur; ajoute un oncle irrité, des voisins aussi, toi-même te maudissant et désirant en vain la mort, alors que dans la misère tu n'auras pas un as, le prix de la corde. « Ces reproches-là, dit-il, s'adressent avec raison à Trausius ; moi je possède d'immenses revenus et des richesses à partager entre trois grands. » Eh quoi ! ton superflu, ne peux-tu pas le consacrer à mieux? Pourquoi tel, qui ne le mérite pas, est-il dans le besoin, quand toi tu es riche? Pourquoi les temples antiques des dieux tombent-ils en ruines? Pourquoi, homme insatiable, ne dispenses-tu pas à la chère patrie une part d'un si grand monceau? Toi seul, sans doute, tu auras un bonheur constant. Oh! quel objet de risée tu vas être pour tes ennemis! Lequel des deux, aux jours de l'adversité, aura en lui-même un confiance plus assurée, celui qui aura habitué à mille besoins une âme et un corps dédaigneux, ou celui qui, content de peu et se méfiant de l'avenir, aura en sage fait pendant la paix les apprêts de la guerre? Crois-y bien : petit enfant, j'ai connu cet Ofella, quand il avait tous ses biens; et il en usait avec aussi peu de profusion que maintenant qu'il les a perdus. On pouvait le voir, dans son champ arpenté, avec son troupeau et ses enfants, intrépide colon à gages : « Moi, disait-il, j'ai rarement, les jours ouvrables, mangé autre chose que des légumes et du jambon fumé. Et si, à de rares intervalles, arrivait un hôte, ou si, par un jour de pluie, quand je n'avais rien à faire, c'était un voisin, on se régalait, non de poissons tirés de la ville, mais d'un poulet et d'un chevreau ; puis du raisin suspendu et des noix, avec des figues doubles, fournissaient le second service. Après cela, on s'amusait à boire sous la royauté de la faute, et Cérès, invoquée et

priée de grandir en tige élevée, déridait par le vin un front que resserraient les soucis. Que se déchaîne la Fortune, qu'elle soulève de nouveaux orages, que pourra-t-elle retrancher de ces biens? De combien, ou moi ou vous, jeunes gens, avons-nous maigri, depuis qu'il est venu ici un nouvel habitant? Car la nature ne l'a point fait maître permanent de cette terre, ni lui, ni moi, ni personne : il nous en a chassés; l'inconduite ou l'ignorance de la chicane, finalement un héritier plus vivace le chassera sûrement à son tour. Le champ qui aujourd'hui est sous le nom d'Umbrénus, qu'hier on disait le bien d'Ofella, ne sera à perpétuité à personne, mais passera en jouissance tantôt à moi, tantôt à un autre. Ainsi donc ayez courage, et opposez à l'adversité une poitrine courageuse. »

III. — DAMASIPPE, HORACE.

— Tu écris si rarement, que, dans l'année, tu ne demandes pas quatre fois du parchemin, défaisant tout ce que tu as écrit, irrité contre toi-même de ce que, dans ta complaisance pour le vin et le sommeil, tu ne fais rien entendre qui soit digne qu'on en parle. Que vas-tu faire? Pourtant, aux Saturnales mêmes, tu t'es réfugié ici. Puisque donc tu es à jeun, dis un chant digne de tes promesses : commence. Rien. Tu t'en prends en vain à tes roseaux, et c'est à tort que tu maltraites un mur qui existe en dépit des dieux et des poëtes. Cependant tu avais l'air d'annoncer monts et merveilles, dès que tu serais libre et chaudement abrité dans ta petite villa. A quoi bon avoir entassé Platon sur Ménandre, emmené Eupolis, Archiloque, une si excellente compagnie? Comptes-tu apaiser l'envie en renonçant à ton activité? On te méprisera, malheureux; il faut fuir la paresse, effrontée Sirène; ou bien, tout ce que tu t'es acquis quand tu valais mieux, il faut le déposer sans te plaindre.

— Que les dieux, Damasippe, et les déesses, pour un conseil si juste, te gratifient d'un barbier! Mais d'où me connais-tu si bien?

— Depuis que toute ma fortune s'est brisée contre le milieu de Janus, je m'occupe des affaires des autres, arraché que je suis aux miennes. Jadis j'aimais à rechercher dans quel vase d'airain le rusé Sisyphe s'était lavé les pieds, ce qu'on avait sculpté de plus grossier, ce qu'on avait coulé

```
 85  Accedent anni et tractari mollius ætas
     Imbecilla volet; tibi quidnam accedet ad istam,
     Quam puer et validus præsumis, mollitiem, seu
     Dura valetudo inciderit, seu tarda senectus?
     Rancidum aprum antiqui laudabant, non quia nasus
 90  Illis nullus erat, sed credo hac mente, quod hospes
     Tardius adveniens vitiatum commodius quam
     Integrum edax dominus consumeret. Hos utinam inter
     Heroas natum tellus me prima tulisset!
     Das aliquid famæ, quæ carmine gratior aurem
 95  Occupet humanam : grandes rhombi patinæque
     Grande ferunt una cum damno dedecus; adde
     Iratum patruum, vicinos, te tibi iniquum,
     Et frustra mortis cupidum, cum deerit egenti
     As, laquei pretium. Jure, inquit, Trausius istis
100  Jurgatur verbis: ego vectigalia magna
     Divitiasque habeo tribus amplas regibus. Ergo,
     Quod superat, non est melius quo insumere possis?
     Cur eget indignus quisquam te divite? Quare
     Templa ruunt antiqua deum? Cur, improbe, caræ
105  Non aliquid patriæ tanto emetiris acervo?
     Uni nimirum recte tibi semper erunt res.
     O magnus posthac inimicis risus! Uterne
     Ad casus dubios fidet sibi certius? Hic qui
     Pluribus assuerit mentem corpusque superbum,
110  An qui contentus parvo metuensque futuri
     In pace ut sapiens aptarit idonea bello?
     Quo magis his credas, puer hunc ego parvus Ofellam
     Integris opibus novi non latius usum
     Quam nunc accisis. Videas metato in agello
115  Cum pecore et gnatis fortem mercede colonum,
     Non ego, narrantem, temere edi luce profesta
     Quidquam præter olus fumosæ cum pede pernæ.
     Ac mihi seu longum post tempus venerat hospes,
     Sive operum vacuo gratus conviva per imbrem
120  Vicinus, bene erat non piscibus urbe petitis,
     Sed pullo atque hædo; tum pensilis uva secundas
     Et nux ornabat mensas cum duplice ficu.

     Post hoc ludus erat culpa potare magistra,
     Ac venerata Ceres, ita culmo surgeret alto,
125  Explicuit vino contractæ seria frontis.
     Sæviat atque novos moveat Fortuna tumultus,
     Quantum hinc imminuet? Quanto aut ego parcius aut vos,
     O pueri, nituistis, ut huc novus incola venit?
     Nam propriæ telluris herum natura neque illum,
130  Nec me, nec quemquam statuit : nos expulit ille;
     Illum aut nequities aut vafri inscitia juris,
     Postremum expellet certe vivacior heres.
     Nunc ager Umbreni sub nomine, nuper Ofellæ
     Dictus, erit nulli proprius, sed cedet in usum
135  Nunc mihi, nunc alii. Quocirca vivite fortes,
     Fortiaque adversis opponite pectora rebus.
```

III. — DAMASIPPUS, HORATIUS.

```
     Sic raro scribis, ut toto non quater anno
     Membranam poscas, scriptorum quæque retexens,
     Iratus tibi, quod vini somnique benignus
     Nil dignum sermone canas. Quid fiet? At ipsis
  5  Saturnalibus huc fugisti. Sobrius ergo
     Dic aliquid dignum promissis : incipe. Nil est.
     Culpantur frustra calami, immeritusque laborat
     Iratis natus paries dis atque poetis.
     Atqui vultus erat multa et præclara minantis,
 10  Si vacuum tepido cepisset villula tecto.
     Quorsum pertinuit stipare Platona Menandro,
     Eupolin, Archilocum, comites educere tantos?
     Invidiam placare paras virtute relicta?
     Contemnere miser; vitanda est improba Siren
 15  Desidia, aut, quidquid vita meliore parasti,
     Ponendum æquo animo. — Di te, Damasippe, deæque
     Verum ob consilium donent tonsore. Sed unde
     Tam bene me nosti? — Postquam omnis res mea Janum
     Ad medium fracta est, aliena negotia curo,
 20  Excussus propriis. Olim nam quærere amabam,
     Quo vafer ille pedes lavisset Sisyphus ære,
     Quid sculptum infabre, quid fusum durius esset :
```

de plus roide : fin connaisseur, je fixais à telle statue cent mille sesterces ; j'étais unique pour acheter à profit des jardins et des maisons magnifiques ; d'où les populeux carrefours m'appelaient un second Mercure.

— Je le sais, et je m'étonne que tu sois guéri de cette maladie.

— Et pourtant une nouvelle a pris d'une étrange manière la place de l'ancienne, comme on voit souvent passer au cœur la douleur d'un côté souffrant ou un mal de tête, comme ce léthargique qui devient athlète et tombe sur son médecin.

— Pourvu qu'il n'y ait rien de pareil, advienne que voudra.

— O mon cher ! ne te méprends pas ; tu es fou, toi aussi, et tous à peu près sots. si Stertinius dit vrai ; c'est de ses leçons que j'ai transcrit ces merveilleux préceptes, à l'époque où, m'ayant consolé, il m'ordonna de cultiver la barbe philosophique et de revenir tout heureux du pont Fabricius. Car, après mes mauvaises affaires, au moment où je voulais, la tête enveloppée, me jeter dans le fleuve, par bonheur il s'arrêta, et : « Prends garde, dit-il, de rien faire qui soit indigne de toi ; une mauvaise honte te tourmente, pour craindre parmi les fous d'être regardé comme un fou. Car d'abord je vais examiner ce que c'est que délirer : si ce mal n'existe qu'en toi seul, je ne dis plus mot pour t'empêcher d'aller bravement à la mort. Tout homme qu'aveuglent et qu'entraînent une funeste sottise et l'ignorance de la vérité, c'est un fou, disent le Portique et le troupeau de Chrysippe. Cette formule comprend les peuples, elle comprend les grands rois, à l'exception du sage. Maintenant écoute pourquoi ils ont perdu le sens aussi bien que toi, ceux qui t'ont donné le nom de fou. Comme dans une forêt, où des voyageurs égarés errent au hasard loin du vrai sentier, l'un prend à gauche, l'autre à droite : une même erreur les abuse tous deux, mais dans des côtés différents ; c'est ainsi que tu dois te croire fou, en sorte que, sans être plus sage, celui qui se moque de toi traîne aussi une queue. Il est une sottise qui craint sans sujet de crainte, qui se plaindra que flammes, que rochers, que rivières lui barrent le passage dans une plaine ; l'autre, tout l'opposé de celle-ci et aussi peu sage, se jette à travers les flammes et les rivières : tendre mère, sœur vertueuse, parents, père, époux, tout peut crier : « Il y a ici un grand trou, ici un roc énorme ; gare ! » Il est tout aussi sourd que Fufius, un jour qu'étant ivre il jouait Ilioné endormie et que douze cents Catiénus lui criaient : « Ma mère, c'est toi que j'implore ! » Je vais faire voir à tous les hommes qu'ils sont fous d'une pareille erreur. Damasippe est fou d'acheter de vieilles statues ; mais le créancier de Damasippe est sain d'esprit. Je veux bien ! Si je te disais : « Prends ceci pour ne jamais me le rendre, » serais-tu fou si tu le prenais ? ne serais-tu pas plutôt insensé de refuser une bonne aubaine que te présente Mercure favorable ? Écris dix billets dictés par Nérius ; ce n'est pas assez : ajoute les cent formules du retors Cicuta, ajoute mille chaînes : le scélérat de Protée saura encore échapper à ces liens. Quand tu l'emmèneras en justice, riant avec des mâchoires d'autrui, il se fera sanglier, oiseau, rocher, et, quand il le voudra, arbre. Si faire mal ses affaires est d'un fou et les bien faire d'un homme sensé, Périllius a, crois-moi, un cerveau bien plus dérangé que le tien, quand il te dicte un billet que jamais tu ne pourras acquitter. Je prie d'écouter et d'arranger leur toge tous ceux que fait pâlir la funeste ambition ou l'amour de l'argent, tous ceux que tourmente la débauche, ou la sombre superstition, ou quelque autre maladie de l'âme ; ici, près de moi, tandis que je vous fais voir que tous vous êtes fous, approchez l'un après l'autre. Il faut donner la plus grande dose d'ellébore aux avares ; je ne sais même pas si la raison ne leur destine pas Anticyre tout entière. Les héritiers de Stabérius ont gravé sur son tombeau la fortune qu'il laissait : s'ils ne l'eussent point fait, ils étaient tenus à donner au peuple cent paires de gladiateurs et un repas à la discrétion d'Arrius, du blé autant qu'en moissonne l'Afrique. « A tort ou à raison, c'est ma volonté ; ne me critiquez pas. » Je crois que c'est à dessein que Stabérius avisa de la sorte. Quelle fut donc son idée quand il voulut que ses héritiers inscrivissent sur la pierre la somme de l'héritage ? Tant qu'il vécut, il regarda la pauvreté comme un grand défaut et n'évita rien avec plus d'ardeur ; si bien que si, par hasard, il eût dû mourir moins riche d'un quart d'as, il se serait cru un malhonnête homme ; toute chose, en effet, vertu, réputation, honneur, affaires divines et humaines, tout obéit aux superbes richesses ; celui qui les aura entassées, celui-là sera illustre, courageux, juste. Sage ? Aussi, et roi, et tout ce qu'il voudra. Stabérius espéra que la fortune, comme chose acquise par la vertu, lui donnerait une grande gloire.

Callidus huic signo ponebam millia centum ;
Hortos egregiasque domos mercarier unus
25 Cum lucro noram ; unde frequentia Mercuriale
Imposuere mihi cognomen compita. — Novi,
Et miror morbi purgatum te illius. — Atqui
Emovit veterem mire novus, ut solet, in cor
Trajecto lateris miseri capitisve dolore,
30 Ut lethargicus hic cum fit pugil et medicum urget.
— Dum ne quid simile huic, esto ut libet. — O bone, ne te
Frustrere ; insanis et tu stultique prope omnes,
Si quid Stertinius veri crepat, unde ego mira
Descripsi docilis præcepta hæc, tempore quo me
35 Solatus jussit sapientem pascere barbam
Atque a Fabricio non tristem ponte reverti.
Nam male re gesta cum vellem mittere operto
Me capite in flumen, dexter stetit et : Cave faxis
Te quidquam indignum ; pudor, inquit, te malus angit.
40 Insanos qui inter vereare insanus haberi.
Primum nam inquiram, quid sit furere : hoc si erit in te
Solo, nil verbi, pereas quin fortiter, addam.
Quem mala stultitia et quemcunque inscitia veri
Cæcum agit, insanum Chrysippi porticus et grex
45 Autumat. Hæc populos, hæc magnos formula reges
Excepto sapiente tenet. Nunc accipe, quare
Desipiant omnes æque ac tu, qui tibi nomen
Insano posuere. Velut silvis, ubi passim
Palantes error certo de tramite pellit,
50 Ille sinistrorsum, hic dextrorsum abit : unus utrique
Error, sed variis illudit partibus ; hoc te
Crede modo insanum, nihilo ut sapientior ille,
Qui te deridet, caudam trahat. Est genus unum
Stultitiæ nihilum metuenda timentis, ut ignes,
55 Ut rupes fluviosque in campo obstare queratur ;
Alterum et huic varum et nihilo sapientius ignes
Per medios fluviosque ruentis : clamet amica
Mater, honesta soror cum cognatis, pater, uxor :
« Hic fossa est ingens, hic rupes maxima : serva ! »
60 Non magis audierit quam Fufius ebrius olim,

Cum Ilionam edormit, Catienis mille ducentis
« Mater, te appello ! » clamantibus. Huic ego vulgus
Errori similem cunctum insanire docebo.
Insanit veteres statuas Damasippus emendo :
65 Integer est mentis Damasippi creditor. Esto !
« Accipe, quod nunquam reddas mihi, » si tibi dicam,
Tune insanus eris, si acceperis ? an magis excors
Rejecta præda, quam præsens Mercurius fert ?
Scribe decem a Nerio ; non est satis : adde Cicutæ
70 Nodosi tabulas centum, mille adde catenas :
Effugiet tamen hæc sceleratus vincula Proteus.
Cum rapies in jus malis ridentem alienis,
Fiet aper, modo avis, modo saxum, et cum volet, arbor.
Si male rem gerere insani est, contra bene, sani,
75 Putidius multo cerebrum est, mihi crede, Perilli,
Dictantis, quod tu nunquam rescribere possis.
Audire atque togam jubeo componere, quisquis
Ambitione mala aut argenti pallet amore,
Quisquis luxuria tristive superstitione
80 Aut alio mentis morbo calet ; huc propius me,
Dum doceo insanire omnes, vos ordine adite.
Danda est ellebori multo pars maxima avaris ;
Nescio an Anticyram ratio illis destinet omnem.
Heredes Staberi summam incidere sepulcro :
85 Ni sic fecissent, gladiatorum dare centum
Damnati populo paria atque epulum arbitrio Arri,
Frumenti quantum metit Africa. Sive ego prave,
Seu recte, hoc volui : ne sis patruus mihi. Credo
Hoc Staberi prudentem animum vidisse. Quid ergo
90 Sensit, cum summam patrimoni insculpere saxo
Heredes voluit ? Quoad vixit, credidit ingens
Pauperiem vitium et cavit nihil acrius, ut, si
Forte minus locuples uno quadrante perisset,
Ipse videretur sibi nequior : omnis enim res,
95 Virtus, fama, decus, divina humanaque pulchris
Divitiis parent ; quas qui construxerit, ille
Clarus erit, fortis, justus. Sapiensne ? Etiam, et rex
Et quidquid volet. Hoc, veluti virtute paratum,

Qu'a de commun avec lui le Grec Aristippe, lui qui ordonna à ses esclaves de jeter son or au milieu de la Libye, parce que, accablés sous le poids, ils marchaient plus lentement? Lequel de ces deux est le plus fou? On n'avance rien à l'aide d'un exemple qui résout une difficulté par une difficulté. Qu'un homme achète des cithares, et, aussitôt achetées, les réunisse dans un même lieu, sans être adonné à l'étude de la cithare ni à aucune Muse; des tranchets et des formes, sans être cordonnier; des voiles à vaisseau, étant étranger au commerce : c'est un original et un insensé, dirait-on partout avec raison. En quoi en diffère celui qui enfouit des écus et de l'or, ne sachant se servir de ses monceaux et craignant d'y toucher comme à un objet sacré? Qu'un homme, couché près d'un immense tas de blé, veille sans cesse, un long bâton à la main, et n'ose pas, s'il a faim, toucher un grain à ce tas dont il est le maître, mais préfère se nourrir chichement de feuilles amères; qu'ayant chez lui mille, que dis-je? trois cent mille cadus de Chios et de vieux Falerne, il boive du vin aigre; allons, qu'il se couche sur de la paille, à l'âge de soixante-dix-neuf ans, quand il a des couvertures qui, pâture des mites et des artisons, pourrissent dans une armoire : sans doute que peu de gens le trouveraient insensé, pour la raison que la plus grande partie des hommes est agitée de la même maladie. C'est pour qu'un fils ou encore un affranchi dévore ces biens après ta mort que tu les gardes, vieillard haï des dieux? Est-ce peur de manquer? De combien, dis-moi, chaque jour diminuera-t-il le total, si tu te mets à graisser d'une huile meilleure tes choux et ta tête souillée d'une teigne qui n'a pas été peignée? Pourquoi, si un rien te suffit, te parjurer, dérober, voler de tous côtés? Es-tu sensé? Si tu allais assommer à coups de pierres la foule ou tes esclaves, que tu t'es procurés de ton argent, tous les garçons et les jeunes filles crieraient que tu es fou : quand tu fais périr par un lacet ta femme, par le poison ta mère, ta tête est en bon état. Qu'est-ce à dire? En effet, tu ne le fais pas à Argos, et ce n'est point par le fer, comme Oreste furieux, que tu fais mourir celle qui t'a mis au monde. Est-ce que tu crois qu'il ne fut fou qu'après son parricide, et qu'il ne fut pas, insensé, poursuivi par les terribles Furies, avant d'avoir échauffé un fer acéré dans la gorge de sa mère? Bien plus, du moment qu'Oreste a passé pour avoir l'esprit égaré, il n'a vraiment rien fait que tu puisses lui reprocher : il n'a point tenté de porter le fer sur Pylade ni sur sa sœur Electre, il n'a fait que les injurier l'un et l'autre, en appelant celle-ci Furie, celui-là autre chose, ce que lui fit dire la bile luisante. Opimius, pauvre de l'or et de l'argent qui se trouvaient chez lui, accoutumé à boire les jours de fête du vin de Véies dans une trulla campanienne et du vin tourné les jours ouvrables, tomba un jour dans une profonde léthargie, si bien que l'héritier, joyeux et triomphant, courait déjà aux coffres et aux clefs. Le médecin, fort avisé et loyal, ranime notre homme par ce moyen : il fait dresser une table et vider dessus des sacs d'argent, approcher quelques personnes pour les compter; il réveille ainsi le malade; puis il lui dit : « Si tu ne gardes ton argent, un avide héritier va bientôt l'emporter. — Moi vivant? — Si tu veux vivre, veille : écoute. — Que veux-tu? — Le sang va manquer à ton corps épuisé, si des aliments et un bon soutien n'arrivent à ton estomac défaillant. Tu hésites? Allons, prends cette tisane de riz. — Pour combien y en a-t-il? — Pour peu de chose. — Mais encore? — Huit as. — Hélas! qu'importe que je sois ruiné par la maladie ou par les vols et les rapines? » Qui donc est sensé? Celui qui n'est pas sot. Qu'est l'avare? Sot et fou. Eh bien, si l'on n'est pas avare, s'ensuit-il qu'on est sensé? Nullement. Pourquoi, Stoïcien? Je vais le dire. Ce malade, — suppose que c'est Cratère qui parle, — ne souffre pas de l'estomac : il va donc bien et peut se lever. Il dira que non, parce que le côté ou les reins sont pris d'un mal aigu. Un homme n'est ni parjure ni ladre : qu'il immole un coq aux Lares bienveillants; mais il est ambitieux et téméraire : qu'il fasse voile pour Anticyre. Quelle différence y a-t-il à jeter au gouffre ce qu'on possède ou à ne jamais user des biens acquis? Servius Oppidius, à Canusium, riche d'un cens antique, partagea, dit-on, deux domaines entre ses deux fils, et, près de mourir, fit venir les jeunes gens à son lit et leur dit : « Quand je vous ai vus, toi, Aulus, porter dans un pli flottant les dés et les noix, les donner et jouer avec, toi, Tibérius, les compter, les cacher d'un air chagrin dans des trous, j'ai tremblé qu'une folie différente ne vous entraînât; que toi, tu ne suivisses Nomentanus, toi, Cicuta. C'est pour-

        Speravit magnæ laudi fore. Quid simile isti
100 Græcus Aristippus, qui servos projicere aurum
    In media jussit Libya, quia tardius irent
    Propter onus segnes? Uter est insanior horum?
    Nil agit exemplum, litem quod lite resolvit.
    Si quis emat citharas, emptas comportet in unum,
105 Nec studio citharæ nec Musæ deditus ulli;
    Si scalpra et formas non sutor, nautica vela
    Aversus mercaturis : delirus et amens
    Undique dicatur merito. Qui discrepat istis,
    Qui nummos aurumque recondit, nescius uti
110 Compositis metuensque velut contingere sacrum?
    Si quis ad ingentem frumenti semper acervum
    Porrectus vigilet cum longo fuste, neque illinc
    Audeat esuriens dominus contingere granum,
    Ac potius foliis parcus vescatur amaris;
115 Si positis intus Chii veterisque Falerni
    Mille cadis, nihil est, tercentum millibus, acre
    Potet acetum; age, si et stramentis incubet, unde-
    octoginta annos natus, cui stragula vestis,
    Blattarum ac tinearum epulæ, putrescat in arca :
120 Nimirum insanus paucis videatur, eo quod
    Maxima pars hominum morbo jactatur eodem.
    Filius aut etiam hæc libertus ut ebibat heres,
    Dis inimice senex, custodis? Ne tibi desit?
    Quantulum enim summæ curtabit quisque dierum,
125 Ungere si caules oleo meliore caputque
    Cœperis impexa fœdum porrigine? Quare,
    Si quidvis satis est, perjuras, subripis, aufers
    Undique? Tun' sanus? Populum si cœdere saxis
    Incipias servosve tuos, quos ære pararis,
130 Insanum te omnes pueri clamentque puellæ :
    Cum laqueo uxorem interimis matremque veneno,
    Incolumi capite es. Quid enim? Neque in hoc facis Argis,
    Nec ferro ut demens genitricem occidis Orestes.
    An tu reris eum occisa insanisse parente,
135 Ac non ante malis dementem actam Furiis, quam
    In matris jugulo ferrum tepefecit acutum?
    Quin, ex quo est habitus male tutæ mentis Orestes,

        Nil sane fecit, quod tu reprehendere possis :
    Non Pyladen ferro violare aususve sororem
140 Electram, tantum maledicit utrique vocando
    Hanc Furiam, hunc aliud, jussit quod splendida bilis.
    Pauper Opimius argenti positi intus et auri,
    Qui Veientanum festis potare diebus
    Campana solitus trulla vappamque profestis,
145 Quondam lethargo grandi est oppressus, ut heres
    Jam circum loculos et claves lætus ovansque
    Curreret. Hunc medicus multum celer atque fidelis
    Excitat hoc pacto : mensam poni jubet atque
    Effundi saccos nummorum, accedere plures
150 Ad numerandum; hominem sic erigit; addit et illud :
    Ni tua custodis, avidus jam hæc auferet heres.
    Men' vivo? Ut vivas igitur, vigila : hoc age. Quid vis?
    Deficient inopem venæ te, ni cibus atque
    Ingens accedit stomacho fultura ruenti.
155 Tu cessas? Agedum, sume hoc ptisanarium oryzæ.
    Quanti emptæ? Parvo. Quanti ergo? Octussibus. Eheu !
    Quid refert, morbo an furtis pereamque rapinis?
    Quisnam igitur sanus? Qui non stultus. Quid avarus?
    Stultus et insanus. Quid, si quis non sit avarus,
160 Continuo sanus? Minime. Cur, Stoice? Dicam.
    Non est cardiacus — Craterum dixisse putato —
    Hic æger : recte est igitur surgetque? Negabit,
    Quod latus aut renes morbo tentantur acuto.
    Non est perjurus neque sordidus; immolet æquis
165 Hic porcum Laribus : verum ambitiosus et audax;
    Naviget Anticyram. Quid enim differt, barathrone
    Dones quidquid habes, an nunquam utare paratis?
    Servius Oppidius Canusi duo prædia, dives
    Antiquo censu, gnatis divisse duobus
170 Fertur et hoc moriens pueris dixisse vocatis
    Ad lectum : Postquam te talos, Aule, nucesque
    Ferre sinu laxo, donare et ludere vidi,
    Te, Tiberi, numerare, cavis abscondere tristem;
    Extimui, ne vos ageret vesania discors,
175 Tu Nomentanum, tu ne sequerere Cicutam.
    Quare per divos oratus uterque Penates,

quoi, je vous en prie l'un et l'autre au nom des dieux Pénates, prenez garde, toi, de diminuer, toi, d'augmenter un bien que votre père croit suffisant et dont se contente la nature. De plus, pour que la gloire ne vous chatouille point, je veux vous lier tous deux par un serment : celui des deux qui sera édile ou préteur, qu'il soit infâme et maudit. Tu ruinerais tes biens en pois chiches, en fèves et en lupins, pour pouvoir te promener superbement dans le Cirque, pour être debout en airain, dénué des champs, dénué, fou, des écus de ton père; sans doute afin de remporter, comme fait Agrippa, les applaudissements, astucieux renard qui imite le lion généreux. »... Que personne ne veuille inhumer Ajax : Atride, pourquoi cette défense? — Je suis roi. — Voilà qui suffit à un homme du peuple. — Et c'est un ordre conforme à l'équité; si quelqu'un trouve que je ne suis pas juste, qu'il dise impunément ce qu'il pense, je le permets. — Roi des rois, que les dieux t'accordent, après la prise de Troie, de ramener la flotte! Ainsi l'on pourra t'interroger et ensuite te répondre? — Interroge. — Pourquoi Ajax, le premier héros après Achille, fameux pour avoir sauvé tant de fois les Achéens, pourrit-il sans honneur, si bien que le peuple de Priam et Priam se réjouissent de voir sans sépulture celui qui a privé tant de Troyens du tombeau de leurs pères? — Il a, saisi de folie, livré mille brebis à la mort, criant qu'il tuait l'illustre Ulysse et Ménélas, en même temps que moi. — Toi, quand à Aulis, à la place d'une génisse, tu mets devant l'autel ta fille chérie, que sur sa tête tu répands, cruel, la farine salée, as-tu encore ton bon sens? — Eh bien? — Quel mal a donc fait Ajax fou, quand de son épée il a massacré un troupeau? Il n'a pas usé de violence envers sa femme ni son enfant; il a chargé de mille imprécations les Atrides, mais il n'a attaqué ni Teucer ni même Ulysse. — Mais moi, pour arracher les vaisseaux retenus au rivage opposé, j'ai à dessein apaisé les dieux par du sang: — Par le tien, insensé. — Par le mien, mais sans être insensé... L'homme qui concevra des idées opposées au vrai et bouleversées par le désordre du crime passera pour troublé, et, qu'il soit égaré par la sottise ou par la colère, il n'y aura point de différence. Ajax, quand il tue d'innocents agneaux, a perdu le sens : quand, pour de vaines inscriptions, tu commets à dessein un crime, as-tu raison, et ton cœur, quand il est gonflé par la passion, est-il

pur de vice? Si quelqu'un aimait à transporter en litière une belle brebis, lui donnait, comme à sa fille, des habits, des esclaves, lui donnait de l'or, l'appelait Rufa ou Pusilla, et la destinait pour épouse à un puissant mari, le préteur prononcerait l'interdit et lui enlèverait tous ses droits, et la tutelle passerait à des parents sensés. Eh quoi! si un homme, au lieu d'une muette brebis, dévoue sa fille, est-il sain d'esprit? Tu ne pourrais le prétendre. Ainsi donc, où il y a perverse sottise, il y a le comble de la folie; le criminel sera également insensé; celui qu'a séduit la renommée de verre, autour de lui a tonné Bellone amoureuse de sang. Allons maintenant, saisis avec moi la débauche et Nomentanus : la raison prouvera en effet que les dissipateurs sont sots et fous. Cet homme vient de recueillir un patrimoine de mille talents : édit que le pêcheur, le fruitier, l'oiseleur, le parfumeur et la tourbe impie de la rue Etrusque, le fartor avec les boufions, tout le marché avec le Vélabre, aient à arriver dès le matin chez lui. Et puis? Ils arrivèrent en foule. L'entremetteur prend la parole : « Tout ce que j'ai, tout ce que chacun de ceux-ci a chez lui, regarde-le comme tien, et demande-le, soit maintenant, soit demain. » Ecoute ce qu'à son tour lui répondit le bon jeune homme : « Toi, tu couches tout botté dans la neige de Lucanie, pour que moi je mange du sanglier à souper; toi, tu tires les poissons d'une mer orageuse; moi, inactif, je suis indigne d'en avoir tant : tiens! Toi, prends un million, toi autant; à toi le triple, toi dont la femme, en pleine nuit, accourt à mon appel. » Le fils d'Esopus, l'enlevant à l'oreille de Métella, pour pouvoir avaler un million d'un coup, dissout dans du vinaigre une perle magnifique : en quoi est-il plus sensé que s'il le jetait dans le courant d'une rivière ou dans un égout? Les fils de Quintus Arrius, couple fameux de frères, jumaux en corruption, en sottises et en amour du vice, qui mangent à déjeuner des rossignols achetés à grand prix, dans quelle classe iront-ils? Sont-ils sensés? doivent-ils être marqués à la craie ou au charbon? Se plaire à construire des maisonnettes, à atteler des souris à un petit chariot, à jouer à pair ou non, à aller à cheval sur un long roseau, pour quelqu'un ayant barbe, ce serait être saisi de démence. Si la raison vient à prouver qu'aimer est plus puéril encore que tout cela, et qu'il n'y a aucune différence à s'amuser dans la poussière à un de ces

---

Tu cave ne minuas, tu, ne majus facias id,
Quod satis esse putat pater et natura coercet.
Præterea ne vos titillet gloria, jure
180 Jurando obstringam ambo : uter ædilis fueritve
Vestrum prætor, is intestabilis et sacer esto.
In cicere atque faba bona tu perdasque lupinis,
Latus ut in Circo spatiere et aheneus ut stes,
Nudus agris, nudus nummis, insane, paternis ;
185 Scilicet ut plausus, quos fert Agrippa, feras tu,
Astuta ingenuum vulpes imitata leonem.
Ne quis humasse velit Ajacem, Atrida, vetas cur?
Rex sum. Nil ultra quæro plebeius. Et æquam
Rem imperito; ac si cui videor non justus, inulto
190 Dicere, quod sentit, permitto. Maxime regum,
Di tibi dent capta classem deducere Troja!
Ergo consulere et mox respondere licebit?
Consule. Cur Ajax, heros ab Achille secundus,
Putescit, toties servatis clarus Achivis,
195 Gaudeat ut populus Priami Priamusque inhumato,
Per quem tot juvenes patrio caruere sepulcro?
Mille ovium insanus morti dedit, inclytum Ulixen
Et Menelaum una mecum se occidere clamans.
Tu cum pro vitula statuis dulcem Aulide natam
200 Ante aras spargisque mola caput, improbe, salsa,
Rectum animi servas? Quorsum? Insanus quid enim Ajax
Fecit, cum stravit ferro pecus? Abstinuit vim
Uxore et gnato; mala multa precatus Atridis,
Non ille aut Teucrum aut ipsum violavit Ulixen.
205 Verum ego, ut hærentes adverso litore naves
Eriperem, prudens placavi sanguine divos.
Nempe tuo, furiose. Meo, sed non furiosus.
Qui species alias veri scelerisque tumultu
Permixtas capiet, commotus habebitur, atque,
210 Stultitiane erret, nihilum distabit, an ira.
Ajax immeritos cum occidit, desipit, agnos :
Cum prudens scelus ob titulos admittis inanes,
Stas animo et purum est vitio tibi, cum tumidum est, cor?
Si quis lectica nitidam gestare amet agnam,

215 Huic vestem, ut gnatæ, paret ancillas, paret aurum,
Rufam aut Pusillam appellet fortique marito
Destinet uxorem ; interdicto huic omne adimat jus
Prætor et ad sanos abeat tutela propinquos.
Quid? si quis gnatam pro muta devovet agna,
220 Integer est animi? Ne dixeris. Ergo, ubi prava
Stultitia, hic summa est insania; qui sceleratus,
Et furiosus erit; quem cepit vitrea fama,
Hunc circumtonuit gaudens Bellona cruentis.
Nunc age, luxuriam et Nomentanum arripe mecum :
225 Vincet enim stultos ratio insanire nepotes.
Hic simul accepit patrimoni mille talenta,
Edicit, piscator uti, pomarius, auceps,
Unguentarius ac Tusci turba impia vici,
Cum scurris fartor, cum Velabro omne macellum,
230 Mane domum veniant. Quid tum? Venere frequentes.
Verba facit leno : Quidquid mihi, quidquid et horum
Cuique domi est, id crede tuum et vel nunc pete vel cras.
Accipe, quid contra juvenis responderit æquus :
In nive Lucana dormis ocreatus, ut aprum
235 Cœnem ego ; tu pisces hiberno ex æquore verris;
Segnis ego indignus qui tantum possideam : aufer !
Sume tibi decies, tibi tantumdem; tibi triplex,
Unde uxor media currit de nocte vocata.
Filius Æsopi detractam ex aure Metellæ,
240 Scilicet ut decies solidum exsorberet, aceto
Diluit insignem baccam : qui sanior, ac si
Illud idem in rapidum flumen jaceretve cloacam?
Quinti progenies Arri, par nobile fratrum,
Nequitia et nugis, pravorum et amore gemellum,
245 Luscinias soliti impenso prandere coemptas,
Quorsum abeant? Sanin' creta an carbone notandi?
Ædificare casas, plaustello adjungere mures,
Ludere par impar, equitare in arundine longa,
Si quem delectet barbatum, amentia verset.
250 Si puerilius his ratio esse evincet amore,
Nec quidquam differre, utrumne in pulvere, trimus
Quale prius, ludas opus, an meretricis amore

jeux d'enfant de trois ans ou à gémir et se tourmenter pour l'amour d'une courtisane : je demande, dois-tu faire comme Polémon converti ? dois-tu déposer les insignes de la maladie, les bandelettes, le coussin, les cravates, comme lui, dit-on, dans l'ivresse, détacha à la dérobée les couronnes de son cou, après avoir été vivement repris par la voix du maître à jeun ? Quand tu présentes des fruits à un enfant en colère, il les refuse : « Prends, mon petit chat ! » il dit non ; ne les lui donne pas, il les demandera : en quoi diffère l'amant chassé, lorsqu'il délibère s'il ira ou non là où il allait retourner, sans avoir été prié de venir, et reste attaché à une porte odieuse ? « Et maintenant qu'elle me rappelle d'elle-même, n'y irai-je pas ? ou ne ferais-je pas mieux de finir mes tourments ? Elle m'a chassé ; elle me rappelle : retournerai-je ? Non, quand elle m'en supplierait. » Voilà que l'esclave, mille fois plus sage : « O maître, une chose qui n'admet ni méthode ni réflexion ne saurait se régler par la raison et la méthode. Ce sont là les défauts de l'amour, la guerre et puis la paix : qui s'efforcerait de fixer pour lui ces choses aussi mobiles que la tempête et flottant au gré d'un sort aveugle, n'en viendrait pas plus à bout que s'il travaillait à déraisonner avec raison et méthode. » Eh quoi ! lorsque, retirant les pepins de fruits du Picénum, tu te réjouis si par hasard tu as atteint le plafond, est-ce que tu es maître de toi ? Quoi, lorsque de ton palais chargé d'années tu balbuties des mots heurtés, es-tu plus sensé que celui qui construit des maisonnettes ? Ajoute le sang à la sottise, et remue le feu avec une épée. Naguère, tu le sais, quand, après avoir frappé Hellas, Marius se tua lui-même, était-il égaré ? ou l'absoudras-tu de l'accusation de trouble d'esprit, et iras-tu le condamner comme criminel, appliquant aux choses, d'après la coutume, des dénominations parentes ? Il était un affranchi, un vieillard, qui, à jeun, courait le matin aux carrefours, les mains lavées, et : « Moi seul, — ajoutant : qu'est-ce de si considérable ? — moi seul, soustrayez-moi à la mort ! C'est chose facile aux dieux, » priait-il, sain des deux oreilles et des deux yeux ; quant à la raison, à moins d'être processif, son maître l'eût exceptée, en le vendant. Voilà aussi des gens que Chrysippe range dans la race féconde de Ménénius. « Jupiter, toi qui donnes et qui ôtes les grandes douleurs, dit la mère d'un enfant au lit depuis cinq mois, si les frissons de la fièvre quarte quittent mon enfant, le matin du jour où tu prescris le jeûne, il se tiendra nu dans le Tibre. » Le hasard ou le médecin soulage le malade et le tire de l'abîme, la mère insensée le tuera en le plantant sur la froide rive et ramènera la fièvre. Quel mal a frappé son esprit ? La crainte des dieux. » Voilà les armes que Stertinius, le huitième sage, a fournies à son ami, pour que désormais l'on ne pût m'apostropher impunément. Qui m'aura appelé fou en entendra autant, et apprendra à regarder ce qui pend à son dos qu'il ne voit pas.

— Stoïcien, puisses-tu, après ta perte, vendre tout plus cher ! Mais, dis-moi, de quelle sottise, puisqu'il y en a de plus d'une espèce, penses-tu que je sois fou ? Car moi, je me trouve sensé.

— Eh quoi ! lorsque Agavé porte dans ses mains la tête coupée de son malheureux fils, est-ce qu'elle se trouve insensée ?

— Je suis sot, je l'avoue, il faut céder à la vérité, et fou aussi ; fais-moi seulement connaître ceci, de quel vice penses-tu que mon âme soit malade ?

— Ecoute. D'abord tu bâtis, c'est-à-dire tu imites les grands, toi qui, des pieds à la tête, as en tout deux pieds ; et pourtant tu te moques de Turbo, dont l'air et la démarche, quand il est sous les armes, ne répondent pas à sa taille : en quoi es-tu moins ridicule que lui ? Tout ce que fait Mécènes, dois-tu donc le faire aussi, toi si différent, si incapable de lutter avec lui ? Les petits d'une grenouille avaient été foulés par le pied d'un veau ; un seul échappa ; il raconte en détail à sa mère comment une bête énorme a écrasé ses frères. Celle-ci de demander : « De quelle taille ? Si elle était, et elle s'enflait, aussi grande que cela ? — Plus grande de la moitié. — Autant que cela ? » Comme elle s'enflait de plus en plus : « Tu crèverais, dit-il, que tu n'y arriverais pas. » C'est un portrait qui te ressemble assez. Ajoutes-y la poésie, c'est-à-dire de l'huile jetée sur le feu ; car, si quelqu'un est sensé en faisant des vers, tu seras sensé également. Je ne parle pas de l'affreuse colère.....

— Halte-là.

— D'un entretien au-dessus de ton cens.....

— Borne-toi, Damasippe, à tes affaires.

— D'amours effrénées pour mille jeunes filles, pour mille jeunes gens...

— O grand fou, épargne enfin ton inférieur !

Sollicitus plores : quæro, faciasno, quod olim
Mutatus Polemon ? ponas insignia morbi,
255 Fasciolas, cubital, focalia, potus ut ille
Dicitur ex collo furtim carpsisse coronas,
Postquam est impransi correptus voce magistri ?
Porrigis irato puero cum pomia, recusat :
Sume, catelle ! negat ; si non des, optet : amator
260 Exclusus qui distat, agit ubi secum, eat an non,
Quo rediturus erat non arcessitus, et hæret
Invisis foribus ? Nec nunc, cum me vocat ultro,
Accedam ? an potius mediter finire dolores ?
Exclusit ; revocat : redeam ? Non, si obsecret. Ecce
265 Servus, non paulo sapientior : O here, quæ res
Nec modum habet neque consilium, ratione modoque
Tractari non vult. In amore hæc sunt mala, bellum,
Pax rursum : hæc si quis tempestatis prope ritu
Mobilia et cæca fluitantia sorte laboret
270 Reddere certa sibi, nihilo plus explicet, ac si
Insanire paret certa ratione modoque.
Quid, cum Picenis excerpens semina pomis
Gaudes, si cameram percusti forte, penes te es ?
Quid, cum balba feris annoso verba palato,
275 Ædificante casas qui sanior ? Adde cruorem
Stultitiæ atque ignem gladio scrutare. Modo, inquam,
Hellade percussa Marius cum præcipitat se,
Cerritus fuit, an commotæ crimine mentis
Absolves hominem et sceleris damnabis eumdem,
280 Ex mores imponens cognata vocabula rebus ?
Libertinus erat, qui circum compita siccus
Lautis mane senex manibus currebat et, Unum, —
Quid tam magnum ? addens, — unum me surpite morti !
Dis etenim facile est, orabat ; sanus utrisque
285 Auribus atque oculis ; mentem, nisi litigiosus,
Exciperet dominus, cum venderet. Hoc quoque vulgus
Chrysippus ponit fecunda in gente Meneni.
Juppiter, ingentes qui das adimisque dolores,
Mater ait pueri menses jam quinque cubantis,

290 Frigida si puerum quartana reliquerit, illo
Mane die, quo tu indicis jejunia, nudus
In Tiberi stabit. Casus medicusve levarit
Ægrum ex præcipiti, mater delira necabit
In gelida fixum ripa febrimque reducet,
295 Quone malo mentem concussa ? Timore deorum.
Hæc mihi Stertinius, sapientum octavus, amico
Arma dedit, posthac ne compellarer inultus.
Dixerit insanum qui me, totidem audiet atque
Respicere ignoto discet pendentia tergo.
300 — Stoice, post damnum sic vendas omnia pluris,
Qua me stultitia, quoniam non est genus unum,
Insanire putas ? Ego nam videor mihi sanus.
— Quid, caput abscissum manibus cum portat Agave
Gnati infelicis, sibi tum furiosa videtur ?
305 — Stultum me fateor, liceat concedere veris,
Atque etiam insanum ; tantum hoc edissere, quo me
Ægrotare putes animi vitio ? — Accipe : primum
Ædificas, hoc est, longos imitaris, ab imo
Ad summum totus moduli bipedalis, et idem
310 Corpore majorem rides Turbonis in armis
Spiritum et incessum : qui ridiculus minus illo ?
An quodcunque facit Mæcenas, te quoque verum est
Tantum dissimilem et tanto certare minorem ?
Absentis ranæ pullis vituli pede pressis,
315 Unus ubi effugit, matri denarrat, ut ingens
Bellua cognatos eliserit. Illa rogare :
Quantane ? num tantum, sufflans se, magna fuisset ?
Major dimidio. Num tantum ? Cum magis atque
Se magis inflaret : Non, si te ruperis, inquit,
320 Par eris. Hæc a te non multum abludit imago.
Adde poemata nunc, hoc est, oleum adde camino ;
Quæ si quis sanus facit, et sanus facies tu.
Non dico horrendam rabiem. — Jam desine. — Cultum
Majorem censu. — Teneas, Damasippe, tuis te.
325 — Mille puellarum, puerorum mille furores.
— O major tandem parcas, insane, minori !

IV. — HORACE, CATIUS.

— D'où et où Catius?

— Je n'ai pas le temps, car j'ai hâte de transcrire des signes représentatifs pour des préceptes nouveaux, bien supérieurs à tous ceux de Pythagore, et de la victime d'Anytus, et du docte Platon.

— J'ai tort, je l'avoue, de t'avoir ainsi interrompu mal à propos; mais tu es indulgent, pardonne-moi, je t'en prie. Que s'il vient à t'échapper quelque chose maintenant, tu le retrouveras bien vite, que ce soit grâce à la nature ou bien à l'art, tous deux merveilleux en toi.

— C'est précisément ce qui me préoccupait, par quel moyen tout retenir; car ce sont choses délicates exprimées dans un langage délicat.

— Dis-moi le nom du personnage et s'il est Romain ou étranger.

— Je vais, de mémoire, te faire entendre ses préceptes mêmes; mais je tairai l'auteur. Ce sont les œufs de forme allongée, sache-le, qu'il faut servir, comme supérieurs en goût et plus blancs que les ronds; ils sont fermes et contiennent le jaune mâle. Le chou suburbain n'a pas la saveur de celui qui a crû dans des champs secs; rien n'a moins de séve qu'un jardin arrosé. Si, le soir, un hôte est venu tout à coup te surprendre, pour que la poule ne résiste pas désagréablement au palais, apprends qu'il faut la plonger vivante dans du Falerne mêlé d'eau; cela la rendra tendre. Les champignons des prés sont les meilleurs; mal en prend de se fier aux autres. Celui-là passera les étés en bonne santé, qui terminera ses déjeuners par des mûres noires cueillies sur l'arbre avant l'heure de la grande chaleur. Aufidius mêlait du miel à du rude Falerne; c'est une faute, parce qu'à l'estomac vide il faut ne rien donner que de doux; un doux mulsum arrosera bien mieux tes entrailles. S'il arrive que ton ventre soit dur et resserré, des moules et des coquilles communes chasseront l'embarras, ainsi que l'oseille aux courtes feuilles, mais sans oublier le vin blanc de Cos. Les lunes nouvelles engraissent les coquillages glissants; mais toute mer n'est pas fertile en mollusques de bonne espèce. Le murex de Baïes est inférieur à la palourde du Lucrin; les huîtres viennent à Circéies, à Misène les oursins; les pétoncles qui baillent font l'orgueil de la molle Tarente. Mais que le premier venu ne s'arroge pas légèrement la science des soupers, s'il n'a d'abord mûrement étudié la théorie délicate des saveurs. Il ne suffit pas d'enlever les poissons d'un étal cher, quand on ignore auxquels convient mieux une sauce et quels sont ceux qui, rôtis, vont faire remettre sur son coude le convive languissant. Le sanglier d'Ombrie, nourri de glands d'yeuse, courbe les plats ronds de l'homme qui fuit la viande insipide; car celui de Laurente est mauvais, s'engraissant de laiches et de roseau. La vigne fournit des chevreuils qui ne sont pas toujours bons à manger. Le connaisseur recherchera les épaules d'une hase féconde. Quelle pouvait être la nature, l'âge des poissons et des oiseaux; avant le mien, nul palais ne l'a cherché ni trouvé. Il en est dont le talent ne peut que produire de nouveaux bonbons. Il ne suffit nullement d'appliquer ses soins à un seul objet, comme l'homme qui n'aurait qu'une inquiétude, à savoir que les vins ne soient pas mauvais, ne s'occupant pas de quelle huile il doit arroser les poissons. Si tu exposes le Massique à un ciel serein, l'air de la nuit rendra léger ce qu'il peut avoir d'épais et fera partir le bouquet ennemi des nerfs; mais, gâté par un linge, il perd la pureté de son goût. L'homme habile qui mêle les vins de Sorrente avec la lie du Falerne ramasse parfaitement la vase avec un œuf de pigeon, vu que le jaune tombe au fond, entraînant les matières étrangères. Tu ranimeras le buveur énervé avec des squilles rôties et le colimaçon d'Afrique; car la laitue surnage après le vin dans l'estomac échauffé; c'est plutôt par du jambon, c'est par du saucisson qu'il demande à être excité et remis; que dis-je? il préférerait tout ce que peuvent préparer et chauffer les malpropres tavernes. Il importe de bien connaître les deux espèces de sauces. La simple consiste en huile d'olive douce qu'il faudra mêler avec du gros vin pur et de la saumure, pas d'autre que celle dont la forte odeur a imprégné une orca byzantine. Dès que cette sauce a bouilli avec un mélange d'herbes hachées, et que, après avoir été saupoudrée de safran de Corycus, elle a reposé, tu y ajouteras la liqueur qu'a laissée couler la baie pressée de l'olivier de Vénafre. Les fruits de Tibur le cèdent en saveur à ceux du Picénum; c'est qu'ils l'emportent en beauté. La vénucula convient à des pots; le raisin d'Albe se conservera mieux par la fumée. Ce raisin avec des pommes, la lie de vin et l'allec, comme aussi le poivre blanc mélangé de sel noir, c'est moi, moi qui, le premier, me trouve avoir, dans des assiettes bril-

---

IV. — HORATIUS, CATIUS.

Unde et quo Catius? — Non est mihi tempus aventi
Ponere signa novis præceptis, qualia vincant
Pythagoran Anytique reum doctumque Platona.
— Peccatum fateor, cum te sic tempore lævo
5 Interpellarim; sed des veniam bonus oro.
Quod si interciderit tibi nunc aliquid, repetes mox,
Sive est naturæ hoc sive artis, mirus utroque.
— Quin id erat curæ, quo pacto cuncta tenerem,
Utpote res tenues tenui sermone peractas.
10 — Ede hominis nomen, simul et Romanus an hospes.
— Ipsa memor præcepta canam, celabitur auctor.
Longa quibus facies ovis erit, illa memento,
Ut succi melioris et ut magis alba rotundis,
Ponere; namque marem cohibent callosa vitellum.
15 Caule suburbano, qui siccis crevit in agris,
Dulcior; irriguo nihil est elutius horto.
Si vespertinus subito te oppresserit hospes,
Ne gallina malum responset dura palato,
Doctus eris vivam mixto mersare Falerno;
20 Hoc teneram faciet. Pratensibus optima fungis
Natura est; aliis male creditur. Ille salubres
Æstates peraget, qui nigris prandia moris
Finiet, ante gravem quæ legerit arbore solem.
Aufidius forti miscebat mella Falerno,
25 Mendose, quoniam vacuis committere venis
Nil nisi lene decet; leni præcordia mulso
Prolueris melius. Si dura morabitur alvus,
Mitulus et viles pellent obstantia conchæ
Et lapathi brevis herba, sed albo non sine Coo.
30 Lubrica nascentes implent conchylia lunæ;
Sed non omne mare est generosæ fertile testæ.
Murice Baiano melior Lucrina peloris,
Ostrea Circeiis, Miseno oriuntur echini,
Pectinibus patulis jactat se molle Tarentum.
35 Nec sibi cœnarum quivis temere arroget artem,
Non prius exacta tenui ratione saporum.

Nec satis est cara pisces avertere mensa,
Ignarum quibus est jus aptius et quibus assis
Languidus in cubitum jam se conviva reponet.
40 Umber et iligna nutritus glande rotundas
Curvat aper lances carnem vitantis inertem;
Nam Laurens malus est, ulvis et arundine pinguis.
Vinea submittit capreas non semper edules.
Fecundæ leporis sapiens sectabitur armos.
45 Piscibus atque avibus quæ natura et foret ætas,
Ante meum nulli patuit quæsita palatum.
Sunt, quorum ingenium nova tantum crustula promit.
Nequaquam satis in re una consumere curam,
Ut si quis solum hoc, mala ne sint vina, laboret,
50 Quali perfundat pisces securus olivo.
Massica si cœlo suppones vina sereno,
Nocturna, si quid crassi est, tenuabitur aura
Et decedet odor nervis inimicus; at illa
Integrum perdunt lino vitiata saporem.
55 Surrentina vafer qui miscet fœce Falerna
Vina, columbino limum bene colligit ovo,
Quatenus ima petit volvens aliena vitellus.
Tostis marcentem squillis recreabis et Afra
Potorem cochlea; nam lactuca innatat acri
60 Post vinum stomacho; perna magis ac magis hillis
Flagitat immorsus refici; quin omnia malit,
Quæcunque immundis fervent allata popinis.
Est operæ pretium duplicis pernoscere juris
Naturam. Simplex e dulci constat olivo,
65 Quod pingui miscere mero muriaque decebit,
Non alia quam qua Byzantia putuit orca.
Hoc ubi confusum sectis inferbuit herbis
Corycioque croco sparsum stetit, insuper addes
Pressa Venafranæ quod bacca remisit olivæ.
70 Picenis cedunt pomis Tiburtia succo;
Nam facie præstant. Venucula convenit ollis;
Rectius Albanam fumo duraveris uvam.
Hanc ego cum malis, ego fæcem primus et allec,
Primus et invenior piper album cum sale nigro

lantes, servi tout cela à l'entour d'une table. C'est un énorme défaut que de donner trois mille sesterces au marché, et de presser dans un plat étroit les poissons qui aiment à errer. Il se produit dans l'estomac un grand dégoût, soit que l'esclave ait manié le calice avec des mains qu'a graissées une sauce léchée à la dérobée, soit qu'un dépôt repoussant se trouve attaché dans un vieux cratère. Des balais communs, des serviettes, de la sciure de bois, quelle dépense cela fait-il? N'en pas faire usage, c'est une honte prodigieuse. Iras-tu frotter d'un palmier boueux des pierres variées, étendre sur des tapis de Tyr des couvertures non lavées, et oublier que, ces soins occasionnant peu de peine et de dépense, on mérite, pour les négliger, plus de blâme que pour n'avoir point ce qui peut se trouver seulement sur la table des riches?

— Docte Catius, je te le demande au nom de notre amitié et des dieux, souviens-toi de me mener l'entendre en quelque lieu que ce soit. Car, bien que ta mémoire fidèle me fasse tout connaître, cependant un interprète ne saurait me causer un aussi grand plaisir. Ajoute l'air et le maintien de l'homme : toi, tu l'as vu; et tu comptes ce bonheur pour peu de chose, parce qu'il t'a été donné; mais moi, je n'ai pas une médiocre envie de pouvoir aborder les sources éloignées et y puiser les préceptes de la vie heureuse.

V. — ULYSSE, TIRÉSIAS.

— Outre ce que tu viens de me faire savoir, Tirésias, dis-moi encore, je te prie, par quels moyens et par quelle méthode je pourrais rétablir ma fortune perdue. Que ris-tu?

— Est-ce que le rusé ne trouve donc plus suffisant de pouvoir retourner à Ithaque et de revoir ses Pénates paternels?

— O toi qui n'as jamais menti à personne, tu vois comme je reviens nu et pauvre chez moi, selon ta prédiction, et là, cellier, troupeaux, rien n'a été respecté des prétendants; or noblesse et vertu, sans argent, n'ont pas plus de prix que l'algue.

— Puisque tu redoutes la pauvreté, sans ambages écoute par quel système tu peux t'enrichir. Une grive ou quelque autre cadeau t'a été donné en propre, qu'il s'envole là où brille une grande fortune sous un maître vieux; les doux fruits et tous les trésors que te rapportent un fonds bien cultivé, que devant le Lare ils soient goûtés par le riche plus vénérable que le Lare; et, quand ce serait un parjure, un homme sans race, souillé du sang de son frère, fugitif, qu'importe? ne va pas refuser de l'accompagner, s'il le demande, en marchant à sa gauche.

— Que moi, je couvre le flanc à un infâme Dama? Ce n'est pas ainsi que je me suis conduit à Troie, toujours l'émule des plus braves.

— Eh bien, tu seras pauvre.

— Je recommanderai à mon âme courageuse de le supporter; j'ai bien autrefois souffert de plus grands maux. Continue, devin, à me dire d'où je pourrai tirer des richesses et des monceaux d'argent.

— Je te l'ai dit et le répète : il te faut partout capter avec adresse les testaments des vieillards et ne pas, si un ou deux malins ont échappé au piége après avoir rongé l'amorce, ou renoncer à l'espérance, ou pour un échec abandonner le métier. S'il se plaide un jour au forum un grand procès ou un petit, que l'un des deux plaideurs soit un riche sans enfants, un misérable qui, sans motifs, traduit audacieusement en justice un honnête homme, c'est de celui-là que tu seras le défenseur; quant au citoyen dont la réputation et la cause sont meilleures, méprise-le s'il a chez lui un enfant ou une femme féconde. « Quintus, par exemple, ou Publius, — l'oreille est agréablement flattée par un prénom, — ton mérite t'a donné mon amitié; je connais la chicane, je sais défendre une cause; il sera plus aisé de m'arracher les yeux que de te braver et de t'appauvrir d'une noix vide; c'est mon affaire que tu ne perdes rien, que tu ne sois point le jouet des autres. » Dis-lui d'aller chez lui et de soigner sa chère peau; deviens son procureur seul : persiste et tiens bon, soit que *la rouge Canicule fende les muettes statues*, soit que, *le ventre tendu par de grasses tripes*, Furius *crache la blanche neige sur les Alpes glacées.* « Ne vois-tu pas, dira quelqu'un en poussant son voisin du coude, quelle persévérance, quel dévouement pour ses amis, quelle ardeur? » Les thons arriveront en foule et les viviers s'empliront. Quelqu'un encore nourrit-il un fils maladif élevé dans une brillante fortune, de crainte qu'une assiduité visible à l'égard du célibataire ne te dévoile, glisse-toi doucement par de bons offices dans l'espérance de la succession, pour qu'on t'inscrive héritier en second, et, si quelque accident a emporté l'enfant dans l'Orcus, que tu recueilles l'héritage vacant; il est fort rare que cette chance échappe. Quiconque te remettra un testament à

---

75 Incretum puris circumposuisse catillis.
   Immane est vitium dare millia terna macello,
   Angustoque vagos pisces urgere catino.
   Magna movet stomacho fastidia, seu puer unctis
   Tractavit calicem manibus, dum furta ligurit;
80 Sive gravis veteri crateræ limus adhæsit.
   Vilibus in scopis, in mappis, in scobe quantus
   Consistit sumptus? Neglectis, flagitium ingens.
   Ten' lapides varios lutulenta radere palma,
   Et Tyrias dare circum illuta toralia vestes,
85 Oblitum, quanto curam sumptumque minorem
   Hæc habeant, tanto reprehendi justius illis,
   Quæ nisi divitibus nequeant contingere mensis?
   — Docte Cati, per amicitiam divosque rogatus,
   Ducere me auditum, perges quocunque, memento.
90 Nam quamvis memori referas mihi pectore cuncta,
   Non tamen interpres tantumdem juveris. Adde
   Vultum habitumque hominis, quem tu vidisse beatus
   Non magni pendis, quia contigit; at mihi cura
   Non mediocris inest, fontes ut adire remotos
95 Atque haurire queam vitæ præcepta beatæ.

V. — ULIXES, TIRESIAS.

   Hoc quoque, Tiresia, præter narrata petenti
   Responde, quibus amissas reparare queam res
   Artibus atque modis. Quid rides? — Jamne doloso
   Non satis est Ithacam revehi patriosque Penates
5 Adspicere? — O nulli quidquam mentite, vides, ut
   Nudus inopsque domum redeam, te vate, neque illic
   Aut apotheca procis intacta est aut pecus; atqui
   Et genus et virtus, nisi cum re, vilior alga est.
   — Quando pauperiem, missis ambagibus, horres,
10 Accipe, qua ratione queas ditescere. Turdus
   Sive aliud privum dabitur tibi, devolet illuc,
   Res ubi magna nitet domino sene; dulcia poma
   Et quoscunque feret cultus tibi fundus honores
   Ante Larem gustet venerabilior Lare dives;

15 Qui quamvis perjurus erit, sine gente, cruentus
   Sanguine fraterno, fugitivus, ne tamen illi
   Tu comes exterior, si postulet, ire recuses.
   — Utne tegam spurco Damæ latus? Haud ita Trojæ
   Me gessi certans semper melioribus. — Ergo
20 Pauper eris. — Fortem hoc animum tolerare jubebo;
   Et quondam majora tuli. Tu protinus, unde
   Divitias ærisque ruam, dic augur, accervos.
   — Dixi equidem et dico : captes astutus ubique
   Testamenta senum, neu, si vafer unus et alter
25 Insidiatorem præroso fugerit hamo,
   Aut spem deponas aut artem illusus omittas.
   Magna minorve foro si res certabitur olim,
   Vivet uter locuples sine gnatis, improbus, ultro
   Qui meliorem audax vocet in jus, illius esto
30 Defensor; fama civem causaque priorem
   Sperne, domi si gnatus erit fecundave conjux.
   Quinte, puta, aut Publi, — gaudent prænomine molles
   Auriculæ, — tibi me virtus tua fecit amicum;
   Jus anceps novi, causas defendere possum;
35 Eripiet quivis oculos citius mihi, quam te
   Contemptum cassa nuce pauperet; hæc mea cura est,
   Ne quid tu perdas, neu sis jocus. Ire domum atque
   Pelliculam curare jubeo; fi cognitor ipse :
   Persta atque obdura, seu *rubra Canicula findet*
40 *Infantes statuas,* seu *pingui tentus omaso*
   Furius hibernas cana nive conspuet Alpes.
   Nonne vides, — aliquis cubito stantem prope tangens
   Inquiet, — ut patiens, ut amicis aptus, ut acer?
   Plures adnabunt thunni et cetaria crescent.
45 Si cui præterea validus male filius in re
   Præclara sublatus aletur, ne manifestum
   Cœlibis obsequium nudet te, leniter in spem
   Adrepe officiosus, ut et scribare secundus
   Heres et, si quis casus puerum egerit Orco,
50 In vacuum venias; perraro hæc alea fallit.
   Qui testamentum tradet tibi cunque legendum,

lire, refuse de le faire et repousse loin de toi les tablettes, entends-tu, de façon pourtant à saisir du coin de l'œil ce que, à la seconde ligne, dit la première page; vois d'un regard rapide si tu es seul ou si tu as plusieurs cohéritiers. Plus d'une fois, un quinquévir, refondu en scribe, se jouera du corbeau qui ouvre le bec, et le captateur Nasica donnera à rire à Coranus.

— Es-tu en délire? ou bien te joues-tu de moi à dessein en me chantant des énigmes?

— O fils de Laërte! tout ce que je dis sera ou ne sera pas; car le grand Apollon m'accorde le don de prophétie.

— Que signifie pourtant cette histoire-là, dis-le-moi, si tu le peux.

— A l'époque où un jeune héros, effroi des Parthes, race issue de l'antique Énée, sera grand sur terre et sur mer, le puissant Coranus épousera la haute fille de Nasica, peu disposé à payer sa dette. Puis le gendre fera ceci: il présentera les tablettes à son beau-père et le priera de les lire; après de longs refus, Nasica finira par les prendre et les lira tout bas, et trouvera qu'on ne lui lègue rien à lui et aux siens, sinon des pleurs et des regrets. Encore une recommandation: si par hasard une femme rusée ou un affranchi gouverne un vieillard qui radote, entre dans leur amitié; fais leur éloge, pour qu'on fasse le tien quand tu n'y seras pas. C'est aussi un bon moyen, mais bien mieux vaut s'emparer de la tête même. A-t-il la manie de faire de mauvais vers: il faut les louer. Est-il libertin: n'attends pas qu'il demande; préviens-le, et, de préférence à toi-même, donne-lui complaisamment ta Pénélope.

— Tu crois? Pourra-t-on l'amener, elle si sage et si chaste, que les prétendants ne sont pas parvenus à détourner du droit chemin?

— C'est qu'il n'est arrivé que des jeunes gens avares à faire de grands présents et moins désireux d'amour que de cuisine. Voilà comment ta Pénélope est sage; mais, une fois qu'elle aura goûté d'un seul vieillard et partagé avec toi un petit profit, on ne pourra l'en arracher non plus qu'un chien d'une peau grasse. Pendant ma vieillesse a eu lieu le fait que je vais dire. A Thèbes, une vieille malicieuse fut, d'après son testament, enterrée ainsi: l'héritier porta sur ses épaules nues le cadavre bien frotté d'huile; elle essayait si elle pourrait lui échapper morte, sans doute parce qu'il l'avait trop obsédée

vivante. Vas-y avec précaution; n'épargne pas la peine, mais ne passe pas la mesure pour en faire trop. Un homme chagrin et morose s'ennuiera d'un babillard; ne va pas non plus à ton plaisir garder le silence. Sois le Dave de la comédie, tiens-toi la tête basse, dans une attitude tout à fait timide. Procède par l'empressement: avertis-le, si le vent a augmenté, de prendre garde et d'envelopper une tête si chère; tire-le de la foule en le couvrant de tes épaules; dresse l'oreille à son bavardage. Aime-t-il qu'on le loue à en devenir insupportable jusqu'à ce qu'en levant les mains au ciel; il ait dit: «Ité! assez,» presse, gonfle de tes paroles enflées l'outre qui grossit. Quand il t'aura délivré d'un esclavage, d'une peine si longue, et que, bien éveillé, tu auras entendu ces mots: Qu'Ulysse soit héritier d'un quart; «Eh quoi! ce cher Dama n'est plus? Où trouver encore un si brave, un si fidèle ami?» répands partout ces plaintes, et, s'il est possible, pleure un peu; il y a moyen de déguiser ton visage qui trahit la joie qu'on éprouve. Le tombeau a-t-il été remis à ta discrétion, fais-le construire sans mesquinerie; que le voisinage vante la magnificence des funérailles. Si, par hasard, parmi les cohéritiers, se trouve un vieillard qui ait une mauvaise toux, dis-lui que, s'il est dans ta part un fonds ou une maison qu'il veuille acheter, tu seras heureux de la lui adjuger pour une pièce de monnaie. Mais voilà que me rappelle l'impitoyable Proserpine; vis et porte-toi bien.

VI.

Voilà ce qu'appelaient mes vœux: un champ d'une médiocre étendue, un jardin où fussent, et près de la maison, une source d'eau vive et en outre un petit bois. Les dieux m'ont donné plus et mieux. C'est bien. Je ne souhaite rien davantage, fils de Maïa, sinon que tu me rendes ces présents durables. Si je n'ai point augmenté ma fortune par des pratiques coupables, et que je ne doive pas la diminuer par le vice ou la négligence; si je ne fais aucune de ces sottes demandes: «Oh! si je pouvais m'accroître de ce coin de terre voisin qui maintenant déforme mon petit champ! Oh! si un hasard m'indiquait une urne d'argent, comme à ce mercenaire qui, ayant découvert un trésor, acheta le bien et le laboura pour son compte, devenu riche par la faveur d'Hercule!» si ce que j'ai me rend heureux et content, voici la prière que je t'adresse: «Alourdis le troupeau du maître et tout

---

Abnuere et tabulas a te removere memento,
Sic tamen, ut limis rapias, quid prima secundo
Cera velit versu; solus multisne coheres,
55 Veloci percurre oculo. Plerumque recoctus
Scriba ex quinqueviro corvum deludet hiantem,
Captatorque dabit risus Nasica Corano.
— Num furis? an prudens ludis me obscura canendo?
— O Laertiade, quidquid dicam, aut erit aut non:
60 Divinare etenim magnus mihi donat Apollo.
— Quid tamen ista velit sibi fabula, si licet, ede.
— Tempore quo juvenis Parthis horrendus, ab alto
Demissum genus Æneæ, tellure marique
Magnus erit, forti nubet procera Corano
65 Filia Nasicæ, metuentis reddere soldum.
Tum gener hoc faciet: tabulas socero dabit atque
Ut legat orabit; multum Nasica negatas
Accipiet tandem et tacitus leget, invenietque
Nil sibi legatum præter plorare suisque.
70 Illud ad hæc jubeo: mulier si forte dolosa
Libertusve senem delirum temperet, illis
Accedas socius; laudes, lauderis ut absens.
Adjuvat hoc quoque, sed vincit longe prius ipsum
Expugnare caput. Scribet mala carmina vecors:
75 Laudato. Scortator erit: cave te roget; ultro
Penelopam facilis potiori trade. — Putasne?
Perduci poterit tam frugi tamque pudica,
Quam nequiere proci recto depellere cursu?
— Venit enim, magnum donandi parca, juventus,
80 Nec tantum veneris, quantum studiosa culinæ.
Sic tibi Penelope frugi est, quæ si semel uno
De sene gustarit tecum partita lucellum,
Ut canis a corio nunquam absterrebitur uncto.
Me sene, quod dicam, factum est: anus improba Thebis
85 Ex testamento sic est elata: cadaver
Unctum oleo largo nudis humeris tulit heres,
Scilicet elabi si posset mortua; credo,
Quod nimium institerat viventi. Cautus adito:

Neu desis operæ, neve inmoderatus abundes.
90 Difficilem et morosum offendet garrulus; ultro
Non etiam sileas. Davus sis comicus atque
Stes capite obstipo, multum similis metuenti.
Obsequio grassare; mone, si increbruit aura,
Cautus uti velet carum caput; extrahe turba
95 Oppositis humeris; aurem substringe loquaci.
Importunus amat laudari; donec Ohe jam!
Ad cœlum manibus sublatis dixerit, urge,
Crescentem tumidis infla sermonibus utrem.
Cum te servitio longo curaque levarit,
100 Et certum vigilans, Quartæ sit partis Ulixes,
Audieris, heres: Ergo nunc Dama sodalis
Nusquam est? Unde mihi tam fortem tamque fidelem?
Sparge subinde et, si paulum potes, illacrimare; est
Gaudia prodentem vultum celare. Sepulcrum
105 Permissum arbitrio sine sordibus exstrue; funus
Egregie factum laudet vicinia. Si quis
Forte coheredum senior male tussiet, huic tu
Dic, ex parte tua seu fundi sive domus sit
Emptor, gaudentem nummo te addicere. Sed me
110 Imperiosa trahit Proserpina; vive valeque.

VI.

Hoc erat in votis: modus agri non ita magnus,
Hortus ubi et tecto vicinus jugis aquæ fons
Et paulum silvæ super his foret. Auctius atque
Di melius fecere. Bene est. Nil amplius oro,
5 Maia nate, nisi ut propria hæc mihi munera faxis.
Si neque majorem feci ratione mala rem,
Nec sum facturus vitio culpave minorem;
Si veneror stultus nihil horum; O si angulus ille
Proximus accedat, qui nunc denormat agellum!
10 O si urnam argenti fors quæ mihi monstret ut illi,
Thesauro invento qui mercenarius agrum
Illum ipsum mercatus aravit, dives amico
Hercule! Si, quod adest, gratum juvat, hac prece te oro:

le reste, sauf l'esprit, et, comme toujours, sois mon puissant gardien. » Aussi, éloigné de la ville pour venir dans les montagnes et dans ma citadelle, que puis-je traiter de mieux dans la muse familière de la satire ? Rien ne me tourmente, ni la funeste ambition, ni l'Auster de plomb, ni le malfaisant Automne, source de gain pour la cruelle Libitine. Dieu vénérable du matin, ou Janus, si tu préfères ce nom, toi qu'invoquent les hommes en commençant les pénibles travaux de la vie, — ainsi l'ont voulu les dieux, — sois à la tête de mes vers. Suis-je à Rome, tu m'emmènes pour servir de caution : « Allons, ne te laisse pas prévenir à rendre un service, hâte-toi. » Que l'Aquilon rase la terre ou que l'hiver traîne un jour neigeux dans un cercle plus étroit, il faut aller. Puis, quand j'ai distinctement prononcé la formule qui pourra me nuire, il me faut lutter contre la foule et faire tort aux gens qui vont lentement. « Qu'as-tu donc, insensé, et que fais-tu? s'écrie un malhonnête en me chargeant de malédictions; il faut que tu pousses tout devant toi, quand tu cours rentrer chez Mécènes que tu as toujours en tête. » Il est vrai, ce m'est un plaisir délicieux, je l'avoue. Mais, à peine est-on arrivé aux sombres Esquilies, voilà cent affaires étrangères qui me sautent à la tête et aux flancs. Roscius te priait de l'assister demain au Putéal. Les scribes te priaient, Quintus, de ne pas oublier de revenir aujourd'hui pour une commune affaire, importante et nouvelle. Aie soin que Mécènes imprime son cachet à ces tablettes. Dit-on : « Je tâcherai. — Si tu veux, tu le peux, » ajoute-t-il en vous pressant. Sept années, et presque huit, ont pu s'écouler depuis que Mécènes a commencé à me placer au nombre des siens, dans ce seul but, de me prendre en voyage dans son char et de me confier des riens de ce genre : « Quelle heure est-il ? Le Thrace Gallina vaut-il Syrus? La fraîcheur du matin commence à piquer ceux qui ne sont pas bien garantis ; » et des choses qu'on dépose parfaitement dans l'oreille d'un indiscret. Depuis cette époque, de jour en jour, d'heure en heure, notre homme est plus soumis à l'envie. Avait-il été voir les jeux avec Mécènes, avait-il avec lui joué au champ de Mars : « C'est l'enfant gâté de la Fortune, » s'écriait tout le monde. Un bruit qui glace d'effroi se répand-il des Rostres aux carrefours; quiconque me rencontre me questionne : « O mon cher ! tu dois le savoir, puisque tu approches les dieux; as-tu entendu quelque chose au sujet des Daces? — Rien du tout. — Toujours railleur ! — Que tous les dieux me poursuivent si j'ai rien entendu. — Eh bien, les terres qu'il a promises aux soldats, César les donnera-t-il en Sicile ou en Italie ? » Je jure que je ne sais rien, et l'on m'admire comme un homme unique, d'une remarquable et profonde discrétion. Cependant la journée, hélas! se perd, non sans que je fasse ces vœux : O campagne, quand te verrai-je? et quand pourrai-je, tantôt avec les livres des anciens, tantôt dans le sommeil et les heures inactives, savourer le doux oubli d'une vie agitée? Oh! quand me verrai-je servir la fève, parente de Pythagore, et avec elle de bons légumes suffisamment graissés par un gros lard? O nuits! ô soupers des dieux ! où moi et les miens mangeons devant mon propre Lare, où je nourris mes turbulents esclaves des mets que nous avons goûtés. Suivant sa fantaisie, chaque convive, affranchi de sottes lois, vides de calices inégaux, soit que, hardi buveur, il prenne de fortes coupes, soit qu'il trouve plus de plaisir à s'abreuver avec de petites. Aussi une conversation s'engage, non point sur les villas ni les maisons d'autrui, ni si Lépos danse mal ou non ; mais, ce qui nous touche de plus près et qu'il est honteux d'ignorer, nous agitons si c'est par la richesse ou par la vertu que les hommes sont heureux; qu'est-ce qui doit porter aux amitiés, l'utile ou l'honnête ; quelle est la nature du bon et quel est le souverain bien. Cependant le voisin Cervius conte, à propos du sujet, de petites fables de vieille femme. L'un vante-t-il les richesses d'Arellius, sans savoir les soucis qu'elles lui donnent, il commence ainsi : « Un jour le rat des champs reçut, dit-on, le rat de ville dans son pauvre trou, vieil hôte, un vieil ami : il était rude et soigneux de son bien, mais au point pourtant de savoir, à la réception d'un hôte, détendre son âme serrée. Bref, il ne refusa ni les pois chiches mis en réserve, ni la longue avoine; et, les portant de sa bouche, il offrit du raisin sec et des morceaux à demi rongés de lard, désirant, par la variété du souper, vaincre les dégoûts d'un convive qui touchait à peine à chaque met d'une dent dédaigneuse ; tandis que le maître de la maison, couché sur de la paille de l'année, mangeait du blé et de l'ivraie, laissant le meilleur du repas. Enfin le citadin : « Quel plaisir as-tu, dit-il, ami, à vivre péniblement au dos d'un bois escarpé ? Veux-tu aux sauvages forêts préférer le monde

---

      Pingue pecus domino facias et cetera præter
15 Ingenium, utque soles, custos mihi maximus adsis.
      Ergo ubi me in montes et in arcem ex urbe removi,
      Quid prius illustrem satiris musaque pedestri?
      Nec mala me ambitio perdit nec plumbeus Auster
      Autumnusque gravis, Libitinæ quæstus acerbæ.
20 Matutine pater, seu Jane libentius audis,
      Unde homines operum primos vitæque labores
      Instituunt — sic dis placitum, — tu carminis esto
      Principium. Romæ sponsorem me rapis : « Eia,
      Ne prior officio quisquam respondeat, urge. »
25 Sive Aquilo radit terras, seu bruma nivalem
      Interiore diem gyro trahit, ire necesse est.
      Postmodo, quod mi obsit, clare certumque locuto
      Luctandum in turba et facienda injuria tardis.
      Quid vis, insane, et quas res agis? improbus urget
30 Iratis precibus; tu pulses omne, quod obstat,
      Ad Mæcenatem memori si mente recurras?
      Hoc juvat et melli est; non mentiar. At simul atras
      Ventum est Esquilias, aliena negotia centum
      Per caput et circa saliunt latus. Ante secundam
35 Roscius orabat sibi adesses ad Puteal cras.
      De re communi scribæ magna atque nova te
      Orabant hodie meminisses, Quinte, reverti.
      Imprimat his, cura, Mæcenas signa tabellis.
      Dixeris, Experiar : Si vis, potes, addit et instat.
40 Septimus octavo propior jam fugerit annus,
      Ex quo Mæcenas me cœpit habere suorum
      In numero; duntaxat ad hoc, quem tollere rheda
      Vellet iter faciens et cui concredere nugas
      Hoc genus : Hora quota est? Thrax est Gallina Syro par?
45 Matutina parum cautos jam frigora mordent;
      Et quæ rimosa bene deponuntur in aure.
      Per totum hoc tempus subjectior in diem et horam
      Invidiæ noster. Ludos spectaverat una,
      Luserat in Campo : Fortunæ filius, omnes.
50 Frigidus a Rostris manat per compita rumor :
      Quicunque obvius est, me consulit : O bone, nam te
      Scire, deos quoniam propius contingis, oportet;
      Numquid de Dacis audisti? Nil equidem Ut tu
      Semper eris derisor! At omnes di exagitent me,
55 Si quidquam. Quid? militibus promissa Triquetra
      Prædia Cæsar, an est Itala tellure daturus?
      Jurantem me scire nihil mirantur ut unum
      Scilicet egregii mortalem altique silenti.
      Perditur hæc inter misero lux non sine votis :
60 O rus, quando ego te adspiciam? quandoque licebit
      Nunc veterum libris, nunc somno et inertibus horis
      Ducere sollicitæ jucunda oblivia vitæ?
      O quando faba Pythagoræ cognata simulque
      Uncta satis pingui ponentur oluscula lardo?
65 O noctes cœnæque deum! quibus ipse meique
      Ante Larem proprium vescor vernasque procaces
      Pasco libatis dapibus. Prout cuique libido est,
      Siccat inæquales calices conviva solutus
      Legibus insanis, seu quis capit acria fortis
70 Pocula, seu modicis uvescit lætius. Ergo
      Sermo oritur, non de villis domibusve alienis,
      Nec male necne Lepos saltet; sed, quod magis ad nos
      Pertinet et nescire malum est, agitamus : utrumne
      Divitiis homines, an sint virtute beati;
75 Quidve ad amicitias, usus rectumne, trahat nos;
      Et quæ sit natura boni summumque quid ejus.
      Cervius hæc inter vicinus garrit aniles
      Ex re fabellas. Si quis nam laudat Arelli
      Sollicitas ignarus opes, sic incipit : Olim
80 Rusticus urbanum murem mus paupere fertur
      Accepisse cavo, veterem vetus hospes amicum,
      Asper et attentus quæsitis, ut tamen arctum
      Solveret hospitiis animum. Quid multa? neque ille
      Seposti ciceris nec longæ invidit avenæ,
85 Aridum et ore ferens acinum semesaque lardi
      Frusta dedit, cupiens varia fastidia cœna
      Vincere tangentis male singula dente superbo,
      Cum pater ipse domus palea porrectus in horna
      Esset ador loliumque, dapis meliora relinquens
90 Tandem urbanus ad hunc : Quid te juvat, inquit, amice,
      Prærupti nemoris patientem vivere dorso?

et la ville? Mets-toi en route, crois-moi, suis mes pas; puisque tous les êtres n'ont en partage qu'une existence mortelle, et que ni grand ni petit ne peuvent échapper à la mort : ainsi, mon cher, tandis que tu le peux, vis heureux au sein des plaisirs ; vis te souvenant combien la vie est courte. » Dès que ces paroles eurent ébranlé le campagnard, il saute léger hors du logis; de là, tous deux parcourent le chemin projeté, désirant se glisser de nuit sous les murs de la ville. Déjà la Nuit occupait le milieu du ciel, quand l'un et l'autre s'introduisent dans une opulente maison, où des tapis teints de couleur écarlate brillaient sur des lits d'ivoire, où des plats nombreux, restes d'un grand souper, se trouvaient de la veille dans des paniers entassés près de là. Alors, dès qu'il eut étendu et placé le campagnard sur le tapis de pourpre, comme un homme retroussé, l'hôte court çà et là, fait succéder les mets, et s'acquitte du service même aussi bien qu'un esclave, léchant d'avance tout ce qu'il apporte. L'autre, couché, se réjouit du changement de son sort, et, au sein du bonheur, se montre joyeux convive, quand tout à coup un grand bruit de battants les fait sauter tous deux à bas des lits. Nos rats de courir effrayés par toute la salle, et, à demi morts, de s'alarmer bien plus, quand des chiens Molosses eurent fait retentir la haute maison. Alors le rat des champs : « Cette vie-là ne saurait m'aller, dit-il, et porte-toi bien; moi, la forêt et un trou à l'abri des embûches me consoleront de mes maigres lentilles. »

VII. — DAVE, HORACE.

— Il y a longtemps que j'écoute et que, désirant te dire quelques mots, je n'ose le faire : car je ne suis qu'un esclave.

— Dave?

— Oui, Dave, un serviteur dévoué à son maître et bon sujet, autant qu'il le faut, c'est-à-dire au point d'en pouvoir vivre.

— Allons, puisque les ancêtres l'ont ainsi voulu, use de la liberté de Décembre; parle.

— Une partie du monde aime les vices avec persistance et poursuit obstinément son but; une grande partie est flottante, tantôt embrassant la vertu, tantôt esclave du mal. Priscus, à qui l'on voyait un jour trois anneaux, un autre la main gauche dégarnie, fut très-inconstant, changeant de tunique à

toute heure, quittant tout à coup une superbe maison pour s'enfermer dans un taudis d'où un affranchi un peu propre rougirait de sortir, aujourd'hui libertin à Rome, demain préférant vivre en philosophe à Athènes, homme né en dépit de tous les Vertumnes. Le bouffon Volanérius, quand une goutte méritée lui eut brisé les doigts, loua pour un salaire journalier et entretint un homme pour ramasser les dés à sa place et les jeter dans le cornet; invariable dans les mêmes vices, et par là moins malheureux et valant mieux que celui qui est en danger, tantôt en roidissant la corde, tantôt en la relâchant.

— Ne me diras-tu pas aujourd'hui à qui s'adressent ces sottises, pendard?

— A toi, dis-je.

— Comment cela, coquin?

— Tu vantes l'état et les mœurs de l'ancien peuple, et pourtant, si tout à coup un dieu s'avisait de t'y réduire, tu n'en voudrais jamais, ou parce que tu n'es pas convaincu que ce que tu dis si haut soit le meilleur, ou parce que c'est sans énergie que tu observes la vertu et que tu restes embourbé, désirant en vain retirer ton pied de la fange. A Rome, tu soupires après la campagne; à la campagne, tu portes aux astres, inconstant, la ville que tu as quittée. Si, par aventure, tu n'es nulle part invité à souper, tu vantes les légumes exempts de souci, et, comme si tu y allais enchaîné, tu te dis heureux et es charmé qu'il ne te faille boire nulle part. Mécènes t'a-t-il un peu tard prié de venir aux premiers flambeaux pour manger avec lui : « Personne n'apporte l'huile plus vite? Est-ce qu'on n'entend pas? » brailles-tu à grands cris, et tu te sauves. Mulvius et les bouffons, après maints souhaits qu'on ne peut rapporter, s'en vont. « En effet, j'avoue, pourrait-il dire, que je suis léger et que mon ventre m'amène; mon nez se relève au fumet; je suis faible, incapable; si tu veux, ajoute pilier de taverne. Toi, qui me ressembles et qui peut-être es pire encore, tu aurais l'audace de me critiquer, comme si tu valais mieux, et de couvrir le vice sous de belles paroles? » Que sera-ce, s'il se trouve que tu es plus sot que moi, acheté cinq cents drachmes? Ne veuille pas m'effrayer par ton air ; retiens ta main et ta colère, tandis que j'expose ce que m'a enseigné le portier de Crispinus. Toi, tu es épris de la femme d'autrui, Dave d'une courtisane : lequel des deux est le plus

Vis tu homines urbemque feris præponere silvis?
Carpe viam, mihi crede, comes; terrestria quando
Mortales animas vivunt sortita, neque ulla est
95 Aut magno aut parvo leti fuga : quo, bone, circa,
Dum licet, in rebus jucundis vive beatus:
Vive memor, quam sis ævi brevis. Hæc ubi dicta
Agrestem pepulere, domo levis exsilit; inde
Ambo propositum peragunt iter, urbis aventes
100 Mœnia nocturni subrepere. Jamque tenebat
Nox medium cœli spatium, cum ponit uterque
In locuplete domo vestigia, rubro ubi cocco
Tincta super lectos canderet vestis eburnos,
Multaque de magna superessent fercula cœna,
105 Quæ procul exstructis inerant hesterna canistris.
Ergo, ubi purpurea porrectum in veste locavit
Agrestem, veluti succinctus cursitat hospes
Continuatque dapes nec non verniliter ipsis
Fungitur officiis, prælambens omne quod affert.
110 Ille cubans gaudet mutata sorte bonisque
Rebus agit lætum convivam, cum subito ingens
Valvarum strepitus lectis excussit utrumque.
Currere per totum pavidi conclave, magisque
Exanimes trepidare, simul domus alta Molossis
115 Personuit canibus. Tum rusticus : Haud mihi vita
Est opus hac, ait, et valeas; me silva cavusque
Tutus ab insidiis tenui solabitur ervo.

VII. — DAVUS, HORATIUS.

Jam dudum ausculto et cupiens tibi dicere servus
Pauca reformido. — Davusne? — Ita, Davus, amicum
Mancipium domino et frugi quod sit satis, hoc est,
Ut vitale putes. — Age, libertate Decembri,
5 Quando ita majores voluerunt, utere; narra.
— Pars hominum vitiis gaudet constanter et urget
Propositum; pars multa natat, modo recta capessens,
Interdum pravis obnoxia. Sæpe notatus
Cum tribus annellis, modo læva Priscus inani,

10 Vixit inæqualis, clavum ut mutaret in horas,
Ædibus ex magnis subito se conderet, unde
Mundior exiret vix libertinus honeste;
Jam mœchus Romæ, jam mallet doctus Athenis
Vivere, Vertumnis, quotquot sunt, natus iniquis.
15 Scurra Volanerius, postquam illi justa cheragra
Contudit articulos, qui pro se tolleret atque
Mitteret in phimum talos, mercede diurna
Conductum pavit; quanto constantior isdem
In vitiis, tanto levius miser ac prior illo,
20 Qui jam contento, jam laxo fune laborat.
— Non dices hodie, quorsum hæc tam putida tendant,
Furcifer? — Ad te, inquam.—Quo pacto, pessime? — Laudas
Fortunam et mores antiquæ plebis, et idem,
Si quis ad illa deus subito te agat, usque recuses,
25 Aut quia non sentis, quod clamas, rectius esse,
Aut quia non firmus rectum defendis et hæres,
Nequicquam cœno cupiens evellere plantam.
Romæ rus optas, absentem rusticus urbem
Tollis ad astra levis. Si nusquam es forte vocatus
30 Ad cœnam, laudas securum olus ac, velut usquam
Vinctus eas, ita te felicem dicis amasque,
Quod nusquam tibi sit potandum. Jusserit ad se
Mæcenas serum sub lumina prima venire
Convivam : Nemon' oleum fert ocius? Ecquis
35 Audit? cum magno blateras clamore fugisque.
Mulvius et scurræ tibi non referenda precati
Discedunt. Etenim fateor me, dixerit ille,
Duci ventre levem, nasum nidore supinor,
Imbecillus, iners, si quid vis, adde, popino.
40 Tu, cum sis quod ego et fortassis nequior, ultro
Insectere velut melior verbisque decoris
Obvolvas vitium? Quid, si me stultior ipso
Quingentis empto drachmis deprenderis? Aufer
Me vultu terrere; manum stomachumque teneto,
45 Dum, quæ Crispini docuit me janitor, edo.
Te conjux aliena capit, meretricula Davum :
Peccet uter nostrum cruce dignius? Acris ubi me

coupable et le plus digne de la croix? Dès que l'ardeur de la nature me met en tension, quelle que soit la femme qui, toute nue, à la clarté d'une lampe, a soutenu le choc du membre gonflé, ou en bondissant a de ses fesses dirigé le cheval étendu sur le dos, je la quitte, ni déshonoré, ni inquiet qu'un plus riche ou un plus beau vienne aussi pisser là. Toi, lorsque, après avoir déposé tes insignes, l'anneau de chevalier et le costume romain, tu sors de chez toi, juge changé en vil Dama, ta tête parfumée enveloppée d'une lacerna, n'es-tu pas réellement le personnage que tu joues? On t'introduit tout effrayé, et la peur luttant avec les passions te fait trembler jusqu'aux os. Qu'importe que tu te sois engagé à être brûlé, à être tué par les verges et le fer, ou que, enfermé dans un coffre où t'a poussé la complice du crime de sa maîtresse, tu touches des genoux ta tête courbée? Le mari d'une femme en défaut n'a-t-il pas un droit légitime sur les deux coupables? Sur le corrupteur un plus légitime encore. La femme, du moins, ne change pas de costume, ni de demeure, et ce n'est point elle qui se met dessus. Comme elle te redoute et ne se fie pas à ton amour, c'est sciemment que tu iras sous la fourche et que tu livreras au maître irrité ta fortune entière, et ta vie, et avec ton corps ta réputation. Tu as échappé : sans doute, tu vas craindre, et, instruit par l'expérience, te tenir sur tes gardes; non, tu chercheras l'occasion d'une nouvelle frayeur, de nouveaux périls, ô autant de fois esclave! Quelle bête sauvage, une fois qu'elle s'est sauvée, vient sottement reprendre ses chaînes brisées? « Je ne suis point un adultère, » dis-tu. Ni moi, par Hercule, un voleur, quand par prudence je m'abstiens de toucher à de la vaisselle d'argent : ôte le danger, aussitôt rejetant le frein, la nature s'élancera en liberté. Tu es mon maître, toi, soumis à la volonté des choses et des hommes, que la baguette trois et quatre fois imposée ne saurait jamais affranchir de la misérable crainte? Ajoute à ce que j'ai dit une chose qui n'a pas moins de valeur : en effet, que celui qui obéit à un esclave soit un suppléant, d'après votre langage à vous, ou bien un compagnon, que suis-je pour toi? Car toi, qui me commandes, tu es le triste esclave d'un autre, et l'on te fait aller comme des ressorts étrangers mènent un bois mobile. Qui donc est libre? Le sage, qui est maître de lui, que n'effrayent ni la pauvreté, ni la mort, ni les chaînes; ferme à résister aux passions, à mépriser les dignités, et tout entier en lui-même, poli et rond, de façon que rien d'ex-

térieur ne puisse s'arrêter sur sa surface unie, contre qui toujours la fortune est manchote. Peux-tu dans ces traits en reconnaître un qui t'appartienne? Une femme te demande cinq talents, te maltraite, et, après t'avoir mis à la porte, t'arrose d'eau froide, puis te rappelle; arrache ton cou à un joug honteux; dis donc : « Je suis libre, libre. » Tu ne peux; car un maître impitoyable presse ton âme, enfonce un aiguillon perçant dans ton flanc épuisé, et te fait tourner malgré toi. Ou quand tu restes sottement ébahi devant un tableau de Pausias, en quoi es-tu moins coupable que moi, quand j'admire les combats de Fulvius, de Rutuba, ou de Pacidéianus qui luttent le jarret tendu, si bien dessinés à la craie rouge ou au charbon, qu'on croirait que les personnages se battent réellement et remuent leurs armes pour frapper et parer les coups? Dave est un maraud et un fainéant; mais toi, tu passes pour un juge habile et savant des anciens. Je suis un vaurien si je me laisse attirer par un gâteau fumant : et toi, ta vertu et ton courage résistent-ils aux beaux soupers? La complaisance pour mon ventre, pourquoi m'est-elle plus dangereuse? C'est qu'on m'étrille le dos. En quoi es-tu moins punissable, quand tu cours après ces provisions qu'on ne saurait se procurer à bas prix? Mais ils s'aigrissent, les mets pris sans mesure, et tes pieds abusés refusent de porter un corps ruiné. Eh quoi! il est coupable, l'esclave qui le soir échange contre un raisin une strigile dérobée! Celui qui vend ses domaines par soumission à son ventre n'a-t-il rien d'esclave? Ajoute encore que tu ne peux pas rester une heure avec toi, ni bien employer tes loisirs; tu t'évites toi-même, fugitif et flâneur, cherchant, tantôt dans le vin, tantôt dans le sommeil, à tromper le souci : mais en vain; noir compagnon, il te presse et s'attache à ta poursuite.

— Où trouverai-je une pierre?
— A quoi bon?
— Des flèches?
— Ou il est fou, ou il fait des vers.
— Si tu ne sors au plus vite, tu iras, neuvième ouvrier, dans ma terre du Sabinum.

VIII. — HORACE, FUNDANIUS.

— Comment t'es-tu trouvé du souper de l'opulent Nasidiénus? car, te cherchant pour convive, j'ai appris hier que tu buvais là depuis le milieu du jour.

    Natura intendit, sub clara nuda lucerna
    Quæcunque excepit turgentis verbera caudæ,
50 Clunibus aut agitavit equum lasciva supinum,
    Dimittit neque famosum neque sollicitum, ne
    Ditior aut formæ melioris mejat eodem.
    Tu, cum projectis insignibus, annulo equestri
    Romanoque habitu, prodis ex judice Dama
55 Turpis, odoratum caput obscurante lacerna,
    Non es, quod simulas? Metuens induceris atque
    Altercante libidinibus tremis ossa pavore.
    Quid refert, uri, virgis ferroque necari
    Auctoratus eas, an turpi clausus in arca,
60 Quo te demisit peccati conscia herilis,
    Contractum genibus tangas caput? Estne marito
    Matronæ peccantis in ambo justa potestas?
    In corruptorem vel justior. Illa tamen se
    Non habitu mutatve loco, peccatve superne.
65 Cum te formidet mulier neque credat amanti,
    Ibis sub furcam prudens dominoque furenti
    Committes rem omnem et vitam et cum corpore famam.
    Evasti : credo, metues doctusque cavebis;
    Quæres, quando iterum paveas iterumque perire
70 Possis, o toties servus! Quæ bellua ruptis,
    Cum semel effugit, reddit se prava catenis?
    Non sum mœchus, ais. Neque ego, hercule, fur, ubi vasa
    Prætereo sapiens argentea : tolle periclum,
    Jam vaga prosiliet frenis natura remotis.
75 Tune mihi dominus, rerum imperiis hominumque
    Tot tantisque minor, quem ter vindicta quaterque
    Imposita haud unquam misera formidine privet?
    Adde super dictis, quod non levius valeat : nam
    Sive vicarius est, qui servo paret, uti mos
80 Vester ait, seu conservus; tibi quid sum ego? Nempe
    Tu, mihi qui imperitas, aliis servis miser atque
    Duceris ut nervis alienis mobile lignum.
    Quisnam igitur liber? Sapiens, sibi qui imperiosus,
    Quem neque pauperies neque mors neque vincula terrent,
85 Responsare cupidinibus, contemnere honores

    Fortis, et in se ipso totus, teres atque rotundus,
    Externi ne quid valeat per leve morari,
    In quem manca ruit semper fortuna. Potesne
    Ex his ut proprium quid noscere? Quinque talenta
90 Poscit te mulier, vexat foribusque repulsum
    Perfundit gelida, rursus vocat; eripe turpi
    Colla jugo; Liber, liber sum, dic age. Non quis ;
    Urget enim dominus mentem non lenis et acres
    Subjectat lasso stimulos versatque negantem.
95 Vel cum Pausiaca torpes, insane, tabella,
    Qui peccas minus atque ego, cum Fulvi Rutubæque
    Aut Pacideiani contento poplite miror
    Prœlia rubrica picta aut carbone, velut si
    Re vera pugnent, feriant vitentque moventes
100 Arma viri? Nequam et cessator Davus; at ipse
    Subtilis veterum judex et callidus audis.
    Nil ego, si ducor libo fumante : tibi ingens
    Virtus atque animus cœnis responsat opimis?
    Obsequium ventris mihi perniciosius est cur?
105 Tergo plector enim. Qui tu impunitior illa,
    Quæ parvo sumi nequeunt, obsonia captas?
    Nempe inamarescunt epulæ sine fine petitæ,
    Illusique pedes vitiosum ferre recusant
    Corpus. An hic peccat, sub noctem qui puer uvam
110 Furtiva mutat strigili : qui prædia vendit,
    Nil servile, gulæ parens, habet ? Adde, quod idem
    Non horam tecum esse potes, non otia recte
    Ponere, teque ipsum vitas, fugitivus et erro,
    Jam vino quærens, jam somno fallere curam :
115 Frustra; nam comes atra premit sequiturque fugacem.
    — Unde mihi lapidem?—Quorsum est opus?—Unde sagittas?
    — Aut insanit homo aut versus facit. — Ocius hinc te
    Ni rapis, accedes opera agro nona Sabino.

VIII. — HORATIUS, FUNDANIUS.

    Ut Nasidieni juvit te cœna beati?
    Nam mihi quærenti convivam dictus here illic
    De medio potare die. — Sic, ut mihi nunquam

— Si bien que jamais de ma vie je n'ai éprouvé plus de plaisir.

— Dis-moi, si cela ne t'ennuie pas, quels mets furent servis d'abord pour apaiser le ventre affamé?

— D'abord un sanglier de Lucanie; on l'avait pris par un léger Auster, à ce que disait le maître de la maison; autour, des radis piquants, des laitues, des racines, tout ce qui sert à stimuler l'estomac fatigué, du chervis, de l'allec, de la lie de Cos. Dès que, après avoir enlevé ces mets, un esclave haut retroussé eut essuyé la table d'érable avec une serviette de pourpre, et qu'un autre eut ramassé tout ce qu'il y avait à terre d'inutile ou qui pût choquer les convives, tels qu'une jeune Athénienne avec les objets sacrés de Cérès, s'avancent le brun Hydaspe portant du vin de Cécube, Alcon du Chios qui ne connaît point la mer. Là le maître : « Si le vin d'Albe, Mécènes, ou le Falerne te plaît davantage, nous avons l'un et l'autre. »

— Pitoyables richesses! Mais en compagnie de qui, Fundanius, as-tu fait un si bon repas? je suis en peine de le savoir.

— J'étais en haut, à côté de moi Viscus de Thurium, et en bas, si je ne me trompe, Varius; puis Servilius Balatro et Vibidius, que Mécènes avait amenés comme ombres. Nomentanus était au-dessus de l'hôte, au-dessous Porcius, risible en avalant d'une bouchée des gâteaux entiers; Nomentanus était là pour nous faire voir de l'index ce qui pouvait nous être inconnu : car le reste de la troupe, je veux dire nous, nous mangeons des oiseaux, des coquillages, des poissons cachant un goût bien différent de celui qu'on leur connaît; comme aussitôt il y parut bien, quand Nomentanus me présenta des entrailles de flet et de turbot que jamais je n'avais goûtées. Après cela il m'apprit que les pommes de miel devenaient rouges, cueillies au déclin de la lune. Quelle différence il y a, c'est ce que lui-même te dira beaucoup mieux. Alors Vibidius à Balatro : « Si nous ne buvons à mort, nous mourrons sans vengeance; » et il demande de plus grands calices. La pâleur alors de changer le visage de l'amphitryon, qui ne craint rien comme les forts buveurs, soit parce qu'ils sont trop libres en leurs mauvais propos, soit parce que le feu du vin émousse la finesse du palais. Vibidius et Balatro retournent entièrement les vases à vin dans des coupes d'Allifes; tout le monde les imite; les convives du lit d'en bas ne firent aucun tort aux flacons. On apporte une murène couchée dans un plat au milieu de crabes nageant. Sur ce, le maître : « Elle était pleine, dit-il, quand on l'a prise; la chair eût perdu après le frai. Voici de quoi est composée la sauce : d'huile, première pression d'un collier de Vénafre; de garum tiré du suc de poisson ibérien; de vin de cinq ans, mais né en deçà de la mer, versé pendant la cuisson, — car après, c'est le Chios qui convient mieux que tout autre; — de poivre blanc, non sans vinaigre, produit du raisin de Méthymne tourné. C'est moi qui le premier ai enseigné à cuire la roquette verte et l'aunée amère, Curtillus les oursins sans les laver, car le jus qui sort de la coquille marine vaut mieux que la saumure. » Cependant les tentures du plafond firent une lourde chute dans le plat, entraînant une quantité de noire poussière, comme n'en soulève pas l'Aquilon dans les champs campaniens. Nous craignions quelque chose de pis; mais, voyant qu'il n'y avait pas de danger, nous nous remettons. Rufus, la tête baissée, pleurait comme s'il eût perdu un fils à la fleur de l'âge. Je ne sais quand cela eût fini, si le sage Nomentanus n'eût ainsi relevé son ami : « Ah! Fortune, quel dieu est envers nous plus cruel que toi? C'est ainsi que tu te plais toujours à te jouer des humains! » Varius avait grand'peine à étouffer les éclats de rire avec sa serviette. Balatro fronçant le nez à propos de tout : « Voilà ce que c'est que la vie, disait-il, et c'est pour cela que jamais une gloire méritée ne doit répondre à ta peine. Quoi! afin de me recevoir parfaitement, tu t'embarrasses, tu te tourmentes de mille inquiétudes, pour que le pain ne soit point brûlé, pour qu'on n'apporte pas de sauce mal accommodée, pour que tous tes esclaves servent dûment retroussés et soignés! Ajoute à cela ces accidents, si les tentures s'écroulent, comme tout à l'heure, si le plat se casse sous le pied du palefrenier qui tombe. Mais un hôte est comme un général, ce sont les revers qui révèlent son caractère, les succès qui le tiennent caché. » A cela Nasidiénus : « Que les dieux t'accordent tous les biens que tu pourras leur demander! Tant tu es un brave homme et un aimable convive. » Et il demande ses sandales. Alors on eût vu sur chaque lit chuchoter les convives se parlant tout bas à l'oreille.

— Il n'est point de jeux dont le spectacle m'eût réjoui davantage; mais voyons, raconte-moi ce qui te fit rire ensuite.

```
     In vita fuerit melius. — Da, si grave non est,
  5  Quæ prima iratum ventrem placaverit esca.
     — In primis Lucanus aper; leni fuit Austro
     Captus, ut aiebat cœnæ pater; acria circum
     Rapula, lactucæ, radices, qualia lassum
     Pervellunt stomachum, siser, allec, fæcula Coa.
 10  His ubi sublatis puer alte cinctus acernam
     Gausape purpureo mensam pertersit, et alter
     Sublegit quodcunque jaceret inutile quodque
     Posset cœnantes offendere, ut Attica virgo
     Cum sacris Cereris, procedit fuscus Hydaspes,
 15  Cæcuba vina ferens, Alcon Chium maris expers.
     Hic herus : Albanum, Mæcenas, sive Falernum
     Te magis appositis delectat, habemus utrumque.
     — Divitias miseras! Sed quis cœnantibus una,
     Fundani, pulchre fuerit tibi, nosse laboro.
 20  — Summus ego et prope me Viscus Thurinus et infra,
     Si memini, Varius, cum Servilio Balatrone
     Vibidius, quas Mæcenas adduxerat umbras.
     Nomentanus erat super ipsum, Porcius infra,
     Ridiculus totas semel obsorbere placentas;
 25  Nomentanus ad hoc, qui, si quid forte lateret,
     Indice monstraret digito : nam cetera turba,
     Nos, inquam, cœnamus aves, conchylia, pisces,
     Longe dissimilem noto celantia succum;
     Ut vel continuo patuit, cum passeris atque
 30  Ingustata mihi porrexerat ilia rhombi.
     Post hoc me docuit melimela rubere minorem
     Ad lunam delecta. Quid hoc intersit, ab ipso
     Audieris melius. Tum Vibidius Balatroni:
     Nos nisi damnose bibimus, moriemur inulti :
 35  Et calices poscit majores. Vertere pallor
     Tum parochi faciem nil sic metuentis ut acres
     Potores, vel quod maledicunt liberius, vel
     Fervida quod subtile exsurdant vina palatum.
     Invertunt Allifanis vinaria tota
 40  Vibidius Balatroque, secutis omnibus; imi
     Convivæ lecti nihilum nocuere lagenis.

     Affertur squillas inter muræna natantes
     In patina porrecta. Sub hoc herus : Hæc gravida, inquit,
     Capta est, deterior post partum carne futura.
 45  His mixtum jus est : oleo, quod prima Venafri
     Pressit cella; garo de succis piscis Iberi;
     Vino quinquenni, verum citra mare nato,
     Dum coquitur — cocto Chium sic convenit, ut non
     Hoc magis ullum aliud; — pipere albo, non sine aceto,
 50  Quod Methymnæam vitio mutaverit uvam.
     Erucas virides, inulas ego primus amaras
     Monstravi incoquere, illutos Curtillus echinos,
     Ut melius muria quod testa marina remittat.
     Interea suspensa graves aulæa ruinas
 55  In patinam fecere, trahentia pulveris atri
     Quantum non Aquilo Campanis excitat agris.
     Nos majus veriti, postquam nihil esse pericli
     Sensimus, erigimur. Rufus posito capite, ut si
     Filius immaturus obisset, flere. Quis esset
 60  Finis, ni sapiens sic Nomentanus amicum
     Tolleret : Heu, Fortuna, quis est crudelior in nos
     Te deus? Ut semper gaudes illudere rebus
     Humanis! Varius mappa compescere risum
     Vix poterat. Balatro suspendens omnia naso :
 65  Hæc est conditio vivendi, aiebat, eoque
     Responsura tuo nunquam est par fama labori.
     Tene, ut ego accipiar laute, torquerier omni
     Sollicitudine districtum, ne panis adustus,
     Ne male conditum jus apponatur, ut omnes
 70  Præcincti recte pueri comptique ministrent!
     Adde hos præterea casus, aulæa ruant si,
     Ut modo; si patinam pede lapsus frangat agaso.
     Sed convivatoris uti ducis ingenium res
     Adversæ nudare solent, celare secundæ.
 75  Nasidienus ad hæc : Tibi di, quæcunque preceris,
     Commoda dent! Ita vir bonus es convivaque comis.
     Et soleas poscit. Tum in lecto quoque videres
     Stridere secreta divisos aure susurros.
     — Nullos his mallem ludos spectasse; sed illa
```

— Tandis que Vibidius demande aux esclaves si le flacon est aussi cassé, qu'on ne lui donne pas les coupes qu'il demande, et tandis que l'on feint de rire de tout autre chose, grâce à Balatro, Nasidiénus, tu reviens le front changé, comme un homme dont le talent va corriger la fortune; puis suivirent des esclaves portant sur un grand plateau les membres découpés d'une grue saupoudrée de beaucoup de sel, non sans farine, et le foie d'une oie blanche nourrie de grasses figues, et des épaules séparées de lièvres, comme chose plus délicate que si on les mangeait avec les reins; après nous vîmes servir des merles à la poitrine brûlée et des ramiers sans croupion, mets délicieux, n'était que le maître en exposait les causes et les qualités; mais nous prîmes la fuite et nous vengeâmes en ne goûtant absolument à rien, comme si Canidie les eût empoisonnés de son souffle plus détestable que celui des serpents d'Afrique.

ÉPITRES

LIVRE PREMIER

I. — A MÉCÈNES.

Toi que j'ai célébré dans mes premiers vers, que je célébrerai dans mes derniers chants, Mécènes, c'est un gladiateur qui a déjà fait ses preuves, qui a reçu la baguette de l'affranchissement, que tu veux de nouveau renfermer dans l'école d'autrefois : je n'ai plus le même âge, la même disposition. Véianius a cloué ses armes à la porte d'Hercule; il se cache et se confine dans sa campagne, pour ne plus se voir obligé d'implorer tant de fois le peuple à l'extrémité de l'arène. A chaque instant, une voix vient frapper mon oreille attentive : « Sois sage, me dit-elle; réforme à temps le cheval qui vieillit; il pourrait finir par broncher et prêter à rire en haletant. » Maintenant donc je renonce aux vers et à tous les plaisirs; le vrai, l'honnête, voilà l'objet de mes études et de mes recherches, et je m'y adonne tout entier; j'amasse, je mets en ordre des trésors, pour pouvoir bientôt m'en servir.

Et ne me demande pas sous quel chef, à quel foyer je m'abrite : je ne me suis astreint à jurer sur les paroles d'aucun maitre; partout où m'emporte la tempête, je me laisse entraîner; partout je trouve l'hospitalité. Tantôt, avide d'action, je me plonge dans l'océan des affaires, défenseur et rigide gardien de la véritable vertu; tantôt je retombe à mon insu dans les préceptes d'Aristippe, et je m'applique à dominer les événements, et non à me laisser dominer par eux. La nuit semble longue à ceux qui attendent une trompeuse maitresse; le jour paraît bien long à qui est tenu de remplir une tâche; l'année ne finit pas pour le mineur que gêne la surveillance d'une mère sévère : ainsi pour moi se traîne péniblement le temps qui ajourne mes espérances et mon projet de m'occuper avec ardeur de ce qui est également utile aux pauvres comme aux riches, de ce que l'enfant et le vieillard se repentiront également d'avoir négligé : en attendant, je puis me gouverner et me consoler par les quelques principes que

80 Redde age, quæ deinceps risisti. — Vibidius dum
Quærit de pueris, num sit quoque fracta lagena,
Quod sibi poscenti non dantur pocula, dumque
Ridetur fictis rerum Balatrone secundo,
Nasidiene, redis mutatæ frontis, ut arte
85 Emendaturus fortunam; deinde secuti
Mazonomo pueri magno discerpta ferentes
Membra gruis sparsi sale multo, non sine farre;

Pinguibus et ficis pastum jecur anseris albæ,
Et leporum avulsos, ut multo suavius, armos,
90 Quam si cum lumbis quis edit; tum pectore adusto
Vidimus et merulas poni et sine clune palumbes,
Suaves res, si non causas narraret earum et
Naturas dominus; quem nos sic fugimus ulti,
Ut nihil omnino gustaremus, velut illis
95 Canidia afflasset pejor serpentibus Afris.

EPISTOLARUM

LIBER PRIMUS

I. — AD C. CILNIUM MÆCENATEM.

Prima dicte mihi, summa dicende Camena,
Spectatum satis et donatum jam rude quæris,
Mæcenas, iterum antiquo me includere ludo:
Non eadem est ætas, non mens. Veianius, armis
5 Herculis ad postem fixis, latet abditus agro,
Ne populum extrema toties exoret arena.
Est mihi purgatam crebro qui personet aurem :
Solve senescentem mature sanus equum, ne
Peccet ad extremum ridendus et ilia ducat.
10 Nunc itaque et versus et cetera ludicra pono,
Quid verum atque decens curo et rogo et omnis in hoc sum;
Condo et compono, quæ mox depromere possim.

Ac ne forte roges, quo me duce, quo lare tuter :
Nullius addictus jurare in verba magistri,
15 Quo me cunque rapit tempestas, deferor hospes.
Nunc agilis fio et mersor civilibus undis,
Virtutis veræ custos rigidusque satelles;
Nunc in Aristippi furtim præcepta relabor
Et mihi res, non me rebus subjungere conor.
20 Ut nox longa, quibus mentitur amica, diesque
Longa videtur opus debentibus, ut piger annus
Pupillis, quos dura premit custodia matrum :
Sic mihi tarda fluunt ingrataque tempora, quæ spem
Consiliumque morantur agendi gnaviter id, quod
25 Æque pauperibus prodest, locupletibus æque,
Æque neglectum pueris senibusque nocebit :

voici. Ta vue ne peut s'étendre aussi loin que celle de Lyncée; est-ce une raison pour ne pas oindre tes yeux, s'ils sont malades? Tu désespères d'atteindre la vigueur de l'invincible Glycon; négligeras-tu, pour cela, de te défendre contre la goutte qui gonfle les doigts? Il est une limite qu'on peut atteindre, sinon dépasser. Dans ton cœur bouillonne la fièvre de l'avarice et de la triste convoitise : il est des paroles, des formules magiques, qui peuvent adoucir ta souffrance et chasser une grande partie de ton mal. Tu es gonflé de l'amour de la gloire : il est d'infaillibles expiations qui pourront te guérir, si tu lis trois fois certain petit livre avec un cœur pur. Fût-on envieux, colère, paresseux, ivrogne, libertin, il n'est point d'homme si farouche qui ne puisse s'humaniser, pourvu qu'il prête aux leçons une oreille docile. Le premier pas de la vertu est de fuir le vice; celui de la sagesse est d'être exempt de folie. Ce que l'on croit être les plus grands maux, un revenu chétif et la honte d'un refus, vois au prix de quelles fatigues de l'esprit et du corps on les évite. Infatigable marchand, tu cours jusqu'aux limites des Indes, fuyant la pauvreté à travers la mer, les écueils et les feux : et, pour te guérir de cette sotte admiration et de ces désirs insensés, tu ne veux pas t'instruire, et croire plus sage que toi? Quel est dans les villages, au coin des carrefours, le lutteur qui dédaignerait la glorieuse couronne d'Olympie, s'il avait l'espoir, l'assurance d'obtenir la douce palme sans combat? L'argent est plus vil que l'or, l'or que la vertu. « O citoyens, citoyens, recherchez l'argent d'abord; la vertu après les écus. » Voilà ce qu'enseigne hautement Janus du haut en bas de la place; voilà la leçon que répètent jeunes et vieux, avec la boîte et la tablette suspendues au bras gauche. Tu as du cœur, des mœurs, de l'éloquence, du crédit; mais, sur les quatre cent mille sesterces de rigueur, il t'en manque six ou sept mille : tu seras peuple. Les enfants au contraire dans leurs jeux : « Tu seras roi, disent-ils, si tu fais bien. » Que ce soit là un mur d'airain : n'avoir rien à se reprocher, ne pâlir au souvenir d'aucune faute. Dis-moi, je te prie, la loi Roscia vaut-elle mieux que le dicton des enfants, qui promet la royauté à ceux qui font bien, et que répétèrent souvent les Camille et les mâles Curius? Quel est le meilleur conseiller, celui qui t'engage à faire fortune, à faire fortune honnêtement, si tu peux, sinon, par tous moyens, à faire fortune, pour que tu puisses regarder de plus près les drames larmoyants de Pupius, ou le sage qui t'exhorte et te rend apte à opposer en tous cas à la Fortune superbe un cœur libre et ferme? Si, par hasard, le peuple Romain me demande pourquoi, fréquentant ses portiques, je n'adopte pas ses idées; pourquoi je ne recherche point ce qu'il aime, ni ne repousse ce qu'il hait, je lui citerai la réponse que fit autrefois le renard avisé au lion malade : « Ce qui m'épouvante, c'est que toutes les traces de pas sont tournées vers ton antre, et que pas une ne marque le retour. » Tu es un monstre à mille têtes. Quel parti prendre? Qui suivre? Les uns s'attachent à prendre à ferme les revenus publics; d'autres, avec des bonbons et des fruits, font la chasse aux veuves avares, et prennent dans leurs filets les vieillards pour les envoyer aux parcs de réserve; bon nombre accroissent leur fortune par une secrète usure. Soit; à chacun ses idées et ses désirs : mais le même homme peut-il, pendant une heure, persister dans le même goût? « Il n'est point au monde de golfe plus délicieux que celui de Baies, » dit le riche, et soudain le lac et la mer sentent l'amour du maître empressé; prend-il pour un auspice du nouvel élan de quelque caprice vicieux : « Ouvriers, demain vous porterez à Téanum tous vos outils. » A-t-il dressé dans l'atrium la couche nuptiale : « Rien, dit-il, non, rien ne vaut le célibat. » Est-il garçon, il jure qu'il n'y a de bonheur que pour les maris. Par quels nœuds retenir ce Protée aux mille formes? Et le pauvre? Tu peux rire : il change de logement, de lits, de bains, de barbier; il a des nausées dans un bateau de louage, aussi bien que le riche dans sa propre trirème. Si je me présente devant toi, les cheveux inégalement taillés par mon barbier, tu ris; si, par hasard, sous ma tunique neuve, je porte une subucula usée, ou si ma toge pend trop d'un côté, tu ris : et, quand mon esprit est en lutte avec lui-même, quand il dédaigne ce qu'il a cherché, qu'il recherche ce qu'il vient d'abandonner, qu'il flotte incertain et se dément dans tous les actes de la vie, qu'il démolit, construit, change les ronds en carrés? Tu trouves que je suis en proie à la folie commune, tu ne ris pas, tu ne crois pas qu'il me faille un médecin, un curateur donné par le préteur; et pourtant tu es le soutien de ma

---

Restat, ut his ego me ipse regam solerque elementis.
Non possis oculo quantum contendere Lynceus,
Non tamen idcirco contemnas lippus inungi;
30 Nec, quia desperes invicti membra Glyconis,
Nodosa corpus nolis prohibere cheragra.
Est quadam prodire tenus, si non datur ultra.
Fervet avaritia miseroque cupidine pectus :
Sunt verba et voces, quibus hunc lenire dolorem
35 Possis et magnam morbi deponere partem.
Laudis amore tumes : sunt certa piacula quæ te
Ter pure lecto poterunt recreare libello.
Invidus, iracundus, iners, vinosus, amator,
Nemo adeo ferus est, ut non mitescere possit,
40 Si modo culturæ patientem commodet aurem.
Virtus est vitium fugere et sapientia prima
Stultitia caruisse. Vides, quæ maxima credis
Esse mala, exiguum censum turpemque repulsam,
Quanto devites animi capitisque labore.
45 Impiger extremos curris mercator ad Indos,
Per mare pauperiem fugiens, per saxa, per ignes :
Ne cures ea, quæ stulte miraris et optas,
Discere et audire et meliori credere non vis?
Quis circum pagos et circum compita pugnax
50 Magna coronari contemnat Olympia, cui spes.
Cui sit conditio dulcis sine pulvere palmæ?
Vilius argentum est auro, virtutibus aurum.
O cives, cives, quærenda pecunia primum est :
Virtus post nummos. Hæc Janus summus ab imo
55 Prodocet, hæc recinunt juvenes dictata senesque
Lævo suspensi loculos tabulamque lacerto.
Est animus tibi, sunt mores et lingua fidesque,
Si quadringentis sex septem millia desunt :
Plebs eris. At pueri ludentes : Rex eris, aiunt,
60 Si recte facies. Hic murus aheneus esto :
Nil conscire sibi, nulla pallescere culpa.
Roscia, dic sodes, melior lex, an puerorum est
Nenia, quæ regnum recte facientibus offert,
Et maribus Curiis et decantata Camillis?
65 Isne tibi melius suadet, qui rem facias, rem.

Si possis, recte, si non, quocumque modo rem,
Ut propius spectes lacrimosa poemata Pupi,
An qui Fortunæ te responsare superbæ
Liberum et erectum præsens hortatur et aptat?
70 Quod si me populus Romanus forte roget, cur
Non, ut porticibus, sic judiciis fruar isdem,
Nec sequar aut fugiam, quæ diligit ipse vel odit,
Olim quod vulpes ægroto cauta leoni
Respondit, referam : Quia me vestigia terrent,
75 Omnia te adversum spectantia, nulla retrorsum.
Bellua multorum es capitum. Nam quid sequar aut quem?
Pars hominum gestit conducere publica, sunt qui
Crustis et pomis viduas venentur avaras
Excipiantque senes, quos in vivaria mittant;
80 Multis occulto crescit res fœnore. Verum
Esto aliis alios rebus studiisque teneri :
Idem eadem possunt horam durare probantes?
Nullus in orbe sinus Baiis prælucet amœnis,
Si dixit dives, lacus et mare sentit amorem
85 Festinantis heri; cui si vitiosa libido
Fecerit auspicium : Cras ferramenta Teanum
Tolletis, fabri. Lectus genialis in aula est :
Nil ait esse prius, melius nil cælibe vita;
Si non est, jurat bene solis esse maritis.
90 Quo teneam vultus mutantem Protea nodo?
Quid pauper? Ride : mutat cœnacula, lectos,
Balnea, tonsores, conducto navigio æque
Nauseat ac locuples, quem ducit priva triremis.
Si curatus inæquali tonsore capillos
95 Occurri, rides; si forte subucula pexæ
Trita subest tunicæ vel si toga dissidet impar,
Rides : quid, mea cum pugnat sententia secum,
Quod petiit sprevit, repetit quod nuper omisit,
Æstuat et vitæ disconvenit ordine toto,
100 Diruit, ædificat, mutat quadrata rotundis?
Insanire putas solemnia me neque rides,
Nec medici credis nec curatoris egere
A prætore dati, rerum tutela mearum
Cum sis et prave sectum stomacheris ob unguem

fortune, et tu t'irrites, pour un ongle mal taillé, contre un ami qui est tout à toi, qui n'a d'yeux que pour toi. En somme, le sage ne le cède qu'à Jupiter; il est riche, libre, comblé d'honneurs, beau, en un mot, roi des rois: il a surtout la santé, excepté quand vient l'ennuyeuse pituite.

II. — A LOLLIUS.

Pendant que tu déclames à Rome, aîné des Lollius, j'ai relu à Préneste le chantre de la guerre de Troie; bien mieux et plus clairement que Chrysippe et Crantor, il nous dit en quoi consistent le bien, le mal, l'utile et son contraire. Sur quoi se fonde mon opinion, si rien ne t'empêche, écoute-le. Le poëme qui raconte la longue collision de la Grèce et de l'Asie, causée par l'amour de Pàris, renferme le récit des tumultueuses passions des rois et des peuples en délire. Anténor est d'avis de couper la guerre dans sa racine. Que fait Pàris? On veut qu'il règne en sûrté et qu'il vive heureux; il dit que rien ne saurait l'y contraindre. Nestor s'agite pour arranger les querelles du fils de Pélée et du fils d'Atrée; l'un est enflammé par l'amour; tous deux, à la fois, par la colère. Toutes les sottises des rois, ce sont les Grecs qui en pâtissent. Discorde, perfidie, crime, débauche, colère, se trouvent dans Ilion aussi bien que dehors. D'autre part, le poëte nous montre le pouvoir de la vertu et de la sagesse, et nous en propose un utile modèle dans la personne d'Ulysse, qui, vainqueur de Troie, examina avec attention les mœurs de beaucoup d'hommes, et qui, frayant à travers les vastes mers un chemin à ses compagnons et à lui-même, affronta mille dangers, sans être jamais submergé sous les flots de l'adversité. Tu te rappelles les chants des Sirènes, et les breuvages de Circé; s'il eût bu avec la sotte avidité de ses compagnons, esclave hideux et sans raison d'une maîtresse impudente, il eût vécu sous la forme d'un chien immonde, ou d'un porc ami de la fange. Nous autres, nous sommes nés pour faire nombre, pour dévorer les fruits de la terre; amants de Pénélope, libertins, nous ressemblons à cette jeunesse d'Alcinoüs, qui n'avait d'autre souci que de soigner sa peau, qui trouvait beau de dormir jusqu'au milieu du jour, et de chasser les chagrins aux accords de la cithare. Pour égorger des hommes, les brigands se lèvent la nuit: et, pour te sauver toi-même, tu ne t'éveilles pas?

Et pourtant, si tu ne le veux en bonne santé, tu courras hydropique; et, si tu ne demandes, avant le jour, un livre et une lumière, si tu n'appliques pas ton esprit à l'étude de la sagesse et à l'honnête, tes veilles seront tourmentées par la haine ou par l'amour. Un fétu te blesse l'œil, tu l'ôtes à l'instant; un vice te ronge le cœur, et tu en diffères la guérison d'année en année? Commencer, c'est avoir à moitié fait; ose être sage; commence. Qui remet le moment de bien vivre est ce paysan qui attend que la rivière ait passé; mais la rivière coule et coulera jusqu'à la fin des siècles. On veut de l'argent, une femme riche qui nous donne des enfants; on dompte par la charrue des forêts incultes: quand on a le nécessaire, on ne doit rien désirer de plus. Maisons et domaines, monceaux d'or et d'airain, n'ont jamais extirpé ni la fièvre du corps, ni les chagrins de l'âme. Il faut de la santé au possesseur de tant de biens accumulés, s'il veut en faire un bon usage. A celui qui a des désirs ou des craintes, les maisons et la fortune ne font pas plus de plaisir que des tableaux à un chassieux, des fomentations à la goutte, les accords de la lyre à des oreilles souffrantes d'une crasse invétérée. Si le vase n'est pas net, tout ce qu'on y verse s'aigrit. Fuis la volupté; la volupté est un mal quand on l'achète au prix du chagrin. L'homme avide est toujours pauvre; fixe un but à tes vœux. L'envieux maigrit à la vue de la prospérité d'autrui; les tyrans de Sicile n'ont point inventé de torture plus affreuse que l'envie. Qui ne modère pas sa colère voudra ne pas avoir fait ce que lui a conseillé l'ardeur de son ressentiment, quand il s'empresse de donner une vengeance à sa haine non assouvie. La colère est une courte folie: dompte ton cœur irrité; s'il n'obéit pas, il commande; impose-lui un frein, charge-le de chaînes. Le jeune cheval a la bouche encore docile, et son maître le dresse sans peine à suivre la route qu'il lui indique; le chien destiné à la chasse a d'abord aboyé dans une cour contre une peau de cerf, avant de faire la guerre dans les forêts. C'est maintenant, jeune homme, que ton cœur, encore pur, doit se pénétrer de bonnes maximes; recherche maintenant les conseils des sages. L'amphore neuve, une fois imprégnée d'une odeur, la conservera longtemps. D'ailleurs, reste en arrière, ou prends vivement les devants; je n'attends pas le traînard, je ne presse pas qui me précède.

---

105 De te pendentis, te respicientis amici.
  Ad summam: sapiens uno minor est Jove, dives,
  Liber, honoratus, pulcher, rex denique regum;
  Præcipue sanus, nisi cum pituita molesta est.

II. — AD LOLLIUM.

  Trojani belli scriptorem, maxime Lolli,
  Dum tu declamas Romæ, Præneste relegi;
  Qui, quid sit pulchrum, quid turpe, quid utile, quid non
  Planius ac melius Chrysippo et Crantore dicit.
5 Cur ita crediderim, nisi quid te detinet, audi.
  Fabula, qua Paridis propter narratur amorem
  Græcia Barbariæ lento collisa duello,
  Stultorum regum et populorum continet æstus.
  Antenor censet belli præcidere causam.
10 Quid Paris? Ut salvus regnet vivatque beatus,
  Cogi posse negat. Nestor componere lites
  Inter Peliden festinat et inter Atriden;
  Hunc amor, ira quidem communiter urit utrumque.
  Quidquid delirant reges, plectuntur Achivi.
15 Seditione, dolis, scelere atque libidine et ira
  Iliacos intra muros peccatur et extra.
  Rursus, quid virtus et quid sapientia possit,
  Utile proposuit nobis exemplar Ulixen,
  Qui domitor Trojæ multorum providus urbes
20 Et mores hominum inspexit, latumque per æquor,
  Dum sibi, dum sociis reditum parat, aspera multa
  Pertulit, adversis rerum immersabilis undis.
  Sirenum voces et Circæ pocula nosti,
  Quæ si cum sociis stultus cupidusque bibisset,
25 Sub domina meretrice fuisset turpis et excors,
  Vixisset canis immundus vel amica luto sus.
  Nos numerus sumus et fruges consumere nati,
  Sponsi Penelopæ, nebulones, Alcinoique
  In cute curanda plus æquo operata juventus,
30 Cui pulchrum fuit in medios dormire dies et
  Ad strepitum citharæ cessatum ducere curam.
  Ut jugulent homines, surgunt de nocte latrones:

  Ut te ipsum serves, non expergisceris? Atqui,
  Si noles sanus, curres hydropicus; et ni
35 Posces ante diem librum cum lumine, si non
  Intendes animum studiis et rebus honestis,
  Invidia vel amore vigil torquebere. Nam cur,
  Quæ lædunt oculum, festinas demere; si quid
  Est animum, differs curandi tempus in annum?
40 Dimidium facti, qui cœpit, habet; sapere aude;
  Incipe. Qui recte vivendi prorogat horam,
  Rusticus exspectat, dum defluat amnis; at ille
  Labitur et labetur in omne volubilis ævum.
  Quæritur argentum puerisque beata creandis
45 Uxor, et incultæ pacantur vomere silvæ:
  Quod satis est cui contingit, nihil amplius optet.
  Non domus et fundus, non æris acervus et auri
  Ægroto domini deduxit corpore febres,
  Non animo curas. Valeat possessor oportet,
50 Si comportatis rebus bene cogitat uti.
  Qui cupit aut metuit, juvat illum sic domus et res,
  Ut lippum pictæ tabulæ, fomenta podagram,
  Auriculas citharæ collecta sorde dolentes.
  Sincerum est nisi vas, quodcunque infundis, acescit.
55 Sperne voluptates; nocet empta dolore voluptas.
  Semper avarus eget; certum voto pete finem.
  Invidus alterius macrescit rebus opimis;
  Invidia Siculi non invenere tyranni
  Majus tormentum. Qui non moderabitur iræ,
60 Infectum volet esse, dolor quod suaserit et mens,
  Dum pœnas odio per vim festinat inulto.
  Ira furor brevis est: animum rege, qui nisi paret,
  Imperat; hunc frenis, hunc tu compesce catena.
  Fingit equum tenera docilem cervice magister
65 Ire viam, qua monstret eques; venaticus, ex quo
  Tempore cervinam pellem latravit in aula,
  Militat in silvis catulus. Nunc adbibe puro
  Pectore verba, puer, nunc te melioribus offer.
  Quo semel est imbuta recens, servabit odorem
70 Testa diu. Quod si cessas aut strenuus anteis,
  Nec tardum opperior nec præcedentibus insto.

III. — A JULIUS FLORUS.

Julius Florus, sur quelles plages Claudius, le beau-fils d'Auguste, fait-il la guerre? Je suis en peine de le savoir. Est-ce la Thrace, et l'Hèbre, captif dans ses chaînes de glace, ou le détroit dont les flots rapides roulent entre deux tours voisines, ou les campagnes et les coteaux de la fertile Asie, qui vous retiennent? Quelles œuvres compose son docte entourage? Cela aussi m'intéresse. Qui se charge d'écrire les hauts faits d'Auguste? qui transmet aux siècles futurs ses guerres et ses traités de paix? Que fait Titius, dont le nom viendra bientôt sur les lèvres des Romains, qui s'est abreuvé, sans pâlir, aux sources pindariques, et dont l'audace a dédaigné les lacs et les ruisseaux accessibles au vulgaire? Comment se porte-t-il? Se souvient-il de nous? Essaye-t-il, sous les auspices de la Muse, d'adapter les modes thébains à la lyre latine, ou bien peint-il en vers ambitieux les fureurs tragiques? Que devient mon Celsus? lui que j'ai averti, et qu'il faudra souvent encore avertir d'exploiter ses propres ressources, et de ne pas toucher aux écrits que garde Apollon Palatin : car si un jour la troupe des oiseaux venait réclamer ses plumes, la corneille, dépouillée de couleurs d'emprunt, pourrait prêter à rire. Et toi-même, que projette ton audace? Sur quelles fleurs promènes-tu ton vol léger? Ton génie n'est ni étroit, ni inculte et hérissé de ronces. Soit que tu aiguises ta parole pour un plaidoyer, soit que tu te prépares à interpréter le droit public, soit que tu médites quelque aimable poëme, tu remporteras la première couronne de lierre. Si tu pouvais te délivrer des passions qui refroidissent le génie, tu marcherais dans les voies où te conduirait la céleste sagesse. Voilà l'œuvre, voilà l'étude que tous, petits et grands, nous devons entreprendre avec ardeur, si nous voulons vivre chers à notre patrie, chers à nous-mêmes. Tu dois également m'écrire si tu as pour Munatius toute l'affection qu'il peut mériter de toi; ou bien votre bonne intelligence est-elle semblable à une blessure qui, mal cousue, se referme sans qu'il en résulte de guérison et recommence à s'ouvrir? Mais que ce soit la chaleur du sang, que ce soit un malentendu qui vous égare, têtes fougueuses que le joug n'a pas domptées, vous à qui, en quelque endroit que vous puissiez vous trouver en ce moment, il ne saurait convenir de briser les liens fraternels qui vous unissent, sachez-le, une génisse, victime promise, paît en l'honneur de votre retour.

IV. — A TIBULLE.

Albius, juge impartial de mes causeries, à quoi puis-je penser que tu t'occupes maintenant dans la campagne de Pédum? Écris-tu des vers destinés à surpasser les petits poëmes de Cassius de Parme? ou bien promènes-tu ta silencieuse rêverie sous l'ombre salutaire des forêts, t'occupant des vérités dignes du sage et de l'homme de bien? Tu n'as jamais été un corps sans âme. Les dieux t'ont donné la beauté; ils t'ont donné les richesses et l'art d'en jouir. Que peut souhaiter de plus beau une nourrice à son cher nourrisson, s'il a la sagesse et le talent du style, s'il possède en suffisance crédit, réputation, santé, table d'une élégante simplicité et bourse bien garnie? Au milieu des espérances et des inquiétudes, des craintes et des colères, crois que chaque jour est le dernier qui ait lui pour toi : l'heure est bien douce, qui survient quand on ne l'espère plus. Pour moi, je suis gros et gras; je soigne bien ma peau : viens me visiter, quand tu voudras rire aux dépens d'un pourceau d'Épicure.

V. — A TORQUATUS.

Si tu peux t'étendre pour souper sur des lits d'Archias, si tu ne crains pas de manger toute espèce de légumes dans une vaisselle commune, ce soir je t'attendrai chez moi, Torquatus, aux derniers rayons du soleil. Tu boiras un vin mis en cruche sous le second consulat de Taurus, entre les marais de Minturnes et les coteaux du Pétrinus, près de Sinuessa. Si tu as mieux, fais-le porter chez moi; sinon, soumets-toi à ma volonté. Depuis quelque temps déjà resplendit le foyer, et la vaisselle brille nettoyée en ton honneur. Chasse les espérances trompeuses et les rivalités de fortune; oublie le procès de Moschus : demain, jour de fête pour l'anniversaire de la naissance de César, permet le sommeil; nous pourrons impunément prolonger cette nuit d'été dans de bonnes causeries. Que me sert la richesse, s'il ne m'est pas accordé d'en jouir? Qui se refuse tout et amasse pour un héritier n'est pas loin d'être fou : je serai le premier à boire, à effeuiller ma couronne, dût-on me taxer de délire. Quels prodiges n'accomplit pas l'ivresse? Elle dévoile les sentiments cachés, nous fait croire à l'accomplissement de nos espérances, pousse le lâche aux combats, soulage l'esprit du poids des inquiétudes, enseigne les beaux-arts. A qui une

III. — AD JULIUM FLORUM.

Juli Flore, quibus terrarum militet oris
Claudius Augusti privignus, scire laboro.
Thracane vos Hebrusque nivali compede vinctus,
An freta vicinas inter currentia turres,
5 An pingues Asiæ campi collesque morantur?
Quid studiosa cohors operum struit? Hoc quoque curo.
Quis sibi res gestas Augusti scribere sumit?
Bella quis et paces longum diffundit in ævum?
Quid Titius Romana brevi venturus in ora?
10 Pindarici fontis qui non expalluit haustus,
Fastidire lacus et rivos ausus apertos.
Ut valet? ut meminit nostri? Fidibusne Latinis
Thebanos aptare modos studet auspice Musa,
An tragica desævit et ampullatur in arte?
15 Quid mihi Celsus agit? monitus multumque monendus,
Privatas ut quærat opes et tangere vitet
Scripta, Palatinus quæcunque recepit Apollo,
Ne, si forte suas repetitum venerit olim
Grex avium plumas, moveat cornicula risum
20 Furtivis nudata coloribus. Ipse quid audes?
Quæ circumvolitas agilis thyma? Non tibi parvum
Ingenium, non incultum est et turpiter hirtum.
Seu linguam causis acuis, seu civica jura
Respondere paras, seu condis amabile carmen,
25 Prima feres hederæ victricis præmia. Quod si
Frigida curarum fomenta relinquere posses,
Quo te cœlestis sapientia duceret, ires.
Hoc opus, hoc studium parvi properemus et ampli,
Si patriæ volumus, si nobis vivere cari.
30 Debes hoc etiam rescribere, si tibi curæ
Quantæ conveniat Munatius; an male sarta
Gratia nequicquam coit et rescinditur? At vos
Seu calidus sanguis seu rerum inscitia vexat
Indomita cervice feros, ubicunque locorum
35 Vivitis, indigni fraternum rumpere fœdus,
Pascitur in vestrum reditum votiva juvenca.

IV. — AD ALBIUM TIBULLUM.

Albi, nostrorum sermonum candide judex,
Quid nunc te dicam facere in regione Pedana?
Scribere quod Cassi Parmensis opuscula vincat,
An tacitum silvas inter reptare salubres,
5 Curantem quidquid dignum sapiente bonoque est?
Non tu corpus eras sine pectore. Di tibi formam,
Di tibi divitias dederunt artemque fruendi.
Quid voveat dulci nutricula majus alumno,
Qui sapere et fari possit quæ sentiat, et cui
10 Gratia, fama, valetudo contingat abunde
Et mundus victus non deficiente crumena?
Inter spem curamque, timores inter et iras,
Omnem crede diem tibi diluxisse supremum:
Grata superveniet, quæ non sperabitur, hora.
15 Me pinguem et nitidum bene curata cute vises.
Cum ridere voles Epicuri de grege porcum.

V. — AD TORQUATUM.

Si potes Archiacis conviva recumbere lectis,
Nec modica cœnare times olus omne patella,
Supremo te sole domi, Torquate, manebo.
Vina bibes iterum Tauro diffusa palustres
5 Inter Minturnas Sinuessanumque Petrinum.
Si melius quid habes, arcesse vel imperium fer.
Jamdudum splendet focus et tibi munda supellex.
Mitte leves spes et certamina divitiarum
Et Moschi causam : cras nato Cæsare festus
10 Dat veniam somnumque dies; impune licebit
Æstivam sermone benigno tendere noctem.
Quo mihi fortunam, si non conceditur uti?
Parcus ob heredis curam nimiumque severus
Assidet insano : potare et spargere flores
15 Incipiam patiarque vel inconsultus haberi.
Quid non ebrietas designat? Operta recludit,
Spes jubet esse ratas, ad prœlia trudit inertem;
Sollicitis animis onus eximit, addocet artes.

coupe toujours pleine n'a-t-elle pas donné l'éloquence? Quel cœur, serré par l'indigence, ne délivre-t-elle pas de ses chaînes? Mon devoir est d'avoir soin, et c'est mon talent et mon plaisir, qu'une couverture malpropre, qu'une serviette sale ne te fassent pas froncer le nez, que les coupes et les plats te reflètent ton image, qu'aucun indiscret ne divulgue hors de mon seuil les confidences de l'amitié, que les convives soient parfaitement assortis. Je t'adjoindrai Butra et Septicius, et encore Sabinus, à moins qu'une invitation antérieure, ou quelque jeune fille, plus aimable que nous, ne le retienne. Il y a place aussi pour plusieurs ombres: mais, quand les rangs sont trop serrés, l'odeur de la chèvre est insupportable. Réponds-moi avec combien de personnes tu veux venir; et, laissant là les affaires, dérobe-toi par une porte de derrière au client qui attend dans l'atrium.

VI. — A NUMICIUS.

Ne s'émouvoir de rien, voilà, Numicius, à peu près la seule, l'unique chose qui puisse donner le bonheur et le conserver. Il en est qui considèrent, sans ressentir la moindre crainte, ce soleil, et les étoiles, et le cours déterminé des saisons : mais, dis-moi, les trésors de la terre, ceux dont la mer enrichit les lointains habitants de l'Arabie et de l'Inde; mais les jeux, les applaudissements, les dons et la faveur du Quirite, dans quelles limites, avec quels sentiments et de quel œil tout cela doit-il être regardé? L'homme qui craint le contraire de ces choses en est généralement aussi bien ébloui que celui qui les désire ; l'émotion est dans l'un et l'autre cas pénible, dès qu'une soudaine apparition les bouleverse l'un et l'autre. Joie ou douleur, désirs ou craintes, qu'importe, si devant tout ce qui dépasse ou déjoue ton attente, tu t'arrêtes, les yeux hagards, le corps et l'esprit abattus? Le sage mérite le nom de fou, le juste celui d'injuste, s'il va au delà du but dans la recherche de la vertu même. Va maintenant t'ébahir devant de la vieille argenterie, devant des marbres antiques, des bronzes et autres œuvres d'art; admire les pierres précieuses et la pourpre de Tyr, réjouis-toi, quand des milliers d'yeux te regardent parler ; cours au forum dès le matin, ne rentre chez toi que le soir, de peur qu'un Mutus ne moissonne plus de blé dans les champs de sa femme, et, chose indigne ! que cet homme de plus humble extraction ne te fasse admirer sa fortune, au lieu d'admirer la tienne. Le temps

fera paraître au grand jour tout ce qui est sous terre; il engloutira et ensevelira tout ce qui brille. Quand le portique d'Agrippa, quand la voie Appienne t'auront bien connu, bien contemplé, tu n'en iras pas moins où sont allés Numa et Ancus. Si tes flancs ou tes reins sont pris d'un mal aigu, cherche un moyen d'échapper au mal. Tu veux vivre heureux : qui ne le désire? Si la vertu peut seule donner le bonheur, laisse là les plaisirs et pratique-la vaillamment. Peut-être crois-tu que la vertu n'est qu'un mot et qu'un bois sacré n'est qu'un bois : alors prends garde qu'un autre n'arrive au port avant toi, que tu ne manques les affaires de Cibyra, celles de Bithynie; gagne mille talents, c'est une somme ronde, puis mille encore, ajoute un troisième millier, et puis un autre qui rendra la somme carrée. C'est que, femme bien dotée, crédit, amis, noblesse et beauté, l'argent est un roi qui donne tout cela; la Persuasion et la Grâce parent l'homme qui a beaucoup d'écus. Riche en esclaves, le roi de Cappadoce a besoin d'argent : ne sois pas comme lui. On demandait à Lucullus, dit-on, s'il pourrait prêter pour le théâtre une centaine de chlamydes : « En ai-je autant? dit-il ; cependant je chercherai, et j'enverrai ce que j'ai. » Peu après, il écrit qu'il a chez lui cinq mille chlamydes, qu'on pouvait en faire prendre une partie ou le tout. C'est une pauvre maison, celle où il n'y a pas bien des superfluités qui sont ignorées du maître et enrichissent les voleurs. Si donc la fortune seule peut donner et conserver le bonheur, sois le premier à cette besogne, et ne la quitte que le dernier. Le bonheur dépend-il de l'éclat et de la faveur populaire, achetons un esclave qui nous souffle les noms, qui nous pousse le flanc gauche et nous avertisse de tendre la main à tel petit marchand, à travers les poids de ses balances. Celui-ci peut beaucoup dans la tribu Fabia; celui-là dans la tribu Velina; cet autre donnera les faisceaux à qui lui plaira; dans un moment de mauvaise humeur, il enlèvera à qui il voudra la chaise curule. Ajoute à leur nom celui de Frère, de Père; suivant l'âge de chacun, adopte chacun avec politesse. Si vivre bien est bien manger, le jour se lève, courons où nous appelle la gourmandise; pêchons; chassons comme autrefois ce Gargilius, qui, dès le matin, faisait traverser la foule du forum par ses filets, ses épieux, ses esclaves, pour qu'ensuite la foule vît passer un de ses nombreux mulets chargé d'un sanglier qu'il avait acheté. Tout gonflés d'aliments non encore digérés, plongeons-

---

```
     Fecundi calices quem non fecere disertum?
20   Contracta quem non in paupertate solutum?
     Hæc ego procurare et idoneus imperor et non
     Invitus, ne turpe toral, ne sordida mappa
     Corruget nares, ne non et cantharus et lanx
     Ostendat tibi te, ne fidos inter amicos
25   Sit qui dicta foras eliminet, ut coeat par
     Jungaturque pari. Butram tibi Septiciumque
     Et nisi cœna prior potiorque puella Sabinum
     Detinet, assumam ; locus est et pluribus umbris :
     Sed nimis arcta premunt olidæ convivia capræ.
30   Tu, quotus esse velis, rescribe et rebus omissis
     Atria servantem postico falle clientem.
```

VI. — AD NUMICIUM.

```
     Nil admirari prope res est una, Numici,
     Solaque, quæ possit facere et servare beatum.
     Hunc solem et stellas et decedentia certis
     Tempora momentis sunt qui formidine nulla
 5   Imbuti spectent : quid censes munera terræ,
     Quid maris extremos Arabas ditantis et Indos,
     Ludicra quid, plaususet amici dona Quiritis,
     Quo spectanda modo, quo sensu credis et ore?
     Qui timet his adversa, fere miratur eodem,
10   Quo cupiens, pacto ; pavor est utrobique molestus,
     Improvisa simul species exterret utrumque.
     Gaudeat an doleat, cupiat metuatne, quid ad rem,
     Si, quidquid vidit melius pejusque sua spe,
     Defixis oculis animoque et corpore torpet?
15   Insani sapiens nomen ferat, æquus iniqui,
     Ultra quam satis est virtutem si petat ipsam.
     I nunc, argentum et marmor vetus æraque et artes
     Suspice, cum gemmis Tyrios mirare colores ;
     Gaude, quod spectant oculi te mille loquentem;
20   Gnavus mane forum et vespertinus pete tectum,
     Ne plus frumenti dotalibus emetat agris
     Mutus et, indignum, quod sit pejoribus ortus,
     Hic tibi sit potius quam tu mirabilis illi.
```

```
     Quidquid sub terra est, in apricum proferet ætas;
25   Defodiet condetque nitentia. Cum bene notum
     Porticus Agrippæ et via te conspexerit Appi,
     Ire tamen restat, Numa quo devenit et Ancus.
     Si latus aut renes morbo tentantur acuto,
     Quære fugam morbi. Vis recte vivere ; quis non?
30   Si virtus hoc una potest dare, fortis omissis
     Hoc age deliciis. Virtutem verba putas et
     Lucum ligna : cave ne portus occupet alter,
     Ne Cibyratica, ne Bithyna negotia perdas ;
     Mille talenta rotundentur, totidem altera, porro et
35   Tertia succedant et quæ pars quadrat acervum.
     Scilicet uxorem cum dote fidemque et amicos
     Et genus et formam regina Pecunia donat,
     Ac bene nummatum decorat Suadela Venusque.
     Mancipiis locuples eget æris Cappadocum rex :
40   Ne fueris hic tu. Chlamydes Lucullus, ut aiunt,
     Si posset centum scenæ præbere rogatus,
     Qui possum tot? ait ; tamen et quæram et quot habebo
     Mittam : post paulo scribit sibi millia quinque
     Esse domi chlamydum ; partem vel tolleret omnes.
45   Exilis domus est, ubi non et multa supersunt
     Et dominum fallunt et prosunt furibus. Ergo,
     Si res sola potest facere et servare beatum,
     Hoc primus repetas opus, hoc postremus omittas.
     Si fortunatum species et gratia præstat,
50   Mercemur servum, qui dictet nomina, lævum
     Qui fodicet latus et cogat trans pondera dextram
     Porrigere. Hic multum in Fabia valet, ille Velina;
     Cui libet hic fasces dabit eripietque curule
     Cui volet importunus ebur. Frater, Pater, adde ;
55   Ut cuique est ætas, ita quemque facetus adopta.
     Si, bene qui cœnat, bene vivit, lucet, eamus
     Quo ducit gula ; piscemur, venemur, ut olim
     Gargilius, qui mane plagas, venabula, servos
     Differtum transire forum populumque jubebat,
60   Unus ut e multis populo spectante referret
     Emptum mulus aprum. Crudi tumidique lavemur,
```

nous dans le bain ; oublions la bienséance comme l'inconve-
nance ; méritons d'être relégués parmi les Cérites, pareils aux
vils compagnons du roi d'Ithaque, qui préférèrent à leur patrie
un plaisir défendu. Si, comme le croit Mimnerme, il n'est point
de bonheur sans amour et sans jeux, vis dans l'amour et
dans les jeux. Adieu ; bonne santé. Si tu sais quelque
maxime meilleure, fais-m'en part avec franchise ; sinon, profite avec moi de ce que tu viens de lire.

VII. — A MÉCÈNES.

Je t'avais promis de n'être que cinq jours à la campagne,
et, menteur, je me fais désirer tout le mois sextilis. Cependant, si tu veux que je vive et me conserve en bonne santé,
Mécènes, la permission que tu m'accordes malade, tu l'accor-
deras à ma peur de l'être, maintenant que la chaleur qui mû-
rit les premières figues rend à l'ordonnateur des funérailles
son cortége de noirs licteurs, que chaque père, chaque tendre
mère pâlit pour ses enfants, que les devoirs de politesse et les
services à rendre au forum amènent les fièvres et font ouvrir
les testaments. Dès que l'hiver étendra la neige sur les campagnes d'Albe, ton poëte descendra vers la mer, se soignera,
s'enveloppera bien pour lire ; il ne te reverra, cher ami, si tu
le permets, qu'avec les Zéphyrs et la première hirondelle. Tu
m'as fait riche, Mécènes, mais non à la manière du Calabrais,
qui offre des poires à son hôte. « Mange encore, je te prie.
— J'en ai assez. — Prends-en avec toi tant que tu voudras. —
Grand merci. — Porte-les pour les donner à tes petits enfants ;
ils n'en seront pas fâchés. — Je t'ai la même obligation que
si j'en emportais ma charge. — Comme il te plaira ; ce que
tu laisseras sera mangé aujourd'hui par les cochons. » Le sot
prodigue donne ce qu'il dédaigne et méprise ; une semblable
semence ne produit et ne produira jamais que l'ingratitude.
L'homme de bien et de sens se dit toujours prêt à obliger le
mérite, et sait pourtant faire la différence entre l'argent et
les lupins : je me montrerai aussi digne de ton illustre protection. Mais, si tu veux que je ne m'en aille nulle part, rends-
moi ma forte poitrine, mes cheveux noirs sur un front étroit ;
rends-moi le doux parler, rends-moi le rire aimable et la
douleur que me causait à table la fuite de la pétulante Cinara. Un jour un jeune renard bien fluet s'était glissé, par
une fente étroite, dans une manne de blé ; puis, bien repu

et la panse pleine, il essayait d'en sortir, mais en vain. A
quelque distance était une belette : « Si tu veux, lui dit-elle,
te tirer de là, maigre tu sortiras par l'étroite ouverture où
maigre tu as passé. » Si c'est à moi que s'applique cette
fable, je rends tout ; je ne loue point le sommeil du peuple
après m'être gorgé de volailles, ni ne change mes libres loisirs contre les trésors des Arabes. Souvent tu as loué ma réserve ; je t'ai appelé en face mon roi, mon père ; en ton absence, je n'en dis pas moins : vois donc si je ne puis pas avec
plaisir te rendre tes dons. Ce fut une sage parole que celle
de Télémaque, fils du patient Ulysse : « Ithaque ne convient point aux chevaux ; le sol ne s'y étend pas en vastes
arènes et n'abonde pas en riches pâturages ; fils d'Atrée, je
te laisse tes présents, qui te conviennent mieux. » Il faut peu
aux gens de peu ; la reine des cités, Rome, me plaît déjà moins
que le solitaire Tibur, que la paisible Tarente. Philippe,
homme actif et plein de fermeté, avocat célèbre, rentrait des
affaires vers la huitième heure, et trouvait bien longue pour
son grand âge la distance du Forum aux Carènes, quand il vit,
dit-on, sous l'auvent solitaire d'un barbier, un homme frai-
chement rasé, et qui se faisait lui-même tranquillement les
ongles avec un petit couteau. « Démétrius, — c'était un esclave qui comprenait adroitement les ordres de Philippe, —
va, informe-toi et redis-moi quel est cet homme, son pays,
son état, son père ou son patron. » Démétrius va, revient, et
raconte que le personnage se nomme Vultéius Ména, crieur
public, assez pauvre, irréprochable et bien connu ; sachant à
propos travailler et se reposer, gagner et dépenser ; heureux
d'avoir des amis de modeste condition, une maison à lui, d'aller aux jeux, et, les affaires terminées, au champ de Mars.
« Je serais bien aise d'apprendre tout cela de lui-même ; dis-
lui de venir souper avec moi. » Ména n'en veut rien croire
et s'étonne en lui-même sans rien dire. Bref : « Grand merci,
répond-il. — Il me refuserait ? — Il refuse obstinément et te
dédaigne ou te craint. » Le lendemain, Philippe voit Vultéius
vendre des vieilleries au petit peuple en tunique ; il l'aborde
et le salue le premier. Vultéius s'excuse sur son travail, sur
les obligations de son état de n'être pas allé le saluer le matin, puis de ne l'avoir pas vu le premier. « Je te pardonne ;
mais à condition, sache-le bien, que tu souperas ce soir
avec moi. — Comme il te plaira. — Alors, tu viendras après

Quid deceat, quid non, obliti, Cærite cera
Digni, remigium vitiosum Ithacensis Ulixei,
Cui potior patria fuit interdicta voluptas.
Si, Mimnermus uti censet, sine amore jocisque
Nil est jucundum, vivas in amore jocisque.
Vive, vale. Si quid novisti rectius istis,
Candidus imperti ; si non, his utere mecum.

VII. — AD C. CILNIUM MÆCENATEM.

Quinque dies tibi pollicitus me rure futurum,
Sextilem totum mendax desideror. Atqui
Si me vivere vis sanum rectéque valentem,
Quam mihi das ægro, dabis ægrotare timenti,
5 Mæcenas, veniam, dum ficus prima calorque
Designatorem decorat lictoribus atris,
Dum pueris omnis pater et matercula pallet,
Officiosaque sedulitas et opella forensis
Adducit febres et testamenta resignat.
10 Quod si bruma nives Albanis illinet agris,
Ad mare descendet vates tuus et sibi parcet
Contractusque leget ; te, dulcis amice, reviset
Cum Zephyris, si concedes, et hirundine prima.
Non, quo more pyris vesci Calaber jubet hospes,
15 Tu me fecisti locupletem. Vescere sodes.
Jam satis est. At tu quantum vis tolle. Benigne.
Non invisa feres pueris munuscula parvis.
Tam teneor dono, quam si dimittar onustus.
Ut libet ; hæc porcis hodie comedenda relinques
20 Prodigus et stultus donat, quæ spernit ac odit ;
Hæc seges ingratos tulit et feret omnibus annis.
Vir bonus et sapiens dignis ait esse paratus,
Nec tamen ignorat, quid distent æra lupinis :
Dignum præstabo me etiam pro laude merentis.
25 Quod si me noles usquam discedere, reddes
Forte latus, nigros augusta fronte capillos,
Reddes dulce loqui, reddes ridere decorum et
Inter vina fugam Cinaræ mœrere protervæ.
Forte per augustam tenuis vulpecula rimam
30 Repserat in cumeram frumenti, pastaque rursus

Ire foras pleno tendebat corpore frustra ;
Cui mustela procul : Si vis, ait, effugere istinc,
Macra cavum repetes arctum, quem macra subisti
Hac ego si compellor imagine, cuncta resigno ;
35 Nec somnum plebis laudo satur altilium, nec
Otia divitiis Arabum liberrima muto.
Sæpe verecundum laudasti, rexque paterque
Audisti coram, nec verbo parcius absens :
Inspice, si possum donata reponere lætus.
40 Haud male Telemachus, proles patientis Ulixei :
Non est aptus equis Ithace locus, ut neque planis
Porrectus spatiis nec multæ prodigus herbæ ;
Atride, magis apta tibi tua dona relinquam.
Parvum parva decent ; mihi jam non regia Roma,
45 Sed vacuum Tibur placet aut imbelle Tarentum.
Strenuus et fortis causisque Philippus agendis
Clarus, ab officiis octavam circiter horam
Dum redit, atque Foro nimium distare Carinas
Jam grandis natu queritur, conspexit, ut aiunt,
50 Adrasum quemdam vacua tonsoris in umbra
Cultello proprios purgantem leniter ungues.
Demetri, — puer hic non læve jussa Philippi
Accipiebat — abi, quære et refer, unde domo, quis,
Cujus fortunæ, quo sit patre quove patrono.
55 It, redit et narrat, Vulteium nomine Menam,
Præconem, tenui censu, sine crimine, notum,
Et properare loco et cessare et quærere et uti
Gaudentem parvisque sodalibus et lare certo
Et ludis et post decisa negotia Campo.
60 Scitari libet ex ipso, quodcunque refers ; dic
Ad cœnam veniat. Non sane credere Mena,
Mirari secum tacitus. Quid multa ? Benigne,
Respondet. Neget ille mihi ? Negat improbus et te
Negligit aut horret. Vulteium mane Philippus
65 Vilia vendentem tunicato scruta popello
Occupat et salvere jubet prior. Ille Philippo
Excusare laborem et mercenaria vincla,
Quod non mane domum venisset, denique, quod non
Providisset eum. Sic ignovisse putato

la neuvième heure; maintenant, va, augmente ton avoir. » On arrive au souper; Vultéius cause à tort et à travers; enfin on le renvoie dormir. Quand Philippe vit que le poisson revenait souvent à l'hameçon caché, client du matin, convive assuré, il l'invite à aller avec lui à sa campagne aux féries latines indiquées. Dans un char traîné par des mulets, Ména ne cesse de louer la campagne et le ciel du Sabinum. Philippe l'observe et rit; et, comme il cherche par tous moyens une occasion de se distraire et un sujet à rire, en lui donnant sept mille sesterces, en promettant de lui en prêter sept mille autres, il le décide à acheter un petit domaine. Il l'achète. Pour ne pas te retarder par de trop longs détours, d'élégant citadin notre homme se fait campagnard; il ne parle plus que sillons, que vignobles; il prépare des ormes; il se tue de travail; l'amour du gain le fait vieillir. Mais bientôt le voleur lui enlève ses brebis, la maladie ses chèvres, la moisson trompe ses espérances, les bœufs épuisés ne peuvent plus labourer; alors, mécontent de ses pertes, au milieu de la nuit, il saisit un bidet, et va, tout en courroux, trouver Philippe. Celui-ci, le voyant sale et mal peigné, lui dit : « Je crois que tu es trop dur pour toi-même, Vultéius, et trop ménager. — Par Pollux! mon patron, tu m'appellerais malheureux, si tu voulais me donner mon vrai nom. Par ton Génie, par ta main droite, par tes dieux Pénates, je t'en prie, je t'en conjure, rends-moi à mon premier état. » S'aperçoit-on qu'on a lâché le mieux pour le pis, il faut revenir à temps et reprendre ce qu'on a quitté. Que chacun se mesure suivant sa taille et sa hauteur, c'est le plus sage.

VIII. — A CELSUS ALBINOVANUS.

Muse, je t'en prie, va porter de ma part salut et prospérité à Celsus Albinovanus, compagnon et secrétaire de Néron. S'il demande ce que je fais, dis-lui que, malgré mes nombreuses et magnifiques promesses, je ne vis ni plus heureux, ni plus content; non que la grêle ait brisé mes vignes, que la chaleur ait dévoré mes olives, ou que la maladie ravage mes troupeaux dans de lointaines campagnes; mais parce que, plus mal portant d'esprit que de corps, je ne veux rien entendre, rien apprendre de ce qui pourrait guérir mon mal; je me fâche contre de fidèles médecins, je m'irrite contre des amis, de ce qu'ils s'efforcent d'éloigner de moi une funeste torpeur; je recherche ce qui m'a fait mal, je fuis ce qui pourrait m'être utile; mobile comme le vent, j'aime Tibur à Rome, et Rome à Tibur. Après cela, demande-lui comment il se porte, de quelle façon il se gouverne, lui et ses affaires, comment il plaît au jeune prince et à sa suite. S'il dit : « Bien, » d'abord félicite-le, puis n'oublie pas de lui glisser à l'oreille cet avis : « Tel tu seras avec la fortune, Celsus, tels nous serons avec toi. »

IX. — A TIBÈRE.

Assurément, Claudius, Septimius est le seul à me croire si bien dans ton estime; car, lorsqu'il me demande et me force par ses instances à te faire son éloge, et à te le recommander comme étant digne du caractère et de la famille de Néron qui ne fait que des choix honorables; lorsqu'il me croit si avant dans ton intimité, il voit et comprend bien mieux que moi l'étendue de ma puissance. J'ai tout dit pour m'excuser et lui échapper; mais j'ai craint de paraître rapetisser mes avantages et dissimuler mon crédit pour en jouir tout seul. Ainsi, pour éviter la honte d'une faute plus grande, j'ai osé prendre les droits d'un front de citadin. Que si tu approuves le sacrifice que je fais de ma pudeur aux prières d'un ami, inscris Septimius dans ta société, et tiens-le pour un homme de cœur et de bien.

X. — A ARISTIUS FUSCUS.

A Fuscus, amateur de la ville, nous, amateur des champs, salut : en cela seul nous différons beaucoup, en tout le reste nous sommes presque jumeaux; frères par le cœur, ce dont l'un ne veut pas, l'autre le repousse; nous avons les mêmes goûts, comme ces vieux pigeons de la fable. Toi, tu gardes le nid; moi, je préfère la charmante campagne, ses ruisseaux, ses bois et ses roches tapissées de mousse. Que veux-tu? Je vis, je suis roi, sitôt que j'ai quitté ce que vous autres, d'un murmure approbateur, vous portez aux nues : comme l'esclave fugitif du prêtre, je suis las des tartes sacrées; c'est du pain qu'il me faut, préférable à tous les gâteaux de miel. S'il faut vivre conformément à la nature, et qu'on doive, pour bâtir une maison, choisir d'abord un terrain convenable, connais-tu

---

```
70  Me tibi, si cœnas hodie mecum. Ut libet. Ergo
    Post nonam venies; nunc i, rem strenuus auge.
    Ut ventum ad cœnam est, dicenda tacenda locutus
    Tandem dormitum dimittitur. Hic ubi sæpe
    Occultum visus decurrere piscis, ad hamum
75  Mane cliens et jam certus conviva, jubetur
    Rura suburbana indictis comes ire Latinis.
    Impositus mannis arvum cœlumque Sabinum.
    Non cessat laudare. Videt ridetque Philippus,
    Et, sibi dum requiem, dum risus undique quærit,
80  Dum septem donat sestertia, mutua septem
    Promittit, persuadet uti mercetur agellum.
    Mercatur. Ne te longis ambagibus ultra
    Quam satis est morer, ex nitido fit rusticus atque
    Sulcos et vineta crepat mera; præparat ulmos,
85  Immoritur studiis et amore senescit habendi.
    Verum ubi oves furto, morbo periere capellæ,
    Spem mentita seges, bos est enectus arando,
    Offensus damnis media de nocte caballum
    Arripit iratusque Philippi tendit ad ædes.
90  Quem simul adspexit scabrum intonsumque Philippus,
    Durus, ait, Vultei, nimis attentusque videris
    Esse mihi. Pol me miserum, patrone, vocares,
    Si velles, inquit, verum mihi ponere nomen !
    Quod te per Genium dextramque deosque Penates
95  Obsecro et obtestor, vitæ me redde priori.
    Qui semel adspexit, quantum dimissa petitis
    Præstent, mature redeat repetatque relicta.
    Metiri se quemque suo modulo ac pede verum est.
```

VIII. — AD CELSUM ALBINOVANUM.

```
    Celso gaudere et bene rem gerere Albinovano
    Musa rogata refer, comiti scribæque Neronis.
    Si quæret quid agam, dic multa et pulchra minantem
    Vivere nec recte nec suaviter; haud quia grando
5   Contuderit vites oleamque momorderit æstus,
    Nec quia longinquis armentum ægrotet in agris;
    Sed quia mente minus validus quam corpore toto,
    Nil audire velim, nil discere, quod levet ægrum;
    Fidis offendar medicis, irascar amicis,
10  Cur me funesto properent arcere veterno;
    Quæ nocuere sequar, fugiam quæ profore credam;
    Romæ Tibur amem ventosus, Tibure Romam.
    Post hæc, ut valeat, quo pacto rem gerat et se,
    Ut placeat juveni percontare utque cohorti.
15  Si dicet : Recte, primum gaudere subinde
    Præceptum auriculis hoc instillare memento :
    Ut tu fortunam, sic nos te, Celse, feremus.
```

IX. — AD TIBERIUM CLAUDIUM NERONEM.

```
    Septimius, Claudi, nimirum intelligit unus,
    Quanti me facias; nam cum rogat et prece cogit,
    Scilicet ut tibi se laudare et tradere coner,
    Dignum mente domoque legentis honesta Neronis,
5   Munere cum fungi proprioris censet amici,
    Quid possim videt ac novit me valdius ipso.
    Multa quidem dixi, cur excusatus abirem ;
    Sed timui, mea ne finxisse minora putarer,
    Dissimulator opis propriæ, mihi commodus uni.
10  Sic ego, majoris fugiens opprobria culpæ,
    Frontis ad urbanæ descendi præmia. Quod si
    Depositum laudas ob amici jussa pudorem,
    Scribe tui gregis hunc et fortem crede bonumque
```

X. — AD ARISTIUM FUSCUM.

```
    Urbis amatorem Fuscum salvere jubemus
    Ruris amatores, hac in re scilicet una
    Multum dissimiles, at cetera pæne gemelli
    Fraternis animis quidquid negat alter et alter
5   Annuimus pariter vetuli notique columbi.
    Tu nidum servas; ego laudo ruris amœni
    Rivos et musco circumlita saxa nemusque.
    Quid quæris? Vivo et regno, simul ista reliqui,
    Quæ vos ad cœlum fertis rumore secundo :
10  Utque sacerdotis fugitivus liba recuso ;
    Pane egeo jam mellitis potiore placentis.
    Vivere naturæ si convenienter oportet
```

un lieu préférable à la délicieuse campagne? En est-il où les hivers soient plus tièdes, où la brise tempère plus agréablement la rage de la Canicule et les mouvements du Lion, quand, furieux, il reçoit les rayons perçants du soleil? En est-il où le sommeil soit moins déchiré par les soucis envieux? Un tapis de gazon a-t-il moins de parfum, moins d'éclat qu'une mosaïque en marbre de Libye? L'eau qui, dans les rues, s'efforce de crever le plomb de ses canaux, est-elle plus pure que celle qui fuit en murmurant dans un rapide ruisseau? Au milieu même de colonnes aux mille couleurs, on entretient des bosquets; on vante une maison quand elle a vue sur de vastes campagnes. Chassez la nature à coups de fourche, elle n'en cessera pas moins de revenir, et insensiblement brisera, victorieuse, les dégoûts dépravés. Le maladroit qui ne sait pas comparer la pourpre de Sidon avec les toisons qui boivent l'orseille d'Aquinum ne fera pas une perte plus certaine ni plus sensible que celui qui ne pourra pas distinguer le faux du vrai. L'homme qui se laisse enivrer outre mesure par la prospérité se laissera abattre par les revers. Si tes biens t'éblouissent, tu les perdras avec regret. Fuis les grandeurs: on peut, sous un humble toit, dépasser le bonheur des rois et des favoris des rois. Le cerf, plus vaillant au combat, chassait le cheval de leurs communs pâturages; celui-ci, vaincu après une longue lutte, implora le secours de l'homme, dont il reçut le frein. Mais, après une terrible victoire, il ne put affranchir ni son dos du cavalier, ni sa bouche du frein. Ainsi quand, par crainte de la pauvreté, l'homme insatiable perd la liberté, plus précieuse que tous les trésors, il subit le joug d'un maître qu'il doit servir à jamais, parce qu'il ne saura pas se contenter de peu. Une fortune qui ne va pas à celui qui la possède est semblable à une chaussure: si elle est trop grande, elle le fera tomber, si elle est trop petite, elle le blessera. Satisfait de ton sort, vis sagement, Aristius, et garde-toi de me laisser aller sans réprimande dès que je te semblerai occupé sans relâche à amasser plus que le nécessaire. L'argent qu'on a entassé est un maître ou un esclave; et pourtant il est digne d'obéir à la corde tordue plutôt que de la faire marcher. Voilà ce que pour toi je dictais derrière le temple en ruines de Vacuna: n'était de ne point te voir près de moi, rien ne manquait à mon bonheur.

XI. — A BULLATIUS.

Que t'a semblé de Chios, Bullatius, et de la fameuse Lesbos? et de l'élégante Samos, et de Sardes, la capitale de Crésus? et de Smyrne et de Colophon? Tous ces lieux, qu'ils soient au-dessus ou au-dessous de leur renommée, sont-ils peu de chose auprès du champ de Mars et du fleuve du Tibre? Ou bien ton choix s'arrête-t-il sur quelqu'une des cités d'Attale? Ou vantes-tu Lébédos, en haine de la mer et des voyages? Tu sais ce que c'est que Lébédos: un bourg plus désert que Gabies et Fidènes; et pourtant je consentirais à y vivre, et, oubliant les miens et oublié d'eux, à y contempler du bord du rivage Neptune en furie. Mais celui qui de Capoue se dirige vers Rome, tout couvert de pluie et de boue, ne voudra point pour cela passer sa vie dans une auberge; celui qui a eu froid ne loue pas les fours et les bains comme des lieux capables de faire le bonheur de sa vie entière. Si le terrible Auster t'a ballotté sur les flots, ce n'est pas une raison pour vendre ton navire de l'autre côté de la mer Égée. Pour le sage, Rhodes et la séduisante Mitylène produisent le même effet qu'une pénula en été, que le caleçon du champ de Mars par un souffle glacial, que le Tibre pendant l'hiver, ou le coin du feu au mois sextilis. Tant que tu le peux, tant que la Fortune te fait bon visage, vante, à Rome, Samos, Chios et Rhodes, mais de loin. Toute heure fortunée que t'accorde le ciel, prends-la d'une main reconnaissante; ne remets pas d'année en année le plaisir; fais en sorte de pouvoir dire que, en quelque lieu que tu te sois trouvé, tu y as vécu heureux; car, si c'est la raison, la sagesse qui chassent les soucis, et non les lieux qui dominent au loin la mer, courir au delà des mers, c'est changer de climat, non d'humeur. Nous nous fatiguons dans une active oisiveté; c'est avec des vaisseaux et des quadriges que nous poursuivons le bonheur. Mais ce bonheur que tu poursuis, il est ici, il est dans Ulubres, si l'égalité d'âme ne te fait pas défaut.

XII. — A ICCIUS.

Si tu fais bon usage, Iccius, des revenus d'Agrippa en Sicile, que tu es chargé de recueillir, il n'est pas possible que Jupiter puisse accroître ton opulence. Cesse de te plaindre; on n'est jamais pauvre quand on a le nécessaire. Si tu as bon es-

---

XI. — AD BULLATIUM.

Ponendæque domo quærenda est area primum,
Novistine locum potiorem rure beato?
15 Est ubi plus tepeant hiemes, ubi gratior aura
Leniat et rabiem Canis et momenta Leonis,
Cum semel accepit solem furibundus acutum?
Est ubi divellat somnos minus invida cura?
Deterius Libycis olet aut nitet herba lapillis?
20 Purior in vicis aqua tendit rumpere plumbum,
Quam quæ per pronum trepidat cum murmure rivum?
Nempe inter varias nutritur silva columnas
Laudaturque domus, longos quæ prospicit agros.
Naturam expellas furca, tamen usque recurret,
25 Et mala perrumpet furtim fastidia victrix.
Non, qui Sidonio contendere callidus ostro
Nescit Aquinatem potantia vellera fucum,
Certius accipiet damnum propiusve medullis,
Quam qui non poterit vero distinguere falsum.
30 Quem res plus nimio delectavere secundæ,
Mutatæ quatient. Si quid mirabere, pones
Invitus. Fuge magna; licet sub paupere tecto
Reges et regum vita præcurrere amicos.
Cervus equum pugna melior communibus herbis
35 Pellebat, donec minor in certamine longo
Imploravit opes hominis frenumque recepit;
Sed postquam victor violens discessit ab hoste,
Non equitem dorso, non frenum depulit ore.
Sic, qui pauperiem veritus potiore metallis
40 Libertate caret, dominum vehit improbus atque
Serviet æternum, quia parvo nesciet uti.
Cui non conveniet sua res, ut calceus olim,
Si pede major erit, subvertet, si minor, uret.
Lætus sorte tua vives sapienter, Aristi,
45 Nec me dimittes incastigatum, ubi plura
Cogere quam satis est ac non cessare videbor.
Imperat aut servit collecta pecunia cuique,
Tortum digna sequi potius quam ducere funem.
Hæc tibi dictabam post fanum putre Vacunæ,
50 Excepto, quod non simul esses, cetera lætus.

XI. — AD BULLATIUM.

Quid tibi visa Chios, Bullati, notaque Lesbos,
Quid concinna Samos, quid Crœsi regia, Sardis,
Smyrna quid et Colophon? Majora minorave fama,
Cunctane præ Campo et Tiberino flumine sordent?
5 An venit in votum Attalicis ex urbibus una,
An Lebedum laudas odio maris atque viarum?
Scis, Lebedus quid sit; Gabiis desertior atque
Fidenis vicus; tamen illic vivere vellem,
Oblitusque meorum obliviscendus et illis
10 Neptunum procul e terra spectare furentem.
Sed neque, qui Capua Romam petit, imbre lutoque
Adspersus volet in caupona vivere; nec, qui
Frigus collegit, furnos et balnea laudat
Ut fortunatam plene præstantia vitam.
15 Nec, si te validus jactaverit Auster in alto,
Idcirco navem trans Ægæum mare vendas.
Incolumi Rhodos et Mitylene pulchra facit, quod
Pænula solstitio, campestre nivalibus auris,
Per brumam Tiberis, Sextili mense caminus.
20 Dum licet ac vultum servat Fortuna benignum,
Romæ laudetur Samos et Chios et Rhodos absens.
Tu, quamcunque deus tibi fortunaverit horam,
Grata sume manu, neu dulcia differ in annum,
Ut, quocunque loco fueris, vixisse libenter
25 Te dicas; nam si ratio et prudentia curas,
Non locus effusi late maris arbiter aufert,
Cœlum, non animum mutant, qui trans mare currunt.
Strenua nos exercet inertia; navibus atque
Quadrigis petimus bene vivere. Quod petis, hic est,
50 Est Ulubris, animus si te non deficit æquus.

XII. — AD ICCIUM.

Fructibus Agrippæ Siculis, quos colligis, Icci,
Si recte frueris, non est, ut copia major
Ab Jove donari possit tibi. Tolle querelas;
Pauper enim non est, cui rerum suppetit usus.
5 Si ventri bene, si lateri est pedibusque tuis, ni

tomac, bonne poitrine et bon pied, de royales richesses ne pourront rien ajouter à cela. Si, par hasard, au milieu de tant de biens, tu vis sobrement d'herbes et d'orties, tu vivras toujours ainsi, dût la Fortune t'inonder de flots d'or, soit que l'argent ne puisse changer le caractère, soit que tu considères tout comme inférieur à la vertu. Nous admirons Démocrite laissant les troupeaux brouter ses champs et ses guérets, tandis que son âme se sépare de son corps et voyage légèrement dans l'espace; quand toi, au milieu d'une telle maladie et de la contagion de la cupidité, tu dédaignes une étroite sagesse et t'occupes encore d'études sublimes : quelles causes enchaînent la mer; ce qui règle le cours des saisons; si les astres errent à l'aventure ou d'après des lois établies; ce qui nous dérobe et nous montre le disque de la lune; à quoi tend et ce que peut la discordante harmonie du monde; lequel des deux radote, Empédocle ou Stertinius. Mais que tu immoles à ton appétit poissons, ou poireaux et oignons, traite en ami Pompéius Grosphus, et, s'il t'adresse quelque demande, préviens son désir; Grosphus ne demandera rien que de juste et de convenable. Les amis sont à bon marché, quand les gens de bien ont besoin de nous. Je ne veux cependant pas te laisser ignorer où en sont les affaires de Rome : le Cantabre a succombé sous les coups d'Agrippa, l'Arménien sous ceux de Claudius Néron ; Phraate, aux genoux de César, s'est soumis à ses lois et à son empire; la précieuse Abondance, de sa corne pleine, verse sur l'Italie les fruits et les moissons.

XIII. — A VINIUS ASELLA.

Ainsi que je te l'ai souvent et longtemps répété à ton départ, Vinius, tu remettras à Auguste ces volumes cachetés, s'il est en bonne santé, en bonne humeur, enfin s'il les demande; ne va pas pécher par excès de zèle, garde qu'un empressement indiscret ne fasse prendre en aversion mes légers écrits. Si, par aventure, mon livre te semble une charge trop pesante, jette-le à terre, plutôt que d'aller, où tu dois le remettre, brutalement décharger ton bât, et, par là, faire rire de ton surnom paternel d'Asina, et devenir la fable de tout le monde. Tire-toi de ton mieux des descentes, des ruisseaux et des flaques d'eau ; une fois à bout de l'entreprise, et arrivé là-bas, tu disposeras et tiendras ton fardeau de manière à ne pas porter sous le bras un petit paquet de

livres comme un paysan porte un agneau, comme Pyrrhia ivr un peloton de laine volée, comme le convive invité chez un personnage de sa tribu, ses souliers et son piléus. Ne dis pas non plus à tout le monde que tu as bien sué pour apporter des vers capables de charmer les yeux et les oreilles de César ; quelques prières qu'on te fasse, poursuis ton chemin sans t'arrêter. Va, porte-toi bien; prends garde de broncher et d'enfreindre mes instructions.

XIV. — A SON VILLICUS.

Villicus du bois et du modeste domaine qui me rend à moi-même, et que toi, tu dédaignes, bien qu'il contienne cinq feux et qu'il envoie cinq honnêtes pères de famille à Varia, luttons à qui sait le plus bravement arracher les épines, moi de mon âme, ou toi de mon champ, et voyons qui vaut le mieux d'Horace ou de sa terre. Ce qui me retient ici, c'est la touchante affliction de Lamia, d'un frère qui pleure son frère et ne peut se consoler de cette perte cruelle; mais mon esprit et mon cœur m'emportent là-bas, et se plaisent à briser les barrières qui ferment l'entrée de la lice. Je prétends n'être heureux qu'à la campagne; toi, tu dis ne l'être qu'à la ville; vanter le sort d'autrui, c'est naturellement maudire le sien. C'est folie, de part et d'autre, de faire aux lieux un injuste procès; le tort est à l'esprit, qui ne peut se fuir lui-même. Esclave commandé pour toute besogne, tu soupirais tout bas après la campagne; aujourd'hui, devenu campagnard, tu regrettes la ville, et les jeux, et les bains; pour moi, tu sais que je suis constant avec moi-même et que je m'en vais de mauvaise humeur, chaque fois que d'importunes affaires m'entraînent à Rome. Nous n'avons pas les mêmes goûts; de là, la différence entre moi et toi : car ce que tu appelles des déserts incultes et inhabitables, sont des lieux pleins de charmes pour les gens qui pensent comme moi et détestent ceux que tu trouves si beaux. Le lupanar, les parfums du cabaret, c'est là, je le vois bien, ce qui te fait regretter la ville; et puis, mon coin de terre produirait plutôt du poivre et de l'encens que du raisin; et, dans tout le voisinage, il n'est pas une taverne qui puisse te fournir du vin, pas une courtisane, joueuse de flûte, dont l'aigre musique t'invite à ébranler le sol de tes lourdes gambades : et pourtant il te faut tourmenter des champs que le hoyau n'a pas touchés depuis longtemps, soigner les bœufs dételés et leur fournir en pâture des feuilles

---

```
      Divitiæ poterant regales addere majus.
      Si forte in medio positorum abstemius herbis
      Vivis et urtica, sic vives protinus, ut te
      Confestim liquidus Fortunæ rivus inauret,
10    Vel quia naturam mutare pecunia nescit,
      Vel quia cuncta putas una virtute minora.
      Miramur, si Democriti pecus edit agellos
      Cultaque, dum peregre est animus sine corpore velox;
      Cum tu inter scabiem tantam et contagia lucri
15    Nil parvum sapias et adhuc sublimia cures :
      Quæ mare compescant causæ, quid temperet annum,
      Stellæ sponte sua, jussæne vagentur et errent,
      Quid premat obscurum lunæ, quid proferat orbem,
      Quid velit et possit rerum concordia discors,
20    Empedocles, an Stertinium deliret acumen.
      Verum, seu pisces seu porrum et cæpe trucidas,
      Utere Pompeio Grospho, si quid petet, ultro
      Defer; nil Grospho nisi verum orabit et æquum.
      Vilis amicorum est annona, bonis ubi quid deest.
25    Ne tamen ignores, quo sit Romana loco res :
      Cantaber Agrippæ, Claudi virtute Neronis
      Armenius cecidit; jus imperiumque Phraates
      Cæsaris accepit genibus minor; aurea fruges
      Italiæ pleno defundit Copia cornu.
```

XIII. — AD VINIUM ASELLAM.

```
      Ut proficiscentem docui te sæpe diuque,
      Augusto reddes signata volumina, Vini,
      Si validus, si lætus erit, si denique poscet;
      Ne studio nostri pecces odiumque libellis
5     Sedulus importes opera vehemente minister.
      Si te forte meæ gravis uret sarcina chartæ,
      Abjicito potius, quam quo perferre juberis
      Clitellas ferus impingas Asinæque paternum
      Cognomen vertas in risum et fabula fias.
10    Viribus uteris per clivos, flumina, lamas;
      Victor propositi simul ac perveneris illuc,
```

```
      Sic positum servabis onus, ne forte sub ala
      Fasciculum portes librorum, ut rusticus agnum,
      Ut vinosa glomus furtivæ Pyrrhia lanæ,
15    Ut cum pileolo soleas conviva tribulis.
      Ne vulgo narres te sudavisse ferendo
      Carmina, quæ possint oculos auresque morari
      Cæsaris; oratus multa prece, nitere porro.
      Vade, vale, cave ne titubes mandataque frangas.
```

XIV. — AD VILLICUM SUUM.

```
      Villice silvarum et mihi me reddentis agelli,
      Quem tu fastidis habitatum quinque focis et
      Quinque bonos solitum Variam dimittere patres,
      Certemus, spinas animone ego fortius an tu
5     Evellas agro et melior sit Horatius an res.
      Me quamvis Lamiæ pietas et cura moratur
      Fratrem mœrentis, rapto de fratre dolentis
      Insolabiliter, tamen istuc mens animusque
      Fert et amat spatiis obstantia rumpere claustra.
10    Rure ego viventem, tu dicis in urbe beatum;
      Cui placet alterius, sua nimirum est odio sors.
      Stultus uterque locum immeritum causatur inique;
      In culpa est animus, qui se non effugit unquam.
      Tu mediastinus tacita prece rura petebas,
15    Nunc urbem et ludos et balnea villicus optas;
      Me constare mihi scis et discedere tristem,
      Quandocunque trahunt invisa negotia Romam.
      Non eadem miramur; eo disconvenit inter
      Meque et te : nam, quæ deserta et inhospita tesca
20    Credis, amœna vocat, mecum qui sentit, et odit,
      Quæ tu pulchra putas. Fornix tibi et uncta popina
      Incutiunt urbis desiderium, video, et quod
      Angulus iste feret piper et thus ocius uva,
      Nec vicina subest vinum præbere taberna
25    Quæ possit tibi, nec meretrix tibicina, cujus
      Ad strepitum salias terræ gravis : et tamen urges
      Jampridem non tacta ligonibus arva bovemque
```

fraîchement coupées; nouvelle besogne pour le paresseux, s'il tombe une averse, il faut, à force de digues, habituer la rivière à respecter la prairie. Eh bien donc, écoute ce qui cause entre nous ce désaccord. Moi, à qui jadis allaient si bien une toge de fine laine et une chevelure brillante d'essences; moi qui, tu le sais, savais sans argent plaire à l'avide Cinara; moi que tu vis souvent m'humecter de Falerne dès le milieu du jour, j'aime aujourd'hui un court repas et le sommeil sur l'herbe au bord d'un ruisseau; je ne rougis pas de m'être amusé, mais je rougirais de ne pas couper court aux plaisirs. Là-bas, personne dont le regard oblique porte atteinte à mon bonheur; point de haine secrète qui l'empoisonne de ses morsures; les voisins rient de me voir remuer de la terre et des pierres. Toi, tu préfères ronger avec mes esclaves la ration journalière de la ville; tu te précipites de tous tes vœux au milieu de leur bande. Un valet plein de finesse t'envie la jouissance de mon bois, de mes troupeaux, de mes jardins. Le bœuf ambitionne le harnais, le cheval indolent voudrait labourer; que tous les deux se résignent à faire leur métier : tel sera toujours mon avis.

XV. — A NUMONIUS VALA.

Quel hiver a-t-on à Vélia? Quel est, Vala, le climat de Salerne? Quels sont les gens du lieu? Comment sont les chemins? — car Antonius Musa prétend que Baïes ne me vaut rien, et fait que c'est contre moi qu'elle est en fureur si je vais me plonger dans l'eau glacée au cœur de l'hiver. On abandonne les bosquets de myrtes, on dédaigne les grottes sulfureuses que l'on disait si bonnes pour chasser des nerfs les maladies chroniques: Baïes en gémit avec raison, et en veut aux malades qui osent exposer leur tête et leur estomac aux sources de Clusium, et qui se rendent à Gabies et dans ses froides campagnes. Il faut que je change de lieu et que mon cheval passe outre devant les hôtelleries connues : « Où vas-tu? Je ne fais point route vers Cumes, ni vers Baïes, » dira le cavalier avec impatience en tirant la bride à gauche; mais le cheval n'entend que le frein et n'a d'oreilles qu'à la bouche. — Lequel des deux pays produit le plus de blé? Y boit-on de l'eau de citerne, ou des sources intarissables y fournissent-elles une onde vive? — car je m'inquiète peu des vins de ce côté-là; à ma campagne, je puis supporter et

souffrir toute espèce de chose; mais, quand je descends vers la mer, j'exige un vin généreux et doux, qui chasse les soucis, qui coule dans mes veines et dans mon cœur avec la riche espérance, qui délie ma langue, qui me fasse trouver encore jeune à une maîtresse lucanienne. — Laquelle de ces contrées nourrit le plus de lièvres, le plus de sangliers; laquelle recèle dans ses ondes plus de poissons et de hérissons de mer, pour que j'en puisse revenir chez moi gras comme un Phéacien? C'est à toi de me l'écrire, et à moi de t'en croire. Ménius, après avoir dévoré bravement tous ses biens maternels et paternels, se fit parasite, promenant çà et là sa bouffonnerie, sans avoir jamais de râtelier certain. A jeun, il n'eût pas distingué un concitoyen d'un ennemi : il accablait le premier venu de ses plus mordantes injures; c'était le fléau, l'ouragan, le gouffre du marché : tout ce qu'il avait pu trouver, il en gratifiait son insatiable ventre. S'il n'avait soutiré que peu de chose, ou même rien aux protecteurs de sa méchanceté ou à ceux qui le craignaient, il mangeait à son souper d'énormes plats de tripes et de méchante brebis, de quoi rassasier trois ours; alors, rigide censeur, comme Bestius, il disait que les dissipateurs devraient être marqués au ventre avec un fer rouge. Avait-il découvert quelque bonne proie, après l'avoir réduite tout entière en fumée et en cendre : « Par Hercule! s'écriait-il, je ne m'étonne pas si certaines gens dévorent leur fortune; car rien n'est meilleur qu'une grive bien grasse, ni plus beau qu'une vaste panse de truie. » Voilà justement comme je suis; je vante le calme de la médiocrité, quand l'argent me fait défaut, faisant contre mauvaise fortune bon cœur; m'est-il survenu quelque bonne et grasse aubaine, le même homme aussitôt dit que vous êtes les seuls sages, les seuls heureux, vous dont les revenus sont solidement établis sur de splendides villas.

XVI. — A QUINTIUS.

Pour t'éviter la peine de me demander, excellent Quintius, si mon fonds nourrit son maître par des terres labourées, ou l'enrichit par les baies de l'olivier, si c'est par des vergers et des prairies, ou par l'orme revêtu de vignes, je vais longuement te décrire l'aspect et la position de mon champ. Une chaîne de montagnes, interrompue seulement par une ombreuse vallée, mais de manière que le soleil,

---

```
    Disjunctum curas et strictis frondibus exples;
    Addit opus pigro rivas, si decidit imber,
30  Multa mole docendus aprico parcere prato.
    Nunc age, quid nostrum concentum dividat, audi.
    Quem tenues decuere togæ nitidique capilli,
    Quem scis immunem Cinaræ placuisse rapaci,
    Quem bibulum liquidi media de luce Falerni,
35  Cœna brevis juvat et prope rivum somnus in herba;
    Nec lusisse pudet, sed non incidere ludum.
    Non istic obliquo oculo mea commoda quisquam
    Limat, non odio obscuro morsuque venenat;
    Rident vicini glebas et saxa moventem.
40  Cum servis urbana diaria rodere mavis;
    Horum tu in numerum voto ruis. Invidet usum
    Lignorum et pecoris tibi calo argutus et horti.
    Optat ephippia bos, piger optat arare caballus;
    Quam scit uterque, libens, censebo, exerceat artem.
```

XV. — AD NUMONIUM VALAM.

```
    Quæ sit hiems Veliæ, quod cœlum, Vala, Salerni,
    Quorum hominum regio et qualis via, — nam mihi Baïas
    Musa supervacuas Antonius, et tamen illis
    Me facit invisum, gelida cum perluor unda
5   Per medium frigus. Sane myrteta relinqui
    Dictaque cessantem nervis elidere morbum
    Sulfura contemni vicus gemit, invidus ægris,
    Qui caput et stomachum supponere fontibus audent
    Clusinis Gabiosque petunt et frigida rura.
10  Mutandus locus est et deversoria nota
    Præteragendus equus. Quo tendis? Non mihi Cumas
    Est iter aut Baïas, læva stomachosus habena
    Dicet eques; sed equi frenato est auris in ore. —
    Major utrum populum frumenti copia pascat,
15  Collectosne bibant imbres puteosne perennes
    Jugis aquæ; — nam vina nihil moror illius oræ,
    Rure meo possum quidvis perferre patique;
```

```
    Ad mare cum veni, generosum et lene requiro,
    Quod curas abigat, quod cum spe divite manet
20  In venas animumque meum, quod verba ministret,
    Quod me Lucanæ juvenem commendet amicæ. —
    Tractus uter plures lepores, uter educet apros,
    Utra magis pisces et echinos æquora celent,
    Pinguis ut inde domum possim Phæaxque reverti,
25  Scribere te nobis, tibi nos accredere par est.
    Mænius, ut rebus maternis atque paternis
    Fortiter absumptis urbanus cœpit haberi,
    Scurra vagus, non qui certum præsepe teneret,
    Impransus non qui civem dignosceret hoste,
30  Quælibet in quemvis opprobria fingere sævus,
    Pernicies et tempestas barathrumque macelli,
    Quidquid quæsierat, ventri donabat avaro.
    Hic, ubi nequitiæ fautoribus et timidis nil
    Aut paulum abstulerat, patinas cœnabat omasi,
35  Vilis et aguinæ, tribus ursis quod satis esset;
    Scilicet ut ventres lamna candente nepotum
    Diceret urendos, corrector Bestius. Idem
    Quidquid erat nactus prædæ majoris, ubi omne
    Verterat in fumum et cinerem : Non hercule miror,
40  Aiebat, si qui comedunt bona, cum sit obeso
    Nil melius turdo, nil vulva pulchrius ampla.
    Nimirum hic ego sum; nam tuta et parvula laudo,
    Cum res deficiunt, satis inter vilia fortis;
    Verum, ubi quid melius contingit et unctius, idem
45  Vos sapere et solos aio bene vivere, quorum
    Conspicitur nitidis fundata pecunia villis.
```

XVI. — AD QUINTIUM.

```
    Ne perconteris, fundus meus, optime Quinti,
    Arvo pascat herum an baccis opulentet olivæ,
    Pomisne et pratis, an amicta vitibus ulmo,
    Scribetur tibi forma loquaciter et situs agri.
5   Continui montes, ni dissocientur opaca
```

à son lever, en regarde le côté droit, qu'en s'éloignant, de son char qui fuit, il couvre le versant gauche de vapeurs. La température t'enchanterait. Que diras-tu, si je t'apprends que de fertiles buissons produisent des cornouilles vermeilles et des prunes; que le chêne et l'yeuse charment les troupeaux de leurs fruits nombreux, le maître de leur épais ombrage? Tu croirais qu'on y a transporté la verte Tarente. Puis une source assez abondante pour donner son nom à un ruisseau, et telle que l'Hèbre n'entoure pas la Thrace d'une eau plus fraîche ni plus pure, coule salutaire à la tête, salutaire à l'estomac malade. Telle est la retraite chérie, je dirai même, si tu m'en crois, charmante, qui, m'assurant contre la saison de septembre, me conserve à ton amitié. Pour toi, tu es heureux, si tu prends soin d'être réellement ce que l'on dit de toi. Il y a longtemps que Rome entière, avec moi, vante ton bonheur; mais je crains que tu ne t'en remettes sur toi-même à d'autres plus qu'à toi, que tu ne places le bonheur hors de la sagesse et de la vertu, et, parce que la foule parle souvent de ta force et de ta santé, que tu ne dissimules au moment de souper une fièvre cachée, jusqu'à ce que le frisson saisisse tes mains grasses. La mauvaise bonté des sots fait un secret des ulcères qu'ils n'ont pas soignés. Que quelqu'un chante tes combats sur terre et sur mer, et chatouille tes oreilles ouvertes de ces douces paroles : « Ton salut est-il plus cher au peuple ou celui du peuple à toi, puisse Jupiter, qui veille et sur toi et sur la ville, le laisser dans le doute! » il te sera aisé de reconnaître l'éloge d'Auguste : et, quand tu souffres qu'on t'appelle sage et irréprochable, réponds-tu, dis-moi, je te prie, comme si c'était ton nom? — C'est que j'aime aussi bien que toi à être nommé sage et honnête. — Celui qui donne ce titre aujourd'hui peut, s'il lui plaît, l'ôter demain, comme lorsqu'il a conféré les faisceaux à un indigne, il sait aussi les lui enlever. « Quitte ce nom; il est à moi, » dit-il. Je le quitte, et me retire d'un air chagrin. Que ce même peuple crie que je suis un voleur, un impudique, qu'il soutienne que j'ai étranglé mon père, serai-je mordu par de vaines injures et changerai-je de couleurs? Le faux honneur ne charme, la menteuse calomnie n'effraye personne, si ce n'est l'homme pervers et qui a besoin de remèdes. Quel est l'homme de bien? Celui qui observe les décrets du sénat, les lois et la justice, dont l'arbitrage tranche une foule de graves procès,

dont la caution garantit nos intérêts, dont le témoignage fait gagner les causes. Mais toute sa famille et tout le voisinage voient qu'à l'intérieur il est laid, qu'il ne brille que par une belle peau. « Je n'ai point volé, je n'ai pas pris la fuite, me dira un esclave. — Tu as ta récompense, lui dis-je; on ne te déchire pas de coups de fouet. — Je n'ai tué personne. — Tu ne serviras pas, sur une croix, de pâture aux corbeaux. — Je suis honnête et bon sujet. » Le Sabin fait signe et répond que non : en effet, le loup prudent craint le piège; le vautour, les lacs suspects; la dorade, l'hameçon caché. Les gens de bien fuient le mal par amour pour la vertu; toi, tu ne feras rien, par crainte du châtiment : qu'il y ait espoir de n'être pas vu, et tu confondras le sacré et le profane; car de mille modius de fèves, n'en dérober qu'un, c'est le moyen de rendre la perte légère, mais non le crime, à mon avis. L'homme de bien, celui que regardent tous les forums, tous les tribunaux, chaque fois qu'il sacrifie aux dieux un porc ou un bœuf, s'écrie bien haut : « Vénérable Janus! » bien haut : « Apollon! » puis remue les lèvres, de peur d'être entendu : « Belle Laverna, accorde-moi de n'être point vu, accorde-moi de paraître juste et saint; jette la nuit sur mes méfaits et un nuage sur mes fraudes! » En quoi est-il meilleur qu'un esclave, en quoi plus libre, l'avare qui, dans les carrefours, se baisse pour ramasser un as cloué à terre, je ne le vois pas; car quiconque désirera craindra aussi; et qui vivra dans la crainte, pour moi, ne sera jamais libre. Il a perdu ses armes, il a déserté le poste de la valeur, celui qui se presse toujours, qui se fait écraser pour augmenter son avoir. C'est un captif, et, comme tu peux le vendre, ne va pas le tuer; ce sera un esclave utile : permets que, endurci aux fatigues, il soit éleveur, laboureur; que, marchand, il navigue et passe l'hiver au milieu des eaux; qu'il soit employé à l'annone; qu'il transporte les blés, les provisions de tout genre. L'homme vertueux et sage osera dire : « Penthée, roi de Thèbes, quel indigne traitement vas-tu me forcer de subir et d'endurer? — Je t'enlèverai tes biens. — Mes troupeaux, ma fortune, mes lits, mon argenterie? tu peux les prendre. — Je te retiendrai, les mains, les pieds enchaînés, sous la garde d'un farouche geôlier. — Le ciel lui-même, dès que je le voudrai, me délivrera. » J'imagine qu'il veut dire : « Je mourrai; » la mort est le dernier terme de toute chose.

Valle, sed ut veniens dextrum latus adspiciat sol,
Lævum discedens curru fugiente vaporet.
Temperiem laudes. Quid, si rubicunda benigni
Corna vepres et pruna ferant? si quercus et ilex
10 Multa fruge pecus, multa dominum juvat umbra?
Dicas adductum propius frondere Tarentum.
Fons etiam rivo dare nomen idoneus, ut nec
Frigidior Thracam nec purior ambiat Hebrus,
Infirmo capiti fluit utilis, utilis alvo.
15 Hæ latebræ dulces, etiam, si credis, amœnæ,
Incolumem tibi me præstant Septembribus horis.
Tu recte vivis, si curas esse quod audis;
Jactamus jampridem omnis te Romæ beatum;
Sed vereor, ne cui de te plus quam tibi credas,
20 Neve putes alium sapiente bonoque beatum,
Neu, si te populus sanum recteque valentem
Dictitet, occultam febrem sub tempus edendi
Dissimules, donec manibus tremor incidat unctis.
Stultorum incurata pudor malus ulcera celat.
25 Si quis bella tibi terra pugnata marique
Dicat, et his verbis vacuas permulceat aures :
Tene magis salvum populus velit, an populum tu,
Servet in ambiguo, qui consulit et tibi et urbi,
Juppiter; Augusti laudes agnoscere possis :
30 Cum pateris sapiens emendatusque vocari,
Respondesne tuo, dic sodes, nomine? Nempe
Vir bonus et prudens dici delector ego ac tu.
Qui dedit hoc hodie, cras, si volet, auferet, ut si
Detulerit fasces indigno, detrahet idem.
35 Pone, meum est, inquit. Pono tristisque recedo.
Idem si clamet furem, neget esse pudicum,
Contendat laqueo collum pressisse paternum;
Mordear opprobriis falsis mutemque colores?
Falsus honor juvat et mendax infamia terret
40 Quem, nisi mendosum et medicandum? Vir bonus est quis?
Qui consulta patrum, qui leges juraque servat,
Quo multæ magnæque secantur judice lites,

Quo res sponsore et quo causæ teste tenentur.
Sed videt hunc omnis domus et vicinia tota
45 Introrsum turpem, speciosum pelle decora.
Nec furtum feci nec fugi, si mihi dicat
Servus: Habes pretium, loris non ureris, aio.
Non hominem occidi. Non pasces in cruce corvos.
Sum bonus et frugi. Renuit negitatque Sabellus :
50 Cautus enim metuit foveam lupus, accipiterque
Suspectos laqueos, et opertum miluus hamum.
Oderunt peccare boni virtutis amore;
Tu nihil admittes in te formidine pœnæ :
Sit spes fallendi, miscebis sacra profanis;
55 Nam de mille fabæ modiis cum subripis unum,
Damnum est, non facinus, mihi pacto lenius isto.
Vir bonus, omne forum quem spectat et omne tribunal,
Quandocunque deos vel porco vel bove placat,
Jane pater! clare, clare cum dixit, Apollo!
60 Labra movet metuens audiri : Pulchra Laverna,
Da mihi fallere, da justo sanctoque videri,
Noctem peccatis et fraudibus objice nubem!
Qui melior servo, qui liberior sit avarus,
In triviis fixum cum se demittit ob assem,
65 Non video; nam qui cupiet, metuet quoque; porro,
Qui metuens vivet, liber mihi non erit unquam.
Perdidit arma, locum virtutis deseruit, qui
Semper in augenda festinat et obruitur re.
Vendere cum possis captivum, occidere noli,
70 Serviet utiliter : sine pascat durus aretque,
Naviget ac mediis hiemet mercator in undis;
Annonæ prosit; portet frumenta penusque.
Vir bonus et sapiens audebit dicere : Pentheu,
Rector Thebarum, quid me perferre patique
75 Indignum coges? Adimam bona. Nempe pecus, rem,
Lectos, argentum : tollas licet. In manicis et
Compedibus sævo te sub custode tenebo.
Ipse deus, simul atque volam, me solvet. Opinor,
Hoc sentit : Moriar; mors ultima linea rerum est.

XVII. — A SCÉVA

Quoique, Scéva, tu veilles assez par toi-même à tes intérêts et que tu saches de quelle manière enfin il faut vivre
avec les grands, écoute pourtant ce que pense un bon petit
ami qui a encore à apprendre, comme si un aveugle voulait
te montrer le chemin; vois si même nous, nous disons quelque chose que tu puisses tâcher de t'approprier. Si tu aimes
le doux repos, le sommeil prolongé jusqu'à la première heure,
si la poussière et le bruit des roues, si les tavernes t'im-
portunent, je te dirai d'aller à Férentinum; car les riches
n'ont pas seuls les plaisirs en partage, et ce n'est pas avoir
été malheureux que d'être né et mort inconnu. Si tu veux
être utile aux tiens et te traiter toi-même avec un peu plus
de faveur, à jeun va trouver qui vit grassement. « Si Aristippe se résignait à manger des légumes, il ne voudrait pas
vivre avec des rois. — S'il savait vivre avec des rois, celui
qui me censure dédaignerait les légumes. » Quel est celui des
deux dont tu approuves les paroles et la conduite, dis-le-moi,
ou, comme le plus jeune, apprends pourquoi l'avis d'Aristippe est préférable; car c'est ainsi, à ce qu'on dit, qu'il dé-
jouait le mordant Cynique : « Moi, je fais le bouffon pour moi-
même; toi, c'est pour la foule; ma conduite est bien plus
sage et plus noble. Pour être porté par un cheval, nourri par
un roi, je rends mes devoirs; toi, tu demandes des objets sans
valeur, et tu es au-dessous de celui qui te les donne, bien
que tu te vantes de n'avoir besoin de personne. » Aristippe
se fit à toute espèce d'état, et de relations, et de fortune,
aspirant au mieux, s'arrangeant d'ordinaire du présent. Au
contraire, l'homme que la patience couvre d'un double hail-
lon m'étonnera s'il sait se faire à un changement du chemin
de la vie. L'un n'attendra pas un manteau de pourpre; avec
le premier habit venu il s'avancera dans les lieux les plus fréquentés, et il soutiendra avec aisance l'un et l'autre personnage; l'autre fuira une chlamyde tissée à Milet avec plus d'horreur qu'un chien et qu'un serpent; il mourra de froid si tu
ne lui rends ses haillons. Rends-les-lui et laisse-le vivre dans
sa sottise. Accomplir des exploits et montrer aux citoyens les
ennemis captifs, c'est atteindre le trône de Jupiter et aspirer
au ciel : plaire aux hommes puissants, ce n'est pas la moindre gloire. Chaque homme n'a pas le bonheur d'aller à Corinthe. Il se tient en repos, celui qui a craint de ne pas
arriver. Soit ! Mais celui qui est arrivé ne s'est-il pas conduit
en brave? Or c'est là, ou nulle part, la question. Celui-ci redoute un fardeau comme trop lourd pour son faible courage
et son faible corps : celui-là s'en charge et le porte au but.
Ou la vertu n'est qu'un vain nom, ou c'est avec raison que
l'homme entreprenant recherche la gloire et une récompense. Ceux qui devant leur patron se taisent sur leur pauvreté obtiendront plus que celui qui demande; il y a de la
distance à prendre avec réserve ou à enlever de force. Or
c'est là la tête, c'est la source de tout. « J'ai une sœur sans dot,
j'ai une mère bien pauvre et un fonds qui n'est ni vendable,
ni en état de me nourrir; » parler ainsi, c'est crier : « Donnez-
moi à manger. » Un autre chante à son tour : « A moi aussi
l'on donnera un morceau du gâteau, de manière à partager le
présent. » Mais, si le corbeau pouvait se repaître en silence,
il aurait plus de pâture et bien moins de querelles et d'envieux. Celui qui a été mené à Brindes ou dans la délicieuse
Sorrente, et qui se plaint des mauvais chemins, de la pluie,
qui s'afflige sur sa malle forcée et ses effets dérobés, rappelle
les ruses connues de la courtisane qui pleure tantôt une petite chaîne, tantôt un anneau volé, si bien qu'on finit par ne
pas ajouter foi à ses pertes ni à ses chagrins réels. Une fois
qu'on a été dupe, on se soucie peu de relever dans les carrefours le bateleur qui s'est cassé la jambe, bien qu'il verse
force larmes, que, jurant par le saint Osiris, il dise : « Croyez-
moi, je ne plaisante pas; cruels, relevez un boiteux. — A d'autres, » lui crie en hurlant tout le voisinage.

XVIII. — A LOLLIUS.

Si je te connais bien, tu craindras, trop franc Lollius, d'offrir l'air d'un flatteur, après t'être proclamé un ami. Comme
une matrone différera en caractère et en genre de vie d'une
courtisane, ainsi un ami sera loin d'un perfide flatteur. Il est,
opposé à ce défaut, un autre défaut plus grand peut-être,
c'est la rudesse agreste, désagréable et importune qui se
recommande par une tête rase, par des dents noires, en voulant se faire appeler vraie liberté et réelle vertu. La vertu,
c'est le milieu entre les deux défauts, également éloignée de
chacun. L'un, porté à une complaisance excessive et railleur
du lit d'en bas, frissonne si bien au moindre signe du riche,

XVII. — AD SCÆVAM.

Quamvis, Scæva, satis per te tibi consulis et scis,
  Quo tandem pacto deceat majoribus uti,
  Disce, docendus adhuc quæ censet amiculus, ut si
  Cæcus iter monstrare velit; tamen adspice, si quid
5 Et nos, quod cures proprium fecisse, loquamur.
  Si te grata quies et primam somnus in horam
  Delectat, si te pulvis strepitusque rotarum,
  Si lædit caupona, Ferentinum ire jubebo;
  Nam neque divitibus contingunt gaudia solis,
10 Nec vixit male, qui natus moriensque fefellit.
  Si prodesse tuis pauloque benignius ipsum
  Te tractare voles, accedes siccus ad unctum.
  Si pranderet olus patienter, regibus uti
  Nollet Aristippus. Si sciret regibus uti,
15 Fastidiret olus, qui me notat. Utrius horum
  Verba probes et facta, doce, vel junior audi,
  Cur sit Aristippi potior sententia; namque
  Mordacem Cynicum sic eludebat, ut aiunt :
  Scurror ego ipse mihi, populo tu; rectius hoc et
20 Splendidius multo est. Equus ut me portet, alat rex,
  Officium facio : tu poscis vilia rerum,
  Dante minor, quamvis fers te nullius egentem.
  Omnis Aristippum decuit color et status et res,
  Tentantem majora, fere præsentibus æquum.
25 Contra, quem duplici panno patientia velat,
  Mirabor, vitæ via si conversa decebit.
  Alter purpureum non exspectabit amictum,
  Quidlibet indutus celeberrima per loca vadet,
  Personamque feret non inconcinnus utramque;
30 Alter Mileti textam cane pejus et angui
  Vitabit chlamydem, morietur frigore, si non
  Rettuleris pannum. Refer et sine vivat ineptus.
  Res gerere et captos ostendere civibus hostes
  Attingit solium Jovis et cœlestia tentat;
35 Principibus placuisse viris non ultima laus est.
  Non cuivis homini contingit adire Corinthum.

  Sedit, qui timuit, ne non succederet. Esto!
  Quid, qui pervenit, fecitne viriliter? Atqui
  Hic est aut nusquam, quod quærimus. Hic onus horret,
40 Ut parvis animis et parvo corpore majus :
  Hic subit et perfert. Aut virtus nomen inane est,
  Aut decus et pretium recte petit experiens vir.
  Coram rege suo de paupertate tacentes
  Plus poscente ferent; distat, sumasne pudenter,
45 An rapias. Atqui rerum caput hoc erat, hic fons.
  Indotata mihi soror est, paupercula mater
  Et fundus nec vendibilis nec pascere firmus,
  Qui dicit, clamat : Victum date. Succinit alter :
  Et mihi dividuo findetur munere quadra.
50 Sed tacitus pasci si posset corvus, haberet
  Plus dapis et rixæ multo minus invidiæque.
  Brundusium comes aut Surrentum ductus amœnum,
  Qui queritur salebras et acerbum frigus et imbres,
  Aut cistam effractam et subducta viatica plorat,
55 Nota refert meretricis acumina, sæpe catellam,
  Sæpe periscelidem raptam sibi flentis, uti mox
  Nulla fides damnis verisque doloribus adsit.
  Nec semel irrisus trivis attollere curat
  Fracto crure planum, licet illi plurima manet
60 Lacrima, per sanctum juratus dicat Osirim :
  Credite, non ludo; crudeles, tollite claudum.
  Quære peregrinum, vicinia rauca reclamat.

XVIII. — AD LOLLIUM.

Si bene te novi, metues, liberrime Lolli,
  Scurrantis speciem præbere, professus amicum.
  Ut matrona meretrici dispar erit atque
  Discolor, infido scurræ distabit amicus.
5 Est huic diversum vitio vitium prope majus,
  Asperitas agrestis et inconcinna gravisque,
  Quæ se commendat tonsa cute, dentibus atris,
  Dum vult libertas mera dici veraque virtus.
  Virtus est medium vitiorum et utrinque reductum.
10 Alter in obsequium plus æquo pronus et imi

répète si bien ses discours, relève ses mots qui tombent, qu'on croirait un enfant qui redit la leçon dictée par un maître sévère ou un mime jouant le second rôle. L'autre querelle souvent au sujet de la laine des chèvres, il combat pour des riens et s'en arme : « Eh quoi ! ce n'est pas en moi qu'on a le plus confiance, et je ne pourrai pas aboyer à toute voix ce que j'ai raison de trouver juste? A ce prix, je mépriserais une seconde vie. » Quel est le sujet du débat? Si c'est Castor ou Dolichos qui est le plus habile; si le meilleur chemin pour aller à Brindes est la voie de Minucius ou celle d'Appius. Celui que dépouillent la ruineuse Vénus, le jeu périlleux, que la vanité habille et parfume au delà de ses moyens, que dévorent une soif et une faim insatiables de l'or, que possèdent la honte et la terreur de la pauvreté, n'inspire à un riche patron dix fois plus pourvu de défauts que le dégoût et l'aversion, ou, s'il n'en est dégoûté, il le régente et, comme une pieuse mère, veut qu'il soit plus sage que lui, qu'il ait plus de qualités; et il a presque raison de dire : « Mes richesses, — ne veuilles pas lutter, — comportent les sottises; toi, tu as fort peu de chose : une toge étroite convient à un client sensé; cesse de rivaliser avec moi. » Eutrapélus, quand il voulait nuire à quelqu'un, lui donnait des habits de grand prix : « car bientôt mon homme, se figurant qu'il est riche, avec de belles tuniques, va concevoir des projets nouveaux et de nouvelles espérances, dormira jusque dans le jour, préférera une courtisane à ses devoirs d'honnêteté, engraissera ses dettes, et finalement deviendra Thrace ou conduira pour un gage le cheval d'un jardinier. » Tu ne chercheras jamais à pénétrer le secret de ton protecteur, et, s'il te l'a confié, tu le tairas, et sous la pression de l'ivresse, et sous celle de la colère; tu ne vanteras pas tes goûts ni ne blâmeras ceux d'autrui, et, quand il voudra chasser, tu ne te mettras pas à écrire des poésies. Voilà comme se rompit l'accord entre les jumeaux Amphion et Zéthus, jusqu'à ce que devint muette la lyre odieuse à un frère farouche. On croit qu'Amphion céda à la volonté fraternelle : toi, cède aux doux ordres d'un ami puissant, et, chaque fois qu'il mettra en campagne ses mulets chargés de filets étoliens et ses chiens, lève-toi et laisse là la tristesse d'une Muse chagrine pour manger avec lui des mets achetés par la fatigue; la chasse est une occupation ordinaire aux Romains, utile à la réputation, à la vie, au corps, surtout quand tu as bonne santé et que tu es capable de vaincre en vitesse un chien ou en vigueur un sanglier. Ajoute que personne ne manie avec plus de grâce les armes viriles : — tu sais avec quelles acclamations des spectateurs tu soutiens les luttes du champ de Mars; — enfin, jeune encore, tu as supporté le rude métier des armes et la guerre des Cantabres, sous ce chef qui vient d'arracher nos enseignes des temples des Parthes, et, s'il est au loin une région insoumise, l'adjuge aux armes italiennes. Et, — pour que tu n'ailles pas te retirer et, sans excuse, rester à l'écart, — tout en ayant soin de ne rien faire en dehors de la mesure et des convenances, parfois tu t'amuses à la campagne de ton père; une armée se partage en deux flottes; la bataille d'Actium se reproduit sous tes ordres par des esclaves, comme si vraiment c'étaient des ennemis; l'adversaire est ton frère, un lac est l'Adriatique, jusqu'à ce que la rapide Victoire couronne l'un ou l'autre de feuillage. Le patron qui aura l'assurance que tu partages ses goûts applaudira des deux pouces tes divertissements. Pour continuer mes conseils, — si toutefois tu as besoin de conseiller, — ce que tu dis de quelqu'un et à qui tu le dis, plus d'une fois prends-y garde. Fuis le questionneur, car c'est toujours un bavard; jamais les oreilles ouvertes ne gardent fidèlement ce qu'on leur a confié, et un mot, une fois lâché, s'envole sans pouvoir être rappelé. Que jamais une servante ou un jeune esclave ne blesse ton cœur au delà du seuil de marbre de ton respectable ami, de peur que le maître du bel enfant ou de la jeune fille qui t'est chère ne te rende heureux à bon marché ou que, peu obligeant, il ne te fasse souffrir. Quel homme tu recommandes, regardes-y à plus d'une reprise, pour n'avoir pas bientôt à rougir des sottises d'autrui. On se trompe et parfois on présente un indigne : aussi celui que fera tomber sa propre faute, retire-lui un appui qu'il t'a surpris, de manière que, si la calomnie s'attaque à celui qui t'est connu à fond, tu puisses préserver et protéger l'ami confiant en ton soutien; lorsqu'il est déchiré par une dent théonine, ne sens-tu pas que sous peu le danger va venir jusqu'à toi? Car ton intérêt est en jeu, quand brûle le mur du voisin, et l'incendie qu'on néglige ne fait que prendre des forces. Le commerce d'un ami puissant est doux pour qui n'en a pas fait l'épreuve : qui en a fait l'épreuve, le craint. Toi, tandis que ton vaisseau est en pleine mer, travaille à ce qu'un chan-


```
    Derisor lecti sic nutum divitis horret,
    Sic iterat voces et verba cadentia tollit,
    Ut puerum sævo credas dictata magistro
    Reddere vel partes mimum tractare secundas.
15  Alter rixatur de lana sæpe caprina,
    Propugnat nugis armatus : Scilicet, ut non
    Sit mihi prima fides et vere quod placet ut non
    Acriter elatrem ? Pretium ætas altera sordet.
    Ambigitur quid enim? Castor sciat an Dolichos plus;
20  Brundusium Minuci melius via ducat an Appi.
    Quem damnosa Venus, quem præceps alea nudat,
    Gloria quem supra vires et vestit et ungit,
    Quem tenet argenti sitis importuna famesque,
    Quem paupertatis pudor et fuga, dives amicus
25  Sæpe decem vitiis instructior odit et horret,
    Aut, si non odit, regit ac veluti pia mater
    Plus quam se sapere et virtutibus esse priorem
    Vult, et ait prope vera : Meæ, — contendere noli, —
    Stultitiam patiuntur opes; tibi parvula res est :
30  Arcta decet sanum comitem toga; desine mecum
    Certare. Eutrapelus, cuicunque nocere volebat,
    Vestimenta dabat pretiosa : beatus enim jam
    Cum pulchris tunicis sumet nova consilia et spes,
    Dormiet in lucem, scorto postponet honestum
35  Officium, nummos alienos pascet, ad imum
    Thrax erit aut olitoris aget mercede caballum.
    Arcanum neque tu scrutaberis illius unquam,
    Commissumque teges et vino tortus et ira;
    Nec tua laudabis studia aut aliena reprendes,
40  Nec, cum venari volet ille, poemata panges.
    Gratia sic fratrum geminorum, Amphionis atque
    Zethi, dissiluit, donec suspecta severo
    Conticuit lyra. Fraternis cessisse putatur
    Moribus Amphion : tu cede potentis amici
45  Lenibus imperiis, quotiesque educet in agros
    Ætolis onerata plagis jumenta canesque,
    Surge et inhumanæ senium depone Camenæ,
    Cœnes ut pariter pulmenta laboribus empta;
    Romanis solemne viris opus, utile famæ

50  Vitæque et membris, præsertim cum valeas et
    Vel cursu superare canem vel viribus aprum
    Possis. Adde, virilia quod speciosius arma
    Non est qui tractet : — scis, quo clamore coronæ
    Prœlia sustineas campestria; — denique sævam
55  Militiam puer et Cantabrica bella tulisti
    Sub duce, qui templis Parthorum signa refigit
    Nunc et, si quid abest, Italis adjudicat armis.
    Ac, — ne te retrahas et inexcusabilis absis, —
    Quamvis nil extra numerum fecisse modumque
60  Curas, interdum nugaris rure paterno;
    Partitur lintres exercitus; Actia pugna
    Te duce per pueros hostili more refertur;
    Adversarius est frater, lacus Adria, donec
    Alterutrum velox Victoria fronde coronet.
65  Consentire suis studiis qui crediderit te,
    Fautor utroque tuum laudabit pollice ludum.
    Protinus ut moneam, — si quid monitoris eges tu, —
    Quid de quoque viro et cui dicas, sæpe videto.
    Percontatorem fugito, nam garrulus idem est,
70  Nec retinent patulæ commissa fideliter aures,
    Et semel emissum volat irrevocabile verbum.
    Non ancilla tuum jecur ulceret ulla puerve
    Intra marmoreum venerandi limen amici,
    Ne dominus pueri pulchri caræve puellæ
75  Munere te parvo beet aut incommodus angat.
    Qualem commendes, etiam atque etiam adspice, ne mox
    Incutiant aliena tibi peccata pudorem.
    Fallimur et quondam non dignum tradimus : ergo
    Quem sua culpa premet, deceptus omitte tueri,
80  Ut penitus notum, si tentent crimina, serves
    Tuterisque tuo fidentem præsidio; qui
    Dente Theonino cum circumroditur, ecquid
    Ad te post paulo ventura pericula sentis?
    Nam tua res agitur, paries cum proximus ardet,
85  Et neglecta solent incendia sumere vires.
    Dulcis inexpertis cultura potentis amici :
    Expertus metuit. Tu, dum tua navis in alto est,
    Hoc age, ne mutata retrorsum te ferat aura.
```

gement de vent ne te ramène pas en arrière. Les gens graves n'aiment pas un homme gai, ni les joyeux un homme grave; ceux qui sont vifs n'aiment pas l'homme posé, ni les apathiques celui qui est alerte et actif; les buveurs avides, au milieu de la nuit, de s'abreuver de Falerne vous détestent si vous refusez de prendre une coupe : on a beau jurer qu'on redoute les vapeurs de la nuit. Chasse le nuage qui fronce ton sourcil; souvent la modestie est prise pour de la dissimulation et le silence pour de l'humeur. En tout temps demande aux règles de la morale et aux sages par quel moyen tu peux couler doucement la vie; si doivent t'agiter et te tourmenter la cupidité toujours pauvre, la crainte et l'espérance de biens peu utiles; si la vertu est le fruit de l'étude ou un don de la nature; ce qui apaise les soucis, ce qui peut te rendre ami de toi-même; ce qui donne le calme parfait, les honneurs, ou un charmant petit gain, ou une route solitaire et le sentier d'une vie ignorée. Moi, chaque fois que me refait le frais ruisseau de la Digence, que boit Mandéla, bourg ridé par le froid, que penses-tu que je sente? que crois-tu, ami, que je demande? De conserver ce que j'ai maintenant, et même moins; et de vivre à ma guise ce qui me reste de jours, si les dieux veulent bien qu'il m'en reste; d'avoir bonne provision de livres et de fruits amassés pour l'année, et de ne pas flotter en suspens dans l'attente de l'heure incertaine. Mais non, c'est assez de demander à Jupiter ce qu'il accorde et enlève : qu'il me donne la vie, qu'il me donne des ressources; l'égalité d'âme, je me la procurerai moi-même.

XIX. — A MÉCÈNES.

Si tu crois le vieux Cratinus, docte Mécènes, les chants qu'écrivent les buveurs d'eau ne peuvent ni plaire, ni vivre longtemps. Depuis que Bacchus a enrôlé les poëtes, race de fous, parmi les Satyres et les Faunes, les douces Muses ont presque toujours senti le vin au matin. Par ses éloges du vin, Homère prouve qu'il était ami du vin. Le vénérable Ennius aussi ne courut jamais qu'après avoir bu aux armes, pour les célébrer. Aux gens sobres, j'assigne le forum et le putéal de Libon; je défends aux gens sérieux de chanter : à peine ai-je rendu cet édit, et les poëtes n'ont pas cessé de lutter de vin pendant la nuit, de puer le vin pendant le jour. Quoi! si quelqu'un prenait un air inculte et farouche, allait les pieds nus,

se faisait tisser une toge étroite, et copiait ainsi Caton, est-ce qu'il reproduirait la vertu et les mœurs de Caton? La langue rivale de Timagènes fit crever de dépit le descendant d'Iarbas, tandis qu'il travaillait à passer pour élégant et tâchait de se faire beau parleur. Un modèle aux défauts aisés à imiter nous égare; que par aventure je devienne pâle, et les voilà qui boiront du cumin qui rend blême. O imitateurs! troupeau d'esclaves, que de fois vos agitations ont excité, tantôt ma bile, tantôt mes rires! Le premier j'ai porté mes pas libres sur un domaine inoccupé; ce ne sont point les traces d'autrui que mon pied a foulées. Celui qui a confiance en lui-même est le chef qui conduit l'essaim. J'ai le premier montré au Latium les iambes de Paros, en imitant le rhythme et l'emportement d'Archiloque, mais non ses sujets ni les mots dont il poursuit Lycambe. Ne va donc pas me couronner de moindres feuilles, parce que j'ai craint de changer la mesure et les règles de l'ode : la mâle Sappho allie à sa Muse le mètre d'Archiloque; Alcée de même, mais différent par les sujets et l'arrangement des vers; il ne cherche point un beau-père pour le couvrir d'un noir venin, ni ne tresse dans des chants infamants un lacet à une fiancée. C'est ce poëte, dont nulle bouche encore n'avait exprimé les accords, qu'a popularisé ma lyre latine; il m'est doux, présentant des poëmes sans modèle, de me voir lu par les yeux, tenu par les mains de gens de bonne naissance. Veux-tu savoir pourquoi le lecteur ingrat approuve et goûte mes légers travaux chez lui, hors du seuil les rabaisse méchamment? C'est que je ne brigue pas les suffrages d'un peuple mobile, en payant des soupers, en donnant des habits usés; c'est que je ne daigne pas, moi qui n'écoute et ne punis que d'illustres écrivains, circonvenir les tribus des grammairiens et les chaires de lecture : de là ces larmes. Ai-je dit que je rougis de lire des écrits indignes d'un auditoire serré et de donner ainsi de l'importance à des bagatelles : « Tu railles, me dit-on, et c'est pour les oreilles de Jupiter que tu réserves tout cela; car tu crois distiller un miel poétique, toi seul, enchanté de toi-même. » A ces paroles je redoute de répondre en fronçant le nez, et, pour n'être point déchiré par l'ongle pointu du lutteur : « Ce lieu ne me va pas, » crié-je, et je demande un délai. Car le jeu enfante toujours les luttes agitées et la colère; la colère, les haines violentes et la guerre homicide.

Oderunt hilarem tristes tristemque jocosi,
90 Sedatum celeres, agilem gnavumque remissi;
  [Potores bibuli media de nocte Falerni]
Oderunt porrecta negantem pocula, quamvis
Nocturnos jures te formidare vapores.
Deme supercilio nubem; plerumque modestus
95 Occupat obscuri speciem, taciturnus acerbi.
Inter cuncta leges et percontabere doctos,
Qua ratione queas traducere leniter ævum;
Num te semper inops agitet vexetque cupido,
Num pavor et rerum mediocriter utilium spes;
100 Virtutem doctrina paret naturane donet;
Quid minuat curas, quid te tibi reddat amicum;
Quid pure tranquillet, honos an dulce lucellum,
An secretum iter et fallentis semita vitæ.
Me quoties reficit gelidus Digentia rivus,
105 Quem Mandela bibit, rugosus frigore pagus,
Quid sentire putas? quid credis, amice, precari ?
Sit mihi, quod nunc est, etiam minus; et mihi vivam
Quod superest ævi, si quid superesse volunt di;
Sit bona librorum et provisæ frugis in annum
110 Copia, neu fluitem dubiæ spe pendulus horæ.
Sed satis est orare Jovem quæ donat et aufert :
Det vitam, det opes, æquum mi animum ipse parabo.

XIX. — AD C. CILNIUM MÆCENATEM.

Prisco si credis, Mæcenas docte, Cratino,
Nulla placere diu nec vivere carmina possunt,
Quæ scribuntur aquæ potoribus. Ut male sanos
Adscripsit Liber Satyris Faunisque poetas,
5 Vina fere dulces oluerunt mane Camenæ.
Laudibus arguitur vini vinosus Homerus;
Ennius ipse pater nunquam nisi potus ad arma
Prosiluit dicenda. Forum putealque Libonis
Mandabo siccis, adimam cantare severis ;
10 Hoc simul edixi, non cessavere poetæ
Nocturno certare mero, putere diurno.

Quid, si quis vultu torvo ferus et pede nudo
Exiguæque togæ simulet textore Catonem,
Virtutemne repræsentet moresque Catonis?
15 Rupit Iarbitam Timagenis æmula lingua,
Dum studet urbanus tenditque disertus haberi.
Decipit exemplar vitiis imitabile; quod si
Pallerem casu, biberent exsangue cuminum.
O imitatores, servum pecus, ut mihi sæpe
20 Bilem, sæpe jocum vestri movere tumultus!
Libera per vacuum posui vestigia princeps,
Non aliena meo pressi pede. Qui sibi fidit,
Dux regit examen. Parios ego primus iambos
Ostendi Latio, numeros animosque secutus
25 Archilochi, non res et agentia verba Lycamben.
Ac ne me foliis ideo brevioribus ornes,
Quod timui mutare modos et carminis artem :
Temperat Archilochi Musam pede mascula Sappho,
Temperat Alcæus, sed rebus et ordine dispar,
30 Nec socerum quærit, quem versibus oblinat atris,
Nec sponsæ laqueum famoso carmine nectit.
Hunc ego non alio dictum prius ore Latinus
Vulgavi fidicen; juvat immemorata ferentem
Ingenuis oculisque legi manibusque teneri.
35 Scire velis, mea cur ingratus opuscula lector
Laudet ametque domi, premat extra limen iniquus?
Non ego ventosæ plebis suffragia venor
Impensis cœnarum et tritæ munere vestis;
Non ego, nobilium scriptorum auditor et ultor,
40 Grammaticas ambire tribus et pulpita dignor :
Hinc illæ lacrimæ. Spissis indigna theatris
Scripta pudet recitare et nugis addere pondus,
Si dixi : Rides, ait, et Jovis auribus ista
Servas; fidis enim manare poetica mella
45 Te solum, tibi pulcher. Ad hæc, ego naribus uti
Formido et, luctantis aculeo ne secer ungui,
Displicet iste locus, clamo, et diludia posco.
Ludus enim genuit trepidum certamen et iram,
Ira truces inimicitias et funebre bellum.

XX. — A SON LIVRE.

Vertumne et Janus, mon livre, attirent, je crois, tes regards; sans doute tu veux t'exposer bien poli par la pierre ponce des Sosies. Tu hais les clefs et les sceaux chers à la pudeur; tu gémis de n'être montré qu'à peu de monde et tu vantes les lieux publics : ce n'est pas ainsi que je t'ai nourri. Cours où tu brûles de descendre. Une fois sorti, plus de retour. « Malheureux! qu'ai-je fait? qu'ai-je voulu? » diras-tu dès que l'on t'aura fait du mal; et tu sais qu'on te jette dans un coin quand languit l'amant rassasié. Que, si le dépit de ta faute ne m'égare pas dans mes prédictions, tu seras cher à Rome, jusqu'à ce que te quitte la jeunesse; une fois que le contact du vulgaire aura commencé à te salir, ou bien tu nourriras en silence les mites paresseuses, ou tu fuiras à Utique, où l'on t'enverra enchaîné à Ilerda. Il rira bien, le con-

seiller que tu refuses d'écouter; comme cet homme qui dans sa colère finit par pousser dans le précipice son ânon rétif : qui en effet se tourmenterait à sauver les gens malgré eux? Un autre sort t'attend, c'est que, dans les rues les plus reculées, la vieillesse balbutiante te saisisse pour enseigner les lettres aux enfants. Quand le soleil plus tiède aura approché de toi quelques oreilles, tu diras que, né d'un père affranchi et dans une humble fortune, j'ai déployé mes ailes plus que ne semblait le comporter mon nid, de manière à me rendre en qualités ce que tu m'ôteras en naissance; que dans la guerre et dans la paix j'ai plu aux premiers de la Ville; que je suis de petite taille, blanchi avant le temps, aimant le soleil, prompt à m'irriter, mais facile à m'apaiser. Si par hasard quelqu'un te demande mon âge, qu'il sache que j'avais rempli quatre fois onze décembres l'année où Lollius prit Lépide pour collègue.

LIVRE DEUXIÈME.

I. — A AUGUSTE.

Quand seul tu portes le poids de tant d'importantes affaires, que tu protéges par les armes l'empire italien, que tu le pourvois de bonnes mœurs, que tu le réformes par des lois, je me rendrais coupable envers l'intérêt public si par une longue causerie j'arrêtais tes instants, César. Romulus, et le vénérable Bacchus, et Pollux avec Castor, admis, à la suite de leurs grandes actions, dans les temples des dieux, tandis qu'ils fécondent la terre et civilisent la race des hommes, qu'ils apaisent les guerres cruelles, partagent les champs, fondent des villes, eurent à s'affliger de ce que la faveur ne répondait ni à leur attente, ni à leurs services. Celui qui brisa l'hydre terrible et dont le labeur fatal triompha des monstres fameux reconnut que l'envie n'est domptée que par la mort. Il blesse en effet par son éclat celui qui écrase les talents placés au-dessous de lui; s'est-il éteint, on l'aimera. A toi,

tandis que tu es visible, nous te rendons à temps des hommages, nous t'élevons des autels pour y jurer en ton nom, reconnaissant que jamais il ne paraîtra, que jamais il n'a rien paru de semblable. Mais ce peuple qui est à toi, sage et juste en ce seul point qu'il te place au-dessus de nos héros, au-dessus des héros de la Grèce, n'apprécie nullement le reste avec la même règle et la même méthode, mais dédaigne et déteste toutes choses, sauf celles qui ont quitté la terre et accompli leur temps, tellement partisan des anciens que les tables établies par les décemvirs pour défendre le crime, les traités équitables des rois conclus avec les Gabiens et les rudes Sabins, les livres des pontifes, les antiques volumes des prophètes, il soutient que les Muses les ont prononcés sur le mont Albain. Si, parce que tous les plus anciens écrits des Grecs sont aussi les meilleurs, on pèse les écrivains Romains dans la même balance, il n'est pas besoin d'en dire bien long : l'olive n'a point de noyau, la noix n'a point de coquille; nous sommes

---

XX. — AD LIBRUM SUUM.

Vertumnum Janumque, liber, spectare videris,
Scilicet ut prostes Sosiorum pumice mundus.
Odisti claves et grata sigilla pudico,
Paucis ostendi gemis et communia laudas,
5 Non ita nutritus. Fuge, quo descendere gestis.
Non erit emisso reditus tibi. Quid miser egi?
Quid volui? dices, ubi quis te læserit; et scis
In breve te cogi, cum plenus languet amator.
Quod si non odio peccantis desipit augur,
10 Carus eris Romæ, donec te deserat ætas;
Contrectatus ubi manibus sordescere vulgi
Cœperis, aut tineas pasces taciturnus inertes,
Aut fugies Uticam aut vinctus mitteris Ilerdam.

Ridebit monitor non exauditus, ut ille,
15 Qui male parentem in rupes protrusit asellum
Iratus : quis enim invitum servare laboret?
Hoc quoque te manet, ut pueros elementa docentem
Occupet extremis in vicis balba senectus.
Cum tibi sol tepidus plures admoverit aures,
20 Me libertino natum patre et in tenui re
Majores pennas nido extendisse loqueris,
Ut, quantum generi demas, virtutibus addas;
Me primis Urbis belli placuisse domique;
Corporis exigui; præcanum, solibus aptum,
25 Irasci celerem, tamen ut placabilis essem.
Forte meum si quis te percontabitur ævum,
Me quater undenos sciat implevisse Decembres,
Collegam Lepidum quo duxit Lollius anno

LIBER SECUNDUS.

I. — AD CÆS. AUGUSTUM.

Cum tot sustineas et tanta negotia solus,
Res Italas armis tuteris, moribus ornes,
Legibus emendes, in publica commoda peccem,
Si longo sermone morer tua tempora, Cæsar.
5 Romulus et Liber pater et cum Castore Pollux,
Post ingentia facta deorum in templa recepti,
Dum terras hominumque colunt genus, aspera bella
Componunt, agros assignant, oppida condunt,
Ploravere suis non respondere favorem
10 Speratum meritis. Diram qui contudit hydram
Notaque fatali portenta labore subegit,
Comperit invidiam supremo fine domari.
Urit enim fulgore suo, qui prægravat artes
Infra se positas; exstinctus amabitur idem.

15 Præsenti tibi maturos largimur honores
Jurandasque tuum per numen ponimus aras,
Nil oriturum alias, nil ortum tale fatentes.
Sed tuus hic populus, sapiens et justus in uno,
Te nostris ducibus, te Graiis anteferendo,
20 Cetera nequaquam simili ratione modoque
Æstimat et, nisi quæ terris semota suisque
Temporibus defuncta videt, fastidit et odit,
Sic fautor veterum, ut tabulas peccare vetantes,
Quas bis quinque viri sanxerunt, fœdera regum
25 Vel Gabiis vel cum rigidis æquata Sabinis,
Pontificum libros, annosa volumina vatum,
Dictitet Albano Musas in monte locutas.
Si, quia Græcorum sunt antiquissima quæque
Scripta vel optima, Romani pensantur eadem
30 Scriptores trutina, non est quod multa loquamur;

arrivés au plus haut degré de fortune, nous peignons, nous jouons de la lyre, nous luttons plus habilement que les Achéens frottés d'huile. Si, comme les vins, les poëmes s'améliorent par le temps, je voudrais savoir combien il faut d'années pour donner du prix à un ouvrage. Un écrivain est mort il y a cent ans : doit-on le ranger parmi les modèles et les anciens ou parmi les auteurs détestables et les modernes? Qu'une limite bannisse la discussion. — Il est ancien et bon, celui qui a cent ans accomplis. — Eh quoi! celui qui a succombé moins âgé d'un mois ou d'une année, parmi lesquels doit-on le mettre, au nombre des anciens poëtes ou de ceux que rejetteront et le temps actuel et la postérité? — Celui-là peut être placé sans honte au rang des anciens, à qui il manque un petit mois ou même une année entière. — J'use de la permission, et, comme j'arrache un à un les poils de la queue d'un cheval, je retranche une année, j'en retranche de même une autre, jusqu'à ce que tombe, déjoué à la manière du monceau qui s'écroule, celui qui calcule les fastes, mesure le mérite aux ans et n'admire que ce que Libitine a consacré. Ennius, un poëte sage, énergique, un second Homère, comme disent les critiques, semble être plein de sécurité sur le résultat de ses promesses et de ses rêves pythagoriciens. Névius n'est-il pas entre les mains, n'est-il pas gravé dans les esprits, presque comme s'il était d'hier? Tant est sacré tout vieux poëme. Chaque fois qu'on discute lequel des deux est supérieur à l'autre, Pacuvius remporte le renom de savant, Accius, de sublime vieillard; on dit que la toge d'Afranius aurait convenu à Ménandre, que Plaute est rapide à l'exemple du Sicilien Epicharme; que Cécilius a plus d'énergie, Térence plus d'art. Voilà ceux qu'étudie, ceux que, entassée dans un théâtre étroit, contemple la puissante Rome; ce sont eux qu'elle regarde et compte comme poëtes, depuis le siècle de Livius jusqu'à notre époque. Quelquefois la foule voit juste; il est des cas où elle a tort. Si elle admire et vante les anciens poëtes au point de ne leur rien trouver de préférable, rien de comparable, elle se trompe : si elle est d'avis que leur langage est parfois suranné, que d'ordinaire il est dur, si elle reconnaît que souvent il est faible, elle a raison, elle est de mon côté et juge avec la faveur de Jupiter. Certes je ne suis point un ennemi acharné de Livius et ne crois pas qu'il faille détruire ses chants, que je m'en souviens, me dictait dans mon enfance le fouetteur Orbilius; mais qu'on les trouve châtiés, beaux et très-voisins de la perfection, je m'en étonne; car, s'il y jaillit par hasard une belle expression, ou bien un ou deux vers assez élégants, ce n'est pas une raison pour qu'ils fassent connaître et valoir le poëme entier. Je m'indigne de voir blâmer un ouvrage, non parce qu'on le trouve écrit grossièrement ou sans grâce, mais parce qu'il est nouveau, et réclamer pour les anciens, non pas l'indulgence, mais des hommages et des récompenses. Que je doute si une pièce d'Atta marche droit ou non parmi le safran et les fleurs, et presque tous les vieillards vont s'écrier que j'ai perdu la pudeur, d'essayer de blâmer les pièces qu'a jouées le noble Esopus, qu'a jouées le savant Roscius : ou parce qu'ils jugent qu'il n'y a de bien que ce qui leur a plu, ou parce qu'ils trouvent honteux de céder à de plus jeunes, et d'avouer que ce qu'ils ont appris imberbes ils doivent l'oublier dans leur vieillesse. Et même celui qui vante les chants saliens, et, les comprenant aussi peu que moi, veut avoir l'air de les entendre seul, ne soutient ni n'approuve les talents ensevelis; mais ce sont nos œuvres qu'il attaque, c'est nous et nos œuvres que sa jalousie déteste. Que si les Grecs eussent été comme nous ennemis de la nouveauté, qu'y aurait-il maintenant d'ancien? ou qu'est-ce qui se trouverait dans le domaine public que chacun pût lire et user? Dès que la Grèce, les guerres apaisées, commença à s'amuser, et, par suite de sa prospérité, à tomber dans la corruption, tantôt elle s'enflamma de la passion des athlètes, tantôt de celle des chevaux; elle aima les artistes en marbre, ou en ivoire, ou en airain; elle tint ses regards et son esprit attachés à une peinture; tantôt elle se plut aux joueurs de flûte, tantôt aux tragédiens; comme une enfant qui jouerait sous les yeux de sa nourrice, ce qu'elle avait avidement demandé, bientôt rassasiée, elle l'abandonna. Quel objet de plaisir ou de haine y a-t-il que l'on puisse croire invariable? Voilà ce que produisirent les douces heures de la paix et les vents favorables. A Rome, ce fut longtemps un plaisir et l'usage de s'éveiller et d'ouvrir de bonne heure sa maison, d'expliquer les lois au client, d'avancer de l'argent garanti par de bonnes obligations, d'écouter les vieillards, d'apprendre à la jeunesse par quoi l'on pouvait augmenter son bien, détruire les passions ruineuses.

Nil intra est oleam, nil extra est in nuce duri;
Venimus ad summum fortunæ, pingimus atque
Psallimus et luctamur Achivis doctius unctis.
Si meliora dies, ut vina, poemata reddit,
35 Scire velim, chartis pretium quotus arroget annus.
Scriptor, abhinc annos centum qui decidit, inter
Perfectos veteresque referri debet, an inter
Viles atque novos? Excludat jurgia finis.
Est vetus atque probus, centum qui perficit annos.
40 Quid, qui deperiit minor uno mense vel anno,
Inter quos referendus erit? veteresne poetas,
An quos et præsens et postera respuat ætas?
Iste quidem veteres inter ponetur honeste,
Qui vel mense brevi vel toto est junior anno.
45 Utor permisso caudæque pilos ut equinæ
Paulatim vello, et demo unum, demo et item unum,
Dum cadat elusus ratione ruentis acervi,
Qui redit in fastos et virtutem æstimat annis
Miraturque nihil, nisi quod Libitina sacravit.
50 Ennius et sapiens et fortis et alter Homerus,
Ut critici dicunt, leviter curare videtur,
Quo promissa cadant et somnia Pythagorea.
Nævius in manibus non est et mentibus hæret
Pæne recens? Adeo sanctum est vetus omne poema.
55 Ambigitur quoties uter utro sit prior, aufert
Pacuvius docti famam senis, Accius alti,
Dicitur Afrani toga convenisse Menandro,
Plautus ad exemplar Siculi properare Epicharmi,
Vincere Cæcilius gravitate, Terentius arte.
60 Hos ediscit et hos arcto stipata theatro
Spectat Roma potens; habet hos numeratque poetas
Ad nostrum tempus Livi scriptoris ab ævo.
Interdum vulgus rectum videt, est ubi peccat.
Si veteres ita miratur laudatque poetas,
65 Ut nihil anteferat, nihil illis comparet, errat :
Si quædam nimis antique, sed pleraque dure
Dicere credit eos, ignave multa fatetur,
Et sapit et mecum facit et Jove judicat æquo.
Non equidem insector delendaque carmina Livi

70 Esse reor, memini quæ plagosum mihi parvo
Orbilium dictare; sed emendata videri
Pulchraque et exactis minimum distantia miror;
Inter quæ verbum emicuit si forte decorum et
Si versus paulo concinnior unus et alter,
75 Injuste totum ducit venditque poema.
Indignor quidquam reprehendi, non quia crasse
Compositum illepideve putetur, sed quia nuper;
Nec veniam antiquis, sed honorem et præmia posci.
Recte necne crocum floresque perambulet Attæ
80 Fabula si dubitem, clament periisse pudorem
Cuncti pæne patres, ea cum reprehendere coner,
Quæ gravis Æsopus, quæ doctus Roscius egit :
Vel quia nil rectum, nisi quod placuit sibi, ducunt,
Vel quia turpe putant parere minoribus et, quæ
85 Imberbes didicere, senes perdenda fateri.
Jam Saliare Numæ carmen qui laudat et illud,
Quod mecum ignorat, solus vult scire videri,
Ingeniis non ille favet plauditque sepultis,
Nostra sed impugnat, nos nostraque lividus odit.
90 Quod si tam Græcis novitas invisa fuisset
Quam nobis, quid nunc esset vetus? aut quid haberet,
Quod legeret tereretque viritim publicus usus?
Ut primum positis nugari Græcia bellis
Cœpit et in vitium fortuna labier æqua,
95 Nunc athletarum studiis, nunc arsit equorum,
Marmoris aut eboris fabros aut æris amavit,
Suspendit picta vultum mentemque tabella,
Nunc tibicinibus, nunc est gavisa tragœdis;
Sub nutrice puella velut si luderet infans,
100 Quod cupide petiit, mature plena reliquit.
Quid placet aut odio est, quod non mutabile credas?
Hoc paces habuere bonæ ventique secundi.
Romæ dulce diu fuit et solemne reclusa
Mane domo vigilare, clienti promere jura,
105 Cautos nominibus rectis expendere nummos,
Majores audire, minori dicere, per quæ
Crescere res posset, minui damnosa libido.
Mutavit mentem populus levis et calet uno

L'inconstante nation a changé de caractère et ne brûle que de la passion d'écrire; jeunes gens et graves vieillards, le front couronné de feuilles, soupent et dictent des poésies. Moi-même, qui affirme ne point écrire de vers, je me trouve être plus menteur que les Parthes, et le soleil ne s'est pas levé que debout je demande un roseau, et du papier, et mes coffrets. Qui ignore la manœuvre craint de diriger un vaisseau; personne, si ce n'est celui qui l'a appris, n'ose donner de l'aurone à un malade; ce qui regarde les médecins, les médecins en font profession; les forgerons s'occupent de travaux de forgeron : ignorants et savants, tous indistinctement, nous écrivons des poésies. Cette erreur pourtant, cette légère folie, a de grands avantages, comme tu peux en juger : l'âme du poëte n'est pas aisément avide; il aime les vers, c'est sa seule passion; pertes, fuites d'esclaves, incendies, il en rit; il ne médite aucune fraude contre un associé ou un jeune pupille; il vit de légumes et de pain de seconde qualité; bien qu'il répugne et soit peu propre à la guerre, il est utile à l'État, si tu accordes que les petites choses aussi secondent les grandes. Le poëte façonne la bouche tendre et balbutiante de l'enfant; il détourne dès lors son oreille des discours grossiers; bientôt il forme son cœur par d'aimables préceptes, corrigeant la rudesse, et l'envie, et la colère; il rappelle les belles actions, il instruit par des exemples connus chaque génération naissante, il console la pauvreté et la douleur. Les chastes jeunes gens et la jeune fille ignorant l'hymen, qui leur apprendrait des prières si la Muse ne leur eût donné le poëte? Le chœur demande le secours et reconnaît la faveur des dieux, il implore les eaux célestes et sait charmer par une prière qui lui a été enseignée, il écarte les maladies, il éloigne les redoutables dangers, il obtient et la paix et une année riche en moissons. Les chants apaisent les dieux du ciel, les chants apaisent les dieux des enfers. Les anciens laboureurs, robustes et heureux avec peu de chose, reposant dans des jours de fête, quand les blés étaient serrés, leur corps et aussi leur esprit à qui l'espérance d'en voir le terme allégeait les fatigues, au milieu des compagnons de leurs travaux, leurs enfants et leur fidèle épouse, apaisaient la Terre par un porc, Silvain par du lait, par des fleurs et du vin le Génie, qui se rappelle la brièveté de la vie. La licence fescennine, amenée par cet usage, répandit en vers dialogués de rustiques injures, et une liberté bienvenue au retour de chaque année badina aimablement, jusqu'à ce que, s'emportant à la violence, la plaisanterie commença à tourner en ouverte fureur et à lancer impunément ses attaques contre d'honorables maisons. Les gens qu'avait déchirés une dent sanglante se plaignirent; ceux même qu'on avait respectés s'inquiétèrent en présence du danger commun; bien plus, une loi fut portée ainsi qu'un châtiment pour défendre de dépeindre qui que ce fût en vers méchants; on changea de note, et la crainte des verges força de tenir un langage convenable et de plaire. La Grèce captive captiva son sauvage vainqueur, et porta les arts dans l'agreste Latium; ainsi se perdit ce rhythme grossier de Saturne, et l'élégance bannit une infecte odeur; mais bien longtemps il resta et de nos jours encore il reste des traces de la rusticité. Ce fut tard en effet que le Romain appliqua sa finesse aux écrits des Grecs, et que, tranquille après les guerres puniques, il se mit à chercher ce que Sophocle, et Thespis, et Eschyle, pouvaient offrir de bon. Il essaya même s'il pourrait les traduire dignement, et il se plut à lui-même, étant naturellement élevé et ardent; en effet, il a assez le souffle tragique et ose avec bonheur, mais par ignorance il trouve honteuse et redoute la rature. On s'imagine, parce qu'elle tire ses sujets de la vie commune, que la comédie exige moins de sueur; mais c'est un fardeau d'autant plus lourd, qu'elle trouve moins d'indulgence. Vois de quelle façon Plaute soutient le rôle d'un jeune homme amoureux, celui d'un père avare, celui d'un perfide entremetteur; quel Dossennus il est dans les parasites gloutons, de quel brodequin mal attaché il parcourt l'avant-scène; c'est qu'il brûle de verser de l'argent dans sa cassette, après cela peu inquiet que sa pièce tombe ou reste ferme sur les talons. Celui qu'a porté au théâtre le char mobile de la Gloire, l'indifférence du spectateur le consterne, son attention l'enivre : si léger, si petit est ce qu'il faut pour abattre ou ranimer une âme avide d'honneur! Merci des jeux du théâtre s'il me faut revenir maigre après le refus de la palme, gras après l'avoir obtenue. Souvent aussi ce qui met en fuite et effraye un poëte hardi, c'est que ceux qui l'emportent en nombre, qui sont inférieurs en mérite et en dignité, les ignorants et les sots, prêts à faire le coup de poing si le chevalier n'est pas de leur avis, demandent au beau mi-

     Scribendi studio; puerique patresque severi
110 Fronde comas vincti cœnant et carmina dictant.
     Ipse ego, qui nullos me affirmo scribere versus,
     Invenior Parthis mendacior et prius orto
     Sole vigil calamum et chartas et scrinia posco.
     Navim agere ignarus navis timet; abrotonum ægro
115 Non audet, nisi qui didicit, dare; quod medicorum est,
     Promittunt medici; tractant fabrilia fabri :
     Scribimus indocti doctique poemata passim.
     Hic error tamen et levis hæc insania quantas
     Virtutes habeat, sic collige : vatis avarus
120 Non temere est animus; versus amat, hoc studet unum;
     Detrimenta, fugas servorum, incendia ridet;
     Non fraudem socio puerove incogitat ullam
     Pupillo; vivit siliquis et pane secundo;
     Militiæ quanquam piger et malus, utilis urbi,
125 Si das hoc, parvis quoque rebus magna juvari.
     Os tenerum pueri balbumque poeta figurat,
     Torquet ab obscœnis jam nunc sermonibus aurem,
     Mox etiam-pectus præceptis format amicis,
     Asperitatis et invidiæ corrector et iræ;
130 Recte facta refert, orientia tempora notis
     Instruit exemplis, inopem solatur et ægrum.
     Castis cum pueris ignara puella mariti
     Disceret unde preces, vatem ni Musa dedisset?
     Poscit opem chorus et præsentia numina sentit,
135 Cœlestes implorat aquas docta prece blandus,
     Avertit morbos, metuenda pericula pellit,
     Impetrat et pacem et locupletem frugibus annum.
     Carmine di superi placantur, carmine Manes.
     Agricolæ prisci, fortes parvoque beati,
140 Condita post frumenta levantes tempore festo
     Corpus et ipsum animum, spe finis dura ferentem,
     Cum sociis operum, pueris et conjuge fida,
     Tellurem porco, Silvanum lacte piabant,
     Floribus et vino Genium memorem brevis ævi.
145 Fescennina per hunc inventa licentia morem
     Versibus alternis opprobria rustica fudit,

     Libertasque recurrentes accepta per annos
     Lusit amabiliter, donec jam sævus apertam
     In rabiem cœpit verti jocus et per honestas
150 Ire domos impune minax. Doluere cruento
     Dente lacessiti; fuit intactis quoque cura
     Conditione super communi; quin etiam lex
     Pœnaque lata, malo quæ nollet carmine quemquam
     Describi; vertere modum, formidine fustis
155 Ad bene dicendum delectandumque redacti.
     Græcia capta ferum victorem cepit et artes
     Intulit agresti Latio; sic horridus ille
     Defluxit numerus Saturnius, et grave virus
     Munditiæ pepulere; sed in longum tamen ævum
160 Manserunt hodieque manent vestigia ruris.
     Serus enim Græcis admovit acumina chartis,
     Et post Punica bella quietus quærere cœpit,
     Quid Sophocles et Thespis et Æschylus utile ferrent
     Tentavit quoque rem, si digne vertere posset,
165 Et placuit sibi, natura sublimis et acer;
     Nam spirat tragicum satis et feliciter audet,
     Sed turpem putat inscite metuitque lituram.
     Creditur, ex medio quia res arcessit, habere
     Sudoris minimum, sed habet comœdia tanto
170 Plus oneris, quanto veniæ minus. Adspice, Plautus
     Quo pacto partes tutetur amantis ephebi,
     Ut patris attenti, lenonis ut insidiosi;
     Quantus sit Dossennus edacibus in parasitis,
     Quam non adstricto percurrat pulpita socco;
175 Gestit enim nummum in loculos demittere, post hoc
     Securus, cadat an recto stet fabula talo.
     Quem tulit ad scenam ventoso Gloria curru,
     Exanimat lentus spectator, sedulus inflat :
     Sic leve, sic parvum est, animum quod laudis avarum
180 Subruit aut reficit. Valeat res ludicra, si me
     Palma negata macrum, donata reducit opimum.
     Sæpe etiam audacem fugat hoc terretque poetam,
     Quod numero plures, virtute et honore minores,
     Indocti stolidique et depugnare parati,

lieu de la pièce ou un ours ou des lutteurs; car c'est là ce que la populace applaudit. Mais déjà chez le chevalier lui-même tout le plaisir est passé de l'oreille aux yeux mobiles et à de vains amusements. Pendant quatre heures ou plus le rideau est baissé, tandis que fuient des escadrons de cava-liers et des bataillons de fantassins; puis sont traînés des rois, victimes du sort, les mains liées derrière le dos; on voit courir essèdes, calèches, carrosses, vaisseaux; on porte l'ivoire conquis, les vases conquis de Corinthe. S'il était de ce monde, Démocrite rirait bien, soit que l'animal formé du mélange des formes différentes de la panthère et du cha-meau, soit qu'un éléphant blanc tint fixés sur lui les yeux de la foule; il regarderait le peuple avec plus d'attention que les jeux mêmes, comme lui présentant un spectacle plus cu-rieux que le mime; quant aux auteurs, il croirait qu'ils ra-content une histoire à un âne sourd. Quelles voix, en effet, sont capables de dominer le bruit que font les théâtres? On croirait entendre mugir la forêt du Garganus ou la mer Etrusque, tant est grand le vacarme au milieu duquel on re-garde les jeux, les objets d'art, les richesses étrangères qui, à peine a paru sur la scène l'acteur qui en est chargé, font frapper la main droite contre la gauche. « A-t-il déjà dit quelque chose? — Rien du tout. — Qu'est-ce donc qu'on admire? — Cette laine à qui la pourpre de Tarente fait imi-ter la couleur violette. » Et ne va pas penser que ce genre, que je me refuserais à traiter moi-même, puisque d'autres le cultivent si bien, je le loue de mauvaise grâce : il me sem-ble qu'il peut marcher sur une corde tendue, le poëte qui tourmente mon cœur pour des maux imaginaires, qui le sou-lève, le charme, le remplit de fausses terreurs, pareil à un magicien, et me transporte tantôt à Thèbes, tantôt à Athènes. Mais voyons, et à ces hommes qui aiment mieux se confier au lecteur que de supporter les dédains d'un spectateur superbe, rends-leur un peu d'attention, si tu veux remplir de livres l'édifice digne d'Apollon, et donner de l'éperon aux écri-vains pour qu'ils s'élancent d'une ardeur plus grande au ver-doyant Hélicon. Il est vrai que nous autres poëtes, — pour couper mes propres vignes, — nous nous faisons souvent bien du tort en te présentant un livre lorsque tu es occupé ou fatigué; en nous blessant si quelqu'un de nos amis s'est permis de blâmer un seul vers; en revenant, sans qu'on le redemande, sur des passages déjà lus; en nous désolant de voir échapper au regard notre peine et le fil délicat dont sont tissus nos poëmes; en espérant obtenir le bonheur que, à peine tu sauras que nous composons des chants, ton obli-geance va d'elle-même nous faire venir, nous interdire la pauvreté et nous forcer d'écrire. Mais pourtant il est bon de connaître quels gardiens a un mérite éprouvé dans la guerre et dans la paix, qui ne doit pas être confié à un poëte indi-gne. Le roi Alexandre le Grand eut une vive amitié pour ce Chérilus, à qui des vers sans art et sans inspiration firent recevoir des Philippes, monnaie royale. Mais, de même que la couleur noire laisse à qui s'en sert une marque et des taches, ainsi les vers dégoûtants d'un auteur salissent les actions brillan-tes. Le même roi, dont la prodigalité acheta si cher un poëme si ridicule, défendit par édit que nul autre qu'Apelle ne le peignît, que nul autre que Lysippe ne coulât l'airain représentant les traits du vaillant Alexandre. Qu'à ce goût si sûr dans le jugement des œuvres d'art on soumette les livres et ces dons des Muses, on jurerait qu'il est né dans l'air épais de la Béotie. Mais ni tes jugements sur eux, ni les présents, glorieux pour celui qui les donnait, qu'ils ont reçus de toi, ne sont déshonorés par tes poëtes chéris, Virgile et Varius; et les statues de bronze ne représentent pas mieux les traits des hommes illustres que l'œuvre d'un poëte ne fait connaître leurs mœurs et leur caractère. Et, certes, je n'aimerais pas mieux ramper à terre dans des causeries qu'écrire tes ex-ploits et dire les contrées, et les fleuves, et les citadelles sur le haut des montagnes, et les Etats barbares, et sous tes auspices les guerres terminées par le monde entier, et les portes enfermant Janus gardien de la paix, et sous ton gou-vernement Rome devenue la terreur des Parthes, si mon pouvoir égalait mon désir; mais ta grandeur n'admet pas un humble chant, et ma réserve n'ose pas tenter une entreprise que mes forces se refuseraient à soutenir. Un zèle exagéré importune sottement celui que nous aimons, surtout quand il se recommande par les vers et la poésie : on apprend en effet plus vite, et l'on retient plus volontiers ce dont on rit que ce qu'on approuve et respecte. Je me soucie peu d'un em-pressement qui m'est à charge, et je ne désire ni, le visage

---

185 Si discordet eques, media inter carmina poscunt
    Aut ursum aut pugiles; his nam plebecula plaudit.
    Verum equitis quoque jam migravit ab aure voluptas
    Omnis ad incertos oculos et gaudia vana.
    Quattuor aut plures aulæa premuntur in horas,
190 Dum fugiunt equitum turmæ peditumque catervæ;
    Mox trahitur manibus regum fortuna retortis,
    Esseda festinant, pilenta, petorrita, naves,
    Captivum portatur ebur, captiva Corinthus.
    Si foret in terris, rideret Democritus, seu
195 Diversum confusa genus panthera camelo,
    Sive elephas albus vulgi converteret ora;
    Spectaret populum ludis attentius ipsis,
    Ut sibi præbentem mimo spectacula plura;
    Scriptores autem narrare putaret asello
200 Fabellam surdo. Nam quæ pervincere voces
    Evaluere sonum, referunt quem nostra theatra?
    Garganum mugire putes nemus aut mare Tuscum,
    Tanto cum strepitu ludi spectantur et artes
    Divitiæque peregrinæ, quibus oblitus actor
205 Cum stetit in scena, concurrit dextera lævæ.
    Dixit adhuc aliquid? Nil sane. Quid placet ergo?
    Lana Tarentino violas imitata veneno.
    Ac ne forte putes me, quæ facere ipse recusem,
    Cum recte tractent alii, laudare maligne :
210 Ille per extentum funem mihi posse videtur
    Ire poeta, meum qui pectus inaniter angit,
    Irritat, mulcet, falsis terroribus implet,
    Ut magus, et modo me Thebis, modo ponit Athenis.
    Verum age et his, qui se lectori credere malunt
215 Quam spectatoris fastidia ferre superbi,
    Curam redde brevem, si munus Apolline dignum
    Vis complere libris et vatibus addere calcar,
    Ut studio majore petant Helicona virentem.
    Multa quidem nobis facimus mala sæpe poëtæ, —
220 Ut vineta egomet cædam mea, — cum tibi librum
    Sollicito damus aut fesso; cum lædimur, unum
    Si quis amicorum est ausus reprendere versum;
    Cum loca jam recitata revolvimus irrevocati;
    Cum lamentamur non apparere labores

225 Nostros et tenui deducta poemata filo;
    Cum speramus eo rem venturam, ut simul atque
    Carmina rescieris nos fingere, commodus ultro
    Arcessas et egere vetes et scribere cogas.
    Sed tamen est operæ pretium cognoscere, quales
230 Ædituos habeat belli spectata domique
    Virtus, indigno non committenda poetæ.
    Gratus Alexandro regi Magno fuit ille
    Chœrilus, incultis qui versibus et male natis
    Rettulit acceptos, regale nomisma, Philippos.
235 Sed veluti tractata notam labemque remittunt
    Atramenta, fere scriptores carmine fœdo
    Splendida facta linunt. Idem rex ille, poema
    Qui tam ridiculum tam care prodigus emit,
    Edicto vetuit, ne quis se præter Apellen
240 Pingeret, aut alius Lysippo duceret æra
    Fortis Alexandri vultum simulantia. Quod si
    Judicium subtile videndis artibus illud
    Ad libros et ad hæc Musarum dona vocares,
    Bœotum in crasso jurares aere natum.
245 At neque dedecorant tua de se judicia atque
    Munera, quæ multa dantis cum laude tulerunt
    Dilecti tibi Virgilius Variusque poetæ;
    Nec magis expressi vultus per ahenea signa,
    Quam per vatis opus mores animique virorum
250 Clarorum apparent. Nec sermones ego mallem
    Repentes per humum quam res componere gestas,
    Terrarumque situs et flumina dicere et arces
    Montibus impositas et barbara regna tuisque
    Auspiciis totum confecta duella per orbem
255 Claustraque custodem pacis cohibentia Janum
    Et formidatam Parthis te principe Romam,
    Si, quantum cuperem, possem quoque; sed neque parvum
    Carmen majestas recipit tua, nec meus audet
    Rem tentare pudor quam vires ferre recusent.
260 Sedulitas autem stulte, quem diligit, urget,
    Præcipue cum se numeris commendat et arte :
    Discit enim citius meminitque libentius illud,
    Quod quis deridet, quam quod probat et veneratur.
    Nil moror officium, quod me gravat, ac neque ficto

enlaidi, être quelque part exposé en cire, ni être embelli dans des vers mal tournés, de peur que je n'aie à rougir d'avoir reçu un grossier présent, et que, ensemble avec mon auteur, étalé dans une boîte ouverte, je ne sois transporté dans la rue qui vend l'encens, et les parfums, et le poivre, et tout ce qu'habillent les sots écrits.

II. — A JULIUS FLORUS.

Florus, ami fidèle du vertueux et illustre Néron, on veut par hasard te vendre un esclave né à Tibur ou à Gabies, et l'on traite ainsi avec toi : « Voici un esclave dont le teint est blanc, qui est beau de la tête aux pieds, et qui t'appartiendra au prix de huit mille sesterces ; né dans la maison, sachant obéir à tous les signes du maître, quelque peu imbu des lettres grecques, apte à tout emploi ; c'est une fraîche argile dont tu feras ce qu'il te plaira ; enfin, pendant le repas, il te chantera sans art, mais avec agrément. De nombreuses promesses diminuent la confiance quand on nous vante outre mesure une marchandise dont on veut se défaire. Pour moi, rien ne me presse ; je ne suis pas riche, mais je ne dois rien. Aucun marchand n'agirait de la sorte avec toi ; je ne ferais pas à tout le monde la même condition. Une seule fois il s'est oublié, et, comme toujours, il se cacha sous l'escalier par crainte de la lanière suspendue. » Tu donnes l'argent, si la fuite qu'on a exceptée ne te choque pas ; l'autre emportera le prix, sans crainte d'être inquiété, je suppose. Tu as acheté sciemment un esclave vicieux, l'arrêt est prononcé : vas-tu cependant poursuivre le marchand et l'embarrasser d'un procès injuste ? Je t'ai dit, à ton départ, que j'étais paresseux ; je t'ai dit que ma main était presque impuissante à rendre de tels devoirs, pour que la rigueur ne me fît point querelle de ce qu'aucune lettre de ma part ne vint te répondre. Qu'y ai-je donc gagné, si pourtant tu attaques le droit qui est de mon côté ? Tu te plains encore de ce que, manquant à ma parole, je ne t'envoie pas des vers attendus. Un soldat de Lucullus, après avoir, à force de peines, amassé un pécule, tandis que, fatigué, il ronflait la nuit, avait perdu jusqu'au dernier as ; dès lors, loup enragé, furieux à la fois contre lui-même et contre l'ennemi, les dents aiguisées par la faim, il délogea, à ce qu'on dit, une garnison royale d'une place parfaitement fortifiée et riche en butin. Cet exploit l'illustre, on le comble de distinctions ; il obtient en outre vingt mille sesterces. Par hasard, vers ce temps-là, le général, voulant détruire je ne sais quel fort, se met à encourager notre homme par des paroles capables de donner du cœur même à un lâche : « Va, mon brave, où t'appelle ta valeur, va d'un pas heureux ; tes services te vaudront de grandes récompenses.... Qu'attends-tu ? » A ces mots, l'autre, avisé, tout paysan qu'il était : « Qu'il aille, qu'il aille, dit-il, où tu veux, celui qui a perdu sa ceinture. » J'ai eu le bonheur d'être élevé à Rome et d'y apprendre combien la colère d'Achille avait fait de mal aux Grecs. L'excellente Athènes ajouta quelque chose de plus à mes connaissances : je voulus distinguer la vertu du vice et chercher le vrai dans les jardins d'Académus. Mais de pénibles circonstances m'arrachèrent de cet agréable séjour, et le torrent des luttes civiles m'entraîna, étranger à la guerre, sous des armes qui devaient céder aux bras puissants de César Auguste. Dès que Philippes m'eut congédié, abattu et les ailes coupées, dénué du foyer et des biens paternels, la pauvreté hardie me poussa à faire des vers ; mais maintenant que je ne manque de rien, y aurait-il jamais assez de ciguë pour me guérir, si je ne trouvais qu'il est mieux de dormir que d'écrire des vers ? Les années, en fuyant, nous dérobent une chose après l'autre ; elles m'ont ravi déjà les ris, l'amour, les festins, les plaisirs ; elles cherchent à m'arracher la poésie : que veux-tu que je fasse ? Et puis tout le monde n'admire ni ne goûte les mêmes choses : tu aimes l'ode, un autre préfère les ïambes, un autre des causeries bioniennes et un sel noir. Il me semble que trois convives ne peuvent être qu'en désaccord, leurs goûts opposés exigeant des mets différents. Que servir ? que ne pas servir ? tu refuses, toi, ce que l'autre désire ; ce que tu demandes, les deux autres certainement le trouvent aigre et rebutant. Surtout crois-tu qu'à Rome il me soit possible d'écrire des poésies parmi tant de soins et tant de tourments ? L'un m'appelle pour lui servir de caution, l'autre pour écouter ses écrits : il faut pour lui quitter toute occupation ; l'un demeure sur la colline de Quirinus, l'autre au bout de l'Aventin, et j'ai à leur faire visite à tous deux : la distance, tu vois, est assez honnête. — Mais les rues sont libres ; rien n'y empêche de composer. —

---

265 In pejus vultu proponi cereus usquam,
    Nec prave factis decorari versibus opto,
    Ne rubeam pingui donatus munere, et una
    Cum scriptore meo capsa porrectus aperta
    Deferar in vicum vendentem thus et odores
270 Et piper et quidquid chartis amicitur ineptis.

II. — AD JULIUM FLORUM.

    Flore, bono claroque fidelis amice Neroni,
    Si quis forte velit puerum tibi vendere natum
    Tibure vel Gabiis et tecum sic agat : Hic et
    Candidus et talos a vertice pulcher ad imos
5   Fiet eritque tuus nummorum millibus octo,
    Verna ministeriis ad nutus aptus heriles,
    Litterulis Graecis imbutus, idoneus arti
    Cuilibet ; argilla quidvis imitaberis uda,
    Quin etiam canet indoctum, sed dulce bibenti.
10 Multa fidem promissa levant, ubi plenius aequo
    Laudat venales, qui vult extrudere, merces.
    Res urget me nulla ; meo sum pauper in aere.
    Nemo hoc mangonum faceret tibi ; non temere a me
    Quivis ferret idem. Semel hic cessavit et, ut fit,
15 In scalis latuit metuens pendentis habenae : —
    Des nummos, excepta nihil te si fuga laedat ;
    Ille ferat pretium poenae securus, opinor.
    Prudens emisti vitiosum, dicta tibi est lex :
    Insequeris tamen hunc et lite moraris iniqua ?
20 Dixi me pigrum proficiscenti tibi, dixi
    Talibus officiis prope mancum, ne mea saevus
    Jurgares ad te quod epistola nulla rediret.
    Quid tum profeci, mecum facientia jura
    Si tamen attentas ? Quereris super hoc etiam, quod
25 Exspectata tibi non mittam carmina mendax.
    Luculli miles collecta viatica multis
    Aerumnis, lassus dum noctu stertit, ad assem
    Perdiderat ; post hoc vehemens lupus et sibi et hosti
    Iratus pariter, jejunis dentibus acer,
30 Praesidium regale loco dejecit, ut aiunt,
    Summe munito et multarum divite rerum.
    Clarus ob id factum donis ornatur honestis ;

    Accipit et bis dena super sestertia nummum.
    Forte sub hoc tempus castellum evertere praetor
35 Nescio quod cupiens, hortari coepit eumdem
    Verbis, quae timido quoque possent addere mentem :
    I, bone, quo virtus tua te vocat, i pede fausto,
    Grandia laturus meritorum praemia. Quid stas ?
    Post haec ille catus quantumvis rusticus : Ibit,
40 Ibit eo, quo vis, qui zonam perdidit, inquit.
    Romae nutriri mihi contigit atque doceri,
    Iratus Grais quantum nocuisset Achilles.
    Adjecere bonae paulo plus artis Athenae,
    Scilicet ut vellem curvo dignoscere rectum,
45 Atque inter silvas Academi quaerere verum.
    Dura sed emovere loco me tempora grato,
    Civilisque rudem belli tulit aestus in arma
    Caesaris Augusti non responsura lacertis.
    Unde simul primum me dimisere Philippi,
50 Decisis humilem pennis inopemque paterni
    Et laris et fundi paupertas impulit audax,
    Ut versus facerem ; sed, quod non desit, habentem
    Quae poterunt unquam satis expurgare cicutae,
    Ni melius dormire putem quam scribere versus ?
55 Singula de nobis anni praedantur euntes ;
    Eripuere jocos, venerem, convivia, ludum ;
    Tendunt extorquere poemata ; quid faciam vis ?
    Denique non omnes eadem mirantur amantque :
    Carmine tu gaudes, hic delectatur iambis,
60 Ille Bioneis sermonibus et sale nigro.
    Tres mihi convivae prope dissentire videntur,
    Poscentes vario multum diversa palato.
    Quid dem ? quid non dem ? renuis tu, quod jubet alter ;
    Quod petis, id sane est invisum acidumque duobus.
65 Praeter cetera, me Romaene poemata censes
    Scribere posse inter tot curas totque labores ?
    Hic sponsum vocat, hic auditum scripta relictis
    Omnibus officiis ; cubat hic in colle Quirini,
    Hic extremo in Aventino, visendus uterque ;
70 Intervalla vides humane commoda. — Verum
    Purae sunt plateae, nihil ut meditantibus obstet. —
    Festinat calidus mulis gerulisque redemptor,

Un entrepreneur court tout échauffé avec ses mulets et ses porteurs; une machine roule tantôt une pierre, tantôt une énorme poutre; un convoi funèbre lutte avec de forts chariots; ici fuit un chien enragé, là un porc couvert de boue : va maintenant, et compose en toi-même des vers harmonieux. Le chœur entier des écrivains aime la forêt et fuit la ville, avec raison client de Bacchus, qui se plaît au sommeil et à l'ombre : et tu veux qu'au milieu d'un tapage de jour et de nuit je chante et suive l'étroit sentier des poëtes? Un homme de talent qui s'est fixé dans la paisible Athènes, qui y a donné sept années aux études, et qu'ont vieilli les livres et la réflexion, sort d'ordinaire plus muet qu'une statue et fait rire la foule aux éclats; et ici, au sein du flot des affaires et des tempêtes de la ville, je voudrais bien assembler des mots qui doivent exciter les sons de la lyre. Il était à Rome un jurisconsulte et un orateur, deux frères, si bien disposés, que l'un de la bouche de l'autre n'entendait que compliments : celui-ci était pour l'autre un Gracchus, pour celui-ci l'autre était un Mucius. En quoi les mélodieux poëtes sont-ils moins atteints de cette fureur-là? Je fais des odes, un autre des vers élégiaques : « OEuvre admirable et ciselée par les neuf Muses! » Vois d'abord de quel air de grandeur, avec quelle importance nous promenons nos regards autour du sanctuaire ouvert aux poëtes romains; et puis, si par hasard tu as le temps, suis-nous et écoute à distance ce qu'on se dit et pourquoi l'on se tresse à chacun une couronne. On me frappe, et j'épuise l'ennemi par autant de coups : on croirait des Samnites dont le combat se prolonge jusqu'aux premiers flambeaux. Je m'en vais, devenu Alcée par son suffrage; et lui, par le mien, qui est-il? qui, si ce n'est Callimaque? A-t-il paru en demander davantage, le voilà Mimnerme, et il grandit de tous les noms qu'il désire. Je supporte bien des choses, pour satisfaire la race irritable des poëtes, tant que j'écris et que je poursuis en suppliant les suffrages de la foule; mais, une fois mes travaux achevés et mon bon sens repris, je saurai bien boucher mes oreilles à des lecteurs désormais impunis. On rit de ceux qui font de mauvais vers; mais ils sont enchantés d'écrire, et ils s'adorent, et d'eux-mêmes, si l'on se tait, vantent tout ce que, heureux, ils ont écrit. Mais celui qui voudra faire un poëme conforme aux règles prendra avec les tablettes les sentiments d'un censeur intègre; tous les

mots qui auront peu d'éclat, qui seront sans force, qui courront indignes d'hommage, il ne craindra pas de les chasser de leur place, bien qu'ils ne s'éloignent qu'à regret et qu'ils se trouvent encore dans le sanctuaire de Vesta. Les termes heureux, longtemps obscurcis pour le peuple, il les lui exhumera avec bienveillance et les produira au jour, ces termes qu'employèrent autrefois les Caton et les Céthégus, et que maintenant couvrent une rouille hideuse et une vieillesse oubliée; il en admettra de nouveaux, tels que l'usage créateur les mette aussitôt en avant. Impétueux et clair, semblable à un fleuve limpide, il répandra l'abondance et sera le bonheur du Latium dont il enrichit la langue; il réprimera les exubérances, polira les aspérités d'une main judicieuse, relèvera ce qui manque de force, offrira l'apparence d'un homme qui se joue et pourtant sera à la torture, pareil à celui qui représente en dansant tantôt un Satyre, tantôt un agreste Cyclope. J'aime bien mieux paraître un auteur absurde et sans art, pourvu que mes défauts me plaisent ou en somme m'échappent, que savoir et grincer des dents. Il y avait à Argos un homme d'assez bonne naissance, qui s'imaginait entendre de magnifiques tragédies, assis dans le théâtre vide où il applaudissait joyeusement; du reste, observant tous les devoirs de la vie suivant les règles de l'usage, bon voisin certainement, hôte aimable, charmant envers sa femme, capable de pardonner à ses esclaves et de ne pas se mettre en fureur pour un cachet de flacon brisé, capable d'éviter un rocher et un puits ouvert. Dès que, rétabli par les secours et les soins de ses parents, il eut, à l'aide de pur ellébore, chassé la maladie et la bile et fut revenu à lui-même : « Par Pollux, vous m'avez tué, mes amis, et non sauvé, dit-il, en m'arrachant ainsi un plaisir et en m'ôtant par la force une si douce erreur. » Oui, il est utile, après avoir renoncé aux bagatelles, de devenir sage et de laisser aux enfants des plaisirs qui leur vont, et dès lors de ne pas courir après des mots qui doivent régler les cordes latines, mais d'étudier l'harmonie et les règles de la vie véritable. Aussi, me dis-je à moi-même, y réfléchissant en silence : « Si nulle quantité d'eau ne pouvait mettre fin à ta soif, tu en parlerais aux médecins; que plus tu possèdes, plus tu désires, n'oses-tu l'avouer à personne? Si une racine ou une herbe indiquée ne te diminuait pas une blessure, tu ne voudrais plus d'une ra-

Torquet nunc lapidem, nunc ingens machina tignum,
Tristia robustis luctantur funera plaustris,
75 Hac rabiosa furit canis, hac lutulenta ruit sus :
I nunc et versus tecum meditare canoros.
Scriptorum chorus omnis amat nemus et fugit urbem,
Rite cliens Bacchi somno gaudentis et umbra :
Tu me inter strepitus nocturnos atque diurnos
80 Vis canere et contracta sequi vestigia vatum?
Ingenium, sibi quod vacuas desumpsit Athenas
Et studiis annos septem dedit insenuitque
Libris et curis, statua taciturnius exit
Plerumque et risu populum quatit; hic ego rerum
85 Fluctibus in mediis et tempestatibus urbis
Verba lyræ motura sonum connectere digner?
Frater erat Romæ consulti rhetor, ut alter
Alterius sermone meros audiret honores,
Gracchus ut hic illi, foret huic ut Mucius ille.
90 Qui minus argutos vexat furor isto poetas?
Carmina compono, hic elegos. « Mirabile visu
Cælatumque novem Musis opus ! » Adspice primum,
Quanto cum fastu, quanto molimine circum-
spectemus vacuam Romanis vatibus ædem;
95 Mox etiam, si forte vacas, sequere et procul audi,
Quid ferat et quare sibi nectat uterque coronam.
Cædimur et totidem plagis consumimus hostem
Lento Samnites ad lumina prima duello.
Discedo Alcæus puncto illius; ille meo quis?
100 Quis nisi Callimachus? Si plus adposcere visus,
Fit Mimnermus et optivo cognomine crescit.
Multa fero, ut placem genus irritabile vatum,
Cum scribo et supplex populi suffragia capto,
Idem, finitis studiis et mente recepta,
105 Obturem patulas impune legentibus aures.
Ridentur mala qui componunt carmina; verum
Gaudent scribentes et se venerantur et ultro,
Si taceas, laudant quidquid scripsere beati.
At qui legitimum cupiet fecisse poema,
110 Cum tabulis animum censoris sumet honesti;
Audebit, quæcunque parum splendoris habebunt

Et sine pondere erunt et honore indigna ferentur,
Verba movere loco, quamvis invita recedant
Et versentur adhuc intra penetralia Vestæ.
115 Obscurata diu populo bonus eruet atque
Proferet in lucem speciosa vocabula rerum,
Quæ priscis memorata Catonibus atque Cethegis
Nunc situs informis premit et deserta vetustas;
Adsciscet nova, quæ genitor produxerit usus.
120 Vehemens et liquidus puroque simillimus amni
Fundet opes Latiumque beabit divite lingua;
Luxuriantia compescet, nimis aspera sano
Levabit cultu, virtute carentia tollet,
Ludentis speciem dabit et torquebitur, ut qui
125 Nunc Satyrum, nunc agrestem Cyclopa movetur.
Prætulerim scriptor delirus inersque videri,
Dum mea delectent mala me vel denique fallant,
Quam sapere et ringi. Fuit haud ignobilis Argis,
Qui se credebat miros audire tragœdos,
130 In vacuo lætus sessor plausorque theatro;
Cetera qui vitæ servaret munia recto
More, bonus sane vicinus, amabilis hospes,
Comis in uxorem, posset qui ignoscere servis
Et signo læso non insanire lagenæ,
135 Posset qui rupem et puteum vitare patentem.
Hic ubi cognatorum opibus curisque refectus
Expulit helleboro morbum bilemque meraco
Et redit ad sese : Pol me occidistis, amici,
Non servastis, ait, cui sic extorta voluptas
140 Et demptus per vim mentis gratissimus error.
Nimirum sapere est abjectis utile nugis
Et tempestivum pueris concedere ludum,
Ac non verba sequi fidibus modulanda Latinis,
Sed veræ numerosque modosque ediscere vitæ.
145 Quocirca mecum loquor hæc tacitusque recordor :
Si tibi nulla sitim finiret copia lymphæ,
Narrares medicis; quod, quanto plura parasti,
Tanto plura cupis, nulline fateri audes?
Si vulnus tibi monstrata radice vel herba
150 Non fieret levius, fugeres radice vel herba

cine ou d'une herbe qui ne sert à rien. Tu avais entendu dire que pour celui à qui les dieux accordaient de la fortune, disparaissait la perverse sottise ; et, quand tu n'es en rien plus sage, depuis que tu es mieux pourvu, auras-tu pourtant les mêmes conseillers? Si vraiment les richesses pouvaient te rendre raisonnable, si elles pouvaient diminuer tes désirs et tes craintes, mais alors tu rougirais s'il y avait au monde un homme plus avide que toi. » Si ce que l'on achète par la balance et la pièce de monnaie nous appartient, il est des choses, suivant les jurisconsultes, dont la jouissance confère la propriété ; le champ qui te nourrit est à toi, et l'intendant d'Orbius, quand il herse les terrains qui bientôt te donneront du blé, comprend que tu es le maître. Tu donnes de l'argent, tu reçois du raisin, des poulets, des œufs, un cadus de vin : et de la sorte tu achètes peu à peu un champ qui a coûté peut-être trois cent mille sesterces ou encore davantage. Qu'importe que tes vivres aient été payés hier ou depuis longtemps? Celui qui a acheté autrefois une terre d'Aricia et de Véies mange à souper des légumes achetés, bien qu'il pense le contraire ; c'est avec du bois acheté que vers la nuit fraîche il fait chauffer sa marmite ; mais il appelle sien le territoire qui va jusqu'au lieu où a été planté le peuplier, à qui une limite fixe fait détester les querelles de voisinage ; comme si était durable une propriété que, dans un moment de l'heure inconstante, soit une prière, soit une vente, soit la violence, soit enfin la mort, peuvent faire changer de maître et transmettre aux droits d'un autre. Ainsi, puisqu'une jouissance perpétuelle n'est donnée à personne et que l'héritier succède à l'héritier, comme le flot succède au flot, à quoi bon les villages ou les greniers? à quoi bon les pâturages de Lucanie ajoutés à ceux de Calabre, si l'Orcus moissonne toutes choses, petites et grandes, l'Orcus que l'or ne peut fléchir? Pierres précieuses, marbre, ivoire, statuettes tyrrhéniennes, argenterie, habits teints dans la pourpre de Gétulie, il en est qui ne sauraient les avoir, il en est un qui ne se soucie pas de les avoir. Pourquoi de deux frères, l'un préfère-t-il le repos, les plaisirs, les parfums, aux fertiles plantations de palmiers d'Hérode ; tandis que l'autre, riche et chagrin, depuis le lever du jour jusqu'au soir, fertilise par le fer et le feu une terre couverte de forêts, c'est ce que sait le Génie, qui accompagne et tempère l'astre de la naissance, dieu de tout

homme, qui doit mourir pour chaque tête, au visage changeant, tantôt blanc, tantôt noir. Je jouirai de ce que j'ai, et d'un modeste monceau je prendrai ce qu'exigeront mes besoins, sans craindre le jugement que portera un héritier, pour n'avoir pas trouvé plus que je ne lui en aurai laissé ; et pourtant je voudrai encore savoir combien un homme simple et gai diffère d'un débauché, combien un homme économe est éloigné d'un avare. Autre chose, en effet, est de dissiper ses biens en prodigue, ou de ne pas faire à contrecœur une dépense, ni de se tourmenter à acquérir davantage, mais plutôt, comme font les enfants aux Quinquatries, de jouir à la dérobée d'un moment court et charmant. Loin de nous une pauvreté malpropre : pour moi, que je doive faire voyage sur un grand vaisseau ou sur un petit, je n'en ferai pas moins le voyage. Nous ne sommes point poussés par des voiles qu'enfle un aquilon favorable ; nous ne traînons pas non plus la vie sous des austers contraires, en vigueur, en intelligence, en beauté, en vertu, en rang, en fortune, les derniers des premiers, mais toujours les premiers des derniers. Tu n'es pas avare : va-t-en ; eh quoi ! les autres vices sont-ils dès lors partis en même temps avec celui-là? Ton cœur est-il exempt de la vaine ambition? Est-il exempt de la crainte de la mort et de la colère? Les songes, les terreurs magiques, les prodiges, les sorcières, les fantômes nocturnes et les miracles thessaliens, en ris-tu? Comptes-tu sans regret les anniversaires de ta naissance? Es-tu indulgent pour tes amis? Deviens-tu, à l'approche de la vieillesse, plus aimable et meilleur? En quoi te soulage une seule épine arrachée sur cent autres? Puisque tu ne sais pas bien vivre, fais place à de plus sages. Tu as assez joué, assez mangé, assez bu : il est temps pour toi de t'en aller, de peur que, enivré plus que de raison, tu ne deviennes un objet de risée et ne sois chassé par l'âge à qui la folie sied mieux.

III. — AUX PISONS.
VULGAIREMENT APPELÉE *ART POÉTIQUE*.

Qu'à une tête humaine un peintre s'avise d'unir un cou de cheval, et de recouvrir de plumes bigarrées des membres assemblés de toutes parts, de manière à terminer en poisson d'un noir affreux un corps dont le haut est d'une belle femme : admis à ce spectacle, pourriez-vous, amis, vous

---

   Proficiente nihil curarier. Audieras, cui
   Rem di donarent, illi decedere pravam
   Stultitiam ; et, cum sis nihilo sapientior, ex quo
   Plenior es, tamen uteris monitoribus isdem ?
155 At si divitiæ prudentem reddere possent,
   Si cupidum timidumque minus te, nempe ruberes,
   Viveret in terris te si quis avarior uno.
   Si proprium est, quod quis libra mercatur et ære,
   Quædam, si credis consultis, mancipat usus ;
160 Qui te pascit ager, tuus est, et villicus Orbi,
   Cum segetes occat tibi mox frumenta daturas,
   Te dominum sentit. Das nummos, accipis uvam,
   Pullos, ova, cadum temeti : nempe modo isto
   Paulatim mercaris agrum fortasse trecentis
165 Aut etiam supra nummorum millibus emptum.
   Quid refert, vivas numerato nuper an olim ?
   Emptor Aricini quondam Veientis et arvi
   Emptum cœnat olus, quamvis aliter putat ; emptis
   Sub noctem gelidam lignis calefactat ahenum ;
170 Sed vocat usque suum, qua populus adsita certis
   Limitibus vicina refugit jurgia ; tanquam
   Sit proprium quidquam, puncto quod mobilis horæ
   Nunc prece, nunc pretio, nunc vi, nunc morte suprema
   Permutet dominos et cedat in altera jura.
175 Sic quia perpetuus nulli datur usus, et heres
   Heredem alterius velut unda supervenit undam,
   Quid vici prosunt aut horrea ? quidve Calabris
   Saltibus adjecti Lucani, si metit Orcus
   Grandia cum parvis, non exorabilis auro ?
180 Gemmas, marmor, ebur, Tyrrhena sigilla, tabellas,
   Argentum, vestes Gætulo murice tinctas,
   Sunt qui non habeant, est qui non curat habere.
   Cur alter fratrum cessare et ludere et ungi
   Præferat Herodis palmetis pinguibus, alter
185 Dives et importunus ad umbram lucis ab ortu
   Silvestrem flammis et ferro mitiget agrum,
   Scit Genius, natale comes qui temperat astrum,
   Naturæ deus humanæ, mortalis in unum-
   quodque caput, vultu mutabilis, albus et ater.

190 Utar et ex modico, quantum res poscet, acervo
   Tollam, nec metuam, quid de me judicet heres,
   Quod non plura datis invenerit ; et tamen idem
   Scire volam, quantum simplex hilarisque nepoti
   Discrepet et quantum discordet parcus avaro.
195 Distat enim, spargas tua prodigus, an neque sumptum
   Invitus facias neque plura parare labores,
   Ac potius, puer ut festis Quinquatribus olim,
   Exiguo gratoque fruaris tempore raptim.
   Pauperies immunda *domus* procul absit : ego, utrum
200 Nave ferar magna an parva, ferar unus et idem.
   Non agimur tumidis velis aquilone secundo ;
   Non tamen adversis ætatem ducimus austris,
   Viribus, ingenio, specie, virtute, loco, re
   Extremi primorum, extremis usque priores.
205 Non es avarus : abi ; quid, cetera jam simul isto
   Cum vitio fugere ? Caret tibi pectus inani
   Ambitione ? Caret mortis formidine et ira ?
   Somnia, terrores magicos, miracula, sagas,
   Nocturnos lemures portentaque Thessala rides ?
210 Natales grate numeras ? Ignoscis amicis ?
   Lenior et melior fis accedente senecta ?
   Quid te exempta levat spinis de pluribus una ?
   Vivere si recte nescis, decede peritis.
   Lusisti satis, edisti satis atque bibisti :
215 Tempus abire tibi est, ne potum largius æquo
   Rideat et pulset lasciva decentius ætas.

III. — AD PISONES.
QUI VULGO *DE ARTE POETICA LIBER* INSCRIBITUR.

   Humano capiti cervicem pictor equinam
   Jungere si velit et varias inducere plumas
   Undique collatis membris, ut turpiter atrum
   Desinat in piscem mulier formosa superne,
  5 Spectatum admissi risum teneatis, amici?
   Credite, Pisones, isti tabulæ fore librum
   Persimilem, cujus, velut ægri somnia, vanæ
   Fingentur species, ut nec pes nec caput uni

empêcher de rire? Croyez, Pisons, qu'un tel tableau sera la parfaite image du livre dont, pareilles aux songes d'un malade, les fictions seront si loin de la réalité, que ni la tête ni les pieds ne se rapportent à une même forme. — Les peintres et les poëtes ont toujours eu la juste permission de tout oser. — Nous le savons, et cette faveur nous la demandons et l'accordons à notre tour, mais non pour qu'à la douceur s'allie la cruauté, pour que les serpents s'accouplent aux oiseaux, aux tigres les agneaux. Souvent à une entreprise sérieuse et qui a promis des merveilles on coud un ou deux lambeaux de pourpre qui puissent briller au loin, en décrivant un bois sacré, et un autel de Diane, et les détours d'un ruisseau qui fuit à travers d'agréables campagnes, ou le fleuve du Rhin, ou bien l'arc-en-ciel; mais ce n'était point là leur place. Peut-être bien sais-tu représenter un cyprès : à quoi bon, si, ses vaisseaux brisés, il se sauve à la nage sans espoir, celui qui t'a donné de l'argent pour se faire peindre? On a commencé à établir une amphore; de la roue qui tourne, pourquoi sort-il une cruche? En un mot, que toute œuvre soit au moins simple et une. Nous autres poëtes, père et vous ses dignes fils, presque tous l'apparence du bien nous égare : je m'efforce d'être concis, je deviens obscur; en poursuivant l'élégance, on perd la vigueur et l'énergie; qui a annoncé du grandiose devient boursouflé; celui-là rampe à terre qui est trop prudent et redoute trop l'orage; qui veut dans un même sujet jeter une merveilleuse variété, peint un dauphin dans les forêts, un sanglier dans les flots. On devient défectueux en évitant une faute, si l'on n'a point de talent. Près de l'école d'Emilius, un ouvrier sera unique à rendre par l'airain des ongles et à reproduire la souplesse des cheveux, malheureux dans l'ensemble de l'œuvre, parce qu'il n'en saura pas représenter toutes les parties. Je ne voudrais pas plus, si je me donnais la peine de faire un ouvrage, ressembler à cet homme que d'avoir un nez de travers, avec de beaux yeux et de brillants cheveux noirs. Prenez, vous qui écrivez, une matière proportionnée à vos forces et examinez longtemps ce que vos épaules refusent, ce qu'elles sont en état de porter. A qui aura choisi un sujet selon ses moyens ne manqueront ni le bonheur de l'expression, ni l'ordre lumineux. Ce qui fera le mérite et la beauté de l'ordre, ce sera, si je ne me trompe, de dire dès l'abord ce qui doit être

dit d'abord, de remettre bien des choses et de les laisser de côté pour le moment; ce sera, auteur d'un poëme annoncé, d'aimer ceci, de dédaigner cela. Ingénieux aussi et prudent dans la combinaison des mots, tu auras excellé à t'exprimer, si une adroite alliance a su rendre nouveau un mot connu. Si par hasard il est nécessaire de faire connaître par des signes nouveaux des choses toutes nouvelles, il vous arrivera de créer des termes que jamais n'entendirent les antiques Céthégus, et l'on obtiendra cette liberté en la prenant avec réserve; et les mots nouveaux et créés d'hier auront crédit s'ils arrivent d'une source grecque d'où on les aura tirés avec sobriété. Pourquoi donc le Romain accordera-t-il à Cécilius et à Plaute une faveur refusée à Virgile et à Varius? Et moi, pourquoi, si je puis augmenter notre fonds de quelques termes, m'en veut-on, quand la langue de Caton et d'Ennius a enrichi l'idiome national et a mis au jour des dénominations nouvelles? Il fut permis et toujours il sera permis de produire un terme marqué de l'empreinte du jour. De même que les bois se transforment en perdant leurs feuilles au déclin de chaque année, que leur premier ornement tombe : ainsi les mots qui ont vieilli périssent, et ceux qui viennent de naître ont tout l'éclat, toute la vigueur de la jeunesse. Nous sommes destinés à la mort, nous et nos œuvres; que Neptune admis au sein des terres protége les flottes contre les aquilons, monument royal, ou qu'un marais longtemps stérile et propre à la rame nourrisse les villes voisines et sente la lourde charrue, ou bien qu'un fleuve ait changé sa marche défavorable aux moissons en apprenant une meilleure route, les travaux des mortels périront, bien loin que vivent à jamais le mérite et le charme des mots. Bien des noms renaîtront, qui sont déjà tombés, et beaucoup tomberont qui sont maintenant en vogue, si le veut l'usage, qui est l'arbitre, le maître et le régulateur du langage. Dans quel mètre pouvaient s'écrire les exploits des rois et des chefs et les funestes guerres, Homère l'a fait voir. Les vers qui s'unissent sans être égaux enfermèrent d'abord la douleur, puis aussi le sentiment maître de ses désirs. Qui pourtant produisit le premier les humbles élégiaques : les critiques ne sont pas d'accord et le procès est encore à juger. La fureur arma Archiloque de son iambe; le brodequin et le cothurne élevé choisirent ce pied, propre au dialogue, dominant le tumulte de la foule,

Reddatur formæ. Pictoribus atque poetis
10 Quidlibet audendi semper fuit æqua potestas.
Scimus et hanc veniam petimusque damusque vicissim,
Sed non ut placidis coeant immitia, non ut
Serpentes avibus geminentur, tigribus agni.
Inceptis gravibus plerumque et magna professis
15 Purpureus, late qui splendeat, unus et alter
Assuitur pannus, cum lucus et ara Dianæ
Et properantis aquæ per amœnos ambitus agros,
Aut flumen Rhenum aut pluvius describitur arcus;
Sed nunc non erat his locus. Et fortasse cupressum
20 Scis simulare : quid hoc, si fractis enatat exspes
Navibus, ære dato qui pingitur? Amphora cœpit
Institui : currente rota cur urceus exit?
Denique sit quidvis simplex duntaxat et unum.
Maxima pars vatum, pater et juvenes patre digni,
25 Decipimur specie recti : brevis esse laboro,
Obscurus fio : sectantem levia nervi
Deficiunt animique; professus grandia turget;
Serpit humi tutus nimium timidusque procellæ;
Qui variare cupit rem prodigialiter unam,
30 Delphinum silvis appingit, fluctibus aprum.
In vitium ducit culpæ fuga, si caret arte.
Æmilium circa ludum faber unus et ungues
Exprimet et molles imitabitur ære capillos,
Infelix operis summa, quia ponere totum
35 Nesciet. Hunc ego me, si quid componere curem,
Non magis esse velim quam vivere pravo naso,
Spectandum nigris oculis nigroque capillo.
Sumite materiam vestris, qui scribitis, æquam
Viribus et versate diu, quid ferre recusent,
40 Quid valeant humeri. Cui lecta potenter erit res,
Nec facundia deseret hunc nec lucidus ordo.
Ordinis hæc virtus erit et venus, aut ego fallor,
Ut jam nunc dicat jam nunc debentia dici,
Pleraque differat et præsens in tempus omittat;
45 Hoc amet, hoc spernat promissi carminis auctor.
In verbis etiam tenuis cautusque serendis,
Dixeris egregie, notum si callida verbum

Reddiderit junctura novum. Si forte necesse est
Indiciis monstrare recentibus abdita rerum,
50 Fingere cinctutis non exaudita Cethegis
Continget, dabiturque licentia sumpta pudenter;
Et nova fictaque nuper habebunt verba fidem, si
Græco fonte cadant, parce detorta. Quid autem
Cæcilio Plautoque dabit Romanus ademptum
55 Virgilio Varioque? Ego cur, acquirere pauca
Si possum, invideor, cum lingua Catonis et Enni
Sermonem patrium ditaverit et nova rerum
Nomina protulerit? Licuit semperque licebit
Signatum præsente nota producere nomen.
60 Ut silvæ foliis pronos mutantur in annos,
Prima cadunt : ita verborum vetus interit ætas,
Et juvenum ritu florent modo nata vigentque.
Debemur morti nos nostraque, sive receptus
Terra Neptunus classes aquilonibus arcet,
65 Regis opus, sterilisve diu palus aptaque remis
Vicinas urbes alit et grave sentit aratrum,
Seu cursum mutavit iniquum frugibus amnis
Doctus iter melius, mortalia facta peribunt,
Nedum sermonum stet honos et gratia vivax.
70 Multa renascentur, quæ jam cecidere, cadentque
Quæ nunc sunt in honore vocabula, si volet usus,
Quem penes arbitrium est et jus et norma loquendi.
Res gestæ regumque ducumque et tristia bella
Quo scribi possent numero, monstravit Homerus.
75 Versibus impariter junctis querimonia primum,
Post etiam inclusa est voti sententia compos.
Quis tamen exiguos elegos emiserit auctor,
Grammatici certant et adhuc sub judice lis est.
Archilocum proprio rabies armavit iambo;
80 Hunc socci cepere pedem grandesque cothurni,
Alternis aptum sermonibus et populares
Vincentem strepitus et natum rebus agendis.
Musa dedit fidibus divos puerosque deorum
Et pugilem victorem et equum certamine primum
85 Et juvenum curas et libera vina referre.
Descriptas servare vices operumque colores

et né pour l'action. La Muse a donné à la lyre de raconter les dieux et les enfants des dieux, et l'athlète triomphant, et le cheval vainqueur dans la lutte, et les tourments des jeunes gens, et la franchise du vin. Si je ne puis ni ne sais observer le caractère défini ni les tons de chaque genre, pourquoi me salue-t-on du nom de poëte? Pourquoi, par une honte déplacée, aimé-je mieux ignorer qu'apprendre? Un argument de comédie ne veut pas être exposé en vers tragiques; le repas de Thyeste s'indigne de même d'être raconté en vers familiers et presque dignes du brodequin. Que chaque sujet garde convenablement la place qui lui appartient. Quelquefois pourtant la comédie élève aussi le ton, et Chrémès en colère querelle d'une voix qui s'enfle; et dans la tragédie, Télèphe et Pélée se désolent dans un langage simple, alors que, pauvres et exilés tous deux, il rejettent l'emphase et les mots d'un pied et demi, s'ils cherchent à toucher de leur plainte le cœur du spectateur. Ce n'est pas assez qu'un poëme soit bien fait; il faut qu'il soit touchant, et qu'il mène partout où il veut l'âme de l'auditeur. De même que le visage de l'homme sourit à ceux qui rient, de même il s'attache à ceux qui pleurent : si tu veux que je pleure, il faut que tu te désoles d'abord toi-même; c'est alors que vos malheurs me frapperont, Télèphe ou Pélée : si le langage que l'on vous fait débiter est faux, ou bien je dormirai ou je rirai. Des paroles tristes conviennent à une mine affligée, des menaces à un air irrité, des plaisanteries à un visage gai, un discours sérieux à un front sévère. Car la nature nous donne d'abord des sentiments conformes à toute situation de fortune; elle nous rend joyeux, ou nous pousse à la colère, ou par une profonde douleur nous renverse à terre et nous torture; puis elle exprime les mouvements de l'âme par l'intermédiaire de la langue. Si les paroles de celui qui parle contrastent avec sa fortune, chevaliers et plébéiens éclateront de rire. Il y aura une grande différence entre le langage d'un dieu et celui d'un héros, d'un vieillard mûr et d'un homme qu'enflamme une jeunesse florissante encore, d'une matrone souveraine et d'une diligente nourrice, d'un marchand aventureux et du cultivateur d'un petit champ verdoyant, d'un Colchidien et d'un Assyrien, de l'habitant de Thèbes et de celui d'Argos. Ou suis la tradition, ou que dans les inventions règne l'harmonie. Poëte, si par hasard tu remets au théâtre l'illustre Achille, qu'il soit infatigable, colère, inexorable, ardent, qu'il soutienne que les lois ne sont pas faites pour lui, qu'il ne reconnaisse de droit que celui des armes. Que Médée soit farouche et inflexible, Ino plaintive, Ixion sans foi, Io errante, Oreste sombre. Si tu confies à la scène un sujet non encore tenté et ne crains pas de créer un personnage nouveau, qu'il reste d'accord avec lui-même. Il est difficile d'exprimer d'une manière particulière des caractères généraux; et tu feras mieux de dérouler en actes un poëme tiré d'Homère que de produire le premier quelque chose d'inconnu, et que nul n'a encore chanté. Une matière qui appartient à tout le monde deviendra ton bien propre, si tu ne restes pas dans le cercle vulgaire et ouvert à chacun, ni ne cherches à rendre, interprète fidèle, le mot pour le mot, ni ne sautes, servile imitateur, dans un lieu étroit d'où la pudeur ou l'économie de l'ouvrage te défende d'avancer le pied. Tu n'iras pas non plus débuter ainsi, comme d'ordinaire le poëte cyclique : « Je chanterai la fortune de Priam et la fameuse guerre. ». Qu'apportera ce prometteur qui soit digne d'une si haute annonce? La montagne est en travail, il en naîtra une ridicule souris. Qu'il parle mieux ce poëte qui fait tout avec convenance : « Dis-moi, Muse, l'homme qui après l'époque de la prise de Troie, vit les mœurs de beaucoup de peuples, ainsi que leurs villes. » Il ne se propose pas de donner de la fumée après une lueur, mais après une fumée de donner de la lumière, pour produire dans la suite de vraisemblables merveilles, Antiphate et Scylla, le Cyclope et Charybde; et il ne commence pas le retour de Diomède à la mort de Méléagre, ni la guerre de Troie à partir des deux œufs; il ne cesse de courir au dénoûment, il emporte le lecteur au milieu des événements, comme s'ils étaient déjà connus, et ce à quoi il ne compte pouvoir donner de l'éclat, il le laisse, et il ment si bien, il mêle si bien le faux avec le vrai, que le milieu n'est pas en désaccord avec le début, la fin avec le milieu. Toi, écoute ce que je demande et ce qu'avec moi demande le public : si tu veux avoir un applaudisseur qui attende le rideau et qui reste assis jusqu'à ce que l'acteur dise : « Applaudissez, » il te faut observer les mœurs de chaque âge, et donner aux caractères et aux années qui changent les traits qui leur conviennent. L'enfant qui sait déjà exprimer des paroles et qui marque le sol d'un pied

```
     Cur ego si nequeo ignoroque poeta salutor?
     Cur nescire pudens prave quam discere malo?
     Versibus exponi tragicis res comica non vult;
 90  Indignatur item privatis ac prope socco
     Dignis carminibus narrari cœna Thyestæ.
     Singula quæque locum teneant sortita decenter.
     Interdum tamen et vocem comœdia tollit,
     Iratusque Chremes tumido delitigat ore;
 95  Et tragicus plerumque dolet sermone pedestri
     Telephus et Peleus, cum pauper et exsul uterque
     Projicit ampullas et sesquipedalia verba,
     Si curat cor spectantis tetigisse querela.
     Non satis est pulchra esse poemata; dulcia sunto
100  Et quocunque volent animum auditoris agunto.
     Ut ridentibus arrident, ita flentibus adsunt
     Humani vultus : si vis me flere, dolendum est
     Primum ipsi tibi; tunc tua me infortunia lædent,
     Telephe vel Peleu : male si mandata loqueris,
105  Aut dormitabo aut ridebo. Tristia mœstum
     Vultum verba decent, iratum plena minarum,
     Ludentem lasciva, severum seria dictu.
     Format enim natura prius nos intus ad omnem
     Fortunarum habitum; juvat aut impellit ad iram
110  Aut ad humum mœrore gravi deducit et angit;
     Post effert animi motus interprete lingua.
     Si dicentis erunt fortunis absona dicta,
     Romani tollent equites peditesque cachinnum.
     Intererit multum divusne loquatur an heros,
115  Maturusne senex an adhuc florente juventa
     Fervidus, et matrona potens au sedula nutrix,
     Mercatorne vagus cultorne virentis agelli,
     Colchus an Assyrius, Thebis nutritus an Argis.
     Aut famam sequere aut sibi convenientia finge.
120  Scriptor honoratum si forte reponis Achillem,
     Impiger, iracundus, inexorabilis, acer
     Jura neget sibi nata, nihil non arroget armis.
     Sit Medea ferox invictaque, flebilis Ino,
     Perfidus Ixion, Io vaga, tristis Orestes.
125  Si quid inexpertum scenæ committis et audes
```

```
     Personam formare novam, servetur ad imum,
     Qualis ab incepto processerit, et sibi constet.
     Difficile est proprie communia dicere; tuque
     Rectius Iliacum carmen deducis in actus,
130  Quam si proferres ignota indictaque primus.
     Publica materies privati juris erit, si
     Non circa vilem patulumque moraberis orbem,
     Nec verbum verbo curabis reddere fidus
     Interpres, nec desilies imitator in arctum,
135  Unde pedem proferre pudor vetet aut operis lex.
     Nec sic incipies, ut scriptor cyclicus olim :
     « Fortunam Priami cantabo et nobile bellum. »
     Quid dignum tanto feret hic promissor hiatu?
     Parturiunt montes, nascetur ridiculus mus.
140  Quanto rectius hic, qui nil molitur inepte :
     « Dic mihi, Musa, virum, captæ post tempora Trojæ
     « Qui mores hominum multorum vidit et urbes. »
     Non fumum ex fulgore, sed ex fumo dare lucem
     Cogitat, ut speciosa dehinc miracula promat,
145  Antiphaten Scyllamque et cum Cyclope Charybdin;
     Nec reditum Diomedis ab interitu Meleagri,
     Nec gemino bellum Trojanum orditur ab ovo;
     Semper ad eventum festinat et in medias res
     Non secus ac notas auditorem rapit et, quæ
150  Desperat tractata nitescere posse, relinquit,
     Atque ita mentitur, sic veris falsa remiscet,
     Primo ne medium, medio ne discrepet imum.
     Tu, quid ego et populus mecum desideret, audi :
     Si plausoris eges aulæa manentis et usque
155  Sessuri, donec cantor : Vos plaudite, dicat,
     Ætatis cujusque notandi sunt tibi mores,
     Mobilibusque decor naturis dandus et annis.
     Reddere qui voces jam scit puer et pede certo
     Signat humum, gestit paribus colludere et iram
160  Colligit ac ponit temere et mutatur in horas.
     Imberbus juvenis tandem custode remoto
     Gaudet equis canibusque et aprici gramine campi,
     Cereus in vitium flecti, monitoribus asper,
     Utilium tardus provisor, prodigus æris,
```

sûr, brûle de jouer avec ses égaux, s'irrite sans raison et s'apaise de même, et change à toute heure. L'imberbe jeune homme, enfin débarrassé de son gardien, aime les chevaux, les chiens, le brûlant champ de Mars; flexible comme la cire pour tourner au vice, se roidissant contre les observations, indolent à pourvoir à ses intérêts, prodigue d'argent, présomptueux, plein de désirs et prompt à laisser ce qu'il aimait. Changeant de goûts, l'âge viril recherche les richesses et les amitiés, poursuit les honneurs, se garde de faire ce que bientôt il s'efforcerait de changer. Le vieillard est assiégé d'une foule de maux, soit parce qu'il amasse et qu'à ses biens le malheureux ne touche pas et craint d'en faire usage, soit parce que dans toutes les affaires il porte la crainte et les glaces de l'âge, temporiseur, long à espérer, engourdi, avide d'avenir, chagrin, se plaignant toujours, vantant le le vieux temps de son enfance, critique et censeur de la jeunesse. Les années qui viennent apportent avec elles une foule d'avantages; sur leur retour, elles en enlèvent une foule. Pour ne point remettre par hasard à un jeune homme le rôle d'un vieillard, ni à un enfant celui d'un homme fait, nous ne cesserons de nous attacher aux traits inhérents et propres à chaque âge. Ou une action se passe sur la scène, ou bien on la raconte après qu'elle s'est passée. Le récit qu'on fait descendre dans l'oreille excite plus faiblement l'âme que l'action soumise au témoignage infaillible des yeux et que le spectateur se transmet tout seul à lui-même : tu ne produiras pourtant pas sur la scène des faits dignes de se passer à l'intérieur, et tu déroberas aux regards bien des choses qu'un témoin racontera ensuite avec éloquence. Que Médée n'égorge pas ses enfants devant le public; qu'on ne voie pas l'infâme Atrée faire cuire des entrailles humaines, ni Procné se changer en oiseau, ou Cadmus en serpent. Tout ce que tu me montres ainsi, je le trouve incroyable et je le repousse. Qu'une pièce ne soit ni plus courte ni plus étendue que cinq actes, si elle veut être demandée et reprise après avoir été vue; qu'on ne fasse pas non plus intervenir un dieu, à moins que ne survienne un nœud digne d'être délié par une telle main; qu'enfin un quatrième personnage ne se fatigue pas à parler. Que le chœur soutienne le rôle d'un acteur et des fonctions réelles, et qu'entre les actes il ne chante rien qui ne se rapporte au but et ne s'y rattache intimement. Que le chœur favorise les gens vertueux et leur donne de bienveil-

lants conseils, et maîtrise la colère, et se plaise à pacifier le cœur qui se gonfle; qu'il vante les repas servis sur une table frugale, qu'il vante la justice tutélaire, et les lois, et la tranquillité aux portes ouvertes; qu'il garde le secret confié, et prie les dieux, et leur demande que le bonheur retourne aux malheureux et s'éloigne des superbes. La flûte qui n'était pas, comme aujourd'hui, garnie de laiton ni rivale de la trompette, mais légère, simple, de peu de trous, servait à donner le ton et à accompagner les chœurs, et à remplir de son souffle des bancs que la foule n'encombrait pas encore, où s'assemblait un peuple que son petit nombre rendait aisé à compter, qui était honnête, pieux et modeste. Lorsqu'il se mit par ses victoires à étendre son domaine, qu'un mur plus large embrassa ses villes, et qu'impunément aux temps de fête on apaisa le Génie par des libations en plein jour, une liberté plus grande s'introduisit dans le rhythme et les mesures; quel goût, en effet, pouvaient avoir le campagnard ignorant qui, affranchi de ses travaux, se mêlait au citadin, le vilain confondu avec l'homme honorable? C'est ainsi qu'à l'art primitif le joueur de flûte joignit et le geste expressif et une richesse exubérante, et qu'allant çà et là il traîna sa robe à travers l'avant-scène; c'est ainsi encore que la lyre sévère vit s'accroître ses sons, que la poésie audacieuse prit un langage extraordinaire, et que, habile à trouver d'utiles avis et à prédire l'avenir, la pensée ne différa point des oracles de Delphes. Celui qui par un chant tragique disputa un mauvais bouc, bientôt aussi fit voir nus sur la scène les agrestes Satyres, et grossier, sans porter atteinte à la gravité, essaya le badinage, parce qu'il fallait retenir par l'attrait d'une agréable nouveauté le spectateur qui s'était acquitté des sacrifices, avait bien bu et ne reconnaissait plus de loi. Mais il conviendra de recommander les Satyres par une bouffonnerie, par des bons mots tels, de tourner le sérieux en plaisanterie de telle sorte, que quelque dieu, quelque héros qu'on introduise, vus naguère dans l'or et la pourpre des rois, ils n'aillent point, par la bassesse du langage, passer dans les sombres tavernes ni, en voulant éviter le sol, chercher les nuages et le vide. La Tragédie, indigne de débiter des vers légers, pareille à une matrone obligée de danser aux jours de fête, rougira un peu de se trouver au milieu des Satyres effrontés. Pour moi, Pisons, auteur de satyres, des noms et des expressions uniquement simples et propres ne pourront me satis-

---

165 Sublimis cupidusque et amata relinquere pernix.
 Conversis studiis ætas animusque virilis
 Quærit opes et amicitias, inservit honori,
 Commisisse cavet quod mox mutare laboret.
 Multa senem circumveniunt incommoda, vel quod
170 Quærit et inventis miser abstinet ac timet uti,
 Vel quod res omnes timide gelideque ministrat,
 Dilator, spe longus, iners, avidusque futuri,
 Difficilis, querulus, laudator temporis acti
 Se puero, castigator censorque minorum.
175 Multa ferunt anni venientes commoda secum;
 Multa recedentes adimunt. Ne forte seniles
 Mandentur juveni partes pueroque viriles,
 Semper in adjunctis ævoque morabimur aptis.
 Aut agitur res in scenis aut acta refertur.
180 Segnius irritant animos demissa per aurem,
 Quam quæ sunt oculis subjecta fidelibus et quæ
 Ipse sibi tradit spectator : non tamen intus
 Digna geri promes in scenam multaque tolles
 Ex oculis, quæ mox narret facundia præsens.
185 Ne pueros coram populo Medea trucidet,
 Aut humana palam coquat exta nefarius Atreus.
 Aut in avem Procne vertatur, Cadmus in anguem.
 Quodcunque ostendis mihi sic, incredulus odi.
 Neve minor neu sit quinto productior actu
190 Fabula, quæ posci vult et spectata reponi;
 Nec deus intersit, nisi dignus vindice nodus
 Inciderit; nec quarta loqui persona laboret.
 Actoris partes chorus officiumque virile
 Defendat, neu quid medios intercinat actus,
195 Quod non proposito conducat et hæreat apte.
 Ille bonis faveatque et consilietur amice,
 Et regat iratos et amet pacare tumentes;
 Ille dapes laudet mensæ brevis, ille salubrem
 Justitiam legesque et apertis otia portis;
200 Ille tegat commissa deosque precetur et oret,
 Ut redeat miseris, abeat fortuna superbis.
 Tibia non, ut nunc, orichalco vincta tubæque

 Æmula, sed tenuis simplexque foramine pauco
 Adspirare et adesse choris erat utilis atque
205 Nondum spissa nimis complere sedilia flatu;
 Quo sane populus numerabilis utpote parvus
 Et frugi castusque verecundusque coibat.
 Postquam cœpit agros extendere victor et urbes
 Latior amplecti murus vinoque diurno
210 Placari Genius festis impune diebus,
 Accessit numerisque modisque licentia major;
 Indoctus quid enim saperet liberque laborum
 Rusticus urbano confusus, turpis honesto?
 Sic priscæ motumque et luxuriem addidit arti
215 Tibicen traxitque vagus per pulpita vestem;
 Sic etiam fidibus voces crevere severis,
 Et tulit eloquium insolitum facundia præceps,
 Utiliumque sagax rerum et divina futuri
 Sortilegis non discrepuit sententia Delphis.
220 Carmine qui tragico vilem certavit ob hircum,
 Mox etiam agrestes Satyros nudavit et asper
 Incolumi gravitate jocum tentavit eo, quod
 Illecebris erat et grata novitate morandus
 Spectator functusque sacris et potus et exlex.
225 Verum ita risores, ita commendare dicaces
 Conveniet Satyros, ita vertere seria ludo,
 Ne quicunque deus, quicunque adhibebitur heros
 Regali conspectus in auro nuper et ostro,
 Migret in obscuras humili sermone tabernas.
230 Aut, dum vitat humum, nubes et inania captet.
 Effutire leves indigna Tragœdia versus,
 Ut festis matrona moveri jussa diebus,
 Intererit Satyris paulum pudibunda protervis.
 Non ego inornata et dominantia nomina solum
235 Verbaque, Pisones, Satyrorum scriptor amabo;
 Nec sic enitar tragico differre colori,
 Ut nihil intersit, Davusne loquatur et audax
 Pythias emuncto lucrata Simone talentum,
 An custos famulusque dei Silenus alumni.
240 Ex noto fictum carmen sequar, ut sibi quivis

faire; je ne ferai pas non plus de tels efforts pour m'éloigner de la couleur tragique, qu'il n'y ait nulle différence entre le langage de Dave ou de la hardie Pythias, gagnant un talent après avoir mouché Simon, et celui de Silène, gardien et serviteur du dieu son nourrisson. Je tâcherai, en me servant du langage ordinaire, d'arriver à un poëme écrit avec art, en sorte que chacun se flatte d'en faire autant, sue beaucoup et se tourmente en vain après l'avoir osé : tant l'ordre et l'enchaînement ont de valeur; tant les termes vulgaires en reçoivent d'éclat. Les Faunes tirés des forêts se garderont, à mon avis, d'aller, comme s'ils étaient nés dans les carrefours et presque gens du forum, ou faire jamais les beaux dans des vers trop tendres, ou tenir des propos sales et dégoûtants; car ils s'en trouveront choqués, ceux qui ont un cheval, et un père, et de la fortune, et ils n'accueillent point avec faveur ni ne gratifient de la couronne ce que peut applaudir l'acheteur de pois frits et de noix. Une syllabe à la suite d'une brève s'appelle iambe, pied rapide; d'où il voulut qu'on appliquât aussi le nom de trimètres aux iambiques, bien qu'il rendît six mesures, restant le même du commencement à la fin. Dans la suite, pour arriver à l'oreille un peu plus lent et plus grave, il admit les solides spondées dans ses droits d'héritier, facile et endurant, mais non au point de céder la seconde ni la quatrième place en bon camarade. Ce pied se fait voir rarement dans les nobles trimètres d'Accius, et les vers d'Ennius lancés sur la scène avec une grande pesanteur, il les poursuit de la honteuse accusation, ou d'un travail trop rapide et fait sans soin, ou d'ignorance de l'art. Tout juge d'un poëme n'y remarque pas les fautes de cadence, et ainsi l'on donna aux poëtes romains une indulgence qu'ils n'avaient point méritée. Sera-ce une raison pour que je coure à l'aventure et écrive sans souci des règles? ou que je croie que tout le monde verra mes défauts, tranquille pourtant et attentif à éviter le blâme jusqu'au point où il y a espoir d'indulgence? J'ai en somme évité la faute, je n'ai pas mérité la louange. Vous, feuilletez les modèles grecs la nuit, feuilletez-les le jour. Mais vos ancêtres ont vanté les vers et les plaisanteries de Plaute : double admiration trop facile, pour ne pas dire sotte, si toutefois moi et vous nous savons distinguer un mot sans grâce d'un mot délicat et apprécier un vers juste des doigts et de l'oreille. C'est Thespis qui inventa, dit-on, le genre encore inconnu de la Muse tragique et traîna sur des chariots des poëmes que devaient chanter et jouer des acteurs au visage tout barbouillé de lie. Après lui, Eschyle, inventeur du masque et de la robe décente, établit une estrade sur des poutres peu élevées, et enseigna à parler avec majesté et à s'appuyer sur le cothurne. A leur suite vint l'ancienne comédie, qui brilla d'un grand éclat; mais la liberté dégénéra et tomba dans une violence digne d'être réglée par une loi; la loi fut subie et le chœur se tut honteusement, après avoir perdu le pouvoir de nuire. Il n'est rien que nos poëtes n'aient tenté, et ils n'ont pas mérité une petite gloire, osant abandonner les traces des Grecs et célébrer des actes nationaux, ceux qui firent jouer des prétextates; ceux qui représentèrent des togates. Certes le Latium ne serait pas moins puissant par la langue que par la valeur ou l'éclat des armes, si chaque poëte n'avait en aversion le travail et la lenteur de la lime. Vous, ô descendants de Pompilius, blâmez le poëme que bien des jours, bien des ratures n'ont pas élagué et n'ont pas dix fois châtié jusqu'à la perfection. Parce que Démocrite croit que le génie est plus heureux que l'art pénible et qu'il repousse de l'Hélicon les poëtes sensés, une bonne partie négligent de couper leurs ongles, leur barbe, vont dans les lieux écartés, fuient les bains. On obtiendra, en effet, l'honneur et le titre de poëte, en ne confiant jamais au barbier Licinus une tête que trois Anticyres ne sauraient guérir. O malavisé que je suis, de me purger de ma bile à l'arrivée du printemps! Nul autre ne ferait de meilleurs poëmes; mais ce n'est pas la peine. Je remplirai donc le rôle de la pierre à aiguiser qui a la vertu de rendre le fer affilé, mais par elle-même incapable de couper; sans rien écrire moi-même, j'enseignerai les devoirs de l'écrivain, d'où se tire la richesse, ce qui nourrit et façonne le poëte; ce qui convient, ce qui ne convient pas; où mène la perfection, où conduit l'erreur. Le bon sens est le principe et la source de l'art d'écrire; les livres socratiques pourront te faire connaître la manière de traiter un sujet, et les mots suivront de bonne grâce un sujet bien examiné. Celui qui a étudié ce qu'il doit à la patrie et ce qu'il doit à ses amis, de quel amour il faut aimer un père, de quel amour aimer un frère et un hôte, quel est le devoir d'un sénateur, quel est

---

Speret idem, sudet multum frustraque laboret
Ausus idem : tantum series juncturaque pollet,
Tantum de medio sumptis accedit honoris.
Silvis deducti caveant ne judice Fauni,
245 Ne velut innati triviis ac pœne forenses
Aut nimium teneris juvenentur versibus unquam,
Aut immunda crepent ignominiosaque dicta;
Offenduntur enim, quibus est equus et pater et res,
Nec, si quid fricti ciceris probat et nucis emptor,
250 Æquis accipiunt animis donantve corona.
Syllaba longa brevi subjecta vocatur iambus,
Pes citus; unde etiam trimetris accrescere jussit
Nomen iambeis, cum senos redderet ictus
Primus ad extremum similis sibi. Non ita pridem,
255 Tardior ut paulo graviorque veniret ad aures,
Spondeos stabiles in jura paterna recepit
Commodus et patiens, non ut de sede secunda
Cederet aut quarta socialiter. Hic et in Acci
Nobilibus trimetris apparet rarus et Enni
260 In scenam missos cum magno pondere versus
Aut operæ celeris nimium curaque carentis
Aut ignoratæ premit artis crimine turpi.
Non quivis videt immodulata poemata judex,
Et data Romanis venia est indigna poetis.
265 Idcirco vager scribamque licenter? an omnes
Visuros peccata putem mea, tutus et intra
Spem veniæ cautus? Vitavi denique culpam,
Non laudem merui. Vos exemplaria Græca
Nocturna versate manu, versate diurna.
270 At vestri proavi Plautinos et numeros et
Laudavere sales : nimium patienter utrumque,
Ne dicam stulte, mirati, si modo ego et vos
Scimus inurbanum lepido seponere dicto
Legitimumque sonum digitis callemus et aure.
275 Ignotum tragicæ genus invenisse Camenæ
Dicitur et plaustris vexisse poemata Thespis,
Quæ canerent agerentque peruncti fæcibus ora.
Post hunc personæ pallæque repertor honestæ
Æschylus et modicis instravit pulpita tignis
280 Et docuit magnumque loqui nitique cothurno.

Successit vetus his comœdia, non sine multa
Laude; sed in vitium libertas excidit et vim
Dignam lege regi; lex est accepta chorusque
Turpiter obticuit sublato jure nocendi.
285 Nil intentatum nostri liquere poetæ,
Nec minimum meruere decus, vestigia Græca
Ausi deserere et celebrare domestica facta,
Vel qui prætextas vel qui docuere togatas.
Nec virtute foret clarisque potentius armis
290 Quam lingua Latium, si non offenderet unum-
quemque poetarum limæ labor et mora. Vos, o
Pompilius sanguis, carmen reprehendite, quod non
Multa dies et multa litura coercuit atque
Perfectum decies non castigavit ad unguem.
295 Ingenium misera quia fortunatius arte
Credit et excludit sanos Helicone poetas
Democritus, bona pars non ungues ponere curat,
Non barbam, secreta petit loca, balnea vitat.
Nanciscetur enim pretium nomenque poetæ,
300 Si tribus Anticyris caput insanabile nunquam
Tonsori Licino commiserit. O ego lævus,
Qui purgor bilem sub verni temporis horam!
Non alius faceret meliora poemata; verum
Nil tanti est. Ergo fungar vice cotis, acutum
305 Reddere quæ ferrum valet, exsors ipsa secandi;
Munus et officium nil scribens ipse docebo,
Unde parentur opes, quid alat formetque poetam;
Quid deceat, quid non; quo virtus, quo ferat error.
Scribendi recte sapere est et principium et fons :
310 Rem tibi Socraticæ poterunt ostendere chartæ,
Verbaque provisam rem non invita sequentur.
Qui didicit, patriæ quid debeat et quid amicis,
Quo sit amore parens, quo frater amandus et hospes,
Quod sit conscripti, quod judicis officium, quæ
315 Partes in bellum missi ducis, ille profecto
Reddere personæ scit convenientia cuique.
Respicere exemplar vitæ morumque jubebo
Doctum imitatorem et vivas hinc ducere voces.
Interdum speciosa locis morataque recte
320 Fabula nullius veneris, sine pondere et arte,

celui d'un juge, quel est le rôle d'un général chargé de faire la guerre, celui-là sans doute sait donner à chaque personnage le caractère qui lui convient. Un peintre savant devra observer le tableau de la vie et des mœurs et en tirer un langage vivant. Parfois, avec de brillants lieux communs et des mœurs bien rendues, une pièce sans grâce, sans poids et sans art, amuse bien plus la foule et la retient mieux que des vers pauvres d'idées et des riens harmonieux. Aux Grecs la Muse donna le génie; aux Grecs elle donna de s'exprimer d'une bouche élégante : la gloire était leur seule ambition. Les jeunes Romains apprennent dans de longues règles de calcul à partager l'as en cent fractions. « Que le fils d'Albinus réponde : si de cinq onces on a retranché une once, que reste-t-il? Allons, tu le sais bien. — Un tiers d'as. — Bravo! Tu sauras conserver ton bien On y ajoute une once, qu'est-ce que cela fait? — Un demi-as. » Ah! une fois que cette rouille et ce souci de l'argent auront pénétré dans les âmes, nous flattons-nous qu'on puisse composer des chants à enduire d'huile de cèdre et à conserver dans un cyprès poli? Les poëtes veulent ou instruire ou amuser, ou bien dire à la fois ce qui plaît et ce qui sert à la vie. Quelque précepte que tu donnes, sois bref, afin que l'esprit docile saisisse vite tes paroles et les retienne fidèlement; tout ce qui est de trop s'échappe de l'âme pleine. Que des fictions faites pour plaire soient proches de la vérité, et qu'une pièce n'exige pas qu'on croie à toutes ses fantaisies, qu'elle n'arrache pas un enfant vivant du ventre d'une Lamia qui vient de déjeuner. Les centuries de vieillards critiquent les poëmes qui manquent de gravité, les chevaliers dédaignent avec hauteur les poëmes austères : il a emporté tous les suffrages, celui qui a mêlé l'utile à l'agréable, en amusant le lecteur et en l'instruisant en même temps. C'est là le livre qui vaut de l'argent aux Sosies; c'est celui-là qui passe la mer et prolonge dans les siècles la vie de son auteur connu. Il est pourtant des fautes que nous pardonnerons volontiers; car la corde ne rend pas toujours le son que demandent la main et l'esprit, et souvent quand on veut une note grave elle renvoie une note aiguë; et la flèche ne frappe pas toujours le but qu'elle menace. Mais, dès que, dans un poëme, il y a de nombreuses beautés, je ne serai point choqué de quelques taches qu'a laissées tomber la négligence ou dont s'est peu gardée la nature humaine. Eh bien donc? De même qu'un copiste, s'il fait constamment la même faute, bien qu'on l'ait averti, n'a point de pardon; de même que le joueur de cithare fait rire, qui se trompe toujours à la même corde : ainsi l'écrivain qui est souvent en faute devient pour moi ce Chérilus dont deux ou trois bons passages m'étonnent au milieu de mon rire; et je m'indigne encore toutes les fois que le bon Homère s'endort. Mais il est bien permis que dans un long ouvrage se glisse le sommeil. Une poésie est comme un tableau : il en est qui charmeront davantage, si l'on se met tout près, et d'autres, si l'on s'en tient éloigné. Tel aime l'obscurité, tel voudra être vu sous le jour, qui ne redoute pas l'œil perçant du juge; tel a plu une fois, tel dix fois revu plaira encore. O aîné des jeunes Pisons, bien que la voix de ton père te façonne au bien, et que par toi-même tu juges avec sagesse, relève et retiens cette parole, qu'il est des choses auxquelles on permet avec raison la médiocrité et le passable. Un jurisconsulte et un avocat médiocres sont loin du mérite de l'éloquent Messala et n'ont pas la science de Cascellius Aulus, mais pourtant ont de la valeur : être médiocre, c'est ce que n'ont permis aux poëtes ni les hommes, ni les dieux, ni les colonnes. Comme dans un agréable repas, une symphonie discordante, et un parfum grossier, et du pavot avec du miel sarde déplaisent, parce que le souper pouvait se prolonger sans tout cela : ainsi un poëme fait et imaginé pour charmer les esprits, s'il s'est éloigné du plus haut degré, penche vers le plus bas. Celui qui ignore les jeux du champ de Mars n'en touche pas les instruments, et, ne connaissant pas la paume ni le disque, ni le cerceau, il se tient en repos, de peur que ne rie impunément aux éclats le cercle épais des spectateurs : celui qui l'ignore ose pourtant faire des vers. — Pourquoi non? Je suis libre et né de parents libres, surtout taxé à la somme de sesterces d'un chevalier et exempt de tout acte coupable. — Toi, tu ne diras ni ne feras rien malgré Minerve; tel est ton jugement, tel est ton bon sens. Si pourtant un jour il t'arrive d'écrire, que ton œuvre soit soumise aux oreilles de Mécius, et à celles de ton père, et aux nôtres, et qu'elle reste serrée pendant neuf ans, les parchemins enfermés dans le coffret : tu pourras effacer ce que tu n'auras point publié; un mot lâché ne revient plus. Les hommes encore sauvages furent arrachés au meurtre et à une nourriture repoussante par le prêtre et interprète des dieux Orphée, qu'on dit pour cela avoir apprivoisé les tigres et les lions furieux; on dit de même qu'Amphion, fondateur de la ci-

    Valdius oblectat populum meliusque moratur
    Quam versus inopes rerum nugæque canoræ.
    Grais ingenium, Grais dedit ore rotundo
    Musa loqui, præter laudem nullius avaris.
525 Romani pueri longis rationibus assem
    Discunt in partes centum diducere. Dicat
    Filius Albini : Si de quincunce remota est
    Uncia, quid superat? Poteras dixisse. Triens. Eu!
    Rem poteris servare tuam. Redit uncia, quid fit?
530 Semis. At hæc animos ærugo et cura peculi
    Cum semel imbuerit, speramus carmina fingi
    Posse linenda cedro et levi servanda cupresso?
    Aut prodesse volunt aut delectare poëtæ,
    Aut simul et jucunda et idonea dicere vitæ.
535 Quidquid præcipies, esto brevis, ut cito dicta
    Percipiant animi dociles teneantque fideles;
    Omne supervacuum pleno de pectore manat.
    Ficta voluptatis causa sint proxima veris,
    Nec quodcunque volet, poscat sibi fabula credi,
540 Neu pransæ Lamiæ vivum puerum extrahat alvo.
    Centuriæ seniorum agitant expertia frugis,
    Celsi prætereunt austera poemata Ramnes :
    Omne tulit punctum, qui miscuit utile dulci
    Lectorem delectando pariterque monendo.
545 Hic meret æra liber Sosiis ; hic et mare transit
    Et longum noto scriptori prorogat ævum.
    Sunt delicta tamen, quibus ignovisse velimus;
    Nam neque chorda sonum reddit, quem vult manus et mens,
    Poscentique gravem persæpe remittit acutum;
550 Nec semper feriet quodcunque minabitur arcus.
    Verum ubi plura nitent in carmine, non ego paucis
    Offendar maculis, quas aut incuria fudit
    Aut humana parum cavit natura. Quid ergo est?
    Ut scriptor si peccat idem librarius usque,
555 Quamvis est monitus, venia caret; ut citharœdus
    Ridetur, chorda qui semper oberrat eadem :
    Sic mihi, qui multum cessat, fit Chœrilus ille,
    Quem bis terve bonum cum risu miror, et idem
    Indignor, quandoque bonus dormitat Homerus.

360 Verum operi longo fas est obrepere somnum.
    Ut pictura, poesis : erit, quæ, si propius stes,
    Te capiat magis, et quædam, si longius abstes.
    Hæc amat obscurum, volet hæc sub luce videri,
    Judicis argutum quæ non formidat acumen;
365 Hæc placuit semel, hæc decies repetita placebit.
    O major juvenum, quamvis et voce paterna
    Fingeris ad rectum et per te sapis, hoc tibi dictum
    Tolle memor, certis medium et tolerabile rebus
    Recte concedi. Consultus juris et actor
370 Causarum mediocris abest virtute diserti
    Messalæ nec scit quantum Cascellius Aulus,
    Sed tamen in pretio est : mediocribus esse poetis,
    Non homines, non di, non concessere columnæ.
    Ut gratas inter mensas symphonia discors
375 Et crassum unguentum et Sardo cum melle papaver
    Offendunt, poterat duci quia cœna sine istis :
    Sic animis natum inventumque poema juvandis,
    Si paulum summo decessit, vergit ad imum.
    Ludere qui nescit, campestribus abstinet armis,
380 Indoctusque pilæ discive trochive quiescit,
    Ne spissæ risum tollant impune coronæ :
    Qui nescit versus tamen audet fingere. Quidni?
    Liber et ingenuus, præsertim census equestrem
    Summam nummorum vitioque remotus ab omni.
385 Tu nihil invita dices faciesve Minerva;
    Id tibi judicium est, ea mens. Si quid tamen olim
    Scripseris, in Mæci descendat judicis aures
    Et patris et nostras, nonumque prematur in annum,
    Membranis intus positis : delere licebit,
390 Quod non edideris; nescit vox missa reverti.
    Silvestres homines sacer interpresque deorum
    Cædibus et victu fœdo deterruit Orpheus,
    Dictus ob hoc lenire tigres rabidosque leones;
    Dictus et Amphion, Thebanæ conditor arcis,
395 Saxa movere sono testudinis et prece blanda
    Ducere quo vellet. Fuit hæc sapientia quondam,
    Publica privatis secernere, sacra profanis,
    Concubitu prohibere vago, dare jura maritis,

tadelle thébaine, faisait mouvoir les pierres au son de la lyre, et par le charme de sa prière les conduisait où il voulait. Ce fut la sagesse jadis, que de distinguer les biens publics des biens privés, le sacré du profane, d'empêcher les unions changeantes, de donner des lois aux époux, de construire des villes, de graver des lois sur le bois : voilà comme les poëtes sacrés et leurs chants obtinrent les hommages et la gloire. Après eux l'illustre Homère et Tyrtée enflammèrent par leurs vers les mâles courages aux combats de Mars; la poésie servit à exprimer les oracles et à enseigner le chemin de la vie; la mélodie des vers chercha à gagner la faveur des rois, et trouva une distraction et un terme aux longs travaux : que jamais ne te fassent rougir la Muse savante à la lyre ni Apollon dieu du chant. On s'est demandé si la nature ou l'art rendait un poëme digne d'éloges: pour moi, je ne vois pas ce que peut le travail sans une veine fertile, ni ce que peut le génie inculte; tant l'un exige l'aide de l'autre et s'y lie intimement. Celui qui veut atteindre à la course la borne désirée a supporté et fait bien des choses dans sa jeunesse, a enduré le chaud et le froid, s'est abstenu d'amour et de vin; le joueur de flûte qui chante la lutte contre Python a étudié d'abord et a tremblé sous un maître. Et ce n'est point assez de dire : « Je fais des poésies admirables; que la gale saisisse le dernier; c'est une honte pour moi de rester en arrière, et, ce que je n'ai pas appris, d'avouer que je l'ignore entièrement. » Comme un crieur public, qui ramasse la foule pour faire acheter ses marchandises, il fait venir au gain les flatteurs, le poëte riche en terres, riche en argent placé à intérêt. Et, si c'est un homme à servir parfaitement un beau repas, à répondre pour le malheureux sans crédit et à vous dégager des embarras d'affreux procès, je serai surpris si dans son bonheur il sait distinguer le menteur du véritable ami. Toi, si tu fais un cadeau, ou si tu veux en faire à quelqu'un, ne va pas mener à la lecture de tes vers ton obligé plein de joie; car il s'écriera : « Beau! bien! parfait! » pâlira à tel endroit, fera même couler des larmes de ses yeux amis, bondira, frappera des pieds la terre. De même que les gens à gage qui pleurent à un convoi en disent et en font presque plus que ceux qui s'affligent du fond du cœur, de même un railleur s'émeut plus qu'un approbateur véritable. Les grands, dit-on, pressent en lui versant de nombreuses coupes et éprouvent par

le vin l'homme qu'ils tâchent de connaître à fond, pour savoir s'il est digne de leur amitié: s'il t'arrive de faire des vers, que jamais tu ne sois dupe des gens cachés sous une peau de renard. Lisait-on quelque chose à Quintilius : « Corrige, je te prie, ceci, disait-il, et cela; » répondait-on qu'on ne pouvait mieux faire, que deux et trois fois on l'avait essayé en vain, il ordonnait d'effacer et de remettre sous l'enclume des vers mal tournés. Si l'on préférait défendre la faute plutôt que de corriger, il n'ajoutait pas un mot, ni ne prenait une peine inutile pour empêcher que tout seul on s'aimât sans rival, soi et son œuvre. Un homme loyal et instruit blâmera les vers oiseux, condamnera les durs, aux négligés barbouillera du roseau une marque noire et oblique, élaguera les ornements ambitieux, obligera d'éclaircir ce qui est obscur, signalera une équivoque, notera les mots à changer, deviendra un Aristarque; il ne dira point : « A quoi bon blesser un ami dans des riens ? » Ces riens mèneront à des maux réels le poëte une fois sifflé et accueilli défavorablement. Comme on fuit un homme en proie à l'horrible gale, ou à la jaunisse, ou à la frénésie et à l'irritable Diane, on craint de toucher et on fuit le poëte en délire, quand on est sensé; les enfants le tourmentent et les imprudents le suivent. Lui, tandis que la tête haute il vomit des vers et court au hasard, si, comme un oiseleur épiant les merles, il est tombé dans un puits ou un piége, il aura beau crier à haute voix : « Au secours, citoyens! » personne qui cherche à le relever. Si quelqu'un cherche à le secourir et lui jette une corde: « Sais-tu si ce n'est pas à dessein qu'il s'est jeté là, résolu d'y périr? » dirai-je, et je raconterai la mort du poëte sicilien. Voulant passer pour un dieu immortel, Empédocle s'élança glacé dans l'Etna en feu. Que les poëtes aient le droit et la liberté de mourir; qui sauve un homme malgré lui fait comme celui qui le tue. Ce n'est pas la première fois qu'il l'a fait, et, s'il a été retiré, il ne va pas devenir homme, ni renoncer à son amour d'une mort fameuse. Et l'on ne voit pas trop pourquoi il fait des vers : a-t-il pissé sur les cendres de son père, ou, impur, frappé un bidental maudit? ce qui est sûr, c'est qu'il est fou, et que, pareil à un ours parvenu à briser les barreaux de sa loge, lecteur amer, il fait fuir l'ignorant et le savant; et celui qu'il a saisi, il le tient et le tue de sa lecture, sangsue qui ne lâchera la peau que gorgée de sang.

    Oppida moliri, leges incidere ligno :
400 Sic honor et nomen divinis vatibus atque
    Carminibus venit. Post hos insignis Homerus
    Tyrtæusque mares animos in Martia bella
    Versibus exacuit; dictæ per carmina sortes,
    Et vitæ monstrata via est; et gratia regum
405 Pieriis tentata modis, ludusque repertus
    Et longorum operum finis : ne forte pudori
    Sit tibi Musa lyræ solers et cantor Apollo.
    Naturæ fieret laudabile carmen, an arte,
    Quæsitum est : ego nec studium sine divite vena
410 Nec rude quid possit video ingenium ; alterius sic
    Altera poscit opem res et conjurat amice.
    Qui studet optatam cursu contingere metam,
    Multa tulit fecitque puer, sudavit et alsit,
    Abstinuit venere et vino; qui Pythia cantat
415 Tibicen, didicit prius extimuitque magistrum.
    Nec satis est dixisse : Ego mira poemata pango ;
    Occupet extremum scabies; mihi turpe relinqui est
    Et, quod non didici, sane nescire fateri.
    Ut præco, ad merces turbam qui cogit emendas,
420 Assentatores jubet ad lucrum ire poeta
    Dives agris, dives positis in fœnore nummis.
    Si vero est, unctum qui recte ponere possit
    Et spondere levi pro paupere et eripere atris
    Litibus implicitum, mirabor, si sciet inter-
425 noscere mendacem verumque beatus amicum.
    Tu seu donaris seu quid donare voles cui,
    Nolito ad versus tibi factos ducere plenum
    Lætitiæ; clamabit enim : Pulchre! bene! recte !
    Pallescet super his, etiam stillabit amicis
430 Ex oculis rorem, saliet, tundet pede terram.
    Ut, qui conducti plorant in funere, dicunt
    Et faciunt prope plura dolentibus ex animo, sic
    Derisor vero plus laudatore movetur.
    Reges dicuntur multis urgere culullis
435 Et torquere mero, quem perspexisse laborant,
    An sit amicitia dignus ; si carmina condes,
    Nunquam te fallant animi sub vulpe latentes.

    Quintilio si quid recitares, Corrige, sodes,
    Hoc, aiebat, et hoc; melius te posse negares,
440 Bis terque expertum frustra, delere jubebat
    Et male tornatos incudi reddere versus.
    Si defendere delictum quam vertere malles,
    Nullum ultra verbum aut operam insumebat inanem,
    Quin sine rivali teque et tua solus amares.
445 Vir bonus et prudens versus reprehendet inertes,
    Culpabit duros, incomptis allinet atrum
    Transverso calamo signum, ambitiosa recidet
    Ornamenta, parum claris lucem dare coget,
    Arguet ambigue dictum, mutanda notabit,
450 Fiet Aristarchus; non dicet : Cur ego amicum
    Offendam in nugis? Hæ nugæ seria ducent
    In mala derisum semel exceptumque sinistre.
    Ut mala quem scabies aut morbus regius urget
    Aut fanaticus error et iracunda Diana,
455 Vesanum tetigisse timent fugiuntque poetam,
    Qui sapiunt; agitant pueri incautique sequuntur.
    Hic, dum sublimis versus ructatur et errat,
    Si veluti merulis intentus decidit auceps
    In puteum foveamve, licet, Succurrite, longum
460 Clamet, Io cives! non sit, qui tollere curet.
    Si curet quis opem ferre et demittere funem,
    Qui scis, an prudens huc se projecerit atque
    Servari nolit? dicam Siculique poetæ
    Narrabo interitum. Deus immortalis haberi
465 Dum cupit Empedocles, ardentem frigidus Ætnam
    Insiluit. Sit jus liceatque perire poetis ;
    Invitum qui servat, idem facit occidenti.
    Nec semel hoc fecit, nec, si retractus erit, jam
    Fiet homo et ponet famosæ mortis amorem.
470 Nec satis apparet, cur versus factitet, utrum
    Minxerit in patrios cineres, an triste bidental
    Moverit incestus : certe furit ac velut ursus
    Objectos caveæ valuit si frangere clathros,
    Indoctum doctumque fugat recitator acerbus ;
475 Quem vero arripuit, tenet occiditque legendo,
    Non missura cutem nisi plena cruoris hirudo.

NOTES

ODES

LIVRE PREMIER.

I. — Cette ode sert de préface aux trois premiers livres, que le poëte dédie à Mécènes; ils furent publiés ensemble en 23, d'après Franke; en 18, suivant l'opinion générale fondée sur l'ode au vaisseau de Virgile (Od. 1, 3). = 4. *meta*. L'arène était partagée dans sa longueur par un mur, à chaque bout duquel se trouvait une borne; l'adresse des cochers consistait à tourner la borne d'aussi près que possible sans la toucher. V. Dezobry, Rome II, p. 308. = 6. *c. ad deos* exprime le noble orgueil qu'inspirent au vainqueur son succès et les louanges dont on le comble partout. Sur les jeux olympiques, *v.* Barthélemy, *Voy. d'Anacharsis*, 38. = 8. *tergeminis*, édilité curule, préture, consulat. = 10. *verritur*. Les épis, après avoir été foulés ou battus, étaient ramassés dans l'aire et vannés. V. Dez., Rome III, p. 303, 304. = 12. *A. conditionibus*, des sommes pareilles à celles que les rois de Pergame, surtout Attale II, offraient aux artistes pour leurs productions. = 18. *pauperiem*, état de l'homme dont le revenu est modique. = 20. *s. die*, jour entier, toute la partie du jour pendant laquelle on se livrait aux affaires, c.-à-d. jusqu'à la 10e heure (4 h. du soir). = 28. *plagas*, larges filets ou toiles dont on entourait des parties de bois très-étendues pour y cerner le gros gibier. = 29, 32. Quand je me livre à la poésie, que j'aime avant tout, je suis le plus heureux des hommes; et, lorsque je me trouve seul dans quelque charmante retraite, à composer des chants lyriques, je sens que je suis au-dessus de la foule.— *d. miscent*, me rendent aussi heureux que les dieux, dont le bonheur est parfait. = 32. *si* a la force de *siquidem*. = 34. *barbiton*, la grande lyre à sept cordes; l'inventeur en était Terpandre de Lesbos. C'est par allusion à Alcée et à Sappho qu'Horace dit *Lesboum*. Sur la lyre des anciens, *v.* Barth., *Voy. d'Anach.*, 27; Pierron, *Hist. de la litt. grecque*, p. 27. Cf. Od. 3, 11, 5. = 36. Je m'élèverai jusqu'au ciel, j'aurai une gloire immortelle; cf. Sappho. Frg. 9. Bergk.

II. — C'est un peu avant le triple triomphe d'Octave qu'Horace lui adresse cette ode flatteuse. = 5. *arces*, les temples bâtis dans le Capitole. = 7. *O. pecus*, les monstres marins de tout genre. = 13. *retortis*. C'est encore l'opinion du petit peuple à Rome, que les inondations du Tibre sont causées par le refoulement des eaux du fleuve. = 15, 16. *monumenta*, etc. Au pied du mont Palatin, Numa avait élevé un temple de Vesta, dans l'enceinte duquel il avait demeuré; la partie qu'il habitait s'unissait au temple, de manière à en former à peu près l'atrium; d'où le nom d'*Atrium regium*, ou simplement de *Regia*, donné à cette partie. = 17. *querenti*, des guerres civiles et du meurtre de César. = 18. *sinistra*. Rome est presque entièrement située sur la rive gauche du Tibre. = 21, 24. Allusion aux événements qui suivirent la mort de César. — *juventus* exprime l'idée fort générale de tout ce qui est capable de porter les armes. = 39. *peditis*, quand son cheval a été tué sous lui. = 41. *juvenem*. Octave avait alors quarante ans. V v. 24. = 49. *triumphos*, s.-e. *agas*; c'est le triple triomphe d'Octave.

III. — Virgile partait pour Athènes, d'où il voulait visiter l'emplacement de Troie. C'est au retour de ce voyage qu'il mourut à Brindes, la même année. = 4. *Sic*, ainsi, à cette condition; formule de prière qu'il faut expliquer de la sorte : Uti nos a te hoc vel illud exoptamus, sic, ubi nostras preces exaudieris, hoc vel illud, quod tu vis, tibi contingat. = 6. *f. Atticis* se rapporte à la fois à *debes* ou à *reddas*. = 18. *siccis*. Chez les anciens, les pleurs sont souvent l'expression de la crainte, du désespoir et autres sentiments qui, chez nous, se traduisent par un simple changement de physionomie. = 20. *Infames*, qui ont une mauvaise renommée. = 22. *dissociabili*, c.-à-d. *qui eos dissociaret*. = 25. *omnia*, même les plus grands dangers. = 30, 31. Les fièvres qui amènent la consomption. = 32. Et la nécessité, auparavant tardive, de la mort éloignée. = 33. *stultitia*, parce que c'est impossible.

IV. — Walckenaer et la plupart des commentateurs placent cette ode en 22, au moment où Sestius venait de sortir du consulat. = 2. Les anciens mettaient leurs vaisseaux à sec vers la mi-novembre, et les laissaient rangés sur le rivage jusque vers la mi-mars, époque où on les relançait à la mer, en les faisant rouler sur des phalanges à l'aide de cordes. = 7, 8. *Alterno*, tantôt d'un pied, tantôt de l'autre. — *dum*, etc.; c'est la foudre de Jupiter qui se forge à l'approche de l'été. = 9, 10. « La table servie, on distribue des couronnes de fleurs ou de feuillage, que les convives gardent sur leur tête pendant toute la durée du repas, et d'autres plus grandes qu'ils se passent autour du cou. Ces couronnes, tressées d'ache et de lierre, ou d'ache et de lis, ou de myrte et d'ache entremêlés, et le plus souvent de roses, de violettes, de safran ou de nard, ou encore, bizarre recherche! composées de feuilles de roses cousues ensemble sur des écorces de tilleul ornées de petits bas-reliefs; ces couronnes, dis-je, sont des préservatifs contre l'ivresse. L'odeur des fleurs, ouvrant les pores, donne au vin moyen d'évaporer ses fumées et les vapeurs qui montent au cerveau. C'est encore pour le même motif qu'on se fait parfumer les cheveux avec des essences de nard, de safran, de balanus, et d'autres substances odorantes que le maître fournit, chez les riches, mais que les convives apportent eux-mêmes, chez les personnes d'une fortune médiocre. » Dezobry, Rome I, p. 357. = 13. *p. pede*. C'était, chez les anciens, une manière de s'annoncer. = 14. *Regum* a souvent ce sens au plur. à l'époque d'Horace. Notez que *que est* p. *ac* : *æquo ac* (quelquefois *et*). — *turres* se dit de tout bâtiment élevé et considérable; de même *aula*

(propr. cour d'entrée dans les édifices grecs). Cf. Dez., Rome I, p. 485. *Sur le mot* Maison. = 16. *fabulæ* (nomin. plur.) p. *fabulosi*, c.-à-d. *inanes*. D'autres expliquent : *de quibus multæ fabulæ narrantur*. = 17. *exilis*, misérable, comme Ept. 1, 6, 45; ou dans le sens de *vana*, *inanis*, comme étaient les ombres mêmes. = 18. *r. vini*. Les Grecs, et à leur imitation les Romains, tiraient au sort le convive qui, dans une réunion d'amis, devait présider au festin; ce *magister convivii* réglait le nombre des coups à boire et tous les autres divertissements du repas; son autorité était absolue. V. Dez., Rome I, p. 343. — *talis*. Il y avait deux sortes de dés, les *tesseræ*, qui avaient les six côtés marqués, et les *tali*, marqués seulement dans le sens de la longueur des nombres 1 et 6, 3 et 4; on mettait trois tessères ou quatre tali dans une espèce de cornet, d'où on les jetait sur la table à jeu; le plus beau coup était celui de Vénus, *jactus venereus*, quand les tessères donnaient trois 6 et les tali chacun un nombre différent : c'était au convive qui avait amené ce coup que revenait la royauté du festin.

V. — La plupart des courtisanes étaient des affranchies ou des étrangères. Il y en avait de deux sortes : celles d'un rang un peu relevé, ayant une certaine éducation, connaissant le chant, la musique, la danse, souvent actrices; c'était notre monde des *lorettes*. Les autres, Vénus plébéiennes, comme dit Martial (2. 53), habitaient surtout la voie Suburane, et ne se faisaient voir qu'à la tombée de la nuit, assises devant la maison, sur des sièges hauts, couvertes d'une toge (les vêtements de femme leur étant défendus) dont l'étoffe était très-fine et très-légère, quelquefois même entièrement nues. Du reste, grâce à la corruption générale, les femmes mariées également, matrones et mères de famille, se livraient, la plupart, à des intrigues secrètes et souvent même se jetaient dans la débauche la plus effrénée. Néanmoins Horace, peu riche et fils d'affranchi, d'ailleurs d'après ses propres aveux (Sat. 1, 2, 119), ne semble avoir eu de relations qu'avec de simples courtisanes. Bien des critiques veulent que ses amours soient des amours fictives et que les noms de ses diverses maîtresses, tous grecs, ne désignent que des êtres imaginaires; cette opinion est inacceptable. L'homme qui, avec la naïve crudité des temps anciens, écrivait la Sat. 2 du Liv. I, par exemple, en chantant ses amours, évidemment chantait la réalité, poétisée peut-être par son imagination, mais, enfin, la réalité. Sans doute quelques-unes de ses odes en ce genre sont de pures imitations du grec; mais encore est-il possible que, même dans ces jeux d'esprit, il y eût une allusion ou un souvenir. Quant aux noms employés par l'auteur, sont-ce des noms réels ou des pseudonymes? c'est ce que la critique ne peut déterminer, et la question, d'ailleurs, a peu d'importance. V. sur ce sujet le charmant opuscule du docteur Teuffel, *De amoribus Horatii*; et Lessing, *Rettungen des Horaz*. = 3. *antro*. Les gens riches, en Italie, ont encore l'habitude d'avoir un cellier dans des grottes naturelles ou artificielles, où ils vont boire et faire l'amour. = 4. *flavam*. Les blondes étaient rares et recherchées; aussi les femmes qui voulaient plaire s'appliquaient à rendre leurs cheveux blonds à l'aide de diverses compositions. = 9. *aurea*, parfaite de qualités et de charmes. = 10. *vacuam*, n'ayant pas d'autre amant et toute à lui. = 13, 16. *Me*, etc. Les naufragés avaient l'habitude de suspendre dans un temple de Neptune ou d'un autre dieu marin, *sacer paries*, un tableau votif (v. A. P. 20) ainsi que les vêtements dans lesquels ils avaient été sauvés. Horace aussi a fait naufrage; mais les flots inconstants de la mer, c'est l'amour de Pyrrha.

VI. — Parmi les contemporains d'Horace, il en est un certain nombre, personnages importants par leur position et leur fortune, avec qui le poëte n'eut que de simples relations de convenance, d'inférieur à supérieur, sans jamais entrer dans leur familiarité; tels sont Agrippa, Pollion, Plancus, etc., auxquels Horace ne s'est adressé qu'une fois dans ses écrits, en leur dédiant une de ses odes. C'est un devoir de politesse qu'il remplit à l'égard d'hommes dont il était bon de se ménager la bienveillance. La date la plus probable de cette pièce est l'an 36, après la grande victoire d'Agrippa sur Pompée. Sans doute, Agrippa avait prié l'auteur de chanter les exploits d'Octave et les siens. = 1. *Scriberis*. V. Od. 1, 20, 10. = 2. *alite*, cygne; c'est l'abl. d'instrument : cum Varius sit insignis poeta epicus. = 3, 4. *Quam*, etc. Il y a ici une attraction qu'il faut expliquer ainsi : *scribetur res omnis, quam miles*. = 7. *Ulixei*, gén. de *Ulixeus*, forme ancienne p. *Ulixes*. = 10. *Imbellis*. Horace ne veut parler que de lui, non de la poésie lyrique en général. = 13, 16. Tout le monde ne peut pas chanter dignement, etc., ce que pourtant fera Varius. Il est aussi difficile de bien célébrer Octave et Agrippa que les dieux et les héros d'Homère. — *adamantina*. *Adamas*, nom poét. du fer et de l'acier, plus tard d'une pierre précieuse (le diamant). = 19. *vacui*, de tout amour.

VII. — V. Od. 1, 6, le préambule. On suppose que Plancus allait quitter l'Italie pour la Grèce, et qu'Horace, sans doute à la demande d'Octave, qui ne voulait pas qu'un homme aussi important eût l'air d'être exilé, cherche à le détourner indirectement de ce dessein; en tout cas, le poëte s'efforce de consoler cet esprit inconstant d'un mécompte ou d'un chagrin. = 1. *Laudabunt*. V. Od. 1, 20, 10. = 6. *perpetuo*, qui commence aux premiers temps de la ville et relie entre elles toutes les traditions éparses de l'Attique. = 7. Acquérir de la gloire en traitant habilement toutes les légendes attiques susceptibles d'ornements poétiques. = 14. Beaucoup partagent cette pièce en deux odes (vv. 1-14 et 15-32), comme présentant deux sujets différents. Mais voici asuite des idées : Tibur me paraît le plus charmant des endroits ; tu pourras donc, toi aussi, dans ta maison de campagne de Tibur, chasser le chagrin qui te tourmente, et imiter Teucer, qui, malgré les coups du sort, conserva sa gaieté. = 15. *Albus*, sens actif. = 19. *fulgentia*. Les enseignes des cohortes étaient ornées de bandes d'argent, les unes carrées, les autres rondes ; ces enseignes et les aigles des légions étaient plantées en terre près du prétoire. = 21. *Tiburis*, c.-à-d. de ta villa tiburtine. — *Teucer*. Ne serait-ce pas Auguste fondant la Rome nouvelle ? = 22. *u. Lyæo*, c.-à-d. *calida, exhilarata vino*. = 27. *auspice*, expression toute romaine appliquée à un héros grec. = 29. Que par une terre nouvelle, Salamine (le nom de Salamine) sera tendant, flottant de deux côtés, c.-à-d. qu'une seconde Salamine sera fondée dans l'île de Cypre, en sorte que, lorsqu'on entendra son nom, on se demandera, *ambiguum*, de laquelle il s'agit.

VIII. — *V.* Od. 1, 5, le préambule. = 4. *campum* s.-e. *Martium*. Sur les exercices du champ de Mars, *v.* Dez., Rome II, p. 42. = 5. *militaris*, étant en âge de porter les armes. = 6, 7. *G. ora*, c.-à-d. *ora equi Gallici*. Les chevaux gaulois étaient très-fougueux. — *lupatis*. Les *lupi* étaient des pointes de fer en forme de dents de loup, dont on garnissait souvent le mors. = 8. *Cur*, etc. Après les exercices, on se baignait dans le Tibre. — *olivum*. On se frottait d'huile avant la lutte. = 9. *viperino*. Le sang de vipère était regardé comme un poison très-violent. = 10. *armis*, le disque de plomb ou de fer et le javelot, instruments lourds dont l'usage laissait des marques bleues, *livida*, sur les bras.

IX. — Dillenburger suppose qu'Horace et quelques amis sont réunis pour un repas, et que le poëte adresse ces couplets de table au *magister convivii* (*V.* Od. 1, 4, 18), θαλίαρχος. Mais un fragment d'Alcée (Athénée, 10, 8) fait croire avec assez de raison que cette pièce est une simple imitation. = 5. *foco*, commun à toute la maison. On y plaçait une grande quantité de sarments et de bois, et le convive qui avait froid venait s'y chauffer ; cette coutume existe encore en Italie. = 7. *Sabina*, hypallage ; c'est le vin qui est sabin. = 8. *diota* (mot grec), vase à deux oreilles, c.-à-d. amphore, parce que l'amphore avait deux anses ; *v.* Od. 1, 20, 3. = 9. *cetera* « reliqua omnia, quæ aut antea sollicitos nos habuerunt, aut quia futura et incerta sunt, nec certe nihil ad nos attinent, nec lætitiæ nostræ conveniunt. » Orelli. = 13. *Quid*, etc., ne consulte pas les astrologues sur l'avenir ; *v.* Od. 1, 9. = 18. *campus*. *V.* Od. 1, 8, 4. — *areæ*, propr. terrain vide et uni ; de là, endroit public où se réunissait la jeunesse, particulièrement situé près d'un temple, comme l'*area* de Vulcain, celle de la Concorde. = 20. *repetantur*, c.-à-d. *crebro quærantur*. = 22. *ab*, qui part de.

X. — D'ap. Porphyrion, c'est une imitation d'Alcée ; *v.* Pausanias, 7, 20, et Alc., Frg. 2. = 3. *Voce*, la faculté d'exprimer ses pensées. — *catus*. Varron, L. L. 7, 46 : *cata, acuta ; hoc enim verbo dicunt Sabini ; quare catus Ælius Sextus non, ut aiunt, sapiens, sed acutus*. Ce mot est ici par parenthèse, et ne doit pas se joindre à *voce et more*. — *decoræ*. Les exercices de la lutte donnent au corps de la grâce et de la souplesse. = 14. *dives*, de présents. = 15. *Th. ignes*, les feux des sentinelles myrmidonnes. = 18. *virga*, verge magique ornée de trois feuilles, qu'Apollon donna à Mercure ; le caducée, où s'entrelaçaient des ailes et des serpents, et qui était le symbole de la paix, est postérieur.

XI. — Employé depuis longtemps dans la religion pour les affaires publiques, l'art divinatoire, surtout dans les conquêtes de Rome en Orient, s'était répandu dans la société, sur laquelle il exerçait une déplorable influence. On peut en juger par les diverses classes de devins qui remplissaient la ville, les *astrologi*, les *mathematici*, les *chaldæi*, les *magi*, les *sortilegi*, les *harioli*, les *conjectores*, et, enfin, des magiciennes appelées *sagæ*. Ce qu'il y avait de plus fâcheux, c'est qu'ils n'agissaient pas seulement sur l'esprit faible du peuple et des femmes, mais jusque sur les hommes les plus éclairés, comme Auguste, et surtout Mécène. Plus tard, des lois interdirent les sciences occultes et allèrent même jusqu'à chasser les devins de l'Italie ; *v.* Suétone, Vesp. 14. Sur l'art divinatoire à Rome, *V.* Dezobry, Rome III, p. 346. = 3. *numeros*. Les *mathematici* prédisaient la destinée au moyen de calculs astronomiques. Horace fait sans doute ici allusion aux Éphémérides, livres où, dans des tables calculées par les astronomes, se trouvait marqué, jour par jour, l'état du ciel ; les femmes en faisaient grand usage. = 6. *liques*. On faisait passer le vin par un tamis ou par une chausse, pour en ôter la lie. Cf. Od. 3, 12, 2. — *brevi*, c.-à-d. *cum breve sit spatium*, ou *propter breve spatium*.

XII. — Octave, maître et pacificateur de l'univers, était au faîte de la grandeur ; dans cette ode, composée selon le procédé de Pindare, Horace le chante comme un dieu, avec l'enthousiasme d'un prêtre. = 4. *imago*. Les Latins n'ayant pas de mot qui répondît proprement à ἠχώ, disaient *vocis imago* ou simplement *imago*. = 13. *sollitis*, comme cela se fait dans les cérémonies religieuses, d'après le rit. = 17. *Unde* p. *ex quo*. = 19. *Proximos*. Entre Jupiter et les autres dieux, la distance est infinie ; dans cette distance, Minerve est le plus rapprochée. = 27. *alba*, sens actif. = 31. *quod* est adv. ; il y a diverses leçons dans les mss. sur ce mot. Remarquez qu'Horace ne parle ici que des dieux nés de Jupiter, et seulement des dieux bienfaisants. = 35. *Tarquini*. Il ne peut s'agir de Tarquin le Superbe, car la pièce est un éloge. = 37. *Scauros* p. le sing. = 39. *Gratus*, pour leur dévouement envers Rome. = 41. *incomptis*. Ce ne fut qu'en 300 av. J. C. que des barbiers vinrent de Sicile à Rome. = 43. *Paupertas*. *V.* Od. 1, 1, 18. = 46. *Marcelli*. Il s'agit du vainqueur de Syracuse et non du neveu d'Octave ; mais il est probable qu'à cause de cette similitude de nom Horace l'a rappelé à dessein. = 47. *Julium*. La suite des idées prouve que c'est J. César déifié et que le poëte ne pouvait omettre. Notons qu'Horace ne parle de César que deux fois, ici et Od. 1, 2, 44 ; que Properce n'en parle pas du tout ; Virgile, en trois endroits seulement (E. 9, 47 ; G. 1, 466 ; Æ. 6, 790) ; enfin, qu'Ovide le met au-dessous d'Auguste (Met. 15, 750). = 53, 56. Exploits imaginaires qu'il suppose réservés à son héros.

XIII. — *V.* Od. 1, 5, le préambule. = 2. *cerea*, blancs comme la cire. = 9. *Uror*, de jalousie. = 11. *Rixæ*. Qu'on n'oublie pas la vivacité des passions chez les peuples méridionaux ; les amants se battaient souvent, surtout dans les festins, et le mot *turparunt* indique qu'il en restait

des traces. = 16. *Q. parte*. Les uns traduisent *quinta* par *absolutissima*, la plus parfaite : Horace transporte aux baisers des amants le τὸ πέμπτον ἔν (*æther*) des pythagoriciens ; c'est de là que vient le *quinta essentia* (quintessence) du seizième siècle. D'autres expliquent : *quæ Venus reddit mellita*, s'appuyant sur des exemples grecs, entre autres, une phrase d'Ibycus (Schneidew. p. 127), qui dit que le miel est la cinquième partie de l'ambroisie. = 20. *Suprema citius*, p. *citius quam suprema die*.

XIV. — La comparaison de l'État avec un vaisseau est ancienne ; on la trouve dans un grand nombre d'écrivains grecs, entre autres Alcée (Frg. 18), qu'Horace a évidemment imité ici. Walckenaer place cette ode quelque temps avant la bataille d'Actium. = 2. *occupa*, saisis-toi du port ; cf. Ept. 1, 6, 32. Le vaisseau, à moitié brisé, est en vue du port, d'où la violence des flots l'éloigne malgré lui ; et, de la rive, le poëte lui jette ces paroles : *occupa*, etc. C'est faute de se faire une idée nette de la scène qu'on a traduit : Reste au port. = 6. *funibus*, cordages enduits de poix qui joignaient la carène et les côtés du navire de manière à empêcher les ais de s'écarter. — 7. *carinæ* p. le sing. = 14, 15. *Nil*, etc. « Vana virium specie nemo confidit. » *Orelli*. — *pictis*. Les poupes étaient, à l'intérieur et à l'extérieur, peintes de diverses couleurs. = 15, 16. *Tu*, etc. ; en prose : *cave ne debeas* ; il y mêle une autre construction : *nisi mavis perire, cave*. — D. *ludibrium*, ὀφλισκάνειν γέλωτα. = 17. *tædium*. Horace veut dire, sans doute, qu'après la défaite de Philippes il s'était pris d'un profond dégoût pour les affaires politiques. = 19. *nitentes*, à cause du marbre qu'elles produisaient.

XV. — « C'est une imitation de Bacchylide, dit Porphyrion ; celui-ci fait prédire à Cassandre les événements de la guerre de Troie, de même ici Nérée. » Si Porphyrion veut parler de la pièce dont il nous reste un fragment (Bacch., Frg. 29), elle n'aurait de commun avec l'ode d'Horace que la forme de prédiction. Un scoliaste, on ne sait pourquoi, y voit une allusion à Antoine et à Cléopâtre. = 2. *hospitam*. L'hospitalité avait un caractère sacré. = 14. *feminis* se rapporte à la fois à *grata* et à *divides*. = 15. *divides*. Le chant vocal et les sons de la lyre, en s'unissant, forment la totalité de l'accord ; chacun des deux partage donc cet accord, en est la moitié ; p. conséq. : tu joueras de la lyre et en même temps tu chanteras. Sur la musique des anciens, *v.* Barthélemy, *Voyage d'Anacharsis*, 27. = 17. *calami*. Le roseau de Crète, ayant des nœuds éloignés l'un de l'autre, était très-dur. = 19. *Ajacem*, fils d'Oïlée. = 34. *Achillei*, comme *Ulixei*, Od. 1, 6, 7.

XVI. — Cette palinodie (chant où l'on rétracte ce qu'on avait dit dans un chant précédent) est, d'après Acron, une imitation de Stésichore ; Horace y donne satisfaction à une maîtresse qu'il avait outragée. Le sujet semble être une fiction, car on ne sait rien des iambes dont parle notre poète. On remarquera l'ironie des comparaisons hyperboliques qui se trouvent dans cette pièce. = 2, 3. *m. Pones*, tu mettras fin, tu détruiras. = 5. *adytis* de Delphes et de Délos ; *incola* se rapporte à *adytis*. = 6. *sacerdotum*, les Galles (Cybèle), les Bacchantes (Bacchus), la Pythie et la Sibylle (Apollon). = 9. *ut* se rapporte à *æque* et à *sic*. = 15, 16. Prométhée, ayant dépensé la matière créatrice à faire les autres animaux, dut prendre à chaque espèce, *vndique*, telle ou telle partie de son être, pour les placer dans l'homme ; « *sic timorem deprompsit a lepore, a vulpe astutiam*. » Comment. Cruquius. La fable de Prométhée créant l'homme avec du limon et de l'eau est inconnue à Homère et à Hésiode ; la première mention en est faite par Erinna (Anthol. Palat. I, p. 301). Quant à cette anthropogonie d'Horace, évidemment empruntée à un poète grec, elle ne se trouve dans aucun des écrivains qui nous restent. = 26. *dum*, pourvu que, à condition que.

XVII. — *V.* Od. 1, 5, le préambule. Il invite sa maîtresse à venir dans sa villa du Sabinum. = 1, 2. *L. M. Lycæo* p. *Lycæum mutat Lucretili*, dit Priscien, 18. = 5. *tutum*, grâce à la présence de Faune. = 6. *latentes*, au milieu d'autres arbres. = 9. *Hædiliæ*. « Restitui librorum lectionem, secutus glossam antiquissimi Cod. B. (ms. de Berne, n° 363) : *mons*. » Orelli. Dans l'ignorance absolue de ce mot, on lui substitua *hinnuleæ*, sans penser qu'il s'agissait ici d'animaux domestiques ; et Bentley imagina *hæduleæ*, formé des diminut. *hædulus* (Juv., 11, 65), et *hædula* (Not. Tir.) = 12. *Levia*, comme le sont les pierres calcaires. = 16. *honorum*, « omnia quibus rus *honestatur*, ornatur. » Orelli. = 19. *uno*, Ulysse. = 20. *vitream*, épithète de la mer, tirée de sa couleur ; par extension, Horace l'applique à Circé, qui résidait dans une île. = 22. *nec*, etc., et l'on ne passera pas, les querelles s'échauffant, du vin au fer et à l'effusion du sang. = 26. *Incontinentes*, par suite de la colère et de l'ivresse. — *i. manus*, battre.

XVIII. — Imitation d'une ode d'Alcée dont il nous reste le premier vers (Frg. 44). = 1. *sacra*, parce que le vin servait aux libations dans les sacrifices. = 2. *Catili* p. *Catilli*, à cause de la quantité. = 5. *crepat*, craquer, d'où faire craquer ; de là, proclamer qq. chose, l'avoir à la bouche (pour s'en plaindre comme ici, ou pour le louer comme v. 6). = 8. *super mero* p. *de mero*, à cause du vin ; la cause de la lutte n'est pas l'enlèvement des femmes, c'est le vin, dont les Centaures avaient bu outre mesure. = 9. *debellata* « armis dijudicata. » — *Sithoniis*, p. les Thraces en général. — *n. l. Evius*. Les combats qui souillent leurs banquets sont le châtiment que leur a imposé Bacchus, irrité contre eux. = 10. *e. f. libidinum*, c.-à-d. *quem libidines solent statuere*. La différence que les passions mettent entre le bien et le mal est très-légère, et souvent elles confondent entièrement l'un et l'autre. = 11, 13. *Non*, etc. Je ne serai pas sacrilège envers toi, c.-à-d. je me garderai de tomber dans les fureurs de l'ivresse. — *t. l. quatiam*, je ne célébrerai pas tes *orgies*, en violant tes lois sacrées. — *nec*, etc. Certains objets mystérieux étaient cachés dans des corbeilles entourées surtout de pampres et de lierre ; c'était un crime inexpiable de les en faire sortir et de les placer sous les regards des profanes. = 15, 16. N'excite pas trop notre esprit, de crainte que nous ne tombions dans ces égarements, qu'il énumère aussitôt ; c.-à-d. : préserve-nous de l'ivresse. Le bruit des tambours et autres instruments était destiné à jeter l'âme dans une fureur sacrée.

XIX. — Horace avait alors environ quarante ans ; il a renoncé aux amours, mais cet adieu n'est pas définitif ; cf. Od. 4, 1. *V.* Od. 1, 5, le préambule. = 8. *l. adspici*, glissant à être regardé ; même constr. que *majorque videri* de Virg., Æ., 6, 49. = 11. *animosum*, plein de courage et de confiance, car sa fuite n'est qu'une tactique. = 13. v. *cespitem*, des mottes de terre couvertes de gazon, qu'on vient d'ôter à la surface du sol à l'aide d'une doloire. On élevait souvent avec des pièces de gazon des autels temporaires, des espèces de reposoirs. — 14. *Verbenas*, herbes cueillies dans un endroit sacré et servant à des usages sacrés; on en faisait des guirlandes dont on garnissait les autels. = 15. *patera*, coupe évasée qui servait aux libations dans les sacrifices. — *meri*. Le vin des sacrifices devait être pur de toute souillure et de mélange.

XX. — C'est un billet d'invitation à souper. = 2. *Cantharis* (mot grec), propr. grande coupe à anse et à large ventre, consacrée à Bacchus; ici p. coupe en général. — *testa*, terre cuite; de là, tout vaisseau fait de terre cuite; *Græca*, parce qu'elle a contenu auparavant un vin grec, pour donner plus de bouquet au Sabinum. — 3. *levi* — s.-e. *pice*, je l'ai enduit de poix (le vin p. le vase qui le contient). Le vin, après avoir été recueilli dans des *dolia* (grands vases de terre d'environ 5 hectol., servant de tonneaux), y était travaillé de diverses manières, jusqu'à ce qu'on l'eût rendu propre à la conservation. Alors on le transvasait dans des *amphores* (cruches de terre cuite à deux anses et à base conique; comme mesure de capacité, l'amphore valait 2 urnes, c'est-à-dire 26 lit. 12 cent.) ou des *cadus* (jarres en terre cuite également, valant comme mesure 39 lit.) de plus ou moins de contenance; l'orifice en était bouché à l'aide d'un liége, qu'on scellait avec de la poix et du plâtre. Sur chacun des vases était une étiquette, *nota*, qui servait à indiquer l'âge du vin; c'étaient les noms des deux consuls sous lesquels avait eu lieu la récolte et qui étaient marqués par les potiers à l'aide de lettres en relief (lettres qui furent même mobiles, à partir du 2ᵉ siècle av. J. C.) ou simplement écrits sur une tablette séparée. Le vin se gardait dans le cellier, *cella vinaria* ou *apotheca*, ordinairement situé à la partie supérieure de la maison (*horreum*), et, autant que possible, exposé au passage de la fumée, *quoniam vina celerius vetustescunt, quæ fumi quodam tenore præcocem maturitatem trahunt* (Colum. 1, 6, 20). Souvent aussi le cellier se trouvait au rez-de-chaussée, ou encore sous le sol, comme la belle cave de Dioméde, à Pompéi (V. E. Breton, Pompéia, p. 27). La forme conique des amphores et des cadus obligeait de les planter dans du sable, afin de les maintenir debout, et, comme le vin de chaque année était ordinairement rangé devant celui de l'année précédente, il en résultait que plus l'amphore était au fond du cellier, plus le vin était vieux. — 5. *ut*, avec tant de bruit que. — 8. *imago*. V. Od. 1, 12, 4. — 10, 12. *Tu bibes*, toi, tu peux le boire, tu en a chez toi pour en boire. C'est un futur de concession, comme en allemand, *du magst immerhin sonst drinken*. — *mea*, etc. Falerne et Formies ne produisent point de vin qui soit adouci, *temperetur*, dans mes coupes; c.-à-d., je n'ai ni Falerne, ni Formies; *temperare pocula* sign. mêler l'eau au vin, opération ordinaire, les vins italiens, et surtout les grecs, étant très-forts.

XXI. — Des scoliastes considèrent cette pièce comme la préface de l'ode séculaire. Franke la place en 28, époque de la première célébration des Jeux Actiaques; mais Orelli croit que ce n'est qu'un simple exercice poétique, auquel a sans doute donné lieu une solennité du genre de celle de l'an 28; d'ap. lui, si l'ode eût dû être prononcée en public, le poète aurait chanté sur un ton plus élevé la gloire d'Auguste et des deux divinités. = 5. *Vos* s'adresse aux jeunes filles. = 8. *Silris*. Quelques-uns voient une tautologie dans *nemorum coma quæ promines* (in) *silvis*; mais *nemus* sign. bois qui renferme des pâturages et peut dès lors parfaitement être contenu dans le terme général *silva*. Cf. Virg., Æ. 1, 164. = 11. *Insignem* s.-e. *Apollinem*. = 12. *Fraterna*. Mercure. — *humerum*, accus. à la manière des Grecs, régi par *insignem*.

XXII. — Le poëte est l'ami des dieux : c'est l'idée antique, et, à propos de lui-même, Horace l'a déjà exprimée (Od. 1, 17, 13). Un danger, auquel il a miraculeusement échappé, n'a fait que donner plus de consistance à ce sentiment. Mais ce danger, l'avait-il couru réellement ou n'est-ce qu'une fiction? c'est ce que la critique ne peut déterminer. — 7. *fabulosus*. « De ce *multa fabulosa a poetis narrabantur*. » Orelli. — 9. *Namque*. Le sens précis de *nam* est : la raison ou la preuve de ce que je viens de dire est que. — 11. *Terminum*. Il a dépassé la limite de sa propriété et est entré dans la forêt. — 13. *Quale portentum*, c.-à-d. *lupus*, p. *tale, quale D. non alit*. — 14. *Daunias*, adj. s.-e. *terra*. = 15. *J. tellus*, la Mauritanie et la Numidie. Schræter (Quæst. Horat.) croit qu'il s'agit de Juba II, et que p. conséq. l'ode est de 25, année où Auguste rendit à ce prince une partie des États de son père, Juba 1. = 17, 24. Je suis si convaincu que les dieux veillent sur moi, poète pur et vertueux, d'une façon particulière, que, dans quelque région que ce soit, je me livrerai en toute sécurité à mes amours. Sur l'opinion des anciens au sujet des cinq zones, v. Virg., G. 1, 233.

XXIII. — Cette ode est une imitation d'Anacréon (Frg. 49). = 2. *Quærenti*. Les faons restent leurs mères pendant deux et souvent trois ans. — 4. *silvæ*. Prononcez *silvæ*, pour la mesure du vers. — 5, 6. *seu*, etc., « folia inhorrescunt, varie agitantur auris vernis. » Orelli. *Foliis* est l'ablatif. Bentley a imaginé *vepris ad ventum*; *vepris auræ* et *ventus*, *vepris* et *rubus* sont des idées synonymes, et la pensée en elle-même serait l'exacte répétition de celle qui précède. = 10. *f. persequor* p. *te frangendam* p. hell. Les carnivores étranglent d'abord les faons.

XXIV. — C'est sans doute une imitation des thrènes grecs qu'Horace caractérise Od. 4, 2, 21. = 1. En prose : *Quis desiderii p.. quis desiderio m.* = 2. *Præcipe*. La Muse chante d'abord et apprend ensuite les chants au poète. = 5. *Cantus*. Ces chants funèbres ou lamentations mortuaires s'appelaient, en grec, *thrènes*, en latin, *nénies*. = 6. *Justitiæ*, le désintéressement et la probité. = 7. *Veritas*, la franchise du cœur et la droiture des actions. = 9. *flebilis*, sens passif, digne d'être pleuré. = 11, 12. Tes prières avaient confié Quint. aux dieux comme un dépôt sacré, *creditum*; ce n'était pas pour qu'il te fût enlevé sitôt par un inflexible destin, *non ita*; trompé dans ta piété, *f. pius*, tu leur demandes qu'ils te le rendent, mais ils ne le feront pas. *Frustra* ne peut pas se séparer de *pius*. = 16. *virga*. V. Od. 1, 10, 18. = 17. *f. recludere*, ouvrir le chemin, permettre de revenir à ceux que la loi du destin retient pour toujours dans les enfers. = 18. *gregi* p. *ad gregem*.

XXV. — V. Od. 1, 5, le préambule. Lydie commence à vieillir; le poète lui prédit le triste sort qui l'attend. Cette ode est sans doute imitée d'un auteur grec. Cf. Od. 3, 15; 4, 13. = 1. *fenestras*, p. *valvas*, les battants. Les courtisanes recevaient souvent leurs amants par la fenêtre; cf. Ovid. A. A. 3, 605. = 2. *Ictibus*, coups de pierre. = 7, 8. C'est un amant qui passe la nuit ou une partie de la nuit, couché sur le seuil de la maison, et fait entendre une chanson plaintive pour que la j. fille le fasse entrer. V. Od. 3, 10. — *tuo*, qui t'aime éperdument. — *perenne*, exposé qu'il est au froid et à la pluie. — *noctes*. Le plur. indique que ce n'est pas la première fois. — *dormis*, c.-à-d. éveille-toi pour m'ouvrir. = 9. *I. arrogantes*, cruels envers toi, comme tu l'as été envers eux. = 10. *levis*, de peu de valeur; cf. Sén. Herc. fur. 1308. — *angiportu*, ruelle détournée et tortueuse, assez étroite pour que les voitures ne pussent la traverser. = 11, 12. Si effrénée sera sa passion, qu'elle ne craindra pas d'affronter les plus mauvais temps pour attendre des amants. — *interlunia*, temps où la lune ne paraît pas, pendant sa conjonction avec le soleil. = 15. *ulcerosum*, la blessure d'une passion insatiable. = 17, 20. Tu te plaindras de ce que la jeunesse préfère les filles à la fleur de l'âge à une vieille femme comme toi. — *Virente*, vert clair, et *pulla*, vert foncé. — *D. Hebro*, elle les jette dans l'Hèbre, comme un présent digne de ce fleuve glacé; *Hebrus*, p. un fleuve quelconque.

XXVI. — Il est probable qu'Horace, sachant qu'une de ses poésies *nouvelles* (v. 10) ferait plaisir à son jeune ami, lui adresse cette odelette, qui a dû coûter peu de fatigue à sa muse. = 2, 3. *T. rentis*, loc. fréquente en grec, comme notre français : je le donne au diable. — *Portare*, hell. p. *ut portent*, — *quis* p. *a quibus*, par Tiridate et ses partisans. = 4. *Rex*, le roi scythe qui soutenait Phraate. = 5. *terreat*, la crainte de Tiridate d'être livré par Auguste. — *unice*, particulièrement, entièrement insouciant. = 6. *integris*, où personne n'a puisé avant moi. = 7, 8. *apricos*, nées dans des endroits exposés au soleil. — *n. flores*, *N. coronam*, c.-à-d. *n. f. quibus coronetur Lamia*, locut. poét. qui signifie chanter ses louanges. = 9. *Pimplea* (adj.), pimpléenne. = 10. *novis*, des cordes qu'aucun Romain n'a encore touchées. = 11. *Lesbio*. V. Od. 1, 1, 34. — *plectro*, petit crochet d'ivoire légèrement courbé, servant à toucher les cordes de la lyre.

XXVII. — « Odes sensus sumptus est ab Anacreonte in libro tertio. » Porphyrion. V. An. Frg. 62. = 1. *scyphis* (mot grec), vase, gobelet à boire consacré à Bacchus (cf. Od. 1, 20, 2), p. coupes en général. = 3, 4. *verecundum*, en buvant modérément. — *B.* p. *rixis* p. *a Baccho rixas*. = 5. *lucernis*. Le repas s'est prolongé dans la nuit. — *acinaces* (mot perse), sabre court et recourbé des Parthes et qu'ils ne quittaient pas, même dans la salle du festin, tandis qu'il était défendu aux Romains d'être armés en ville. = 6. *I. quantum*, ἀμήχανον ὅσον. = 8. Les Romains mangeaient couchés; le coude gauche était appuyé sur le coussin du lit de table. V. Sat. 2, 8, 80. = 9, 10. Cessez vos cris et vos disputes; je ne bois plus, si vous ne voulez causer tranquillement : voyons, frère de Mégilla, etc. = 10. *Dicat*. C'était l'habitude entre jeunes gens de se faire mutuellement confidence à table de ses amours, et, quand un convive avait donné le nom de sa maîtresse, les autres buvaient autant de coups qu'il y avait de lettres dans ce nom. V. Mart. 1, 72. = 16. *ingenuo*. V. Od. 1, 5, le préambule. = 17. *peccas*, parce que tout amour est un trouble de l'âme, très-fréq. pour dire simpl. aimer; quelquefois en aimer d'autres que celle à qui on a donné sa foi. = 19. *laborabas* se rapporte au moment où Horace avait fait sa question et où le convive avait hésité à répondre; ou, si l'on veut : tu souffrais tout ce temps où, malgré mon désir de le connaître, j'ignorais ton amour, *laborabas, et ego nesciebam* (Baxter); = 21. *saga*. V. Od. 1, 11; de même p. *magus*. = 22. *venenis*, breuvages amatoires, composés du suc de diverses plantes, et se rapprochant beaucoup des poisons.

XXVIII. — Nous avons compté *neuf* interprétations différentes de cette pièce; la plus vraisemblable est celle d'Et. Pallavicini (Trad. d'Horace, Leipzig, 1736). Archytas, comme le disent nettement les quatre premiers vers, est enterré au cap Matinus. Un vaisseau cingle près de la côte; le patron ou l'un des passagers, à la vue du sépulcre bien connu, s'exhale en plaintes sur cette fatale nécessité de la mort qui entraîne tout vers une même nuit (vv. 1-20). Alors s'élève du tombeau une voix gémissante : c'est l'ombre du dernier naufragé dans ces parages, qui demande la sépulture (vv. 21-36). = 4. *Munera*, les derniers devoirs, les honneurs de la sépulture, p. conséq. un tombeau. *Pulvis* est p. *terra, humus* : cf. Stace, Theb. 10, 427. = 5. *tentasse*, allusion aux travaux astronomiques d'Archytas. = 8. *remotus*, éloigné de la terre pour être emporté dans le ciel. Tous ces personnages, malgré leurs avantages, ont fini par mourir. = 10. *Panthoiden*, Euphorbe, p. conséquent Pythagore. = 12, 13. *nihil*, etc. Sûr de l'immortalité de son âme, convaincu qu'il devait revenir sous une autre forme, Pythagore (sous la figure d'Euphorbe) avait sans regret livré à la mort son corps matériel et périssable. = 17. *spectacula*, image tirée des combats de gladiateurs. = 18. *avidum*, qui convoite la vie et les richesses de ceux qui la parcourent. = 20. *fugit*, parf. d'habitude, comme l'aor. chez les Grecs. « Proserpine, c.-à-d. la mort, ne craint aucune tête et pour cela ne fait exception pour personne. » Porphyrion. = 22. *Illyricis*, l'Adriatique, que borde, au nord, l'Illyrie. = 23. *malignus*, assez peu généreux pour refuser quelques grains de sable. = 25. *sic*. V. Od. 1, 3, 1. = 28, 29. Construisez : *Ab Jove, unde* (a quo) *tibi defluere potest*. = 31. *Postmodo* s'unit à *nocituram*. — *te*, s.-e. *ex*, issus de toi. — *fraudem*. C'était une antique croyance que l'ombre d'un corps non inhumé était condamnée à errer cent ans, soit auprès de ce corps, soit sur les rives du Styx; aussi était-ce un sacrilége, si l'on rencontrait un cadavre, de ne pas lui donner la sépulture. = 34. *piacula*. On ne pouvait expier ce sacrilége que par le sacrifice d'une truie à Cérès; mais, ici, tous les sacrifices expiatoires ne pourront le délivrer du châtiment. = 36. *ter*. On n'était pas obligé d'accomplir réellement l'inhumation; il suffisait de la simuler, en jetant sur le cadavre un peu de terre à trois reprises différentes; l'ombre pouvait alors pénétrer dans les Enfers.

XXIX. — Sur l'ordre d'Auguste, Ælius Gallus, préfet d'Égypte, fit (en 24) une expédition dans l'Arabie Heureuse; mais elle échoua (cf. Od. 1, 35). Iccius voulait y prendre part pour s'enrichir, comme d'autres sans doute avaient fait dans de précédentes guerres. Horace raille finement son ami sur son étrange résolution. = 1, 5. Remarq. le ton hyperbolique de ce début : Iccius va vaincre tous les peuples de l'Orient. — *Regibus*, les émirs. = 5, 6. *v. barbara* p. *virgo barbara* : il s'agit d'une fille de roi. = 7. *Puer*, c.-à-d. *puer regius*, un page. = 8. *cyathum*, mesure de capacité d'env. 45 millilit. Dans les repas, les esclaves échansons, chargés de plusieurs sortes de vins, offraient à boire à la ronde. Le vin était dans des *cratères*, vases à large ouverture, où ils puisaient avec le *cyathe*. Chaque convive, en tendant sa coupe, disait combien il voulait de cyathes de vin, ou d'eau. V. Od. 3. 19, 11. =9. *Doctus*. Suivant la coutume de sa nation, il excelle à tirer de l'arc, et il amusera quelquefois son maître par son adresse. — *Sericas*. Par un procédé naturel en poésie, Horace les confond avec les Scythes. = 12. *Montibus*, p. *ad montes*, se rapp. à *relabi*. = 14. *Socraticam*, partic. Platon, Xénophon, Eschine et d'autres qui se rapprochaient le plus de Socrate. — *domum*, comme *familia*, l'ensemble des serviteurs, le personnel d'une maison. = 16. *meliora*, tu nous faisais espérer des travaux philosophiques.

XXX. — *V*. Od. 1, 5, le préambule. Glycère fait chez elle un sacrifice à Vénus; le poëte prie la déesse d'être favorable à la jeune fille. Cf. Anacr. Frg. 2, et Sappho, Frg. 7. = 4. *ædem* p. le plur., ce qui est assez rare. = 5. *solutis*. La tunique (vêtement qu'on portait sous la toge) se serrait à la taille par une ceinture qu'on ôtait chez soi, *solvere zonam*, pour se mettre à son aise; c'est l'aimable abandon des Grâces.

XXXI. — Octave venait de faire la dédicace du temple d'Apollon-Palatin; le poëte feint de se présenter devant la statue du dieu et lui fait ses libations et sa prière. = 1. *dedicatum*. « Dedicatur deus ipse, cui nova ædes consecratur. » Orelli. = 2. *patera*. V. Od. 1, 19, 15. — *novum*. Les libations se faisaient ordinairement avec du vin de l'année. = 5. *grata*, beaux à voir pour celui qui les possède, et aussi pour les passants. = 9. Je m'inquiète peu des souhaits du vulgaire : que ses vœux soient exaucés; moi, poëte, je me contente de peu. — *Premant*, p. dire simpl.: qu'ils possèdent. = 10. *vitem* se rapporte aux deux verbes. = 11. *cutullis*, calices (vases à boire ronds et sans anse) de terre, dont se servaient les pontifes et les vestales dans les sacrifices; ici ce sont de grandes coupes, comme en avaient les riches. = 12. *reparata*, acquis en échange : *re* exprime ici idée de réciprocité, d'échange. — *Syra merce*, les essences et les aromates (tirés de l'Inde et de l'Arabie), la soie (du pays des Sères et de l'Asie centrale), et peut-être encore les perles (de l'île de Tylos dans le golfe Persique). Le commerce de ces divers produits se faisait par terre; quelquefois par le golfe Persique, pour ceux qui venaient de l'Inde. Après avoir traversé la Babylonie, l'Assyrie et la Mésopotamie, ils restaient dans les entrepôts de la Syrie, dont le principal était Antioche, d'où les marchands romains les transportaient en Italie. Voilà pourquoi les poëtes leur appliquent ces diverses épithètes : *Syrius, Assyrius, Persicus*, etc., et p. conséq. les synonymes de ces mots : *Oronteus* p. *Syrius, Achæmenius* p. *Persicus*, etc., non parce qu'ils sont originaires de ces contrées, mais parce qu'ils avaient dû y séjourner pour pouvoir arriver à Rome. = 15, 15. Ironie. = 14. *Atlanticum*, la Méditerranée. Sénèque l'appelle de même. = 18. *Latoe*, du dorien Λατώος. = 19. *turpem*, malheureuse et méprisée à cause de l'affaiblissement des forces physiques et intellectuelles.

XXXII. — Jusqu'ici Horace n'a guère traité sous forme lyrique que des sujets légers, *lusimus*; maintenant, sur la prière qu'on lui en a faite, il va changer de ton. Invoquant l'aide de sa lyre (cf. Sappho, Frg. 70), il la prie de faire entendre dans la langue latine des chants qui égalent en énergie les odes guerrières et politiques d'Alcée, son modèle. C'est donc comme une préface à de nouvelles compositions, peut-être à Od. 1, 2 ou 1, 12. = 1. *Poscimur*. Par qui? par Auguste ou Mécènes, ou un autre ami, ou le public en général? On n'en sait rien. Quelques-uns s.-ent. *a nobis*, ce qui est inadmissible. Bentley met *poscimus*, c.-à-d. : *posco a te, barbite, L. carmen; age, dic hoc ipsum carmen*; mais tous les bons mss. ont le passif. — *vacui*, de toute préoccupation. = 2. *quod*. Regel et Lübker le rapportent à *quid lusimus*; si jamais j'ai composé des poésies érotiques dignes de la postérité; opinion partagée par Orelli. Nous préférons, au double point de vue du sens et de la construction, unir *quod* à *dic carmen* : donne-moi, lyre, assez d'inspiration pour que mes chants, dans ce genre nouveau que j'aborde, vivent éternellement. = 3. *Latinum*, en langue romaine, et sans doute aussi n'ayant trait qu'à des idées et des actes romains. = 4. *Barbite*. V. Od. 1, 1, 34. = 5. *modulate*, sens passif. — *civi* p. *a cive*, Alcée. = 7. *religarat*, attacher un vaisseau au rivage à l'aide de cordes (v. Od. 1, 4, 2). = 9. *Liberum*. Allusion aux ἀσώματα συμποσιακά d'Alcée. = 13. *cunque*, comme *quandocunque, quotiescunque*. — *salve*, χαῖρε, expression ordinaire de salut, est ici dans son sens primitif: sois en bonne santé, avec l'idée accessoire de *fave*. = 16. *Rite*, c.-à-d. avec les sentiments qui conviennent dans de pareilles invocations.

XXXIII. — Horace cherche à consoler Tibulle d'une disgrâce amoureuse, par l'exemple d'autrui; et par le sien propre. V. Od. 1, 5, le préambule. = 2, 3. *miserabiles*, etc.; *mis.* a le sens actif; la phrase peut aussi signifier : ne fais pas d'élégies sur la *perfidie* de Glycère (comme tu en as fait sur l'*amour* de Délie), ne t'en plains pas. = 5. *tenui*. La petitesse du front était regardée comme une qualité. = 9. *peccet*. V. Od. 1, 27, 17. = 10, 12. *cui*, etc. Qu'un homme une femme, mais qu'entre les qualités physiques et morales, *forma et animus*, de l'un et de l'autre il n'y ait aucune ressemblance, aucune parité, *impares*, c'est un amour sans réciprocité, un amour malheureux ; et de même d'une femme à l'égard d'un homme. = 13. *m. Venus*, l'amour d'une fille ayant de meilleures qualités. = 14. *Grata*, qui me plaît, bien que rien moins qu'agréable. = 16. *Curvantis*, par la violence de ses eaux.

XXXIV. — Un phénomène, regardé comme un présage funeste, a vivement frappé Horace; il exprime en poëte l'impression qu'il a reçue. Il avait dit autrefois avec Epicure : *deos didici securum agere ævum* (Sat. 1, 5, 101); aujourd'hui il change d'idée et reconnaît que les dieux ne sont pas, comme dit Claudien (in Ruf. 1, 19), *nescia nostri*, sans attacher d'autre importance à son erreur. = 1. *Parcus*, dépensant fort peu pour les sacrifices, s'il en faisait. — *infrequens*, allant très-rarement dans les temples des dieux. = 3, 5. *erro*, etc. C'est le pilote qui s'aperçoit qu'il a fait fausse route et qui revient sur ses pas pour reprendre le vrai chemin dont il s'était écarté. — *cursus*, chemin par lequel on court; cf. Cic., Off. 1, 53. = 5. *Diespiter* n'est autre chose que le Zεὺς πατήρ des Grecs, c.-à-d. *Cœlus pater*, quoi que dise Varron. L. L. 5, 66.

= 7. *purum*, s.-e. *cœlum*. Il est souvent fait mention de ce phénomène chez les anciens; ainsi Homère (Od. 23, 112), Lucain (1, 515), Suétone (Tit. 10), Virgile (G. 1, 487), ne parlent que des éclairs. « On s'exposerait à des erreurs en allant chercher les exemples de jours sereins accompagnés de tonnerre, dans les pays sujets à des tremblements de terre. Ces derniers phénomènes, en effet, sont souvent précédés de longs mugissements dont une illusion acoustique, encore mal expliquée, transporte le siège dans l'atmosphère. » Arago (*Ann. du bur. des Long.*, 1838, p. 298). L'imagination populaire et la fantaisie des poëtes faisaient le reste. = 12. La puissance divine se manifeste dans les phénomènes physiques, elle éclate également dans les vicissitudes des affaires humaines. = 14, 16. *hinc*, etc. La Fortune enlève la royauté à l'un, pour la remettre à un autre; allusion aux troubles politiques du royaume des Parthes; cf. Od. 1, 26, 5; 2, 2, 17. — *apicem*, la puissance et la dignité dont la tiare est l'insigne. — *stridore* indique l'épouvante dont ce sifflement (c.-à-d. sans image, le bouleversement subit d'un État) frappe les hommes; la Fortune avait des ailes, symbole de son instabilité. — *Sustulit*, parf. d'habitude, comme l'aor. des Grecs.

XXXV. — Octave venait de prendre le titre d'Auguste (16 janvier 27); la même année il prépara deux expéditions, l'une contre les Bretons, qu'il devait commander en personne et qui n'eut pas lieu; l'autre contre les Arabes, qui se fit quatre ans après (v. Od. 1, 29). = 2. *P. tollere*, c.-à-d.: *adeo præsens ut tollas*. Le mot *præsens* se dit en parlant d'une divinité qui manifeste sa puissance d'une manière visible; ici il est à peu près synonyme de *valens*. = 3, 4. *vel*, etc. S'il plaît à la Fortune, le plus grand deuil succède tout à coup à la plus grande joie. — *funeribus* p. *in funera* : cf. A. P. 226. = 6. *colonus*. V. Dez., Rome III, p. 275; et IV, p. 51. = 11. *matres*, très-honorées chez les peuples orientaux; la crainte qu'elles ont, c'est de voir leurs fils dépouillés par les Romains. = 14. *St. columnam*, symbole de la tranquillité et de la stabilité d'un gouvernement; une fois renversée, le gouvernement s'écroule avec elle. = 15. *cessantes*, les amis de l'ordre et les curieux, qui sont dans l'incertitude et attendent. = 17, 20. La Fortune a pour compagne la Fatalité, c.-à-d.: personne ne peut résister à la Fortune. Il est probable que dans cette description, qui a soulevé de très-vives critiques (Lessing, Laoc. VI, p. 145; Herder, *Für schœne Litt. und Kunst*), Horace avait en vue l'œuvre de quelque ancien artiste; car ses expressions trahissent la sculpture ou la peinture plutôt que la poésie. — *Necessitas*. Cette Fatalité, Ἀνάγκη, qui, pareille à un licteur, précède la Fortune, n'est ni une simple personnification, ni une divinité faisant partie du culte romain; elle appartient à une époque et à une religion antérieures : aux Etrusques, sous le nom d'Athrpa (Müller, *Denkmæler*, LXI, n. 307), et aux Egyptiens (Macrobe, Sat. 1, 19). — *C. trabales*, grands clous pour fixer les poutres. — *cuneos*, en général, coins à fendre le bois; ici, à serrer deux corps, en les traversant. — *Uncus*, crochet de fer qui sert à lier les grosses pierres qu'on scelle aux deux extrémités avec du plomb fondu. Le mot propre paraît avoir été *ansa*; v. Vitr., 2, 8. Ce crochet est *severus*; rigoureux envers les pierres, parce qu'il les retient étroitement. = 21, 24. Un homme a-t-il été frappé tout à coup par le sort, quelque malheureux qu'il soit, il a encore quelque espérance, il lui reste encore quelques vrais amis. — *albo*, symbole d'innocence et de pureté. — *c. abnegat*, s.-e. *se*. — *Utcunque*, etc. C'est l'homme devenu malheureux qui change ses habits magnifiques contre des haillons; qui quitte sa demeure, autrefois somptueuse et puissante, pour l'exil et la misère. = 26. *cadis*. V. Od. 1, 20, 3. = 29. Fortune, dont la puissance sur les affaires humaines est souveraine, comme d'autres fois tu accables des tyrans, ainsi auj. préserve Auguste pacificateur de l'empire. = 38, 39. *O*, etc. Les épées se sont émoussées en frappant sur des concitoyens; il faut les rendre à l'enclume et les remettre à neuf.

XXXVI. — Après avoir pris part à la guerre contre les Cantabres, Numida était revenu à Rome, sans doute à la suite d'Auguste. Horace fête le retour de son ami. = 2. *Placare*. Tout sacrifice apaise les dieux, implore leur bienveillance et leur faveur, même s'ils ne sont pas irrités. — *debito* : Diis debetur hostia votis susceptis promissa. » Porphyrion. = 8. *n. alio* p. *eodem*. Sur l'éducation des jeunes Romains, v. Dezobry, Rome II, p. 392. — *puertiæ* p. *pueritiæ*. = 9. *M. togæ*. Ils ont quitté la toge prétexte pour prendre la toge virile, ce qui se faisait ord. à dix-sept ans. V. à ce sujet Dez., Rome III, p. 103. = 10. *Cr. nota*, marque de terre de Crète (craie), c.-à-d. blanche; *cressa* est une espèce d'adj. employé au fém. seulement. Pline, 7, 40, dit que chez une nation thrace ou avait coutume de marquer les jours heureux ou malheureux avec une pierre blanche ou noire, qu'on jetait dans une urne. Cette coutume passa en proverbe. = 11. *modus*. Que le cellérier ou l'échanson ne cesse de tirer des amphores de l'*apotheca*. V. Od. 1, 20, 3. = 12. *Salium* p. *Saliorum*. = 13, 14. Que Bassus, d'ailleurs assez modéré à boire, soit auj. tellement joyeux, que même Damalis ne puisse le vaincre dans la lutte de l'*amystis*. — *amystide* (mot grec), action de boire sans fermer la bouche jusqu'à ce que la coupe soit vide, ce qui était l'habitude des Thraces. = 15, 16. V. Od. 1, 4, 9. = 17. *putres*, « marcescentes, molles et cupidine natantes. » Orelli.

XXXVII. — M. T. Cicéron, le fils de l'orateur, venait d'apporter à Rome la nouvelle de la mort de Cléopâtre et d'Antoine. C'est sans doute alors qu'Horace composa cette ode, l'une des premières éditées par lui, où il invite ses amis à ne mettre aucune borne à leur joie. Remarquez qu'il ne parle que de Cléopâtre, parce que c'était à Cléopâtre seule que, sur l'ordre d'Octave, le sénat avait déclaré la guerre. Le début de la pièce est imité d'Alcée (Frg. 20). = 1. *p. libero*, sans observer rigoureusement la mesure. = 2, 4. *nunc*, c'est le moment ou jamais de célébrer un *lectisternium* (repas qu'on offrait aux dieux quand il se manifestait des prodiges, et quelquefois en signe de réjouissance). — *Saliaribus*, excellents; terme proverbial. — *pulvinar*, coussins garnis de couvertures précieuses qui recouvraient les lits sur lesquels on couchait les statues des dieux, dans la cérémonie du *lectisternium*; de là, les lits mêmes des dieux. — *cellis*. V. Od. 1, 20, 3. = 9, 10. *t. Morbo*, c.-à-d. *turpi morbo laborantium*. — *Morbus* (νόσος, πάθος) est ici l'impudicité, la volupté infâme : « eunuchis enim suis Cleopatra abuti solebat ad libidinosissimam veneram, quam significat Priap. 78, 2, et Martial. 12, 59. » Orelli. — *virorum* est ironique. = 10, 11. *t. Sperare*, c.-à-d. *adeo impotens* (qui n'est pas maître de soi) *ut speraret*.

= 13. A Actium, la flotte d'Antoine, moins la trirème prétorienne, fut entièrement détruite par le feu = 14. *lymphatam* se dit de celui qui, avant vu une Nymphe des eaux (*lympha*; v. Sat 1, 5 97), a peur de cet élément; de là il exprime l'égarement de la raison. partic. par suite de la terreur panique. = 15 *veros*, opposé à *lymphatum*. = 16 *ab Italia*, du promontoire d'Actium, situé vis-à-vis de l'Italie = 20 *catenis*. Les vaincus étaient conduits enchaînés devant le char triomphal = 21 *Fatale*, marqué par le destin, pour mettre Rome à deux doigts de sa per e. = 23, 24 *nec*, etc. Elle ne chercha pas à acquérir (*parare*) un pays éloigné et inconnu à la place (*rei*) de celui qu'elle devait perdre. D'après Plutarque (Ant. 69), elle avait déjà fait transporter quelques vaisseaux dans le golfe Arabique; mais, ayant appris qu'ils avaient été brûlés par les Arabes, elle renonça à son projet. = 50 *Liburnis*, s.-e. *navibus*, vaisseaux petits et légers, construits à l'image de ceux dont s'étaient autrefois servis les Liburniens; ils étaient presque birèmes.

XXXVIII. — 1. *Persicos*. Le faste des cours asiatiques était proverbial. = 2. *philyra*. V. Od. 1, 4, 9. = 3 *Sera*, la rose d'automne ou d'hiver. = 6. *curo*. Un ms. donne *curæ*, qu'on explique *sedulo curras* (en le construisant avec *sedulus*), ou *nullam curam* (en le constr. avec *ni-il*) Bentley veut *cura*, dont il fait un ablatif. et d'autres un impératif. = *Vite*. Il s'agit sans doute d'un *triclinium* d'été.

LIVRE II.

I. — V. Od. 1, 7, le préambule. Pollion composait ou allait publier son *Histoire des Guerres civiles*; le poëte saisit cette occasion pour le louer à la fois comme historien. poëte tragique, orateur, homme d'État et général. La pièce est postérieure à la rupture de Pollion et d'Octave; aussi n'y a-t-il pas d'allusion à ce dernier = 1. La guerre civile n'éclata que dix ans après = 2. *causas*, la mort de Crassus, celle de Julie, la rivalité de César et de Pompée. etc. — *vitia*, d'un côté, de Crassus dans son expédition contre les Parthes; de l'autre, de Pompée et de son parti = 3 *Ludum*, surtout dans la mort de Pompée et de César. — *graves* à Rome = 6. P. *alea*, parce que Pollion traite l'histoire de son temps et d'une lutte dont bien des acteurs vivent encore = 11 *munus*. « Quidquid aliquis suscipit, hoc ejus fit *munus*. portes. » Orelli. = 13 *mœstis*. Les accusés avaient coutume, pour exciter la commisération publique, de se laisser croître la barbe et les cheveux, de se vêtir d'une toge sale et déchirée, et de prendre un air triste et humble. = 14. *consulenti* sens neutre : délibérant = 17. Le poëte comme s'il lisait déjà l'ouvrage de Pollion, feint de se trouver transporté au milieu des événements = 24. *a rocem* est dit évidemment pour plaire à Pollion. = 25 Après avoir fait une poét. analyse du sujet traité par Pollion, Horace déplore les maux et les crimes de la guerre civile dans lesquels il voit un châtiment céleste = 26. *cesserat* Avant un assaut, on prononçait une formule d'*évocation* pour faire sortir de la ville ennemie les dieux qui l'habitaient = 28 *Relluit*. c.-à-d. *vicissim obtulit*; cf Od 1 31 12 — *i ferus*, sacrifice fait aux Mânes pour les satisfaire; dans les temps héroïques. on immolait des victimes humaines. = 33 *gurges* exprime en poésie. l'idée générale de mer et de fleuve. = 38. *refractes*, reproduire en l'imitant. — *munera*. « Neniæ *munera* sunt omnia ea, quæ præstare debet θρῆνος, ut laudem mereatur. » Orelli. — *neniæ*. V. Od 1, 24, 3. = 40. *plectro*. V. Od. 1, 26, 11.

II — V Od 1 7. le préambule. Horace loue Salluste du sage emploi qu'il fait de sa fortune = 1. 2 Il s'agit des mines cachées dans le sein de la terre. = 2 *lamnæ* p. *laminæ*, une lame, un lingot, sans désignation de l'espèce et avec idée de dédain = 3 *C. Sallusti* p. S. *Crispe*, rare dans Cicéron, fréquent dans Tacite; la désignation de *familia* est supposée plus chère à celui qu'on nomme que celle de la *gens*. = 5 Le poëte a puis par un exemple ce qu'il vient d'avancer. = 7. m. *solvi*, qui se voit de se relâcher, *taurum*, qui se relâchera jamais. = 11 ii *Pœni*. les Carthaginois de l'Afrique et ceux de l'Espagne, où ils avaient fondé de nombreuses colonies = 12 *Serviat*; les colons et les esclaves qui cultivent les domaines du grand propriétaire. — *uni*, s.-e. *tibi*, dans le sens gén. de *on*. = 13. La comparaison de la cupidité avec l'hydropisie était fréquente dans les écoles des philosophes. — *i. sibi*, en buvant, malgré la défense des médecins. = 15, 16 *aq. languor*, l'eau sous-cutanée qui énerve le malade. — *albo* expr. la pâleur de l'hydropique. = 19, 22 *Virtus*, le sage, qui ne partage pas les préjugés de la foule. — *f. Vocibus*, « falsis rerum nominibus atque adeo pravo judicio » Orelli. — *regnum*, *diadema*, *taurum*. C'était la maxime des stoïciens que le sage parfait, tel qu'ils se le figuraient, seul était roi.

III. — V. Od 1, 7, le préambule. Dellius était alors ami d'Octave et de Mécènes; en lui adressant ce lieu commun sur la constance et la modération, Horace sans doute obéissait à ses protecteurs, qui craignaient de perdre l'amitié d'un homme si inconstant = 8. *nota*, une étiquette. c.-à-d. une amphore. V. Od. 1, 20, 3. = 9, 12. Le poëte suppose devant quelque charmant *viridarium*, probablement dans une villa de Dellius, et à la vue de ce beau lieu, il éclate en questions : *Quo*, dans quel but, etc., *quid* pourquoi, etc., si ce n'est pour que nous en jouissions? La leçon *qua*, p. *quo*, de Lambinus, et les variantes des mss. sur *quid*, ont fait expliquer ce passage très-diversement. = 13, 14. V. Od. 1, 4, 9 = 15 *res*, « toute vitæ conditio ac singulæ occasiones. » Orelli. = 20 *Divitiis*, les monceaux d'or et d'argent. les meubles précieux, les tapis, la vaisselle, etc. = 21. Que ta noblesse se perde dans la nuit des temps; riche, par cela même que tu descends d'une antique famille. Cette 2ᵉ pers. est générale et répond à *on*. = 26. *urna*, que la Nécessité, Μοῖρα, remue sans cesse : chaque homme dont le nom sort doit mourir. Comparaison avec l'urne et les bulletins électoraux. Cf. Sat. 4, 9. 29.

IV. — Il raille avec finesse un ami épris d'une esclave belle, mais rusée et avide; peut-être aussi n'est-ce qu'une imitation du grec, à en juger par Ovid. Am. 2, 8, 9. V. Od. 1, 5, le préambule. = 7. *Atrides*, Agamemnon. = 8 *Virgine*, Cassandre. — 13. *an*, comme s'il y avait *an-on*. = 14. *flavæ*. V. Od. 1, 5, 4. = 15. *Regium* quelque roi d'Orient. Cf. Od. 1, 29 5 = 17. *scelesta*. parce que c'est surtout par les gens de la plèbe que se commettent les crimes que s'exercent les métiers infâmes. = 18. 19 Est ironique. = 20. *pudenda*. qui aurait aussi été esclave, unie à un esclave, *contubernalis* ou *focaria*. = 21. *t. suras*. La

---

beauté des jambes des esclaves et des courtisanes frappait aisément les yeux, à cause de la tunique courte qu'elles portaient.

V. — Il est fort probable que cette ode est imitée du grec. = 2. *compar*, comme *jugalis*, celui avec lequel elle est unie au même joug. = 6. *fluviis*. En Italie les troupeaux, surtout l'après-midi, entrent dans les ruisseaux pour se garantir contre la chaleur et les taons. = 8 *venula*, comme si elle était encore du même âge. = 10, 12. Le raisin vert passe par trois teintes avant d'être mûr - noirâtre, *lividus*; pourpre, *purpureus*; noir, *niger*. Une fois que la grappe sera *pourpre*, elle ne tardera pas à devenir *noire*. signe de maturité. — *Distinguet*, « aliter tinget. » — *varius*, qui donne aux fruits des couleurs diverses. = 13 *ferox*, l'âge où les j. filles ont coutume de fuir les hommes = 14, 15. d. *Apponet*. A partir d'un certain âge, chaque année qui s'écoule semble être une perte sur ce que nous avons encore à vivre, *demitur*; pour les j. gens, au contraire, cette même année est comme un gain, *apponitur*. = 17. *fugax*, qui se sauve souvent de la table et du lit de l'amant. = 21, 24. Horace suppose qu'on introduit une troupe de j. filles dans la salle où sont réunis les convives, que l'amphitryon leur déclare qu'un jeune homme se cache au milieu d'elles, et qu'alors tous regardent avec attention, *sagaces*. mais ne parviennent pas à le distinguer. Constr. : *Discrimen obscurum mire falleret hospites solutis crinibus*.

VI. — Horace forme le vœu de mourir, soit à Tibur, sans doute dans quelque villa de Mécènes ou d'un autre ami soit près de Tarente, où Septimius avait p.-êt. des propriétés Cf. Ept. 1, 7, 44. = 5 La suite des idées est : Je sais que tu me suivais jusqu'au bout du monde; mais plutôt finissons nos jours l'un près de l'autre en Italie. — *colono* p. *a colono*. = 7. 8 Les gén. se rapportent à la fois à *modus* et à *lasso* = 10. *pellitis*. On couvrait de peaux les brebis, partic. celles de Tarente, afin de garantir leur toison contre les injures de l'air et les buissons = 12. *i-h Anlo p. a. Phalanto*. = 15. *viridi*. à cause des champs d'oliviers qui l'entourent. = 16 *Venafro* p. *cum Venafro*. = 19. *Fe tibi*, sens actif.

VII. — Quelques-uns placent cette ode en 39. époque où Sextus Pompée ayant fait la paix avec les triumvirs, ceux-ci publièrent une amnistie en faveur des proscrits; mais il est plus probable qu'elle fut composée après la bat. d Actium = 3 *Quis*, expression d'étonnement plutôt que d'interrogation : Comment se fait-il que? etc. — *Quiritem* ayant réobtenu intégralement ses droits de citoyen; car les exilés étaient frappés de ce qu'on appelait *minor capitis deminutio*. V. l'ez., Rome I., p. 571, et II p 204 = 4 *D. patriis*, les pénates de l'empire, qui protégeaient en même temps chaque citoyen. = 5. *pr ue* le plus cher = 8 *Malobathro*, mot grec corrompu de l'indien *t malpatrem* (feuille de Tamâli); c'est l'huile ou essence exprimée de la casse en bois, ou, suivant d'autres, du bétel V. Od 1, 4 9. — *Syrio*. V. Od. 1, 31, 12 = 10 *relicta*, etc. Pour fuir plus vite, on jetait son bouclier; mais c'était la marque de la plus insigne lâcheté. Néanmoins les trois grands poëtes grecs, Archiloque, Alcée et Anacréon avaient fait le même aveu; peut-être n'était-ce qu'une image poétique. = 11. *minaces* nos soldats si fiers auparavant, parce qu'ils se croyaient sûrs de la victoire = 12 Ils se prosternèrent la face contre terre (pour implorer la pitié du vainqueur), acte plus honteux encore. turpe, que la fuite, la victoire étant devenue impossible. = 13 14 Il se compare plaisamment aux héros épiques (v. Hom. Il. 3, 380, et autres), pour dire simplement qu'il eut le bonheur d'échapper. — *paventem*, « une paventem, ei vero fortiorem. » = 15, 16 Image empruntée au naufragé qui, près de toucher la rive, est saisi par une nouvelle vague et rejeté dans la pleine mer. = 17. *dapem*, qui suivait le sacrifice, p. conséq. le sacrifice aussi. = 19. *taurn*, sous les lauriers plantés dans le *viridarium* de ma villa sabine, si la pièce est de l'an 30 = 20 *cadis*. V. Od 1, 20, 3. = 22 *Ciboria*, mot égyptien; c'est la *colocavia*. ou peut-être le fruit du nélumbo, dont la gousse servait aux Egyptiens à faire de grandes coupes évasées par le haut et minces par le bas. et qui portaient le nom de la plante: d'où ce nom passa à toute coupe de même forme. = 23. *co chis*, mot grec sign. coquille; d'où flacon à essences ayant la forme concave de la coquille. = 25 *Venus*. V. Od. 1, 4, 18.

VIII. — V. Od. 1 5 le préambule C'est sans doute une imitation du grec : Barine a déjà trompé le poëte plusieurs fois; à un dernier mensonge son indignation éclate. = 1. 5. Les anciens croyaient que ceux qui avaient offensé les dieux par un parjure, étaient frappés dans quelque partie de leur corps. — *Crederem* parce qu'ayant été avertie par un châtiment, tu te garderais bien de mentir. = 5 6. *simul* etc. « *Obliganus caput votis*, id est, iis malis, quæ, si fefellerimus fidem, nobis ipsi imprecamur. » Orelli. = 8. *cura* objet de préoccupations et de désirs amoureux, et ce sentiment est général. *publica*. = 9 *Expedit*, puisque le parjure ne fait que te rendre plus belle. — *opertos* dans une urne. = 21. *juvencis* se dit fréq. chez les poëtes des j. gens et des j. filles. = 22 *senes*, le père ou le tuteur qui craint de voir le j homme se ruiner pour toi. — *miseræ*, tristes à cause de l'infidélité de leurs maris. = 24. *Aura*, l'exhalaison attrayante des femelles d'animaux au temps de la chaleur; image naturelle chez les peuples anciens.

IX. — Horace console Valgius désolé de la mort d'un jeune esclave, son mignon. = 1. *hispidos*, hérissés, à la suite de l'orage, de tiges et d'arbres dépouillés de leurs feuilles. = 3. *inæquales*, dont la violence varie. = 9. f. *modis*, « mœstis elegiis. » = 11, 12 *surgente*, le soir; *fugiente*, le matin. — *amores*. la mémoire de Mystès et la tristesse qu'elle inspire. = 13. *amabilem*, à cause de sa beauté. = 17 *Desine* avec le gén., hellénisme. = 18. *et*. etc Il y a une double idée : éloge indirect d'Auguste et de ses succès; éloge du talent poét. de Valgius. Du reste, c'est comme simple diversion à son chagrin qu'Horace le propose à son ami. = 21. *additum* n'est pas mal hyperbolique = 22. *volvere*, comme *equitare*, se rapp. à *catlemus*. = 23. *Gelonos*, les Scythes en gén. = 24. *campis*, les steppes.

X. — V. Od. 1, 7, le préambule; et Od 2 3. C'est un lieu commun tiré de la morale des stoïciens; peut-être le poëte agissait-il à la prière de Mécènes; en tout cas, la triste fin de Licinius donne à cette ode un caractère presque prophétique = 1 *Rectius*, « et honestius et felicius. » = 4, *iniquum*, à cause des bancs de sable et des écueils. = 5. *Auream*, plus précieuse que tout; cf Od. 1, 5 9 — *m dioer talem* qualité (la modération) et état (la médiocrité). = 9 ; *sæpius domin* toute la phrase. = 13. *infestis, secundis*, abl. absolu. — *metuit*, prend ses précautions (en vue de l'avenir), sous l'inspiration d'une sage crainte. = 14. *b. præparatum*, « sapientia instructum ac munitum ad tolerandam qualemcunque fortunam. » Orelli. = 15. *Informes*, sens actif. — *reducit*. La particule *re* expr. souvent la succession, la périodicité. = 18, 19. *c. S. musam*, touchant de la lyre, il s'excite au chant. = 23. *n. secundo*, qui, favorable d'abord, croît insensiblement et finit par submerger le vaisseau.

XI. — Il engage Dirpinus à un sage emploi de la vie. = 2. *H. Quinti* p. *Q. Hirpine*. V. Od. 2, 2, 3. = 4. *Quærere*, chercher à savoir. = 5. *pauca*. Il en énumère une partie plus bas (vv. 13-24); ce sont des sentiments tout à fait antiques. = 11. *minorem*, qui est au-dessous de, qui ne peut les comporter. = 12. *Consiliis* se rapp. à *fatigas* et à *minorem*. = 14. *sic*. « *Sic* pro leviter et negligenter, quod Græci οὕτως dicunt. » Donat (Térence, Andr. 1, 2, 4). = 15. *Canos*. Horace était *præcanus*; v. Ept. 1, 20, 24. = 16. *Assyria*. V. Od. 1, 31, 12. — *nardo*, sorte de valériane de l'Inde, dont la fleur servait à faire une essence. Horace emploie le nom de la plante, *nardus*, pour celui du parfum, *nardum*. V. Od. 1, 4, 9. = 21. *devium*. Ce n'est pas une prostituée de Subura. V. Od. 1, 5, le préambule. = 23, 24. Constr. : *more L. r. comas in c. n.*, ayant les cheveux liés en arrière, de manière à former un nœud bien arrangé; hellénisme. Il y avait trois principales sortes de coiffure (Manilius 5, 146); celle-ci était la plus simple.

XII. — Mécènes a sans doute prié Horace de chanter les actions d'Auguste; le poëte s'en excuse. = 1. *Nolis*, « nemo nolit, » 2° pers. générale dans le sens de *on*. = 3. *mollibus*. V. Od. 1, 6, 10. = 4. *A. modis*. Les mots arrangés d'après les lois du mètre s'ajustent aux mesures musicales; v. Od. 1, 15, 15. = 5. *n. mero*, ayant bu trop de vin. = 7. *unde*, « a quibus motum, etc. » = 9, 12. Personne ne voudrait me faire chanter les gestes de nos aïeux, ni les faits célèbres des temps héroïques, parce que mon talent n'est pas propre à ces sujets; pour le même motif, je ne puis ni ne dois chanter les exploits d'Auguste, que n'importe quel écrivain racontera mieux en prose. — *tu*; v. *Nolis*. — *ducta* devant le char triomphal (Od. 1, 37, 20); allusion au triple triomphe d'Auguste, en 29. — *minacium*, avant leur défaite. = 17. *choris p. in choros*. Il y avait longtemps que les femmes romaines avaient adopté la coutume de danser chez elles; v. Sall., Cat. 25. = 18. *joco*. Allusion à ce qui se faisait dans les repas, où le convive qui l'emportait par le sel de ses plaisanteries recevait un prix. — *d. brachia*. Il s'agit ici de danses solennelles; les danseuses s'y tenaient par les bras ou les mains. Il n'y avait que les femmes et les j. filles de naissance libre qui pussent y prendre part. = 23. *P. crine* (p. *crinibus*). V. Od. 1, 17, 1.

XIII. — Horace a encore parlé trois fois de ce fait (Od. 2, 17, 27; 3, 4, 27; 3, 8, 8. = 1, 4. Constr. : *I. et n. te p. d., Q. p.* posuit, *et postea P. s. m.* — *P. in*, etc., il l'a cultivé, comme dans l'intention qu'il tombât un jour sur quelqu'un, ce qui couvrirait le bourg d'un éternel déshonneur (surtout si c'eût été le *Romanæ fidicen lyræ*). — *pagi*, Mandéla. = 8. *Colcha*, très-violents, comme ceux de Médée. = 13. *homini p. ab homine*. = 14. *in h.*, s.-e. *singula*, d'heure en heure. = 15. *ultra*, dans le Pont, ou, s'il revient, dans la mer Egée. = 17. *Miles* Romanus. = 19. *Robur*, prison dont la porte est en chêne ou en bois d'une quelconque; c'est le *Tullianum* que décrit Sall., Cat. 55. V. T. Liv., 38, 59; et Tac., An. 4, 29. = 23. *discretas* (a Tartaro). = 26. *aureo* expr. la beauté des chants du poëte. = 27. *plectro*. V. Od. 1, 26, 11. = 29. *sacro*, comme si s'accomplissait une cérémonie religieuse. = 31. Allusion aux στασιωτικὰ ποιήματα d'Alcée. Cf. Frg. 37. = 32. *D. humeris*, serrée par les épaules; les épaules se touchent. = 33. *ubi*, « siquidem ibi. »

XIV. — La vie est courte; sachons donc en jouir. = 2. *pietas*, culte rendu aux dieux. = 5. *eunt*, « procedunt atque nobis abeunt. » Orelli. = 6. *places*. V. Od. 1, 38, 2. — *illacrimabilem*, si dur que rien ne peut le faire pleurer, c.-à-d. le toucher de compassion. = 7. *t. emplum*, ayant trois corps et tous trois immenses. = 10. Est un souvenir d'Homère (Il. 7, 142); *munere* désigne part. le blé. = 11. *reges*. V. Od. 1, 4, 14. = 12 *coloni*. V. Od. 1, 35, 6. = 16. *C. metuemus*; nous craindrons pour nos personnes. V. Od. 2, 10, 13. = 23. *Te* (sens gén.) s'adresse à tout lecteur. — *cupressos*, consacré à Pluton. « Des tentures noires flottaient à la porte; sur le vestibule, il y avait un petit autel où brûlaient des parfums, et, en avant, une branche de pesse ou de cyprès. » Dez., Rome III, p. 47. Cela ne se faisait que pour les riches; leurs bûchers également étaient décorés de rameaux et de guirlandes de cet arbre, qu'on plantait aussi autour des tombeaux. = 25. *Cæcuba*, les Cécubes, c.-à-d. les bons vins. — *dignior* (*tô*), parce qu'il en jouira. Cette 2° pers. est générale. = 26. *c. clavibus*, avec le plus grand soin. = 27. *T. pavimentum*, salira (par la couleur rouge du vin) le plancher du triclinium. Le pavage des salles romaines était orné, en *opus Signinum* (enduit inventé à Signia, dans le Latium, et formé de tessons de terre cuite broyés et liés avec une pâte de chaux); chez les riches, il était en dalles de marbre (d'une ou de diverses couleurs), ou en stuc orné de peintures, ou en mosaïque gén. composée de marbre; ce dernier mode était le plus employé. — *superbo*. Le vin a conscience de sa valeur et semble insulter au marbre. = 28. *Pontificum*, les Saliens. V. Od. 1, 37, 2.

XV. — Le poëte se plaint de la décadence de l'agriculture, et c'est sans doute sous l'inspiration d'Auguste, qui sentait le mal et voulait y remédier, qu'a été composée cette ode, ainsi que d'autres du même genre (Od. 2, 18; 3 6 et 24). V. Dez., Rome III, p. 325; IV, p. 41-58. = 2. *Moles*, comme *turres*, Od. 1, 4, 14. = 3. *Lucrino*, ouvrage d'utilité publique, opposé aux monuments d'un luxe fatal. = 4. *cælebs*, qui ne peut être marié à la vigne (à cause de la nature de son branchage). Les riches Romains avaient la fureur des plantations de platanes. = 5. *ulmos*, c.-à-d. les arbres utiles auxquels on marie la vigne (v. Epd. 2, 10). = 6. *Myrtus*, au plur. — *c. narium*, toutes les fleurs et plantes dont le parfum flatte l'odorat. = 11. *intonsi*. V. Od. 1, 12. 41. = 12. *Auspiciis*, les exemples qui doivent faire autorité, « primam suam signific. retinet, quatenus prisci illi duces rem publicam gesserant auspiciis suis. » Orelli. = 14, 15. *d. Metata*, les portiques sont si longs et si larges, que, pour les mesurer, il faut employer la *decempeda*, règle de 10 pieds (environ 3 mètr.) p. arpenter les terres. Cf. Dez., Rome IV, p. 280. — *privatis* (se rapp. à *decempedis*), dont se servent maintenant les particuliers pour la construction de leurs superbes portiques. = 17. *cespitem*. On construisait primitivement les murs des maisons avec des mottes de

gazon. V. Od. 1, 19, 13. = 18. *Leges*. Il ne reste rien de pareilles lois; peut-être entend-il par là les mœurs, ou n'est-ce qu'une image poétique ?

XVI. — Les deux idées fondamentales de cette pièce se trouvent v. 13 et v. 25. = 1. *Otium*, temps non consacré aux affaires ni à la guerre; de là, existence éloignée des affaires, ainsi que des soucis et des dangers qu'elles entraînent. Cet état est le but de ceux-là même qui s'exposent aux plus grands périls. = 4. *Sidera*, partic. la grande et la petite Ourse. = 11. 12. *l. Tecta*. Il y avait deux sortes de plafonds : le plaf. voûté (*tectum concameratum*), et le plaf. à compartiments, formé de poutres qui se croisaient (*tectum laqueatum*); ces cavités, *laquearia* ou *lacunaria*, étaient ornées de lames d'ivoire et d'or ou de peintures, ou de ciselures et de sculptures, ou encore d'ouvrages en mosaïque. C'était surtout dans les triclinium qu'on déployait un grand luxe de plafonds, ainsi que de parquets; cf. Od. 2, 14, 27. = 13, 14, *cui* (s.-e. *ei* p. *ab eo*), etc., qui ne manque de rien, bien qu'il n'ait pas de richesses. — *p. salinum*, la fortune modeste qu'il a reçue de son père et qu'il n'a ni augmentée, ni diminuée. Du reste, « aureæ mediocritatis erat apud Romanos, habere salinum ex argento veluti vas sacrum. » Orelli. = 15. *timor* de perdre ses richesses; *cupido*, le désir de les augmenter. = 18, 19. *Quid*, etc. Constr. : *Q. t. a c. S. m.* terris nostris; cf. Od. 1, 17, 1. Bien des Romains, saisis d'une espèce de dégoût de leur patrie, la quittaient pour aller dans des pays éloignés. = 20. *fugit*, au parf. = 21. *æratas*, garnis d'un éperon en airain. — *vitiosa*, né des passions qui sont les maladies de l'âme. = 27. *risu*, le rire du dédain et du mépris. = 29, 32. Achille a eu une vie trop courte, Tithon une vie trop longue; et il peut se faire qu'un bien vainement désiré par toi, je l'obtienne sans que je m'y attende; exemples qui prouvent que, dans les affaires humaines, il n'y a rien d'heureux sous tous les rapports. — *hora*, « singulæ occasiones, prout tempore procedente sese per vices offerunt. » Orelli. = 35. *equa*. On employait surtout les cavales dans les courses. — *bis*, de deux couleurs différentes pour obtenir une variété; c'est ce qu'on appelait *purpura dibapha*. V. Amati. *De restitutione purpurarum.* = 37. *p. rura*, son bien du Sabinum. = 38. Sans image : un talent poétique qui ne soit pas indigne des anciens Grecs. = 40. *Spernere* se rapp. à *dedit*.

XVII. — Horace félicite Mécènes qui relevait d'une maladie grave, et l'exhorte à ne pas trop se livrer aux plaintes. = 5, 6. Si la violence (de la mort) t'enlève plus tôt que moi. — *moror*, « in vita remaneo. » — *altera*, moi, l'autre moitié de la seule et même âme qui nous anime tous deux. = 8. *N. c. æque atque prius eram*. — *n. s Integer*, « nec vitam habiturus integram, parte mei altera in te extincta. » Schol. — *Ille*, celui où tu mourras. = 13, 15. Les plus grandes terreurs et les plus grands dangers ne me séparent pas de toi. = 17, 22. Employant une figure naturelle à son époque, il veut dire que l'existence de Mécènes et la sienne sont si intimement liées, qu'elles obéiront toutes deux aux mêmes lois du destin. — *adspicit*, m'a regardé à ma naissance et exerce encore un influence sur moi. Chez les astrologues, les constellations se regardent propr. entre elles à la naissance de chaque homme. — *pars*, la constellation qui, en même temps que les autres qu'elle regarde, détermine l'horoscope d'un homme. — *violentior*, qui exerce le plus d'influence sur l'horoscope de l'homme qu'elle regarde. A toute naissance, il y a un astre dominant et qui p. conséq. doit être considéré plus partic. par l'astrologie. = 23. *Tutela*, terme d'astrologie. — *Saturno* dépend de *refulgens* et de *eripuit*. — *refulgens*, opposant ses rayons à ceux de Saturne; *re*, contre, à l'opposite.

XVIII. — Cf. Od. 3, 24, dont le sujet est absolument le même. = 1. *ebur* p. *eburneum*. = 2. *lacunar*. V. Od. 2, 16, 11. = 3. *t. Hymettio*. des pièces de marbre de l'Hymette taillées en forme de poutre; il s'agit des épistyles ou architraves. = 4. *Premunt*, sont placées dessus. Chez les riches, outre les colonnes de l'atrium et du péristyle, presque toutes les salles étaient ornées de colonnes détachées des murs latéraux. = 5, 6. Je ne suis pas devenu tout à coup riche à la suite de quelque hasard. Les commissaires chargés de recueillir l'héritage d'Attale III détournèrent impunément une partie de ses trésors. — *Ignotus* à Attale. Il y a une amère ironie. = 7, 8. L'idée est double : je ne me sers pas d'habits de pourpre; je n'ai pas de clients, c.-à-d. je ne suis pas noble. Les femmes des clients travaillaient pour le patron dans le but d'obtenir sa faveur, qqfois pour un salaire. — *honestæ*, « ingenuæ ». = 10. *vena*, métaph. tirée de l'eau, comme Ovid. Trist., 3, 15 (al. 14), 33; quelques-uns la croient empruntée aux métaux. = 11. *Me petit*, m'appelle chez lui et me reçoit avec bienveillance. = 17. *scauda*. On sciait le marbre en tables qui servaient à daller les appartements, ainsi qu'à en revêtir les murs. Cf. Od. 2, 14, 27 et 16, 11. = 18. *Locas*, tu traites avec un entrepreneur. *redemptor*, qui se charge de l'ouvrage à ses risques et périls. = 20, 22. V. Dez., Rome III, p. 355. — *Submovere*, refouler le rivage naturel (en construisant des digues). = 23, 26. Tu augmentes tes propriétés par tous les moyens, même les plus iniques. = 26, 28. Fait fréquent à cette époque, les clients n'osant pas réclamer devant les tribunaux contre les injustices d'un patron armé d'argent et de pouvoir. = 29, 32. Constr. : *N. a. c.* aula (quam aula) *d. f O.* — *O. fine*, « certus terminus, quem Orcus statuit hominibus rebusque humanis suum tandem in regnum recidentibus. » Orelli; *destinare* dans le sens de *designare limite; Aula.* V. Od. 1, 4, 14. = 53. *recluditur*, pour recevoir les ombres dans les Enfers. = 34 *Regumque*. V. Od. 1, 4, 14. = 58. *levare*, c.-à-d. *Vocatus et levet*. = 40. *audit* p. *exaudit*. Il a pitié du pauvre qui a beaucoup souffert sur la terre, que le pauvre l'ait invoqué ou non, et il le soulage. Il y a brachylogie.

XIX. — Cette pièce, qui se rapproche du genre dithyrambique, est évidemment imitée du grec. = 1. *carmina*, les hymnes mystiques du culte de Bacchus. = 7. *parce*. Il craint d'abord de se livrer au dieu, mais bientôt il ne peut plus résister à sa puissante inspiration et s'écrie : *Fas*, etc. = 9. *Fas est*. Je sens, à la fureur dont il m'anime, qu'il m'est permis de chanter le dieu, qu'il ne s'en irritera pas. = 10, 12 Ces merveilles étaient censées se produire pendant la célébration des *orgies*. — *l. L. c. mella*, symbole antique d'abondance. — *iterare*, reproduire ce qui s'est passé (on le racontant). = 17. *barbarum*, « indien. » = 18. *uvidus*. V. Od. 1, 7, 22. = 19. *coerces*. = 20. *s. fraude*, ni p. toi, ni p. elles. = 21. *p. arduum*, à travers les airs. = 28. *Pacis*, s.-e. *medius*. Tu te montrais également propre à la guerre (à cause de ton courage), et à la paix (à cause de ta gaieté). = 30. *Cornu*, symbole de la force. — *atterens*, la frottant contre son corps. = 31. *recedentis*, quand tu sortis des enfers.

XX — Horace avait, parmi les gens de lettres, de nombreux détracteurs (Sat. 1, 4); il leur répond sous forme poétique, par une ode où il chante son apothéose, et qu'à dessein il dédie à son protecteur. C'est à dessein encore qu'il la place à la fin d'un livre, où elle arrête nécessairement l'attention. = 1 *usitata*, parce qu'il a le premier tenté le genre lyrique en latin. = 2. *biformis* n'est qu'une image. C'est un cygne qui s'élève dans les airs, mais en même temps c'est un poète; le poète est souvent comparé au cygne. = 6. *rocas*. Cf. Od. 2, 18, 11. = 9, 10. Ses jambes s'amincissant et prenant les formes grêles du cygne, la peau nécessairement s'affaisse, *residit*, et p. cons. devient rugueuse, *aspera*. = 17. *dissimulat*, par pudeur. = 19. *Noxcent*, entendront mon chant. = 21. *inani*, puisque je ne laisse point de corps à ensevelir. — *neniæ*. V. Od. 1, 24, 3. Elles étaient chantées par des pleureuses; v. A. P. 431. Ennius (Cic. Tusc., 1, 15) avait dit : *Nemo me lacrumis decoret nec funera fletu Faxit. Cur? Volito vivu' per ora virum.*

LIVRE III.

I. — Les six premières odes de ce livre rentrent dans le genre didactique. Le poète y développe, sous une forme majestueuse, certains préceptes de morale destinés à préparer le peuple romain aux réformes que méditait Auguste : c'est donc à l'instigation du *prince* qu'elles ont été composées. La pensée principale de cette ode se trouve v. 25 : On ne doit souhaiter que le nécessaire. = 1. *p. vulgus* (métaph. comme les vv. suiv.), ceux qui méprisent la sagesse. = 2. *F. linguis* (à l'abl.), soyez silencieux, que ne dites que des paroles de bon augure; formule usitée au commencement des sacrifices. = 4. On en a conclu qu'il s'agit d'un chœur ; mais on peut interpréter : Je vais chanter des préceptes propres à former la jeunesse. = 5. *greges*. Les rois sont ποιμένες λαῶν. = 9. Les rois, qui sont les premiers parmi les mortels, sont pourtant soumis à Jupiter; de même les riches, les nobles, etc., obéissent néanmoins à la Nécessité. — *Est, ut*, « usu venit, ut. » — *ordinet*, planter en quinconce, surtout la vigne. = 12. L'homme *nouveau*. = 14, 16. *æqua*. etc., V. Od. 2, 3, 26. = 17, 21 Le riche, dont la conscience n'est pas tranquille, est même très-malheureux. — *ensis*, le remords. Allusion à l'histoire de Damoclès. — *Siculæ*, pareils à ceux que Denys de Sicile fit servir à Damoclès. — *elaborabunt*, produiront avec peine (pas du tout). — *avium*. Sur les volières, V. Dez., Rome IV, p. 51. = 33, 57. V. Od. 2, 18, 20. — *Cæmenta*, moellons qu'on reliait ord. avec de la pouzzolane, *pulvis Puteolanus*, et de la chaux, et formant ainsi un ciment qui se durcissait dans l'eau. On s'en servait p. remplir l'entre-deux des parements d'un mur en pierre de taille, d'où *demittit*. — *redemptor*. V. Od. 2, 18, 18. — *Minæ*, de la conscience coupable. = 39. *ærata*. V. Od. 2, 16, 21. = 41. *P. lapis*, marbre blanc veiné de vert de Docimée ou de Synnade, employé surtout dans les colonnades. V. Od. 2, 18, 4. = 44. *Achæmenium*. V. Od. 1, 31, 12. — *costum*, parfum tiré de la racine du *kushtha* (d'où *costus*), arbrisseau qui croit dans l'Inde. V. Od. 1, 4, 9. = 45. *postibus*, les jambages d'une porte, revêtus de marbre ou d'écailles de tortue. = 46. *atrium*. Il y en avait de cinq espèces, le plus ancien et le plus simple était le *toscan*, le plus riche le *corinthien*; n. *ritu* oppose l'un à l'autre. = 47. V. Od. 1, 17, 1.

II. — Le poète exhorte la jeunesse romaine à pratiquer les vertus guerrières et civiques, qui font la force d'un Etat. = 1. *amice*. Des mss. ont *amici*. = 8. *Prospiciens*. Dans Homère les femmes regardent du haut des tours les combats des héros ; p. ex. Il. 3, 154. = 9. *ne*, « sollicita, ne. » L'idée de crainte se trouve en effet dans *suspiret*. = 13. Que le j. Romain soit animé de cette pensée : *Dulce*, etc. = 16. « Poplites et tergum fugientem militem totum significant. » Dillenburger. = 17, 24. Au courage militaire est nécessairement unie la vertu : elle est accompagnée de vrais honneurs (qui ne relèvent pas de la faveur populaire) : vv. 17-20, et d'un nom immortel : vv. 21-24. — *repulsæ*, échec électoral. — *Intaminatis*, non souillés par la fraude et le crime, moyens fréq. d'arriver aux magistratures. — *udam*, enveloppée d'un air grossier. = 23. 52. La discrétion est la compagne de la vertu. C'est surtout dans la fidélité à observer le silence dans aux cérémonies des mystères que se reconnait la discrétion. Aussi l'homme qui les révèle est-il repoussé par tous et son crime est frappé par les dieux des plus terribles châtiments.

III. — C'est l'éloge de la fermeté, et en même temps un hymne à la grandeur romaine, fondée par Romulus et portée à son comble par Auguste. = 1. *propositi* « quod, ex justitiæ sensu ortum, prorsus cum ea congruit. » Orelli. = 11. *recumbens*. V. Od. 1, 27, 8 = 15. *merentem*, parce qu'il avait civilisé le monde. = 14. *Vexere* à l'Olympe. = 17. *Gratum*, parce que tous étaient favorables à Romulus. — *consiliantibus*, s'il fallait le recevoir ou non. = 18. Il ne faut voir dans ce discours, où Horace exalte Rome, qu'une forme poétique, et dans les détails et allusions mythologiques dont il est question, le développement du caractère et des sentiments que la fable attribuait à Junon. = 19. *judex*, Pâris. = 24. *duce*, Laomédon. = 33. *Marti*, en faveur de Mars qui est mon fils. = 37. Cette idée, ainsi que d'autres analogues, ne doit être considérée que comme une expression imagée de la haine implacable de Junon contre Troie. = 38. *exsules*, les Romains. = 45. 48. All. aux succès d'Auguste en Espagne et en Egypte. — *m. liquor*, le détroit de Gadès. = 49. 52. Et elle y arrivera (à être maîtresse du monde). si elle méprise l'or. Constr. *A. sp. f. q. cupidior e.*, et rapp. *h. in u.* à *rapiente*. — *A. i. spernere*. « nulla prorsus cupidità accendi ad auri venas investigandas. » Orelli. = 58 *pii* envers Troie. = 61. *alite*. On ne fondait une ville qu'après avoir consulté les auspices.

IV. — Voici la suite des idées dans cette ode célèbre par l'art dont Horace y a fait preuve : Il n'y a pas de plus grand bonheur que celui de cultiver les Muses, et je ne saurais assez les remercier des bienfaits qu'elles m'ont accordés ; Auguste les aime aussi : c'est le goût des Muses qui en fait un chef sage et clément ; c'est pour cela qu'il a triomphé des folles et criminelles entreprises des Antoine, des Gallus, des Egnatius, et qu'il en triomphera toujours. = 2. *longum*. Il souhaite que la présence de Calliope (l'inspiration) dure longtemps. = 9. Horace s'attribue une de ces fables qu'on racontait sur Stésichore, Pindare et

d'autres. = 10. La chaîne du Vultur s'étendant d'Apulie en Lucanie, Horace pouvait être hors de l'Apulie, tout en appelant encore le Vultur *Apulo*. Remarq. la différence de quantité d'*Apulo* et *Apuliæ*; peut-être le texte est altéré ; mais les mss. sont d'accord. = 15, 17. *mirum*, etc. Rapp. *ut* à *mirum* : c'était extraordinaire comme je dormais. = 19. *Lauro* (consacré à Apollon), *myrto* (à Vénus) : présage de la gloire poét. qu'acquerra l'enfant. = 21 Maintenant encore vous me protégez, comme vous l'avez fait autrefois. = 28. C'est la seule fois qu'il parle de ce fait. = 36. Le Tanais. = 38. *addidi* a ajouté (comme nouveaux colons). = 43. Tout ce qui suit fait allusion à Auguste et à ses ennemis. = 50. *jurentus*. les géants. — 57. La brutalité contre la force intelligente. = 58. *Hinc*. du côté de Jupiter. — 70. *Sententiarum*, « veracium monitorum. » = 75, 76. *nec*, etc. Les flammes, que vomit Encélade, n'ont pu encore détruire la masse qui pèse sur lui, c.-à-d. le délivrer.

V. — On place génér. cette ode à l'époque où Phraate rendit à Auguste les enseignes et les prisonniers de l'armée de Crassus (20 av. J. C.); mais Franke (F. Hor., p. 189) et Lübker, pour de fortes raisons, la reportent avant. = *Præsens*. V. Od. 1, 35, 2. = 3, 4. Il veut simpl. dire que cela arrivera. = 5. » Qui fieri potuit, ut miles Crassi viveret ? » Orelli. L'idée des Parthes lui rappelle aussitôt ce fait honteux, qui amène la transition à Régulus. Constr. *c. b. maritus*, ayant une femme barbare. — 6. *Turpis*, il a violé la loi. Le citoyen qui s'alliait à une étrangère perdait son droit de cité. = 8. *armis*. Les armées des Parthes étaient surtout composées d'esclaves (tout prisonnier était considéré comme tel). Du reste, des Romains avaient pris du service chez eux ; Labiénus les avait même, ap. Philippes, appelés en Syrie. — 15, 16. *et*, etc. « Dictitabat tale exemplum nimiæ facilitatis ad redimendos captivos auctoritatem perniciosam in posteros habiturum esse. » Iahn. = 23. *n. clausas*, signe de sécurité. = 27. *Damnum*, danger et à donner un tel exemple, et à avoir dans l'armée des gens capables de fuir ou de se rendre une seconde fois. — *colores*, sa couleur naturelle (blanche). = 28. *fuco*, plante marine dont le suc servait à teindre préalabl. la laine, p. lui faire prendre plus facilement la couleur de pourpre ; de là, tout ce qui sert à teindre, part. la pourpre. = 37. Ce n'est qu'en combattant qu'on sauve sa vie. = 38. *Pacem*, etc. Ce droit n'appartient qu'au S. P. Q. R. = 41, 42. Tout captif était *capite deminutus* (V. Dez., Rome p. 371, et II, p. 204) et dès lors n'avait plus de famille.

VI. — V. Od. 3, 1, le préamb. Inspiré par les projets de réforme d'Octave, le poète exhorte ses concitoyens à revenir à la piété et aux mœurs des ancêtres. = 1. *majorum*, depuis l'époque de Sylla. — *immeritus*, quoique personnellement tu ne sois pas coupable: Il parle de la génération qui arrive. = 2, 4. Durant les guerres civiles on avait fort négligé les temples. — *Fœda* etc., et à cause des incendies, et par suite de l'incurie. On avait coutume de laver les statues des dieux à des époques déterminées. = 5. C'est en reconnaissant la souveraineté des dieux que tu as obtenu l'empire du monde et que tu le conserveras. = 6. *Hinc*, s.-e. *oritur* : c'est sous les auspices et avec l'aide des dieux que doit s'accomplir toute entreprise. = 12. *Torquibus*, colliers d'or très-minces qui étaient le seul ornement qu'eût le simple soldat chez les Parthes. = 13, 16. All. à Antoine, dont ils étaient les alliés. Il ne nomme pas Antoine (V. Od. 1, 37). — *Æthiops*, p. *Ægyptius*. = 17. Il expose les causes de ces malheurs. Les répudiations et les divorces étaient fréquents, et le mariage était violé par toutes sortes de scandales, de la part des deux sexes. = 21. *M. Ionicos*, l'emportant sur les autres par le mouvement des mains. (v. Aristoxène dans Athén.1, p. 22). = 22. *Matura*, alors qu'elle devrait être très-chaste. — *artibus*, les autres arts, d'agrément, qui tous sont l'apanage des courtisanes; v. Od. 1, 5. Des msy. ont *artubus*. = 24. D. *t. ungui*, ἐξ ἁπαλῶν ὀνύχων. = 30, 32. *seu*, etc. Elle ne dédaigne personne, pas même les gens les plus vils (le commerce était fort méprisé par les Romains), pourvu qu'elle leur tire de l'argent. — *institor*, celui à qui le *re-tiarius* donne des habits et des étoffes à colporter et à vendre en détail. = 38. *Sabellis*, p. *Sabinis*. = 42. *Mutaret*, l'ombre des montagnes s'allonge.

VII. — Astérie ne doit pas se désoler : son amant lui est toujours fidèle; qu'elle aussi garde sa foi et veille sur son cœur, qui déjà penche vers un autre. « Est quasi εἰδύλλιον mercatorum vitam amoresque lyrice describens. » Orelli. V. Od. 1, 5, le préamb. = 1, 8. Après avoir achevé sa cargaison, Gygès a quitté la Bithynie à l'approche de l'hiver; détourné de sa route par les vents contraires, il est obligé d'attendre le printemps. V. Od. 1, 4, 2. — *fide*, vieux gén. — *Noctes*, etc., parce qu'il ne cesse de penser à toi, bien que Chloé (la femme de son hôte) cherche à le séduire par un habile entremetteur. = 10, 11, *t. ignibus*, Gygès, pour qui tu brûles. = 13, 18 Il lui montre, par deux histoires connues, les dangers de l'amour méprisé. = 19, 20. Il lui en raconte d'autres qui, en dépeignant le bonheur des amants, enseignent à être infidèle. — *peccare*. V. Od. 1, 27, 17. = 21. *Icari*. gén. de *Icarium* mare. = 29, 30. *neque*, etc. Ne regarde pas par la fenêtre, quand Enipée exprime sur la flûte ses plaintes amoureuses. V. Od. 1, 25, 7 ; 3, 10.

VIII. — Billet d'invitation à souper. Horace suppose que Mécènes vient d'arriver et qu'il s'étonne de le voir célébrer les *Matronales*. = 1. *M. Calendis* (1ᵉʳ mars), consacrées au *matrones*, en mémoire de la réconciliation opérée à cette époque par les Sabines entre leurs maris et leurs pères ; c'était la fête de Junon Lucina, à qui les maris adressaient ce jour-là des vœux pour la durée de leur union. = 4. V. Od. 1, 19, 13. = 5. Tu connais les lettres (et p. conséq. les coutumes) grecques et latines. = 6. *epulas*, V. Od. 2, 7, 17. — *album*. Les victimes blanches étaient offertes aux dieux du ciel, les noires aux dieux des enfers. = 8. V. Od. 2, 13. = 10, 12. V. Od. 1, 20, 3. = 13 *cyathos*. V. Od. 1, 29, 8. = 16. Il y a encore d'autres invités, et l'on boira bien, mais non jusqu'à l'excès. — 17. Il gouvernait Rome, en l'absence d'Octave, alors en Orient. — 19, 20. All. à Phraate et à Tiridate. = 23, 24. Cf. Od. 2, 9, 23. = 26. *privatus*, n'ayant aucune dignité ; ainsi tout en étant préfet, il n'en portait pas le titre = 27. *horæ*. V. Od. 2, 16, 32.

IX. — C'est la seule fois qu'il emploie dans ses odes la forme dialoguée, empruntée au genre bucolique. V. Od. 1, 5, le préamb = 4. *P. rege*. le grand roi ; proverbe. = 8. Moi, qui ne suis qu'une affranchie. = 19. *excutitur* de mon cœur. Image tirée du cheval qui renverse son cavalier. = 20. *Rejectæ*, que pendant quelque temps j'ai refusé de recevoir, ou n'ai point fait venir. Cf. Od. 2, 11, 21.

X. — *V.* Od. 1, 5, le préamb. Plainte d'un amant, παρακλαυσίθυρον, à la porte de sa maitresse, mais mêlée d'une certaine ironie. V. Od. 3, 7, 29; Dez., Rome III, p. 75. Lycé n'est point une *matrone* (cf. v. 12); c'est sans doute la femme d'un riche affrauchi (à cause de *nemus*). — 3. *Porrectum*. Il est couché sur le seuil, sans doute couvrant la porte de baisers et de parfums. — 5. *nemus*, le *viridarium*, jardin situé au centre du péristyle. — 7, 8. Une nuit sereine *pura* (froide), a succédé à un temps de brouillards et de neige. — 10. Image tirée d'un corps pesant qu'on élève en l'air à l'aide d'une corde tournant autour d'une roue; que l'ouvrier laisse échapper la manivelle, la roue et la corde, obéissant à la traction exercée par le fardeau qui retombe, tourneront en sens contraire : l'ouvrage sera à recommencer, si toutefois tout ne s'est pas brisé. Que Lycé prenne donc garde que tout le soin qu'elle a pris à se jouer de ses amants ne soit inutile et que même elle ne soit punie. — 11, 12. Pénélope avait le droit de l'être; mais non toi, fille de basse extraction. Il rabaisse sa naissance, sans la lui reprocher.

XI. — *V.* Od. 1, 5, le préamb. Il demande à Mercure de lui inspirer des accords capables de toucher Lydé; la puissance et les effets de la lyre l'amènent à parler des Danaïdes et d'Hypermnestre, sans plus revenir à Lydé. — 1, 2. *nam*, etc., et p. conséq. tu peux satisfaire ma prière. — 5. *loquax*, en bonne part. — *olim*, avant d'avoir les sept cordes. La cithare ou phorminx (qui servait aux aèdes et aux rapsodes) n'avait que deux cordes; et la lyre primitive que quatre. V. Od. 1, 1, 34. — 15, 16. All. à Orphée. — *aulæ.* V. Od 2, 18. 31. — 22. *urna*, « urnæ singularum. » — 26. 27. *et*, etc., vide de l'eau s'échappant par le fond. — *Dolium.* V. Od. 2, 20. 3. — 41. *vitulos.* V. Od. 2, 8, 21. — 42. *Singulos.* Chacune tue son mari enfermé dans sa chambre nuptiale. — 43 44. *intra*, etc., pour que tu sois tué par un autre. — 49. Que tu veuilles faire route par terre, *pedes*, ou par mer, *auræ*, hâte-toi.

XII. — *V.* Od. 1, 5, le préamb. Cette pièce parait imitée d'Alcée, d'ap. un vers que nous a conservé Héphestion (Alc., p. 383, Bergk). C'est ce vers aussi qui a permis à Orelli de rétablir le véritable sens de cette odelette : un monologue mis par le poëte dans la bouche de la j. fille; tandis que gén. on y voit une allocution ironique de l'un à l'autre : mais les Latins employaient assez souvent la 2e pers., au lieu de la 1re, dans les monologues. La pièce est composée de quarante *ioniques mineurs* qui se suivent et qu'on partage diversement : notre division est celle de Bentley, fondée sur le vers d'Alcée. C'est la seule fois qu'Horace use de ce mètre (fréq. dans Alcée), sans doute à cause des difficultés que présentait son emploi. — 1. *M. est.* Il est de j. filles malheureuses, de ne pas, etc. — 2. *vino.* Il s'agit d'une affranchie; cf. Od. 1, 11, 41 et 1, 36, 13. — 4. *qualum* p. *lanificium.* — 7, 9. *pugno*, etc. « propter pugnam vel pedes. » — 12. *excipere*, le recevoir sur l'épieu.

XIII. — Les odes de ce livre appartiennent à la période 29-18, durant laquelle l'auteur, s'il alla à Venouse, n'y séjourna pas assez de temps p. pouvoir offrir un sacrifice à une source quelque peu éloignée de là. Des critiques ont donc placé cette pièce en 37, époque où il se trouvait dans sa ville natale, exception de date peu admissible. Ce doit être une fantaisie poét. inspirée à Horace par le souvenir des lieux de son enfance. — 2. Je te ferai une libation et je te jetterai des couronnes, ce qui était la coutume en pareil cas. — *mero.* V. Od. 1, 19, 15. — 3. *Cras*, sens indéterminé. — 5. *destinat*, comme *meditantis*, Od. 3, 22, 7. — 10. *Nescit*, à cause des yeuses qui l'ombragent. — 14. *ilicem*, p. le plur.

XIV. — Peerlkamp regarde cette ode (citée par Servius et Charisius) comme apocryphe; Steiner, comme indigne de l'auteur de Od. 4, 5; et gén. les critiques la jugent très-sévèrement. Comme toutes les pièces en l'honneur d'Octave, elle est froide; seulement ici ce défaut n'est pas déguisé par l'amas des images et le brillant de l'expression. — 5. Cette vertu était alors peu pratiquée. V. Od. 1, 5; 3, 6, 17. — 6. Il s'agit d'une *supplication.* « Ce sont des prières publiques, suivies de sacrifices qu'on va faire solennellement aux dieux, soit pour se les rendre propices, soit pour les remercier de quelque bonheur arrivé à la république, ou pour apaiser ou détourner leur colère. » Dez. Rome, II, p. 127. Cf. *Lectisternis*, Od. 1, 37, 3. — 8. *villa:* Les *matrones* en nouaient leurs cheveux (p. se distinguer des affranchies); dans les cérémonies religieuses, elles tenaient des baguettes qui en étaient entourées. — 9. *Virginum* les femmes des soldats d'Espagne. — *juvenum.* V. Od. 1, 2, 24. — 10. *Sospitum.* Toute l'armée est censée l'être, sous la conduite d'Auguste. — *p. et puellæ*, les mêmes que v. 9. — 11, 12. *male*, etc. V. Od. 3, 1, 2. — 14, 16. *eyo*, etc. Il ne craindra pas de voir revenir les guerres civiles, tant que vivra Auguste. — 17. V. Od. 1, 4, 9. — 18. V. Od. 1, 20, 3. All. à la guerre sociale. — 19. *qua*, « si qua via. » — 21, 22. V. Od. 1, 5; 2, 11, 22. — 23. Parce qu'il a reçu l'ordre de sa maitresse. — 27. *ferrem*, j'aurais enfoncé la porte. Cf. Od. 3, 26, 7.

XV. — *V.* Od. 1, 5, le préamb. Il conseille à Chloris de se modérer, tant à cause de son âge que de la pauvreté de son mari. Cf. Od. 1, 25. — 3. *laboribus*, c.-à-d. *meretriciis artibus.* — 5. Sans doute lorsqu'elle accompagne sa fille Pholoé. — 9. Les j. gens brisaient souvent les portes des courtisanes (*V.* Od. 3, 26, 7); il paraît que le contraire avait lieu qqfois. — 15. *rosæ.* V. Od. 1, 4, 9. — 16. *cadi.* V. Od. 1, 20, 3.

XVI. — La puissance des richesses est grande, mais elles amènent aussi des malheurs et des soucis; c'est pourquoi, content de peu, je suis de l'avis des stoïciens, qui ne désirent rien : telle est la suite des idées de cette ode, qui est p.-êt. une réponse à ceux qui blâmaient Horace de ne pas mieux profiter de la faveur de Mécènes. — 8. *pretium*, « aurum, quo corrumperentur custodes. » Or. — 10. *saxa*, les choses les plus solides — 11. *auguris*, Amphiaraüs. — 14. *v. Maredo*, Philippe. — 16. All. à Mènas. — 18. *Majorum*, neutre. — 19. D'avoir des richesses et d'en être fier. — 21. 22. Plus on se contente de peu, plus on est heureux. — 23. *Nudus*, renonçant à tout ce qui n'est pas nécessaire. Il se suppose entre les deux camps, et comme il se hâte d'entrer dans l'un, par cela même il s'éloigne de l'autre. — 25. *Contemptæ* par les riches, à cause de sa modicité. — 29. *rivus*, la Digence. — 32. il ne sait pas que mon petit bien me donne plus de bonheur qu'il n'en trouve dans ses immenses propriétés — *sorte* (abl. d'instrument), capital, placement. — 34. Le vin de Formies. — 35. *Languescit*, « mitescit paulatim. » V. Od. 1, 20, 3. — *Gallicis*, la Cisalpine. — 41. *Alyatiei.* Cf. Od. 4, 6, 7.

XVII. — Horace exhorte *son cher* (Od. 4, 26, 8) Lamia à se donner du bon temps. — 2, 9. La coutume des nobles romains de rapporter, à l'aide d'un généalogiste grec, leur origine à quelque héros de la fable, l'infériorité de la position d'Horace, et la parfaite correction du style de cette parenthèse, ne permettant pas d'affirmer qu'il y ait ici une plaisanterie. — *priores*, c.-à-d. ceux qui ont vécu depuis Lamus jusqu'au premier Lamia qui soit mentionné dans les Commentaires de cette famille. — *nepotum* (opp. à *priores*), ceux dont les noms sont authentiques. — *fastus* privés, où sont relatés les hauts faits de la famille; ici les tables généalogiques. — *duces* est la leçon de tous les mss. — 9. *crus.* Cf. Od. 3 13. 3. — 13. *potis* (es), avant que la pluie, qui menace, n'ait rendu le bois humide. — 15. *Curabis*, p. l'impératif. Il allie les formules *Genio indulgere* et *curare corpus.*

XVIII. — Cette invocation est censée adressée à Faune, non durant les *Faunalia*, mais pendant l'été (surtout à cause de *p. alumnis*). — 3. *i. abeasque.* Faune est représenté comme n'ayant pas de demeure fixe et parcourant les campagnes suivant son caprice. — 4. *alumnis*, veaux, chevreaux, agneaux. — 5. *p. anno*, aux nones de décembre (5 déc.), époque des *Faunalia.* — 7. *crateræ* V. Od. 1, 29, 8 — 9. *herbosum.* Le mois de déc. en Italie équiv. à notre octobre. — 12 *pagus*, Mandéla — 14. La chute des feuilles a lieu à cette époque : le poète suppose que les arbres en jonchent le sol en l'honneur du dieu. — 15. *invisum*, à cause des rudes travaux de l'année — 16. « Quod est tripudiare. *Ter* ad rhythmum anapasticum vel dactylicum retulit. » Schol.

XIX. — Il s'agit d'un pique-nique destiné à célébrer l'admission de Muréna dans le collège des augures : c'est ce qu'on induit du v. 10. Télèphe est le *magister convivii* (V. Od. 1, 4, 18), et Horace le prie, en le plaisantant, de s'occuper des apprêts du festin (vv. 1-8), au milieu duquel il feint d'être tout à coup transporté (vv 8-28); à moins qu'on ne suppose l'ode composée durant le souper même, en donnant aux vv. 1-8 une application rétroactive. — 3 *Narras* tu as coutume de t'occuper de ces questions; mais maintenant. etc. — 5, 7. Dans les piques-niques. l'un des convives prêtait sa maison, et les autres chargeaient du vin et des comestibles. — *cadum.* V. Od. 1, 20, 3. — *aquam* du bain précédant le souper et toujours fourni par le maitre de la maison), celle aussi que les esclaves, dès que les convives s'étaient mis à table, leur versaient sur les mains (opération qui se renouvelait après chaque service) et sur les pieds déchaussés durant le repas, et l'eau destinée à être bue, soit pure, soit mêlée au vin : cet usage continuel de l'eau (froide et chaude) donna lieu à la loc. *præbere aquam*, traiter, recevoir. — 8. *Peliquis*, comme il en fait chez les Pélignes. — 9. « Da poculum quod in honorem lunæ ebibatur. » L'année de Numa (changée par les décemvirs) était lunaire; d'où l'antique coutume de boire aux Calendes (commencement du mois) en l'honneur de la nouvelle lune. — 11, 12. La mesure du *sextarius* (12 cyathes) servait de base au mélange du vin et de l'eau; on mêle donc ici 3 cyathes de vin avec 9 d'eau (p. les têtes faibles), ou 9 de vin et 3 d'eau (p. les forts buveurs) : le mélange se faisait dans le cratère. V. Od. 1, 29 8. — 13, 17. Les Muses étant neuf, il prendra 9 cyathes de vin et 3 d'eau, le mélange le plus fort; mais non 12 de vin, *tres supra (novem)*, c.-à-d. du vin sans mélange. — 18. *Berecyntiæ*, du mode phrygien : le son en était grave. — 20. *fistula*, la flûte du berger, au son aigu. — 21. Les esclaves qui ménagent le vin, les fleurs, les parfums. V. Od. 1, 4, 9.

XX. — Pyrrhus brûle p. Néarque; une j. fille, qui l'aime aussi, veut le garder p. elle : d'où une bataille. V. Od. 1, 5, le préamb. — 1, 2. En voulant enlever Néarque à son amante, tu es comme le chasseur qui. — 5. *catervas*, les chasseurs qui accompagnent Pyrrhus, c.-à-d. les autres amants de Néarque. — 8. Beaucoup de mss. ont *illi.* — 11 *nudo* se rapp. à toute la personne. — 12. *palmam*, le signe de la victoire.

XXI. — A propos d'un repas où il a invité Messala Corvinus, le poëte fait l'éloge du vin. — 1. *nata* « impleta » se rapp. au contenu. V. Od. 1, 20, 3. — 2. *querelas*, part. de l'amour dédaigné. — *geris* Elle en contient p. a. d. le principe, suiv. les sentiments des buveurs. — 3. *i. amores*, quand les convives se vantent de leurs amours ou qu'ils parlent plus librement aux j. filles. — 4. *testa.* V. Od. 1, 20, 2. — 6. *moveri* p. demoveri ex apotheca. — 8. *languidiora.* Cf. Od. 3, 16, 35. — 10. *Sermonibus*, les entretiens de Socrate (rapportés part. par Platon et Xénophon). — 13. Image tirée de la torture appliquée au criminel. — 14. *sapientium*, les gens sérieux et occupés d'affaires importantes. — 18. *cornua.* V. Od. 2, 19, 30. — 20. *apices.* V. Od. 1, 34, 14.

XXII. — Inscription destinée sans doute à être gravée sur une table de marbre, et, comme cela se faisait, à être placée au pied de l'arbre qu'on y consacrait. — 5. *villæ*, du Sabinum.

XXIII. — Phidylé, une jeune paysanne du Sabinum, s'est plainte à Horace de n'avoir que de modestes présents à offrir aux dieux; il lui répond par cette ode Il est probable que toute la scène est fictive ou imitée du grec. — 1. *supinas*, dont la paume est tournée en haut; pour adorer les dieux infernaux, c'était le contraire. — 2. *N. Luna.* « Solent rusticæ mulieres in initio primæ Lunæ ad cœlum effundere preces. » Schol. Cf. Od. 3, 19, 9. — 7. *alumni.* V. Od. 3, 18, 4. — 18. Ne devant pas être plus agréable par une victime magnifique. — 20. Périphrase p. *mola salsa*, farine de blé rôti mélangée de sel. V. Dez., Rome II, p. 145.

XXIV. — Le poëte rappelle les Romains aux vertus des ancêtres. Cf. Od. 3, 1. — 1. *Intactis*, qui ne sont pas encore au pouvoir des Romains. — 3. *Cæmentis.* V. Od. 3, 1, 35. — 4. *Apulicum*, l'Adriatique. — 5. *adamantinos.* V. Od. 1, 6, 13. — 6. *verticibus* de ces superbes villas qu'il fait construire sur les deux mers. — 12. *Immetata* (non arpentés), comme *liberas*, expr. la communauté des biens. — 14, 16. Cf. Cés. B. G. 4. 1 (sur les Suèves). — *annua*, abl. — Æ. *sorte*, il cultivera aussi une année p. être relevé à son tour, s'unit à *vicarius.* — 20. *fidit*, p. la soutenir contre son mari et même contre les lois; l'amant est riche et puissant. V. Od. 1, 5, le préambule. — 24. *peccare.* V. Od. 1, 27, 17. — 25. All. à Auguste. — 27. Sur le socle de la statue (qu'on élève une ville) est l'inscription *PATRI URBIS.* — 36, 44. Il orne de diverses images cette pensée : Si tout le monde est entraîné par un insatiable amour du gain. — 46. Tout le peuple suivra cette procession des riches (allant verser leurs trésors dans la *cella* de Jupiter Capitolin), et les applaudira par mille cris de faveur. — 54. 55. Ce sont de rudes exercices. Cf. Ept. 1, 18, 49. — 57. *Græco.* Idée de mépris : c'est une mode étrangère. = 60. *C. socium*, c.-à-d. *socium sortis*, du capital placé dans les affaires commerciales = 62. *improbæ*, « studio *improbo* (avidissimo) partæ. » = 64. *curtæ*, pour le possesseur insatiable.

XXV. — La forme dithyrambique sert au poète de cadre aux louanges d'Octave. = 5. *meditans*. tandis que j'essaye par mes vers de. = 7. Alors, dès que le dieu m'ordonnera de chanter les louanges de César, je etc. = 9. *Exsomnis*. « quæ pervigilium celebrat. » Orelli. = 11. *p. barbaro*, par le *thiase* des Bacchantes barbares (thraces) qui célèbrent l'*orgie*. = 12. *ut* se rapp. à *non secus*; cf. *æque ut*, Od. 1, 16, 9. = 13. *Ripas* de l'Hèbre. = 16. All. à Penthée.

XXVI. — V. Od. 1, 5, le préambule. Cf. Od. 1, 19. = 3. *arma*, qu'il énumère plus bas. V. Ept. 1, 1, 5. — *d. bello*, dont je n'ai plus besoin *ad excitandas puellas* (Prop. 3, 3, 49). = 4. *Barbiton*. V. Od. 1, 1, 34. — *paries* d'une chapelle de Vénus. = 5, 6. *Lævum*, etc., qui est à gauche de la statue de Vénus. c.-à-d. du côté de l'orient, considéré comme favorable. — *ponite*, esclaves. = 7. *Funalia*, torches (en cordes enduites de poix, de résine et de cire) servant dans les *comissationes* (Od. 4, 1, 11). — *vectes*, p. forcer les portes. — *arcus*. Les *comissatores* portaient qqfois des arcs, par plaisanterie, plutôt que pour tuer les portiers hostiles (v. Od. 3, 14, 23) et les rivaux.

XXVII. — On est en novembre (v. 17) : le moment est mal choisi pour se mettre en mer; que Galatée redoute donc le calme trompeur du ciel : de même Europe, séduite par le taureau, eut bien à souffrir, jusqu'à ce que Vénus la consolât; toi aussi, quoique ton voyage puisse être heureux (ce que je te souhaite du fond du cœur), si tu persistes dans ton dessein, tu seras tourmentée de bien des craintes. = 5. *Itumpal*, et la force de s'arrêter : mais ils passeut outre p. courir à leur perte. = 10 *aris*, la corneille. Virg., G. 1, 388. = 12. « Ab ortu solis corvi omina prospera sunt, ab occasu adversa » Schol. = 13. De même j'te souhaite tous les meilleurs présages. — *licet* p. me. = 17, 18. Orion va se coucher : gare aux tempêtes! = 25. Le fond de cette fable est dans Hom., Il. 15, 321; Bacchylide l'a traitée sous forme lyrique. et sans doute Horace l'a imité. = 35. *F. læ* p. a *filia*. = 58. V. *culpæ* la violation de la pudeur, la plus grande faute que puisse commettre une j. fille. = 41 42 Les songes sortaient des enfers. les vrais par une porte de corne, les faux par une porte d'ivoire. Cf. Virg., Æ. 6, 894. = 55 56. Elle a peur de longues souffrances et désire descendre intacte dans les enfers; sentiment antique: Soph. Antig., 817. = 58 Pour cet emploi de la 2ᵉ pers. v. Od. 3, 12. = 65. *traili*, être accablée de mauvais traitements. = 73. Sache qu'il va bientôt te prendre pour épouse, tournure rare après cette sorte de verbes.

XXVIII. — V. Od. 1 5, le préamb. le poète a fait venir Lydé et célèbre avec elle la fête de Neptune. Les *Neptunalia* avaient lieu le X des calendes d'août (23 juillet). = 2. *Prome* du cellier; v. Od. 1, 20, 3. Cet ordre donné en riant à la courtisane n'a rien de choquant. sans doute il n'y avait pas d'esclave p. servir, les deux convives voulant être libres. — *reconditum*, = interioris notæ = Od. 2, 3, 8. = 4. *munita* contre les plaisirs. Il est clair qu'Horace plaisante. — *a. vim*, en buvant bien. = 9. *invicem*, par un chant amébée. = Fulgentes. V. Od. 1, 14, 19. = 16. *nenia*, même sens que l pt. 1, 1, 63. Cf. Od. 2, 1, 38.

XXIX. — Horace invite Mécène à passer quelque temps dans sa campagne du Sabinum : les ennuis de la ville, la chaleur de la saison lui servent d'arguments. Puis comme il sait son protecteur fort occupé, il l'engage à ne pas trop se tourmenter. ce qui lui sert de transition au développement de ce lieu commun : il ne faut pas s'inquiéter de l'avenir ni des jeux de la Fortune. = 2. *verso*, tourné p. en verser le vin dans le cratère. V. Od. 1, 29 8. — *vado*. V. Od. 1, 20 3. = 3, 4. V. Od. 1, 4 9. — *balanus* ou *myrobalanus*, mot grec sign. gland à parfum; ce gland, de la grosseur d'une aveline, se tirait de l'Éthiopie et de l'Arabie, et donnait une huile d'un parfum très-agréable. Ici, c'est le nom du fruit p. l'essence qui en est exprimée; cf. Od. 2, 11, 16. = 10. V. Od. 1, 4, 14 Mécènes avait sur le mont Esquilin un superbe palais (Sat. 1, 8, 7). = 15. *aulæis* (mot grec). voile de lin teinte de pourpre qu'on tendait dans le triclinium, au-dessous du plafond (Od. 2, 16, 11) p. recevoir la poussière; on en couvrait aussi l'*impluvium* (cour du l'atrium) p. le garantir du soleil. C'était encore le nom du rideau de théâtre. Ces grandes voiles avaient été découvertes à la cour (*aula*) d'Attale III. — *ostro*, mot grec syn. de *murex* (Od. 2, 16, 36). Il s'agit de la garniture des lits de table; v. Sat. 2, 4, 84. = 22. *Rivum*. V. Od. 2, 5, 6. = 25. Cf. Od. 5, 8, 17. = 31, 32. u. *F.-s.* « ultra quam sors humani generis concedit. » Orelli. = 53. Parce que le présent est ce ton pouvoir. = 43. *vixi* (expression grecque). j'ai joui de la vie et j'attends le jour de demain sans inquiétude. = 44 *occupato*, 5ᵉ pers. de l'impératif = 53. *si*, etc. Cf Od. 1 34, 15. = 58. *percellis*, les coups du sort. = 60. *merces*, les richesses. = 61. *araro*. V. Od. 1, 28, 18.

XXX. — Cette pièce forme l'épilogue des trois premiers livres; v. Od. 1, 1, le préamb. C'était l'habitude. chez les poètes anciens, de se promettre ainsi l'immortalité. Cf. Od. 2, 20 =1. *ære*. les statues et les inscriptions. = 9. Le Pontife Maxime, avec le collège des Pontifes et les Vestales, montant les jours de fête, dans une pompe solennelle, au temple de Jupiter Capitolin. Horace veut dire éternellement, puisque Rome était *Urbs æterna*. — *tacita*, s'avançant en silence. = 10. *qua*, si *ibi natus qua* (ubi). =11. *p. aquæ* convient propr. au pays. = 13. *Æolium*. V. Od. 1, 1 34. = 14. *modos*, la succession rhythmique des pieds. Je me suis le premier servi dans la poésie latine des mètres lyriques des Grecs.

LIVRE IV.

I. — (Augustus) *scripta ejus usque adeo probavit... ut non modo S. Carmen componendum injunxerit. sed et Vindelicam victoriam Tiberii Drusique privignorum* (Od. 4 4 et 14), *eumque coegerit propter hoc tribus C. num libris ex longo intervallo quartum addere*. Suét. (Hor. vita). Pour cette pièce, cf. Od. 3, 26 = 3. *bonæ* (non avide), envers moi. = 10. Cf. Od. 3, 28, 15. = 11. *Comissaber*. Les gens et les courtisanes, en sortant de la *cœna*, allaient dans une autre maison où l'on recommençait à boire et à manger; cette partie de débauche, qui se prolongeait bien avant dans la nuit, s'appelait *comissatio* Cf. Od. 3. 26. 7. = 14. V. Od 2, 1, 13 = 17. *potentior* par son esprit et sa beauté. = 20. *trabe*, p. le plur. Il s'agit d'un *tholus*. — *citron*. Le citre était une espèce de génévrier; sa beauté et sa durée le rendaient fort cher. = 22, 24.

Cf. Od. 3, 19, 18. = 28. *Salium*. Od. 1, 36, 12. — *ter*. Od. 3, 18, 16. = 32. V. Od. 1, 4, 9. = 39, 40. Cf. Od. 3, 12, 7.

II. — Auguste, alors en Gaule, venait de forcer les Sicambres à la soumission (an 16). Prié par J. Antoine (V. Od. 1, 6, le préamb.) de chanter le *prince* dans une ode à la façon de Pindare, Horace exalte son futur retour : malheureusement il en fut pour ses frais de lyrisme; car Auguste, quand il revint (an 13), refusa les honneurs que lui décernait le sénat, et, pour échapper à la foule, rentra dans Rome de nuit. V. Od. 4, 5. = 1, 27. V. l'excellente appréciation de M. Pierron, *Hist. de la Litt. grecque*, pp. 176-188. — *Aureos*. Cf. Od. 1. 5, 9; 2, 10, 5. = 31. *ripas* de l'Anio. = 33. *plectro*. Od. 1, 26. 11. = 35. s. *clivum* (la partie p. le tout), partie de la v. sacrée (qui d'abord allait en pente vers. le Forum) montant vers le Capitole : c'était une des voies que parcourait le triomphe. = 41. *lætos*, « festos, » dans le genre des *Augustalia* célébrés en 19, et plus tard en 11. = 42. *Publicum*, donnés aux frais de l'État, c.-à-d. d'Auguste; ce qui eut lieu en effet à son retour (an 13). = 49. *Io T.*, vieille exclamation dont la foule accompagnait la pompe triomphale. = 57, 58. Ses cornes sont comme le croissant de la lune, le 3ᵉ jour après l'interlunium. = 59. Il a une tache blanche (au front). On a eu tort de blâmer cette fin : l'inspiration du poète se repose dans la pensée calme et religieuse du futur sacrifice.

III. — Il se réjouit d'être enfin reconnu par ses contemporains comme le vrai et seul poète lyrique romain : c'est une réponse à ses ennemis et à ses détracteurs. = 2. V. Od. 2, 17, 17. = 3, 9. Il ne travaillera pas à remporter la victoire, dans les jeux (chez les Grecs), dans les batailles (chez les Romains). — *ducet* in patriam. — *Delis*, d'Apollon. = 10 12. Mais plein de mépris pour une gloire éphémère et ne considérant que le beau en soi (beau dont il trouve une image parfaite dans la nature même, et part. dans tout site charmant, tel que Tibur, qu'un bois solitaire, etc.), il deviendra poète. — *Æolio*, d'Alcée et de Sappho. p. le genre lyrique en gén. Cf. Od. 3, 30, 13. = 17. *aureæ*. Od. 2, 13, 26.

IV. — Les Rhétiens et les Vindéliciens dévastaient la Cisalpine : Auguste envoya contre eux Drusus, alors questeur, qui les battit près des Alpes Tridentines, ce qui lui valut la préture. Puis, les incursions ayant recommencé, Tibère fut adjoint à Drusus. Assaillis et battus sur divers points à la fois, les Barbares se soumirent et le pays fut réduit en province romaine (an 15). V. Od. 4, 1. = 1. 18. « Qualem novellam aquilam, qualemve leonem, talem videre Vindelici Drusum adolescentem. » Or. *Olim* exprime fréq. qu'une chose a coutume de se faire. — *propulit*. parf. d'habitude. = 18, 22. Cette parenthèse a paru suspecte à beaucoup d'interprètes; plus. l'ont supprimée en mettant *et diu* ou simpl. *diu*. D'ap. Orelli, l'auteur, voulant s'arrêter sur ce peuple, décrit une de ses coutumes, et il choisit leurs haches dont les Romains connaissaient bien le tranchant = 33. 56. Éloge d'Auguste, qui a élevé les jeunes Nérons. — *mores* qu'enseigne et que donne une bonne éducation. = 38. *Metaurum* employé adj. = 41. *primus*. Annibal avait pourtant déjà été battu par Marcellus. à Noles : mais Hor. veut avant tout faire ressortir la gloire de la gens Claudia. — *adorea (donatio)*, distribution de froment, *ador*, dont on récompensait autrefois la bravoure du soldat; au fig. récompense. gloire militaire. = 59 60. Se rapp. à la fois à l'arbre et au peuple romain. = 63, 64. All. aux Σπαρτοί (hommes nés des dents du dragon tué par Cadmus). = 68. Les Romaines en parleront (avec orgueil). = 73. Il prophétise les exploits des jeunes Nérons.

V. — Auguste avait quitté Rome l'an 16. Il revint dans les premiers mois de l'an 13. après avoir réglé les affaires de la Gaule, de l'Espagne et de la Germanie. et laissé Drusus avec une armée dans ce dernier pays. Horace le supplie de hâter son retour : l'ode a donc été faite peu de temps avant. V. Od. 4. 2. = 5. « Felicem redde patriam reditu tuo. » Or. = 11. *sp. annuo*, temps qu'il fallait aux marchands p. faire le voyage d'Italie en Asie, aller et retour. = 13. *ominibus*, en prenant des présages. = 17, 18. La campagne avait beaucoup souffert pend. les guerres civiles = 19. *Pacatum* délivrée des pirates. = 20. Il n'est personne qui voudrait la violer. Cf Od 2, 2, 7. = 22 *Mos*. les b. mœurs rétablies. = 28 Les Cantabres. = 50 *viduas* se dit de l'orme, du peuplier et autres arbres de ce genre. avant qu'ils soient unis à la vigne; *maritæ*, quand ils le sont. Cf. Od. 2, 15. 4. = 31, 32. a. (secundis) *mensis*. « A un signal du maitre, le service se renouvelle; on l'apporte d'une seule fois sur un *ferculum* ou *repositorium*, grand plateau d'argent ou revêtu d'argent, qui couvre toute la table, et en forme comme le dessus, de sorte qu'on dit *la prem ère table, la seconde table*, etc., p. le premier service, le second service. Les plats sont tout arrangés sur le *ferculum*. » Dez. Rome I, p. 341. Gén. il n'y avait que deux services : c'était à la fin du second qu'on faisait des libations aux dieux et qu'on chantait des hymnes en leur honneur. Cf. Sat. 1, 3 6. — *adh. aliquem cœnæ*, convier à un repas. = 34. *pateris*. Od. 1, 19, 15. = 35, 36. « Ut Gr. m. C. et Il. eos inter deos honorat. » Or. = 39. *uvidi*. Od. 1, 7, 22.

VI. — Cette pièce est comme le prélude de l'ode séculaire; elle a donc dû la précéder de peu. L'auteur s'arrête part. sur Achille, dont la mort, en empêchant la ruine complète de Troie, a permis de fonder la *ville éternelle*. = 7. *quateret*, « ruinam iis minitaretur. » Or. = 16. *aulam*. Od. 1, 4, 14. = 17. *Captis*. Les leçons des mss. varient; il est évident que le vrai mot a été perdu de bonne heure et que les copistes y ont suppléé en hasardant diverses interpolations. De même Ept. 2, 2, 199. Il y a encore dans Horace deux autres interp. d'un demi-vers (Sat. 1, 6, 126) qui a été rétabli, d'un vers entier (Ept. 1, 18, 91). = 24. *utile*. Od. 3, 3, 61. = 27. Fais que mon *C. Sæculare* honore la poésie latine. = 29, 30. Il vient de prier Phébus de l'inspirer; il sent que sa prière est exaucée et se proclame poète = 35. 36. J'enseignerai aux chœurs le rhythme sapphique (*Lesbium*) du *C. Sæc.* — *Pollicis* battant la mesure. = 44. Ne pouvant placer son nom dans le *C. Sæc.*, il le met dans le prélude, à l'exemple des lyriques grecs.

VII. — Cf. Od. 2, 14. = 1, 6. Cf. Od. 1 4. — *M. vices* (en prose : *subit vices annuas*), expr. dans le genre de *dormir son sommeil*; elles sont plus fréq. en grec qu'en latin. — *et*, etc. Les neiges des Alpes et des Apennins fondant vite, les rivières d'Italie, qui ne sont que des torrents, débordent dès le comm. du printemps; mais cela dure peu et bientôt elles rentrent dans leurs lits : alors elles coulent le long (*præter*) de leurs rives. = 13. La lune aussi en décroissant subit p. a. d. des *pertes*, qui *pourtant* se réparent toujours. = 15. *dives* (se rap. aux deux noms), épith. tirée de la croyance populaire au sujet des trésors et de la puissance des anciens rois, dont on voyait journellement les statues (au Capitole, près des portes du temple). = 19. *amico*. dans le sens de *tuo*, comme le φίλος d'Homère. = 20. *animo*, « facultas appetendi ea, quæ delectabilia videntur. » Or. Cf. *Genio indulgere*. = 21. *splendida*. All. à la majesté du tribunal présidé par Minos.

VIII. — *V.* Od. 1, 6, le préamb. Sur l'usage de s'envoyer des présents (*étrennes*) aux Cal. de Mars et aux Saturnales, *v.* Dez. Rome II, p. 160. Le texte de cette pièce paraît altéré; Hor. en effet a constamment divisé ses odes asclépiades en strophes de quatre vers (d'où Meineke a conclu que c'était une des lois de ce mètre), ce qui n'a point lieu ici, soit par suite d'interpolations, soit qu'il y ait des v. perdus : une grave difficulté de sens semble même indiquer le passage qui a souffert (vv. 13-20). = 1. *pateras* (Od. 1, 19, 15), coupes en gén. = 2, 3. *æra*, vases part. en airain de Corinthe. — *præmia*, surtout dans les jeux. = 10. *Res*. Tu es assez riche, tu n'as donc pas besoin qu'on te fasse de tels cadeaux. — *deliciarum*, nom que les Romains, dans leur rudesse, avaient donné aux œuvres des artistes grecs. = 13, 20. « Trois choses proclament la gloire du premier Africain, les *inscriptions*, ses *exploits*, et, mieux que les deux autres, les *vers* d'Ennius » Mais comment les *exploits* peuvent-ils s'opposer aux *vers*? L'antithèse (évid. cherchée par le poëte) existerait si l'idée d'exploit était déterminée par celle de « livrés à nous de quelque autre façon. » Cette impossibilité manifeste, outre la raison donnée plus haut, porte à croire qu'il y a, ap. v. 17. une lacune de deux vers. — *marmora*, piédestaux des statues (triomphales). — *incendia*, soit dans le sens gén. de désastres, soit p. all. à l'incendie des camps de Scyphax et d'Asdrubal, ainsi que de 500 vaisseaux carthaginois. = 22. *Mercedem*, l'immortalité. = 27. *d. insulis*. Epd. 16, 42.

IX. — *V.* Od. 1, 6, le préamb. « Les chants des lyriques grecs existent encore et leur gloire n'est pas au-dessous de celle d'Homère; les miens de même ne périront pas (vv. 1-12). Mais plus d'un héros, ayant précédé les temps de Troie, est enterré dans l'oubli, faute d'avoir été loué par un poëte (vv. 13-30); il ne doit pas t'en arriver de même, et ce chant où je célèbre tes vertus l'empêchera bien (vv. 30-52). » En adressant cette ode à Lollius (p.-êt. ap. sa défaite en Germanie, à en conclure de *secundis*, etc.), Horace sans doute obéissait à Auguste. = 3. Cf. Od. 3, 30, 13. = 4. Cf. Od 2, 12, 4. = 7. *Ceæ*. Simonide. — *minaces*. Od. 2, 13, 31. = 8. *V.* Quint. 10, 1, 62. = 12 *Æoliæ*. Sappho. = 14. *a. v. illitum*, étoffes peintes à l'aiguille et brochées d'or. = 17. *Cydonio*. Cf. Od. 1, 15, 17. = 18, 19. *non*, etc. Plus d'une ville, aussi puissante que Troie, a été détruite. = 35. *Rerum* civilium bellicarumque. = 37. *Vindex*, comme juge ou comme gouverneur de province. = 38. Ses attraits séduisent la plupart des hommes. = 39, 44. Sans être consul de fait, tu l'es en réalité; tu n'en as pas le titre, mais les sentiments. Le terme *animus* étant très-gén., on lui applique souv. ce qui convient à la personne même : d'où *a. consul*, etc. — *Judex. V.* Sat. 1, 4, 123. — *catervas*, ceux qui veulent corrompre le juge, et aussi les mauvaises passions (que les corrupteurs s'efforcent d'exciter). — *arma*, l'austérité et l'intégrité. = 47. 48. *d. Muneribus*, le sort que lui a donné le ciel. Tout cela (dep. v. 31) est le portrait du sage parfait des stoïciens.

X. — *V.* Od. 4, 1, 33. On ne saurait croire comme cette odelette a été torturée par les commentat., obstinés à y voir une opposition entre *puer* et *senex* (au lieu de *juvenis*). = 2 *Insperata*, comme l'anc. adv. *insperato*. = 3. On les coupait aux mignons devenus adultes.

XI. — *V.* Od. 1, 5, le préamb. Cf. Od. 3, 28. = 2. *cadus*. Od. 1, 20, 3. = 3, 5. Od. 1, 4, 9. — *qua* se rapp. à *fulges* seul, car « hedera et apio coma *redimitur*, non *religatur*. » Or. — *c. religata*. Od. 2, 11, 24. = 6, 8. *R. a. domus*. C'était l'usage, aux repas de réception, d'exposer les vases précieux, la vaisselle d'or et d'argent, etc.; un *abacus* (petite table, souv. en airain, ornée de mosaïques) placé contre le mur, du côté opp. aux lits, servait de support à cet étalage. — *ara*, etc. Od. 1, 19, 13-14. — 9, 10. Les esclaves tenaient les apprêts du festin. — 12. *Vertice* de la fumée. — 15. *m. Veneris*. C'était le mois où Vénus était sortie de la mer; il lui était consacré. — 16. *Findit*. Les ides (du vieux verbe *iduare*, partager) tombaient le 13 ou le 15. — 22. *N. t. surlis*, noble et riche. — 23, 24. Il ne faut rechercher que ce qui est proportionné à nos forces et à notre fortune : une foule d'exemples le prouvent; ainsi, etc. Hyperbole plaisante; Cf. Epd. 3, 9.

XII. — Tirant ses raisons de l'état de sécheresse de la température et de la brièveté de la vie, Hor. invite Virgile à souper, mais à condition qu'il lui apporte un onyx de nard. Il est impossible d'admettre que ce Virgile soit celui que nous connaissons : le *j. n. oliens* et le *st. lucri* seuls s'y opposent formellement; ensuite pas un mot n'indique qu'Hor. s'adresse à un poète, ni à un ami p. lequel on a une tendre affection (Od. 4, 3; Sat. 1, 5, 40); enfin il paraît prouvé qu'aucune ode de ce livre ne date d'av. 18, et l'aut. des Géorg. était mort en 19. P.-êt. s'agit-il d'un de ses parents, ou d'un petit-fils du préteur C. Virgilius (ami de Cicéron). Les inscriptions des mss. et les Schol. donnent à ce Virgile diverses professions; une seule : *ad Virg. medicum Neronum* mérite l'attention, car elle s'accorde assez avec v. 15; mais l'histoire ne dit rien de ce médecin. — 1, 2. Il s'agit des vents du nord qui précèdent le printemps et soufflent pend. trente jours; c'était l'époque du retour des hirondelles (vv. 5-8). — 11. *deum*, l'an. — 13. Le printemps d'Italie est presque aussi chaud que notre été. — 15. *j. n.*, de *j. gens* nobles, c.-à-d. de Tibère et de Drusus, si l'on admet l'inscription donnée plus haut. — 16. *Nardo*. Od 2, 11, 16. — 17. *onyx* ou *alabastrites*, albâtre calcaire, très-dur, ord. jaunâtre et veiné, dont on fabriquait des vases à essences; d'où vase (à essences) en *onyx*, et de là, en matière quelconque. — *calus*. Od. 1, 20, 3. — 18. *S* (p. *Sulpicianis*) *horreis*, comme *h. Sulpicianum* et autres, grands magasins tirant leurs noms de leurs fondateurs ou de leurs propriétaires postérieurs, qui y faisaient vendre par des esclaves du vin, de l'huile, et autres denrées, sur lesquelles ils spéculaient.

XIII. — *V.* Od. 1, 5, le préamb. Cette pièce semble se rapporter à Od. 3, 10. — 1. *voía*, que tu fusses un jour punie de ton orgueil. — 4. *Ludis*. Cf. Od. 3, 15, 5. — 5, 6. « Canticis amatoriis juvenes pellicere frustra conaris. » — 13. *C. purpuræ*, étoffes de soie tissées à Cos, qui recevait des cocons d'Orient; *v.* Sat. 1, 2, 101. — 15. *fastis* consularibus. On sait sous quels consuls elle est née et quel est son âge.

XIV. — *V.* Od. 4, 4. Hor. chante maintenant Tibère, et surtout Auguste, à qui revient tout l'honneur de la victoire (vv. 33). Il y a moins d'enthousiasme lyrique que Od. 4. pour la simple raison que le poète a dû varier la forme d'un sujet présentant le même fond d'idées. — 2. *Plenis*, « quæ tuis meritis prorsus respondeant. » Or. — 4. *titulos*, sur les arcs de triomphe, le socle des statues, etc. — *m. fastos*, comme dans les Fastes Prénestins (nones de Févr. an 2). Or. *Inscr. lat.* p. 384. — 5. 6. Tu es le seul chef de l'univers, le plus puissant parmi les hommes. — 13. *plus*, etc., p. p. *quam*, etc. Cf Od. 1, 13, 20. — 14. Tibère. — 20. *prope*, comme *solet* et l'inf. — 25. *tauriformis*. On représentait les fleuves avec des cornes sur la tête, image du mugissement et la violence de leurs eaux. Cf. Od. 3, 21, 18. — 33, 34. *tuos*, etc. A partir d'Auguste, toute guerre se fait sous les auspices du prince; d'où la distinction entre *ductus* et *auspicia*. — 35. *Alexandrea*, prosopopée, part. tirée des monnaies et médailles. — 39, 40. *peractis*, et par toi-même (*ductu tuo*), et p. tes généraux (*auspiciis tuis*). — *arrogavit*, y a ajouté (p. la déf. des V. et des Rh.) une gloire nouvelle. = 43. *præsens* Od. 1, 35, 2. = 46. L'Egypte, la Dacie et l'Arménie.

XV. — Cf. Od. 4, 5. C'est le moment où le *principat* d'Auguste (qui vient de revenir de la Gaule) est à son apogée. Voulant clore dignement le dernier livre de ses *Carmina*, Horace lui donne p. épilogue ce chant où il exalte le *pacificateur* et le *réformateur* de l'empire. = 1, 4. Excuse ingénieuse; cf. en effet Od. 1, 6; 2, 13; etc. — *i. lyra*, en la frappant du plectre. — *Ne*, etc., d'aborder un sujet bien au-dessous de mon talent. = 9. Sous Auguste, le sénat le fit fermer trois fois (en 29; en 25; la troisième est inconnue, en tout cas ce fut ap. la mort d'Hor.). = 12. *artes*. Cf. Od. 3, 3, 9. = 21. Les Vindéliciens et les Pannoniens. = 22. *E. Julia*, les conditions des traités que leur a imposés Auguste. = 24. Les Scythes. = 26. Cf. Od. 4, 5, 33. = 29, 30 Dans les repas, on chantait, avec accompagnement de la flûte, de vieilles chansons célébrant les exploits des ancêtres; ce sont ces chants populaires qui donnèrent en partie naissance à l'histoire de Rome primitive. = 32. *P. Veneris*, Enée, Iulus (d'où la *gens Julia*).

ODE SÉCULAIRE.

Cette ode fut composée pour la fête des Jeux séculaires, célébrée en 17. — L'origine des Jeux séculaires est très-confuse; il paraîtrait qu'ils furent institués à l'occasion d'une peste : c'étaient des sacrifices et des jeux (en l'honneur des dieux infernaux) qui duraient pend. trois nuits et trois jours. Leur dernière célébration avait eu lieu en 149 ou 146, les troubles civils du siècle suivant les ayant fait tomber dans l'oubli. Sous prétexte de les rétablir, Auguste en dénatura la forme et le caractère; et cette prétendue restauration religieuse, en réalité, fut une institution nouvelle, fondée dans un but essentiellement politique. Le *prince* s'était entendu avec les Quindécimvirs; ceux-ci consultèrent les livres Sybillins : le complaisant oracle répondit dans des vers fabriqués, croiton, par le Grec Parthénius; de plus il fut déclaré que les derniers Jeux s'étaient célébrés en 126, et que par *siècle* il fallait entendre une période de 110 ans (suiv la doctrine étrusque), ce qui fit coïncider le retour de la fête juste avec l'époque désirée (juillet 17). La solennité s'accomplit avec une magnificence incroyable. Le 3e jour fut le plus important : un sacrifice solennel, présidé par Auguste (Pontife-Maxime), eut lieu dans le temple d'Apollon Palatin; et, au milieu d'un appareil inusité, vingt-sept j. garçons et vingt-sept j. filles, tous impubères, et des plus nobles familles de Rome, chantèrent l'hymne d'Horace, écrit par l'ordre et sous les yeux du *prince* (cf. les vers dits Sibillyns qui ont évid. servi de modèle au poëte). Le soir, la fête se termina, comme elle avait commencé, par un sacrifice aux Parques. *V.* Zozime. 2, 5; Censorinus, 17. Les mss. n'indiquant pas les divisions de cet hymne, plusieurs ont été proposées p. les critiques; la plus vraisemblable est celle de G. Steiner (Coblentz 1841), qui nous donne la figure suivante :

```
          Strophes 1 et 2, proode, jeunes gens et jeunes filles réunis.
Str. 3 j. gens, — 4 j. filles.                    Str. 10 j. gens, — 11 j. filles.
     5 j. gens, — 6 j. filles.                         12 j. gens, — 13 j. filles.
     7 j. gens, — 8 j. filles.    Str. 9, mésode.       14 j. gens, — 15 j. filles.
                            vv. 1 et 2, j. gens.
                            3 et 4, j. filles.
          Strophes 16-19, épode, jeunes gens et jeunes filles réunis.
```

= 2. *L. c. decus*, le soleil (Phébus), la lune (Diane). = 5. Il les rappelle à dessein, parce qu'Auguste s'appuyait sur leur autorité en rétablissant les J. séculaires. = 6. *l. castos* s'appl. aux deux sexes. = 9. *Alme*. Od. 4, 7, 7. = 14, 16. La polyonymie était un honneur très-désiré par les divinités. = 18, 20. La loi Julia *de maritandis ordinibus*, qu'Aug. avait fait porter l'année précédente, p. réfréner la fureur du célibat et la corruption des mœurs. *V.* Dez. Rome III, p. 211. = 25, 27. « Veraces in canendo id, quod ita a vobis *dictum* (decretum) est, ut in perpetuum valeat, quodque propter hoc ipsum *rerum* (fatorum) *stabilis terminus* (certus eventus) *servat* (stabilit). » Or. = 50. Les laboureurs, ap. la moisson, couronnaient Cérès d'épis. = 31. *fetus*, les productions du sol. = 37. C'est (jusq. v. 52) la prière p. laquelle les chœurs viennent de demander qu'on les écoute. — *si*, terme adouci p. *quoniam*. = 45. *Di*. Apollon et Diane. = 51, 52. *bellante*, etc., (étant) supérieur, etc., se lie étroitement au sujet. = 54. *Albanus* p. *Romanus*. = 55. *r. petunt*, comment ils doivent apaiser leurs dissensions intérieures. ce qu'ils doivent faire p. les Romains, etc. Cf. Od. 4, 15 22. = 70. Les *Quindecimviri sacris faciundis* formaient un collège de quinze prêtres chargés de veiller sur les livres Sybillins et d'ordonner les lectisternes (Od.1, 37, 3).

ÉPODES.

La strophe, chez les Grecs, consista primitivement en deux vers d'inégale longueur : ord. le plus grand précédait le plus petit. ce qu'ils appelaient ἐπῳδοί; qfois l'inverse avait lieu, ce qu'ils désignaient de préférence sous le nom de προῳδοί (Epd. 11). La réunion de l'hexamètre et du pentamètre fut l'expression la plus ancienne de l'épode; bientôt l'invention de l'iambe permit de lui donner de nouvelles formes, et c'est à Archiloque surtout qu'il dut sa variété et sa perfection. Le *Epodon liber*, recueil des premiers essais lyriques d'Horace, n'a donc reçu ce nom que parce que toutes les pièces qu'il renferme (exc. 17) sont écrites en épodes; en réalité c'est le cinquième livre des odes. La plupart sont des invectives où le poëte, comme il l'avoue (Ept. 1, 19, 23), s'est proposé d'imiter le génre d'Archiloque. Une absurde explication du mot épodes (*post odas*, odes postérieures), la faiblesse d'une bonne partie de ces pièces, et enfin le sentiment d'indépendance qui respire dans d'autres (7 et 16) ont fait prétendre que, condamnées à l'oubli par l'auteur, elles ont été recueillies et publiées ap. sa mort par un grammairien de l'époque. Cette hypothèse tombe devant le témoignage si formel de Ept. 1, 19, 23, duquel il ressort clairement qu'elles furent d'assez bonne heure éditées par Horace lui-même. D'ap. Franke, les odes de ce livre appartiennent toutes à la période 41-30.

I. — Mécènes devait suivre Octave dans la guerre contre Antoine ; il alla même, croit-on jusqu'à Brindes ; mais au dernier moment Octave, changeant d'avis, lui confia le soin de veiller sur Rome. — 1 *Liburnis*. Od. 1, 37, 30. — *navium* d'Antoine = 2. *propugnacula*. Pl. H. N. 32, 1 : *Armatæ classes ponunt sibi turrium propugnacula, ut in mari quoque pugnetur velut e muris*. — 5. *Quid nos capiemus consilii?* — *t. v. s. superstite*. A cause du *si* suivant, il a mêlé les deux constr. *si sup. mihi eris* et *te sup.* = 25, 26 Plus d'attelages de labour, c.-à-d. un plus vaste domaine. = 27, 28. De nombreux troupeaux changeant de résidence avec les saisons. Les troup. des riches propriétaires passaient l'hiver en Calabre ; en été on les faisait paître en Lucanie, pays montagneux et frais. — *mutet*. Od. 1, 17, 2. = 29, 30. Une villa belle et bien située. Les villas tusculanes étaient très-recherchées. =31. Cf. Od. 2, 18, 12 ; 3, 16, 38. = 34. *Discinctus*. Sat. 1, 2, 25. — *nepos*. Festus (Müller, p. 165) : *Nepos luxuriosus a Tuscis dicitur ; vel nepotes sunt luxuriosæ vitæ homines appellati, quod non magis his res sua familiaris curæ est, quam iis quibus pater et avus vivunt.*

II. — Cf. Virg. G. 2, 493 ; Colum. Præf. 7 ; Mart. 3, 58. = 4. Qui ne prête ni n'emprunte à intérêt. = 9. *a. v. prop.*, de la jeune vigne recouchée depuis trois ans. = 10. *maritat*. Cf. Od. 4, 5, 30. Cette opération se faisait en octobre. = 13, 14. Fabricius et Etienne ont, contr. aux mss., placé cet épode avant le précédent, comme si la taille et la greffe succédaient immédiat. au mariage de la vigne ; mais elles avaient lieu en mars, et l'épode 11-12 expr. l'intervalle de repos entre les deux opérations. = 15. La *mellatio* se faisait en juin — *pressa*. On entassait un certain nombre de rayons au-dessus d'un panier d'osier dans lequel on faisait couler le miel. — *amphoris*. Col. 9, 15, 13 : *Ubi liquatum mel in subjectum alveum defluxit, transfertur in vasa fictilia*. = 27, 28. *lymphis*, abl. d'instrument. — *obstrepunt jacenti*. = 32. *plagas*. Od. 1, 1, 28. = 43. Elle fait du feu pour cuire le repas, chauffer le bain, et p. que le mari en sueur puisse se sécher (suiv. la coutume des Italiens en été). = 48. *dolio*. Il n'a pas encore été transvasé dans des cadus. V. Od. 1, 20, 3. = 52. *hoc*, la mer Thyrrhénienne. = 53. *A. avis*, la pintade (*gallina Numidica*). — 60. *h. c. lupo* (qui l'a tué). Il le mange, et ne le jette pas, comme font d'autres, moins économes. = 66. *renidentes*, p. qu'ils sont nettoyés. — *Lares*, le foyer, placé au milieu de la salle, la table est dressée devant, suiv. la coutume antique. = 67. *loculus secum*. = 69. Après avoir préalabl. sommé (*appellare*) ses débiteurs qu'ils eussent à le payer ce jour-là. Quand le jour de l'échéance n'était pas fixé par le billet qu'avait souscrit l'emprunteur, le préteur faisait ord. rentrer ses créances aux Calendes, aux Nones et aux Ides. Sat. 1, 2, 14. — *r. pecuniam*, p. en acheter des propriétés, décidé qu'il à vivre aux champs. = 70. *Calendis* du mois suivant : il s'est ravisé pend. ce temps.

III. — C'est une plaisante imprécation contre l'ail. Mécènes lui en avait fait servir (v. 20) cuit dans des légumes (v. 6; car on faisait alors d'excellents mets avec ces sortes de plantes. — 3. *Edit*, arch. p. *edat*, ord. dans Plaute. = 4. Cf. Virg. Moretum et E. 2, 10. — 6. V. Od. 1, 8, 9. — 9. « *Insignem vim comicam in hujuscemodi carmine habent exempla ab heroibus repetita.* » Or. Ce comique est moins sensible p. nous. = 11, 12. L'ail a une si grande puissance magique, que rien ne lui résiste, pas même ces flammes miraculeuses des taureaux d'Æétès. = 13. *donis*. Cf. Epd. 5, 63. = 14. *S. alite*, un char attelé de dragons ailés. = 15, 16. Virg. G. 2, 353 . *hiulca siti findit Canis æstifer arva.*

IV. — Des mss. portent l'inscription : *Ad Sext. Menam, Pompeii libertum*, adoptée par beaucoup d'interprètes ; mais ni les peines infamantes de vv. 3-4 et 11, ni le titre de tribun des soldats ne peuvent s'appliquer à l'homme important qui dirigeait la flotte de S. Pompée ; et puis il n'y a pas un mot de ses trahisons. Il est vrai que Véd. Rufus est inconnu; mais, comme il n'a pu être imaginé, nous croyons que c'est l'inscript. véritable. = 3, 4. *Ibericis*, d'Espagne (jonc très-abondant en Espagne); on en faisait des câbles et des cordes. — 7. *S. viam*, rendez-vous des oisifs. = 8. Des scholiastes et Isidore (Orig. 19, 24) disent que la hauteur de la toge ord. était de six *ulnæ*; or il s'agit ici évid. d'une toge à dimension insolite; il faut d. supposer ou que l'*ulna* (0 mèt. 409, d'ap. Servius in Virg. E. 3, 105) a varié avec le temps, ou faire une plaisanterie sur la taille de Védius. Cf. Ept. 1, 18, 30. = 11. A partir de ce v. c'est la foule qui parle. — *fl. tr.* Les *triumviri capitales* étaient chargés de la police des courtisanes, des esclaves, et autres gens de bas étage (part. les étrangers); ils avaient droit de mort et de flagellation. = 12. Tandis que le licteur exécutait la condamnation, le crieur public proclamait à haute voix le délit et le nombre des coups. = 14. Pour inspecter ses domaines. = 15. 16. La loi du tribun L. Roscius Othon réservait aux seuls chevaliers les quatorze premiers gradins des théâtres ; les sénateurs étaient à l'orchestre. — *eques*. Depuis César, les trib. militaires étaient inscrits dans l'ordre équestre. — *O. contemplo*. Ne pouvait prendre place aux quatorze gradins quiconque n'était pas né de parents libres, ou avait subi une peine infamante, etc. = 17, 20. A quoi sert-il qu'une flotte soit armée (par Octave) contre les esclaves fugitifs (recrutés p. S. Pompée), si un ex-esclave est élevé aux dignités?

V. — V. Od. 1, 11, le préamb. Canidie, amoureuse de Varus, veut ramener à elle le vieillard qui lui échappe ; aidée de trois de ses compagnes, la *saga* a entraîné chez elle, par séduction ou par force, un enfant de noble naissance (v. 7), dont la moelle et le foie, cuits avec d'autres substances (vv. 17-24), doivent composer un philtre qui rendra le cœur de Varus à son amante. Le poëte décrit les préparatifs des magiciennes : la scène a lieu dans la maison de Canidie, probabl. dans la voie Suburane ou près de là (v. 58), et dans le voisinage de la demeure de Varus.

= 5, 6. *te*, Canidie. — *si*, etc., paroles très-mordantes dans l'idée du poëte (si jamais tu as véritabl. accouché, ce qui n'est pas). Les courtisanes feignaient souv. d'accoucher, p. arracher des cadeaux à un amant, auquel elles persuadaient que l'enfant substitué était de lui. = 7. *purpuræ*, la toge prétexte (bordée d'une bande de pourpre), qui devait le rendre inviolable. V. Od. 1, 36, 9 = 12 *Insignibus*, la prétexte et la bulle (médaillon que les enfants libres portaient sur la poitrine, attaché à un cordon passé autour du cou; c'était un préservatif contre les maléfices). = 24. *Colchicis*. Cf. Epd. 17, 35. = 25. *expedita*, « succincta. » Sat. 1, 2, 25. = 26. Sans la lustration, la cérémonie magique était incomplète. = 29. *n. conscientia ejus quod jus fasque est*. =31. Dans l'*impluvium* (cour carrée de l'atrium). =41. *m libidinis*, « feminarum amore ardentem. » Or. = 44. Comme Pouzzoles, Cumes, etc. = 49 *Quid*, etc., « incredibilia dixit. » = 53. *hostiles*, de mes rivales. =58. Afin d'arrêter Varus se dirigeant vers la demeure de qq. courtisane; Canidie compte qu'al il reviendra auprès d'elle = 59, 60. N. (Od. 2, 11, 16) *peruncium*, d. le but de plaire à la courtisane. — *quale*, etc. Elle a mêlé à l'essence une préparation destinée à exciter les chiens. =61, 62. Etonnée de n'en entendre aucun aboiement, elle se demande pourquoi Varus ne vient pas. — V. *Medeæ*, mes poisons, aussi puissants que ceux de Médée. = 63, 66. Epd. 5, 13. = 69, 70. *v. O. pellicum*, oint d'une composition qui doit lui faire oublier toute autre femme que moi. = 71. Elle aperçoit tout à coup le vieillard qui sort de chez lui, et ne dort nullement, comme elle le supposait. = 76. *M. vocibus*, c.-à-d. des formules ordinaires. = 79, 80. Tout l'univers sera bouleversé. = 85. Dans sa colère et son horreur, il ne sait par quels mots commencer. = 87. 88. Constr. *m. f. n. h. vicem n. valent c. venena*. Orelli compte *neuf* explications de cette phrase, outre la sienne. — *h. vicem*, « hominum more, » selon l'effet qu'elles produisent sur les hommes (qu'ord. elles touchent); retombe directement sur *n. valent c.* Cf. les expr. *tuam vicem doleo, irascor*, etc., et Epd. 17, 42 = 100. *E. alites*, les oiseaux de proie qui y dévorent les cadavres à demi enterrés des esclaves et des suppliciés. V. Sat. 1, 8, 8.

VI. — L'inscription vulgaire est : *In Cass. Severum*, donnée par Acron, p. le comment. Cruquius, et p. quelques mss. Mais ce personnage pouvait avoir alors au plus vingt ans; et d'ailleurs tout indique qu'il s'agit d'un poëte. Quel est ce poëte? Mévius, d'ap. Kirchner ; Bavius, suiv. Grotefend : mais ce ne sont que des conjectures. = 1. *hospites*, qui, te craignant, parce que tu es citoyen romain, n'osent trop te répondre. = 8. *præcedet* « a me lustro excitata et in fugam conjecta. » Or. = 9, 10. Tu cries bien fort, mais, dès qu'on te paye, tu te tais. =12. Il se compare à un taureau. = 13. Archiloque. = 14. Hipponax.

VII. — Cf. Epd. 16. Hor. reproche à ses concitoyens leur fureur à reprendre les armes civiles. Cette ode, dont le ton et le style ont je ne sais quoi de juvénile, fut écrite au début de la guerre de Pérouse. D'autres la rapp. à la seconde rupture d'Octave et d'Antoine : il y aurait alors une critique détournée du premier, chose peu admissible. = 2. *consili*, depuis la bat. de Philippes. = 7, 8. *d. S. via*. Cf. Od. 4, 2, 35. — *catenatus*. Od. 1, 37, 20. = 12. *dispar genus*. = 13. *v. acrior*, c.-à-d. celle du destin. = 15, 16. Parce qu'ils ont la conscience et de leur crime et de la fatalité qui les entraîne. = 17, 20. Lucain (1, 95) assigne la même cause aux g. civiles; et Virg. (G. 1, 502) remonte encore plus haut. — *Sacer*, qui doit être expié (le meurtre d'un frère étant un sacrilége).

VIII. — V. Od. 1, 5, le préamb. On ne sait à qui est adressée cette ode, écrite avec une licence tout à fait grecque, et p.-êt. calquée sur Archiloque. = 1. *l. p. sæculo*, épuisée par l'âge. = 6. *crudæ*, et qui par conséq. a la diarrhée. = 9. *tumentibus* par l'hydropisie, qu'a amenée la vieillesse. = 11, 12. *funus*, etc. Raillerie amère, car il lui rappelle ainsi le peu d'opportunité de ses amours! — *i. triumphales*, de tes aïeux qui ont obtenu le triomphe. = 15, 16. Elle feint de s'occuper de l'étude de la sagesse, croyant par là attirer les amants. — *pulvillos lecti*. Les gens lettrés lisaient et écrivaient couchés. = 17. *Illiterati*, qui s'inquiètent peu de la philosophie. = 20. *Ore*, « lingendo. » Orelli.

IX. — Cette pièce fut composée à la nouvelle de la victoire d'Actium; elle est donc postérieure à Epd. 1, et antérieure à Od. 1, 37. = 1, 6. Il parle du festin qui se fera chez Mécènes en l'honneur du triomphe d'Octave, quand le vainqueur sera de retour. — *repostum* in apotheca. Od. 1, 20, 3. — *a. domo*. V. Od. 3, 29, 10. — *s. J. gratum*, « eidem Jovi, qui Cæsari victoriam concessit, acceptum est, ut debito modo celebremus. » Or. — *Sonante*, etc., cf. Od. 4, 1, 22; *barbarum* p. *Phrygium*. = 7, 8. All. à la défaite de S. Pompée à Messine (en 36). = 10. Cf. Epd. 4, 19. = 13. *vallum*, destiné à former la palissade du camp, faisait partie du bagage de chaque soldat. — *spadonibus*. Od. 1, 37, 9. = 16. *conopium* (mot grec, en latin *culicare*), voile de lin très-léger p. se garantir des cousins et autres moucherons ; on en faisait comme un pavillon autour du lit et de la table. = 18. *Galli*, les Galates. = 19, 20. L'histoire ne parle pas de ce fait. — *sinistrorsum*. Celui qui se rend d'Actium en Egypte se dirige vers la gauche — *citæ*, partic. de *cieo*. =21, 22. Quand enfin César triomphera-t-il? — *Io T.* Od. 4, 2, 49. — *moraris*, le char est prêt; pourquoi, toi, es-tu en retard? — *aureos*, recouvert d'ivoire et de lames d'or. — *i. boves*. Le triomphateur immolait au Capitole une génisse blanche et qui n'avait pas porté le joug. = 25, 26. Elles sont comme un monument élevé à sa mémoire. = 27. *punico*, etc. V. Od. 1, 17, 1. Antoine déposa le *paludamentum* (manteau de pourpre du général). p. prendre le *sagum* (manteau rouge foncé du simple soldat, de même forme que l'autre, mais d'une étoffe grossière), en signe de deuil. = 33. *scyphos*. Od. 1, 27, 1. = 35. *f. nauseam*, le vomissement, chose très-ord. dans les repas des Romains. = 36. *Metire*. V. Od. 1, 29, 8.

X. — Mévius part pour la Grèce ; Hor. lui souhaite un bon naufrage. V. Virg. E. 3, 90. = 3. *Utrumque latus ut verberet* Auster, opposet navem procella circumagi. » Or. = 5. *Niger*, qui ramasse les nuages. Rem. qu'il n'énumère que les vents contraires à qui navigue vers la Grèce. = 9. *s. unico m.*, les Gémeaux, p. ex. = 10. *Qua*, en regione cœli, ubi. » = 14. *Ajacis*, fils d'Oïlée. = 16. *luteus*, de *lutum*, gaude, (plante qui sert à teindre en jaune) expr. une nuance dans le genre de celle de la jaunisse. =22. *mergos*, p. d'autres oiseaux marins (les aigles de mer, p. ex.), car le plongeon ne touche pas aux cadavres.

XI. — V. Od. 1, 5, le préamb. Après avoir rappelé son amour malheureux p. Inachie, le poëte se plaint des dédains de Lyciscus. — 6. *honorem*, « frondes. » Cf. Od. 1, 17, 16. = 7. Le *nam*, etc. est l'explicatif de l'idée s.-ent. : c'est malgré moi et non sans indignation que je le dis.

= **11, 12.** Phrase formée de trois constr. : *C. l. n. valet i. ?* interrogative ; *C. l n. valere i. !* exclamative (indignation) ; et *querebar n. v i.* = **13.** *inverecundus.* Cf. Od. 1, 27. 3. = **15. 18** Je le disais alors : Oh ! si, etc. — *v. dividit.* Cf. Od. 1, 26, 1. = **20.** *J. a domum,* tu me recommandais d'aller, au sortir du festin, directement chez moi. = **21, 22.** *V.* Od. 1, 25, 7. = **28.** *l. r. comam.* Od. 2, 11, 24.

XII. — Est-ce la même que celle à qui est adressée Epd. 8 ? On n'en sait rien : en tout cas il la flétrit avec non moins de crudité. = **2.** *tabellas* des lettres d'amour. = **5** *Polypus,* ulcère du nez très-infect. = **8.** *p soluto.* « Cum coitu peracto vir jam languet, illa nondum satiata magis etiam restingui cupit libidinem suam effrenatam. » Or. = **10, 11.** La craie servait de fard p blanchir la figure ; la fiente de crocodile arrangée avec de l huile de cyprès en enlevait les boutons. = **12.** *Tenta.* le lit est sous-tendu par des cordes entrelacées. — *tecta,* le baldaquin formant ciel de lit. = **14.** Cf. Epd. 11 6. = **15.** *potes* subagitare ; réticence tirée de la langue u-uelle. = **21.** Od. 2, 16, 55.

XIII. — **1.** *contraxit,* en le couvrant de nuages. = **2.** *silræ.* Od. 1, 23, 4. = **4** *genua,* souv. pris p. le siége de la vigueur. = **5.** *senectus* « morositas, » sens plus ord. attribué à *senium.* = **6.** *Tu,* l'amphitryon. — *vina,* etc. Od. 3, 21 6 et 1, 20 3. = **7, 8.** Est-ce une all. aux affaires politiques, un regret p la république tombée ? ou bien le vaincu de Philippes est-il encore sous le coup de la disgrâce et dans l'attente du pardon (ce qui cadrerait plutôt avec son caractère connu)? ou enfin n'est-ce qu'une simple antithèse à la joie du festin ? — *Cetera.* Od 1, 9, 9. = **8, 9.** *Achæmenio,* Od. 1, 31 12 ; *nardo,* Od. 2 11, 16. — *Cyllenea,* inventée par Mercure. = **11.** *grandi.* Les héros sont touj. de taille surnaturelle. = **13.** « Fatale tibi est ad Trojam proficisci. » Or. = **16.** *cærula.* Cf. Od. 1 17 20 = **17** *cantu.* Les députés d'Agamemnon le trouvent chantant et s'accompagnant de la phorminx (Hom. Il. 10 186).

XIV. — Hor. s'excuse auprès de Mécène, qui le pressait de publier le recueil des épodes composés jusqu'alors. = **7.** *iambos.* Il désigne ainsi les épodes, dont la plup. ont ce mètre = **8.** L'extrémité des feuilles de papyrus ou de parchemin, collées les unes au bout des autres de man. à former gén une long. de 4 à 5 mèt., se fixait à un petit bâton cylindrique nommé *umbilicus* (parce qu'il formait le centre du ms. quand la feuille était roulée), autour duquel s'enroulait le *volumen.* Le cylindre avait ses deux bouts ornés de disques ou boutons (en corne, en ébène, qfois en matière précieuse) appelés aussi *umbici* ou *cornua,* et dont le diam égal à celui du rouleau, garantissait les tranches. De là ; mener jusqu'à l *umbil* c-à-d achever. f Sat. 1, 10, 72 Ept. 1, 20, 2. = **11.** *cava,* épith. fréquente de la lyre, la boîte concave, qui en forme la base, étant le princip de la résonnance. Od. 1, 1, 34. = **12.** xpr. le naturel d'Anacréon. = **13.** On croit que ce vin all. à Térentia. — *p. ignis,* l'amour d'une plus belle femme (Hélène).

XV. — *V.* Od. 1, 5 le préamb. Il reproche à Néère de lui être infidèle p. un amant plus riche, et la menace de renoncer entièrement à elle si elle ne prend d'autres sentiments. = **4.** Métaph. tirée du serment militaire ; les soldats répétaient la formule que leur dictait le général (*jurare in verbu imperatoris*). = **5 6.** Cf. Od. 1, 36, 20. — *aique p. quam.* = **11.** *m. virtute,* autant qu'il est en moi. = **14.** *par m.* partageant mes sentiments. = **15** *s. offensæ,* in qua semel offenderim. » Repet ; *semel* pour toujours. = **19.** *licebit,* en prose : *licet.* = **20.** Rien que tu sois un second Crésus. = **21** *arcana,* livrés seulement aux intimes. — *renati* désigne la métempsycose. Cf. Od 1, 28, 10.

XVI. — Cette pièce a été inspirée par les mêmes circonstances que Epd 7, auquel elle est sans doute postérieure. Le poète propose à tous les honnêtes gens de quitter l Italie et d émigrer dans les îles Fortunées. On sait que Sertorius, chassé d'Espagne, avait eu réellement ce projet (an 81) : Acron dit que Salluste l'affirme dans son Histoire ; Plutarque (Sert. 9) en parle également. = **1.** *Altera,* dep. Sylla (an 88). = **3** La guerre sociale. = **6.** *N. rebus* (abl.), all. à la conjuration de Catilina. = **7.** La guerre des Cimbres et des Teutons. = **10.** *rursus,* comme av. Romulus. = **13.** « Sic dicit, quasi Romulus sepultus sit ; Varro post Rostra fuisse sepulcrum Romuli dicit. » Porph. Du reste, Quirinus étant le type idéal du peuple romain. ce sont les ossements de tous les citoyens qui seront jetés aux vents. = **15, 16.** *Forte,* en prose : *si forte.* — *m. pars,* la partie intelligente et honnête = **21.** Cf. Od. 3, 11 49 = **23, 24.** *S. placet,* formule des délibérations. — *S. alite.* Il suppose qu'on vient de les consulter. = **30** *m. junxerit,* « j. animalia disparia, id quod veluti monstrum esset procurandum. » Or = **37.** *indocili,* à qui l'on ne peut persuader qu'il vaut mieux abandonner sa patrie que d'être esclave. — *exspes* d'un sort meilleur, à cause de son découragement. = **38.** *p. cubilia,* reste chez lui dans l'oisiveté. = **41** *circumvagus.* C'est la croyance antique. = **42.** Les îles Fortunées étaient des îles fabuleuses, situées à l'extrémité de l'Occident, où l'on plaçait le séjour des bienheureux. L'idée en reposait sans doute sur la vague connaissance que les anciens avaient des Canaries. = **46.** Les fruits du figuier non greffé sont durs, fades et tombent vite ; mais là il n'est pas besoin de greffe. = **47.** *M. m. ex i.,* fable qui a son origine dans le miel des abeilles des forêts. = **52.** *alta,* p. *alte.* Rapp. *intume cit* à la marche des reptiles ; il semble de loin que c'est le sol même qui se gonfle. = **56.** Il n'y a ni grandes pluies ni sécheresses. = **57 60.** Elles n'ont jamais eu de commerce avec le reste du monde ; nous y serons donc à l abri des vices. = **61 62** Les troupeaux aussi y vivent à l abri des maladies. = **64.** Il omet l âge d'argent = **66.** *vate.* Il se compare à un devin, interprète de la volonté des dieux.

XVII. — Hor. feint d'avoir été lui-même atteint par la puissance magique de Canidie ; dans un désaveu ironique il demande pardon ; mais la *saga* est inexorable. La pièce est évid. postérieure à Epd. 5 et à Sat. 1, 8. = **3** *movendæ,* métaph. tirée des profanes qui déplacent la statue d'un dieu. = **7.** Il s'agit du rouet magique. Mis en mouvement quand les fils sont tirés, il a la vertu d'enchaîner celui contre qui la magicienne prononce ses enchantements ; tournant en sens contraire si les fils sont détendus et déroulés, il le délie = **8 18** il lui présente plus. exemples d'indulgence et de pardon empruntés aux temps héroïques — *Nereïum* Achille — *Ulixe.* On lavait et on parfumait les cadavres avant de les ensevelir — *Heu.* Il s'indigne de voir Priam en cet état = **20** *instiloribus.* Od. 3, 6 50. = **23.** *odoribus,* cérémonies magiques, parce qu'on y brûlait beaucoup d'aromates. = **29.** *n nia.* d 3, 28 16. = **31.** Cf. Epd. 3, 17 = **33.** *Virens.* sa flamme sulfureuse tient le milieu entre le gris et le vert. = **35.** Tu es comme un laboratoire où ne cesse de brûler du feu p préparer les poisons c.-à-d. tu ne cesses d'exercer contre moi ta science magique. — *Colchicis.* Od 2 13, 8. = **36.** *finis,* touj. féminin chez Hor. dans ce sens. = **39.** *mendaci,* terme équivoque, peut s'app. aux louanges comme aux outrages. = **40 41.** *Tu,* etc. Je te donnerai ces éloges et te porterai aux nues. = **42, 44.** All. à Stésichore. — *vicem,* « sororis nomine, pro sorore sua. » Or. = **46.** Est dit (ainsi que vv. suiv.) par antiphrase. = **47.** *pauperum.* Ceux des riches étaient surveillés par des gardiens. = **48.** *Novendiales,* récemment enterrés. « Apud antiquos moris fuit ut triduo corpus defuncti jaceret domi, et post triduum rogo imponeretur ; item post triduum cinis in urnam condebatur et tumulo mandebatur. » Porphyrion. — *dissipa e,* réduire en poussière. Les cendres et les débris humains servaient beaucoup dans les opérations magiques. = **49.** *puræ* de sang. = **50, 52.** *V* Epd. 5, 5. = **58.** *pontifex.* comme s'il y avait présidé. parce qu'il en avait été le témoin (Sat. 1, 8. = **63.** *in hoc* (accus.), « ad hunc finem. » = **74.** Expr. métaphorique empruntée aux Grecs. = **75.** Tout se soumettra à ma puissance. — *i. cedet mihi,* comme à une déesse. = **76.** *C. imagines,* poupées représentant la personne sur qui l'on voulait agir.

SATIRES

LIVRE I.

I. — Cette satire est une attaque contre la cupidité et un éloge de la modération ; elle est dédiée à Mécènes (comme Od 1, 1 ; Epd 1, 1 ; Ept. 1, 1). dont la modération épicurienne est connue. C'est un des premiers essais d'Hor. dans le genre *lucilien* = **4.** *g annis* militiæ = **10.** *consultor,* le client qui vient consulter son patron dans une affaire litigieuse. = **11.** C'est un paysan qui a un procès. — *Vadibus.* Tout accusé était tenu à la demande du plaignant, de fournir des répondants qui garantissaient sa comparution au jour fixé p. l'affaire, ce qu'on appelait *vadari aliquem* ; si l accusé faisait défaut, le préteur donnait gain de cause à la partie présente et le répondant subissait les conséquences de sa caution. = **21.** *b. inflet,* signe de colère. = **23.** *ut osi f* percurrit. All aux acteurs des Atellanes ou aux *aretalogi* (philosophes charlatans, ord. stoïciens, qui débitaient leurs sottises sur les places publiques). = **27.** *Sed,* ap. une parenthèse. indiq e qu'on revient au sujet dont on parlait. = **28** Les plaintes, la conduite de ces gens, tout cela est risible ; mais une autre chose, et plus grave. c'est q sont en proie à une insatiable cupidité. = **36** *Aquarius* (dans lequel le soleil entre le 16 janvier, p. un signe de l hiver quelconque. les fourmis se cachant avant cette époque. = **45.** *M. centum* modium. le *modius* valait 8 lit. 671 = **47. 49.** Il s'agit d'une troupe d'esclaves qui accompagnent le maître pour la campagne ou dans un voyage. = **53** *cumeris,* grands paniers en osier p. serrer le blé. — *granaria,* cases ou bassins de l ho reum (magasin voûté qui dans la villa faisait partie de la série de bâtiments appelée *fructuaria*), dans lesquels on mettait les différentes espèces de grains. = **54, 55.** *urna,* 13 lit. 06 ; *cyatho* Od 1 29, 8. = **64, 67.** Récit connu on faisait dans les écoles des philosophes. part des stoïciens qui, dans leurs démonstrations. procédaient touj. par exemples. surt. empruntés aux temps héroïques et aux tragédies grecques. Sat. 2, 3, 187. = **68.** C'était un de ces ex., et par conséq. très-connu : aussi l'avare de rire. = **74.** *sextarius,* 542 millilit. = **75.** « Vestes, balneum, usus mulieris. » Schol. = **97.** *servo.* c.-à-d. *quam servos suos restiebat.* = **99, 100.** *liberta (et marita)* ; elle le tua, exaspérée par son odieuse avarice. — *f. Tynd..* seconde Clytemnestre. = **103** *componere,* comme une paire de gladiateurs ; Sat. 1, 7, 20. = **108 109.** *nemo* etc., p. *neminem se probare* ; cf. Sat 1, 3, 115 Les critiques et même des mss. ont voulu corriger cet hiatus. de là diverses leçons. = **114.** *carceribus.* loges. à l'extrémité rectangulaire de l amphithéâtre, fermées par des barrières qu'on ouvrait à un signal donné par le président des jeux. = **120.** *scrinia,* boîtes cylindriques, servant à diff. usages (ici. à garder des livres). Cf. Sat. 1, 4, 22. *V.* Dez., Rome III, pp. 411 et 417.

II. — *V.* Od. 1, 5, le préamb. L'idée fondamentale se trouve v. **24** ; ap. avoir appuyé sa proposition par diff exemples. le poète la confirme et la développe par celui des amants : il part de là p. critiquer et condamner le commerce av. les femmes mariées = **2** *Mendic,* prêtres d'Isis, de Cybèle. — *b. latrones,* qui s'attachent aux riches, comme la crotte (*blutea*) aux souliers. = **14 17.** L'argent se prêtait au mois (Epd. 2. 69) ; le taux légal ét. 1 % 12 % p an) ; celui-ci prend 5 % 60 % p. an). — *u gel* d'intérêts. — *n mis a.* L'emprunteur écrivait sur le livre de comptes (*tabulæ* du préteur) le montant de la somme ainsi que l'engagement de la rembourser à telle époque avec les intérêts convenus, et apposait sa signature à ce reçu. On ne pouvait. d ap. la loi *Lætoria.* contracter avant vingt-cinq ans — *tironum.* nom de jeunes gens qui avaient pris la toge virile Od. 1. 36, 9) parce qu'ils faisaient alors, sous la direction paternelle leur apprentissage des affaires publiques. = **20.** *pater,* Ménédème (*Heautontimorumenos*). = **25, 26.** La tunique (Od 1. 30 5) s'assujettissait à la taille à l'aide d'une ceinture (*cingi, accingi, præcingi* par-dessous laquelle on la tirait de manière à la faire tomber, devant. un peu au-dessous des genoux, et, derrière, jusqu'aux jarrets. On ne sortait jamais sans porter la ceinture ; chez soi on l'ôtait (*discingi*), à moins de se livrer à quelque travail, et dans ce cas. ainsi qu'en voyage, on faisait remonter la tunique plus haut qu'à l'ordinaire (*succingi, alte cingi* ou *præcingi*), afin d'avoir les jambes libres. Se promener la tunique tirée trop haut était le fait d'un inconvenant ; trop bas ou sans ceinture, d'un efféminé. Naturellement les esclaves, dans le service, étaient *succincti* ; souv. même à table. p. réjouir la vue des convives, le maître faisait porter, partic. aux échansons (qu'on choisissait touj. jeunes et beaux), une tunique relevée jusqu'à l'*obscœ*um in*guen* (Sat. 2. 8. 10) et qfois d'une de ces étoffes transparentes que Philon (*De vita contempl.*) appelle ἀραχνεϋφαῖς. = 27. P. (de gomme ou de racines odorantes) *olere* était de la dernière mollesse. = 29. Les matrones. — *veste*, c.-à-d. *stola*, longue robe blanche correspondant à la tunique des hommes (comme la *palla*, à la toge). = 30. Les prostituées étaient ord. sous la direction d'un *leno* (Sat. 2, 3, 231), comme esclaves, ou simpl. admises chaque soir dans ses *cellæ*. — *fornice* consistait en une étroite *cella* située au rez-de-chaussée (de manière à s'enfoncer dans le sol), au-dessus de laquelle était une inscription ou qfois une image phallique, et éclairée à l'intérieur à l'aide d'une lampe suspendue à la voûte : ces loges étaient louées au *leno* par le propriét. de la maison, et chaque femme avait la sienne. = 31, 32. D'ap. Acron, Caton le loua d'abord ; mais, voyant qu'il en sortait trop souvent, il lui dit : *Adolescens, ego te laudavi. tanquam huc interdum venires, non tanquam hic habitares.* = 36. c. *albi* des matrones. = 43. p. *corpore*, « ne testes ei abscinderentur. » Schol. = 48, 65. L'amour des courtisanes, quand il fait commettre des excès, est aussi condamnable que celui des matrones. — *Libertinarum*, les courtisanes d'un certain rang ; ce sont celles qu'Hor. chante dans ses odes. — *b. a. benignus* envers les amis dans le besoin. — *a. togata*. expr. de dédain p. *libertina* (portant la tunique et la toge, au lieu de la stole et de la *palla*). = 74. *D. o. u. suæ*. Les charmes naturels d'une femme n'ont pas besoin d'être relevés par les choses extérieures, dons de la fortune. = 86. *Regibus*, Od. 1, 4, 14 ; *opertus*, de manière à n'être pas détourné de l'examen de ses défauts. = 92. *O* etc., (écris-tu à la vue d'une matrone, sans regarder le reste = 101. *Cois* Od. 4. 13. 15. = 105, 108. Langage de l'amant des matrones ; c'est la traduction d'une épigramme de Callimaque, qui s. doute se chantait comme *scol* e. — *positum* est le *en forme* des chasseurs ; sur *sic* v. Od. 2, 11. 14 = 109, 115. Ces sornettes ne servent de rien p. le bonheur de la vie ; il faut étudier la sagesse et les livres qui nous l'enseignent. = 120, 122 Paraît être la traduction d'une épigr. a une perdue de Philodème. — *Gallis* castratis. = 150. *conscia*. Sat. 2 7 60. = 131. *Cruribus* « ne frangantur. » punition qu'on infligeait qfois aux esclaves infidèles. — *doti* Elle devait en perdre le sixième = 133. *pyga*. All. au supplice de v. 44.

III. — On est aveugle ou très-indulgent p. ses propres défauts, plein de sévérité p. ceux d'autrui, ce qui est surtout fréquent entre amis : tel est le vice qu'attaque Horace ; et, comme ce défaut semble trouver quelque excuse dans la maxime stoïcienne que *toutes les fautes sont égales* (il la combat en y opposant la doctrine contraire des épicuriens ; puis, sa bile s'échauffant au souvenir des stoïciens et de leur rigueur pédantesque, il s'en prend à un autre de leurs paradoxes, et qui lui sert à force agréable), la *causerie*. J. Cé ar. père adoptif d'Octave. = 6, 8. c premier service (Od. 4 5, 31) du souper. la *gustatio*, consistait en œufs frais, olives, et autres mets légers ; le second, où l'on buvait les vins fins, se terminait par des fruits, des pâtisseries, etc, mets désignés sous le nom gén. de *bellaria*, qui souv., dans une *cœna* en règle, formaient un troisième service à part. — *Io b.*, des chansons de table ἰσχχγα. — *modo* etc. La *ch. summa* d'un tétracorde (instr. à quatre cordes donnant quatre note- consécutives, la moitié de l'octave ; il servait à régler la voix) donnait la note la plus grave ; la *ch. ima* (chanterelle), la note la pl aiguë. = 11 *s. ferret*. All. aux canéphores j. filles qui dans les processions portaient sur la tête des corbeilles contenant des objets sacrés. = 13, 14. *m. tripes*, opp. aux tables luxueuses à un pied. — *Concha*. opp. aux salières d'argent ; « pauperiores in marina concha salem tritum habere solent, quocum pane vescantur. » Porphyrion. = 15. *D. centena milia sestertium* Le sesterce (monnaie d'argent) valait 20 à 21 cent. = 25. *inunctis* collyrio. = 29. 50. *minus*. etc. Les gens d'auj. sont portés à railler aisément les défauts d'autrui. même les plus légers ; un homme simple est donc peu fait pour vivre avec eux et donne bien souvent prise à la critique. — *a. naribus*. Quand on rit, le nez devient plus pointu ; de là, un nez pointu ou long était considéré comme une disposition à la raillerie. = 45, 48. Les termes qu'emploient ces pères indulgents sont en même temps des surnoms de familles romaines, nés de défauts de ce genre. = 76, 79. Puisque nous ne pouvons pas nous délivrer entièrement de nos défauts, pourquoi ne suivons-nous pas les règles de la raison et de l équité dans le jugement des erreurs d'autrui ? — *stultis*. D'apr. les stoïciens, tous les hommes étaient fous, excepté le sage parfait, tel qu'ils le comprenaient V Sat. 2, 3. 32. = 87. *Calendæ*, Epd. 2. 70. = 89. Il s'agit d'une lecture publique (*recitatio*), coutume introduite par Pollion. = 91. *E. m. tritum*, d'une haute antiquité et p. conséq. te paraissant précieux ; cette hyperb. est un trait lancé contre la passion des antiquités, assez répandue parmi les riches. = 98. C'est la doctrine d'Epicure jusque v. 119 = 100. *Mutum*, n'ayant pas de langage articulé. = 107, 110 Cf. Od 4, 9, 13 et 25. = 111. 114. Les stoïciens disaient que le juste existe par lui-même et que les hommes le connaissent naturellement ; les sophistes et Epicure soutenaient au contraire que la distinction du juste et de l'injuste n'est pas, comme celle entre l'agréable et le désagréable, déterminée par la nature, mais par les lois et les coutumes. = 124. 126 Que dis-je *s l. regnum* (s., puisque, d'après ta doctrine. tu l as déjà ? Le sage parfait des stoïciens avait toute qualité, toute aptitude par excellence ; Horace, en -satirique. dit aussi *valor* par excellence. = 133. 134. Les stoïciens avaient la barbe longue, portaient des vêtements d'une simplicité rigide (poussée quelquefois jusqu'à la malpropreté) et ne tenaient touj. un bâton à la main : on comprend que cet accoutrement, ainsi que les gestes et la déclamation dont les *aretalogi* (Sat. 1, 1, 23) ne se faisaient pas faute, excitât l'espièglerie des enfants = 137 Le *quadrans* valait près de 2 cent. ; c'était le prix d'entrée des bains publics, V. v. 77.

IV. — Le milieu dans lequel vivait Horace était peu favorable à la satire : les révolutions, l'envahissement progress-if des mœurs grécoorientales, avaient singulièrement perverti la morale publique ; la liberté de la parole avait pris le chemin des autres libertés : ce n'était plus le temps de Lucilius. Les critiques et les railleries de notre auteur,

surtout partant d'un homme de basse naissance. soulevèrent contre lui une foule de colères et des attaques de toute nature ; il n'ét pas homme à se taire, surtout protégé par Mécènes ; de là les Sat. 1. 4 : 6 ; 10 ; 2. 1. Ici, il répond à trois sortes de détracteurs : ceux qui lui préfèrent Lucilius ; ceux qui lui reprochent sa lenteur à composer et son peu de fécondité ; enfin ceux qui attaquent le genre satirique et particulièrement son caractère personnel. = 2. Sur *l'ancienne comedie*, v. Pierron. *Hist. de la litt. grecque*, p. 273. = 7. Le vers de la comédie grecque était l'iambique ; Lucilius fit de l'hexamètre le vers de la satire. = 8. *E varix*, remarquant facilement les vices et les r dicules. = 10. *dictabat* à son secrétaire ; c'étaient ord. des esclaves grecs. — *stans*, etc.. en se jouant ; image tirée des tours de force des bateleurs. = 14. *minimo pretio*. = 18. *a. loquentis*. Cf. Od. 4, 9, 34 = 22 *Delutis* par ses admirateurs. — *capsis* (mot grec). Boîte ou coffret rond, ici sans d ute en bois précieux. Ces boîtes servaient à diff. usages ; cf. Sat 1, 1. 120 ; 6, 74 ; Epd. 14, 8. = 25. *recitare*. Sat. 1, 3, 89. = 28. *argenti* cœlau ; *ære*, Od. 4. 8, 2. = 34. *Fœnum*. On attachait du foin aux cornes des bœuls méchants pour avertir les passants de prendre garde. = 37. *furno*. la pistrine ; c'étaient des établissements où chacun apportait son blé pour le faire moudre et cuire. = 45. *quidam*, les grammairiens alexandrins. = 49. *nepos*. Epd. 1, 34 = 51, 52. Il s'agit d'une *comissatio* (Od. 4, 1, 11). = 60, 61. Vers des Annales d'Ennius. — *Belli*, du temple de Janus, où la guerre est p. a. d. enfermée = 63. *alias*, etc., simple transition, car il ne l'a jamais fait. = 66. Chaque citoyen avait le droit de se porter accusateur ; mais ce droit était réglé par la loi. — *libe lis* Le *délateur* écrivait et signait l'acte d accusation sur une feuille qu'il remettait au questeur. = 71. *pila* Les libraires dont les *tavernes* se trouvaient gén. sous les galeries des portiques publics. tenaient affiché sur les colonnes des arcades le catalogue des ouvrages qu'ils avaient à vendre. Ept. 1. 20. 1. = 75 Les bains publics te aient en partie lieu de nos cafés = 86. V. Sat. 2 8, 20. = 88 *p. aquam*. Od. 3, 19. 6. = 92. Sat. 1, 2, 27 = 102, 103. *ut*, etc.. double construction : *ut a. q. r. p. de me Possum* et *si q. a*.... p. *Possum*. = 111, 113. Trois sortes d'amour ; v. Od. 1, 5 ; Sat 1 2. = 114 *Depressi*. Sat. 1, 2, 134 = 120. *S. cortice*. Plaute Aulul 4, 1, 9 : *pueris qui nare disca t. scirpa induitur ratis... lucilius ut nent* = 125. *j. seivetis*. D'ap. la loi *Aurelia*, le préteur urbain choisissait tous les ans 360 juges pour les causes capitales, parmi les sénateurs, les chevaliers et les tribuns du trésor : c'était une preuve de corps judiciaire permanent. = 135. *lectulus* de repos et d'étude ; cf. Ept. 8, 16 = 134 *Porticus*. où je me promène seul C'était l'habitude d'aller l'après-midi, se promener à l'ombre sous les galeries des portiques (les plus beaux et les plus fréquentés étaient au champ des Mars. = 141 Il imagine plaisamment que tous les poètes de Rome forment comme une vaste association, et qu'ils prendront fait et cause pour lui ; trait contre une des manies de son temps (Ept. 2, 1, 108 .

V. — L'intervention d'Octavie avait fini par déterminer un rapprochement entre les deux triumvirs ; on convint d'un traité. Octave députa à Brindes Mécènes, Cocceïus et Capito, pour s'entendre avec Antoine ; mais ce dernier les attendit à Tarente où le traité fut conclu an 57). — Dans cette pièce Hor a imité Lucilius dont le troisième livre des Satires contenait la relation d'un voyage de Rome à Capoue. et de là au détroit de Sicile. a distance de Rome à Brindes que reliait la voie Appienne, était de 380 milles (le mille valait 1 kilom. 481 m. 50 cent ; le trajet dura quinze jours, d'ap. les stations qu'indique le poète V. Desjard ns. *Voyage d Hor. à Brindes*. = 5. 6 a. *Præ-inctis*. Sat. 1, 2 25. — *Appia*, p. route en gén. = 7, 8. *v. l. bellum*, je ne soupe pas. = 11, 13. On s'embarquait le soir à F. d'Appius sur un canal alimenté par le Nymphæus et l'Ufens, qui traversait les marais Pontins ; le matin on débarquait près du temple de Féronia pour reprendre la voie Appienne. — *II. appelle*, paroles d'un esclave chargé de garder les bagages déposés sur la berge, où les maîtres sont descendus avec leur suite. — *Trecentos*, etc., du batelier qui. ayant abordé, voit que le nombre des passagers est trop grand p ur le fret qu'il a stipulé ; il se met en colère. *Inseris*, « visne ingerantur » Or. — *inuta*. qui doit remorquer le bateau. = 23. *q. hora*, env 10 h. du matin. = 50. V. Sat 1, 3, 25 = 34. *prætore*. Fundi était *préfecture*, le titre de *préteur* est usurpé. = 35. *scribæ*, charge précédemment occupée par Aufidius. On appelait *scribes* les commis du Trésor public ; ils formaient une corporation dont les offices s'achetaient et étaient perpétuels ; leur esprit de malversation était proverbial. = 36. La prétexte (toge bordée d'une bande de pourpre), le laticlave et les souliers blancs ou de pourpre étaient le costume des grands magistrats — *l. clavus*, large bordure de pourpre ornant le haut de la tunique (Sat. 1, 2. 25) des patriciens et des sénateurs, d'où le nom même de cette tunique ; opp. à l *angustus clavus* des chevaliers. — « Videtur *batillus s. batillum* foculus sacrificandi causa prælatus huic magistratui, cum nihil rei majoris agere solerent sine sacrificio. » Gesner. = 37. *M urbe*, Formies. = 46. *parochi*, chargés de fournir, aux frais de l'Etat, à quiconque voyageait pour un service public, les objets dont le transport était peu commode, comme bois, sel, foin, etc. = 49. *tippis* se rapp. à Horace, *crudis* à Virgile. = 53. *d exstat*, il ne peut nier qu'il ait été esclave. = 62. C. *morium*. Il paraît que les Campaniens étaient sujets à avoir aux tempes de grosses verrues. qui restaient marquées par des cicatrices quand on les avait fait couper. = 64. *larva*, masque laid et effrayant ; il n'a pas besoin de masque p se rendre aussi affreux que Polyphème. = 65 66. *Donasset*, etc., comme les j. gens de naissance libre le faisaient de la bulle (Epd 5 12 apr avoir pris la toge virile. — *catsum*. On enchaînait les esclaves fugitifs et les portiers (*ostiarii*). = 81. Dans les montagnes de l'Apulie, il fait souv. encore froid au mois de juin. = 82, 85 Autre désagrément de voyage qu'il faut juger au point de vue antique. = 87 | *quum luticum*. Suiv. d'autres. Asculum, nom qui entrait aisément dans le vers. = 91 Av. d'arriver à *ausisum*, ils étaient rentrés dans la voie Appienne, qu'ils avaient quittée depuis Bénévent pour traverser plus vite les montagnes. — *urna*. Sat 1, 1, 54 = 97. *lymphes*, forme latine p. *Nymphis*. = 101. *didici* ab Epicuro ; cf. Lucr. 5. 85 ; 6, 58. = 103. *Tristes* ; les prodiges étaient souv. l'expression de la colère céleste.

VI. — V. Sat 1, 4. le préamb. Horace répond ici à ceux qui ne voulaient lui pardonner son son origine ni la protection de Mécènes ; on voit que. mêlé à cette aristocratie jalouse de ses droits de naissance, dédaigneuse pour tout ce qui était *sans père*, le fils d'affranchi sentait le besoin de se justifier p. se faire accepter. = 5. *n. s. aduuco*. Sat. 1, 3, 29.

= 9. Servius Tullius. = 13. *fugit*, prés. de narration; des mss. ont *fuit*. — *ussis*, 6 cent. 3/4. = 14. *licuisse*, comme dans une enchère — *notante*. Le censeur *notait* celui qu'il excluait du sénat. = 17, 24. Que devons-nous faire, nous, gens sensés? Devons-nous, quoique de basse extraction, rechercher les honneurs? Non : il peut fort bien arriver qu'on nous préfère un rival supérieur, non en talent, mais en naissance, ou même qu'un censeur rigoureux . ous excluc du sénat. Osonsnous pourtant briguer les charges : un échec ne sera que justice. Le mieux est de vivre paisibles dans la condition où nous sommes nés. Malheureusement les gens de mérite, mais d'obscure naissance, ne le comprennent pas; l'amour de la gloire les fait lutter avec les nobles; c'est une grande sottise, témoin Tillius. = 25. *clavum*. Sat. 1, 5, 36. Les tribuns des quatre premières légions avaient droit de laticlave. = 27. 28. *n. Pellibus*. Les souliers des sénateurs, blancs ou de pourpre, étaient attachés au milieu de la jambe par quatre courroies noires de cuir tendre. = 34, 35. Le candidat aux jours d'élection. = 38. Paroles d'un homme du peuple. = 39. Comme préteur. Il y avait eu, grâce aux guerres civiles, beaucoup de parvenus de ce genre. = 40. *gradu*, métaph. tirée des places de théâtre (Epd. 4, 15). = 41. *est* etc., c.-à-d. affranchi. = 44. *C. tubasque*, qui accompagnaient les funérailles des riches. = 54. *obtulit*, comme un présent du ciel = 74. *loculos*, boîte contenant les livres, le style, le parchemin, etc., s'appelait aussi *capsa* (Sat. 1, 4, 22). — *tabulam*. Sat. 1, 10, 72. = 75. *a. Idibus*, chaque mois; les Ides comprenaient huit jours; cf. Od. 4, 11, 15. = 86. *præco*, p. les assemblées, les tribunaux ou les enchères, etc.; *coactor* exactionum : les revenus publics s'affermaient à des compagnies qui en faisaient effectuer la perception à leurs frais et risques. = 101. Sur les *salutations*, v. Dez. Rome II, p. 39. = 109. *lasanum* (mot grec), pot de terre à pieds pour cuire et rôtir; sign. aussi pot de chambre. = 113, 114. *Fallacem*, à cause des charlatans, etc., et aussi des filous. — *v. Forum*. On n'y voyait alors que du petit peuple. = 115. *lagani* (mot grec), pâte mince en forme de rubans qu'on accommodait dans une sauce au poivre. = 116. *i. albus*, ἐγγύθηκη, meuble à pied; ici, en marbre blanc. = 117. *cyatho*. Od. 1, 29, 8. — *echinus*, salière en coquille d'oursin ou en ayant la forme; cf. Sat. 1, 3, 14. = 118. *patera*, Od. 1, 19, 15; dans les libations, on versait le vin du *guttus* (vase à col étroit) dans la patère. — *C. sup.*, vaiss. commune en terre cuite, telle qu'en fabriquait la Campanie. = 121. La laideur des Satyres est connue; mais Novius est si laid, que Marsyas ne peut le voir et le repousse de son bras levé. = 122, 123. *quartam*, Sat. 1, 5, 23; *jaceo* in lectulo, Epd. 8, 16. = 126. *V.* Od. 4, 6, 17. La leçon vulgaire est *fugio rabiosi tempora signi*. — *i. trigonem* p. *trigonalem*. Le *trigon* (mot grec) était une balle petite et bourrée de crins, qu'on lançait à trois personnes, formant un triangle. = 128, 129. *d. dürare* ùsque ad cœnam; *d. otior*, c'est après cela qu'il fait ce qu'il dit v. 112. = 131. *quæstor* (*urbanus*), préposé à la garde du Trésor (Sat. 1, 5, 35); charge peu élevée : ironie.

VII. — Cette satire paraît être la première du poète, qui sans doute se trouvait alors à Clazomène avec Brutus. = 1. *P. Regis*, rapprochement plaisant. = 2. *Hybrida*, parce qu'il était né d'un Grec d'Asie et d'une Romaine. = 3. Les *medicinæ* et les *tonstrinæ* étaient le rendezvous des oisifs. = 8. *e. p. albis*, expression proverbiale; on croyait les chevaux blancs plus légers à la course. = 12. Sur ces compar. héroïques. cf. Epd. 3, 9. = 27. *fertur*, etc., à l'endroit où, à cause de l'escarpement de la rive, la violence du torrent est plus grande; aussi est-ce un lieu dangereux où l'on n'ose pas venir couper les arbres. = 29, 31. La grossièreté des vignerons était proverbiale; du haut de l'arbre où ils taillaient la vigne (Epd. 2, 10), ils faisaient pleuvoir des injures sur les passants. — *magna*, etc., lui reprochant sa paresse. La vigne devait être taillée avant que le coucou commençât à chanter, c.-à-d. av. la fin du printemps. = 32. *I. aceto*, des injures de Rupilius.

VIII. — Cf. Epd. 5 et 17. Mécènes venait de faire bâtir sa belle maison des Esquilies (Od. 3, 29, 10), et avait converti en superbes jardins l'ancien cimetière de cette colline. Quand Hor. composa cette pièce, il venait d'être admis dans l'amitié du *chevalier*. = 9. Lorsqu'un esclave mourait, ses camarades le faisaient ensevelir à leurs frais : des croquemorts à gages emportaient aux Esquilies le cadavre enfermé dans un coffre de bois et l'y brûlaient ou l'y enterraient. = 11. Et p. conséq. destiné à recevoir un jour Pantolabus, etc.; *nepoti*, Epd. 1, 34. = 12, 13. Les riches faisaient placer devant leur tombeau un cippe (colonne funéraire), qui en indiquait les dimensions et portait en outre l'inscription : *H. M. H. N. S.*, c.-à-d. *hoc monumentum heredes non sequitur*, afin que les héritiers ne pussent toucher à la sépulture ni en vendre l'emplacement. Il y avait s. doute, devant ce cimetière, un cippe qui en déterminait l'étendue (p. qu'on ne pût empiéter sur le terrain); Hor. y ajoute l'amère ironie de *Heredes*, etc. — Les cimetières étaient le long des routes, au sortir de la ville; celui-ci a 296 m. de face sur la route, et 88 m. de profondeur. = 15. *Aggere*, bâti par Serv. Tullius ou Tarquin le Sup.; il allait de la porte Esquiline à la porte Colline. = 22. *o. legad*. Epd. 17, 48. = 23. *succinctam*, Sat. 1, 2, 25; *palla*, Sat. 1, 2, 29. = 27. *pullam*. Od. 3, 8, 6. = 30. *Lunea* représente Canidie, *cerea* l'amant infidèle. = 36. *m. sepulcra*, les entassements de terre des fosses communes. = 39. *Pediatia* (p. *Pediatius*) indique qu'il se prostituait. = 50. *Vincula*. rubans à plus. couleurs, p. enchaîner un cœur rebelle.

IX. — En racontant les importunités que lui fait essuyer un fâcheux, qui comptait, par son entremise, arriver à l'amitié de Mécènes, Hor. fait indirect. l'éloge de son prot. et un peu le sien propre. = 5. *cupio*, etc., à peu près comme notre *bien obligé!* = 6. *N. q. vis?* est-ce que tu as encore quelque chose à me dire? formule de politesse par laquelle on prenait congé de quelqu'un. = 7. *d. summs*, on ne compte parmi les lettrés et les poëtes. = 9, 10. *in*, etc. Il feint d'avoir quelque importante affaire. — *puero*. Un homme à son aise ne sortait jamais sans être suivi au moins d'un esclave. = 14, 16. Notre sot croit faire de la plaisanterie de bon goût en prenant une allure d'antique liberté. = 18. *C. hortos*, sur le Janicule; César les avait légués au peuple romain. De la voie Sacrée jusque-là, il y avait env. une heure de chemin. = 28, 34. *Felices*, etc. Horace se dit tout cela à voix basse. — *namque*, etc., plaisante supposition. Les magiciennes mettaient dans une urne des planchettes de bois (*sortes*, V. Od. 2, 3, 26) portant des inscript. ambiguës; puis elles remuaient l'urne et en retiraient un de ces bulletins, d'après lequel elles expliquaient l'avenir. = 35. Ils ont tourné à gauche, car

Hor. est censé aller du côté du Tibre. — *q. p. diei*, « hora tertia », » 9 h. du matin. = 36, 37. Sat. 1, 1, 11. = 38. *hic*, au Forum. — *ades*, comme *advocatus* (celui qui est appelé par une des parties p. soutenir l'affaire comme témoin ou conseiller; c'était l'habitude de se faire ainsi entourer de ses amis les plus notables). = 39. *stare*. p. *adstare* (*adesse*). = 44. *p. hom.* est. Cf. Sat. 1, 6, 51. = 46. On appelait au théâtre *adjutor* le personnage qui, par son rôle, devait soutenir le héros principal; *secundas* partes. = 62, 63. *Unde*, etc. formule ord. en grec et en latin, quand deux personnes se rencontraient = 69. 70. Aristius. q. se soucie des Juifs autant qu'Horace, lui invente ce 30° sabbat, fête qui n'a jamais existé dans le culte hébraïque, comme le fait observer avec raison Bretschneider. — *oppedere*. locut. fréquente aussi en grec. = 75. *Adversarius*, qui eum vadatus erat; il cherchait son homme, qu'il finit par trouver. = 76. Quand un des plaideurs ne comparaissait pas, l'autre avait le droit de l'y contraindre par la force; mais il fallait qu'il prît un témoin, ce qu'il faisait en touchant l'oreille d'une personne présente et en lui disant : *Licetne antestari?* Sur la réponse du témoin : *Licet*, il mettait la main sur son adversaire et l'emmenait au tribunal. Sans cette formalité, il eût pu être poursuivi p. violence envers un citoyen. = 77. *Oppono*, p. qu'il pût la saisir plus aisément. Pline, 11, 103 : *Est in aure ima memoriæ locus, quem tangentes antestamur*.

X. — *V.* Sat. 1, 4, le préamb. Le poëte justifie le jugement qu'il avait porté sur Lucilius (Sat. 1, 4, 6); les deux pièces ont donc dû se suivre de près. Les vers en *italiques* sont évidemment apocryphes, quoiqu'on les trouve dans plusieurs mss. (entre autres deux de Berne du dixième siècle); Orelli suppose qu'ils ont été composés du temps de Fronton, époque où s'agitait la question de savoir qui l'on devait préférer, les écrivains antérieurs à Auguste ou ceux du siècle d'Auguste : un partisan des modernes aura eu la fantaisie d'adapter un exorde au début un peu brusque de cette *causerie*. Le Caton dont il parle est s. doute Valérius Caton, grammairien et poëte du temps de Sylla, qui devait être mort en 31 av. J. C.; c'est à tort qu'il lui attribue la correction des œuvres de Lucilius (*v.* en effet Suét., Grammat. 2). Quant au *d. equitum.* on ne sait qui c'est. = 6. *mimos*, comédies ou plutôt farces en vers, fort courtes et où ne figuraient que des personnages romains; cf. A. P. 288. Il ne nous en reste pas un seul. = 12. *D. vicem* (c.-à-d. *partes*), prenant le ton de. = 17, 18. *stabant*, mot propre en parlant d'une pièce qui réussit. — *n. legit*; elles sont trop difficiles à comprendre p. eux. — *simius*, Démétrius (v. 79), à cause de sa laideur. = 20. Cf. Lucr. 4, 1156. Souv. même Lucilius emprunte au grec des vers entiers. = 21. *s. studiorum*, qui avez commencé tard à étudier, p. conséq., ne savez pas grand'chose et êtes vains du peu que v. savez. Rem. la double constr. *putatisne* et *q. putetis*. = 22. *Phitholeonti* p. *Pitholao*, changement de désinence fréq. dans les noms propres grecs. = 24. *nota*. Od. 2, 3, 8. = 27, 28. *L. c. exsudet*, « in eo summo opere elaboret, ut puro atque eleganti sermone latino causas agat. » Or. = 31. *m. citra*, en Italie (p. rapport à la Grèce). = 34. *In*, etc, porter de l'eau à la rivière. = 36, 37. *Alpinus*, surnom qu'il donne à Bibaculus, à cause d'un de ses vers (Sat. 2. 5, 41). *Memnona*, all à l'*Ethiopide*, et *Rhent* à la *Guerre des Gaules*. = 38. Octave avait établi une commission de cinq juges, qui examinait les pièces de théâtre et décidait de leur réception : elle siégeait dans un temple des Muses. = 40. *V.* Térence, *Andria*. = 42. *regum* des temps héroïques, comme Œdipe, etc. = 43. *p. t. percusso*, iambique trimètre (vers de la tragédie). Le joueur de flûte qui accompagnait les acteurs marquait la mesure, en frappant du pied, à chaque dipodie. Cf. A. P. 252. = 59, 61. Hâte qui est la principale cause de la rudesse de ses vers. — *p. senis*, l'hexamètre. = 63, 64. *capsis* (Sat. 1, 4, 22), etc., tant il y en avait! C'est s. doute une all. à quelque bon mot d'un contemporain. = 66. *G. intacti*. Quint. 10, 1, 93 : *Satira quidem tota nostra est, in qua primus insignem laudem adeptus Lucilius.* = 67. *p. seniorum*, L. Andronicus, Névius, Pacuvius, Plaute, etc. = 72. *s. vertas*. Les *tabulæ* à écrire étaient formées de deux planchettes de bois (qfois de métal) rectangulaires, assemblées à charnières dans le sens de la longueur; les faces intérieures de cette sorte de boîte étaient enduites de cire, sur laquelle on écrivait avec le *stylus*, poinçon en métal, dont la partie supérieure était plate et servait à effacer. Le brouillon se faisait sur les tablettes, et l'on transcrivait sur du papyrus ou du parchemin avec une espèce de roseaux taillés comme nos plumes. Cf. Epd. 14, 8 ; A. P. 332. = 75. *V.* Ept. 1, 20, 17. = 78. *cimex*, qui se cache p. mordre. = 84, 86. *V.* Od. 1, 6, le préamb. = 91. *Discipularum*, à qui ils apprennent le chant. — *j. plorare* sign. aussi κλαίειν κελεύω (qui correspond à notre : le diable vous emporte!). = 92. Il a écrit la satire sur des tablettes; le secrétaire va la transcrire. Cf. Sat. 1, 4, 10.

LIVRE II.

1. — *V.* Sat. 1, 4, le préamb. Cette pièce est l'apologie du poëte; c'est sa dernière satire et le prologue de ce second livre. Trébatius s. doute ne vivait plus alors : autrement, il est peu probable qu'Hor. eût osé l'introduire dans un dialogue de ce genre, même en supposant entre eux des rapports intimes. On remarquera la concision et la gravité du langage de Trébatius : c'est un jurisconsulte qui parle. = 1, 2. *u. L. satiræ t. opus*, image empruntée à un arc dont les cordes seraient trop tendues. = 7. *n. dormire*, tant je suis tourmenté, si je ne puis mettre en vers ce que je pense. = 13, 15. All. aux campagnes d'Octave et aux affaires des Parthes. — *f. cuspide*. javelot imaginé par Marius : la partie du bois qui s'insérait dans le creux du dard y était attachée par un seul crampon de fer au lieu de deux; au moment où le dard pénétrait dans le bouclier ou la cuirasse, ce crampon se recourbait et le bois restait pendant, en sorte que l'arme ne pouvait plus servir à l'ennemi. = 22. Sat. 1, 8, 11. = 24, 25. *saltat*, contra decorum; *numerus*, il voit double; *lucernas*, Od. 1, 27, 5. = 28. Sat. 1, 10, 59. = 31, 33. *libris*, ses satires ; *v. labella*, Od. 1, 5, 13. = 34. *Lucanus*, etc., moi qui, loin d'être comme lui d'une haute famille, suis né dans un municipe dont on ne saurait dire au juste à quel pays il appartient. = 35, 39. C'est ce qui explique mes instincts belliqueux. — *stylus*. Sat. 1, 10, 72. = 50, 51. « Sic colligendo ex argumentis, quæ tibi proponam, judica quomodo fiat ut, etc. » Or. = 53, 55. *nepoti*, Epd. 1, 34; *nil*, etc., il ne la tuera pas par le fer, ce qui n'est pas plus étonnant que. = 60. *quisquis*, etc., que la couleur de ma vie soit blanche ou noire; cf. Od. 1, 36, 10. =

66. *Od.* 4, 8, 18. = 73. *discincti.* Sat. 1, 2, 25. = 75. *censum*, la condition et la fortune, inscrites sur les registres des censeurs. = 81. La loi des XII tables défendait d'attaquer la réputation d'un citoyen. = 86. *tabulæ* (p. *sententiæ*), planchettes en buis, enduites de cire sur une face; les juges y traçaient la lettre initiale de leur vote : *A.* (*absolvo*), *C.* (*condemno*), *N. L.* (*non liquet*), et la déposaient dans une urne.

II. — Le débordement des mœurs grecques avait déversé sur Rome tous les vices de l'Orient; l'amour de la bonne chère surtout avait pris des proportions effrayantes et engloutissait les plus colossales fortunes. Au nom de la modération que commandent la nature et le bon sens (représentes par Ofella), le poète s'élève contre cette ignoble sensualité. = 9, 16. Est écrit avec le laisser aller de la conversation : quand la chasse et l'équitation, ou, si ces exercices te sont trop rudes, la balle et le disque, auront bien fatigué ton corps, méprise, si tu le peux (mais tu ne le pourras pas), une boisson et des mets grossiers. — *græcari.* Od. 3 24, 54, sq. — *s. p.* te agit, lude pila, *s. t. d. a.*, lude disco. — *nisi*, etc., ne bois pas d'autre *mulsum* (mélange de vin et de miel) que celui formé par, etc. — *promus* ou *promuscondus*, esclave intendant de l'office et du cellier au vin. = 17, 18. *cum*, etc. Sat. 1, 3, 14. = 22. *scarus*, poisson; *lagois*, oiseau : on ne sait de quelle espèce. = 29. *C. h.* (*pavonis*) *m. quam t.* (*gallinæ*) *vesci cupis.* = 30, 33. *Esto*, etc. Admettons encore que cette préférence soit légitime, mais d'où, etc. — Le loup marin remontait le Tibre; les gourmets prétendaient que le meilleur était celui qui avait été pêché entre les *deux ponts* (le pont Sublicius et un autre sur lequel on ne s'accorde pas). = 34. *singula*, autant qu'il y a de convives. = 41, 44. *Præsentes*, Od. 1, 35, 2; *coquite*, corrompez par votre chaleur. — *Quamquam*, etc., mais pourquoi invoquer les Austers, puisque, etc. *Putet*, « fastidium parit, quasi puteat. » Or. — *rapula*, etc. Au milieu des repas, p. ranimer l'estomac, on servait diverses plantes rafraichissantes (ord. accommodées au vinaigre) avec des salaisons. = 43, 46. *regum*, Od. 1, 4, 14; *ovis*, Sat. 1, 3, 6. = 50. *prætorius.* D'ap. les scoliastes, il s'agirait d'un certain Asinius ou Sempronius Rufus, qui avait échoué dans la demande de la préture. = 58. *defundere* de l'amphore (Od. 1, 20, 3) dans le cratère (Od. 1, 29, 8) et du cratère d. les coupes. = 60. *repotia*, repas du lendemain des noces donné chez le mari; ici, repas solennel. = 63. *offendat* les convives. = 67, 69. *m. didit*, pendant le souper (où il y a des invités); *S. erit*, ce qui trouble la joie du festin. — *unctam*, c.-à-d. dans des vases malpropres. V. Od. 3, 19, 6. = 77. *C. dubia*, all. à une plaisanterie de Térence (Phorm. 2, 2, 28). = 94. Si tu tiens à une bonne renommée (ce dont je ne doute pas), sache que. = 97. *Patruum*; leur sévérité était proverbiale. Od. 3, 12, 3. = 99. *laquei.* p. te pendre. = 104. Od. 3, 6, 2. = 105. En faisant des travaux d'utilité publique, portiques, routes, desséchements de marais, etc. = 112, 115. Ce fut en 42 (ou l'année suivante) que les triumvirs partagèrent les terres entre les vétérans. — *metato* par l'arpenteur public. — *m. colonum.* On distinguait le *c. partiarius* (exploitant le sol moyenn. une part des produits) et le *c. mercenarius* (moyenn. un salaire déterminé). = 121, 122. *p uva.* Il y avait diff. manières de conserver les raisins : ord. on les suspendait au plafond d'une chambre, ou dans l'*horreum* (Sat. 1, 1, 53), en les exposant au passage de la fumée (cf. Od. 1, 20, 3); ou bien on les introduisait dans des pots de terre (un par grappe) qu'on fermait hermétiquement et qu'on serrait dans des *dolia* remplis de marc. — *s. mensas.* Od. 3, 5, 31. — *d. ficu.* On fendait les figues et on les collait deux à deux, pulpe contre pulpe, puis on les laissait sécher dans des caisses. = 123. Nous buvions avec certaines conventions (vider la coupe d'un trait, etc.), et tout contrevenant était tenu de boire une coupe de plus ou de moins à la tournée suivante; p. conséq. la faute même, comme investie des privilèges du *magister convivii* (Od. 1, 4, 18), infligeait la punition. = 124. *ita* (Od. 1, 3, 1), etc., vœu des convives faisant des libations.

III. — Cf. Sat. 1, 3. Hor. s'empare de la maxime stoïcienne que *tous les hommes sont fous* p. la démontrer à sa manière; il se raille des divers types de la folie humaine, sans oublier les stoïciens, et, pour se mettre à l'abri de tout reproche, il s'enveloppe lui-même dans le nombre des fous. C'est Damasippe, une sorte d'*aretalogus* (Sat. 1, 1, 23), ou plutôt Stertinius, par sa bouche, qui développe la thèse. = 2. *Membranam.* Sat. 1, 10, 72. = 5. *huc*, dans ta villa Beaucoup de maîtres se dérobaient aux désordres des Saturnales (Sat. 2, 7) en se réfugiant à la campagne. = 7. *laborat.* Il est sans doute sur son lit d'étude (Sat. 1, 6, 125) et donne des coups de poing au mur. = 15. *q. parasti*, les éloges des honnêtes gens. = 17. *tonsore.* Sat. 1, 3, 133. = 18, 20. Ruiné par ses spéculations, ses créanciers l'ont exproprié. — Sur le Forum, près des *Tavernes neuves* (maisonnettes occupées par des comptoirs de prêteurs d'argent), s'élevaient deux petits arcs consacrés à Janus et appelés les deux Janus (*J. superior* et *J. inferior*). « Tous deux sont le rendez-vous des prêteurs d'argent. Comme ces Janus encadrent p. a. d. les Tavernes neuves, on en a pris occasion de désigner qfois ces dernières par le nom général de *milieu de Janus.* » Dez., Rome I. p. 251. = 21. Sat. 1, 3, 91. = 23 *m. centum* sestertium. Sat. 1, 3, 15. = 26. *compita*, où se faisaient ord. les ventes à l'encan. = 28. *nonus*, la passion *aliena negotia curandi*, née de son amour pour la philosophie stoïcienne = 32. Sat. 1, 3, 77. = 53. *c. trahat.* Les *gamins* de Rome attachaient une queue au dos des gens dont ils voulaient rire. = 61, 62 Dans l'*Ilioué* de Pacuvius. Déiphile apparaissait à sa mère endormie et lui disait : *Mater, te appello, quæ curam somno suspensam feras, Neque te mei miseret : surge et sepeli natum!* (Cic., Tusc., 44, 106). Ilioné se réveillait et répondait : *Age, adsta, mane, audi, iterandum eademmet istæc mant!* (Cic., Acad., 2, 27, 88.) Fufius, qui jouait le rôle d'Ilione, avant un jour trop bu. s'endormit réellement, et ne répondit pas à Déiphile. que représentait Catiénus; ce que voyant, les spectateurs se mirent tous à lui crier : *M. t. appello.* = 62, 63. *Huic*, à cette double erreur, de craindre des dangers imaginaires, ou de mépriser des dangers réels. = 65. *Esto*, admettons un instant qu'il le soit; mais je prouverai bientôt qu'il est bien pl. fou encore que Damasippe. = 69, 73. Il s'adresse au créancier. — *decem* (*tabulas*), Sat. 1, 2, 16; *a N* (*dictatas*), c.-à-d. avec toutes les garanties possibles. — *Cicutæ*, la Ciguë, surnom de Périllius. — *m. alienis.* qu'il n'a donc pas peur de démancher; cf. Hom. Od. 20, 343. = 77. Stertinius s'échauffe; il se tourne maintenant vers le monde entier et passe en revue les quatre grands vices, objets des attaques ordinaires des stoïciens. = 84. Ainsi sur le tombeau de Trimalcion (Pétr. 71) : *Ex parvo crevit. Sestertium reliquit trecenties.*

= 87, 88. Paroles que le stoïcien met dans la bouche de Stabérius. — *patruus.* Sat. 2, 2. 97. = 97. *Sapiensne?* Les stoïciens, dans leurs argumentations, usaient beaucoup de la forme interrogative, en se faisant des questions auxquelles ils répondaient, comme si elles venaient d'un interlocuteur; souvent même ils s'en supposaient un et simulaient un dialogue avec lui. = 111. *frumenti* serré dans l'*horreum* (Sat. 1, 1, 53). = 115. *intus*, c.-à-d. *in apotheca* (Od. 1, 20. 3) = 132, 133. *I. c. es*, au jugement du vulgaire. — *Quid*, etc. Et pourquoi non? peux-tu me dire; Je n'ai pas agi comme Oreste, c.-à-d. un fou; c'est de sang-froid (par le poison) et non dans un transport de fureur (par le fer) que j'ai tué ma mère; mon fait n'a rien d'éclatant ni de tragique, c'est une affaire tout ordinaire. V. Sat. 1, 1, 64. = 134, 141. Oreste était plutôt furieux avant, car la démence engendre la pensée du crime. = 144. *irulla*, vase p. verser le vin du cratère (Od. 1. 29, 8) dans les coupes. S.1, 6, 118. = 162. *Negabit* Craterus. = 164, 165. *immolet*, etc., c.-à-d. il n'est pas fou; il était défendu aux fous de sacrifier. = 169. 172. *censu*, Sat. 2, 1, 75; *talos*, Od. 1, 4, 18; *s.* (*tunicæ*), Sat. 1. 2. 25. = 181. *i. et sacer.* Ces deux termes avaient passé dans le langage familier. = 187. V. v. 97; Sat. 1, 1, 64. = 200. *m. salsa.* Od. 3, 23, 20. = 203. *Uxore* (p. *concubina*), Tecmessa. = 205. *a. litore*, la rive d'Aulis. = 217, 218. *Si furiosus erit, agnatorum in eo pecuniaque ejus potestas esto.* Loi des XII tables. = 223. C.-à-d. a égaré sa raison. All. à ces prêtres de bas étage (*fanatici ex æde Bellonæ*) qui se livraient à des danses extravagantes, et, dans leur fureur, se frappaient de leurs épées. = 225 *nepotes.* Epd. 1, 34. = 226. Le talent (monnaie grecque expr. une quantité d'or déterminée par le poids) valait alors 5,222 fr. = 228. *T. v.* Ept. 1, 20, 1. = 229. *fartor*, marchand de saucisses, etc. — *macellum*, part. le Forum Cupedinis (en haut de la voie Sacrée), entrepôt général où l'on vendait les mets friands et la viande de boucherie. = 237. *leno*, celui qui faisait le trafic des courtisanes et tout ce qui se rattachait à ce métier. = 247. *décies.* Sat. 1, 3, 15. = 253, 256. *Fasciolas*, enveloppant les jambes et les pieds, comme nos bas; *cubital*, sorte de bandage enroulé autour du coude, p. pouvoir mieux s'appuyer à table (Od. 1, 27, 8); *coronas*, Od. 1, 4, 9. = 260, 270. Scène de l'*Eunuque* de Térence. = 273. *cameram.* Od. 2, 16, 11. Les amants lançaient qfois vers le plafond, en les pressant entre les doigts, des pepins encore humides; s'ils l'atteignaient, c'était un augure favorable. = 274. S'adresse à un vieillard amoureux. = 275, 276. *cruorem*, les querelles sanglantes, comme il s'en élève entre rivaux; *ignem*, etc., bouleverse tout, expr. empruntée à un précepte de Pythagore. = 280. *cognata*, qui sont synonymes (d'après la doctrine stoïcienne). = 281. *compita*, où les Lares publics avaient des autels. = 282. Avant de prier, on faisait des ablutions = 285, 286. *mentem*, etc Quiconque vendait un esclave était tenu de déclarer ses vices, et l'acquéreur trompé avait droit de poursuite. = 290, 292. *illo*, etc. La pratique orientale de se purifier (en se baignant et en jeûnant) le jeudi avait passé à Rome. Quant à la coutume de désigner les jours par les noms de sept dieux (la semaine), elle était fort répandue. = 300 *sic* (Od. 1, 3, 1), etc., fait entendre que Damasippe, s'il vient à trouver de l'argent, reprendra son métier et renoncera à la philosophie.

IV. — Cf. Sat. 2, 2. « Insignis malitia hujus satiræ in eo contineri videtur, quod Horatius præcepta aliquot artis culinariæ a solitis abhorrentia et prorsus falsa cum aliis veris, sed omnibus jamdiu notis, permiscuerit. » Or. Dans une pièce de ce genre, la plupart des traits ont cessé d'être piquants pour nous, à cause de notre ignorance de la vie intime des anciens. = 1. *Unde*, etc. Sat. 1, 9, 62. = 2. *signa.* La mnémonique était fort en usage parmi les philosophes et les orateurs. = 12. *ovis.* Sat. 1, 5, 7. = 15. *suburbano*, « in hortis suburbanis nato. » = 22. Le *prandium*, repas du matin, se faisait ordi. à midi. = 26. *mulso.* Sat. 2, 2, 15. = 29. *a. Coo.* Pline, 14, 10 : *Coi marinam aquam miscent* (vino); *idque translatum in album mustum* leucocoum *vocant.* = 32, 34. Il parle de diverses sortes de coquillages. = 45. *natura*, les effets sur l'estomac, la cuisson plus ou moins facile, et autres propriétés; *ætas*, suiv. lequel ils demandent des préparations diff. = 54. Od. 1, 11, 6. = 59. Sat. 2, 2, 43. = 62. C.-à-d. les mets les plus grossiers, mais fortement assaisonnés (de sel, poivre, ail, etc.), comme on en vend au petit peuple dans les *popinæ.* = 66. De la saumure de thon, dont Byzance faisait un si grand commerce. — *orca* (mot grec), vase de terre cuite, propre à conserver les salaisons. = 67, 69. Il décrit la seconde espèce de sauce. — *Pressa*, etc. On faisait trois qualités d'huile, une première en écrasant les olives sous le *trapetum* (formé de deux meules verticales), et deux autres en les passant sous le pressoir (à vis ou à levier), comme les raisins; l'opération avait lieu dans le même *torcular* (halle plus ou moins vaste faisant partie de la *fructuaria.* Sat. 1, 1, 53) qui servait au pressurage du vin; le liquide, une fois arrivé à sa pureté (pour cela on le décantait au moins trente fois), était transvasé dans des outres ou des *dolia* (Od. 1, 20, 3) et gardé dans la *cella olearia*, où se trouvaient *tres labrorum ordines, ut primus primæ notæ, id est, primæ pressuræ, oleum recipiat, alter secundæ, tertius tertiæ* (Colum. 15. 52. 11). = 70. Il passe au second service; Od. 4, 5, 31. = 71. 72. Sat. 2, 2, 121. *Venucula*, sorte de raisin, l'un des plus propres à la conservation. = 73. *fæcem*, « liquamen et condimentum ex vini fæce paratum. » Or. — *allec*, résidu primitiv. du *garum* (Sat. 2, 8, 45), plus tard. de saumures moins chères. = 74. *s. nigro.* V Ept 2, 2. 60. = 76. *m. terna* sestertium. Sat 1, 5. 15. — *macello.* le Forum piscarium situé entre les deux Vélabres. = 79 80. *calicem*, Od. 1, 31, 11; *crateræ*, Od. 1. 29, 8. = 81. *…appis* (mot carthaginois). p. s'essuyer; les anciens mangeaient avec les doigts. — *scobe*, qu'on répandait sur le pavé du triclinium. = 83. *l. varios*, mosaïque. Od. 2. 14. 27 = 84. Od. 1, 27, 8. Pour ménager l'étoffe précieuse (gén. la pourpre. *T. vestes*) formant la garniture des lits (en bois ou métal précieux) et des *cervicalia* (coussins rembourrés de laine, ainsi que les lits), on la recouvrait de grandes pièces de toile, *toralia*, qui tenaient lieu de housse. = 86. Constr. *t. j. r. h* neglecta *i.* neglectis. *quæ.* = 94. Parodie de Lucr. , 1, 926.

V. — Cette satire est dirigée contre la captation des testaments, cette plaie de la société romaine. Continuant plaisamment la scène de l'Odyssée (11. 90-149), Hor. suppose qu'Ulysse, ap. avoir entendu la révélation de sa destinée, demande à Tirésias le moyen de réparer le désastre de ses affaires, et que le devin lui conseille de se faire captateur. = 7. *apotheca.* Od. 1, 20, 3. = 13. *honores.* Od. 1, 17, 16. — 14. On offrait les prémices aux Lares. = 17. *c. exterior*, « in sinistra parte positus. » Acron. Le côté gauche est le plus faible et le p. exposé; c'était donc une marque de sollicitude, quand on accompagnait quelqu'un, de se placer à sa gauche; de là *tegere latus*. == 20. *hoc*, c.-à-d. *tegere latus Damæ*. — *t. jubebo*, parodie d'un vers d'Homère (Od. 20, 18) qui était proverbial. == 31. *prænomine*; il n'y avait que l'homme de condition libre qui en eût un. == 39, 41. Parodie de Furius Bibaculus; son poëme sur la *Guerre des Gaules* commençait par : *Juppiter hibernas cana nive conspuit Alpes*. On ne sait si les deux autres fragments sont tirés du même ouvrage; on croit que le *r. C. findet* et le *l. statuas* appartenaient à deux passages différents; le *p. t. omaso* s'appliquait s. doute à la voracité de quelque chef barbare (Arioviste p. ex.); mais le plaisant est que Bibaculus péchait de ce côté-là (*Bibaculus erat et vocabatur*. Pline, H. N. Præf.). == 44. *cetaria*. réservoirs près du bord de la mer, où l'on salait les thons. == 46. *sublatus*. « Patres, si filios sibi natos alere vellent, eos humi jacentes in genua tollere et complecti solebant; si nollent, exponi jubebant. » Lambinus. == 47 *Cælebs* s'appl. aussi à celui qui a perdu ou répudié sa femme. == 52, 54. *tabulas*. Sat. 1, 10, 72. — *s. versu*. La première ligne contenait le nom du testateur, la seconde celui de légataire : *Sirinius Pudens filius meus mihi heres esto*. Apul. 100. == 56. *scriba*, Sat. 1, 5, 35; *quinqueviro* mensario, subordonné au préteur urbain et partageant avec lui la fabrication de la monnaie. == 59, 60. Amphibologie plaisante : *q. d. a. erit* (si fore dixero), *a. non* (si non fore dixero) : *D. etenim*. etc., telle est la pensée de Tirésias; mais le poëte l'entend sans ellipse. == 61. *si tibi per deos inferos licet*. == 62, 63. *juvenis* (Od. 1, 2, 41) Octave avait alors 34 ans. == 64, 65. *procera*, éloge équivoque, comme *forti*, *soldum*, le montant de ce qu'il devait à Coranus. == 84, 88. Conte emprunté à un mime ou à une plaisanterie populaire. == 99. *levarit*. par sa mort. == 100, 101. V. plus haut (vv. 52, 54) la formule ordinaire des testaments; une autre très-usitée était : *Titium heredem esse volo* (Gaius 2, 117). == 109. *n sestertio* (Sat. 1, 3, 15) *addicere*, faire donation (afin de capter sa bienveillance et de t'ouvrir la voie à un nouvel héritage). Les donations entre vifs se faisaient, devant témoins, sous forme de vente, afin de prévenir les procès.

VI. — Hor. venait de recevoir de Mécènes cette villa Sabine dont il vanta touj. les délices : il profite de cette circonstance pour opposer les charmes de la campagne aux ennuis de la ville. == 10, 11. *urna*, Sat. 1, 1 54; *mercenarius*, .at. 2, 2. 115. == 16. *arcem*. ma villa (bâtie sur une hauteur); il y est protégé contre les importuns. == 17. *prius*, de préférence à ce bonheur dont je jouis dans ma retraite. == 19 Ept. 1, 7, 6. == 20. Od. Séc. 14; *audis*, « appellaris, » bell. == 23. Sat. 1, 1 11; *rapis au Forum*. == 26. I. *gyro*. Pour des gens convaincus, comme les anciens, que le soleil tourne autour de la terre, cet astre décrit au solstice d'hiver le plus petit des cercles concentriques qu'il semble parcourir. == 32 *Hoc*, aller chez Mécènes; *otras*, Sat. 4, 8 14. == 34. 39. C'est Horace qui se dit tout cela en lui-même. — *secundam* horam, 6 ou 7 heures du matin, suiv. la saison; *adesacs*, Sat. 1, 9, 38. *Puteal*. propr. margelle de puits; de là, margelle (en bois ou en maçonnerie) dont on entourait un lieu frappé par la foudre (A. P. 471) Celui-ci fut construit, on ne sait quand, par un certain Scribonius Libon; comme il était voisin des *Tavernes neuves* (Sat. 2. 3. 18), aussi bien que du *Tribunal du Préteur*, il servait de rendez-vous aux *gens d'affaires* (préteurs et emprunteurs), ainsi qu'aux plaideurs : d'où la désignation topographique *Puteal Libonis* ou simplement *Puteal*. — *communi*. Ap. la bat. de Philippes Hor. avait acheté une place de scribe (Sat. 1, 5 35); il semble s'en être défait dès l'an 37. — *Imprimat*, etc., demande d'un troisième solliciteur. C'est l'année de la bat. d'Actium, où Mécènes gouvernait Rome en l'absence d'Octave; il avait donc le cachet du maître p. signer les affaires courantes. == 44. *Thrax*. Ept 1, 18, 36. == 49. *Luserat*. Sat. 1, 6, 126. == 53. *Dacis*, Od. 3, 6, 14 == 55, 56. autre interlocuteur. Le partage des terres entre les vétérans eut lieu en 31-30. == 61. *veterum*, antérieurs à Alexandre. == 63. *P. cognata*. Pythagore interdisait à ses disciples l'usage de la fève : « dubitabat enim, an in eo corpore lateret anima patris sui an alterius propinqui. » Comment. Cruquius. Mais les philosophes en donnent d'autres raisons. == 65, 66. *mel*, les amis qui soupent avec moi; *A. Larem*. Epd. 2 66. == 68, 69. *calices*, Od. 1, 31. 11; *Levibus*, qu'impose le roi du festin (Od. 1, 4, 18) == 33, 97. Doctrine d'Epicure; c'est s. doute une parodie d'Euripide (Alc. 782). == 102, 103. Sat. 2, 4, 84. Le *coccum* (mot grec) teinture écarlate que donne le kermès (cochenille du chêne vert, que les anciens prenaient pour une excroissance de cet arbre), s'exportait surtout de la Galatie. == 104 *fercula*. Od. 4, 5, 31. == 105. Pour être emportés de grand matin par les escl. == 107. *succinctus*. Sat. 1, 2, 25. == 111, 112. *cum*, etc. Ce sont les esclaves qui arrivent pour nettoyer le triclinium, et leur tapage éveille et fait aboyer les chiens. == 113, 115. D'abord ils courent à travers la salle; puis ils se cachent dans le trou, logis du citadin; enfin, quand les esclaves ont fini leur besogne, le campagnard s'en va.

VII. — Cf. Sat. 2. 3. Les Saturnales commençaient le 17 décembre et duraient trois jours. pendant lesquels les esclaves jouissaient d'une liberté presque absolue. Hor. suppose que Dave profite de la circonst. pour lui dire son fait. C'est une nouvelle attaque contre les stoïciens, qui soutenaient que les gens de plaisir, les amateurs d'objets d'art, les flatteurs, les avares, étaient tout aussi esclaves que les esclaves propr. dits et méritaient d'être traités de même; le poëte, en faisant de son Dave un plaisant apprenti de l'école, raille finement ce paradoxe. == 1. *J. ausculto*, je suis aux écoutes, je guette le moment de parler. Sans doute Hor. lisait ou composait à haute voix, que Dave n'ose pas envahir trop hardiment le *cubiculum*, irrévérence qui pourrait lui coûter cher. == 2. *reformido* Un esclave ne devait parler que p. répondre. == 4. *vitale* C'est une croyance populaire que les gens doués de qualités éminentes ne pouvaient vivre longtemps. == 10. *clavum*; tantôt il portait le laticlave comme sénateur; tantôt l'angusticlave (comme chevalier). Sat. 1, 5, 36. == 14. Destiné à subir tous les changements possibles, — *q sunt*. comme s'il y avait aut. de Vertumnes que ce dieu a de statues. == 17. *talos*. Od. 1, 4, 18. == 19, 20. *ilio*, etc., métaph. empruntée aux matelots, qui tantôt tendent les cordages jusqu'à risquer de les faire rompre, tantôt les lâchent outre mesure de manière à faire tomber les voiles. == 20. *usquam*, c.-à-d. à une invitation à souper; *Vinclus*, comme si l'on t'emmenait garrotté en prison; *potandum* p. *cœnandum*. == 33. *t. prima*, heure où l'on allumait les flambeaux (entre 9 et 10 h. du soir en été et vers 7 h. en hiver). == 34. *oleum*. On ne sortait pas la nuit sans lanterne ou sans torche. == 36. *M. et sc.*, venus dans l'espoir de souper avec toi. == 37. *ille*, Mulvius. == 39. *iners*, ne sachant aucun

métier. == 43. La drachme (monnaie d'argent grecque) valait alors 87 cent. == 46. C'est le portier de Crispinus qui est censé parler et singe le langage stoïcien : *te* ne s'adresse pas à Hor., mais à un maître quelconque (v. en effet v. 53); de même *Davum* est pris comme nom d'esclave en général. Cf. Sat. 2, 3, 187 == 48. Sat. 1, 2, 30. == 50. « Veneris figura, femina virum supinum inscendente et coxim veluti equum agitante. » Or. == 54, 55. *R habitu*, la toge: *judice* selecto, Sat. 1, 4, 123; *lacerna*, sorte de manteau militaire. == 58, 59. Ceux qui embrassaient le métier de gladiateur s'engageaient par serment à tout souffrir (être enchaînés, battus, marqués p. un fer rouge, etc) et à suivre aveuglément les ordres du *lanista* (maître gladiateur). == 65. *formidet* que tu ne sois pas discret, que tu ne la trompes. == 66. *furcam*. Le mari outragé ayant, d'après la loi, tout droit sur ta personne, tu deviens en quelque sorte son esclave, et il peut t'attacher à la fourche (supplice servile). == 67. Sat. 1, 2, 41. == 76. 77. Dans la cérémonie de l'affranchissement, le maître touchait d'abord l'esclave d'une baguette pour témoigner de son autorité sur lui. == 81. *alii*, la débauche et la cupidité. == 86, 87. *teres*. etc. La sphère est la figure la plus parfaite, d'après les philosophes anciens; comme elle ne présente aucun angle, rien n'a prise sur elle. == 89. *talenta*. Sat. 2, 3. 226. == 98. Il s'agit de ces peintures grossières, affiches du *lanista*, servant d'annonce pour un combat de gladiateurs. == 101. *veterum*. Sat 2, 6, 61; *audis*, ibid. 20. == 110 *strigili*, sorte de grattoir mince et recourbé en cuivre. corne ou ivoire. servant à nettoyer la peau après le bain chaud. Sur *mutat* v. Od. 1, 17, 1. == 118. Les esclaves de la ville redoutaient le séjour des champs.

VIII. — Cf. Sat. 2, 4. On sait qu'Octave affectait un grand air de popularité, ne se refusant jamais à personne pour peu que cela pût lui être utile : *l'affabilité* était le système du principat. Naturellement Mécènes avait le mot d'ordre, et l'esprit souple du ministre le rendait on ne peut plus apte à faire bien penser du maître En conséquence, le *chevalier* s'est rendu à l'invitation d'un de ces riches parvenus. personnage imbécile et avare, comme il y en avait beaucoup à Rome. mais qu'il était bon de se ménager : Hor. ne le nomme pas. il le désignait sans doute assez clairement à ses amis sous le pseudonyme de Nasidiénus le *rieur* (rufus). == 3. *m. die* Il était peu convenable de souper avant la neuvième heure (env. 4 h. du soir). — *potare* p. *cœnare*. == 5. Il ne parle pas de la *gustatio*, et entame tout de suite le second service. Sat. 1, 3. 6. == 6, 7. La chair du sanglier est trop avancée; Nasid. veut persuader qu'elle est à point — 7, 9 Mets destinés à ranimer l'estomac Sat. 2, 2, 43); il est ridicule de les servir au commencement. — *a.*, *fæcula*. Sat. 2, 4. 73. == 10. *n. cinctus*. Sat. 1, 2 25. Nas. croit par là faire plaisir à Mécènes; on en rit-il plus loin (v. 70). == 13. *vi.* etc. Sat. 1, 3, 9. == 15. C'était une parcimonie de n'offrir qu'un vin italien et un grec. — *m. expers*, non mêlé d'eau de mer (Sat. 2 4, 29 . Nas. craint d'irriter la soif des convives. == 20, 22 Sat. 2, 4 84. Le *triclinium* (les trois lits de table, d'où le nom de la salle même) était disposé suivant la figure ci-contre. Il était rare qu'il y eût plus de neuf

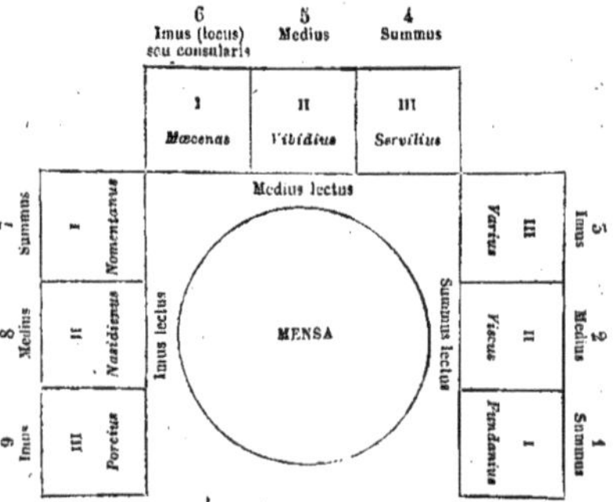

convives. Le lit du milieu était le plus honorable; et, sur chaque lit, la place d'honneur était celle du milieu. Néanmoins un consul ou autre magistrat invité occupait le *i. locus* du *m. lectus*, d'où il lui était plus aisé d'expédier les affaires qui pouvaient survenir. L'amphitryon occupait ord. le *s. locus* du *i. lectus*. p. pouvoir veiller facil. au service et faire honneur au convive du *l. consul*.; mais ici Nas. a pris le *m. locus* on ne sait trop pourquoi. — *Balatro*, surnom. Sat. 1, 2, 2. — *umbras*, convives (ord. parasites) qu'amenait avec lui un des invités. == 25. *s. q. lateret*, « si tibi aliquod genus nos minus periti non agnosceremus. » Or. == 28. C.-à-d. arrangés de telle sorte qu'on ne savait au juste ce qu'on mangeait : Nas. veut faire admirer sa science culinaire. == 29 *patuit*, que Noment. avait été invité pour nous instruire. == 32. *intersit*, à les cueillir en ce moment-là ou à un autre. == 35, 36. *c. majores*, Sat. 2. 6, 68; *parochi*, cf. Sat. 1, 5, 46. == 39. *Ibf. (poculis)*, coupes de terre cuite et de grande capacité; *vinaria*, comme *lagenis* (mot grec), désigne les cratères (Od. 1, 29. 8) qu'ils vident à fond. == 40. 41. *imi*. etc. Les parasites de Nas. imitent le maître. == 45, 46. *oleo*. etc. Sat. 2, 4, 69. — Le *garum* (mot grec) était une saumure très-chère formée des intestins primitiv. du *garus* (poisson inconnu), et, dans la suite du scombre, poisson moins coûteux qu'on péchait surtout dans les parages de Carthagène. == 47. *c. mare*. Sat. 1, 10, 31. == 54 *aulæa*. Od. 3 29, 15. == 63. 64. *mappa*, Sat. 2, 4, 81; *s. nuso*, Sat 1, 6, 5. == 68, 70. Tout cela est ironique. == 77, 78. *s. poscit*; il sort pour donner ses ordres et réparer l'accident. A table, on avait les pieds nus. Cf. Ept. 1, 13, 13. == 86. *Mazonomo* (mot grec), p. *ferculo* (Od. 4, 5, 31). == 92. *causas*, pourquoi chaque mets avait été préparé d'une manière plutôt q. d'une autre. == 95. Le souffle du basilic passait pour mortel.

ÉPITRES.

LIVRE I.

I. — V. Sat. 1, 1, le préamb. On demandait à Hor. des odes : il répond qu'il a renoncé à la poésie pour se livrer à l'étude de la morale (Épt. 2, 2), et sous une forme tantôt plaisante tantôt sérieuse, montre que la sagesse est le seul bien qu'on doive rechercher. == 2. *rude*, signe de congé que, à la demande du peuple, l'*editor ludorum* remettait au gladiateur; ceux qui l'avaient reçu (*rudiarii*) reparaissaient quelquefois sur l'arène, soit de plein gré, soit p. plaire au peuple. == 3. *ludo* gladiatorio. Sat. 2, 7, 58. == 5. On consacrait à une divinité les instruments d'un métier auquel on renonçait. == 6. Le gladiateur qui voulait son congé s'avançait sur le bord de l'arène pour supplier le peuple. == 8. 9. Comp. tirée des courses de chars. == 11 *rogo* aux philosophes et à leurs livres. == 12. Image emp. untée à un collier (Od. 1, 20 3). == 13 *lare*, comme *domus* (Od. 1, 79 14). == 14. Epd. 15. 4; *magistri*, c.-à-d. *lanistæ*. == 16, 19. Doctrine stoïc enne : il faut prendre part aux affaires publiques; *épicuri nne* : il faut laisser faire le sort et jouir tranquillement de la vie (Ept. 1, 17 25). == 27. Comme je ne puis encore aspirer à la sagesse parfaite. *restat ut*, etc. == 29 *inungi*. Sat. 1, 3, 25. == 43. *censuм*, Sat 2 1, 75; *repulsam*, échec électoral. == 45. Tu es pareil à un marchand qui. == 49, 51 Il n'est pas d'homme sensé qui n'aime mieux, à l'aide de la philosophie, arriver à la sagesse (souverain bien) que de se tourmenter à courir comme la foule, après les choses extérieures (biens sans durée ni valeur). — *s. pulvere*. personne n o se se m surer avec lui. Les athlètes, avant de combattre, se frottaient les mains de poussière pour avoir réciproquement prise sur leurs membres huilés. == 54. 56. *J. s. a. imo*. c.-à-d. *medius Janus* (Sat. 2, 5, 18); il personnifie ce lieu : c'est un maître d'école, et tous ceux qui le fréquentent sont ses écoliers.   *lævo*, etc. Sat. 1. 6, 74. == 58. A. P. 383. == 62. 64. *R. lei*, Epd. 4, 16; *decant la*. c.-à-d. qu'ils l'avaient touj. dans le cœur et à la bouche. == 71 *portici us* Sat. 1, 4 131. == 77. 80 *Pers*. etc., les publicains (Sat. 1, 6 86); *pomis*, Sat. 2 5 12; *Multis* etc., Sat. 1, 2, 14. == 81 82. Admettons encore ce'te diversité de goûts; mais ce qui m'in lique. c'est l'inconstance av. laquelle on en change à tout moment. == 85 85. Od. 2 18, 20, et 3, 1 55. *lucus* lucrinus. == 87. *L. genualis*. placé au fond de l atrium et symbole du mariage. == 91. Les *pauvres* (Od. 1 1. 18) sont aussi inconstants que les riches. — *cœnacula*. salles à souper; d'où étages supérieurs (où souvent on soupait) Les propriétaires les louaient à ceux qui ne pouvaient avoir de maison à eux. == 95. Les gens peu riches louaient quelquefois un vaisseau pour se faire promener sur mer (à Baies, etc.). == 94 Et jusqu'à toi, cher Mécènes, à qui il arrive parfois de juger de travers. Plaisanterie. — *i. tonsore*, abl. d'instr. V. Od 1, 6, 2 == 95 *subucula*, tunique de lin ou de coton, qui se mettait sous la tunique proprement dite. Sat. 1, 2, 25 == 102. *curatoris*. Cf. Sat. 2, 3, 217 == 106. 108 Pour conclure, adoptons le paradoxe des stoïciens (Sat. 1, 3, 125). — *Præcipue*. etc. Parmi les objections que, dans leurs écoles. les stoïciens se posaient p. les réfuter ensuite (Sat. 2, 3. 97 celle celle que *la pituile semble parfois* s *opposer au bonheur parfait*. De là ce double jeu de mots : *sanus*, sensé (ou bien portant); *molesta* au sage (ou aux auditeurs).

II. Horace était à Préneste. soit chez un ami, soit dans une villa qu'il avait louée ; il envoie au jeune Lollius quelques bons conseils et lui fait voir quel est le meilleur chemin p. arriver à la vertu et au bonheur. == 2. *declamas*. Les *declamationes* étaient des exercices oratoires sur des sujets fictifs, et que les rhéteurs faisaient faire à leurs élèves p. leur apprendre l'éloquence. == 12. Achille et Agamemnon. Cette interprétation morale d'Homère est empruntée aux stoïciens (Sat. 1. 1, 64). == 17. Il passe à l'Odyssée. == 24. il en but, mais avec précaution et muni de l'antidote que lui avait donné Mercure == 27. Dans Ulysse Homère nous a offert un modèle de sagesse et de tempérance; dans les prétendants et les Phéaciens il nous donne le portrait de la foule. == 33, 39. *Atqui*, etc. Et pourtant tu sais qu'en négligeant trop les exercices du corps, tu cours danger de devenir un jour hydropique ; il en est de même de l'âme : si, par la lecture assidue des philosophes, tu ne cherches dès maintenant à acquérir la sagesse, tu payeras un jour ta folie par une foule de maux (moraux). — *curres*, par ordre du médecin. == 41. *recte*, conform. à la vertu. == 44. Le désir de faire fortune fait différer à la plupart le moment de *bien vivre*; le moyen de se soustraire aux soucis de la cupidité, c'est d'être content de son sort: celui-là seul qui ne désire rien pourra perfectionner son âme. == Cf. *ant m*., qui p. cons. est insatiable. Od. 2. 16, 15. == 52. *fomenta*, qu'employaient les gens efféminés ; elles sont peu agréables à un goutteux, dont elles augmentent même qfois les douleurs. == 63. *frenis*, comme un cheval; *catena*, comme un chien. == 64. Si tu veux refréner tes passions, il faut t'y prendre de bonne heure. == 66. *c. pellem*, cerf empaillé, à dresser les chiens. == 70, 71. *Testa*. Od. 1, 20, 2. — *Q. si*, etc. Si tu négliges l'étude de la sagesse, je ne croirai pas devoir t'imiter; si tu t'y livres avec excès, je ne chercherai pas à te dépasser.

III. Tibère venait d'être envoyé par Auguste en Orient p. mettre Tigrane en possession du royaume d'Arménie; sa *cohorte* était composée de nobles j. gens, tous élevés dans les principes du nouveau gouvernement, lettrés, comme le jeune chef qu'ils accompagnaient, et avec lesquels le poète courtisan était naturellement assez lié : parmi eux était Florus. == 3. L'expédition se fit par la Macédoine et la Thrace == 4. L'Hellespont ; *turres* d'Héro et de Léandre. == 9. *brevi*, dès qu'il aura publié ses poésies. Rem. le ton paternel d'Horace : c'est le poète retraité parlant à ses disciples. == 11 Les genres de poésie plus légers. == 15 *Aptare*, Od. 2. 12, 4; *Th. modus*, Pindare. == 16. 17 Hor. veut qu'il soit original. — *Palatin*, la bibliothèque Palatine, qui faisait corps avec le temple d'Apollon et fondée également par Auguste; on n'y mettait que les auteurs (grecs et latins) classiques. == 23. 24. *c. j*. Resp., en prose : *jus civile respondere*. == 26. *F. fomenta*, applications froides employées contre les inflammations. C'est la cupidité et l'ambition, « quæ paulatim *refrigerant* et hebetant ingenium. » Or.

IV. Il paraît que Tibulle avait défendu les satires (*sermones*) d'Horace

(surtout s. doute près de son protecteur Messala) : notre poète le remercie et l'engage à jouir paiement de la vie. == 2. *r. Pedana* où se trouvaient les propriétés de Tibulle == 3, 5 Tu t'occupes s. doute, suiv. tu coutume. tantôt de poésie tantôt de philosophie. == 6. « Et recte quidem; tibi enim est ingenium pulcherrimum, » etc. Obbar. == 12. « *Spes est futurorum bonorum cura præsentium; timor* futurorum malorum *ira* (seu dolor) præsentium. » Or. == 15, 16. Pour moi. je suis ces préceptes, comme tu pourras le voir à mon extérieur. quand tu reviendras à Rome. — *porcum*, plaisanterie. où se retrouve la crudité ancienne. C'était une des invectives des stoïciens contre les épicuriens.

V. Il invite Torquatus à venir souper avec lui. la veille de l'anniversaire de la naissance d'Auguste (IX des Cal. d'octobre, ou 23 sept). == 1. Sat. 2 8, 20 == 3. S. sole. Sat. 2. 7, 33. == 4. diffusa des d. lia dans les amphores (Od. 1 20 3). == 8, 11 *c. dirit*. Cf. Sat. 1. 1, 112 — *venium*. à cause de la fête même et parce que c'était un jour *nefastus prior* (où les tribunaux ne siégeaient pas la première moitié de la journée) : tu pourras donc dormir toute la matinée. == 14 *fines*. Od. 1, 4, 9. == 16, 20. Cf. Od. 3, 21, 15. — *artes*, la poésie, l'éloquence le chant, la danse; *calices*, Sat. 2, 4. 79. == 22. 23. *toral*, Sat. 2 4, 84; *mappa*, Sat. 2. 8, 63; *C. nares*. Sat. 1, 3, 29; *cantharus*, Od. 1 20, 2 == 27. 29. *puella*, à moins qu'il ne préfère souper avec sa maîtresse. Cf. Od 3 28; 4, 11); *umbris*, Sat. 2.8 22. *ed*, etc., plaisanterie antique (Sat. 1 2 27). == 30 *rebus*, « negotiis juris civilis ac litibus. » Or. == 31 Les maisons des riches formaient gén. leur *insula* (espace circonscrit par quatre rues qui se croisent) et avaient sur le derrière un ou plus. passages secrets qui permettaient au maître de se soustraire aux visiteurs importuns.

VI. L'indifférence p. les choses extérieures, c.-à-d. la sagesse : voilà le chemin du bonheur. Richesses, dignités, etc., toutes choses que poursuit le vulgaire, sont fragiles et éphémères : ce n est point là le souverain bien Laisse donc le reste de côté p. ne rechercher que la vertu ==1. *N. adm*. C est l'ἀθαυμαστία des premiers philosophes grecs; les épicuriens et les stoïciens l'appliquèrent à l'ordre moral. == 3. 5. Le *n. adm*. pris dans le sens primitif (appliqué aux phénomènes naturels). — *form d ine* superstitieuse. == 5, 8. *quid*, etc. Dans le sens moral (mépris des biens extérieurs) — *mare*, pourpre, perles. == 9, 11. Cf. Ept. 1, 2 51. — *utrobique*. « et in timore amittendi et in spe consequendi, ex quibus aut dolor aut gaudium contingit. » Comm Cruquius. Rem. *pavor* et *exterret* dans un sens tout à fait moyen == 17, 23 Si même la vertu ne doit pas être recherchée avec excès à plus fo te raison ne faut-il pas si ardemment poursuivre des objets de valeur bien moindre. — *m. vetus*, anaglyphes et statues. œuvres des *anciens*, période de Périclès à Alexandre) artistes grecs; *æra*, Od 4, 8, 2; *T. colores*, Sat 2, 4, 84. — *forum* comme centre des affaires financières. Sat. 2, 3, 18 == 24 27. On ne songe pas que tout cela est passager. — *Q. s. t. est*. « r, argent, marbre ; *b. notum*. parce qu on t'y voit souvent passer (Epd. 4. 14; Sat. 1, 4, 134). == 31. Mais, si tu places le souv. bien, non dans la vertu, mais dans les objets extérieurs, les richesses (vv. 31-48), les dignités (49-55), les plaisirs de la table (56 64). les amours (65-67), etc., va, cours après ces maux biens. — *potus*, 2° pers. gén. == 34 *lutenta* Sat. 2, 3. 226. == 39. *C. rex*, Archélaüs. La pauvreté de ces rois était proverbi ale ; p se faire de l'argent, ils vendaient leurs serfs (*mancipia*) == 40. Cherche donc par tout moyen à faire fortune : deviens un Lucullus. — *Chlamydes*, vêtement grec, correspondant au *paludamentum* (Epd. 9, 27). == 41. Pour une pompe du genre de Ept. 2, 1 490 — *rogatus*, par le préteur ou l'édile qui donnait les jeux. == 45, 46. Ironique : c'est le langage des riches. — *furibus*. part. les esclaves. == 50. *s. q. d. nomina*, esclave *nomenclator*, qui accompagnait son maître *candidat*) allant solliciter les suffrages au Forum. C'était une grande politesse d'appeler les gens par leur nom. — *lævum*. Sat. 2, 5, 17. == 58. *t. pondera*. Une nouvelle interprétation vient d'être proposée par M. Rocchi. D'ap. le savant archéologue, par *pondera* il faut entendre ces petits poids en bronze qui servaient aux anciens à faire tomber avec grâce les plis de la toge, et l'idée serait que le candidat développe ces plis en étendant le bras. V. *Di un sepolcro etrusco scoperto presso Bologna. Descrizione del conte G. Gozzadini. Bologna*, 1835 (p. 29, note 199). C'est le premier tombeau où l'on ait trouvé de pareils poids. == 54. *Frater*, terme de caresse à une personne du même âge; *Pater*, à une personne plus âgée. == 57. *Q. d. gula*, au marché. Sat 2, 3, 229; 4, 76. == 58. *plagas*. Od. 1, 1, 28. == 61. *lavemur*, p. faire ouvrir l'appétit; moyen fort dangereux. == 62. *C. cera* (p. *tabula*. Sat. 2, 5, 54). Les hab. de *Cære*, ayant soutenu les Romains attaqués par les Gaulois, obtinrent le *droit de cité*, mais sans le *droit de suffrage* (389 av. J.-C.) : d'où le nom de *tabulæ Cærites* donné à la liste de ces isopolites. C'était un grand déshonneur p. un Romain d y être inscrit (ce qui se faisait p. les citoyens dégradés par les censeurs). == 64. *i. voluptas*. All. aux bœufs du soleil; Homère, Od. 12, 297.

VII. Hor. répond à Mécènes, qui s. doute le tourmentait p. le faire revenir à la ville. C est une plaisanterie pleine de finesse et de grâce, ce que n'ont gén pas aperçu les interprètes : oubliant la liberté de langage qui régnait dans la société antique, ils ont forcé la pensée du poète et lui ont prêté je ne sais quelle rude franchise et quel renoncement des choses du monde, entièrement opposés à son caractère. == 2. *sextilem*. Ce mois reçut le nom d'*Augustus* (août), l'an 8 av J. C., == 5, 6. Sat. 2, 6, 19. — *f. prima*, le commencement de l'automne (ici, fin août et comm. septembre). — *Designatorem*, à la fois l'entrepreneur et l'ordonnateur des pompes funèbres; *licturibus*, fréq. p. *apparitoribus*. == 8, 9. *O. sedulitas*, salutations au patron qu'on accompagnait ensuite au Forum, visites aux amis, etc.; *o. forensi*, être caution (Sat. 1, 1, 11), ou *advocatus* (Sat. 1, 9, 38), ou témoin. == 11. *Ad mare*. Cf. Ept. 1, 15. == 12 *Contractus*, attitude d'un homme qui a froid. == 21. *H. seyes*, cette manière de jeter aux autres ce dont on n'a plus besoin. == 23. Et pourtant il sait distinguer ceux qui méritent ses bienfaits et ceux qui en sont indignes. *Quid*, etc., expr proverbiale tirée de l'emploi des jetons, comme monnaie fictive, au jeu et au théâtre. == 26. *a. fronte*, Od 1, 33. 5. Il n'a plus son épaisse chevelure. == 27. *d. loqui cum puellis*. == 29.

Sous prétexte que le renard ne mange pas de blé. = 30. *cumeram*. Sat. 1. 1, 53. = 55. Et ce ne me sera pas difficile, car, si je vante la simplicité, c'est du fond du cœur; je puis donc aisément me passer de toutes ces jouissances, sans jamais les regretter. = 37. *verecundum in postulando*. Od. 2, 18, 12. — *rex*. « Reges suos nominare humiliores solebant amicos nobiles et locupletes. » Or. = 38. *Auxisti*. Sat. 2, 6, 20. = 40. Ménélas lui offrait de magnifiques chevaux. Hom. Od. 4, 601. = 47 *o. horam*, env. 2 h. de l'après-midi. = 48. *Carinas*, quartier situé au pied du mont Esquilin et longeant la voie Sacrée; il était éloigné du Forum d'env. un quart de lieue. = 50. *vacua*. On allait dans les *lustrinæ* le matin; cf. Sat. 1, 7, 3. = 55 Ménas (ou Ména) est affranchi d'un certain Vultéius : aussi porte-t-il le nom de son ancien maître. = 56. *censu*. Sat. 2, 1, 75. = 58. *lare* (maison et famille) indique qu'il est marié. = 59. *p. d. negotia*, vers la 8e heure (celle où l'on était en ce moment). — *Campo* (*Martio*), p. jouer à la paume ou regarder les joueurs. Od. 1, 8, 4; Sat. 2, 6, 49. = 65. Ménas était *præco* des enchères publiques. Sat. 1, 6, 86. — *tunicato*. Les artisans et les pauvres gens ne portaient que la tunique (Sat. 1, 2, 23). = 74. *O. hanum*, les bons repas : Varron (R. R. 3, 3, 9) dit que Philippe aimait la bonne chère. = 76. *suburbana*, ici, dans l'*ager Sabinus*. = 77. Gén. on traduit *impositus* par : monté sur; mais alors le plur. *mannis* est inexplicable. = 80. La propriété dont il s'agissait était de 14,000 sesterces (Sat. 1, 5, 15) : Philippe lui fait cadeau de la moitié de la somme, et lui prête (sans intérêt, *mutua*) l'autre moitié. = 84. *crepat*. Od. 1, 18, 5; *ulmus*, p. y marier la vigne (Epd. 2, 10). = 88. *m. de nocte*, c.-à-d. avant le jour. = 94. *Genium*. Ept. 2, 1, 144. — *dextram*, symbole de la bonne foi. = 98. « *Modulus est mensura; metaphora ac pede ab iis desumpta est, qui corporis sui staturam numero pedum metiuntur.* » Obbar.

VIII. V. Ept. 1, 3, le préamb. vv. 15-20. Cette épître n'est pas une réprimande. Hor. est âgé et parle à un jeune homme; il lui parle avec la liberté de la société antique, et de ce ton aimable et plaisant qui forme le fond de son caractère. = 2. *refer* indique que c'est une réponse. Cf. Od. 2, 1, 28. = 3, 12. Aveux qu'il ne faut pas prendre au pied de la lettre. — *haud quia*, etc., parce que je n'ai rien de tout cela; *longinquis*, Od. 3, 16. 35, et Epd. 1, 27; *medicis* désigne ses amis; *Tibur*, parce que sa villa était sur les confins de l'*ager Sabinus* et de l'*ager Tiburtinus*. = 45. *Recte* s'appl. à *valeat, gerat* et *placeat*. = 17. Si tu es modeste dans ta fortune, tout le monde t'aimera bien; mais, si tu deviens orgueilleux, tu éloigneras de toi tous tes amis.

IX. V. Ept. 1, 3, le préamb. Lettre de recommandation. = 1, 2. Que Tibère ne craigne rien; Hor. se gardera bien de l'importuner souv. par des lettres de ce genre = 11. Je n'ai pas craint de déposer toute pudeur et de devenir un importun solliciteur. *Frons* p. *impudentia; urbana* est l'assurance du citadin opp. à la timidité du campagnard.

X. Dans cette pièce, pleine de grâce unie à une légère teinte d'ironie, le poëte fait à son ami l'éloge de la campagne; s'appuyant des maximes des stoïciens, il l'engage à se contenter de son sort et à ne pas rechercher la faveur des grands, faveur dangereuse et dont les avantages ne compensent pas les désagréments. = 3, 5. *at*, etc. Meinecke fait observer avec raison que les pensées sont si intimement liées, qu'on ne peut les distinguer par la ponctuation. — *et alter*, « *etiam alter negat.* » = 10, 11. Dans les sacrifices, on offrait aux dieux des *liba* (gâteaux de farine, dont la croûte était enduite de miel), qui restaient aux prêtres et que ceux-ci faisaient manger qfois à leurs esclaves, en guise de pain. Hor. suppose plaisamment qu'un esclave s'est enfui de chez son maître, par pur dégoût pour ce genre de nourriture : le trait est s. doute tiré de quelque *mime*. — La *placenta* était composée de farine et de fromage, frite dans de l'huile, et enduite de pavot, de sésame et de miel; ici, ce mot est synonyme de *libum*. = 12. *V. n. conv.*, l'un des préceptes fondamentaux des stoïciens. = 13. *area*. Od. 1, 9, 18. = 15. All. à sa villa sabine. = 17. Quand le soleil est entré dans le signe du lion (23 juillet). = 19. *L. lapillis* (Od. 2, 14, 27), marbre de Numidie. — *olet*. On répandait sur les parquets des fleurs et des essences odorantes; Cf. Ept. 2, 1, 79. = 22. Il veut parler du *xyste* ou. *viridarium*, jardin situé au centre du péristyle (cour carrée entourée de portiques). — *varias*, en marbre de diff. couleurs. = 26, 29. Ces faux jugements sur le souverain bien (ordinaires aux stoïciens) sont bien plus coupables et plus contraires au bonheur que l'ignorance des choses extérieures, qui n'ont aucune importance. — *qui*, etc., qui ne sait pas distinguer la pourpre fausse (*Aquinatem*) de la véritable (*Sidonio*). Aquinum était célèbre par sa contrefaçon de la pourpre; p. l'obtenir, on se contentait de teindre l'étoffe avec du *fucus* (Od. 3, 5, 28). = 31. *mirabere*. Ept. 1, 6. La 2e pers. est gén. = 32 *magna*, dignités et richesses. = 34. Aristote (Rhét., 2, 20) attribue cette fable à Stésichore d'Himère, voulant détourner ses concitoyens de donner des gardes à Phalaris. = 42. *n. conveniet*, « *aut amplior aut angustior erit, quam satis est.* » = 48. Métaph. empruntée aux *machinæ tractoriæ* (Vitruve, 10, 3) ou au *remulcum* (câble remorqueur). = 49. *dictabam*, Sat. 1, 4, 10 et 10, 92; *post*, etc., dans ma villa, située derrière ce temple (pour qui vient de Rome.)

XI. Le *spleen* ne date pas des temps modernes; beaucoup de nobles Romains, archi-millionnaires désœuvrés, étaient atteints de ce mal incurable, triste apanage des sociétés trop civilisées : Sénèque décrit quelque part (de Tr. animi 11; Ept. 104) cet ennui, cette inquiétude de l'âme blasée, qui se traduit par l'amour du changement et des voyages. Cf. Od. 2, 16, 18. = 4. *C. et T. fl.*, c.-à-d. Rome; *sordent*, « *displicent.* » = 5. *v. in votum*, comme habitation. — 7. *S. L. q. sit*. Bullatius avait s. doute servi avec Hor. sous les ordres de Brutus, et ils avaient séjourné dans cette ville en 42. = 8, 10. *tamen*, etc. je ne suis pas inconstant et amoureux du changement comme toi. Il expr. par une hyperbole l'idée stoïcienne que *le sage peut être heureux partout*. = 12. *caupona*, gén. sale et incommode; v. Dez. Rome, I, p. 213. = 13. *furnos*, Sat. 1, 4, 37; *balnea*. la partie appelée *caldarium* ou *sudatorium* (cf. ibid. 75). = 15. *te*, 2e pers. gén. = 16. C.-à-d. renoncer à te remettre en mer et à revenir dans ta patrie. = 18. *Pænula*, manteau en feutre ou en peau qu'on mettait en voyage, quand il faisait froid; il remplaçait la toge (Sat. 1, 2, 25). — *campestre* (p. *subligaculum*), sorte de pantalon ou de chausses longues, servant à couvrir les parties naturelles, dont se ceignaient les j. gens, quand ils s'exerçaient au Champ de Mars ou se baignaient dans le Tibre. = 13. *S. mense*, Ept. 1, 7, 2; *caminus*, *vulpecula*, leçon de tous les mss. Bentley a imaginé *nitedula* (mulot),

brasier portatif dans lequel on mettait des braises, le *focone* des Italiens. = 28. 29. *n. a. Quadrigis*. en voyageant sur mer et sur terre.

XII. Iccius est devenu *procurator* des vastes propriétés d'Agrippa en Sicile, poste aussi honorable que lucratif. Sans doute que dans ses lettres à Horace il se plaignait des tracas que lui causait une administration si étendue et regrettait de ne point jouir, comme tant d'autres, d'une de ces hautes fortunes qu'accompagnent l'indépendance et les loisirs. Le poëte lui donne quelques conseils d'ami, lui recommande Grosphus, et lui annonce les trois grands faits qui ont signalé l'année 20. = 2. *frueris*. Les revenus des villas se vendaient, et le *procurator* (Ept. 1, 14. 1) avait une large part dans les bénéfices; de plus, il avait droit de disposer de tout p. son entretien et celui des siens. = 11. Soit par principe philosophique. La pensée est tirée de la doctrine stoïcienne. = 12. Je suis heureux de voir que tu t'occupes av. tout de la sagesse. Cette compar. est empreinte d'une bienveillante ironie, fréq. dans Horace. = 14. *sc. et c.* (p. *sc. contagiosam*) c.-à-d. les affaires d'intérêt et ce monde d'hommes cupides à la société desquels le condamne son emploi. = 19. *c. discors*, principe d'Empédocle. = 20. Lequel des deux systèmes est le vrai, celui d'Empédocle (pythagoricien) ou celui des stoïciens? Par plaisanterie il dit *Stertinium* (p. *Stertinianum*). = 21. *trucidas*, all. à la doctrine pythagoricienne (Sat. 2, 6, 63). = 24. Il est facile de nous faire un ami d'un honnête homme qui a besoin de quelque chose qu'il est en notre pouvoir de lui accorder. = 28. *g. minor*, « *supplex per legatos atque submissus;* » image poét. Restitution des étendards de Crassus. — *aurea*. Od. 4, 2, 23.

XIII. Hor. était à sa campagne; par l'entremise d'un de ses voisins ou p.-êt. d'un de ces colons dont il parle plus loin (Ept. 1, 14, 3), il adresse à Auguste le recueil des trois premiers livres des odes. L'envoi était accompagné de ce billet, spirituel badinage évid. destiné au *prince*. = 2. *s. volumina*. Le *rouleau* (Epd. 14, 8) est cacheté, et sur la cire Hor. a apposé son sceau (empreinte gravée sur le chaton d'un anneau; Sat. 2, 6, 38). = 8. *Clitellas* (de ton âne ou mulet), « *quibus sarcina illigata est atque inde solvenda.* » Or. — *impingas*, jeter à terre avec violence et fracas, dans quelque coin de l'*atrium* de la maison Palatine. = 12, 15. *S. p. servabis*, tu le tiendras convenablement à la main. — *Pyrrhia*, qui a volé de la laine à sa maîtresse et la cache de manière à être prise en flagrant délit; all. à une scène d'une comédie de Titinius. — *tribulis*. Les riches, p. se donner de la popularité, invitaient qfois à souper des campagnards de leur tribu. Celui-ci s'en va à pied à la ville, portant sous son bras une paire de sandales (p. changer de chaussure quand il sera dans l'atrium et se présenter convenablement; Sat. 2, 8, 77) et un bonnet de laine (p. se couvrir le soir quand il rentrera chez lui). = 16. *vulgo*, les affranchis et les curieux qui encombrent les abords ou l'atrium de la maison Palatine (maison d'Auguste).

XIV. Voici une lettre adressée à un personnage qui probabl. n'en eut jamais connaissance. C'est un cadre ingénieux qui sert à Hor. à développer sous une forme nouvelle son amour pour la campagne et à condamner une fois de plus l'inconstance humaine. = 1. *Villice*. Le *villicus* était l'esclave chargé de diriger en chef les travaux rustiques et représentant le maître dans la *villa*, à moins qu'il n'y eût un *procurator* (ce qui n'avait lieu que p. les grandes exploitations; Ept. 1, 12, 2). Columelle (1, 8, 1) recommande de ne pas le prendre parmi les esclaves de la ville : *socors et somniculosum genus id mancipiorum, otiis, campo, circo, theatris, aleæ, popinæ, lupanaribus consuetum*. Je suis donc assez porté à prendre p. une fiction ce villicus d'Horace, qui s. doute n'eût jamais confié à de telles mains l'administration de son *Sabinum* (Od. 2, 18, 14). = 2, 3. *focis*, familles. — *patres*, des colons *partiarii* (Sat. 2, 2, 115), cultivant les champs qui formaient les dépendances de la villa; ils allaient à Varia les jours de marché et d'élections. = 4. *spinas*. Ept. 2, 2, 212; cf. Sat. 1; 3, 20. = 7. *Fratrem*, Quintus Lamia. = 9. Image tirée des chevaux attelés aux chars et impatients qu'on ouvre les barrières des *carceres* (Sat. 1, 1, 114). = 12. Hor. a généralisé sa pensée dans le v. précédent; il continue : « *æque stultus est uterque et qui nulla certa ratione ductus urbem (ut tu facis) et qui rus præfert.* » Or. = 13. Cf. Ept. 1, 11. = 14. *mediastinus*, esclave du dernier rang, sans emploi déterminé, et dont on se servait surtout p. les gros ouvrages. — *balnea*, Sat. 1, 4, 73. = 21. *Fornix*, Sat. 1, 2, 30; *popina*, Sat. 2, 4, 62. = 23. C.-à-d. que le sol n'en est pas bon p. la vigne. Le poivre et l'encens ne croissent que sous les tropiques. — *Angulus*, comme tu appelles d'un air méprisant mon domaine. = 27. Sans doute une partie du domaine n'était pas défrichée. = 29, 30. Il faut empêcher la Digence grossie par les pluies de déborder. — *M. mole*, digue élevée à l'aide de terres rapportées. = 32 Sat. 1, 2, 25; Od. 1, 4, 9. = 33. *immunem*, c.-à-d. *sine muneribus; rapaci* envers les autres (Od. 4, 1, 5). = 34. *liquidi* p *defæcati; m. de l.*, dans des repas commencés dès le milieu du jour (Sat. 2, 8, 3). = 39. *moventem* ligone. On rit de ma maladresse, mais sans méchanceté. = 42. *L. et p.*, « *rerum ad victum necessariarum.* » Or. — *argutus*, il se croit malin, parce qu'il trompe qfois son maître. = 44. Il parle en maître : *villicus* et *calo* n'ont plus qu'à obéir.

XV. Hor. se proposait de passer l'hiver de 23-22 à Baïes, comme il le faisait chaque année (cf. v. 10); mais Musa lui a défendu l'usage des eaux thermales : le poëte ira donc à Salerne ou à Vélia. Comme il ne connaît aucun des deux endroits, il prie Num. Vala, qui s. doute y possédait des propriétés, de lui donner quelques renseignements Cette lettre, écrite de sa campagne, a dû suivre de près l'Ept. 7. = 1. Il commence par une longue hyperbate (vv. 1-25) tout à fait dans le ton de la conversation. La construction est : *Par est te scribere, me tibi accredere* (v. 25), *quæ sit hiems*, etc. (1-2), *major utrum*, etc. (14-16), *tractus uter*, etc. (22-24); période coupée par deux parenthèses : *nam mihi*, etc. (2-13), et : *nam vina*, etc. (16-21). = 3. 5. *superuacuas*, s.-e. *facit*. *et*, etc., hyperb. ironique : les hab. de Baïes se plaignent de tous ceux qui suivent le système nouveau de Musa (les bains froids), c.-à-d. qui, au lieu de passer l'hiver à Baïes, vont à Clusium ou à Gabies, ou, comme moi, à Vélia ou à Salerne. — *tamen*, « *cum Musæ potius irasci deberent.* » Or. — *illis* (c.-à-d. *Baïes*), les hôtes chez qui je logeais à Baïes. = 5, 7. Les montagnes de Cumes et de Baïes sont pleines d'excavations dont les exhalaisons du sol font de véritables étuves naturelles, *ubi a terra profusus calidus vapor ædificio includitur* (Celse, 2, 17). Il y avait, à Baïes, un vaste bâtiment de cette sorte dans un bois. = 11, 13. Il se suppose faisant route sur un char : le cheval veut aller à droite (route de Cumes et Baïes); Hor. tire les rênes à gauche (route de Salerne et Vélia) avec impatience, en lui criant : *quo*, etc. = 16. *num.* etc. (je ne te demande pas de renseignements sur les vins de ces pays). *la raison en est que* (Od. 1, 22, 9. je les connais et sais qu'ils ne valent rien. = 17. *Ad m. c. v.*, c.-à-d. en hiver = 21. « Quod vires præstet in venerem, » et p. cons. me rende aimable à la courtisane, comme si j'étais encore jeune. = 26. Compar. (v. 42) plaisante. = 29. *c. hoste*, un ami d'un ennemi = 31. *macelli.* Sat. 2 3, 229. = 36. Châtiment usité à l'égard des esclaves gourmands. — *nepotum.* Epd 1, 34.

XVI. Le bonheur n'est pas, comme le pense le vulgaire, dans les richesses et les dignités : il est dans la sagesse. Le sage est celui qui, s'inquiétant peu de l'opinion, cultive la vertu pour elle-même, et, libre de toute passion, ne craint pas la mauvaise fortune, ni même les dangers et la mort, s'il le faut. C'est le développement poét. des idées stoïciennes, dégagées des exagérations de l'école. = 3 *an*, etc. Epd. 2, 10. = 6. *volte* de la Digence (*val de Licenza*). = 12. La Digence ne prenait son nom qu'à partir de sa jonction avec cette fontaine : il en est encore de même; seulement la source s'appelle *Fonte dell' Oratni* (av. de s'y unir, la *Licenza* porte simpl. le nom d'*il liuno*). = 16. Ept. 1, 7. 5. = 17. Tu vois donc que je suis heureux; toi aussi, tu l'es, si j'en crois ce qu'on en dit. — *audis.* Sat. 2, 6, 20. = 21, 24. Double image, par laquelle il le détourne de la fausse honte.— *unctis.* Les anciens mangeaient avec les doigts; on se lavait ap. chaque service (cf. Od. 3, 19, 6). = 25, 26. Si on le présence on rappelait tes exploits militaires (accomplis sous les ordres d'Agrippa ou d'Auguste en personne) et qu'on ajoutât, p. te les appliquer, ces vers de Varius sur Auguste, on lie loue indirect. les trois personnages. = 27, 29. « Hi versus sunt Varii in *Panegyrico Augusti.* » Schol. *Augusti*, etc.. et tu repousserais aussitôt un pareil éloge, comme une flatterie pleine d'exagération = 51. « Annuisne nimio tuo laudatori. quasi verum tibi præconium tribuisset, an dicis te tantam laudem non mereri? » Or. = 58. *m. colores*, rougir ou pâlir tour à tour.— 41. Suiv. le vulgaire, c'est celui qui, etc. (ce qui prouve combien les jugements de la foule sont faux). = 43. *res*, argent prêté; *sponsore*, garant de l'emprunteur (c.-à-d. qu'il est très-riche). = 45 Sat. 2, 1, 64. = 49. *Sabellus* (Od. 3, 6, 38) c.-à-d. Horace lui-même. = 53. La 2ᵉ pers. est générale. = 55, 56. Il s'approprie la maxime stoïcienne : *toutes les fautes sont égales*, qu'il raillait autrefois (Sat. 1, 3, 96). — *modtis.* Sat. 1, 1, 45. = 57. *V. bonus*, celui que la foule appelle ainsi. = 63. Cet *homme de bien* ne vaut pas mieux qu'un méchant esclave, autre maxime dont il s'est moqué, Sat. 2, 7. = 64. Les enfants s'amusaient à attraper ainsi les passants. = 65. *qui*, etc. Ept. 1, 2, 54. = 66. Syllogisme inachevé, qu'il faut compléter ainsi : *Ergo avarus liber non est.* = 67. C'est la lutte de la sagesse contre les vices. — *P. arma.* Od. 2, 7, 10. = 69. Il continue la comparaison = 72. *Annonæ*, récolte; denrées (partic. grains); d'où, l'administration chargée de pourvoir à la subsistance de Rome. Elle était dirigée par le *præfectus annonæ*, sous la responsabilité duquel agissaient des sociétés de chevaliers. = 73. Le véritable *homme de bien*, Hor. détourne de son sens (Sat. 1, 1, 64) une scène d'Euripide (Bacch. 492), où Bacchus, feignant d'être un de ses propres prêtres, est amené enchaîné devant le penthée. = 79. *mors*, etc., image tirée du cirque : à gauche de la *meta* (Od. 1. 1. 4) opposée aux *carceres* (Sat. 1, 1, 114), était un petit sillon rempli de craie ou de chaux et destiné à marquer le terme de chaque révolution de chars autour de la *spina* (mur partageant l'arène).

XVII. Grâce à son talent, Hor. avait su se faire accepter par l'aristocratie romaine (Sat. 1, 6, le préamb.): en homme d'expérience, il enseigne au jeune Scéva l'art de faire la cour aux grands, sans dépouiller sa dignité d'*ingenuus* en sachant distinguer l'amitié de la flatterie. — 6. *p. horam* du jour civil, lequel commençait avec le lever du soleil, et variait suiv. les saisons. Pour un homme occupé, ayant une foule de devoirs à remplir comme client ou comme patron, il fallait se lever bien avant. = 8. *Ferentinum*, p. une petite ville solitaire quelconque. P.-êt. que Scéva y avait des propriétés. = 9. En un mot, vis dans la *pauvreté* (Od. 1, 1, 18), car, etc. = 13. Paroles de Diogène à Aristippe. — *regibus*, Denys de Syracuse; cf. Ept. 1, 7, 37. = 20 *Equus* etc. je ne manque de rien, prov. grec.=21. *Officium*, Sat. 1, 7, 8 et 2, 2, 21 ; *v. rerum*, légumes, pain, etc.= 23. *color.* Sat. 2, 1, 60. = 25. *d. panno*, d'une διπλοῖς (manteau d'étoffe grossière, faisant deux fois le tour du corps), costume des cyniques, chez qui ce manteau remplaçait la tunique et le pallium. Sat. 1, 2, 23. — *patientia* de toute douleur, principe fondamental de la doctrine cynique. = 50, 51. *c. et a* ; objets de mauvais augure en certaines circonstances; *chlamydem.* Ept. 1, 6, 40 = 36. Prov. grec; se dit d'une entreprise difficile. L'origine (déjà discutée par les anciens) en est dans le grand nombre de courtisanes qui habitaient Corinthe, ville de plaisirs, et qui « nonnisi multis talentis unam noctem sui copiam faciebant. » Comm. Cruquius.= 37. *sedit* (Od. 1, 28, 20). Il reste assis, c.-à-d. dans l'inaction et dans un repos honteux. = 59. « In hoc ipso, in strenua impigreque agendo, cardo vertitur rei, de qua quærimus. » Or. = 45. *Atqui* etc., être riche et avoir du crédit, c'est là le but de qui recherche l'amitié des grands. =52. *comes* de son protecteur. Cf. Sat. 1, 5; 2, 6. 42. = 56. *periscelidem* (mot grec), anneau d'or ou d'argent, que les femmes portaient au-dessus de la cheville du pied. = 58. 62. Dans leurs tours de force, ces saltimbanques faisaient qfois semblant de tomber et de s'être cassé la jambe : quelque naïf spectateur venait-il à leur secours, ils se redressaient aussitôt, et l'autre se retirait aux éclats de rire de la foule. Mais ici le vagabond s'est réellement cassé la jambe. — *Osirim.* C'étaient gén. des Orientaux. Du reste les cultes de l'Orient se propageaient beaucoup parmi la populace; cf. Sat. 2, 3. 290.

XVIII. Même sujet que dans la précédente épître, mais développé d'une manière nouvelle et plus complète. = 1. *metues.* Od. 2, 2, 7; *liberrine* lui fait entendre qu'il doit être plus réservé. = 4. *Discolor*; *v. color*, Ept. 1, 17. 23. = 7. *t. cute* p. *capite tonso ad cutem*), signe de parcimonie. = 8. *virtus*, ici « qualcunque circumstantia vivendi ratio. » Or. = 10, 14. *t. D. lecti* (Sat. 2, 8, 20). gén. de lieu; cf. ibid. 40.—*rel*, etc. Dans les mimes l'acteur du second rôle représentait gén. un parasite. =15. Proverbe : disputer sur des riens (faut-il dire la *laine* ou le *poil* de la chèvre?) = 18. *Prétium* etc., on m'offrirait de renaître ap. ma mort, comme prix de mon silence, que je refuscrois. Ept. 1, 11, 4. = 20. *M. via*, était à gauche de la voie Appienne et traversait le pays

des Marses et les montagnes du Samnium. On croit que les deux routes finissaient par se rejoindre. = 30. *A. toga.* Les riches se servaient de toges (Sat. 1, 2, 25) larges, dont les plis nombreux se succédaient avec grâce. Cf. Ept. 4. 8. = 32. 56. C'est le raisonnement que faisait Eutrapélus. — *Officium.* Ept. 1, 17, 21. — *n. a. pascet*, il empruntera à gros intérêts. Les intérêts et surtout les int. des intérêts (fréq. chez les anciens) augmentent (*pascunt*) peu à peu le capital. Cf. Sat. 1, 2, 13. — *Thrax*, nom des gladiateurs *retiarii*, parce que leur armure était à la Thrace. V. Sat. 2, 7, 58 = 41, 44. Zéthus, berger et laboureur, méprisait les arts et p. cons. son frère. Leur mère Antiope les réconcilia, et, pour pouvoir vivre avec Zéthus, Amphion renonça à ses goûts. = 46. *Ætolis*, c.-à-d. destinés à une chasse au sanglier. All. à l'histoire de Méléagre, qui tua le sanglier de Calydon. = 54. *P. campestria.* Od. 1, 8. 4. = 55. All. à l'expédition d'Auguste en Espagne (27-24. = 58, 60. Si tu refusais d'accompagner ton protecteur (quand il veut aller à la chasse), tu ne pourrais pas t'excuser sur ce que ces exercices te sont étrangers, car souv. tu te livres à des divertissements de ce genre. = 66. *n. pollice.* Dans les jeux du Cirque, quand un gladiateur tombait vaincu, son adversaire attendait les ordres du peuple p. le tuer ou l'épargner : appuyer le pouce sur l'index (*p. premere*) était le signe de l'absolution ; le renverser (*p. vertere*) était celui de la condamnation. De là ces expressions passèrent dans le langage familier. = 73. Le seuil, ainsi que le *prothyrum* (couloir qui forme l'entrée de la maison et conduit dans l'atrium), était ord. pavé en mosaïque. Cf. Od. 2, 14, 27. = 82. *D. Theonino*, la dent d'un homme tel que Théon. = 89. Conforme tes sentiments et tes goûts à ceux de ton patron. = 91. *V.* Od. 4, 6, 17. Ce vers ne se trouve dans aucun des plus vieux mss.; les schol. n'en parlent pas. Il est dû s. doute à quelque grammairien jaloux de donner un sujet à *derunt*, et semble calqué sur v. 34 de Ept. 1, 14. = 93. *vapores* (p. *æstus*), produites par le vin. = 99. *pavor* de n'avoir point ou de perdre les *r. m. utiles* (les biens extérieurs). = 102, 103. Qu'est-ce qui donne le bonheur : sont-ce les dignités ou les richesses, ou une vie paisible et obscure (Ept 1, 17, 10)? = 104, 112 Pour moi, je jouis de ce bonheur dans ma retraite. — *frugis*, productions du sol (grains et légumes). — *spr*, « rebus speratis ; » *horæ*, la fortune qui change à toute heure. — *sed*, etc. Il revient sur ce dernier vœu (*nen*, etc.) parce que l'accomplissement en dépend de lui seul. — *q. d. et a.* (à savoir *vitam*, vie et santé, et *opes*, de quoi vivre), se rapporte aux deux premiers vœux : *sit mihi*, etc., et *sit bona*, etc.

XIX. Critique mordante des *imitateurs*. Pour lui, il n'a point copié les modèles grecs, il s'en est inspiré et a été original : Rome lui doit sa poésie lyrique (vv. 1—20 et 21—34). Attaque contre les *envieux* : pourquoi ils poursuivent Horace (35—49). = 1. *Prisco*, poëte de l'ancienne comédie (Sat. 1, 4, 1); *docte*, cf. Od. 3, 8. 5. = 3. *m. sanos* désigne la fureur poétique. = 4. Les a pris à sa suite et sous protection, c.-à-d. depuis l'origine de la poésie. = 5. Elles ont bu toute la nuit. = 6. Il lui donne touj. des épithètes élogieuses. V. part. II. 6, 281; Od. 14, 403. = 7, 8. All. aux *Annales.* Rem. la suspension plaisante (évid. indiquée par la place des mots): *Prosiluit.... dicenda.*=8, 9. Qu'ils se livrent à la *fœneratio* (commerce de l'argent); *v.* Ept. 1, 6, 20. Il imite la formule des arrêts du préteur. = 10, 11. Il suppose qu'il a réellement, en qualité de préteur, prononcé cet édit : plaisanterie qui lui sert de transition. — *poetæ*, tous les gens qui prennent ce titre. = 13. *E. togæ*, Ept. 1, 18, 30; *textore* (abl. d'instr.), Ept. 1, 1, 94. = 15, 16. D'ap. les scholiastes, *Iarbitas* (mot dérivé d'*Iarbas*, roi maure, dans l'Enéide) désignerait un rhéteur maure nommé Cordus ou Codrus (Virg. Ec. 7, 26 : *invidia rumpantur ut ilia Codro*) : un jour, dans une réunion où venait de déclamer Timagènes, il voulut l'imiter et fit de tels efforts, qu'il se rompit un vaisseau. = 17. Quand on prend un homme p. modèle, on imite gén. ses défauts plutôt que ses qualités. Rapp. *vitiis* à *decipit* et à *imitabile.* = 18. *cuminum*, tisane de cumin. = 23, 25. All. aux Epodes. = 26, 27. *f. brev.* p. *corona* (c.-à-d. *laude*) *minore.* — *modos* c.-à-d. *metra.* = 28. Il se justifie par l'exemple de Sappho et d'Alcée. — Constr. *musam* suam (les mètres de son invention) *pede Archilochi* (outre l'iambe, les autres mètres inventés par Archiloque). = 33. *immemorata*, « a nullo ex Latinis ante me dicta. » Porph. = 34. Sat. 1, 10, 81, sq. = 37, 38. Métaphore tirée des manœuvres des *candidats* — *plebis*, les poëtes et critiques de bas étage; *Impensis*, etc., des présents, même sans valeur. = 39. 40. Il s'agit des *récitations* (Sat. 1, 3, 89). — *ultor*, cf. Ept. 2, 2, 105; *grammaticas* (critiques et gens de lettres) etc. continue l'image de v. 37. = 41. *Lacrimæ*, haine et colère. *v.* Od 1, 3. 18. = 43, 44. *Jovis.* Auguste (Sat. 2, 6, 52). = 45. *u. uti*, Sat. 1, 6, 5. = 46. Image tirée des athlètes.= 47. *diludia*, temps de repos accordé aux gladiateurs entre les jours de représentations. = 48, 49. Conclusion plaisante.

XX. Epilogue du premier livre des Epîtres. Cette pièce roule d'un bout à l'autre sur une dilogie fort obscène, du moins au sens moderne : le *livre* est un *mignon*, que son maître traite en affranchi plutôt qu'en esclave; l'enfant brûle de vivre dehors et de jouir de la liberté ; le maître, qui n'a rien à lui refuser, le laisse partir à regret, lui prédisant les dangers qui dans le monde attendent sa jeunesse et son inexpérience. « Per totam epistolam *pueri delicati* et *venusti libri* duplex imago mirum in modum permixta et confusa est. » Or. = 1. *Vert.* désigne le *vicus Tuscus* (qui débouchait du Forum) où ce dieu avait un temple. C'était dans cette rue (Sat. 2, 3, 228; Ept. 2, 1, 269, près des *deux Janus* (Sat. 2, 3. 18), en un mot dans les alentours du Forum, qu'étaient gén. les *tabernæ librariæ* (Sat. 1, 4. 71), et aussi les *fornices* (Sat. 1, 2, 30). = 2. *prostes* se dit et des marchandises et des courtisanes (se tenant devant leur *cella* ; Od. 1, 5). — *pumice* servant à polir les tranches (*frontes*), ainsi que le dos du *volumen*, car les feuilles n'étaient écrites que d'un côté. Cf. A. P. 332 = 3. Les *volumes* inédits étaient gardés dans des *scrinia* (Sat. 1, 1, 120) scellés du cachet du maître (Ept. 1, 13, 2). On enfermait aussi qfois les femmes, les concubines et les mignons dans une chambre dont on scellait les portes. = 4. *Paucis*, cf. Sat. 1, 4, 73; *communia*, double sens: *locu publica* (c.-à-d. la publicité) et *lupanaria.* = 5. *ita*, c.-à-d. p. être livré au public; *descendere*, Sat. 1, 2, 34. = 7. *læserit*, déchiré par les envieux (livre); violé ta pudeur (esclave). = 8. *In b. c.*, roulé en un petit *volume* et déposé dans une *capsa* (Sat. 1, 4, 22) d'où l'on ne te sortira p.-êt. plus (livre); laissé dans un coin (esclave). — *amator* a le double sens : lecteur et amant. = 9. *peccantis.* Od. 1, 27, 17. = 11. *sordescere*, tomber dans l'abandon et le mépris. et perdre sa beauté. = **12.** *taciturnus*, lu par personne. = **13.** Les livres n'arrivaient dans les provinces que quand ils étaient passés de mode dans la *ville*. Parfois aussi les courtisanes étaient reléguées hors de l'Italie par les édiles. – *vinctus*, empaqueté et enchaîné. = **17 18** Les livres qui n'avaient plus de débit et tombés à vil prix servaient à apprendre à lire aux enfants; cf. Sat. 1, 10.75 En parlant de l'esclave : tu deviendras un pauvre maître d'école de faubourg. = **19.** Il passe à la vogue qu'il espère p. son œuvre. — *tepidus.* On ne lisait guère que le soir ap. la *cœna*; ord. on se faisait lire par l'esclave *anagnosta.* = **27, 28.** C.-à-d. 44 ans, en 21 avant J C. On a voulu en conclure que cette épître était de la même année; mais. comme les Épt. 12 et 18 datent certainement de l'an 20, l'épilogue du livre ne saurait leur être antérieur.

LIVRE II.

I. Les trois épîtres de ce livre, tout à fait littéraires, se relient intimement et se complètent l'une l'autre. Dans celle-ci, Hor. fait le parallèle des poëtes romains *anciens* et des *modernes* ses contemporains, et compare l'histoire et le caractère de la poésie grecque et de la poésie romaine Sur l'occasion qui amena cette pièce, qu'on croit postérieure à la suivante. *v.* Suét. *Hor. vita* = **2** *moribus.* All. aux lois *Julia* et *Pappia Poppæa*; cf. Od. 4, 5, 21; 15 10; Od. séc. 17 = **4.** *l. sermo c*, comme te semblera s. doute cette épître; « verum esto. audebo tamen.» Schmid. = **6.** *d. i. t recepti* (ab hominibus), c.-à-d mis au nombre des dieux; *templa.* sens propre. = **11** *fatali.* Une loi du destin soumettait Hercule aux volontés d'Eurysthée. = **12.** « Comperit unum tamen monstrum, invidiam, aliter non posse domari nisi morte ejus. cui invidetur. » Or. cf. Od. 3 24, 31. = **15.** Nous ne faisons pas comme les Grecs ont fait pour leurs héros. *Præsenti.* Od. 1 35, 2. = **24, 27.** *Quas*, etc., les lois des douze Tables — *Gabiis*, sous Tarquin le superbe; ce trai té, écrit sur un cuir de bœuf sous-tendu p r un bouclier en bois. se conservait encore dans un des temples de Jupiter. ens d'Italie. 4, 58). — *Sabinis*, sous Romulus (avec T Tatius), ou Tullus Hostilius ou aux premiers temps de la république. — *P. libros*, les *Libri rituales*. les *Indigitamenta*, les *Annales maximi.* — *v. votum*, les prophéties en vers saturniens de Cn Marcius. — *A. monte*, plaisamment opp. à l'Hélicon et au Parnasse. = **31**. Enthymème qu'il faut ainsi décomposer : « Oliva et nux similes sunt fructus. quoniam ex utraque oleum conficitur. — Nihil duri est intra nucem; ergo neque intra olivam — Nihil duri est extra olivam; ergo neque extra nucem. » Or. Semblable est ce raisonnement : les *anciens* poëtes grecs sont excellents; donc les *anciens* poëtes latins le sont aussi. = **32, 35.** Se rattache étroitement à ce qui précède : nous sommes le peuple le plus puissant du monde et le premier dans l'art militaire, donc nous le sommes aussi dans les arts. — *unctis*, parce que les Grecs passaient une grande partie de leur temps dans les palestres. — *A. moute*, etc. qui est mort il y a juste 100 ans. = **40.** Qui est mort il y a 99 ans et 11 mois, ou il y a 99 ans. = **45.** Est emprunté à Sertorius, qui. par cet exemple, fit voir aux Lusitaniens qu'avec de la patience on vient à bout des entreprises les plus difficiles. = **47** *ratione*, etc. Étant donné un tas de blé ou de sable. on en ôte un grain puis un second, etc., jusqu au dernier; à quel moment n'y avait-il plus de tas? C'est l'*argumentatio acervalis* (Cic. Acad. 2, 16, 49). = **50, 52.** *sapiens.* Il vantait lui même sa science (A. Gelle. 12 4). — *fortis* se rapp. au style élevé et aux sentiments belliqueux qui caractérisaient les *Annales* et le *Scipion.* — *leviter.* etc., c'est un si remarquable poëte, qu'il peut être sans inquiétude aucune sur le résultat de ses promesses, qui ont été remplies bien au delà p.-être de ses propres espérances. — *s. Pythagorea.* Au début des *Annales*, il racontait qu'Homère lui était apparu en songe et lui avait appris que son âme avait autrefois habité le corps d'un paon. = **55.** *Nævius*, qui pourtant est bien au dessous d'Ennius. = **53, 59.** Il se raille des discussions des critiques, amis des *anciens.* — *docti*, versé dans la littérature grecque; Cic. Orat. 11, 36 : *omnes apud hunc ornati — elaborati versus.* — *Dicitur* que les *togatæ* (A. P. 288) d'Afranius valent les *pall'a æ* de Ménandre. = *properare*, l'action chez lui est toujours vive et marche rapidement vers le dénoûment. = **69.** *Livi*, p. un poète ancien quelconque. = **75** *ducit* dans les théâtres, les bibliothèques, les écoles; *vendit*, « commandat. » = **79. 80.** Si les *togatæ* d'Atta sont encore auj. dignes d'éloges. — On répandait sur la scène des fleurs et de l'eau parfumée de safran. = **82.** D'ap. mes adversaires, ces acteurs n'ont joué que des pièces remarquables qu'on ne peut se permettre de critiquer. = Le premier *quæ* se rapp. aux tragédies, le second aux comédies. = **86.** *S. carmen*, en vers saturniens = **88.** Ce n'est pour lui qu'une machine de guerre = **92.** *tereret* se dit d'une lecture assidue; *p. usus*. c.-à-d. *usus* ou *usus fructus rerum publicarum*. On appelait *res publicæ* ou *communes* les choses sur lesquelles chacun avait droit de propriété: l'air, les eaux courantes, la mer et ses rivages, etc. = **93** *p. bellis*, les guerres médiques; *nugari* (sans idée de blâme et par opp à la guerre), s'adonner aux lettres, aux arts et aux exercices gymnastiques. = **94.** *vitium*, ironique; ce sont les Romains, dédaigneux des beaux-arts, qui parlent ainsi (cf Od. 4, 8, 10; A. P. 406). = **98.** *tibicinibus.* p. la musique en gén. = **102.** *v. secundi*, la prospérité; image tirée de la navigation. = **105.** Sat. 1, 2, 16. = **108, 110.** Hyperbolique. — *fronde* (lierre ou laurier) dont se couronnaient les poëtes, au lieu de couronnes ordinaires (Od. 1, 4. 9). — *dictant*, Sat. 1, 4, 10; suiv. Orelli; les lisent à la fin du repas, mais d'un ton de voix grave et mesuré, comme s'ils les dictaient aux convives. — **113.** Sat. 1, 1, 120; 10, 72. = **114, 117.** A. P. 379. = **122.** *socro.* Od. 3, 24, 60. = **125.** « Si concedis his quietis quoque virtutibus, fide ac temperantia, rem publicam legesque stabiliri. » Or. = **126.** On faisait apprendre et réciter aux enfants beaucoup de vers, pour former leur prononciation. = **132, 138.** Od. 1, 21; 4, 6, 31; Od. séc. — *p. n. sentit.* c.-à-d. *s. n.* esse *præsentia* (Od. 1, 35, 2.) = **142.** Il était rare qu'on eût alors des esclaves; chaque famille faisait ses travaux. Cf. Sat. 2, 2, 115 = **145.** *piabant.* Od. 1, 36. 2. = **144.** *Genium*, Épt. 2, 2, 187; *memorem*, etc., « qui enim Genio indulgent, memores sunt brevitatis vitæ. » Cf. Sat. 2, 6, 97. = **145.** Pline (3, 5, 8) raconte qu'on inventa à Fescennia, petite ville d'Étrurie, des chants nuptiaux pleins de licence et de grossièreté, et auxquels ces invectives des paysans latins ressemblaient tout à fait : d'où le nom de *chants fescennins.* Le mètre de ces chants était le vers saturnien, qui resta dans la poétique latine jusqu'au temps d'Auguste : Varron s'en

servit dans ses satires ménippées. = **146.** *V.* les bergers de Théocrite et de Virgile. = **147.** *r. p. annos*, à la fin de la moisson. = **153.** Sat. 2, 1, 82. La mort par la bastonnade était la peine portée par la loi; cf. Cic. de l'ep. 4. = **156.** *re it.* Cette conquête intellectuelle avait déjà commencé avant; en effet L. Andronicus, Névius, Ennius, Pacuvius, précédèrent tous la prise de Corinthe. Item. *capere* dans le double sens de *vincere* et de *delectare*. = **158, 160.** *virus* se rapp au caractère grossier et inculte de la vieille poésie latine; *munitiæ*, « partim metra Græca. partim cultior et purior sermo. » Or. — *hodie*, etc., part. dans les chants fescennins, dans les *mimes* (Sat. 1, 10, 6) et les *atellanes* (comédies bouffonnes, dont le principal personnage ressemblait un peu au *polichinelle* moderne et originaires d'Atella, ville osque. en Campanie). = **162.** *P. bella*, la première et surtout la seconde. = **163.** A. P. 276. — *utile* « dignum, quod imitarentur. » Or. = **164, 167.** A. P. 285 — *p. sibi*, all. au nombre si considérable de tragédies qui se produisirent depuis L. Andronicus jusqu'à Accius — *inscite.* Les poëtes croyaient que leur style était assez correct; le public ne distinguait pas encore ce qui manquait à la perfection d'une œuvre littéraire. = **108.** Mais ce que je dis de la tragédie est tout aussi vrai de la comédie. = **170.** *v. minus*, parce que la moindre faute contre la nature ou la vraisemblance frappe à l'instant, même les plus ignorants. = **171.** *Q. pacto*, comme il les soutient mal. = **173** Les uns l'expl. de Dossennus même : *quantum abutatur parasitis*; d'autres, avec C. O. Müller, niant l'existence de Dossennus (on ne trouve ce nom que dans Sén. Épt. 89, 6 et Pline, 14, 13, 15; les deux passages ont été fort discutés. comme peu concluants), croient que c'était le nom d'un personnage bouffon des stellanes, comme Bucco, Maccus etc., le interprètent : *quantum sit Plautus Dossennus* (comme nous dirions: Paillasse ou Arlequin *in* etc. Orelli ne se prononce pas. Pour nous, trouvant, d'un coté, que les idées se suivent avec trop de rigueur p. pouvoir s'appliquer à deux personnes différentes, et de l'autre qu'une hypothèse gratuite ne saurait être un point de départ p. la critique nous expliq. simplement : *quantum sit Plautus Dossenno simais*, le terme de comparaison ayant été retranché chose fréq dans Horace. = **174.** *pulpita.* On appelait *proscenium* ou *pulpitum* l'endroit où se trouvaient les acteurs et qui, au fond, était terminé dans toute sa largeur par la *scæna*, muraille aussi haute que le théâtre. richement ornementée et servant de décoration ordinaire. Au-dessous était l'*orchestra.* — *socco.* A. P. 80 = **176.** *s. et.* Sat. 1, 10 17. = **177.** Le désir de la gloire opp. à l'amour du gain. Il ne parle plus que de la tragédie. = **181** Métaph. tirée des jeux olympiques. Od. 4, 2, 17. — *mactum*, triste; *op num.* heureux = **189.** *antea*, Od. 3, 29 15. Il était suspendu sur le devant du pr sceni m; on le baissait au commencement de l'acte et on le levait à la fin = **190, 193.** Représentation d'une bataille, puis d'un triomphe se rattachant au sujet même de la pièce. — *Mox*, etc. Od. 2, 12 10. — *Esseda*, chars de combat gaulois à deux roues; *naves*, images des vaisseaux qu'on a pris, ou leurs éperons placés sur des chariots. — **195.** La girafe, *camel pardalis.* = **205 204.** *l. et o.* se rapp. à vv. 190 195; *diviæ* Od. 4 9. 14 = **209.** *t maligne*, « propter nescio quam invidentiam, parce ac frigide laudare et ita quidem, ut quæ laus videatur, revera sit occulta irrisio. » Or. = **213.** *nugæ*, qui évoque des ombres. = **216.** *reide* c.-à-d. *necessim impende*, p. leurs talents et p.-être, aussi le zèle avec lequel ils louent tes exploits Cf. Od. 1, 28 — *m.* 1. *dignum.* Épt. 1, 3, 17 = **220.** *at*, etc., jeter des pierres dans mon jardin. = **223.** *evolvimus* déroulant de nouveau le ms., nous lisons. etc. Épd. 14, 8. = **224.** *labores*, les soins de la correction et la science habilement cachée (à la manière des poëtes alexandrins). = **230.** *Ædituos.* gardiens d'un temple; ils y promenaient les visiteurs, leur en faisant voir les beautés, racontant les histoires qui s'y rattachaient etc. La *vertu* d'Auguste est comme une déesse dont les poètes, quand ils en font le panégyrique, sont les *ædituos.* = **234.** *acceptum* ou *acceptum referre alicui*, expression de commerce : inscrire sur les tablettes comme ayant été reçu d'où, être redevable à. Cf. Sat. 1, 2, 16. = **236.** Il y avait l'*atramentum scriptorium* (Sat, 1, 10 72) et le *pictorium.* = **245, 250.** Toi. au contraire, tu ne favorises que d'excellents poëtes. = **252.** *arces.* Cf. Od. 4, 14 11. = **255.** Od. 4, 15, 9. = **258.** Le *mœstas populi Romani* s'était changé en *majestas Augusti.* = **265.** *quis* (p. *uliquis*), le public lisant un mauvais panégyrique; *Q. deridet*, les vers et éloges ridicules que ce panégyrique contient. = **263.** On vendait s. doute les portraits en cire des hommes connus. = **268.** *capsa.* Sat. 1, 4, 22. = **269.** Le *vicus Tuscus.* Épt. 1, 20, 1.

II. V. Épt. 2, 1, le préamb. Horace, qui a renoncé aux vers p. se livrer à quelque chose de plus sérieux, décrit ses goûts et ses études poétiques en donnant les raisons qui lui ont fait dire adieu à la poésie (il entend par là la poésie lyrique). Cf. Épt, 1, 1. = **5.** *T. v. Gabiis*, dans une villa de Tibur ou de Gabies, p conséq. *verna* (esclave né dans la maison), et sachant bien le latin. = **5.** *nummorum sestertium.* Sat. 1, 3. 15. = **9.** *bibenti p. cœnanti.* = **14, 15.** *Semel*, etc., Sat 2 3, 285. Il atténue autant que possible la déclaration — *In sc.*, cachette ordinaire. Cic. Phil. 2, 9, 21 : *his ille* (Clodius) *se in scalas tabernæ librariæ conjecisset.* — *pendentis* à un clou dans la maison, p. servir d'épouvantail. = **16, 17.** Forme l'apodose de la première proposition; la phrase procède ainsi : *Si quis ayat*, etc., *de nummos* (c.-à-d. *emas oum licet*), etc. = **18.** *d. t. e. lex*, « propter hoc ipsum, quod sciens emisti mancipium vitiosum, prœfinitum est tibi jus, ex quo necessario litem, quam inangoni intendis, amittes. » Or. = **19.** Non, tu as trop de sens p. cela; et pourtant c'est précisément ta conduite à mon égard. = **21.** *T. officiis* à cette espèce de devoirs (de politesse). c.-à-d. à écrire des lettres. = **24.** *s. hoc.* Sat. 2, 6, 5. = **26.** Nouvelle comparaison; maintenant qu'il est riche, il ne fait plus de vers (vv. 26-54). *miles.* Porphyrion dit que c'était un *præfectus exercitus* (s. doute *p. alæ*, chef de cavalerie). Il s'agit de la guerre de Mithridate. = **32.** *d. nis*, la couronne murale, *cf. præctor.* Lucullus. = **39, 40.** *zonam*, Od. 4, 15, 3; *zonam*, ceinture (Sat. 1, 2, 25) servant à contenir de l'ar. ent. = **41.** Sat 1. 6, 72. = **42.** On m'y fit étudier Homère, c.-à-d. le grec. = **43.** La plupart des j. gens riches allaient achever leur éducation littéraire à Athènes. Cf. Cic. de Orat. 3, 11, 43. = **44.** Perse, 4, 12 : *Rectum discernis, ubi inter Curva subit.* = **45.** *i. s. Acad.* p. *in Academia* gymnase situé près d'Athènes. tirant son nom d'Académus, ou Échédémus, héros athénien, et où Platon donnait ses leçons. — *verum*, se rapp. surtout à la dialectique = **46.** « Athenis enim evocatus est a Bruto, qui tunc Achaiam et Athenas tenebat, Bruto cognitus a studiis philosophiæ. » Comm. Cruquius. == 47. Cf. Od. 2, 7, 15. == 50. Il perdit ses propriétés dans le partage des terres entre les vétérans, et, avec ce qui lui restait, acheta une charge de scribe (Sat. 2, 6, 36). == 51. Hyperb. ironique; il veut dire par là qu'il fit ses premières poésies (satires et épodes) p. se faire connaître. Ce furent probabl. ces essais qui amenèrent sa liaison avec Varius et Virgile (Sat. 1, 6, 55). == 55. La graine et les feuilles de la ciguë avaient une vertu rafraîchissante et s'employaient comme calmants. *Expurgare*, « æstum febrilem refrigerare. » Or. == 55. Il passe à d'autres raisons plus sérieuses. == 60. *B. sermonibus*, des satires aussi mordantes que le sont les écrits de Bion; *s. nigro*, sel non égrugé et p. cons. plus piquant (Sat. 1, 10, 3). == 64. *prope*, il ne peut guère en être autrement. == 66. Sat. 2, 6, 33; Ept. 1, 14, 8 et 17. == 67, 69. *sponsum*, Sat. 2, 6, 25; *n. scripta* désigne une *récitation* (Sat. 1, 5, 89); *officiis* de politesse; *Quirino*, le mont Quirinal au N. E. de Rome, fort éloigné de l'Aventin au S. == 72. *redemptor*. Od. 3, 1, 33. == 75. *machina*, un *polyspaston*, machine qui servait à enlever et à mettre en place les matériaux de construction. == 74. Sat. 1, 6, 43. == 80. C'est une image fréq. de présenter les grands poëtes comme marchant par une route qu'ils se sont ouverte eux-mêmes, ou au moins très-difficile; « hinc ipsi in via arcta vestigia *contrahunt* necesse est. » Or. Par sentier étroit, il entend surtout qu'il n'a pas encore été battu ni élargi par la foule des imitateurs. == 82. *studiis*, part. la poésie; *septem*, p. *plures*. == 85, 86. *statua*, etc., à Rome, il ne peut plus cultiver la poésie; il est mécontent de lui-même et garde un silence timide, et sa gaucherie fait rire la foule. — *hic*, etc., « quanto minus ego, etc. » *Verba*, etc. Od. 4, 9, 4. == 87. Autre raison que le détourne de la poésie : il ne veut plus avoir affaire aux poëtes. == 89. *Gracchus*, Caïus (Cic. Brut. 33). == 91, 92. *M. visu*, etc., nous disons-nous l'un à l'autre. — *C. Musis*, fait avec un grand art et p. cons. digne d'une haute admiration (cf. A. P. 441); *novem*, par toutes les Muses et p. cons. parfait. == 94. Ept. 1, 5, 17. Ils se promènent tous deux dans la grande galerie de la bibliothèque, où ils comptent que bientôt leurs poésies trouveront aussi place. — *R. vatibus*, c.-à-d. à leurs œuvres. == 96. Od. 1, 26, 7. == 97, 98. Il compare cet assaut de flatteries à un de ces combats simulés de gladiateurs, destinés à amuser les convives pendant le repas. Ce genre de gladiateurs s'appelaient *Samnites*; v. T. Live, 9, 40. — *l. prima* (Sat. 2, 7, 53), jusqu'au second service (Od. 4, 5, 31). == 99. *puncto*. Dans les élections, après qu'une centurie avait voté, les *rogatores* (chargés du dépouillement du scrutin) retiraient les bulletins de la corbeille, tandis que d'autres les séparaient et les inscrivaient, ce qu'ils faisaient en marquant (sur de grandes tablettes) un *point* par suffrage au nom du candidat qui l'avait obtenu. == 100. *Quis*, etc.; est-ce une all. à Properce, qui avait dit de lui-même (5, 1, 64) : *Umbria Romani patria Callimachi* : on remarquera que les deux poëtes n'ont jamais parlé l'un de l'autre; ils ont pourtant l'un et l'autre beaucoup loué Mécènes et Virgile. == 103. *supplex* est ironique. — 103. Je n'assisterai plus à aucune *récitation*; ces mauvais poëtes liront alors leurs vers sans avoir à craindre que je *ne me venge* (Ept. 1, 19, 39) d'eux en leur faisant subir à mon tour la lecture des miens. Cette menace n'est qu'une plaisanterie; car il fuyait ces lectures (Sat. 1, 4, 73). — 109. Laissant de côté la tourbe des versificateurs, il passe au véritable poëte; il ne traite pas de l'invention, de la composition, de l'art d'émouvoir, etc., toutes qualités que le vrai poëte a nécessairement, et parle seulement du style. == 110, 114. Il le compare à un censeur exerçant ses fonctions avec la sévérité voulue. Sat. 1, 6, 20. — *h. indigna*, « indigna carmine, quod plausum sibi postulet, » Or.; *ferrentur*, image tirée d'un torrent dont les eaux sont emportées par une course impétueuse. — *quamvis*, etc., quoiqu'il te paraisse difficile de leur en substituer d'autres plus justes, et que parfois tu t'allègues à toi-même p. excuse qu'ils n'ont pas encore été publiés et que p. cons. personne ne peut encore t'adresser le reproche de négligence. Le sanctuaire de Vesta (contenant les objets sacrés du culte et dans lequel ne pouvaient pénétrer que les Vestales), c'est la maison du poëte, prêtre des Muses. == 115. *eruet*, ex antiquis scriptoribus. Cf. A. P. 47-72. == 117. *quæ*, etc., qui sont aussitôt approuvés et employés par tout le monde, si bien qu'on croirait qu'ils ont touj. appartenu à la langue. == 124, 125. *ut*, etc., comme un pantomime qui exécute avec une égale aisance les rôles les plus difficiles et les plus opposés. *Satyrum*, danser avec agilité; *Cyclopa*, Sat. 1, 5, 63. == 128. *sapere*, connaître les règles de l'art; *ringi* se dit propr. d'un chien irrité qui montre les dents; être furieux et tourmenté dans mon impuissance à y satisfaire. — *Fuit*, etc., histoire (Sat. 1, 1, 64) qui lui sert à démontrer ce qu'il vient de dire. == 154. *signo*, le cachet du maître, imprimé sur la *lagena* (Sat. 2, 8, 41) p. empêcher les esclaves de la vider. Ept. 1, 20, 3. == 138. *occidistis*, vous m'avez rendu très-malheureux, fréq. chez les comiques. == 141. Enfin, p. dernière raison, il dit qu'il veut consacrer le reste de sa vie à l'étude de la sagesse. == 146. Od. 2, 2, 13. == 151, 154. *Audieras a vulgo*; *monitoribus*, ceux qui font ainsi l'éloge de la richesse. == 156. *c. timidumque*. Ept. 1, 2, 51. == 158, 159. *libra*, etc., la *mancipatio*. Gaius, 1, 119. — *m.* (mancipio dat) *usus*, l'*usucapio*, Gaius Fr. 19, 8; Gaius. 2, 44. == 160, 166 La terre qui le nourrit, bien qu'elle soit la propriété d'un autre, t'appartient, parce que tu en jouis et que tu en consommes les produits. — *villicus*. Ept. 1, 14, 1; *T. d. sentit*, en recevant de toi le prix du blé; *cadum*, Od. 1, 20, 3; *nummorum*, Sat. 1, 3, 18. == 170, 171. *qua*, etc. Les confins entre propriétés étaient souvent marqués par des plantations d'arbres, *ne familiæ rixentur cum vicinis ac limite, ex litibus judicem quærant.* (Varr. R. R. 1, 15). —*refugit*, parf. d'habitude. == 172. Sat. 2, 2, 129. == 177, 178. *vici* (rustici) les villas avec les habitations des colons. Ept. 1, 14, 2. — *quidre*, etc. Epd. 1, 27. == 180, 181. Ept. 1, 6, 17. — *T. sigilla*, statuettes de dieux, en airain, recherchées à cause de leur antiquité. == 182, *est*, etc., le sage. == 183, 189. D'où vient cette opposition de caractères et de goûts qu'on remarque souv. entre les hommes ? c'est que j'ignore, car c'est un secret de la nature humaine. — *ungi*. Od. 1, 4, 9. — *Herodis*; son principal revenu consistait en riches plantations de palmiers près de Jéricho. — *importunus*, « semper irrequietus sibique et aliis molestus. » Or. — *Genius*, divinité qui préside à notre destinée : chaque homme a le sien, qui naît et qui meurt avec lui. Les Génies n'avaient point de forme convenue. — *n. astrum*, l'horoscope (Od. 2, 17, 19); il en corrige l'influence autant qu'il est en lui. — *vultu*, etc., les vicissitudes de notre existence, tantôt heureuse, tantôt malheureuse. == 193. *S. volam*,

je le sais et ne l'oublierai jamais. — *nepoti*. Epd. 1, 34. == 197. *Quinquatribus*, fêtes de Minerve, ainsi appelées parce qu'elles tombaient le cinquième jour après les Ides de Mars; elles duraient cinq jours, pend. lesquels les écoles étaient fermées. — *olim*. Od. 4, 4, 5. == 199, 200. *Pauperies*, Od. 1, 1, 18; *immunda* se rapp. à la cupidité et à l'avarice; *domus*, Od. 4, 6, 17 : des mss. ont *domui*, ou *procul* répété, et autres leçons. — *ego*, etc., que je vive de grands revenus ou de petits. == 205. *specie*. Ept. 1, 6, 49. == 205. Mais peux-tu être appelé vraiment sage pour cela seul que tu n'es pas avare. La 2e pers. est gén. — *abi*, fort bien; emprunté au langage familier. == 208, 209. Od. 1, 11, le préamb.; *t. magicos* se rapp. à la nécromancie, aux apparitions des ombres; *miracula*, globes de feu, pluies de pierres, statues (de dieux) qui parlent, etc.; *lemures* (prop. *larvæ*) sont les âmes inquiètes et venant troubler les vivants jusqu'à ce qu'on les ait apaisées (d'où la fête des *Lemurales*); *portenta*, évocation de la lune, métamorphose des hommes en bêtes, etc. == 213. *recte*. Ept. 1, 2, 41. — *d. peritis*, en mourant. Les vv. suivants le montrent clairement. == 214. *Lusisti* se rapp. à l'amour. == 215, 216. Ta vie n'a aucun mérite; il faut souhaiter que la mort la termine le plus tôt possible, *ne*, etc. — *pulset*, comme cela se fait dans les orgies. Cf. Od. 4, 1, 11.

III. *ART POÉTIQUE*. V. Ept. 2, 1, le préamb. Cette épître est adressée à L. Pison et à ses deux fils, dont l'aîné s'occupait de poésie et part. de poésie dramatique. Elle fut d'assez bonne heure envisagée par les critiques comme un traité didactique; ainsi Quintilien l'appelle *ars poetica* (Ept. ad Tryph. 2) et *liber de arte poetica* (8, 3, 60); de même Priscien et d'autres. Mais Charisius (p. 182, 3) la traite d'*epistola* et reste dans le vrai. Quant aux sources où le poëte a puisé, elles devaient être nombreuses, surtout parmi les critiques alexandrins (la *Poétique* d'Aristote lui a beaucoup moins servi qu'on ne le croit gén., et bien des rapprochements faits par les commentateurs sont forcés ou amenés par une erreur). D'ap. Porphyrion. Hor. aurait réuni les préceptes les plus saillants de Néoptolème de Parium touchant l'art poétique; mais on ne sait de quel ouvrage de Néoptolème il s'agit. == 1, 23. La première condition d'une œuvre d'art est la *simplicité* et l'*unité* : telle est l'idée développée dans cet exorde. — *formæ*. « Hoc verbo complectitur et eam, quam nos dicimus interiorem formam (ἰδέαν, exemplar quod artificis menti observatur), et exteriorem (quam nobis proponit artifex). » Or. — *petimus*, comme poëtes; *damus*, comme critiques. — *Inceptis*, poëme épique ou tragédie. — *cupressum*. Un mauvais peintre ne savait faire que des cyprès; un naufragé lui commandant un tableau qui représentât son naufrage, le peintre lui demanda s'il fallait y mettre du cyprès; d'où le proverbe : μή τι καὶ κυπαρίσσου θέλεις; auquel Hor. fait allusion. Les naufragés faisaient peindre leur aventure sur un tableau qu'ils portaient avec eux p. exciter la pitié, et qu'ils consacraient ensuite dans un temple, après avoir ramassé de quoi se suffire; cf. Od. 1, 5, 13. — *Amphora*. Od. 1, 20, 3; *urceus*, vase servant à porter de l'eau, de forme toute différente. -- *simplex*, « non ex partibus dissimilibus compositum. » Lambinus. == 24. Il énumère maintenant les défauts communs à toute espèce de poésie, dans lesquels les poëtes peuvent facilement tomber. == 51. « Qui vitia studiose vitat, eo ipso vitiosus solet fieri, si propriis virtutibus poeticis caret. » Or. == 32. *Æ. ludum*, école de gladiateurs établie par Æmilius Lepidus et située dans la huitième région (rég. du Forum). Ept. 1, 1, 3. == 58. Il passe à l'invention. == 41. *ordo*, la disposition. Scr. ad. Herennium, 1, 2, 3 : *Dispositio est ordo et distributio rerum quæ demonstrat, quid quibus locis sit collocandum.* == 43, 45. *j. n. d. dici*, les choses nécessaires, sans lesquelles le lecteur ne saisirait pas bien le sujet. — *pleraque*, ce qui n'est pas absolument nécessaire à l'intelligence du sujet; *differat* in locum magis opportunum (de manière à laisser le lecteur en suspens). — *Hoc*, récit, pensée, image. == 46, 59. Préceptes généraux sur le style. — *cinctutis*, portant le *cinctus*, esp. d'ancienne tunique (Sat. 1, 2, 25) attachée à mi-corps, de manière à laisser la poitrine et les bras nus, et descendant jusqu'aux pieds. — *s. G. f. cadant*. Il s'agit et de la composition de mots à la manière grecque (*centimanus, belluosus, inaudax*, etc.), et des constructions grecques (*veraces cecinisse Parcæ, tradam portare ventis*, etc.). — *Signatum*, etc., image tirée des monnaies, dont les empreintes variaient tous les ans, la partie iconographique du monnayage étant laissée à l'arbitraire du *prætor urbanus* et des *triumviri monetales*, magistrats annuels. == 61. *P. cadunt*, « folia, quæ in arboribus sunt ineunte vere, defluunt autumno extremo. » Fischer. == 64. All. au port *Julius*, formé par la double communication du lac Lucrin avec le port de Baïes d'un côté et le lac Averne de l'autre. == 65, 66. On ne sait de quoi il s'agit; Acron parle du desséchement des marais Pontins, fait que ne signale aucun historien. == 67. Travaux d'encaissement du Tibre, p.-être après l'inondation de l'an 22. (Od. 1, 2, 13 sq.). == 75, 83. Énumération des divers genres de poésie. — *querimonia*, amenée par la mort d'un ami, d'un grand citoyen. — *v. s. compos*, il s'agit de l'amour. — *Grammatici*, partic. les alexandrins. — *proprio*, dont il est l'inventeur, ou qu'il s'est approprié. — *socci*, la comédie; *cothurni*, la tragédie. — *Musa*, etc., hymnes, péans, dithyrambes, louanges des héros, odes triomphales, érotiques, bachiques, forment (avec les thrènes omis ici) les divisions de la poésie lyrique. == 86. Les caractères et les règles de chaque genre ayant été constitués d'une manière définitive et conforme aux lois de l'esprit humain, le poëte doit les observer religieusement. == 94. *Chremes*. V. Tér. Heauton. 5, 4. == 99, 107. Se relie intimement à ce qui précède, car celui-là seul qui *s. o. colores*, qui *p. a. et s. verba* peut nous émouvoir et nous inspirer la joie, la pitié ou la douleur. — *pulchra*, « artis legibus prorsus satisfacientia. » Or. == 108, 113. Il confirme le précepte précédent en disant que le style doit répondre à la fortune et au caractère connus des personnages qu'on met en scène. == 114, 118. L'âge, le sexe, le genre de vie, l'origine, la nation, exercent aussi une grande influence sur les sentiments et le langage des personnages. — *matrona*, Atossa, Jocaste, etc.; *nutrix*, Cilissa (Esch. Choeph.), la nourrice de Phèdre, etc.; *mercator*, dans le *Philoctète* de Sophocle; *cultor*, dans l'*Electre* d'Euripide; *Colchus*, un barbare farouche et cruel comme Æétès; *Assyrius*, un Asiatique efféminé comme Xerxès; *Thebis*, etc. (all. aux *Sept chefs*), les Grecs opp. aux Barbares. == 128. *communia* (Ept. 2, 1, 92), ce dont chacun peut se servir, ces abstractions qu'on appelle le traître, le tyran, le colère, l'innocent persécuté, etc.; *p. dicere*, faire passer ces caractères de l'abstrait au concret, les *indivi.*

dualiser. == 131. Mais, direz-vous, en traitant un sujet homérique et déjà usé, on court risque de n'avoir aucun succès : telle est l'objection s. entendue à laquelle le poëte répond. — P. *materies,* comme le sujet d'Électre (traité par Eschyle, Sophocle et Euripide), comme toutes les tragédies tirées d'Homère. == 132. *orbem* (traduit du grec), les lieux communs. == 134, 135. *d. i. arctum,* en suivant de trop près ton modèle, tu te donnes à toi-même des entraves; all. à la fable de la chèvre qui saute dans un puits. — *pudor,* n'ayant aucune confiance dans tes propres forces, tu n'oseras ni ajouter, ni retrancher, ni changer, de crainte de paraître téméraire et de choquer le public. == 136, 152. Il emprunte au genre épique des exemples qui s'appliquent à la tragédie. — *s. cyclicus.* Les alexandrins donnèrent le nom de poëmes cycliques aux épopées dont les événements de la guerre de Troie avaient fourni le sujet, et dont les auteurs s'étaient proposé de compléter Homère. Nous ne pensons pas qu'Hor. songeât ici à un poëte cyclique en particulier, et nous expliquons *olim,* « ut fere consuerunt incipere scriptores cyclici. » Cf. Ept. 2, 2, 197. — *Dic,* etc., début de l'Odyssée. — *f. e. fulgore,* un début brillant et qui promet beaucoup, suivi d'un récit embrouillé et ennuyeux; *e. f. lucem,* un début simple et humble, suivi de brillants récits. — *g. ovo* (de Léda), dont l'un donna naissance à Castor et à Pollux, et l'autre à Hélène. == 153, 178. Il fait voir comment la tragédie et la comédie doivent exprimer les mœurs et les sentiments différents de chaque âge. — *aulæa,* qu'on le relève, c.-à-d. jusqu'à la fin de la pièce. Ept. 2, 1, 189. — *custode,* le pédagogue; *remoto,* ap. la prise de la toge virile (cf. Sat. 1, 2, 16). — *amicitias,* amis politiques, et aussi protecteurs (Ept. 1, 18). — *s. longus,* « tardus et difficilis ad sperandum. » Forcellini. — *a. venientes,* Od. 2, 5, 14; *M. adimunt,* Ept. 2, 2, 55. == 189. Les Grecs partageaient leurs pièces en : *prologue,* trois *épisodes,* et *exode;* d'où la division latine en cinq actes. == 192. Il ne doit y avoir que trois personnages sur la scène; un quatrième, étant superflu, ne se mêlerait qu'avec peine à la conversation. == 193. Il s'agit surtout du chœur grec, celui des tragédies latines, autant qu'on peut en juger, n'ayant pas la même importance. — *o. virile,* « actionem *pro virili parte* adjuvet, hoc est, pro eo, quod officii ejus est. » Lambinus. == 197. Tous les mss., excepté deux, ont *peccare timentes,* qui répète, avec je ne sais quelle couleur chrétienne, le *bonis faveat.* == 199. *a. o. portis.* Od. 3, 5, 23. == 202, 219. La *mélopée,* c.-à-d. le chant du chœur et les symphonies qui en accompagnaient les paroles, faisait partie intégrante de la tragédie. — *o. vincta.* Il s'agit de la flûte longue, qui se démontait, et dont les tronçons étaient garnis de laiton p. pouvoir s'emboîter. — *victor,* chez les Grecs, v. Ept. 2, 1, 93; chez les Romains, *ibid.,* 162. — P. *Genius.* Ept. 2, 1, 144. — *motum* s'appl. au rhythme, à la danse et à la gesticulation; *luxuriem* cantus. — *pulpita,* Ept. 2, 1, 174. — *vestem,* « syrma tragicum. » Cf. Ept. 2, 1, 207. — *fidibus,* etc. Cf. Od. 1, 1, 34. — S. *Delphis.* Les oracles étaient touj. obscurs. == 220, 250. Il caractérise le drame satyrique. On sait qu'il y avait à Athènes un concours dramatique annuel; chaque concurrent s'y présentait avec une *tétralogie,* c.-à-d. trois tragédies et un drame satyrique; ce drame était une petite pièce, tenant le milieu entre la comédie et la tragédie, dont les personnages étaient toujours tirés de la mythologie et le chœur formé de Satyres : le seul monument qui nous en reste est le *Cyclope* d'Euripide. — *hircum.* Il suit l'opinion ordinaire; v. v. 275. L'inventeur du drame satyrique était, dit-on, Pratinas de Phliunte. — *gravitate,* des héros et des dieux paraissant sur la scène avec les Satyres. — *nuper,* dans les tragédies. — *Tragœdia* (personnifiée), le rôle des dieux et des héros dans les pièces satyriques. — *matrona.* Cf. Od. 2, 12, 18; 3, 14, 6. — *dominantia,* le mot propre, sans métaphore. — *fictum,* « cum arte compositum, » comme souv. dans Quintilien. On a tort d'expliquer *noto,* un sujet connu; Hor. continue à parler de l'élocution. — *Fauni* désigne les Satyres; *deducti* a poeta in scenam. — *quibus,* etc. « Quæ celeritas effecit, ut, cum bini iambi in dipodiam conjungerentur, dramatis versus *trimetri iambici* apud Græcos nomen acciperet, etsi sex ictus habet, unde Latinis est *senarius.* » Or. Chaque dipodie formait un levé, ἄρσις, et un frappé, θέσις (Sat. 1, 10, 43). *Primus,* veut dire que du premier au sixième pied il n'est composé que d'iambes. — *non ut,* etc. Le sixième en était nécessairement un. — *Hic,* l'iambe; *nobilibus,* qu'on admire tant (ironique). — *Idcirco,* profitant aussi de cette indulgence. — *Vitavi,* etc. Mais, pour moi, je ne me rendrai jamais coupable d'une pareille négligence, car, etc. — *At,* mais, dira-t-on; objection à laquelle il répond aussitôt : *nimium,* etc. == 275. Dans tout cela, il semble suivre l'opinion de quelque critique ou historien grec, à moins qu'il n'ait lui-même confondu les origines de la tragédie et de la comédie. == 278. *pallæ,* v. v. 215. == 284. Sat. 1, 4, 1. == 283. Il y eut plus. lois à ce sujet; celle qui donna le dernier coup à la liberté de la comédie fut portée par le gouvernement des Trente, en 404. Dans la comédie nouvelle, il n'y eut plus de chœur. == 288. Les *præxtextæ (fabulæ),* tragédies dont le sujet est romain, opp. aux *crepidatæ,* dont le sujet est grec; les *togatæ,* comédies à sujet romain, opp. aux *palliatæ,* à sujet grec. — *docuere* etc; le poëte *apprend* sa pièce aux acteurs et aux chœurs avant de la faire jouer (*edere*). == 289, 508. Il énumère les défauts auxquels les poëtes latins sont exposés. — *Vos qui nostis* P. *sanguis.* La gens Calpurnia prétendait descendre de Calpus, fils fabuleux de Pompilius Numa; cf. Od. 3, 17, 2. — *Ingenium,* etc., mais beaucoup ne liment pas leurs œuvres, abusant de l'autorité de Démocrite, qui *negat sine furore quemquam poetam magnum esse : quod idem dicit Plato.* (Cic. de Divin. 1, 37, 80). — *balnea.* Sat. 1, 4, 75. — *bilem* (accus. grec), à qui l'on attribuait la *melancholia;* cf. Sat. 2, 3, 141. — N. t. *est,* je n'ai aucune raison p. désirer de devenir un grand poëte à leur façon. == 310. S. *chartæ,* Platon, Xénophon, Eschine, Antisthène, etc. == 311. « Ubi philosophiæ ope penitus perspexeris res moresque homi-

num, quales sint et esse debeant, tum demum facile eos poetice exprimere atque imitari poteris. » Or. == 312. *didicit,* et par la lecture des moralistes, et par l'observation. == 319, 322. De la vérité des caractères dépend principal. le succès d'une pièce. — *pondere,* élévation du sujet et du style. == 323. Mais ce qui s'oppose le plus chez nous à la poésie, c'est notre éducation même; il en était tout autrement chez les Grecs. — *o. rotundo.* « Τὸ στρογγύλον rhetores Græci in genere dixerunt, quidquid verbis et sententiis ita enuntiatum esset, ut in eorum forma concinnitas, elegantia et artificium appareret. » Ernesti. == 326, 330. Il nous introduit dans une école où l'étude du calcul a remplacé celle de la poésie. L'*as* ou unité, servant de terme de comparaison p. les monnaies, les poids, les mesures, etc., était divisé d'ap. le système duodécimal en : *uncia* ou douzième de l'as, *sextans* (2 *unciæ*), *quadrans* (3), *triens* (4), *quincunx* (5), *semissis* ou *semis* (6), *septunx* (7), *bessis* ou *bes* (8), *dodrans* (9), *dextans* ou *decunx* (10), *deunx* (11). == 330. *ærugo,* la cupidité, qui est à l'âme ce que la rouille est au fer. == 332. On enduisait les mss. d'une couche d'huile de safran ou de cèdre, p. les mettre à l'abri des insectes et de l'humidité; et, dans le même but, on les serrait souv. dans des boites (V. v. 389) en cyprès, bois considéré comme incorruptible. Cf. Ept. 1, 20, 2. == 333, 334. *prodesse,* genre didactique; *delectare,* épigrammatique et autres genres légers; *simul,* etc., épique, dramatique, lyrique. == 341, 342. *C. seniorum.* Chacune des six classes (exc. la 6ᵉ) était divisée en un certain nombre de centuries, dont les premières comprenaient les citoyens ayant dépassé quarante-cinq ans. — *Ramnes* ou *Ramnenses* (de *Romulus*), nom d'une des divisions des chevaliers, à l'époque fort ancienne où cet ordre formait trois centuries. == 243. *punctum.* Ept. 2, 2, 99. == 347, 353. La perfection absolue n'est pas donnée à l'homme; il faut donc juger humainement d'œuvres humaines. — *Quid,* etc., les mauvais poëtes peuvent aussi avancer cette excuse, mais là c'est autre chose. == 359. *Indignor,* car je voudrais le voir parfait. Les alexandrins, qui gén. comprenaient peu la simplicité d'Homère, l'accusaient de *longueurs,* sans parler d'autres reproches vraiment incroyables; et les Romains avaient adopté la plupart de leurs idées littéraires == 361, 365. Nos jugements doivent varier suivant le genre et le style du poëme à juger. == 371. *C. Aulus* p. A. Cuscellius; cf. Od. 2, 2, 3. == 373. *columnæ* (Sat. 1, 4, 71), c.-à-d. qu'ils n'ont pas d'acheteurs. == 373. S. *melle,* qui était fort mauvais (*v.* Virg. E. 7, 41). — Pline, 19, 8, 53 : *Papaveris candidi semen tostum in secunda mensa* (Od. 4, 5, 31) *cum melle apud antiquos dabatur.* == 382, 384. *Quidni,* etc., dit un de ces mauvais poëtes; Hor. ne daigne pas lui répondre. — *c. e. S. n.* (sestertium), ayant au moins 400,000 sesterces (Sat. 1, 3, 15; 2, 1, 75); *vitio,* etc., n'ayant jamais été *noté* par le censeur. == 389. *Membranis,* Sat. 1, 10, 72; *intus,* Sat. 1, 4, 22 (cf. v. 332.) == 391, 407. La poésie mérite bien d'être cultivée, et en tout cas d'être honorée, comme le plus noble des arts. — *C. vago.* Sat. 1, 3, 109. — *Homerus.* Cf. Aristoph. Gren. 1034. — *vitæ,* etc., poëtes didactiques et gnomiques, Hésiode, Solon, Théognis, etc. — *g. regum.* Ainsi Pindare, Simonide, Bacchylide, obtinrent la faveur d'Hiéron, de Théron, et autres princes — *ne,* etc. Le dédain p. les œuvres de l'esprit fut touj. plus ou moins un des caractères de l'aristocratie romaine. == 408, 411. Avant d'aborder l'*institution* du véritable poëte, il effleure une question souv. discutée par les anciens. == 412, 418. Il indique à grands traits comment doit se former le vrai poëte — *metam,* Od. 1, 1, 4; Ept. 1, 16, 79. — *q. P. certamina o. Tibicen,* qui, aux jeux pythiens, chante sur la flûte le combat d'Apollon et du serpent Python. — *O. e. scabies.* La lutte à la course était un des jeux des enfants; celui qui y présidait se mettait au but en disant : « Le premier arrivé sera le vainqueur et je le recevrai dans mes bras; mais la gale au dernier (je le repousserai comme un galeux)! » == 419. Pour être bon poëte, surtout si l'on est noble et riche (comme tu l'es, Pison), il faut encore faire bien attention de quelles gens on prend conseil : d'où le double portrait du critique ignorant ou intéressé et du critique éclairé et sincère. C'est le dernier précepte de l'épître. == 421. Sat. 1, 2, 13. == 430. *saliet,* il sautera (de son siège) d'admiration; *l. p. terram,* il dansera même de joie. == 431. « *Præficæ* dicuntur mulieres ad lamentandum mortuum conductæ, quæ dant ceteris modum plangendi, quasi in hoc ipsum *præfectæ.* » Festus. Le masc. est employé d'une manière générale. == 434 *Reyes,* Od. 1, 4, 14; *cutullis,* Od. 1, 31, 11. == 436. Toi de même, observe avec soin si tu as affaire à un trompeur ou à un franc ami. == 440, 441. *detere,* etc. Les vers peu soignés, *m. tornati,* il faut les détruire et en faire de neufs, *inculti dare,* qui les remplaceront (idée de substitution qu'expr. *re,* et qui, à leur tour, devront passer au *tornus.* Il y a donc double image : l'enclume (premier travail de composition), le tour (travail de correction, plus ord. comparé à la lime). == 446, 447. *allinet,* etc. L'*obelus* (signe en forme de pique), marqué en tête d'un vers, indiquait que ce vers était à effacer. Sat. 1, 10, 72. == 452. Image tirée d'un mauvais acteur, qu'on siffle dès qu'il paraît sur la scène. == 453, 476. Épilogue satirique et qui clôt plaisamment l'épître. — *f. error,* que Cybèle et Bellone inspirent à leurs prêtres (Od. 1, 16, 5; Sat. 2, 3, 223); *i. Diana* (luna), qui rend lunatiques ceux qu'elle poursuit de sa colère. — *incauti,* oubliant que ces furieux répondent ord. par des coups de pierres et de bâton. — *an.* Od. 2, 4, 13. — *frigidus,* antithèse comique à *ardentem* p. exprimer la folie d'Empédocle. — *S. jus,* ironie; puisqu'ils sont fous, ils en ont bien le droit. — *fecit veranus poeta; homo,* comme un autre, un simple mortel; *minxerit* etc, sacrilèges (qu'il expie); *bidental,* lieu frappé de la foudre qu'on purifiait par le sacrifice expiatoire de brebis de deux ans (*bidentes*), et en y dressant un autel; on l'entourait d'une clôture en maçonnerie ou en bois (*puteal*), « ne quis eum tangendo in piaculum incurreret. » Or. Sat. 2, 6, 35. — *ursus,* destiné aux jeux du cirque; *arripuit* continue l'image de l'ours. Martial (3, 44, 10), décrit ainsi cet insupportable lecteur : *Et stanti legis et legis sedenti; currenti legis et legis cacanti. In thermas fugio : sonus ad aurem. Piscinam peto : non licet natare. Ad cœnam propero : tenes euntem. Ad cœnam venio : fugas edentem. Lassus dormio : suscitas jacentem.*

FIN.

9 782014 053883